POUL ANDERSON
im BASTEI-LÜBBE-Taschenbuchprogramm:

23 156 Die Sternenhändler
23 161 Sternengeist

POUL ANDERSON
STERNENFEUER

Ein Roman aus dem ›Sternengeist-Universum‹

Ins Deutsche übertragen
von Karl-Ulrich Burgdorf

BASTEI LÜBBE

BASTEI-LÜBBE-TASCHENBUCH
Band 24224

Erste Auflage:
Mai 1997

Deutsche Lizenzausgabe 1997 by
Bastei-Verlag
Gustav H. Lübbe GmbH & Co.,
Bergisch Gladbach
Originaltitel: The Stars Are Also Fire
Lektorat:
Uwe Voehl/Stefan Bauer
Titelbild: Armin Werra
Umschlaggestaltung:
Quadro Grafik, Bensberg
Satz: Fotosatz Schell, Hagen a.T.W.
Druck und Verarbeitung:
Brodard & Taupin,
La Flèche, Frankreich
Printed in France

ISBN 3-404-24224-6

Der Preis dieses Bandes
versteht sich einschließlich der
gesetzlichen Mehrwertsteuer.

Für Larry und Marilyn Niven

Danksagung

Für Ratschläge, Informationen, Anregungen, Ermutigungen und vieles mehr bin ich wie immer zu allererst Karen Anderson zu Dank verpflichtet, desgleichen Gregory Benford, C.J. Cherryh, Larry J. Friesen, Robert Gleason, Alan Jeffery, Mike Resnick und S.M. Stirling. Sie alle sind nicht für die Fehler und Ungenauigkeiten verantwortlich, die in diesem Buch zu finden sind, aber ohne sie wären es weitaus mehr gewesen.

Es ist offensichtlich, daß ich mir auch die Gedanken von Freeman Dyson, Hans Moravec, Roger Penrose, Gunther S. Stent und Frank J. Tipler zunutze gemacht habe. Wiederum gehen etwaige Fehler nicht auf ihr Konto, vor allem, da ich oft diesem oder jenem in ihren Schriften widersprochen habe. Aber schließlich widersprechen sich auch einige ihrer Ideen untereinander. Alle aber sind sie ungeheuer interessant und zielen auf das Herz der Wahrheit selbst.

Poul Anderson

Bei der Übersetzung von STERNENFEUER haben mich zahlreiche Personen mit Rat und Hilfe unterstützt. Von ihnen seien hier stellvertretend Roswitha Burgdorf-Jandausch, Peter Jandausch, Jörg Michel, Dieter Wiederkehr und Irene Wier genannt. Mein besonderer Dank – der im übrigen auch für den Vorläuferroman STERNENGEIST (Bastei-TB 23161) nachzutragen ist – gilt jedoch Dipl.-Chemiker Markus Bradter, ohne dessen unschätzbare Hilfe beim Verständnis naturwissenschaftlicher und technischer Sachverhalte diese Übersetzung kaum in der jetzigen Form zustande gekommen wäre.

Karl-Ulrich Burgdorf

Dramatis Personae

(Einige Nebenfiguren sind nicht aufgeführt)

Aiant: Einer von Lilisaires Ehemännern.
Annie: Die Ex-Frau von Ian Kenmuir.
Anson Beynac: Das älteste Kind von Dagny und Edmond Beynac.
Carla Beynac: Das sechste Kind von Dagny und Edmond Beynac.
Dagny Beynac: Ingenieurin, später Administratorin, zuletzt politische Führerin in der Frühzeit Lunas; ihre Bewußtseinskopie.
Edmond Beynac: Geologe, Ehemann von Dagny Beynac.
Francis Beynac: Das vierte Kind von Dagny und Edmond Beynac.
Gabrielle Beynac: Das zweite Kind von Dagny und Edmond Beynac.
Helen Beynac: Das fünfte Kind von Dagny und Edmond Beynac.
Sigurd Beynac: Das dritte Kind von Dagny und Edmond Beynac.
Bolly: Ein Handlanger Brunos.
Bornay: Der Sohn von Lilisaire und Caraine.
Brandir: Der lunarische Name Anson Beynacs.
Bruno: Bürgermeister von Overburg in Bramland.
Caraine: Einer von Lilisaires Ehemännern.
Mary Carfax: Deckname eines Sophotekten in Lilisaires Diensten.
Delgado: Ein Offizier der Friedensbehörde.
Diddyboom: Anson Guthries Kosename für Dagny.
Dagny Ebbesen: Enkelin und Protégée Anson Guthries; nach ihrer Heirat: Dagny Beynac.
Erann: Enkel Brandirs.
Etana: Eine lunarische Raumpilotin.
Eyrnen: Ein lunarischer Biotechniker, Sohn Jinanns.

Eythil: Ein Gefolgsmann Lilisaires.
Fernando: Priester und Führer bei den Drylandern.
Fia: Lunarischer Name Helen Beynacs.
James Fong: Ein Offizier der Friedensbehörde.
Miguel Fuentes: Ein Ingenieur in der Frühzeit Lunas.
Lucrezia Gambetta: Zweite Generalgouverneurin Lunas für die Weltföderation.
Petras Gedminas: Ein Ingenieur in der Frühzeit Lunas.
Anson Guthrie: Mitbegründer und Chef der Fireball Enterprises; seine Bewußtseinskopie.
Juliana Guthrie: Ehefrau von Anson Guthrie und Mitbegründerin der Fireball Enterprises.
Zaid Hakim: Ein Beauftragter des Umweltministeriums der Weltföderation.
Einar Haugen: Vierter Generalgouverneur Lunas für die Weltföderation.
Stepan Huizinga: Ein Führer der terranischen Mondbewohner in der Frühzeit Lunas.
Ilitu: Ein lunarischer Geologe.
Inalante: Bürgermeister von Tychopolis, ein Sohn Kainos.
Iscah: Ein Metamorph vom Chemo-Typ in Los Angeles.
Ivala: Eine von Brandirs Ehefrauen.
Eva Jannicki: Eine Raumfahrerin in Diensten der Fireball Enterprises.
Daniel Janvier: Präsident der Weltföderation zur Zeit der Luna-Krise.
Jinann: Lunarischer Name Carla Beynacs.
Charles Jomo: Ein Mediator in Ostafrika.
Ka'eo: Einer der Keiki Moana.
Kaino: Lunarischer Name Sigurd Beynacs.
Aleka Kame: Eine Angehörige der Lahui Kuikawa, die als Kontaktperson zu den Keiki Moana und anderen Metamorphen dient.
Ian Kenmuir: Ein auf der Erde geborener Weltraumpilot des Ventures.
Lilisaire: Eine lunarische Magnatin der republikanischen Ära.

Matthias: Logenmeister (Rydberg) des Fireball-Treuebundes.
Mon: Dagnys Kosename für Edmond Beynac.
Lucas Mthembu: Der Geburtsname Venators.
Dolores Nightborn: Ein Deckname Lilisaires.
Niolente: Eine lunarische Magnatin der selenarchischen Ära, Anführerin der Bewegung gegen die Eingliederung Lunas in die Weltförderation.
Manyane Nkuhlu: Ein Raumfahrer in Diensten der Fireball Enterprises.
Irene Norton: Von Aleka Kame benutzter Deckname.
Antonio Oliveira: Ein Raumfahrer in Diensten der Fireball Enterprises.
Joe Packer: Ein Ingenieur in der Frühzeit Lunas.
Sam Packer: Ein *consorte* des Fireball-Treuebundes.
Rinndalir: Ein lunarischer Magnat der selenarchischen Ära, Mitanführer des Exodus nach Alpha Centauri.
Lars Rydberg: Ein Raumfahrer in Diensten der Fireball Enterprises, Sohn von Dagny Ebbesen und William Thurshaw.
Ulla Rydberg: Die Ehefrau von Lars Rydberg.
Sandhu: Ein Guru in Prajnaloka.
Soraya: Eine Metamorphin vom Titan-Typ in Los Angeles.
Mohandas Sundaram: Ein Oberst der Friedensbehörde auf Luna.
Alice Tam: Anglo-Version von ›Aleka Kame‹.
Temerir: Lunarischer Name Francis Beynacs.
Das Terabewußtsein: Der Apex des Cyberkosmos.
William Thurshaw: Die Jugendliebe Dagny Ebbesens.
Tuori: Eine von Brandirs Ehefrauen.
Uncans: Dagnys Kosename für Anson Guthrie.
Valanndray: Ein lunarischer Techniker des Ventures.
Venator: Ein Synnoiont und Offizier des Geheimdienstkorps der Friedensbehörde.
Verdea: Lunarischer Name Gabrielle Beynacs.
Yuri Volkov: Ein früherer Liebhaber Aleka Kames.
Jaime Wahl y Medina: Dritter Generalgouverneur Lunas für die Weltföderation.

Leandro Wahl y Urribe: Der Sohn Jaime Wahls.
Rita Urribe de Wahl: Die Ehefrau Jaime Wahls.
Pilar Wahl y Urribe: Die Tochter Jaime Wahls.
Zhao Haifeng: Erster Generalgouverneur Lunas für die Weltföderation.

Was sahest du, Proserpina,
Als du drunten im Dunkel weiltest?
Warum sprichst du nicht von jenem hohlen Reich,
Wo die verwirrten stummen Schatten
Halb träumend durch Sternlosigkeit ziehen
Und du ihre unfreiwillige Königin warst,
Nun, da wir dich wieder auf der Erde willkommen heißen,
Wie lange du immer unter uns weilen magst?
Die Wiesen blühen unter deinen Füßen,
Die Welt ist trunken vom Licht,
Doch das Frühlingsgras hat Wurzeln, die tief
Hinabreichen, die Gebeine darunter zu plagen.
Ist das der Grund, warum du so stumm unter uns wandelst,
Ist das das Geschenk deiner Liebe,
Uns vor dem Wissen zu bewahren, das du besitzt,
Solange, bis du wieder hinabsteigst?

– Salerianus
Quaestiones, II, i, 1-16

Die Kunde von dem, was auf der Erde und im sonnennahen Bereich geschehen war, erreichte Alpha Centauri erst lange danach. Auf welche Weise diese Nachricht kam und das Schweigen brach, das über sie verhängt worden war, ist eine andere Geschichte. Zu jenem Zeitpunkt schenkten ihr nur wenige der Demeter-Bewohner besondere Beachtung, so beunruhigend sie auch sein mochte. Sie standen eben im Begriff, jene Welt zu verlassen, die ihre Vorväter zu ihrer Heimat erkoren hatten, denn in weniger als hundert Jahren würde sie untergehen. Einer unter ihnen indes war ein Philosoph.

Sein kleiner Sohn fand ihn tief in Gedanken versunken und fragte nach dem Grund. Da es ihm nicht richtig erschien, ein Kind anzulügen, erklärte er ihm, daß die unlängst von der Mutterwelt eingetroffene Nachricht ihn beunruhigte. »Aber hab keine Angst«, fügte er hinzu. »Das ist nichts, was sich in nächster Zeit auf uns auswirken wird – wenn überhaupt jemals.«

»Was ist es?« erkundigte sich der Junge.

»Tut mir leid, das kann ich dir nicht so recht erklären«, sagte der Philosoph. »Nicht, weil es jetzt noch länger ein Geheimnis ist, sondern weil seine Ursachen zu weit in der Vergangenheit liegen.« Und weil es am Ende wohl zu kompliziert gewesen wäre.

»Kannst du es mir nicht trotzdem sagen?« drängte sein Sohn.

Mühsam schob der Vater seine Unruhe beiseite. Angesichts einer Entfernung von viereindrittel Lichtjahren mußten sie in dieser Sache keine unmittelbaren Befürchtungen hegen; jedenfalls nahm er das an. Er lächelte. »Zuerst mußt du einige Dinge aus der Geschichte wissen, und du hast noch kaum begonnen, dich damit zu beschäftigen.«

»In meinem Kopf geht das immer ganz durcheinander«, klagte der Junge.

»Ja, das ist schon eine riesige Last für einen so kleinen Kopf«, pflichtete der Philosoph bei. Er traf eine Entscheidung. Sein Kind wollte an seinen Gedanken teilhaben.

Außerdem, wenn er diese Chance wahrnahm, ihm gewisse Schlüsselfaktoren einzuprägen, mochte in dem Jungen eine Vorstellung von ihrer Wichtigkeit heraufdämmern, und das mochte eines Tages von großer Bedeutung sein. »Na, dann setz dich neben mich, und wir unterhalten uns«, forderte er ihn freundlich auf. »Wir werden einen Blick auf die Anfänge dessen werfen, wonach du fragst. Würde dir das gefallen?

Wir könnten überall und jederzeit anfangen. Bei den noch nicht ganz menschlichen Geschöpfen, die das Feuer zähmten. Bei den ersten Maschinen, den ersten Wissenschaftlern, den frühen Forschungsreisenden ... oder bei Raumschiffen, Genetik, Kybernetik, Nanotechnologie ... Aber wir werden bei Anson Guthrie beginnen.«

Die Augen des Jungen wurden groß.

»Erinnere dich immer daran, daß auch er nur ein gewöhnlicher Mensch war«, sagte der Philosoph. »Stell ihn dir nie als irgend etwas anderes vor. Das würde ihm nicht gefallen. Du weißt, er liebt die Freiheit, und Freiheit bedeutet, keine anderen Herren zu haben als sein eigenes Gewissen und seinen eigenen gesunden Menschenverstand.

Er hat mehr geleistet als die meisten von uns. Du erinnerst dich, daß es seine Firma, Fireball Enterprises, war, die das Weltall für alle erschloß. Vielen Regierungen gefiel es nicht, daß es eine so mächtige Firma gab, die beinahe eine Nation für sich war. Aber er mischte sich nicht oft in ihre Angelegenheiten ein; er wollte ihre Art von Macht gar nicht haben. Ihm genügte es, daß seine Anhänger treu zu ihm standen, genau wie er zu ihnen.

Das hätte sich ändern können, nachdem er gestorben war. Zum Glück hatte er rechtzeitig eine Bewußtseinskopie von sich anfertigen lassen. Sein Bewußtseinsmuster, seine Erinnerungen, sein Denkstil wurden auf ein neuronales Netzwerk abgebildet. Und so existierte seine Persönlichkeit in den Körpern von Maschinen weiter, als Oberhaupt von Fireball.«

»Nä, so war es doch gar nicht«, protestierte der Junge.

»Tut mir leid«, entschuldigte sich sein Vater. »Ich weiß oft nicht genau, wieviel von deinem Lernstoff du so ganz verstanden hast, so jung, wie du bist. Du hast recht, die Wahrheit ist unendlich viel komplizierter. Ich behaupte nicht, alles darüber zu wissen. Ich glaube auch nicht, daß irgend jemand das tut.

Aber laß uns weitermachen. Natürlich hast du gelernt, wie die Lunarier entstanden sind. Es war nötig, die menschlichen Gene zu verändern, wenn Menschen auf dem Erdmond leben, wirklich *leben* und Kinder haben wollten. Worüber du vielleicht noch nicht so viel gehört hast, das sind die anderen Metamorphen, die anderen Lebensformen, die ebenfalls verändert wurden, viele verschiedene neue Pflanzen- und Tierarten und sogar intelligente Wesen. Vielleicht hast du auch noch nichts von den Keiki Moana gehört.«

Der Junge legte die Stirn in Falten, während er in seinem Gedächtnis kramte. »Die – die haben Anson Guthrie einmal geholfen – die sind geschwommen?«

»Ja. Intelligente Seehunde«, sagte sein Vater. Dem Jungen waren schon multisensorische Aufzeichnungen der ursprünglichen Spezies begegnet. »Sie lebten wie gute Freunde mit ein paar Menschen zusammen; vielleicht aber waren sie noch mehr als das.« Der Philosoph hielt inne. »Aber ich greife vor. Diese Gemeinschaft wurde erst nach dem Exodus begründet.«

»Was ist das denn?«

»Ach, du bist noch nicht auf das Wort gestoßen? Sicher, es ist recht archaisch. In diesem Falle bedeutet ›Exodus‹, wie Guthrie unsere Vorfahren zur Demeter führte.«

Der Junge nickte eifrig. »Und die Vorf– die Vorfahren der Lunarier, die auf unseren Asteroiden leben. Die mußten alle gehen.«

»So ganz stimmt das nicht. Wahrscheinlich hätten sie auch dableiben können. Aber sie wären nicht glücklich gewesen, so wie alles sich veränderte und wo Fireball selbst bald nicht mehr weiterbestehen sollte.«

»Wegen der Maschinen?«

»Nein, das ist auch nicht ganz richtig. Vergiß nicht, die

Menschen haben schon seit Ewigkeiten Maschinen der einen oder anderen Art gehabt. Sie haben die Maschinen immer besser gemacht, bis sie schließlich anfingen, Roboter zu bauen, die sich darauf programmieren lassen, Dinge zu machen, ohne daß ein Mensch sie steuert. Und dann schließlich bauten sie Sophotekten, Maschinen, die denken können und *wissen*, daß sie denken, genauso wie du und ich.«

Jetzt schlich sich eine winzige Spur von Angst in die Stimme des Jungen. »Aber die So-pho-tekten, die haben sich noch besser gemacht, nicht?«

Sein Vater legte einen Arm um seine Schultern. »Hab keine Angst. Sie wollen uns doch gar nichts tun. Außerdem sind sie weit weg im Sol-System. Ja, die Erde ist jetzt völlig vom Cyberkosmos abhängig, all diesen wunderbaren Maschinen, die zusammenarbeiten und zusammen ... denken. Deshalb ist die Erde auch so ganz anders geworden als das, was wir hier haben –«

Der Philosoph hielt inne, da er wußte, wie leicht vage Ängste in Kindern entstehen und weiterwachsen, bis sie plötzlich als Alpträume auftauchen. Das, was er sagte, war sowieso schon abgeschwächt. Er wußte nicht, was der Cyberkosmos für die Menschheit bedeutete. Niemand wußte es, vielleicht nicht einmal der Cyberkosmos selbst. Am besten, er beruhigte die kleine Seele neben sich, so gut er es vermochte.

»Aber es ist immer noch die Erde, die Erde, von der man dir erzählt hat«, sagte er. »Die Länder sind immer noch alle in der Weltföderation, und die Friedensbehörde sorgt dafür, daß sie Frieden halten, und niemand muß hungern oder krank sein oder sich fürchten.« Er fragte sich, wieviel an Abschwächung in diesem Satz steckte, denn genaugenommen sprach er von einer Welt, die so fern war, daß kein Schiff irgendein Mitglied seiner Rasse durch den Weltraum dazwischen getragen hatte, seit Guthrie das gesamte Vermögen Fireballs dafür ausgegeben hatte, eine Handvoll Kolonisten hierher zu transportieren. Die Verbindung mit ihr war praktisch abgebrochen. »Und wir sind auf unsere eigene Art genauso anders als das, was die Erde einmal war«, schloß er.

Die Mutter des Jungen betrat das Zimmer. »Schlafenszeit«, verkündete sie ihm. »Gib Vati einen Gutenachtkuß.«

Der Philosoph blieb allein zurück und hing weiter seinen Gedanken nach. Eine violette Dämmerung erfüllte die altmodischen Fenster, denn die Begleitsonne stand hoch am Himmel, an einem weit entfernten Punkt ihrer Umlaufbahn. Nach einiger Zeit erhob er sich und ging hinüber zu seinem Schreibtisch. Er wollte festhalten, was immer ihm an Gedanken in den Sinn kam, solange die Nachricht noch frisch war. Noch waren die Gedanken unklar, aber er hoffte, daß er am Ende etwas Nützliches schreiben konnte, einen Brief an den Mann, der sein Sohn einmal sein würde. Zäh rang er um die richtigen Formulierungen:

»Wenige von uns werden jemals vollständig begreifen, was sich ereignet hat – vielleicht gar keiner, in Anbetracht der Tatsache, wie merkwürdig es war und ist. Gewiß können wir nicht voraussehen, wie ungeheuer weitreichend die Nachwirkungen sein werden, sei es draußen zwischen den Kometen oder noch weiter draußen, dort, wo es die Sterne selbst berührt. Ein Mann und eine Frau haben versucht, die Vergangenheit zu ergründen, verwirrt, gejagt, allein. Zwei Leben sind sich über den Tod und über die Jahrhunderte hinweg begegnet. Danach zu fragen, was es bedeutet hat, ist selbst bedeutungslos. Es gibt kein Schicksal. Aber manchmal gibt es so etwas wie Tapferkeit.«

1

Lilisaire, Hüterin des Mare Orientalis und der Kordilleren in Zamok Vysoki, ruft Kapitän Ian Kenmuir, wo immer er sein mag. Ich brauche Euch.

Von Luna aus glitt ihre Botschaft auf Trägerstrahlen über Relaisstationen, die Millionen von Kilometern entfernt voneinander kreisten, bis sie in der Kommunikationszentrale auf Ceres eintraf. Dann begann die Suche.

Dort draußen im erdfernen Raum hielten die Schiffe nur selten ununterbrochenen Kontakt mit einer der Verkehrsleitstellen. Der Computer auf dem Großasteroiden wußte nur, daß Kenmuirs Schiff die letzten siebzehn Monate über irgendwo zwischen den Jupitermonden im Einsatz gewesen war. Er gab eine Frage an sein Pendant auf Himalia, dem zehnten Mond, weiter. Über ein anderes Relais umgeleitet, benötigte die Antwort beinahe eine Stunde für den Weg. Das Schiff hatte den Bereich des Jupiter vor elf Tageszyklen solwärts verlassen, um einen bestimmten kleinen Himmelskörper anzufliegen.

In Anbetracht des Flugplans, den Kenmuir eingereicht hatte, war es das Werk von weniger als einer Mikrosekunde, die Richtung eines Laserstrahls zu errechnen, der ihn unterwegs abfangen würde. Das erforderte kein eigenes Bewußtsein, nur die Fähigkeit, mit Zahlen umzugehen. Innerhalb jenes riesigen Netzes, das der Cyberkosmos war, liefen solche robotischen Funktionen automatischer ab als die Steuerung von Atmung und Herzschlag durch den menschlichen Hirnstamm. Das bewußte Denken der Maschinen befaßte sich mit anderen Dingen.

Dennoch war der Cyberkosmos immer eins.

Das Schiff empfing die Nachricht. »Eine Botschaft für den Kapitän«, sagte es.

Kenmuir und Valanndray waren gerade dabei, Doppelchaos zu spielen. Fraktale in allen Farben und unzähligen Formen wirbelten durch den Sichttank vor ihnen. Mehr von

Intuition als vom Verstand geleitet, huschten Finger über Tasten. Formen wandelten sich, flossen, jagten auf einen gewählten Attraktor zu, taumelten davon, wenn der Gegner eine neue Funktion einführte. Völlig in ihre Partie vertieft, atmeten die Spieler rasch und flach, eine Luft, die auf ihren Befehl hin kühl und mit einem Hauch von Pinienduft versetzt war. Sie ignorierten die audiovisuelle Aufzeichnung in ihrem Rücken, die die gesamte Breite der Kabine einnahm, eine Ansicht aus den Anden, Felsen und Himmel und Schneetreiben in einem heftigen Wind.

Das Schiff sprach.

»Spiel anhalten!« schnappte Kenmuir. Das Ringen um eine stabile Konfiguration erstarrte mitten in der Bewegung.

Einen Augenblick verharrte er unter Valanndrays starrem Blick, bevor er entschied: »Ich nehme sie an der Konsole entgegen. Nichts für ungut. Es könnte eine private Angelegenheit sein.« Verspätet merkte er, daß die Entschuldigung besser gewirkt hätte, hätte er sie auf Lunarisch vorgebracht.

Er war erleichtert, als sein Passagier erwiderte, zudem in Anglo: »Selbstverständlich. Der Mangel an Privatheit macht Geheimhaltung kostbar, nicht wahr?« Der Tonfall mochte ein bißchen sardonisch sein, aber das machte nichts. Bisher waren die beiden Männer ziemlich gut miteinander ausgekommen, aber es war unvermeidlich, daß es auf einem so langen Flug zu Spannungen kam, und mehr als einmal waren sie knapp an einer offenen Auseinandersetzung vorbeigeschrammt. Immerhin gehörten sie nicht einmal derselben Spezies an.

Oder vielleicht hatte gerade das sie gerettet, dachte Kenmuir flüchtig, wie er es schon früher oft gedacht hatte. Zwei terranische Männer wie er, die Wochen oder Monate am Stück ohne andere Gesellschaft waren, hätten entweder Busenfreunde werden oder aber riskieren müssen, sich gegenseitig an die Gurgel zu springen. Zwei Lunarier wie Valanndray – nun, die Manipulation uralter Gene hatte keineswegs eine Rasse von Heiligen hervorgebracht. Aber bei diesem Team mußte keiner von beiden das Gefühl haben, daß sein Begleiter zum Verrücktwerden berechenbar wurde.

Kenmuir bezweifelte, daß ihre gelegentlichen Begegnungen mit Sophotekten besänftigend auf sie gewirkt hatten. Eine anorganische Intelligenz – eine Maschine mit eigenem Bewußtsein, falls man sie sich in diesen Begriffen vorstellen wollte – war ihnen beiden einfach zu fremdartig.

Mit einem Achselzucken tat er den Gedanken ab und trat hinaus auf den Korridor.

Um ihn herum wisperte das Schiff: Ventilationsgeräusche, Geräusche der chemischen Wiederaufbereitungsanlage, Geräusche der sich selbsttätig wartenden Konstruktion. Nur die Beschleunigung des Schiffes erzeugte weder Geräusche noch Vibrationen; bei einem Sechstel der irdischen Schwerkraft lag das Deck unter seinen Füßen so ruhig, als wäre er auf dem Mond. Im Korridor flackerte eine chromatische Abstraktion, Valanndrays Wahl. Wenn Kenmuir an der Reihe mit Dekorieren war, suchte er sich normalerweise eine Szene von seiner Heimatwelt aus, zeitgenössisch, historisch oder eine Phantasiedarstellung.

Wann immer sein Weg abwärts führte, benutzte er lieber die fest installierte Leiter als den Aufzug. Das alles half ihm dabei, in Form zu bleiben. Die Kommandokabine lag nahe des Mittelpunktes des kugelförmigen Rumpfes. Ihr Inneres bildete den umgebenden Weltraum ab, eine Wiedergabe, die besser war als die Realität. Die Sonnenstrahlung wurde so abgedämpft, daß sie nicht zum Erblinden führte. Die Sternabbildungen hingegen wurden aufgehellt, damit sie die Bordbeleuchtung überstrahlten. Ohne zu flimmern, schwärmten sie in der Dunkelheit, weiß, bernsteinfarben, glutrot, stahlblau, dazwischen eisig die Milchstraße. Jupiter strahlte wie eine Lampe, die Sonne war eine winzige Scheibe, von Feuerzungen gesäumt. Kenmuir ließ sich vor der Hauptkontrolltafel nieder. »Projiziere mir die Botschaft auf den Schirm«, befahl er.

In der Stille ringsum klang seine Stimme zu laut. Einen Augenblick lang erwachte erneut Bitterkeit in ihm. Kommandokabine! Kontrolltafel! Er sagte dem Schiff, wohin und wie es fliegen sollte; den Rest erledigte es von allein. Und dabei verfügte es nur über einen eng begrenzten Verstand. Ein Sophotekt höherer Ordnung hätte keinerlei Anweisungen von ihm bedurft. Er wußte von keinem Notfall, mit dem nicht selbst dieses Schiff allein hätte fertigwerden können, es sei denn, es war etwas, durch das es vollständig zerstört wurde.

Sein Blick schweifte über die Sterne des Südhimmels und verharrte bei Alpha Centauri. Sehnsucht packte ihn. Dort draußen lebten sie, die Nachfahren jener, die Anson Guthrie zu einer neuen Welt gefolgt waren, und eine solch gewaltige Reise würde man wohl kaum je wiederholen. Wenigstens nicht von hier aus. Vielleicht würden ihre eigenen Nachfahren Wege zu noch ferneren Sonnen finden. Wenn sie länger leben wollten als ihr zum Untergang verurteilter Planet, dann mußten sie es ganz einfach. Aber jene Katastrophe würde erst in vielen Generationen über sie hereinbrechen, und bis dahin, bis dahin –

»Reiß dich zusammen, du alter Narr«, murmelte Kenmuir. Selbstmitleid war etwas Verachtenswertes. Immerhin hatte er es geschafft, in den Weltraum zu fliegen, und die Welten, die Sol umkreisten, sollten eigentlich genug Herrlichkeiten für jeden Menschen bereithalten. Und dafür hatte er Lilisaire zu danken.

Seine Lippen verzogen sich zu einem schmerzlichen Lächeln. Dankbarkeit war hier unangebracht. Die Lunarier hatten ihre Gründe, wenn sie bei ihren Weltraumunternehmungen so viele menschliche Mitarbeiter aus beiden Rassen beschäftigten wie möglich. Er, der Terraner, erfüllte einen echten Zweck, weniger als Pilot, der höhere Beschleunigungen ertragen konnte als sie, sondern als Berater, Störungssucher, Partner der Techniker, die er zu ihren Arbeitsstellen brachte. Ein Sophotekt mit den gleichen Fähigkeiten würde nicht unbedingt mehr leisten, sagte er sich grimmig; und wenn *er* von Lebenserhaltungssystemen abhing, nun, auch eine Maschine hatte ihre Ansprüche.

Diese Gedanken hatten ihn in einem Sekundenbruchteil durchzuckt. Jetzt fesselte die Botschaft seine Aufmerksamkeit. Ihre wenigen Worte brannten sich in sein Bewußtsein ein. Eine Weile saß er sprachlos vor Erstaunen da.

Lilisaire wollte, daß er zurückkehrte. Unverzüglich.

Erwartet hatte er irgendeine Nachricht hinsichtlich der bevorstehenden Aufgabe. Daß er sie allein lesen wollte, war ein irrationaler Impuls gewesen, das plötzliche Verlangen, für fünf oder zehn Minuten zu entkommen. Während eines Fluges von vierundzwanzig Monaten wurden solche Gefühle immer stärker in einem.

Aber Lilisaire wollte, daß er auf der Stelle zurückkehrte.

»Ruhig, Junge, ganz ruhig«, flüsterte er. Laß Liebe und Lust und alle anderen Gefühle, in die du dich ihretwegen verstrickt hast, beiseite. Denk nach. Sie rief ihn nicht aus persönlichen Gründen zu sich. Er konnte vermuten, worin die Krise bestand, aber nicht, wie er ihr dabei behilflich sein konnte. Die Angelegenheit mußte ernst sein, damit sie diese Mission, in der er unterwegs war, abbrach. So quecksilbrig einige der lunarischen Magnaten auch waren, sie alle nahmen ihr Venture überaus ernst. Ein Unternehmenszusammenschluß war ihre einzige und letzte Hoffnung, eine aktive Präsenz im erdfernen Raum aufrechtzuerhalten.

Geistesabwesend, als beinahe automatische Begleiterscheinung seiner Gedanken, initiierte er eine Abtastung ihres Ziels. Es war jetzt etwa sechs Millionen Kilometer entfernt. Bei ihrer derzeitigen Bremsrate würde das Schiff in einem Tageszyklus dort sein.

Vergrößert und verstärkt schwamm das Bild des Asteroiden als zerklüfteter, länglicher Brocken im Sichttank, düster rötlich, von Kratern zernarbt, die sich mit ihren Schatten gegen das grelle Sonnenlicht abzeichneten. Verglichen mit den kleineren Jupitermonden, auf denen Valanndray mit Kenmuirs Hilfe Maschinen bei der Erschließungsarbeit angeleitet hatte, war das hier ein Zwerg.

Trotzdem hatte ein robotischer Prospektor Bodenschätze entdeckt, deren Gewinnung sich lohnte: nicht etwa verschiedene Eisarten und organische Verbindungen, sondern eisen- und aktinidenhaltige Erze. Schon wartete ein Arbeitstrupp auf menschliche Befehle – Roboter natürlich, keine Sophotekten: ohne Verstand, ohne Bewußtsein, aber vielseitig und anpassungsfähig. Kenmuirs geschulter Blick erkannte ein Landefeld, eine Ansammlung von Hütten, Lichtreflexe auf polierten Metalloberflächen.

Ganz in der Nähe ragte der skelettartige Umriß eines Schirmfeldgenerators auf, der groß genug war, um mit seinen elektrodynamischen Feldern die Partikelstrahlung nicht nur von einem Raumschiff, sondern gleich von einer ganzen Minenanlage fernzuhalten. Trotzdem war er winzig im Vergleich mit jenen, die es Kenmuir ermöglicht hatten, den Ganymed zu besuchen und lebend zurückzukehren.

Ein Besuch, und ein kurzer obendrein. Die Siedler dort waren Sophotekten, denn nur Maschinen konnten in einer solchen Umwelt funktionieren. Und nur Maschinen, die über ein Bewußtsein verfügten, konnten mit oft schrecklichen Überraschungen fertigwerden, die sie dort erwarteten. Von Rechts wegen waren die großen inneren Jupitersatelliten Territorium des Weltraumdienstes der Weltföderation. In der Praxis gehörten sie dem Cyberkosmos.

Kenmuir verscheuchte die Erinnerung und stand auf. Sein Herz hämmerte. Wieder bei Lilisaire zu sein, und bald schon, so bald! Nun gut, auch wenn seine Gefühle denen eines Knaben glichen, so konnte er doch dafür sorgen, daß wenigstens seine Worte wie die eines Mannes klangen. Er kehrte in den Freizeitraum zurück.

Valanndray war immer noch dort und spielte mit Orbitalmechanik-Variationen. Er wandte sich um und sah dem Piloten entgegen. Sein zartknochiges Gesicht ragte blaß wie Elfenbein zehn Zentimeter über das Kenmuirs auf. Während dieser Flugetappe hatte er auf alle Extravaganzen verzichtet und seine schlanke Gestalt in einen Overall gehüllt; der allerdings war aus tiefblauem Perlux, und phosphoreszierende Lichtpunkte blitzten im Gewebe. Aufgezeichneter Schnee wirbelte hinter ihm, aufgezeichneter Wind unterlegte die musikalische Stimme: »Nun, Kapitän?«

Kenmuir blieb stehen. Da er für einen Erdling großgewachsen war, ließ er sich schon lange nicht mehr von der lunarischen Körpergröße einschüchtern. »Eine Überraschung. Ich fürchte, sie wird Euch nicht gefallen.« Er wiederholte die Botschaft. In seinem Innern sang es.

Valanndray stand reglos da. »Das ist in der Tat eine 180-Grad-Kehre«, sagte er schließlich tonlos. »Was schlagt Ihr vor?«

»Euch mitsamt der Vorräte und der Ausrüstung abzusetzen und Kurs auf Luna zu nehmen. Was sonst?«

»Ihr wollt mich also vorsätzlich zurücklassen.«

»Nein, wartet. Selbstverständlich werden wir uns melden und die Situation erklären, falls man in der Zentrale nicht sowieso schon Bescheid weiß.«

Die großen, schrägen Augen verengten sich. »Nein. Beamte der Weltföderation würden den Funkspruch abfangen und von der Sache Wind bekommen.«

Gereiztheit regte sich in Kenmuir. Dabei hatte er einfach nur taktvoll sein wollen! Ihre gemeinsam verbrachten Monate hatten ihm den Eindruck vermittelt, daß sein Gefährte tief unter der Arroganz in mancher Hinsicht recht verwundbar war. Valanndray hätte sich verletzt fühlen können, daß der andere so schnell bereit war, ihn allein zurückzulassen.

Trotzdem war Kenmuir es leid, feindselige Bemerkungen über die Weltföderation zu hören, und die hier war geradezu lächerlich! Zugegeben, die Lunarier waren nicht eben erfreut gewesen, als ihre Welt wieder unter die Oberhoheit der Menschheit kam. Bei vielen, vielleicht den meisten, bestand die Ablehnung bis auf den heutigen Tag fort. Aber – im Namen der Vernunft! – wie lange vor ihrer Geburt hatte diese Veränderung stattgefunden? Und ihr Verlangen nach ›Unabhängigkeit‹ war schlichtweg *falsch*. Was Nationalstaaten zur Zeit ihrer Existenz so sicher hervorgebracht hatten, wie verseuchtes Wasser Krankheiten ausbrütete, war Krieg gewesen.

»Die Nachricht kam unverschlüsselt herein, weil wir sie sonst nicht hätten lesen können«, sagte Kenmuir. »Wir haben keine kryptographische Ausrüstung an Bord, oder? Na schön, jetzt ist sie in den Datenbanken. Wen kümmert das? Falls irgend jemand sie bemerkt, wird er dann nach der Friedensbehörde rufen? Ich glaube kaum, daß Lady Lilisaire einen Aufstand plant.«

Als er seinen Sarkasmus bemerkte, beeilte er sich, beschwichtigend hinzuzufügen: »Ja, wir werden das Venture benachrichtigen, obwohl ich zu behaupten wage, daß sie das schon selbst getan hat. Es wird dann wohl ein anderes Schiff und einen anderen Teamgefährten für Euch entsenden. Binnen ein oder zwei Wochen, würde ich annehmen.«

Er war erleichtert, keinen Zorn wahrzunehmen. Statt dessen musterte Valanndray den Raumfahrer, als betrachte er einen Fremden. Er sah einen in tristes Grau gekleideten Mann, hager bis zur Ausgezehrtheit, mit großen knochigen Händen, schmalem Gesicht und vorspringender Nase, angegrautem, sandfarbenem Haar, kurz geschnitten, Falten um den Mund und Krähenfüßen in den Winkeln der grauen Augen. Der Blick machte Kenmuir verlegen. Er war sehr entschlußfreudig, wenn er es mit der Natur, mit dem Weltraum, mit Maschinen zu tun hatte, aber wenn es um Zwischenmenschliches ging, konnte er plötzlich schüchtern werden.

»Die Herren des Ventures werden alles andere als erfreut sein«, sagte Valanndray.

Kenmuir rang sich ein Lächeln ab. »Das liegt auf der Hand. Durcheinandergebrachte Pläne, zusätzliche Kosten.« Wo sowieso alles nur gerade eben noch rentabel war, dachte er. Die zusammengeschlossenen Firmen und Kolonisten stellten keine wirkliche Konkurrenz für den Weltraumdienst und seine Sophotekten dar. Das konnten sie auch gar nicht. Was ihnen half, im Geschäft zu bleiben, das waren im Grunde die Subventionen von den früheren aristokratischen Familien und von Lunariern niedrigeren Ranges, die aus lunarischem Stolz heraus mit ihnen Geschäfte machten. Und dennoch siechten ihre geschäftlichen Unternehmungen dahin, nahmen ab wie die Zahl der Lunarier selbst ...

Er zwang sich zu Nüchternheit: »Aber Lady Lilisaire ist eine Macht unter ihnen, vielleicht in größerem Maße, als Ihr oder ich es wißt.« Sein Puls hämmerte erneut.

Valanndray spreizte die Finger. Ein Terraner hätte mit den Achseln gezuckt. »Sie kann sich gegen sie behaupten, ja. Ihr solltet gehen, Kapitän.«

»Es ... es tut mir leid«, sagte Kenmuir.

»Das ist nicht wahr«, entgegnete Valanndray. »Ihr könntet dieser Anweisung widersprechen. Doch nein, Ihr werdet gehen, und mit mehr Schub als bloß einem irdischen G.«

Warum dieses grimmige Mißfallen? Er und Kenmuir hatten sich in einer effektiven Partnerschaft arrangiert, was einschloß, daß man mit den Eigenheiten des anderen klarkam. Ein Neuankömmling würde Zeit brauchen, sich anzupassen. Aber der Erdenmensch spürte, das noch etwas anderes dahintersteckte.

Eifersucht, daß Lilisaire Kenmuir und nicht ihn wollte, obwohl Kenmuir ein nichtlunarischer Angestellter war und Valanndray ihr Artgenosse, ja sogar ein Mitglied ihrer Phyle*? Wie gut der Pilot diesen lunarischen Katerstolz kannte; wie gut er gelernt hatte, ihm auszuweichen!

Oder eine ganz andere Art von Eifersucht? Kenmuir schob die Frage beiseite. Einmal nur hatte Valanndray so etwas wie eine erotische Anspielung gemacht. Prompt hatte Kenmuir das Thema gewechselt, und es war nie wieder davon gesprochen worden. Durchaus möglich, daß er etwas mißverstanden hatte. Wer von seiner Rasse hatte jemals einen Blick in das innerste Herz eines Lunariers getan? Auf jeden Fall hatten sie eine *quivira*, um sich zu entspannen. Kenmuir wußte nicht, was für Pseudo-Erlebnisse Valanndray für sich in der Traumbox erzeugte, genausowenig, wie der Erdenmensch über seine sprach.

»Wenn Euch der Gedanke mißfällt, könnt Ihr gemeinsam mit mir zurückfliegen«, sagte er. »Das ist Euer gutes Recht.« Auf dem Mond hatten Verpflichtungen zwischen Unter-

* Phyle [griech.]: Stamm *(A. d. Ü.)*

gebenen und Anführern durchaus ihre Macht, aber es war die Macht eines Flusses, unaufhörlich wandelbar in Form und Stärke.

Valanndray schüttelte den Kopf. Lange, platinfarbene Locken flogen seitlich der Ohrmuscheln weg, die keine derartigen Wülste hatten wie die Kenmuirs. »Nein. Ich habe meine Gedanken seit Wochen in jenen Asteroiden dort drüben versenkt, in die Hypertexte, die Simulationen, das ganze darüber verfügbare Wissen. Niemand kann mich ohne weiteres ersetzen. Würde ich jetzt aufgeben, wäre die Föderation wieder ein Stück reicher, ein Stück mächtiger, als mein Volk.«

Kenmuir erinnerte sich an Unterhaltungen zwischen ihnen und an den Umgang, den er mit anderen gehabt hatte: auf Luna, auf dem Mars, den Mini-Welten des Asteroidengürtels, den Jupiter- und Saturnmonden. Gemessen an den Terranern war die Zahl dieser lunarischen Raumfahrer und Kolonisten nur gering. Ebenso spärlich war ihr Besitz, gemessen an dem, was die Maschinen im Namen Terras verwalteten. Aber wenn sie sich in ihrem Zorn zusammenschlossen und alle ihnen zur Verfügung stehenden Ressourcen einsetzten, dann konnte das zu einer Katastrophe führen, die alle übertraf, die die Geschichte je gesehen hatte.

Nein, immer langsam. Er geriet ins Phantasieren. Überhöre Valanndrays letzte Worte. Es braute sich keine Revolte zusammen. Krieg war ein Schrecken der fernen Vergangenheit, so wie Seuchen. »Das ist ungemein loyal von Euch«, erwiderte Kenmuir.

»Ich habe meine ganz eigene Vision der Zukunft«, erklärte Valanndray ihm. »Zu gegebener Zeit will ich Einfluß im Rat besitzen. Hier kann ich einen Teil davon erlangen.« Das Eingeständnis war typisch lunarisch. »Ich bedauere, in dieser letzten Phase unseres Fluges auf Eure Hilfe verzichten zu müssen; aber geht nur, Kapitän, geht.«

»Äh, aus welchem Grunde auch immer die Lady mich zurückruft, es muß wichtig sein. Für das Wohl – Lunas –«

Valanndray lachte. Kenmuir errötete. Für das Wohl

Lunas? Wohl kaum ein lunarisches Konzept! Bestenfalls für das Wohl der Phyle. Immerhin konnte auch das einen Nutzen für die ganze Rasse mit einschließen.

»Was mich betrifft«, sagte Valanndray, »so werde ich darüber nachdenken. Wir können unsere Partie später zu Ende führen. Bis zur Abendwache, Kapitän.« Er legte die rechte Handfläche auf seine linke Brustseite, der Höflichkeitsgruß, und schlenderte zur Tür hinaus.

Kenmuir stand eine Weile allein. Lilisaire, Lilisaire!

Aber warum wollte sie jemanden, der so unbedeutend war wie er, an ihrer Seite haben?

Wegen des Habitats? So weit weg und so von anderen Dingen in Anspruch genommen, wie er es gewesen war, hatte er nur flüchtige Erwähnungen dieses Projekts aufgeschnappt. Wie es schien, wollte die Föderationsregierung es tatsächlich durchziehen. Das würde Wut auf Luna erregen – eine technische Glanzleistung, die eine Massenauswanderung von der Erde ermöglichte – aber, was, beim vielfältigen Kosmos, konnte er dagegen tun?

Was *sollte* er tun? Er war kein Rebell, kein Ideologe, nichts als ein einfacher und friedliebender Mensch, der im lunarischen Venture arbeitete, weil es ein paar Jobs für Terraner bot, die lieber draußen zwischen den Sternen waren als sonstwo.

Ob er Kontakt mit Ceres aufnehmen und die neuesten Nachrichten aus dem Sonnensystem, unter besonderer Berücksichtigung des Habitats, abrufen sollte?

Nein. Ein Frösteln durchlief ihn. Ein solcher Anruf unmittelbar im Anschluß an das, was soeben geschehen war, mochte Aufmerksamkeit erregen. Oder auch nicht. Aber wenn der Cyberkosmos, der unermüdlich seine Datenbanken auf der Suche nach signifikanten Korrelationen überprüfte, diese entdeckte –

Was dann? Schließlich hatte er ja nichts Ungesetzliches vor. Oder?

Trotzdem war es vielleicht am besten, wenn er für diesmal darauf verzichtete, die neuesten Nachrichten abzurufen.

Besser, er wartete damit, bis er Luna erreichte, vielleicht, bis er und Lilisaire sich zurückgezogen hatten.

Kenmuir merkte, daß er auf dem Weg in seine Kabine war.

Sie zu betreten, war fast so wie eine Heimkehr. Dieser Raum war sein, war er. Den meisten seiner Freizeitbeschäftigungen ging er anderswo nach: Handball spielen in der Turnhalle, Figurinen modellieren in der Werkstatt, was auch immer. Hierhin aber ging er, um er selbst zu sein. Aus der Datenbank des Schiffes rief er alles an Büchern und Dramen, an Musik und bildender Kunst ab, was er sich wünschte. Er hing seinen Gedanken nach und durchlebte noch einmal seine Erinnerungen, ungestört, unbeobachtet, wenn er vielleicht einen Namen flüsterte oder mit der Faust in die offene Handfläche schlug. An den Wänden hingen ein paar zweidimensionale Bilder. Sie zeigten das Hochlandmoor seiner Kindheit; den Grand Canyon in Colorado, von ihm selbst fotografiert; seine Eltern, die seit Jahren tot waren; Dagny Beynac, die seit Jahrhunderten tot war ...

Aus einem Schränkchen nahm er eine Flasche und goß sich einen unverdünnten Brandy ein. Normalerweise neigte er nicht zu einsamem Trinken oder dem Genuß von Lustig oder Hirnstim oder anderen Rauschmitteln. Er rationierte auch streng seine Zeit in der *quivira* und die Abenteuer, die er dort träumte. Er hatte auf die harte Tour gelernt, daß er das mußte. Jetzt aber wollte er sich entspannen.

Er ließ sich in seinen Sessel fallen, lehnte sich zurück, legte die Füße auf den Schreibtisch. Bei voller Erdschwere war die Haltung entspannender. Ja, auf dem Weg nach Luna würde er ganz bestimmt mit dieser oder einer noch größeren Beschleunigung fliegen. Aus Lilisaires Worten folgte, daß es ihm freistand, Energie zu verschwenden. Also würde er nicht die Zentrifuge benötigen, um seinen Muskeltonus aufrechtzuerhalten. Natürlich würde er nicht auf seine asiatischen Kampfsportarten und die damit zusammenhängenden Übungen verzichten. Was den Rest seiner Zeit betraf, konnte er lesen, einige seiner liebsten Klassikshows abspielen und – und jetzt sofort Bachs Zweites Brandenburgisches Konzert aufrufen. Sein Sinn stand ihm nach etwas Antikem.

Während die Noten heranmarschiert kamen, während der Alkohol sich über seine Zunge und in seinen Blutkreislauf brannte, suchten seine Augen das Porträt Dagny Beynacs und verweilten darauf. Stets hatte ihre Gestalt heroisch vor ihm gestanden. Er war sich nicht sicher warum. Oh, er wußte, was sie geleistet hatte, er hatte drei Biographien gelesen und Erinnerungen an sie überall auf Luna gefunden; aber andere waren ebenfalls bedeutend gewesen. Lag es an ihrer Verbindung zu Anson Guthrie? Oder lag es, teilweise jedenfalls, daran, daß sie ein wenig seiner Mutter ähnelte?

Zum tausendstenmal betrachtete er sie. Das Bild war aufgenommen, als sie gerade in die mittleren Jahre kam. Für eine Erdgeborene war sie groß, einhundertachtzig Zentimeter. Sie stand vor dem Hintergrund eines Gewächshauses, in dem unter dem Einfluß der Mondschwerkraft Blumen verschwenderisch wuchsen. Ein Sari und ein Kopftuch umhüllten eine kräftige, aufrechte, schwerbrüstige Gestalt. Aus den Aufzeichnungen wußte er, daß ihr Gang frei ausschreitend gewesen war. Ihr Gesicht war ein bißchen zu herb und energisch, um im konventionellen Sinne schön zu sein, mit breiten, hohen Wangenknochen, leicht gebogener Nase, vollem Mund und rundem Kinn. Weit auseinanderstehende, meerblaue Augen blickten offen unter Haaren hervor, die dick und rot waren, mit Untertönen von Bronze und Gold, und in einem Pony über die Stirn und in Wellen hinab bis zur Kinnlinie fielen. Trotz eines halben Lebens unter dem Einfluß von Sonne und Wetter und Strahlung war ihre Haut immer noch milchweiß. Er hatte ihre Stimme gehört. Sie war leise, mit den Andeutung eines Schnarrens darin – »Whisky-Tenor« hatte sie es genannt.

Wenn ihr Geist, so wie der Guthries, bis heute in der Welt geblieben wäre, was hätten die beiden nicht alles zuwege bringen können! Aber nein, sie hatte ihre eigene Löschung befohlen. Und sie mußte es ja am besten wissen. Angesichts ihrer Weisheit konnte daran wohl kein Zweifel bestehen.

Schwer zu glauben, daß auch sie einmal jung gewesen

war, verwirrt, hilflos. Kenmuir spürte, wie seine Phantasie zurück in die Vergangenheit glitt, beinahe so, als könne er sie damals sehen. Es war ein Refugium vor der Gegenwart und vor der Zukunft. Ungeachtet aller Fakten und aller Logik hatte er das Gefühl, daß er auf größeren Ärger zusteuerte, als irgend jemand erwartete.

2

Die Mondmutter

Es war immer so etwas wie ein Ereignis, über das sogar in den örtlichen Nachrichtenmedien berichtet wurde, wenn Anson und Juliana Guthrie Aberdeen im nordamerikanischen Bundesstaat Washington besuchten. Selfmademilliardäre waren keine alltägliche Erscheinung, jedenfalls nicht in einer kleinen Hafenstadt, und erst recht nicht, nachdem die Holzaufbereitung, vormals die Hauptstütze des benachbarten Hoquiam, dahingeschwunden war. Nicht, daß die Guthries viel Theater um ihren Status gemacht hätten. Im Gegenteil, sie mieteten ganz gewöhnliche Räumlichkeiten und vermieden während ihres Aufenthalts – der normalerweise nur kurz ausfiel, da ihre Geschäfte sie bald wieder zurückriefen – öffentliche Auftritte so weit wie möglich. Honoratioren und lokale Berühmtheiten, die sich um ihre Gesellschaft bemühten, wurden mehr oder weniger höflich abgewimmelt. Statt dessen waren die Guthries mit den Stambaughs und, in späteren Jahren, mit den Ebbesens zusammen. Auch das rief Verwunderung hervor. Was konnten sie mit Menschen gemeinsam haben, die hart arbeiten mußten, um sich einen bescheidenen Lebensunterhalt zu verdienen?

»Wir kommen prima miteinander aus, wir haben Spaß miteinander, das ist alles«, erklärte Guthrie einmal einem Reporter. »Wissen Sie, meine Frau und ich sind auch keine

Kinder reicher Eltern. Unser Hintergrund unterscheidet sich nicht so sehr von dem dieser Menschen. Wir kennen sie jetzt seit vielen Jahren, und alte Freunde sind immer noch die besten, genauso wie alte Schuhe, nicht wahr?« Besagte Freunde erzählten jedem, der danach fragte, in etwa dasselbe. Die Gemeinde lernte, die Sachlage zu akzeptieren. Und als das politische Klima sich änderte, nahm auch der Neid auf sie ab.

Die Beziehung begann erst recht ungewöhnlich zu erscheinen, als die Guthries alles, was sie besaßen, auf das Bowen-Laserkatapult setzten und Fireball Enterprises gründeten. Ihr Scheitern wäre fast so spektakulär gewesen, wie ihr Erfolg es dann tatsächlich war, höchstens vielleicht weniger bedeutsam. Aber nach sieben Jahren beherrschte ihre Firma die Weltraumaktivitäten im erdnahen Raum und rüstete Schiffe aus, die hinausfliegen und die Reichtümer des Sonnensystems einbringen sollten. Trotzdem kehrten sie von Zeit zu Zeit immer wieder einmal nach Aberdeen zurück und waren in denselben kleinen Häuschen zu Gast.

Schließlich luden sie sogar die junge Dagny Ebbesen dazu ein, sie zu einem Kurzurlaub oben an der Küste zu begleiten. Jahrhunderte später konnte Ian Kenmuir intelligentere Mutmaßungen darüber anstellen, als ihre Nachbarn es jemals taten, was der wirkliche Grund war und was sich tatsächlich abspielte.

Anfangs holte sich das Mädchen mehr Kraft und Trost bei der Frau. Gegen Ende des Aufenthalts jedoch nahm Juliana ihren Ehemann beiseite und murmelte: »Sie muß sich mal unter vier Augen mit dir aussprechen. Unternimm einen Spaziergang mit ihr. Einen langen.«

»Hä?« Anson zog seine struppigen Augenbrauen hoch. »Wieso denkst du das?«

»Ich *denke* das nicht, ich *fühle* es«, erwiderte Juliana. »Mich hat sie gern; dich verehrt sie.«

Er dachte an ihre eigene Tochter zurück – sie lebte in

Quito, glücklich verheiratet, aber er erinnerte sich gewisser vertraulicher Mitteilungen, die sie ihm verzweifelt gemacht hatte – und nickte nach einer Weile. »Okay. Ich weiß nicht, wie ich das einschätzen soll, aber okay.«

Als er Dagny anpolterte: »He, du siehst ja umwölkter aus als der Mount Rainier. Ich glaube, du mußt mal ein paar Kilometer marschieren und ein bißchen Salzluft schnuppern«, da fing sie an zu strahlen.

Der Ferienort war altmodisch, kleine verschindelte Cottages zwischen Bäumen. Jenseits der zerbröckelnden Straße, die an ihm vorbeiführte, dräute immergrüner Wald unter einem silbergrauen Himmel und rauschte im Wind. Eine Treppe führte ein Steilufer zu einem Strand hinunter, der sich weiter nach rechts und links erstreckte, als das Auge reichte. Unterhalb der Höhen und oberhalb des sauberen Sandes lag Treibholz verstreut herum, riesige ausgebleichte Stämme, kleinere Stücke von Bäumen und Strandgut. Die Brandung toste weiß. Dahinter wogten die Wellen in eisenfarbenen Tönen. Wo sie auf ein Riff trafen, schäumten sie hoch auf. Ein paar Möwen segelten auf dem Wind, der trostlos wie ein Dudelsack pfiff und Gerüche nach Meer und den Biß zerstäubten Wassers mit sich trug. In diesem Herbst und in diesen schweren Zeiten hatte Guthries kleine Gesellschaft den Ort ganz für sich.

Er und das Mädchen wandten sich nach Norden. Eine Weile stapften sie schweigend dahin. Sie gaben ein seltsames Paar ab, nicht nur wegen des Altersunterschieds. Er war groß und stämmig, mit einem groben, tief zerfurchten Gesicht unter lichter werdendem, rötlichem Haar. Ihr eigenes Haar, das unbedeckt war, flatterte in verfilzten Locken, der einzige helle Fleck weit und breit. Bis jetzt war sie immer noch schlank und leichtfüßig, und nichts außer einer Fülle, die sich in ihren Brüsten sammelte, verriet ihren Zustand. Jedesmal, wenn sie eine Tangfläche überquerte, brachte sie ein oder zwei Blasen unter ihrem Absatz zum Platzen. Als sie einen unbeschädigten Sanddollar erspähte, hob sie ihn mit einem Gurren des Vergnügens auf. Schließlich war sie trotz allem gerade erst sechzehn.

»Hier.« Sie drückte Guthrie den Seeigel in die Hand. »Für dich, Uncans.«

Er nahm ihn und fragte dabei: »Willst du ihn nicht selbst haben, als Souvenir?«

Sie errötete. Ihr Blick senkte sich. Er hörte kaum: »Bitte. Für dich und ... und Tantchen – etwas, das euch immer an mich erinnert.«

»Tja, danke, Diddyboom.« Er drückte kurz ihre Hand, ließ wieder los und verstaute die Scheibe in einer Jackentasche. »*Muchas gracias*. Nicht, daß wir dich sonst vergessen würden.«

Die Kosenamen wehten im Wind davon, als wäre der Wind die Zeit selbst. Es waren Namen aus einer Vergangenheit, in der sie auf unsicheren Beinchen auf ihn zuwackelte und noch nicht richtig »Onkel Anson« sagen konnte. Eine Zeitlang gingen sie nebeneinander her auf dem feuchten Streifen, wo das Meer den Sand zusammengedrückt und geglättet und dunkler verfärbt hatte. Wasser zischte von den Brechern her, bis es fast um ihre Füße leckte.

»Bitte, danke mir nicht!« rief sie plötzlich.

Er warf ihr einen blaßblauen Blick zu. »Wieso denn nicht?«

Tränen glitzerten. »Ihr habt so viel für mich getan, und ich, ich habe noch nie etwas für euch getan. Kann ich euch nicht einmal eine Muschelschale schenken?«

»Natürlich kannst du das, Schatz, und wir werden ihr ein gutes Zuhause geben«, antwortete er. »Wenn du glaubst, du schuldest Juliana und mir etwas, dann zahle die Schulden später zurück, indem du eines Tages mal jemandem, der es braucht, unter die Arme greifst.« Er hielt inne. »Aber du schuldest uns nichts, nicht wirklich. Unser Ehrenstatus hat uns jede Menge Freude bereitet. Genaugenommen gehörst du für uns praktisch zur Familie.«

»Weshalb?« fragte sie halb herausfordernd, halb flehend. »Was um alles in der Welt ist der Grund dafür?«

»Nun ja«, sagte er vorsichtig, »du weißt, ich bin ein alter Bekannter deiner Eltern. Deine Mutter kenne ich, seit sie noch eine Sprotte war, und als dein – damals noch zukünftiger – Daddy sie heiratete, war ich entzückt, was für einen Fang sie da gemacht hatte. Juliana war der gleichen Meinung.« Er gestattete sich Lächeln. »Ich hatte eigentlich erwartet, daß sie ihn einen *dinkum cobber* schimpfen würde, bis sie mich daran erinnerte, daß Aussies heutzutage nicht mehr so reden, es sei denn, sie wollen einen Touristen ausnehmen.«

»Aber wir ... wir sind niemand.«

»Unsinn. Menschen wie ihr nehmt keine Almosen an und braucht auch keine. Wenn ich euch ein bißchen geholfen habe, dann auf rein geschäftlicher Basis.«

Sie hatte andere Erfahrungen gemacht. Helen Stambaughs Vater war Besitzer eines Fischerboots gewesen, bis die Fischereibetriebe pleite gingen. Guthrie hatte als stiller Teilhaber das Kapital zur Verfügung gestellt, damit er mit einem Charterkreuzer, der zur Straße von Juan de Fuca hinauf- und zwischen den Inseln umherfuhr, noch einmal neu anfangen konnte. Eine Zeitlang hatte er damit einen bescheidenen Erfolg gehabt. Sigurd Ebbesen, ein Einwanderer aus Norwegen, war sein Maat, dann bald sein Schwiegersohn und dann, mit einer weiteren Finanzspritze Guthries, ein gleichberechtigter Partner geworden, der ein zweites Boot befehligte. Aber das Unternehmen war zusammengebrochen, als die gesamte nordamerikanische Wirtschaft es tat. Der alte Mann hatte sich mit einer bescheidenen Rente zur Ruhe setzen können. Sigurd hatte nur überlebt, weil Guthrie mehrere seiner Geschäftspartner und Angestellten davon überzeugte, daß es angenehm war, einen Teil seiner Freizeit so zu verbringen. Allerdings hatte Dagny, das erste von zwei Kindern, nach Schulschluß als Küchenbulle mitarbeiten müssen. Sie war zum Matrosen aufgestiegen, dann, immer noch unbezahlt, zum Maat und Mechaniker in einer Person, während sie in jeder wolkenlosen Nacht zu den Sternen aufschaute.

»Nein«, protestierte sie. »Das war nicht rein geschäftlich, nicht wirklich. Du ... du bist einfach b-bloß ein guter Mensch –«

Ihr Gestammel brach ab. Sie schluckte einen abgehackten Atemzug herunter, rieb sich mit den Handknöcheln die Augen und ging schneller.

Guthrie paßte sich ihrem Schritt an. Er gestattete ihr hundert Meter Ruhe, die nur vom Wind und der Brandung und den Sturmmöwen unterbrochen wurde, bevor er ihr eine Hand auf die Schulter legte und sagte: »Freunde sind Freunde. Ich beurteile niemanden nach seinem Bankkonto. Dazu bin ich selbst zu verdammt oft arm gewesen.«

Sie blieb ruckartig stehen. »Es tut mir leid! Ich wollte nicht –«

»Sicher.« Ein Lächeln legte sein Gesicht in Falten. »So gut kenne ich dich immerhin.« Er seufzte. »Ich wünschte, ich würde dich besser kennen. Wenn ich euch nicht nur in so großen Abständen hätte sehen können –« Der Rest verwehte im Wind.

Obwohl die Fäuste an ihren Seiten sich ballten, brachte sie die Gemütsruhe auf, ihn geradeheraus anzublicken und mit beinahe fester Stimme zu sagen: »Dann hättest du mich vielleicht aus dieser Klemme herausbugsieren können, in die ich mich gebracht habe? Ist es das, was du denkst, Uncans? Wahrscheinlich hast du recht.«

Wieder lächelte er schief. »Du bist nicht ganz allein da hineingeraten, *muchacha*. Du hattest einen begeisterten Helfer.«

Die Farbe auf ihren Wangen kam und ging. »Hasse ihn nicht. Bitte nicht. Er hätte es nie getan, wenn ich – wenn ich nicht –«

Guthrie nickte. »Yeah, ich verstehe. Außerdem, als ich davon erfuhr, habe ich mir die Umstände ein bißchen genauer angeschaut. Liebe und Lust und mehr als nur ein bißchen Rebellion, richtig? Nach allem, was man hört, ist Bill Thurshaw ein anständiger Junge. Intelligent außerdem. Ich schätze, ich werde jemanden engagieren, der ihn im Auge behält, und wenn er vielversprechende Ansätze zeigt – Aber das kommt später. Im Augenblick jedenfalls seid ihr zwei zu jung, um zu heiraten. Das wäre nur ein Fliegenfänger für tausend verschiedene Probleme, bis ihr euch trennen würdet; und am meisten würde euer Kind darunter leiden.«

Mit jeder Minute gefaßter, fragte sie ihn: »Was soll ich dann tun?«

»Um das zu entscheiden, haben wir dich hierher gebracht«, erinnerte er sie.

»Dad und Mutter –«

»Die treiben mit gebrochenem Ruder dahin, die armen Seelen. Sicher, sie werden dir beistehen, egal, wie immer du dich entscheidest, was immer die feixenden Nachbarn sagen und was immer die Behörden, die ihre Nase in alles hineinstecken müssen, tun, aber was ist der am wenigsten falsche Kurs? Sie müssen auch an deinen Bruder denken. Allein schon die Schule könnte zu einer Dauerbelastung werden, angesichts der klebrigen Frömmigkeit, die sich über dieses Land gelegt hat.«

Für einen Augenblick wunderte sie sich: »Frömmigkeit? Der Erneuerungsbewegung ist Gott doch völlig schnuppe.«

»Ich hätte ›Frömmelei‹ sagen sollen«, knurrte er. »Puritanismus. Masochisten, die uns ihren Willen aufzwingen wollen, damit wir genauso werden wie sie. Oh, sicher, heutzutage lauten die Parolen ›Milieu‹ und ›soziale Gerechtigkeit‹, aber es ist derselbe öde Dreck, das, was Churchill mal ›Gleichheit im Elend‹ nannte. Und wozu Bismarck noch früher sagte, daß Gott auf Narren, Betrunkene und die Vereinigten Staaten von Amerika aufpaßt; aber als die Nordamerikanische Union für die Liste der Erneuerungsbewegung gestimmt hat, da war Gott vermutlich mit seiner Geduld am Ende.«

Ein gemeinsames Bedürfnis führte zu der unausgesprochenen Übereinkunft, weiter nebeneinander den Strand entlangzuwandern. Der Sand gluckste schwach unter ihren Schuhen; die hereinkommende Flut begann ihre Spuren zu verwischen. »Mach dir nichts draus«, sagte Guthrie. »Mein Mund neigt zu sehr dazu, unzusammenhängend draufloszureden. Laß uns wenigstens irgendwo in der Nähe des Themas bleiben. Du bist schwanger. Das ist angesichts des nationalen Klimas heutzutage schon schockierend genug, aber außerdem sträubst du dich dagegen, das in bezug auf deine

Umgebung einzig Verantwortungsbewußte zu tun und einer Abtreibung zuzustimmen.«

»Aber es ist ein Leben«, flüsterte sie. »Ich habe es nicht darauf angelegt. Und es ... es vertraut mir. Ist das verrückt?«

»Nein. ›Abtreibung‹ heißt, daß sie dieses Leben in dir vergiften, bis du es verlierst. Wenn du noch länger wartest, heißt es, daß sie den Schädel zerquetschen, alle störenden Gliedmaßen abschneiden und es aus deinem Körper herauszerren. Yeah, es gibt Fälle, in denen das notwendig erscheinen mag, und es gibt sowieso schon viel zu viele Menschen. Aber wenn sie auf der halben Welt zu Millionen an Hunger und an Krankheit und an Regierungsmaßnahmen sterben, dann, so möchte ich meinen, können wir uns noch ein paar neue kleine Leben leisten.«

»Aber ich –« Sie hob die Hände und starrte die leeren Handflächen an. »Was kann ich tun?« Ihre Finger schlossen sich. »Was immer du sagst, Uncans.«

»Du bist wirklich ein Mensch mit Stolz«, bemerkte er. »Ich habe den Verdacht, daß diese ganze Sache, einschließlich deiner Hoffnung, das Baby retten zu können, teilweise deinem Verlangen nach frischer Luft in all der erstickenden Öligkeit um dich herum entspringt. Nun, wir haben es in den letzten Tagen immer wieder durchdiskutiert, Juliana und ich. Wir wollten dich nicht unter Druck setzen, weder in der einen noch in der anderen Richtung. Wir wollen nur helfen. Aber zuerst mußten wir dir doch wohl dabei helfen, dich vorwärtszutasten, bis du wußtest, was du selber willst, nicht wahr?«

»Mit euch konnte ich immer reden ... besser als mit irgendwem sonst.«

»Mh-hm, vielleicht, weil wir nicht so oft da waren.«

»Nein, es lag an *dir,* Uncans.« Rasch: »Und natürlich auch an Tantchen. Also schön. Was soll ich tun?«

»Das Baby bekommen. Das ist ziemlich sicher entschieden. Juliana glaubt, daß du dich ewig grämen wirst, wenn du es nicht tust. Dein Leben wäre vielleicht nicht gerade ruiniert, aber du würdest dich nie mehr rundherum glücklich fühlen. Von der Tötung an sich einmal ganz abgesehen, wüßtest du, daß du gekniffen hast, was offensichtlich nicht deinem Wesen entspricht. Vertrau auf Julianas Scharfblick. Hätte ich mich darauf nicht verlassen können, wäre ich längst total pleite und ein Strandräuber.«

»Du verstehst mich auch. Du hast mir die Augen geöffnet.«

»Nö. Ich habe nur angemerkt, daß man in Anbetracht der Tatsache, wie rasend schnell sich Schwachköpfe und Kollektivisten vermehren, DNS wie deine und Bills nicht durchs Klo runterspülen sollte.« Sein absichtlich grober Tonfall wurde sanfter. »Das war aber nicht die Grundlage für die Entscheidung. Du allein warst es, was zählte, Dagny, und Juliana war es, die dich behutsam aus deiner Verwirrung herausgeführt hat. Okay, jetzt bin ich an der Reihe. Wir haben das ›Was‹ und das ›Warum‹ geklärt, jetzt müssen wir das ›Wie‹ klären.«

Ihr Schritt stockte. Sie fing sich wieder, schluckte, blickte in die Ferne vor ihr und fragte ruhig: »Du glaubst nicht, daß ich das Baby behalten sollte, nicht wahr?«

»Nein. Du bist noch nicht so weit, dich jetzt schon festzulegen. Meine Vermutung geht dahin, daß du das auch nie sein wirst, es sei denn, du findest den richtigen Ort dazu, einen Ort, an dem du deine Begabungen wirklich einsetzen kannst. Es wird weh tun, dein Kleines wegzugeben, sobald du es geboren hast, aber diese Verletzung wird heilen. Schau mal, wir werden die besten Pflegeeltern besorgen, die wir finden können; und ich habe das Geld, um eine vernünftige Suche nach ihnen in die Wege zu leiten. Nicht in diesem Land, unter diesem erbärmlichen Regime, sondern im Ausland, vielleicht in Europa. Keine Angst, ich werde schon eine Möglichkeit finden, alle Gesetze zu umgehen, die dem entgegenstehen könnten. Du wirst wissen, daß du das Richtige getan hast, und kannst die ganze Sache hinter dir lassen.«

Einmal mehr nahm sie kurz seine Hand. »Das werde ich nie – nicht völlig – aber ... danke.«

»Was aber wird in der Zwischenzeit und hinterher aus dir?« fuhr er systematisch fort. »Laß uns das tun, wofür ich schon früher hätte sorgen sollen, und dich auf Dauer hier herausholen.«

Sie versteifte sich. Ihre Stimme klang dünn. »Nein. Ich hab's dir schon gesagt, als du es zum ersten Mal vorschlugest. Dad braucht mich.«

»Und ist zu stolz, mir zu erlauben, daß ich jemanden für ihn anheuere, der gegen Geld das macht, was du bisher umsonst gemacht hast. Ich weiß. Deswegen habe ich ja auch nie den Vorschlag gemacht, dich auf eine Schule zu stecken, wo man anstelle der Parteilinie der Erneuerungsbewegung Fakten und eigenständiges Denken lehrt. Aber jetzt geht es um die Wurst, Schätzchen. Wenn du zu Hause bleibst und das Kind bekommst, bezweifele ich, daß die Gemeinde noch länger für deine Familie bewohnbar sein wird. Und die Geschichte steht für immer in deinen Akten, auf Tastendruck für jeden Wichtigtuer abrufbar. Wenn du mehr oder weniger sofort untertauchst, wird der kleine Skandal keine größeren Ausmaße annehmen, er wird bald aus dem Gedächtnis der Leute verschwinden. Du bist dann bloß ein schwarzes Schaf, das die Herde verlassen hat und das man bald vergißt. Was das Gewerbe deines Vaters angeht, nun ja, dein Bruder ist fast vierzehn. Durchaus in der Lage, deine Rolle zu übernehmen, und erpicht darauf, wenn ich ihn richtig einschätze.«

»Ich … ich glaube wohl –«

Einen halben Kilometer weit blieben sie stumm, allein zwischen dem Meer und dem Treibholz.

Dann platzte sie heraus: »Wohin? Wann?«

Er lachte stillvergnügt in sich hinein. »Ist das nicht offensichtlich?«

Sie drehte den Kopf und starrte ihn an. Hoffnung kam und ging wie die Gezeiten, ein stetes Auf und Ab im Rhythmus ihres Blutes.

Guthrie zuckte die Achseln. »Tja, ich wollte nicht gleich damit herausrücken und es dir sagen, bis wir eine Vorstellung davon hatten, welchen Standpunkt du beziehen würdest. Aber du weißt, daß sich Fireball mehr und mehr um die Erziehung der Kinder seiner Mitarbeiter kümmert, und im Augenblick richten wir gerade eine Berufsbildungsakademie ein. Ich weiß ja, daß du immer weltraumbesessen warst. Wie würde es dir für den Anfang gefallen, mit uns nach Quito zu kommen, und dann schauen wir, was sich ergibt?«

Sie blieb stehen. »Ecuador«, keuchte sie – für sie Camelot, Cíbola, Xanadu, das sagenhafte Land, das Fireball zu seinem Sitz erkoren hatte, weil die Regierung dort dem freien Unternehmertum gegenüber noch freundlich gesonnen war. Das Tor zum Universum.

Sie warf sich in seine Arme und weinte an seiner Schulter. Er streichelte das rötliche Haar und den zuckenden Rücken und machte bärenartige Geräusche.

Endlich konnten sie sich im Windschatten eines Baumstamms hinsetzen, Seite an Seite. Der Wind pfiff vorüber, unter der geschlossenen Wolkendecke Wolkentrümmer vor sich hertreibend, aber die See lullte sie ein, *sch-sch-sch*. Die eisige Kälte ließ sie nun, da sie zur Ruhe gekommen waren, ein bißchen erschauern. Mit der Gelassenheit der Erschöpfung fragte sie:

»Warum bist du so gut zu uns, Uncans? Sicher, du magst Dad und Mutter, genauso wie Mutters Eltern, aber du hast uns von Freunden überall auf der Welt erzählt. Was haben wir gemacht, um so viel Freundlichkeit zu verdienen?«

»Ich hatte schon damit gerechnet, daß ich es dir erzählen muß«, sagte er langsam. »Es muß ein Geheimnis bleiben. Versprich mir, daß du es ohne meine Erlaubnis niemandem verrätst, nicht deiner Familie, nicht Bill, wenn du ihm Lebewohl sagst – was nicht leicht sein wird, selbst wenn die Geschichte vorüber ist – niemandem, niemals.«

»Ich verspreche es bei Dr. Dolittle«, erwiderte sie so ernsthaft wie das Kind, das diesen Schwur von ihm gelernt hatte.

Er nickte. »Ich vertraue dir. Diejenigen, die sich ihren eigenen Weg durchs Leben suchen und unterwegs ihre Frachtgebühren bezahlen, das sind die, auf die man sich verlassen kann.

Also schön. Ich weiß, daß deine Mutter dir gegenüber erwähnt hat, daß sie kein leibliches Kind der Stambaughs ist, sie wurde adoptiert. Sie hat niemals erfahren, daß ich ihr Vater bin.«

Dagnys Augen wurden groß, ihre Lippen teilten sich, sie blieb stumm.

»Darum kann ich jetzt, wo du in der Klemme steckst, *simpático* mit dir sein«, fuhr Guthrie fort. »Natürlich war für mich seinerzeit alles ganz anders. Es ereignete sich damals, als Carla und ich in Los Angeles zur High-School gingen. Carla Rezek – Es hat nichts zu sagen. Es war ebenso leidenschaftlich und schön wie hoffnungslos.«

»Und es tut immer noch weh, nicht wahr?« murmelte Dagny.

Sein Lächeln flackerte. »Hauptsächlich halte ich bestimmte Erinnerungen in Ehren. Carla heiratete später und zog anderswo hin; ich verlor den Kontakt mit ihr, und da sie ein guter Mensch ist, hat sie nie versucht, wieder mit mir in Verbindung zu treten. Ihre Familie war weniger tolerant als deine; sie haben sie nachhaltig und dauerhaft von mir getrennt, aber aus religiösen Gründen konnten sie eine Abtreibung nicht gutheißen. Als das Baby geboren war, wurde es nach auswärts zur Adoption freigegeben. Weder Carla noch mir verriet man, wohin. Damals war ein derartiges Ereignis keine besondere Seltenheit, keine große Sache. Außerdem ging ich bald weg aufs College, und danach ins Ausland.«

»Bis schließlich –«

»Ja. Ich kam zurück, nicht auf Dauer, sondern um die alten Orte noch einmal zu besuchen, wohlhabend und … neugierig.«

Das Mädchen errötete. »Und Tantchen?«

»Oh, Juliana wußte davon und drängte mich genaugenommen sogar dazu, wenigstens einen Versuch zu unternehmen, es herauszufinden. Ich hätte vielleicht eine Verantwortung, meinte sie. Ein Privatdetektiv ging einigen einfachen Hinweisen nach und spürte die Stambaughs in

Aberdeen auf. Es war nicht schwer, Bekanntschaft mit ihnen zu schließen. Verstehst du, ich wollte mich nicht aufdrängen, einfach nur ein Freund sein, darum hielt ich die Klappe und beschwöre dich, das gleiche zu tun. Wenn ich es hätte vermeiden können, hätte ich es dir auch nicht verraten. Unter anderem wird das Geheimnis eine Bürde für dich sein, weil ich dich nicht gut bevorzugen kann, wenn du dich für eine Karriere bei Fireball entscheidest. Dazu ist der Weltraum zu nachtragend. Heute aber besteht wohl eine ziemlich eindeutige Notwendigkeit, daß du es erfährst. Für deinen Seelenfrieden jedenfalls.«

Dagny blinzelte angestrengt. »Uncans –«

Guthrie blendete in längst vergangene Zeiten zurück. »Helen wuchs zu einer bezaubernden kleinen Dame heran. Kurz danach heiratete sie. In dieser Hinsicht, so scheint es, sind wir eine stürmische Bagage. Du – Ich, gerade erst mal fünfzig, und du machst mich schon zum Großvater!« Ein kurzes Gelächter dröhnte.

»Und – und du machst aus mir –«

»Nichts, Schätzchen. Alles, was wir dir bieten, ist die Möglichkeit, aus dir zu machen, was immer du willst und kannst.«

Sie setzten ihre Unterhaltung fort, bis die Kälte sie dazu trieb weiterzuwandern. Die Sonne stand schon tief. Immer noch war sie nicht mehr als ein hellerer Fleck hinter der Wolkendecke, aber ein paar Strahlen drangen hindurch und steckten die See in Brand.

3

Der Mann, der sich manchmal Venator nannte, war denjenigen, die es wissen mußten, auch als Offizier im Geheimdienst der Friedensbehörde bei der Weltföderation bekannt. In Wahrheit aber – denn die letzten Wahrheiten über einen Menschen sind die im Geiste – war er ein Jäger.

In der späten Morgenwache eines bestimmten Tages auf dem Mond beendete er seinen dienstlichen Besuch bei einem gewissen Aiant und verließ die Wohnung des Lunariers. Nach dem Zwielicht, dem Vogelgezwitscher, den weißen Blüten und der gewölbten Decke des Raumes, in dem sie sich miteinander unterhalten hatten, schien ihn die Passage draußen wütend anzufunkeln. Dennoch war auch sie ein Ort raffinierter Kurvenlinien, längs derer Farben flossen und sich miteinander verflochten, Ocker, Mauve, Rosé, Bernstein, Rauchgrau. In Abständen standen Übertöpfe, aus denen Aloen angesichts der hiesigen Schwerkraft ihre Stengel aus stacheligen Rosetten, die ihm bis an den Kopf reichten, emporreckten, um wie ein Feuerwerk sechs Meter höher zu erblühen. Die Brise hatte einen Geruch wie nach frisch gemähtem Gras mit einem Anflug von etwas Stechenderem, rein Chemischem darin. Er konnte kaum die Musik in ihr hören, deren Tonleiter auf der Erde unbekannt war, aber sein Blut sprach auf einen unhörbaren Trommelschlag im Infraschallbereich an.

Außer ihm war kaum jemand unterwegs. Da dies ein reicher Sektor war, gingen manche in kostbaren Umhängen und Strumpfhosen oder in wallenden Gewändern umher, während die übrigen, die Bedienstete in diesem oder jenem Haushalt waren, nicht viel weniger elegante Livreen trugen. Einer führte eine Katze mit Siamesenabzeichen an einer Leine – metamorphisch, ihre Gene über Generationen so verändert, daß sie Tigergröße erreichte. Alle bewegten sich mit der gleichen Grazie und Zurückhaltung wie das Tier. Ein Paar, das sich in seiner melodiösen Sprache unterhielt, tat es sehr leise.

Zweifellos waren sie ein bißchen über die Anwesenheit des Jägers überrascht. Terraner kamen nur selten hierher, und er war ganz offensichtlich nicht jemand, der auf ihrer Welt lebte, sondern von der Erde. Unter der ehemaligen Selenarchie war es Angehörigen seiner Rasse verboten gewesen, diesen Bezirk außer mit einer Sondergenehmigung zu betreten. Aber niemand sagte oder tat etwas, auch wenn die großen Augen vielleicht ein bißchen schmaler wurden.

Er hätte diese Blicke erwidern können, und durchaus nicht immer nur von unten nach oben. Viele Lunarier waren nicht größer als ein großgewachsener Terraner, so wie er einer war. Er ließ es bleiben. Ein Jäger, der sich auf der Jagd befindet, zieht keine unnötige Aufmerksamkeit auf sich. Sollten sie ihn anstarren, innerlich die Achseln zucken und ihn vergessen.

Das, was sie sahen, war ein schlanker, geschmeidiger Mann Mitte Dreißig mit hellbrauner Haut, dunkelbraunen Augen und schwarzem Haar, das wie eine Wollkappe auf einem langen und hohen Kopf lag. Die Gesichtszüge waren scharf geschnitten, die Nase breit und gekrümmt, die Lippen für seinen Ethnotyp schmaler als gewöhnlich. In einen schlichten grauen Overall und weiche Stiefel gekleidet, trug er an seiner Hüfte ein Futteral, das einen handgroßen Computer, ein Satellitenphon oder sogar ein Medikit hätte enthalten können, das aber tatsächlich etwas weitaus Machtvolleres barg. Sein Schritt war gemächlich, effizient, und verriet lange Übung bei niedriger Schwerkraft.

Es trug ihn bald aus dem Bereich alter und luxuriöser Wohnungen hinaus, durch einen anderen, bescheideneren, der überwiegend von Angehörigen seiner eigenen Spezies bewohnt wurde, weiter bis ins Geschäftszentrum der Stadt. Drei Stockwerke hohe Arkaden auf federartigen Säulen säumten den Ziolkowski-Prospekt, Duramoos gab unter den Füßen nach, optische Täuschungen zogen über die Decke hoch droben dahin. Hier waren die Passanten zahlreicher. Die meisten der Lunarier trugen gewöhnliche Kleidung, wenngleich ihr Stil dabei – hochgeschlagene Kragen, kurze Umhänge, zipfelige Schöße, Sonnensymbole auf der Brust, Insignien von Phyle oder Familie, Farben, Leuchtmuster, eingearbeitete Glitzerlichter, andere, noch ausgefallenere Details – überladen gewirkt hätte, wäre er für sie nicht so natürlich gewesen wie leuchtende Farben bei einer Korallenschlange. Drei Männer kamen gemeinsam vorbei; ihr

Gang und ihre Haltung, schwarze Kilts und Brustharnische in Silberfiligran, das vergleichsweise schroffe Benehmen und die laute Redeweise verkündeten, daß sie vom Mars kamen. Asteriten waren kaum vertreten und nicht so einfach zu identifizieren.

Terraner kamen vielleicht drei auf zehn. Einige davon gaben sich durch irgendeine Variante lunarischer Kleidung – oft die Livree eines hochherrschaftlichen Hauses – als Bürger Lunas zu erkennen. Andere blieben bei den irdischen Moden, aber an ihrem Auftreten und an anderen, weniger offenkundigen Merkmalen konnte man erkennen, daß auch sie Bürger oder wenigstens seit langem hier ansässig waren. Unter sich benutzten beide Gruppen ihre angestammten Sprachen, es sei denn, Lunarisch war das einzige, was sie gemeinsam hatten.

Etwa ein Drittel der Terraner war aus den verschiedensten Gründen hier. Touristen fielen ebenso dadurch auf, daß sie selten waren wie durch ihre Unbeholfenheit und ihr Gaffen. Warum sich die Mühe machen, zum Vergnügen hierherzukommen, wenn man diese Erfahrung einfacher und billiger in einer *quivira* haben konnte? Das Gehirn registrierte und erinnerte sich schließlich an die gleichen Eindrücke.

Für eine Menschenmenge waren diese Leute zu spärlich. Die Hälfte aller Läden, Restaurants, Bistros, Bordelle, Amüsierbetriebe und Kultureinrichtungen in den Arkaden waren geschlossen und standen leer. Allgegenwärtiges Hintergrundgeräusch war ein leises Säuseln, durch das manchmal mit alarmierender Lautstärke ein Schwall Musik dröhnte oder ein Hauch von Parfüm die Nasenflügel umschmeichelte. Eine vor ihm geführte Unterhaltung wurde immer deutlicher, je näher der Jäger kam.

»– leid, ein Mensch zweiter Klasse zu sein, mein ganzes Leben lang ein Mensch zweiter Klasse. Ich kann so-und-soweit kommen, ich kann so-und-soviel erreichen, dann stoße ich gegen eine unsichtbare Mauer, und von da an wendet sich alles so, daß für mich überhaupt nichts mehr geht.«

Die Sprache, Neudeutsch, gehörte zu denen, die das Netz

dem Jäger eingepflanzt hatte. Er verlangsamte seinen Schritt. So vertraut die Klage auch war, vielleicht konnte er dennoch ein paar nützliche Informationen erlangen.

Zwei Menschen saßen an einem Tisch vor einem ansonsten leeren Café, das von einem Roboter gehütet wurde. Der Sprecher war eindeutig ein terranischer Mondbewohner, auch wenn er in einer Geste verzweifelten Trotzes eine Robe des Han-Revivals trug. Er war so muskulös, als lebte er auf der Erde; vielleicht arbeitete er seine Wut durch zusätzliches Training ab. Die Haut spannte sich straff über seinen Knöcheln, wo sie einen Cognacschwenker umklammerten. Seine Begleiterin, in einem Unisuit, war ebenso offensichtlich eine Europäerin auf Besuch. Sie nippte an ihrem eigenen Drink und murmelte: »Aber doch nicht Ihr ganzes Leben.«

»Nein, natürlich nicht. Aber wir wohnen nun schon seit zweihundert Jahren hier, meine Familie.« Der Mann stürzte einen großen Schluck hinunter. Seine Worte überschlugen sich. »Meine Eltern sind nur deshalb zur Erde zurückgegangen, um uns zu bekommen, meine Geschwister und mich.« Offensichtlich war es eine Mehrfachempfängnis gewesen, bei der gleich drei oder vier Zygoten eingespült worden waren, weil man eine Wiederholung der ganzen kostspieligen Zeitspanne scheute. Wahrscheinlich, dachte der Jäger, war die Schwangerschaft uterin erfolgt, um die Kosten einer Exogenese zu sparen. »Sobald wir weit genug entwickelt waren, kehrten sie mit uns zurück. Neun Monate plus drei Jahre waren sie gerade einmal weg. Hätte sie das ihre armseligen Jobs kosten dürfen? Hätte diese biologische Notwendigkeit uns zu nicht naturalisierten Einwohnern, zu Menschen zweiter Klasse, machen dürfen? Das Gesetz sagt nein. Aber was zählt schon das Gesetz? Was ist diese verdammte Republik anderes als dieselbe alte Selenarchie in einer so fadenscheinigen Verkleidung, daß es schon eine Beleidigung ist?«

»Bitte, regen Sie sich doch nicht so auf. Wenn das Habitat erst einmal fertig ist, werden die Verhältnisse sich sehr bald ändern.«

»Werden sie das? Können sie das? Die Selenarchen –«

»Innerhalb eines Jahrzehnts werden die Magnaten verdrängt, überflüssig, irrelevant sein, das verspreche ich Ihnen. In der Zwischenzeit gibt es immer noch –«

Der Jäger ging vorüber. Alles in allem hatte er doch nichts Neues erfahren. Die Frau hatte mit dem einen oder anderen der Konsortien zu tun, die schon jetzt Möglichkeiten für den Mond der Zukunft auskundschafteten. Vielleicht hatte sie irgendeine Verwendung für den Mann, vielleicht war er auch nur ein Gesprächspartner, den sie zufällig getroffen hatte. Es war nicht von Bedeutung.

Von Bedeutung aber war, daß diese Zukunft im Keim erstickt zu werden drohte.

Trotz der Service-Center am Hydra-Platz plätscherte der Springbrunnen in der Mitte des Platzes unbeachtet durch seine silbrigen Ranken und Fraktale. Die Tür der Gendarmerie öffnete sich, um einen uniformierten Beamten herein- und ein paar Zivilisten hinauszulassen, ansonsten schwammen die Fische unter der transparenten Pflasterung um die Füße von niemandem sonst außer dem Jäger. Das war kein Paradoxon, obwohl Tychopolis die größte aller lunarischen Städte war. Auch hier übernahmen Automaten, Roboter und Sophotekten zunehmend Funktionen wie die medizinische Versorgung, den Wartungs- und den Rettungsdienst, während die Bevölkerung, die dieser Aufmerksamkeiten bedurfte, immer weiter abnahm. Er rechnete damit, daß dieser Bezirk wieder überlaufen sein würde, wenn sich erst einmal die Siedler von der Erde etabliert hatten (wie lange das auch immer währen mochte, ein paar Jahrhunderte, ein paar Jahrtausende, ein Blinzeln in der Zeit für das Terabewußtsein, aber lange genug nach menschlichen Maßstäben). Es sei denn, ihre Hoffnungen starben unter den Krallen der Selenarchen.

Nein, dachte er, diese Überlegungen mußte er nicht weiterverfolgen. Er hatte keine Hinweise auf eine weitgespannte Verschwörung entdeckt. Anscheinend hatte er es mit einem fähigeren Gegner zu tun, einem, der eine weniger leicht zu bekämpfende Bedrohung ausheckte.

Er kannte keine Angst. Ein Organismus, der zur Tapferkeit geboren war, hatte auf St. Helena Selbstbeherrschung gelernt und war weiter in den Cyberkosmos eingetreten. Aber wenn er darüber nachdachte, was aus all dem hier in tausend oder in einer Million Jahren werden würde, dann streifte selbst ihn ein kalter Hauch.

Seine Entschlossenheit kehrte zurück. Durch reine Willenskraft schob er die ungesunden Gedanken beiseite. Rational beurteilt standen die Chancen für seine Sache gut. Er mußte nur weitermachen, und die Zukunft, die er sich ausgemalt hatte, würde eine sein, die *er* schon im Keim erstickte.

Außerdem – ein Lächeln spielte kurz über seine Lippen – rechnete er damit, daß seine Suche ihm Spaß machen würde.

Von dem Platz aus setzte er seinen Weg längs der Oberth-Passage fort. Hinter ihren Mauern liefen in geschäftiger Stille industrielle, computer-, bio-, molekular- und quantentechnische Arbeitsvorgänge ab. Irgend etwas war nicht perfekt abgeschirmt, und ein verirrter elektromagnetischer Impuls geriet zufällig in Resonanz mit dem Netz im Innern seines Schädels. Erinnerungen quollen ungebeten auf, Dämmerung über einem im Wind wogenden Grasland, das Gesicht eines Lehrers im Gehirngarten, traumverzerrt. Mit einem Satz sprang er aus dem Einflußbereich heraus und war wieder bei sich.

Die Störung hatte seine Sinne geschärft. Er beobachtete seine Umgebung mit verdoppelter Aufmerksamkeit, obwohl es wenig zu sehen gab. Außer ihm bewegte sich niemand durch diesen Korridor. Die einzigen Eigentümerzeichen waren die auf den Türen von inzwischen aufgegebenen Einrichtungen. Ein akademischer Teil seiner selbst dachte darüber nach, wie die Feudalherren des Mondes die kleinen Handels- und Gewerbebetriebe, die in einer postkapitalistischen Wirtschaft lebensfähig waren, verachteten und vorwiegend von ihren ererbten Besitztümern lebten. Sicher, einige davon im Sonnensystem waren ausgedehnt und die auf der Erde nicht unbedeutend. Darüber hinaus engagierten sich ein paar einzelne nach wie vor bei Unternehmungen, die sie ihrer selbst für würdig erachteten. Ihre im Venture zusammengeschlossenen Firmen erschlossen immer noch neue Gebiete auf dem Mars, den kleinen Jupiter- und Saturnmonden, den Kometen, den Asteroiden …

Der Mund des Jägers wurde schmal. Er setzte seinen Weg in langen Niederschwerkraftsprüngen fort.

Die Ellipse Lane krümmte sich von der Oberth-Passage weg. Nachdem er ihr fünfzig Meter weit gefolgt war, kam er zu seiner Unterkunft. Die Vorderfront war so kahl und durchschnittlich wie der ganze Korridor. Er preßte seine rechte Handfläche gegen die Sensorplatte der Tür.

Sie sah so aus wie jede andere, aber sie tastete nicht nur Hautlinien ab. Alle Standard-Sicherungseinrichtungen ließen sich auf viele verschiedene Arten täuschen, wenn jemand den Willen und die Mittel dazu hatte. Unternahm man hier einen solchen Versuch, alarmierte das Schloß sofort das Hauptquartier. Unterdessen entnahm es ihm drei oder vier Zellen, was er gar nicht spürte, und leitete sie an ein DNS-Lesegerät weiter. Dieses identifizierte ihn, und die Tür zog sich zurück. Die Identifizierung nahm ein bißchen mehr Zeit in Anspruch als üblich, aber nur so wenig, daß ein Beobachter, der nicht Bescheid wußte, es nicht bemerkt hätte. Hundert oder fünfhundert Millisekunden, was für einen Unterschied machte das schon? Solche Geschwindigkeiten erforderten enorme Rechenkapazitäten, aber die waren vorhanden, im Verborgenen. Der Jäger betrat seinen Bau.

Nachdem sich die Tür hinter ihm geschlossen hatte, wirkte die Behausung noch armseliger. Eigentlich war sie gar keine richtige Wohnung. Zwei winzige abgeteilte Räume weiter hinten enthielten ein Bett, eine Sanitär- und eine Ernährungseinheit und was immer sonst noch unumgänglich notwendig war, aber hier gab es nur Bildschirme, Paneele, Rezeptoren und andere unauffällige Äußerlichkeiten der großen Denkmaschinerie. Die Decke leuchtete kaltweiß, und Luft zirkulierte geruchlos.

Als man die Räumlichkeiten in eine Wohnung umgewandelt hatte – vorher, so hatte er gehört, war es eine Kneipe gewesen –, hatte der Geheimdienst der Friedensbehörde sie unter dem Namen einer datensynthetischen Person angemietet und sie in unmerklich kleinen Schritten umgebaut. Angesichts der Tatsache, daß die Republik Luna die Behörde auf ein einziges Büro und eine Polizeieinheit in Port Bowen beschränkte, erschien das als sinnvolle Vorsichtsmaßnahme. In einem räumlich so ausgedehnten und komplizierten Staatsgebilde waren ein Lauschposten und ein Zentrum für abhörsichere Nachrichtenübermittlung an anderer Stelle wünschenswert. Später hatte der Mitarbeiterstab des Jägers seine Spezialapparaturen installiert, und im Augenblick benutzte er den fiktiven Namen.

Sofort begab er sich an die Arbeit. Mehr als bloßer Jagdeifer trieb ihn an. Zu viele Tageszyklen war er nur kurz und mit Unterbrechungen in Synnoiose* gewesen. Diese Sitzung würde länger und tiefgreifender sein, hinreichend, um ihn zu stabilisieren, bis er zur Erde zurückkehren und wieder in eine vollständige Kommunion eintreten konnte.

Oder eine Einheit – nein, danach wagte er sich nicht einmal zu sehnen. Nicht jetzt!

Das Futteral an seiner Seite öffnend, nahm er das Interlink heraus, faltete es auseinander und rückte es auf seinem Kopf zurecht. Es paßte wie eine Kappe und bestand aus dicht verwobenem, schwarzem Netzwerk mit hellen kleinen Knötchen an einer Reihe von Schnittpunkten. Darin verbarg sich eine Komplexität, die nicht sehr viel geringer – und in mancherlei Hinsicht sogar größer – als die einer lebenden Zelle war: Kristalle und Riesenmoleküle, die in der Natur nicht vorkamen, Interaktionen bis hinunter auf die Quan-

* Synnoiose: wahrscheinlich abgeleitet von synnoia [griech.]: Vernunft; vielleicht aber auch von synoiomai [griech.]: mit jemandem gemeinsam denken, derselben Meinung sein. *(A. d. Ü.)*

tenebene. Am besten war es, körperlich entspannt zu sein, wie gering die Belastung durch die lunare Schwerkraft auch sein mochte. Er legte sich auf eine Liege vor eine täuschend schlicht aussehende Kontrolltafel. »Ist alles klar?« erkundigte er sich.

»Alles klar«, erwiderte der Sophotekt, der den Raum und die Kommunikationsverbindungen überwachte. »Sie können jederzeit fortfahren.«

Der Jäger stöpselte das Interlink ein. Das Drahtgebilde und der Kontakt waren auf vergleichbare Weise verzweigte Strukturen. Er ließ seine Willenskraft wirken. Die Synnoiose begann.

Das Netz, das Nanomaschinen im Inneren seines Kopfes gewoben hatten, als er ein Kadett im Garten gewesen war, wurde aktiv. Es verfolgte die fortwährende, sich ständig verändernde elektrochemische Aktivität seines Gehirns, interpretierte das Gelesene als Datenstrom im Terabaud-Bereich und gab sie an das Interlink weiter, das sie in Maschinensprache übersetzte und weiterleitete. Als das System reagierte, wurde das Interlink zu einem Generator von Impulsen und tanzenden Feldern, vermittels derer das Netz direkt das Gehirn stimulierte.

Der Prozeß wirkte so unkompliziert wie das äußere Erscheinungsbild der Dinge selbst. In Wirklichkeit war er eine Leistung, die weit über die schöpferischen Fähigkeiten oder das volle Begreifen einer jeden bloß menschlichen Intelligenz hinausging. Er verband zwei Seinsebenen, die einander total unähnlich waren – organisch und anorganisch, chemisch und elektrophotonisch, Leben und Post-Leben.

Es war nicht Telepathie, es war sprachliche Kommunikation durch einen Übersetzer. Aber um diese Sprache zu erlernen, hatte der Jäger mit seiner Kindheit und Jugend bezahlt. Und es war keine Sprache, die über Ohren oder Augen lief, über Sensoren oder Tastaturen. Ihr Austausch erfolgte direkt, ohne Umwege, zwischen Nervensystem und Schaltkreisen.

Für ihn war ihre Fülle eine Transzendenz, die alles in den

Schatten stellte, was er jemals bei der sexuellen Vereinigung, in Lebensgefahr oder anläßlich intellektueller Herausforderungen kennengelernt hatte. Er hatte Sophotekten gefragt, wie sie es erlebten, aber sie waren außerstande gewesen, es ihm zu erklären. Diese Art des Einsseins schien für sie eine so normale Erfahrung zu sein wie für ihn die Nahrungsaufnahme.

Das hier war nur eine teilweise, fast oberflächliche, Verbindung. Er beschäftigte sich mit einfachen Informationen, Material, das auch in Form von Text, Graphik und mündlicher Rede hätte weitergegeben werden können. Die beteiligten Sophotekten, derjenige hier und derjenige im Hauptquartier in Port Bowen, hatten ein Eigenbewußtsein. Sie dachten, aber sie waren eng ausgerichtet und spezialisiert, zufrieden damit, unbeweglich und im wesentlichen körperlos zu verharren, während aller In- und Output nur über Datenleitungen stattfand. Das System selbst war sowohl hinsichtlich seiner Datenbanken als auch hinsichtlich seiner Fähigkeiten beschränkt. Selbst auf dem Mond existierten größere Netze; aber wenn er sich in sie einklinkte, mochte er dadurch seine Beute aufmerksam machen.

Trotzdem war diese synnoiotische Sitzung mehr als nur ein hastiger Bericht oder eine hastige Abfrage. Weit schneller und umfassender, als es in natura möglich gewesen wäre, gab er weiter, was er herausgefunden hatte, und erhielt das, worum er bat. Er mußte sich keinen Weg durch Hypertexte suchen; zusammengehörige Fakten und Ideen flossen ihm als integrierte Gesamtheit zu. Ganze Geschichtsabläufe wurden sein. Hundert verschiedene Schlachtpläne entwickelten sich, simulierten ihre möglichen Auswirkungen und ließen diejenigen Teile zurück, die er für wert erachtete, in eine neue Synthese integriert zu werden. Darüber und dahinter stand schemenhaft das Gefühl, wie das alles sich durch Raum und Zeit erstreckte, in Vergangenheit und Zukunft und bis an die Enden des Universums, und als wie schicksalsträchtig es sich noch erweisen mochte.

Die kalte und leuchtende Ekstase besaß keine Entsprechung in der Welt der Sterblichen, auch wenn religiöse Erleuchtung oder eine grundlegende mathematische Erkenntnis Aspekte davon berührten. Er war in einem einzigen Geist, der seine eigenen Erinnerungen ansammelte und sich durch viele Denkakte auf vielen miteinander verknüpften Ebenen mit sich selbst unterhielt. Jenen Polylog wiederzugeben, wäre einer menschlichen Zunge nicht möglich gewesen. Selbst ihr faktischer Inhalt wirkte schwerfällig, wenn man ihn knapp und in linearer Abfolge niederschrieb.

Aiant, der Gemahl Lilisaires, wohnhaft hier in Tychopolis, ist selten in Kontakt mit ihr und trifft sie beinahe nie. Die beiden sind Cousins zweiten Grades. Sie folgte ihrem Vater durch das Recht der Optigenitur in seinen ererbten Besitzungen nach, aber Aiant focht dies an, und es besteht Grund zu der Annahme, daß er den Vater ermorden ließ. Obwohl sie zu jenem Zeitpunkt erst 23 war, spann Lilisaire Intrigen in eigener Sache und schreckte gelegentlich auch vor dem heimlichen Einsatz von Gewalt nicht zurück. Innerhalb von fünf Jahren manövrierte sie ihn aus, bis er schließlich weitgehend ohne Einfluß im Rat dastand und praktisch ruiniert war. Dann heiratete sie ihn. Die Allianz funktioniert gut. Er ist ihr untergeordnet, aber nicht unterjocht, und profitiert davon, ihren Interessen zu dienen, besonders ihrem Anteil am Raumfahrt-Venture.

Er und seine Stadtfrau (die wahrscheinlich von Lilisaire ihrer familiären Verbindungen wegen für ihn ausgesucht wurde, da sie der Mare Crisium-Phratrie angehört) empfingen mich höflich, wenn auch nicht gerade herzlich, und waren so hilfsbereit, wie zu erwarten gewesen war. Sie waren darauf bedacht, mich davon zu überzeugen, daß es keine Verschwörung gibt, das Habitat zu sabotieren, wie ich sie verleitet hatte zu glauben. Eine umfassende Untersuchung durch die Friedensbehörde würde dem Venture zumindest ungelegen kommen und könnte Dinge zum Vorschein*

* Phratrie: altgriech. Sippengemeinschaft. *(A. d. Ü.)*

bringen, die geheimgehalten werden. Sie riefen alle Daten ab, um die ich bat (nicht wissend, daß ich ein Synnoiont bin, der aus diesen Informationen mehr herausholen könnte als ein ganzes Polizeidezernat).

Schlußfolgerung: Sie besitzen keinerlei Kenntnis gesetzwidriger Aktivitäten, und ihre Organisation ist in keine verwickelt, obgleich Einzelpersonen und Cliquen darin es sein mögen.

Es wurde bereits nachgewiesen, daß Caraine von Hertzsprung, Lilisaires jüngerer Gemahl, ihr erwachsener Sohn Bornay und die anderen beiden Frauen Caraines ebenso unbeteiligt sind. Obwohl er öfter physisch mit Lilisaire zusammentrifft als Aiant, hat Caraine wenig mit ihren verschiedenen Unternehmungen zu tun. Die Verbindung ist für beide nützlich, da sie die Phyle Beynac und die Phyle Nakamura in einer genetisch und strategisch wünschenswerten Verbindung zwischen den Kordilleren- und Korolev-Phratrien eint und eine persönliche Zuneigung besteht. Neben seinen Besitzungen ist Caraine jedoch in der Politik engagiert – einer der wenigen Lunarier, speziell jener selenarchischer Herkunft, die sich herabgelassen haben, parlamentarisches Geschick zu entwickeln.

Als solcher ist er für die aristokratische Fraktion wertvoll, da er Ränke schmiedet, um ihren faktischen Machterhalt zu sichern und die terranische Minorität auf wirksame Weise zu entrechten. Lilisaire würde es wahrscheinlich für eine Verschwendung halten, seine Energien und Talente auf irgend etwas anderes zu verwenden. Darüber hinaus ist er in den letzten Monaten vollständig und vor aller Augen mit dem Versuch beschäftigt gewesen, eine Opposition gegen das Habitat zu mobilisieren, um die Aufgabe des Projekts zu erzwingen. So unwahrscheinlich sein Erfolg auch ist, würde er wohl kaum gleichzeitig bei irgendwelchen geheimen Bestrebungen eingesetzt werden. Ebensowenig haben seine Frauen und Kinder ihr Heim verlassen oder mit irgend jemandem außerhalb des Mondes kommuniziert.

Folglich mag Lilisaire durchaus die einzige lunarische Magnatin sein, die Schcrereien für uns vorbereitet. Das darf kein Grund zur Selbstzufriedenheit sein. Sie könnte sich als ebenso gefährlich erweisen und ist sicherlich ebenso skrupellos wie ihre berühmten Ahnen Rinndalir und Niolente.

Beweise: Gerichtlich verwertbare Beweise fehlen, und der Fall würde von der gegenwärtigen Mondregierung ohnehin nicht weiterverfolgt werden; aber der Geheimdienst der Friedensbehörde hat in Erfahrung gebracht, daß sie in jüngeren Jahren mindestens zwei Männer in Duellen getötet hat. Eines davon wurde draußen in der Mondwildnis mit Feuerwaffen ausgetragen, eines mit Rapieren in ihrer Burg. Sie ist weit gereist und hat sich sogar der Schwerkraft der Erde ausgesetzt, wo sie große Erbbesitzungen hat. Sie ist zum Mars, zu den Asteroiden, zum Jupiter und zum Saturn geflogen. Sie ist fasziniert vom erdfernen Raum und seiner Erschließung. (Einer ihrer entfernteren Vorfahren war ein Enkel des Forschers Kaino und der Dichterin Verdea.) Aber hinsichtlich ihres Anteils an den Unternehmungen des Ventures ist sie kühl realistisch.

Sie unterhält Kontakte überall im Sonnensystem. Einige davon gelten ihren früheren Liebhabern, vor allem einflußreichen Erdenmenschen, die, wenn schon nicht de facto ihre Verbündeten, normalerweise bereit sind, ihr mit Informationen und Hilfeleistungen gefällig zu sein. Ihre leichtsinnige, wollüstige Jugend liegt zwar hinter ihr, aber ihre Macht, zu faszinieren und zu verführen, hat mit den Jahren womöglich noch zugenommen. Dies ist ein nicht zu vernachlässigender Faktor. Darüber hinaus ist es ein Faktor, den zu begreifen oder zu kontrollieren der Cyberkosmos nur schlecht ausgestattet ist.

Sie ist hochintelligent, besitzt ein ausgedehntes Cybernetz und hat eine Vielzahl von Agenten zu ihrer Verfügung. Über viele davon besitzen wir nur Andeutungen, keine Kenntnis über ihre Identität, ihren Standort oder ihre Funktion.

Erst kürzlich hat unser Überwachungsprogramm für ihre Kommunikationsverbindungen eine Botschaft an einen Raumfahrer im Asteroidengürtel registriert, die ihn anwies, unverzüglich zu ihr zu kommen. (Da sie nicht genau wußte, wo er sich befand, konnte sie sie nicht quantenverschlüsselt senden. Wahrscheinlich hätte er auch nicht über die nötige Dechiffrierausrüstung verfügt.) Sie mag sich der Tatsache, daß wir mithören, nicht bewußt sein. Ist sie es, beabsichtigt sie zweifellos, so zu tun, als handele es sich um irgendeinen Dienst, den er ihr erweisen kann und der nicht Sache der Regierung ist.

Aber die Angelegenheit ist mit fast absoluter Sicherheit keineswegs belanglos. Dieser Ian Kenmuir ist ein Erdenmensch in Diensten des Ventures. Das einzig Ungewöhnliche an ihm ist, daß er ihr Gast in Zamok Vysoki und wahrscheinlich ihr Liebhaber war. (Das ist auf keine Weise öffentlich bekanntgemacht worden. Obwohl Lunarier es selten mögen, im Licht der Öffentlichkeit zu stehen, unternehmen sie auch nur selten irgendwelche Anstrengungen, solche Geschichten zu verbergen, da sie Klatsch gleichgültig oder verächtlich gegenüberstehen.) Gerade seine Unbekanntheit mag ihn in ihren Augen sehr wohl für ihre Zwecke empfehlen.

Oder vielleicht verfügt er über Wissen oder den Zugang zu Wissen, das sie haben will. Ihre Forschungen zielen auf den erdfernen Raum – den allerfernsten Tiefraum.

Ich schlage vor, ihr einen Besuch abzustatten.

Ich habe mir einen Vorwand zurechtgelegt. Alles spricht dafür, daß sie nicht weiß, daß wir von ihren heimlichen Nachforschungen wissen. Der Befehl zur Überwachung kam von ganz oben im Cyberkosmos – vielleicht vom Terabewußtsein selbst, als es bemerkte, daß diese Fragen gestellt wurden, und vorhersah, wo die Antworten hinführen würden.

Sie muß wissen, daß Agenten der Friedensbehörde Freunde von ihr aufgesucht haben. Es würde einen merkwürdigen Eindruck machen, wenn nicht auch jemand mit ihr spräche. Ich rechne nicht damit, viel herauszufinden, wenn überhaupt etwas. Aber trotzdem ... ich bin *schließlich ein Synnoiont.*

DANN GEH, befahl ihm das System, von dem er ein Teil war.

Das Einssein verlor sich. Der Jäger löste sich aus dem Netz.

Eine Zeitlang lag er bewegungslos da. Nichts erschien ihm wirklich. Die Fakten und die Entscheidung waren in ihm, aber er konnte sich nicht anders an sie erinnern als an die verblassenden Fetzen eines Traumes. Die physikalische Welt wirkte flach und grotesk, sein Körper wie der eines Fremden.

Das Gefühl des Verlustes verging, und er war wieder

menschlich. Hunger und Durst trieben ihn dazu, aufzustehen. »Verbinde mich mit Lady Lilisaire«, wies er den Sophotekten an und ging los, um Nahrung zu sich zu nehmen.

Sie war minimal. Er vermochte gutes Essen und Trinken in Maßen genießen, aber nicht, wenn er gerade einer Fährte folgte.

Hinterher entspannte er sich am Vivifer. Der Film, den er aufrief, war eine Komödie, die im Neu-Delhi Nehrus spielte. Er verzichtete darauf, den Sprachwandler zu aktivieren; Hindi gehörte zu seinen Sprachen. Die Geschichte war seicht und nicht besonders glaubhaft – auch wenn er sich eingestand, daß er wenig Kontakt mit Low-Tech-Gesellschaften hatte, ob heute oder in der Vergangenheit –, aber Bild, Ton, Geruch und Taktilität waren gut gemacht. Um eine lebensnähere Erfahrung zu haben, hätte er schon eine *quivira* aufsuchen müssen.

Ein Glockenton riß ihn davon weg. So bald? Er hatte sich schon damit abgefunden, stundenlang warten zu müssen, bevor das System Lilisaire ausfindig machte und sie dazu überredete, einem Polizisten eine Audienz zu gewähren.

Er hastete zum Eidophon. Ihr Bild empfing ihn, so lebendig wie Feuer. Er erblickte ein Gesicht über einem langen Hals, das bis auf die hohen Wangenknochen, die eigentümlichen Ohren mit den blinkenden Sternentropfen in den Ohrläppchen, das goldgefleckte Meergrün der großen, schrägstehenden Augen, die geblähten Nüstern und den breiten Mund, auf dem Lächeln und wütendes Zähnefletschen einander folgten wie Sonne und Hagelsturm, beinahe klassisch war. Einen überraschenden Kontrast zu der blaugeäderten weißen Haut bildete das Haar; kastanienbraun, mit Flammrot durchzogen, floß es in einer Welle von ihrer Stirn nach hinten und fiel bis über den halben Rücken nach unten. Aus Aufzeichnungen wußte er, daß sie so groß war wie er, schlank, langbeinig, mit festen Brüsten und wohlgerundeten Hüften. Er sah einen schimmernden Cheong-sam, ein dem DNS-Molekül nachgebildetes Stirnband und kaum eine Spur ihrer etwas über fünfzig Jahre. Medizinische Programme erklärten das nur zum Teil, wie er wußte. Dank ihrer lunarischen Chromosomen konnte sie um ein Viertel älter werden als die 120 Jahre, mit denen er rechnen durfte.

Wenn sie beide überlebten.

»Heil, Mylady«, grüßte er in seinem fließenden Lunarisch. »Es ist sehr freundlich von Euch, daß Ihr so rasch reagiert.«

Aus irgendeinem Grund zog sie es vor, auf Anglo zu antworten. Ihre Stimme war ein leises Schnurren. »Es wäre töricht von mir zu zögern, wenn die Friedensbehörde nach mir ruft.«

Er wechselte in die gleiche Sprache. »Ihr wißt sehr wohl, Mylady, daß wir in Eurem Land nur sehr wenig Macht haben, es sei denn, Eure Regierung räumt sie uns ein. Weise mögt Ihr sein, aber gütig seid Ihr ganz gewiß.«

Sie lächelte. »Eine schlagfertige Erwiderung. Was wünscht Ihr von mir, Herr Polizist?«

»Eine Unterredung, wenn es Euch beliebt. Ich denke, Ihr würdet es vorziehen, wenn sie über eine verschlüsselte Verbindung oder persönlich unter vier Augen stattfindet.«

Gewölbte fuchsfarbene Brauen zogen sich noch weiter hoch. »Was könnte derart gravierend sein?«

»Ich glaube, Ihr habt bereits eine kluge Vermutung in dieser Richtung angestellt, Mylady.«

Das quicklebendige Antlitz zeigte wieder Herzlichkeit. »Mag sein. Wir werden sehen, Hauptmann – *Eyach*, ich weiß Euren Namen nicht.« Der Sophotekt, der so getan hatte, als sei er ein Roboter, hatte ihr mitgeteilt, daß das sein Rang war.

»Verzeiht, Mylady. Ich hatte vergessen, meinem Kommunikator diesbezügliche Anweisungen zu erteilen.« Das stimmte, und er ärgerte sich über sich selbst. Sein Name hatte schon lange aufgehört, eine Bedeutung für ihn zu besitzen, und er benutzte jeden, der seinen Zwecken gerade dienlich war. Seine tatsächliche Identität war die einer Funktion innerhalb des Cyberkosmos.

»Venator«, sagte er, wobei er die mittlere Silbe betonte. Beim Durchstreifen der Datenbanken, seiner liebsten Freizeitbeschäftigung, hatte er einen Dohlenschatz an Wissen angesammelt. Es amüsierte ihn, dieses Wort aus einer toten und fast vergessenen Sprache wieder auferstehen zu lassen.

Lilisaire fragte nicht weiter nach. Wahrscheinlich verzichteten heute schon die meisten Erdbewohner auf einen Nachnamen, so wie die Lunarier es seit jeher taten. Er stellte sich vor, wie sie verachtungsvoll dachte: *Aber die Erdlinge haben ihre Registriernummern*. Ihre Höflichkeit blieb aalglatt. »Nun denn, Hauptmann Venator, wünscht Ihr, sogleich zu mir nach Zamok Vysoki zu kommen? Ich werde Euch gerne willkommen heißen.«

»Sofort?« sagte er erstaunt. »Ich könnte eine Suborbital-Fähre nehmen und in Kürze dort sein, aber –«

»Wenn Ihr, oder die Friedensbehörde, eine Suborbital-Fähre in Tychopolis bereithaltet, dann erachten Eure Vorgesetzten diese Angelegenheit in der Tat für wichtig«, sagte sie, immer noch katzenhaft entspannt. »Ja, tut das, und nehmt Euch genügend Zeit für meine Gastfreundschaft. Ich erwarte Euch.« Der Schirm erlosch.

Eine kurze Zeit blieb er einfach so sitzen, um sein inneres Gleichgewicht zurückzugewinnen. Wieviel wußte sie? Was war ihre Absicht – ihn zu umwerben, ihn irrezuführen oder einfach nur, ihn um des Zeitvertreibs willen zu verwirren?

Wenn sie zum Angriff übergegangen war, dann mußte er eben entsprechend reagieren.

Rasch zog er sich aus, trat unter die Hochdruckdusche und den Trockner und legte eine enganliegende blaue Uniform mit bronzenen Abzeichen an. Ein formvollendetes Äußeres war seine erste Verteidigungslinie. Nach kurzem Zögern entschied er sich dafür, sein Interlink zurückzulassen. Er rechnete nicht damit, es dringend zu benötigen, und war sich auch unsicher, über was für Detektoren und Sonden Lilisaire in ihrer Festung verfügte. Je weniger sie über ihn herausfand, desto besser.

Der Sophotekt traf die Vorbereitungen, während er auf dem Weg zum Abflughafen war. Ein Fahrweg trug ihn unter dem Ringwall hindurch, hinaus zum Drom. Veraltete Anlagen wie diese waren in Regionen mit geringerem Wohlstand und niedrigerer Bevölkerungsdichte nach wie vor in Betrieb, auch auf der Erde. Außer ihm war kaum jemand auf dem Band unterwegs. Das Fahrzeug wartete auf einem Startkatapult, das schon auf sein Ziel ausgerichtet und programmiert war. Eine mobile Gangröhre gewährte ihm Einlaß dazu. Er schnallte sich in einem Sitz fest. Dann drückte er auf *Start*.

Bei dieser Schwerkraft war die elektromagnetische Beschleunigung ganz sanft. Augenblicke später befand er sich im freien Fall längs eines Bogens, der ihn hoch über den Mond und ein Viertel der Strecke um ihn herum tragen würde.

Stille erfüllte die Kabine. Die Schwerelosigkeit erinnerte ihn ein bißchen an jenen Gedankenozean, in dem er noch vor kurzem dahingetrieben war. Er blickte auf die Sichtschirme. Unter ihm säumten Schatten eine grandiose Einöde aus Kratern und abgeschliffenen Hochländern. Einschienenbahnen, Sendetürme, Solarkollektoren und Energieumwandler glitzerten stählern, über dieses Ödland ausgestreut. Nur wenige Sterne glänzten in der Schwärze darüber; Licht überstrahlte sie. Im Norden stand die Sonne im späten Mondvormittag. Die Erde war nicht weit von ihr entfernt, eine hauchdünne blaue Sichel längs einer dunklen Scheibe. Sie sank tiefer, während er dahinflog.

Da er nichts Besseres zu tun hatte, schaltete er die Kabinenbeleuchtung aus und verstärkte das Sternenlicht. Zu Myriaden erschienen sie plötzlich vor ihm, mit jeder Sekunde mehr, als seine Augen sich umstellten. Er erkannte Konstellationen, den Eridanus, den Schwertfisch – dort drüben die Magellanschen Wolken – das Kreuz des Südens, Centaurus ... Alpha Centauri, wo Anson Guthrie über seine Mit-Bewußtseinskopien und die Nachkommen jener Menschen herrschte, die gemeinsam mit ihm das Sonnensystem verlassen hatten ... Nein, die Lunarier unter ihnen lebten nicht auf dem zum Untergang verurteilten Planeten Demeter, sondern auf Asteroiden, die zwischen den beiden Sonnen hindurchwirbelten ...

War jener Exodus die letzte und in mancherlei Hinsicht gewaltigste Leistung des faustischen Geistes gewesen? Ein Rückzug nach einer Niederlage war keine Kapitulation. Konnte er eines Tages, auch wenn es noch so unglaublich sein mochte, seine Banner wieder zurück in die Heimat tragen? Was für Verbündete würde er dann womöglich finden? Er war auch hier noch nicht tot. Er, Venator, war unterwegs, um mit einer lebenden Verkörperung davon zusammenzutreffen.

Eine Revolte – Nein, nichts so Einfaches. Die Ljudow-Rebellion war, wenn überhaupt, antifaustisch gewesen. »Fordert die Welt für die Menschheit zurück, bevor es zu spät ist!« Sorgt dafür, daß die Maschinen kein Bewußtsein entwickeln, errichtet von neuem eine organische Ordnung, erhebt Gott wieder auf seinen Thron.

Aber Niolente von Zamok Vysoki hatte eine wichtige Rolle dabei gespielt, diese Erschütterung auszulösen; und Lilisaire hegte die gleichen Ressentiments, die gleichen wilden Träume.

Eine Warnung riß Venator aus seinem Tagtraum. Die Zeit war schneller vergangen, als er gedacht hatte. Düsen zündeten, setzten die Geschwindigkeit herab.

Das Fahrzeug und das Bodenleitsystem erledigten alles. Er hatte Gelegenheit zum Beobachten. Sein Blick schweifte gierig voraus und nach unten. Bilder dieses Ortes waren alltäglich genug, aber nur wenige Terraner kamen jemals hierher. Er war es auch noch nie, bis jetzt.

Im Osten fielen die Berge gegen ein Tal hin ab, von dem aus sich eine Straße aufwärts wand, mit der Erde und der Sonne gerade eben oberhalb des Horizonts. Im Westen erhob sich jäh die Burg auf ihrem Gipfel, terrassenartig übereinandergeschichtete, dunkel glänzende Mauern, steile Dächer, schroffe Türme, Fenster und Kuppeln, die aufflammten, wo sie das Licht reflektierten. Die Burg gehörte zur Landschaft; die Konstruktion wehrte Meteoriten und Strahlung ab, hielt Luft und Wärme fest. Trotzdem, dachte Venator, hat eine gotische Seele sie erbaut. Es hätten Wimpel darüber flattern müssen, Trompeten erschallen, Bogenschützen auf den Wällen stehen, Gespenster bei Nacht in den Korridoren umgehen.

Nun, in gewissem Sinne gingen hier tatsächlich Gespenster um.

Der Flieger landete auf einem winzigen Feld an der Rückseite des Gebäudes. Eine Gangröhre schob sich aus dem ansonsten kahlen Mauerwerk heraus und vereinigte sich mit der Luftschleuse. Der Jäger trat ein.

Zwei Wachen warteten schon. In enganliegendem, mit Silber ziseliertem Schwarz, Kurzschwerter und Schallschocker an den Hüften, überragten sie ihn um Haupteslänge. Die schönen Gesichter waren völlig identisch und unbewegt. Sie salutierten – rechte Handfläche auf linke Brust – und sagten wie aus einem Munde und in perfektem Anglo: »Willkommen, Lord Hauptmann. Wir werden Euch zur Hüterin bringen.«

»Danke.« Venators eigenes Anglo gehörte der östlichen, nicht der westlichen Hemisphäre an. Er ließ sich von ihnen in die Mitte nehmen.

Der Weg war lang. Ein Schrägaufzug brachte sie in eine Eingangshalle, wo das Trugbild einer riesigen metallischen Ebene unter blauen Nebeln begraben lag, in denen vielfarbige Flammen loderten und nur für Augenblicke halb sichtbare Ungeheuer vorüberhuschten, pfeifend oder lachend. Die Halle ging in ein Gewächshaus über, in dem riesige Niedrigschwerkraft-Blumen üppig wucherten, unirdisch in Gestalt und Farbe. Ihre Aromen machten die Luft beinahe zu schwer zum Atmen. Dahinter lag ein weiterer Korridor, der in einer Spirale aufwärts führte, dämmerig, von düsterer Trauermusik erfüllt. Ahnenporträts säumten die Wände; ihre Augen wanderten mit, verfolgten die Männer. Am oberen Ende waren in einem Gewölbesaal Andenken zur Schau gestellt, die Venator gerne näher in Augenschein genommen hätte. Was war die Geschichte hinter jenem Messer, jenem Stück Meteoritengestein, jenem zerbrochenen Gyroskop, jenem menschlichen Schädel mit dem in die Stirn eingesetzten Saphir? Die nächste Kammer mußte auch ihre Alltagsverwendungen haben, denn spinnwebartige lunarische Möbel standen auf einem weißen Teppichfell; aber die Decke war eine Schwärze, die eine riesige, sichtbar rotierende Darstellung der Galaxis enthielt, Jahrmillionen innerhalb von Sekunden, Sterne, die geboren wurden, kurz aufflackerten und wieder erloschen, während er zusah.

Er kam zu Lilisaire.

Der Raum, den sie gewählt hatte, war von vergleichsweise bescheidener Größe und Ausstattung. Eine Wand zeigte einen Blick auf den Korolev-See: Wellen unter einem künstlichen Wind, die Kuppel, die blauen Himmel simulierte, zwei Sportflieger hoch droben, die Flügel von den Armen abgespreizt. Auf einem Sims tanzte ein nacktes, zwanzig Zentimeter großes Mädchen, exquisit ausgeführt in quecksilberblankem Metall, zu von Panflöten aufgenommener Musik. Ein Tisch trug Karaffen, Pokale, Platten mit Leckerbissen. Lilisaire stand dicht dabei.

Die Wachen salutierten erneut, machten auf dem Absatz kehrt und verschwanden. Venator trat näher. »Ich grüße Euch erneut«, sagte er mit einer Verbeugung und auf Lunarisch, wobei er die ehrerbietige Anredeform benutzte. »Ihr seid wirklich zu freundlich.«

Sie lächelte. »Wieso das, Hauptmann?« Wie zuvor erfolgte ihre Entgegnung in Anglo.

Er wechselte in die irdische Sprache über. Warum sollte er auch unbedingt zeigen, wie gut er die ihre beherrschte? Aber höfliche Umgangsformen – ja. »Die Spannung zwischen – ich will nicht sagen, zwischen unseren Rassen oder auch nur unseren Gesellschaften, Mylady, aber zwischen Eurer Klasse und meiner. Und dennoch verzichtet Ihr auf Eure Zurückgezogenheit, obwohl ich sehr genau weiß, wie sehr Euer Volk sie schätzt, und empfangt mich in Eurem Heim.«

Ihr Tonfall blieb liebenswürdig. »Auch Gegner verhandeln miteinander.«

»Ich bin nicht direkt ein Abgesandter, Mylady. Und für

mich seid Ihr keine Gegnerin. Ebensowenig sind die Erde oder die Weltföderation *Eure* Gegner.«

Die Stimme wurde hart. »Sprecht für Euch selbst, nicht für sie.«

»Wer will Euch übel?«

»Wollen oder nicht, sie machen sich dazu bereit, es uns zuzufügen.«

»Bezieht Ihr Euch auf das Habitat, Mylady?« fragte er: eine gesellschaftlich notwendige Redundanz.

Sie wich einer direkten Antwort aus. »Die Erde hat Luna auch noch vieles andere angetan.«

»Aber es war doch die Erde, die Luna erst zum Leben erweckt hat.«

Sie lachte. Der Klang war kurz und leise, aber auf irgendeine raffinierte Art und Weise schien sie ihn mit ihrem ganzen Körper hervorzubringen. »Ihr habt eine sehr charmante Art, Naivität vorzutäuschen, Hauptmann. Wohlan, dann laßt mich uns als Bewohner des Mondes bezeichnen.«

Er paßte sich der von ihr vorgegebenen Gesprächsrichtung an, denn seine wahre Absicht war es, ihre Einstellungen zu erkunden. »Darf ich offen sprechen?«

»Ist das nicht der Grund, warum Ihr gekommen seid?« murmelte sie.

Jetzt spielte *sie* die Unschuldige, dachte er. »Wenn Ihr ›Bewohner‹ sagt, meint Ihr vermutlich Lunarier, nicht die hier ansässigen Terraner, nicht einmal jene Terraner, die Bürger sind. Und ... wenn Ihr mir gegenüber den Ausdruck ›Lunarier‹ gebraucht, meint Ihr dann vielleicht die selenarchischen Familien – oder die Phratrie der Kordilleren – oder einfach deren Führer?« Behutsame Versuche, sie zu provozieren.

Der starre grüne Blick richtete sich auf ihn. Die Worte waren ruhig, aber fest. »Ich meine das Überleben unseres Geschlechts.«

Das hätte ihn eigentlich nicht in die Defensive drängen sollen, aber er hörte sich protestieren: »In welcher Beziehung seid Ihr bedroht, Euer Leben oder Euer Besitz oder irgend etwas, das Euer ist?«

»Meine Art ist bedroht. Ihr beabsichtigt, die Lunarier auszurotten.«

»Mylady!«

Lilisaire spreizte die Finger. »*Eyach*, natürlich denken die übertrieben zuversichtlichen und ach so närrischen Politiker, die sich einbilden, die Menschheit zu regieren, nichts dergleichen, insofern sie überhaupt zu denken vermögen. Sie sehen nur den ego-geschwellten Ruhm, der ihnen dadurch zufallen wird, daß sie den Mond für die Terraner erschlossen haben.«

»Aber nicht nur sie werden dadurch gewinnen«, mußte er argumentieren. »Diese Leute, die kommen werden, sind ein kühner Menschenschlag mit Unternehmungsgeist. Was ist denn im letzten Jahrhundert oder noch länger hier geleistet worden? Sie werden so bauen, wie Eure Vorfahren es getan haben, Städte, Höhlen, Leben – den Mond von Grund auf erneuern.«

Denn es waren die Ruhelosen, die latent Faustischen, dachte er zum hundertsten Mal. Sie fanden ihr Leben auf der Erde leer, es gab nichts Bedeutungsvolles mehr für sie zu tun, und allmählich wurden ihre Energie und ihr Zorn störend. Er hatte sich gefragt, ob sich das Terabewußtsein dieses Mittel, das Habitat, womöglich selbst ausgedacht hatte, um sie hier zusammenzuziehen, wo sie sich auf eine Art und Weise verausgaben konnten, die eingrenzbar, beherrschbar, war – und, im Laufe vieler Lebensspannen, vielleicht sogar zähmbar.

»Sie werden hereingeströmt kommen«, sagte Lilisaire. »Bald werden sie uns überstimmen, und die ganze Zeit über werden sie sich stärker vermehren als wir.«

»Nichts hält euch Lunarier davon ab, darin mit ihnen zu wetteifern«, sagte Venator trocken.

Außer, dachte er, ihr Fehlen des starken Dranges, sich zu vermehren, der seiner Rasse angeboren war, der die Erde an den Rand der Katastrophe gebracht hatte und immer noch kaum gebändigt, immer noch eine Quelle von Unzufriedenheit und Unruhe war. Das Habitat würde seinen Nutznießern ein gewisses Ventil dafür bieten – ein paar Generationen lang. Lunarier waren nie so fruchtbar gewesen. Warum? War es kulturell bedingt, oder hatte es eine genetische Ursache? Wer wußte das bis heute schon? Man konnte das Genom kartieren, aber eine Karte ist nicht das Terrain selbst, und sie zeigt auch nicht, was unter der Oberfläche vorgeht. Er selbst vermutete, daß es sich um einen indirekten Effekt handelte. Ein arrogantes, eigensinniges Volk wollte sich nicht mit zu vielen Kindern belasten.

Wieder lachte Lilisaire. »Endlich zeigt ein tausendfach ausgefochtener Disput ein neues Gesicht!« Leichthin: »Sollen wir es fürs erste dabei belassen? Seid willkommen, Hauptmann, als ein neues, ein belebendes Element in einem alten Haus. Nehmt Ihr eine Erfrischung?«

Er hatte sich an die lunarischen Stimmungsumschwünge gewöhnt. »Danke, Mylady.«

Sie goß ein, ein klares Geräusch vor dem Hintergrund der Panflöten, reichte ihm seinen Pokal aus geschnittenem Kristall und hob den ihren. Der Wein schimmerte golden. »*Unwach yei*«, brachte sie einen Trinkspruch aus. Es bedeutete mehr oder weniger: »Empor.«

»*Serefe*«, erwiderte er. Gläser klangen zusammen.

»Was für eine Sprache ist das?« fragte sie.

»Türkisch. ›Auf Eure Ehre.‹« Er nahm einen kleinen Schluck. Der Wein war wunderbar.

»Dann seid Ihr weit herumgekommen – und, so nehme ich an, ebensoviel in Eurer eigenen Person wie im Vivifer oder in einer *quivira*.«

»Das gehört zu meinen Pflichten«, sagte er achselzuckend.

»Aus welcher Zucht stammt Ihr?«

Einen Augenblick lang war er sprachlos, dann erkannte er den idiomatischen Ausdruck, den sie im Sinn hatte. »Ich wurde an der Südspitze Afrikas geboren, Mylady.«

»Ein kahles und schönes Land, nach allem, was ich gesehen habe.«

»Ich war noch klein, als ich von dort wegging.« Wenn man

das synnoiotische Potential besaß, mußte man es von frühester Kindheit an entwickeln, oder es ging verloren. Seine Gedanken flogen zurück zu den Opfern, die seine Eltern gebracht hatte – seine Mutter, die ihre Karriere aufgab, sein Vater, Pastor in der kosmologisch-christlichen Kirche, der zusehen mußte, wie er, Venator, Stück für Stück seinen Gott verlor – um bei ihm im Gehirngarten auf St. Helena zu sein, ihm ein bißchen Familienleben zu bieten, während er in jene Fremdheit hineinwuchs. Aber schon immer hatten Eltern sich und ihre Kinder Größerem ausgeliefert. Die Geschichte wußte von Lehrlingen bei Schamanen, dem Propheten Samuel, Dalai Lamas, geringeren Mönchen vielerlei Glaubensrichtungen, ja sogar von Jungen, die zu Eunuchen gemacht worden waren, nur damit sie im Dienste des Herrschers aufsteigen konnten ... »Ich kehre aber hin und wieder dorthin zurück.« Es war wirklich schön, jenes Reservat, wo Löwen umherstreiften und das Gras sich golden im Wind wiegte.

Er durfte nicht zulassen, daß sie dieses Thema weiterverfolgte. Lilisaire stand nachdenklich da. Wieviel wußte oder vermutete sie? Es war tatsächlich eine Erleichterung, als sie sagte: »Vielleicht sollten wir jetzt über Eure Mission sprechen, damit wir es uns später behaglich machen können. Ich glaube, es würde mir Freude bereiten, Euch in meinem Wohnsitz herumzuführen.«

»Ich wäre fasziniert«, erwiderte er, was keine Lüge war, auch wenn er sehr wohl wußte, daß er nichts zu Gesicht bekommen würde, was sie ihn nicht sehen lassen wollte.

»Ihr und Eure ... geringeren Kameraden?« (Was für eine Ahnung hatte sie von seinem tatsächlichen Status, der nicht der eines einfachen Polizeihauptmannes, sondern der eines Pragmatisten von Determinator-Rang war?) »haben Nachforschungen bei Caraine und Aiant angestellt, ebenso bei anderen vom alten Blut.« (Wie schnell sie das erfahren hatte!) »Jetzt bin ich an der Reihe, nicht wahr?« Ihr rascher Blick hätte offen und ehrlich wirken können. »Nun, kurz und einfach gesagt, ich weiß nichts von irgendeinem Plan, das Habitat zu zerstören. Gewiß, Ihr würdet nicht damit rechnen, daß ich es zugebe. Darum laßt mich hinzufügen, daß ein solcher Plan aussichtslos, dumm wäre. Selbst Niolente konnte die allesverschlingende Föderation am Ende nicht aufhalten.«

Trotz ihrer Widerstände, ihrer Intrigen, der von ihr angefachten Rebellion, des letzten bewaffneten Widerstandes – nein. Venator wollte sagen, daß der Zusammenbruch der souveränen Selenarchie, die Einsetzung der Republik, ihr Beitritt zur Weltföderation und zu den Gesetzen des Erdbundes nicht einfach nur das Resultat politischer und ökonomischer Zwänge gewesen waren. Letztlich war es eine Frage der moralischen Stärke. Als Rinndalir mit Guthrie fortgegangen war und Fireball sich aufzulösen begonnen hatte, hatten zu viele Lunarier ganz einfach den Mut verloren. Niolentes Herz hatte recht einsam geschlagen.

Aber: »Wir wollen doch keine alten Geschichten aufwärmen, nicht wahr, Mylady?« schlug er vor.

Lilisaires Lächeln konnte unfair verführerisch werden. »Ihr seid *wirklich* ein intelligenter Mann, Hauptmann. Ich könnte anfangen, Euch zu mögen.«

»Ich beschuldige oder verdächtige Euch ganz gewiß keines Verbrechens«, sagte er rasch. »Ich bin nur, äh, verwirrt und hoffe, Ihr könnt mir etwas Aufklärung verschaffen.«

»Fragt nur weiter.« Sie machte eine einladende Handbewegung. »Sollen wir Platz nehmen?«

Auf dem Mond mit seiner niedrigen Schwerkraft bedeutete das mehr als auf der Erde. Er ließ sich auf dem Divan vor dem Tisch nieder. Sie gesellte sich zu ihm. Er war sich ihrer unmittelbaren Nähe nur allzu bewußt. Ein Pheromon-Parfüm? Nein, sicherlich nichts so Plumpes und in seiner Wirkung so Beschränktes.

»Kostet«, drängte sie ihn. Er knabberte ein Kanapee mit Wachteleiern und Kavier. Ihre Grazie beschämte ihn.

Er räusperte sich. »Meine Dienststelle hat Hinweise auf Aktivitäten im sonnenfernen Raum entdeckt«, sagte er. »Wahrscheinlich befindet sich ihr Ausgangspunkt irgendwo in den Asteroiden, aber dessen sind wir uns nicht sicher.«

Er log. Er wußte von nichts dergleichem, es sei denn, man zählte den erbitterten Widerstand gegen die Föderationsherrschaft mit, der mit Lilisaires Ahnherrin Niolente erloschen war. Der Dienst hatte diese Frau so scharf überwacht, wie es ihm möglich war, weil er wußte, daß sie das meiste, wofür die Föderation stand, ebenso ablehnte und sie gefährlich war. Er hatte herausbekommen, daß sie alle ihr zugänglichen Aufzeichnungen und Datenbanken durchstöbert hatte und einige ihrer Erkundigungen sich gefährlich dem Thema Proserpina genähert hatten. Wenn sie darauf stieß, konnte sich das als verhängnisvoll erweisen. Und nun hatte sie Ian Kenmuir von dort draußen zurückgerufen.

»Es ist nicht unbedingt verboten«, fuhr Venator fort, »aber es ist nicht bekanntgemacht worden, offensichtlich also geheim. Wenn es etwas ist, was später von Bedeutung sein mag, möchte die Regierung logischerweise Informationen darüber haben.«

»Ja«, sagte sie leise, »um eure Computermodelle damit zu füttern, um es in eure fade sozioökonomische Struktur zu integrieren.«

Er hörte das Gift heraus, ignorierte es aber. »Da Ihr Unternehmen dort draußen habt, Mylady«, und da alle Asteroidenkolonisten Lunarier waren, die niedrige Schwerkraft ertragen konnten, »frage ich mich, ob Ihr zufällig etwas darüber wißt.«

Ihre Stimme wurde neckend. »Wie sollte ich, wenn das Unternehmen geheim ist?«

»Ich meine nicht direkt. Jemand könnte irgend etwas bemerkt und es Euch gegenüber erwähnt haben, vielleicht ganz beiläufig.«

»Nein. Ich bin zu weit von diesen Regionen entfernt. Ich bin zu lange fort gewesen.« Leidenschaftlich: »*Eyach*, zu lange fort.«

Weil sie hierbleiben mußte, um ihren verdeckten Krieg zu führen?

»Zweifellos eine letzte verzweifelte Hoffnung von mir«, sagte er. »Und die ganze Sache mag ebensogut ein Irrtum sein, eine Fehlinterpretation unsererseits.« Eine Farce, das war es. Er hoffte gar nicht, sie wirklich aushorchen zu können. Er war hinter ungreifbaren Dingen her, ihrer Persönlichkeit, ihren Charakterzügen, dem, was sie liebte und was sie haßte, ihren Stärken und Schwächen, ihr als einer lebenden Person. In Anbetracht dessen konnte er vielleicht besser mit ihr fertigwerden. »Ich wäre Euch sehr verbunden, wenn Ihr Eure Erinnerungen durchforschen, Eure persönlichen Dateien durchsuchen würdet, alles, was vielleicht etwas Sachdienliches zum Vorschein bringen könnte.«

»O ja, Erinnerungen habe ich. Dennoch müßt Ihr mir mehr erzählen. Bisher ist das alles so unbestimmt wie ein Vakuum.«

»Einverstanden.« Er verfügte tatsächlich über präzise Angaben, die er ihr nennen konnte, erfundene Details, die überzeugend sein mochten.

»Am besten, wir durchstreifen dieses Gebiet in aller Ruhe.« Ihre Finger berührten sein Handgelenk. Sie lächelte erneut. »Kommt, Ihr habt kaum Euren Wein gekostet, und er ist ein Stolz meines Hauses. Laßt uns einander näher kennenlernen. Ihr spracht von Eurer Kindheit in Afrika –«

Er mußte vorsichtig sein, sehr, sehr vorsichtig. Aber bei einem Verstand wie dem ihren sollte es nicht allzu schwierig sein, die Unterhaltung von den Kleinigkeiten wegzusteuern, die ihn verraten würden.

Der Tageszyklus verstrich. Sie tranken, unterhielten sich, bummelten umher, speisten und taten dann den nächsten logischen Schritt.

Für ihn waren sexuelle Aktivitäten immer eine bisweilen aus Gründen der Gesundheit wünschenswerte Übung gewesen. Nun entdeckte er, daß es auch anders sein konnte.

Während der nächsten Morgenwache sagte sie ihm Lebewohl, so kalt wie eine Gebirgsquelle. Seines Rückfluges nach Tychopolis war er sich nur undeutlich bewußt. Erst, nachdem er in die Einheit eingegangen war und seinen Kopf wieder frei hatte, wurde ihm erst so recht klar, daß sie ihm eigentlich nichts von Bedeutung erzählt hatte, daß ihm aber durchaus ein paar Andeutungen ihr gegenüber entschlüpft sein mochten.

Eine Zeitlang hatte er sogar gedacht, ihre Position habe eine gewisse Berechtigung. Doch nein. Auf lange Sicht war es *ihr* Feuer, das erstickt werden mußte. In naher Zukunft – nun, Terraner hatten den Mond zum Leben erweckt, bevor es überhaupt Lunarier gegeben hatte. Sie besaßen ihren eigenen Anspruch, ihre eigenen Rechte, auf diese Welt – einen Anspruch, den Menschen wie Dagny Beynac vor Hunderten von Jahren für sie errungen hatten.

4

Die Mondmutter

Der große Meteorit, der den Krater Tycho geschlagen hatte, war reicher an Eisen und Nickel gewesen als die meisten Exemplare seiner Art. Seine Bruchstücke lagen weit verstreut, nur oberflächlich unter dem Regolith begraben. Die größeren, durch den Einschlag zusammengeschmolzenen Chondrulen waren dadurch zu Erzlagern geworden, wie man sie auf dem wetterlosen Mond mit seinem Basaltgestein sonst nur selten antrifft. Als die Zunahme der Aktivitäten eine Basis auf der erdzugewandten Seite der südlichen Hemisphäre erforderlich machte, waren sie ein Hauptgrund dafür, diese im Tycho einzurichten.

Dagny Ebbesen half gerade dabei, sie zu bauen, als ihr Boß sie zur Rudolph-Mine schickte. »Du weißt, wir haben den Arbeitern bessere Quartiere versprochen«, erläuterte Petras Gedminas. »Es ist zwar nur eine Standardkonstruktion, aber dadurch wirst du Erfahrung darin bekommen, eine solche Arbeit zu leiten.« Er hielt inne. »Nein. Wir sind weit von dem Stadium entfernt, in dem irgendein Auftrag Routine wäre. Rechne mit dem Unvorhergesehenen.«

Seine Warnung war unnötig. Im Laufe von zwei Jahren hatte Dagny das nachhaltig erfahren. Ein Mondbauingenieur, egal wie kurz er erst dabei war, mußte notwendigerweise von allem etwas verstehen.

Drei Tageszyklen, nachdem sie bei der Mine eingetroffen war, also etwa ein Zehntel eines Mondtages später, passierte die Katastrophe.

Soeben war ein Exkursionsfahrzeug angekommen. Als der Fahrer sich über Funk anmeldete, hatte er sich als Edmond Beynac identifiziert, auf dem Heimweg von einer Expedition mit seinem Assistenten. Bevor sie weiterfuhren, würden sie sich gerne ein bißchen ausruhen und Geselligkeit pflegen. Dagny war begierig darauf, den Geologen persönlich kennenzulernen. Seine Berichte waren wichtig für die Bautätigkeit gewesen, weil sie zeigten, wo, wie und inwieweit man dem Felsuntergrund trauen durfte. Überdies hatten seine Entdeckungen und Analysen etliche Vorstellungen über den gesamten Himmelskörper geändert. Und dann das Abenteuer, umherzustreifen und Dinge zu erblikken, die kein Mensch je gesehen hatte!

Die Chronometer zeigten 2130, Mitte der Abendwache. Ihr Trupp arbeitete rund um die Uhr und schlief in Schichten, um fertig zu werden, bevor die Sonne so hoch stieg, daß Hitze und Strahlung sie dazu zwangen, den ganzen Tag über drinnen zu bleiben. Eines Tages, dachte sie, würde die Technik auch dieses Handicap besiegen. (Ja, und sie würde etwas gegen den verdammten, an allem haftenden, alles beschmutzenden Staub erfinden.) Müdigkeit nagte an ihren Knochen. Im Alter von sechsundzwanzig Jahren und bei nur einem Sechstel der irdischen Schwerkraft bereitete es ihr indes keine Schwierigkeiten, sie zu ignorieren. Sie konnte sich in dem verlieren, was sie tat und was sie wahrnahm.

Ihr Bauvorhaben war immer noch ein Durcheinander aus Ausschachtungen, Gerüsten, halb installierten Lebenserhaltungs- und Energiesystemen, nach einem ausgeklügelten Schema tätigen Menschen und Maschinen. Hoch aufgetürmte Materialvorräte überragten die Schutzhütten. In einiger Entfernung drängten sich, nicht viel größer, die Kuppeln und Bienenkörbe des ursprünglichen Camps; der größte Teil des Wohnraumes befand sich unter der Erde. Dort stand ungenutzt die Zentrifuge. Die Grubenarbeiter ruhten sich aus, bis auf zwei oder drei, die Wache bei den Maschinen hielten, die die Schwerarbeit leisteten: graben, zerkleinern und verladen. Das war zwei Kilometer östlich, fast am Horizont. Sonne, Schatten und aufgewirbelter Staubdunst machten es undeutlich; gelegentlich blitzte ein Stück Metall.

Die schlanken Pylone der Drahtseilbahn ragten deutlich sichtbar auf. In einer Doppelreihe marschierten sie in weiten Abständen von der Grube aus los, passierten Dagny in weniger als hundert Metern Abstand und verschwanden hinter dem südwestlichen Rand des sichtbaren Bereichs. Ihre Kabelstränge bildeten dünne Striche vor der Schwärze des Himmels darüber. Gerade war eine mit Erz beladene Gondel mit der Winde hochgezogen worden, bis sie an ihrer Aufhängung hing. Das Drahtseil wurde wieder in Bewegung gesetzt. Die Gondel begann ihre Reise durch den Himmel wie eine Spinne, die an einem Faden baumelt. Sie war unterwegs, um ihre Ladung bei den Erbauern von Tychopolis abzuliefern, die die Metalle raffinieren und verwenden würden. Im Gegenzug schickten sie zurück, was die Teams hier benötigten. Angesichts des Mangels an Fahrzeugen und der Unebenheit des Kraterbodens war das die wirtschaftlichste Art des Massentransports.

Uneben? Und ob. Kleine Hügel, Felsplatten, erratische Blöcke, Risse, Spalten, eine wirre und dunkle Ebene. Hinter der Mine ragten die obersten Wälle eines Ringwallsegments in ihr Gesichtsfeld. Da die Sonne erst knapp darüber stand, blieben sie konturlos schwarz, ihr Schatten ein Teersee. Überall sonst befingerten kleinere Schatten Steine. Die Sterne wurden von der gleißenden Helle überstrahlt. Schmutzfleckige weiße Raumanzüge mit leuchtend bunten Abzeichen und Namensschildchen hasteten winzig durch die Farblosigkeit.

Die Erde aber ... die Erde regierte den nördlichen Himmel. Die Erdsilhouette, unmerklich über das zweite Viertel hinaus, ihre Krümmungen von blauweißer Marmorierung umrandet, ein ockerfarbener Fleck, der Land war, ein Leuchten, das einen Moment lang nachwirkte, nachdem man davon weggeschaut hatte, so wie ein Traum nachwirken mag, wenn man gerade erwacht ist. Die Erde war Herrlichkeit genug.

Darunter herrschte Stille. Ohne Luft erstirbt jedes Geräusch im Keim. Manchmal übertrug Dagnys Funkempfänger eine Stimme, aber meistens ging die Arbeit stumm vor sich, handwerkliches Geschick kontra Zeit. Im übrigen hörte sie Luft in ihrem Recycler und ihren Nasenlöchern und Blut in ihren Ohren rauschen.

»Übernimm mal«, befahl sie Joe Packer, ihrem Stellvertreter, und setzte sich in Richtung des Exkursionsfahrzeugs in Bewegung. Wohneinheit und Labor zugleich, ausgerüstet, um ohne Zwischenstopp Hunderte von Kilometern zurückzulegen und Leben wochenlang zu versorgen, überragte es auf seinen acht gewaltigen Reifen die Hauptkuppel, nahe derer es angehalten hatte. Als sie näherkam, klappte eine Leiter zum Boden hinab, ein äußeres Schleusentor öffnete sich. Die neuen Gebäude würden einen Direktzutritt von Luftschleuse zu Luftschleuse ermöglichen, aber bisher mußten Besucher den Weg zum Eingang noch zu Fuß zurücklegen.

Dagny beschleunigte ihre Schritte. Da sie sich inzwischen längst daran gewöhnt hatte, bewegte sie sich in ihrem Raumanzug fast so mühelos wie in einem Overall, mit den üblichen federnden Niedrigschwerkraftsprüngen, wunderbar leicht. Eine ähnlich gekleidete Gestalt erschien oberhalb der Leiter. »Hallo!« rief Dagny. »Willkommen!«

Der Boden unter ihr bebte.

Die heftige Erschütterung fuhr wie ein Donnerschlag durch ihre Stiefel und ihren Körper.

Fast wäre sie gestürzt. Durch das Stolpern richtete sich ihr Blick ruckartig auf die Sonne. Ihre Helmscheibe verdunkelte sich, um ihre Augen zu schützen, und in plötzlicher Blindheit sah sie die Sonnenscheibe verblassen. Sie fing sich wieder, das Sehvermögen kehrte zurück, sie starrte nach Norden.

Dort drüben erhob sich eine Wolke hoch über den Horizont. Sie stieg höher und höher, aufgewühlt und rußig, an den Rändern grau ausdünnend, ein Schmutzfleck quer vor der Erde. Funken taumelten in langgestreckten Parabeln davon weg, als ob Sterne herabstürzten.

Ein Meteoriteneinschlag! Das waren Auswürfe, weggeschleuderte Gesteinsbrocken, Splitter. Soldaten unter Beschuß warfen sich flach hin – Nein. Wenn er aus dem Himmel kam, bot man aufrecht ein kleineres Ziel. Und man durfte *nicht* laufen.

Der Bildschirmstreifen, der das Terrain hinter ihr zeigte, nahm ihre Aufmerksamkeit in Anspruch. Sie wirbelte auf dem Absatz herum, um einen direkten Blick darauf zu werfen. Dicht bei dem Pylon, der ihr am nächsten war, schwang die beladene Gondel in immer wilderen Bögen. Die Säule erzitterte. Ein paar Meter dahinter traf ein Stein auf, ließ seine eigene kleine Staubwolke aufspritzen und grub seinen eigenen kleinen Krater. Ein weiterer traf einen Felsbrocken, prallte ab und sprang mörderisch flach über den Regolith.

Der Staub begann zu fallen. Mit ihm senkte sich neuerliche Blindheit herab. Dagny spürte Einschlag um Einschlag irgendwo ganz in ihrer Nähe. Sie blieb unbeweglich stehen und fummelte in einer Tasche nach ihrem Putztuch. Vielleicht tat sie es, um die Panik abzuwehren, die sie durchfuhr: Motorgetriebene Gelenke in Raumanzügen waren eine prima Erfindung, da sie dem Innendruck seinen Fluch nahmen, aber wann würden die Ingenieure endlich Tastverstärker für die Handschuhe entwickeln, damit man vernünftig spüren konnte, was man machte?

Der Mond beschleunigt fallende Objekte nur langsam, hat aber keine Atmosphäre, die sie bremst. Binnen einer Minute, sechzig endlosen Sekunden, hatte das lokale Bombardement aufgehört, und sie konnte ihre Helmscheibe sauberwischen.

Erleichterung durchflutete sie in einer Welle: ein Schluchzen, ein weiches Gefühl in den Knien, als würde sie auf sie niedersinken. Das Camp oder die Mine schienen von nichts Schlimmerem als Staub getroffen worden zu sein. Nun, natürlich hatte die Wahrscheinlichkeit immer dafür gesprochen, sonst wäre dieses Unternehmen unmöglich gewesen, auch wenn niemand einen so großen Einschlag in unmittelbarer Nachbarschaft erwartet hätte, nicht in den nächsten paar hundert oder tausend Jahren – Ihr Blick wanderte weiter und stoppte. Sie unterdrückte einen Aufschrei.

Der Pylon hatte sich verbogen. Das Drahtseil hielt, war aber zum Zerreißen straff gespannt und nicht mehr in Bewegung, da der Antriebsmotor an diesem Ende zweifellos schwer beschädigt war. Die Gondel lag drei Meter entfernt auf der Seite. Ihre wilden Kreiselbewegungen hatten sie losgehakt und ihre Ladung in weitem Umkreis verstreut. Metallische Brocken lagen überall auf Dagnys Baustelle kunterbunt aufgehäuft.

Jemand schrie, ein heiserer und abgehackter Schmerzlaut. Er durchbrach eine Stille wie nach einem Hammerschlag; plötzlich tobte das ganze Frequenzband. Dagny schaltete ihren Sender auf höchste Leistung. »Stop!« übertönte ihre Stimme alles. »Haltet mal den Mund! Wir müssen eine Rettung organisieren!«

Unterdessen sprang sie in großen Sätzen zum Schauplatz des Geschehens zurück. Ein verschwommener Teil ihrer selbst fragte sich, wieso sie sich traute, die Verantwortung zu übernehmen, sie, die noch nie mit so etwas konfrontiert gewesen war. Die Kurse und Simulationen auf der Akademie erschienen ihr plötzlich irreal. Aber die Führung, die Pflicht, oblag ihr.

Dann war sie zu beschäftigt für Zweifel oder Ängste.

»Namen, nach Kennummern.« Sie peitschten aus ihren Kopfhörern, einer nach dem anderen. Janice Bye lag lang ausgestreckt auf dem Boden, tot, ihr Helm zersprungen, ihr Gesicht im flach einfallenden Sonnenlicht gräßlich anzuschauen. Zwei Leute schienen unter Schock zu stehen, nutzlos und zitternd in sich zusammengesunken. Und Joe, Joe Packer lag auf dem Rücken, das rechte Bein unter einem Haufen schwerer Brocken begraben.

Dagny kniete sich neben ihn. Nach dem ersten tierischen Schrei war er bis auf den keuchenden Atem verstummt. Seine Haut wirkte eher grau als braun, mit Schweiß übersät, der wie Tau glitzerte. Seine Augäpfel hoben sich erschrekkend weiß und rund um dunkle Iriden und geweitete Pupillen ab. Färbte die Erde sie schwach blau? Dagny nahm seine beiden Hände in ihre. »Wie fühlst du dich, Joe?« Die Frage kam ganz ruhig heraus.

Er rang um die gleiche Beherrschung. »Als würde ich ersticken«, murmelte er. »Tut nicht weh ... nicht sehr ... jetzt nicht mehr ... bin aber benommen und – oh-h –«

Sie kam zu dem Schluß, daß das Bein des Raumanzugs gerissen sein mußte, wahrscheinlich am Kniegelenk. Luft mußte ausgeströmt sein, mehr, als der Reservetank ersetzen konnte, bevor genügend Klebmasse ausgesickert und hart geworden war, um ein Loch dieser Größe zu versiegeln. Die Sauerstoffknappheit zusätzlich zu der Verletzung konnte sein Herz jeden Augenblick versagen lassen.

»Greenbaum, holen Sie eine Luftflasche und ein Verbindungsstück«, bellte Dagny. Man mußte jedem ganz genau sagen, was zu tun war, sonst würden sie noch übereinander stolpern. »Royce, Olson, kümmert euch um Etcheverry und Graf«, die Schockfälle. »Ihr übrigen, Brechstangen, Spaten, räumt dieses Gerümpel von Joe runter. Vorsichtig!«

»Zur 'ölle, aus dem Weg 'ier«, hörte sie. Es war ein grollender Baß, verblüffend ähnlich dem Anson Guthries, aber mit einem seltsamen Akzent. Auf ihrem rückwärtigen Bildschirm sah sie den Sprecher über sich aufragen. Hinter ihm trug ein anderer Mann etwas. Das mußten die Geologen sein. Niemand aus dem Hauptlager oder der Mine hätte es so schnell hierher schaffen können.

Sie durfte nicht zulassen, daß jemand anders sich einmischte und alles durcheinanderbrachte. »Was wollen Sie?« fragte Dagny gebieterisch.

»*Sacre putain de l'archevêque anglais!* Ohnä Luft wird dieses Mahn schtährben. Aus dem Wäg.« Der Neuankömmling bückte sich, packte sie an den Oberarmen, zog sie hoch und setzte sie beiseite.

Dagny schluckte ihren Ärger hinunter. Edmond Beynac, niemand anderes konnte es sein, würde besser als sie wissen, wie man diese Art von Notfall handhaben mußte. Und, ja, sein Begleiter trug einen Tank mit einem Verbindungsstück daran. Von ihrer erhöhten Position am oberen Ende der Leiter hatten sie vermutlich gesehen, was geschehen war, geschlußfolgert, was wahrscheinlich gebraucht werden würde, und es sofort geholt. Mein Gott, das war rasch gedacht!

Die zwei Männer hockten sich zu beiden Seiten Packers hin und machten sich geschickt an die Arbeit. »Greenbaum, hat sich erledigt, kommen Sie zurück und helfen Sie«, besann Dagny sich über Funk durchzugeben.

Nach wenigen Augenblicken richtete Beynac sich wieder auf. Die Crew sammelte sich mit ihren Werkzeugen. Zwei Männer fingen an, Felsbrocken wegzustemmen. »Nischt so, i'r 'answürstä!« brüllte Beynac. »Gottverdahmisch! Ihr könntät Fälsen auf ihn rollän. *Comme ci.*« Er entriß der nächstbesten Hand eine Brechstange und machte es vor.

Ja, dachte Dagny, auf Luna verhielten sich die Dinge anders, geringere Schwerkraft bedeutete weniger Reibungswiderstand und – Sie vernahm ein ablehnendes Murren. »Gehorcht ihm«, befahl sie. »Vorläufig ist er hier der Boß.«

Offensichtlich hatten die Männer bei der Baugrube den Befehl erhalten, an Ort und Stelle zu bleiben und sich mit den dortigen Schäden zu befassen, aber jetzt trafen die ersten aus dem Camp ein. Dagny ging los, um sie einzuteilen. Als sie zu Packer zurückkehrte, war er befreit worden und ruhte in Beynacs Armen.

»Isch bringä ihn in meine Waggen und leistä Erstä Hilfä«, verkündete der Geologe. »Vielleischt könnän die *médecins* – die Ärzte dahn sein Bein rättän.« Ohne auf ihre Zustimmung zu warten, sprang er mit großen Sätzen über den Kraterboden davon.

Sie waren zu viert, als sie sich im Hauptbüro versammelten. Das Büro gehörte Miguel Fuentes, dem Projektleiter von Rudolph. Dagny Ebbesen nahm als Chefkoordinatorin teil, und Edmond Beynac hatte man seines Sachverstandes wegen eingeladen. Der vierte war Anson Guthrie. Er sprach von der Erde aus – als Bild in einem Teleset auf dem Tisch.

Offiziell hatte er gar keine Berechtigung dabeizusein. Wie Tychopolis und beinahe alles andere auf Luna war die Mine das Projekt eines internationalen Konsortiums unter Aufsicht der UNO. Aber Fireball war der wichtigste Vertragsunternehmer aller Konsortien, und das nicht nur hinsichtlich der Weltraumtransportdienste. Außerdem war das hier eine informelle Voruntersuchung.

»Der Untersuchungsausschuß der Regierung wird monatelang nur daherschwafeln und die Steuerzahler am Ende mehr kosten als die Reparaturen«, prophezeite er. »Was wir für heute hoffen können, ist, zu den gleichen Schlüssen zu kommen wie er und dementsprechend unsere Pläne zu schmieden.«

»Was müssen wir denn planen?« fragte Fuentes. »Ein so großer Meteorit war doch sowieso ein außergewöhnliches Ereignis, und dann ist er zufällig auch noch in der Nähe einer Stelle heruntergekommen, an der sich Menschen befanden. Von einem solchen Unfall können wir uns doch nicht aufhalten lassen, nicht wahr? Oder sind die Politiker wirklich so dumm?«

Er machte das Drei-Finger-*Warte*-Signal in Richtung des Hologramms, und alle verhielten sich ruhig, während Funkwellen durchs All und wieder zurück eilten. Dagny wurde sich bewußt, wie klein der Raum war, wie vollgestopft mit technischen Geräten. Die einzige Abwechslung stellten ein paar grellbunte Bilder, die an den Wänden hingen, dar – Szenen aus Florida, vermutete sie, nur daß ihre Üppigkeit an diesem Ort eher mitleiderregend wirkte. Der Luftaufbereiter schien irgendein flaues Gefühl in der Magengegend zu haben, das dem Strom, der aus dem Ventilator surrte, einen schwach metallischen Geruch verlieh. Sie sehnte sich danach, im Freien zu sein.

»Politiker sind nicht unbedingt dümmer als wir übrigen, die Vorsitzenden von Firmenaufsichtsräten eingeschlossen«, sagte Guthrie. »Ich habe die Berichte der unmittelbar Beteiligten studiert. Dieser Brocken war nicht so groß oder so nahe, daß er den Schaden hätte anrichten können, den er angerichtet hat. Offenbar ist er auf eine Schwachstelle in der Konstruktion getroffen; aber eigentlich dachten wir doch, wir hätten für das Worst-case-Szenario gebaut, oder nicht? Was ist übersehen worden? Wenn wir schnellstmöglich herausfinden können, was es war und wie wir es ändern können, wissen wir auch, was wir der Kommission sagen müssen. Dann kann sie so lange rumfurzen, wie sie will; in der Zwischenzeit tun wir das, was erforderlich ist.« Er rieb sich das Kinn. »Ihr seid die Leute vor Ort. Habt ihr irgendwelche Ideen?«

Dagny sah über den Tisch hinweg Beynac an. Sie stellte fest, daß ihr dies Vergnügen bereitete. Er war um die Dreißig, schätzte sie, nur um ein weniges größer als sie, aber massig gebaut, mit länglichem Kopf, eckigem Gesicht, gerader Nase, vorstehenden Wangenknochen, steifem, braunem Haar, grünen Augen. Nicht, was man gutaussehend genannt hätte, nein. Aber was für eine Männlichkeit er ausstrahlte!

Vorsichtig, weil ihr vorheriges Zusammentreffen darauf schließen ließ, daß er sehr leicht an die Decke ging, sagte sie: »Sie sind der Geologe, Dr. Beynac. Könnte der hiesige Felsboden ungewöhnliche Eigenschaften besitzen?«

»Das tut er nischt«, erklärte er. »Isch 'abe das Gebiet vor zwei Jahren selbst erforscht. Als das Vorkommen entdeckt wurde, 'at einer meiner Studenten, ein fä'iger junger Mann, genauere Untersuchungen durchgeführt. Falls wir Probleme vorausgese'en 'ätten, 'ätten wir davor gewarnt.« Wenn er nicht unter außergewöhnlichem Druck stand, sprach er Englisch mit einem Akzent, der fast nur an seinen Schwierigkeiten mit dem ›h‹ und an der Sprachmelodie erkennbar war.

»Natürlich«, sagte sie. »Was ich meine, sind seismische Wellen. Wie pflanzen sie sich in dieser Gegend fort?«

»*Hein?* Mondbeben sind vernachlässischbar, nur von wissenschaftlischem Interesse.«

»Ich weiß. Aber ich frage mich, wie die Schockwelle vom Einschlag angekommen sein mag.«

»Nischt stark genug, um irgend etwas umzuwerfen«, schnaubte er. »Sie 'aben es gesehen.«

Dagny warf verächtlich den Kopf zurück. »Ja. Aber ich habe auch gesehen, was alles zerstört worden ist. Irgendwelche Kräfte *müssen* das verursacht haben. Woher sollen sie gekommen sein? Vom Einschlag. Wie sind sie dorthin gekommen? Durch den Boden.« Impulsiv: »Das müßte doch eigentlich jedem einleuchten.«

Er explodierte nicht. Statt dessen wurde sein starrer Blick aufmerksam, und er murmelte: »Sie 'aben eine 'ypothese?«

»Ein großes Wort für eine wilde Vermutung«, räumte Dagny ein. »Immerhin habe ich nachgedacht. Wie klänge das?« Sie richtete ihre Worte auch an Fuentes und besonders an Guthrie. »Eine Resonanzfrequenz hat diesen einen Pylon in Schwingungen versetzt. Dies wiederum hat eine Welle das Drahtseil entlanglaufen lassen und die Gondel in ein Pendel verwandelt. Wenn untendrunter eine Felsschicht war, die den Anprall reflektierte, hätte der Impuls sich wiederholt, und die Oszillationen hätten verrückt gespielt.«

Beynac setzte sich kerzengerade auf. *»Pardieu!«* rief er aus. »Isch denke, vielleischt –« Er lehnte sich zurück, die Augen halb geschlossen. »Vielleischt. Lassen Sie misch jetzt auch einmal darüber nachdenken, ob das möglich ist. Eine transversale Komponente –« Er zog sich in sein Gehirn zurück.

»Die Wahrscheinlichkeit dafür ist lächerlich gering«, wandte Fuentes ein. »Das System hätte in genau diesem Augenblick die genau passende Masse und Struktur haben müssen.«

Dagny nickte. »Gewiß. Was ich hier vorschlage, ist ein schlimmerer Fall, als irgend jemand sich vorgestellt hat. Es ist nur leider so, daß mir nichts Besseres einfällt. Ihnen? Man wird Daten sammeln und Labortests durchführen und Computermodelle erstellen müssen, um das zu überprüfen.

Aber Dr. Beynac kann uns vielleicht heute schon sagen, ob sich eine Überprüfung lohnt.«

Guthries Worte überschnitten sich mit den letzten von ihr. »Verdammt, *ich* schätze, daß Sie damit genau ins Schwarze getroffen haben. Gut gemacht, Mädel!« Sein verschmitztes Lächeln und Zwinkern fügte hinzu: *Wie sehr ich mir wünschte, ich könnte mit dir angeben, meine Enkelin.* »Und wenn Sie recht haben, dann müssen wir uns ja keine Sorgen mehr machen. Ich könnte hundert Royal Flushs in Serie auf die Hand kriegen, bevor sich diese Bedingungen wiederholen.«

Beynac rührte sich, öffnete die Augen wieder und knurrte: »Stimmt nicht, Mister.« Offenbar hatte er keine Lust, die Übertragungsverzögerung abzuwarten, denn er fuhr einfach fort: »Dieser spezielle Unfall, ja, dafür muß isch eine Analyse erstellen, aber für 'eute glaube isch, daß Fräulein Bauingenieurin Ebbesen im wesentlischen recht 'at. Aber isch interessiere misch für Meteoritenkunde. Dieses Objekt war ein Mitglied des Beta-Tauriden-Schwarms. Die Orbitalpräzession läßt ihn nach einigen Jahr'underten wieder zu einer Bedro'ung werden. Andere Einschläge könnten sehr wohl Menschen auf andere Arten töten. Nehmen Sie das, was gesche'en ist, als Warnung. Stellen Sie die Oberflächen-Aktivitäten in jedem Monat Juni von Sonnenaufgang bis Sonnenuntergang ein.«

Fuentes versteifte sich. »Einen Moment mal! Sind Sie sich darüber im klaren, was für eine Belastung das wäre?«

Beynac zuckte die Achseln. »Pft! Isch bin Wissenschaftler. Isch werde eine ehrliche Empfehlung abgeben. Die Kosten, das ist Ihre Sache.«

Respektvoll, nicht unterwürfig, signalisierte Fuentes eine Pause für Guthrie.

Der Herr von Fireball lächelte sein seltsam charmantes Lächeln. »*Gracias*«, sagte er. »Ich hatte mir schon selbst eine Weile Sorgen deswegen gemacht. Tun Sie mir einen Gefallen und stürzen Sie sich nicht Hals über Kopf in eine Pressekonferenz, okay? Wir werden unsere Fakten und Zahlen und Berechnungen zusammenstellen und dann an die Öffentlichkeit treten. *So* wichtig ist es. Große Einschläge sind eine Bedrohung auch für Mutter Erde selbst. Die Dinosaurier haben das auf die harte Tour herausgefunden; und wenn das Tunguska-Objekt ein paar Stunden später aufgeschlagen wäre, hätte es fast ganz Belgien ausradiert.«

Beynac betrachtete das Bild mit neuer Hochachtung. Guthrie fuhr fort: »Es könnte sein, daß die menschliche Rasse einen Gewinn aus dem Rudolph-Debakel zieht. Wir könnten eine positive Stimmung für eine Weltraumpatrouille wecken, die Meteoriten aufspürt und die gefährlichen ablenkt oder zerstört.« Er lachte. »Fireball wird sich um den Vertrag dafür bemühen.«

Beynac überraschte Dagny, als er mit leiser Stimme sagte: »Noch ein Grund mehr für Menschen auf dem Mond.«

Obwohl es bereits haufenweise Gründe dafür gab, schoß es ihr durch den Kopf.

Die Energie. Criswell-Solarkollektoren, die rings um den Globus aus dem Boden schossen, um saubere und billige und nahezu unbegrenzte elektrische Energie zur Erde abzustrahlen.

Die Wissenschaft. Astronomie auf der erdabgewandten Seite, eine stabile Plattform, eine planetengroße Abschirmung gegenüber Radiointerferenzen und Lichtverschmutzung. Chemie, Biologie, Physiologie, Agronomie unter einzigartigen und erhellenden Bedingungen. Wer konnte voraussagen, wie vieles noch?

Die Industrie. Heute kleine Spezialartikel. Eines Tages gigantische Fabriken aller Art, die ohne anfällige Biosphäre um sie herum produzierten und deren Erzeugnisse problemlos zur Mutterwelt geschossen werden konnten, in aerodynamischen Containern, die sanft an ihrem Bestimmungsort niedergingen. Oder tiefer in den Weltraum geschickt wurden –

Die Raumfahrt. Der Mond als Werft für den Flottenbau und als Heimathafen für die Schiffe, wenigstens so lange, bis die Menschheit anderswo Wurzeln geschlagen hatte. So sah die Zukunft aus. Ja, Luna war arm an schweren Elementen, besaß weder Luft noch Wasser; aber Reichtümer dieser Art warteten in unbegrenzter Menge auf den Asteroiden und Kometen, zusammen mit dem Tag, an dem es nicht mehr nötig sein würde, etwas aus der lebendigen Erde herauszureißen.

Abenteuer, Entdeckungen, Taten, die zu vollbringen waren, und Lieder, sie zu besingen.

»Das schaukeln wir schon!« rief sie.

Hitze schoß ihr ins Gesicht. Das hier war eine geschäftliche Besprechung! Warum hatte sie einen so kindischen Ausbruch nicht aufsteigen gespürt und ihn rechtzeitig unterdrückt? Fuentes, dieser sehr korrekte Mann, wirkte ein kleines bißchen pikiert. Guthries Abbild hatte noch keine Zeit gehabt, eine Reaktion zu zeigen. Sie sah voraus, wie er genüßlich in sich hineinlachen und das Gespräch vorwärtslenken würde. Beynac ... Beynacs Blick war auf ihr zu ruhen gekommen. Und jetzt lächelte selbst er. »Wie schön für Sie, Mademoiselle«, sagte er.

5

Sonnenlicht flutete vom Himmel herab und zersplitterte in eine Million tanzender Helligkeiten. Das Meer wogte saphirblau, türkisblau, kobaltblau, amethystviolett in hohen Wellen und Wirbeln über einer langen, sanften Dünung. Es zischte und grollte, Geräusche so zart wie der Wind und so tief und unergründlich wie es selbst. Im Westen türmte sich weiß eine Kumulusbank über einem verwaschenen Streifen auf, der Land war. In allen anderen Richtungen erstreckten sich Fernen, fließende Farbschattierungen, Gerüche von Salz und Luft.

Dann verfinsterte sich der Tag. Einen Augenblick lang registrierte Aleka nur noch das Eidophon vor ihr, die Bilder auf seinem Schirm und das zornige Getöse aus seinen

Lautsprechern. Die umfassendere Wahrnehmung kehrte zurück, aber die Wärme und die Brise, die über sie hinwegspülten, drangen nur bis an ihre Haut.

Kein großer Verlust, spottete ein flüchtiger Gedanke. Sie war sowieso schon in einer *mucho* schlechten Stimmung gewesen, da sie unterwegs zu ihrer Verabredung war.

Jetzt war die Zeit wie ein Hai hinter ihr her. Sie sprang auf und lehnte sich über die Backbordseite hinaus. »Ka'eo!« rief sie. *»Hele mai!* An Bord, *āwīwī!«*

Ihr Begleiter bäumte sich aus dem Wasser und schob sich über das niedrige Dollbord. Das Boot legte sich schräg. Es schaukelte zurück, als seine massige Gestalt über das Deck nach mittschiffs schlitterte, bis vor das Cockpit, in dem sie stand. *»Kāohi mai 'oe«*, warnte sie: Halt dich fest. Der Schwimmer schob seine Vorderflossen in ein Paar Manschetten, die am Rumpf befestigt waren. Seine dunkle Glätte tropfte und glitzerte.

Sie waren mit vier oder fünf Knoten dahingebummelt, da Aleka es nicht eilig hatte, jene Leute zu treffen, die auf sie warteten. Jetzt ließ sie das Boot vorwärtsschießen. Einen Augenblick später flog es nur so dahin, auf und ab in Adlerschwüngen, vorwärts im Einhorngalopp. Der Motor schnurrte gleichmäßig, da er fast halb so effizient wie der Plasmaantrieb eines Raumschiffs war, aber um den Hyalonschirm vor ihr toste die Luft.

Durch den Schirm hindurch erwiderte der feuchtbraune Blick Ka'eos den der Frau. Er bellte und grunzte laut genug, daß sie es verstehen konnte. Die Sprache war im wesentlichen Anglo mit vielen hawaiianischen und japanischen Lehnwörtern und einer – von Jahr zu Jahr anscheinend immer mehr zunehmenden – Anzahl von Wörtern, die allein den Keiki Moana gehörten. Aber kein menschlicher Mund hätte diese Töne genau nachbilden können.

»[Warum müssen wir uns beeilen, Eidschwester?]«

Aleka berührte eine Scheibe auf der Führungskonsole, und ein Überschall-Trägerstrahl gab ihm ihre Antwort, deutlich vernehmbar trotz des Spektakels, in ihrer Version derselben Sprache. »Ein Kampf zwischen den Kontrolleuren und ein paar *kauwa*. Es hat mindestens zwei Tote gegeben.« Sie warf einen Blick auf die Übertragung auf dem Flachbildschirm, winzige Abbilder, Schreie, die sie inmitten des Dröhnens der Geschwindigkeit kaum hörte.

Für ihre Augen veränderte sich das Seehundsgesicht nicht, außer daß die Barthaare gerade von der Schnauze abstanden und die Zähne kurz aufschimmerten. Manchmal fragte sie sich, was seine Rasse in ihren beweglichen Gesichtszügen las. Vielleicht waren sie zu fremdartig, als daß ein Mienenspiel viel hätte übermitteln können. Immerhin spürte sie das Entsetzen in seinem Tonfall. »[Das ist schlimm, orca-schlimm. Sprich zu ihnen, o meine Schwester! Mach, daß sie aufhören!]«

Eine andere Frage drängte sich überfallartig in ihr Bewußtsein. Woher kam dieser Ausdruck? Killerwale suchten diese Meere nicht heim. Die Keiki Moana hatten sie zweifellos in Dokumentarsendungen und dergleichen gesehen, aber warum war ihr Name als ein Wort für das Böse in ihre Sprache eingegangen? Ihre eigene Rasse hatte jahrhundertelang die wenigen Großkatzen bedauert und beschützt, die noch übrig waren.

War das Vorderhirn der Seehundsgeschöpfe ein so neuer und dünner Überzug, daß es immer noch von einer angeborenen Furcht vor den Raubtieren, die Jagd auf ihre Vorfahren gemacht hatten, dominiert wurde? Für welche anderen Instinkte galt das noch?

›Metamorph‹ ließ sich so leicht sagen. Aber ließ es sich auch so leicht denken? Eine Art von Organismen, bei denen die DNS einst modifiziert worden war, um etwas hervorzubringen, das die Natur vorher nicht gekannt hatte – Mikroben, die giftige Abfälle abbauten oder unschädlich machten. Bäume mit einem Saft, der Treibstoff war. Exotische Tiere. Sprechende Tiere. Lunarier ... Aber wenn man den Körper derart verändert, welche Veränderungen nimmt man dadurch im Bewußtsein vor? In der Seele?

Vielleicht lag es auch nur daran, daß bestimmte Keiki weit

nach Norden gewandert waren, ohne daß Menschen etwas davon wußten, und Geschichten über Orcas mit zurückgebracht hatten. Oder vielleicht auch nicht. Wie wenig sie in Wirklichkeit von diesen Geschöpfen wußte, ihren Freunden und Gefährten bei den Lahui Kuikawa!

Im Augenblick jedoch spielte es keine Rolle, ganz gewiß dann nicht, wenn das Morden noch länger weiterging. Sie zwang sich selbst zu innerer Ruhe, rezitierte siebenmal das Tulpenmantra, spürte, wie die schmerzhafte Anspannung aus ihrem Rücken wich und das Zittern aus ihren Händen. »Major Delgado, *por favor*«, sagte sie in das Phon, in Festland-Anglo. Das bleiche Gesicht eines Mannes erschien auf dem Schirm. »Ich komme mit Höchstgeschwindigkeit. Aber können Sie das nicht in den Griff kriegen?«

Der befehlshabende Offizier des Forschungsteams der Friedensbehörde biß sich auf die Lippen. »Wir versuchen es«, krächzte er. »Sie wollen nicht hören. Verstehen sie uns?«

»Möglicherweise nicht. Die Jüngeren unter ihnen haben immer weniger oder gar keinen direkten Kontakt mit uns. Aber was *passiert* da eigentlich?«

»Im Augenblick haben wir eine Pattsituation. Sehen Sie selbst.« Delgado schwenkte den Scanner herum, und Aleka sah.

Das Fahrzeug seines Kommandos, ein kleines Tauchboot mit einem Beobachtungsturm, lag nahe der Grenze einer Biofläche. Nach Steuerbord erstreckte sich, weiter als das Auge reichte, die grüne, locker verwobene Pflanzenmatte, von Wellen und Strömungen leicht gekräuselt. Sie trank Licht, verwob Atome zu den Substanzen, die die Konstrukteure haben wollten – in diesem Fall, wußte Aleka, einem Grundstoff für Anti-Krebs-Viren. Auf der offenen See glitt ein Aufseher umher, glänzend, gleichgültig gegenüber allem, was nicht zu seinen Pflichten gehörte, eine multifunktionale Maschine mit einem Programm mit erheblicher Lernfähigkeit und großem Anpassungsvermögen, aber trotzdem nur ein Roboter und ohne eigenes Bewußtsein.

Auf Backbord kräuselten sich gespenstisch grelle Blutstreifen. Wiederholte plötzliche Schaumausbrüche zeigten, wo ein Körper eintauchte oder das Wasser durchschnitt oder auf das Wasser einhieb, als sei es der Feind. Sie umkreisten das Fahrzeug, diese Gestalten, immer rundherum, mehr, als Aleka sich vorgestellt hatte, drei oder vier Dutzend. Der lautstarke Protest aus ihren Kehlen drang schwach über das Phon zu ihr, heiser und aggressiv. Delgados Team hatte sich in gleichmäßigen Abständen längs der Reling verteilt, zehn Männer und Frauen in blauen Einsatzuniformen. Jedes Händepaar umklammerte eine Feuerwaffe.

Das Bild schwenkte auf das Gesicht des Kommandanten zurück. »Ich habe über den Amplisonor zu Frieden aufgerufen, wieder und wieder«, sagte er verzweifelt. »Sie beachten es überhaupt nicht. Natürlich stellen sie keine echte Bedrohung für uns dar, aber – Was sollen wir machen? Tauchen? Die nähere Umgebung verlassen?« Er versteifte sich. »Wir können nicht zulassen, daß diese Rechtsbrecher glauben, sie hätten gewonnen.«

»Bleiben Sie dran«, sagte Aleka. Sie rief ihren Standort auf. Er erschien auf der Steuerkonsole. »Ich bin in etwa zehn Minuten bei Ihnen.« Sie holte Luft. »Was genau ist schiefgelaufen? *Por favor,* erzählen Sie ganz von Anfang an, *señor.*«

In der Welt außerhalb Hawaiis hatte sie den Wert der Höflichkeit kennengelernt, ja sogar den sorgfältig abgemessener Unterwürfigkeit. Außerdem hatte ihre kurze Begegnung mit ihm den Eindruck in ihr hinterlassen, daß er ein anständiger Mensch war. Wenn seine Pflicht ihn zu ihrem Gegenspieler machte, war das nicht seine Schuld; und heute konnten sie sich zusammentun, um weitere Todesfälle zu verhindern. Sie mußten!

Er nickte. »*Ciertamente.* Auf unserer Rundreise haben wir zahlreiche Beweise für ausgedehnte Verstöße, besonders in ökologischer Hinsicht, gefunden; aber die Details können Sie später hören, wenn wir unseren Bericht einreichen. Aber wir haben nirgendwo etwas so Eklatantes gesehen wie hier, wo wir auf diese Bande von Seehunden – äh, Metamorphen – gestoßen sind, die ganz offen Fischbestände plündern, Fischarten, die nötig für die Gesundheit der Biofläche sind. Wahrscheinlich wissen Sie, welche ich meine.«

Das tat Aleka. Es waren nicht die kleinen Schnapper, die man entwickelt hatte, damit sie Parasiten fraßen, es waren die Knabberer, die die Meerespflanzen säuberlich zurechtgestutzt hielten: fett, träge, die fleischgewordene Versuchung.

Delgado schien Trost aus seinem methodischen Vortrag zu schöpfen. »Ich forderte sie auf, das zu unterlassen. Sie ignorierten mich. Ich gab Anweisung, näher heranzufahren, ohne Wirkung. *Señorita,* wir haben eine Verpflichtung gegenüber dem Gesetz und dem Allgemeinwohl. Immer mehr Seehunde strömten von überall her auf uns zu. Es war klar, daß hier eine große Gruppe gewildert hatte. Ich schickte einen Mann mit einer Schockpistole auf eine der Tauchflossen hinunter. Der Gedanke dabei war, auf ein paar von ihnen zu schießen – nur schmerzhaft, Sie verstehen, keine ernsten Verletzungen –, in der Hoffnung, daß sie sich zerstreuten. Statt dessen kletterten zwei von ihnen auf die Flosse, bevor unser Mann es bemerkte, und griffen ihn an. *Señorita,* Sie wissen, was für große Tiere das sind, mit scharfen Zähnen. Seine Teamgefährten auf Deck haben sie erschossen. Völlig zu recht. Er kehrte zurück. Jetzt benehmen die Wesen sich, als glaubten sie uns zu belagern. Da ich wußte, daß Sie auf dem Weg hierher waren, ließ ich Sie natürlich alarmieren.«

Er seufzte. »Jetzt wünschte ich, Sie wären früher zu uns gestoßen, ja, Sie hätten uns von Anfang an begleitet. Aber im nachhinein läßt sich das immer leicht sagen, nicht wahr?«

»Unter den gegebenen Umständen war Ihre Planung vernünftig, Major«, räumte Aleka ein.

Um sich auf die bevorstehende Begegnung vorzubereiten, rief sie sich diese Umstände noch einmal ins Gedächtnis: Beschwerden, Verdächtigungen, nachgewiesene Verluste, gewalttätige Zwischenfälle, von den demographischen Untersuchungen ganz zu schweigen. Die Friedensbehörde war verpflichtet, ihnen nachzugehen. Wenn überhaupt, dann lag die Überraschung darin, wie lange sie damit gewartet hatte. Delgado hatte Andeutungen fallengelassen – über Hoffnungen, daß die Lahui die Probleme irgendwie unter sich lösen konnten – was den Menschen überall auf dem Planeten geholfen hätte zu glauben, daß die Stämme und Kantone und Ethnien der Erde funktionierten, weil das dazu beitrug, die Menschen glücklich und ruhig zu halten – Ja, wenn zuletzt keine andere Wahl mehr blieb, als eine offizielle Untersuchung durchzuführen, dann war es nur vernünftig, wenn die ersten Kontrolleure allein losfuhren, so gut vorbereitet, wie Datenbänke und Vivifers es eben vermochten. Bewußt oder unbewußt hätte ein lokaler Berater sie irreführen können.

Dennoch war sie als Angehörige der Lahui de facto eine menschliche Kontaktperson zwischen den Keiki Moana und der Außenwelt. Es war auch vernünftig, wenn sie und ein Metamorph sich nach einer Weile dem Team anschlossen, ihre Erfahrungen mit ihnen diskutierten und sie zu allen anderen Orten führten, an denen die Kontrolleure Dinge in Augenschein nehmen sollten. Daß sie gerade unterwegs waren, als der Kampf losbrach, war reiner Zufall.

Aber kein sehr unwahrscheinlicher Zufall, dachte Aleka. Nicht, wenn man sich ins Gedächtnis rief, wie der Konflikt in diesen Gewässern brodelte.

Delgado machte ein finsteres Gesicht, als käme er gerade zu dem Schluß, schon zu viel Nachgiebigkeit gezeigt zu haben. »Das hier sind nicht die ersten Toten«, stellte er fest. »Es sind Menschen gestorben.«

»Nicht nur Menschen«, konterte Aleka.

Sie konnte ihn beinahe denken hören, während er seine Worte wählte. Schließlich hatten intelligente Metamorphe vor dem Gesetz die gleichen Rechte, ob sie nun von seiner Spezies abstammten oder von einer anderen. Ebenso Sophotekten, von denen sich nicht eigentlich sagen ließ, daß sie irgendwelche Vorfahren besaßen – wenn ›Rechte‹ in traditionellem Sinne irgendeine Bedeutung für anorganische Intelligenzen hatte, dachte Aleka, während sie wartete.

»Die schädlichen Aktivitäten sind ... fast ausschließlich ... von ... den ... Seehundwesen ausgegangen«, sagte Delgado. »Die Menschen, die getötet wurden, haben nur versucht, sie aufzuhalten.« Meistens waren sie durch Zufall darauf gestoßen und hatten heftiger reagiert, als klug war. Aber wer hätte auch mit einer so wütenden Reaktion rechnen können?

»Sieben insgesamt«, antwortete Aleka. »Und einige nicht tödliche Verletzungen. Die Keiki Moana hatten weitaus höhere Verluste.« Menschen hatten im allgemeinen Werkzeuge an Bord ihrer Schiffe: Messer, Dreizacke, Bootshaken, Anker, die sich auch als tödliche Waffen einsetzen ließen. Sogar die Schiffe selbst ließen sich so verwenden, wenn man aggressiv genug auf die Schwimmer losfuhr.

Delgados Gesicht gefror. »Es wird aufhören, *señorita*. Und ich habe nicht gesagt, daß nicht auch Menschen schuld daran sind.«

Sie glaubte zu wissen, was er meinte. Etwas von dem Frösteln schlich sich wieder in sie ein. »Bleiben Sie in der Leitung«, wiederholte sie. »Provozieren Sie nichts. Mein Partner und ich werden *pronto* da sein.«

Er nickte und trat aus dem Kamerabereich, ließ aber die Tonverbindung offen. Sie spähte angestrengt voraus, an Ka'eos massigem Körper vorbei. Das Tauchboot war jetzt am Horizont zu sehen, winzig noch, aber rasch größer werdend. Sie schaltete auf Handsteuerung und ließ ihre Hände über die Steuerkonsole tanzen. Das Boot schwang in einem großen Bogen herum, bis es genau auf sein Ziel ausgerichtet war, und jagte dann weiter.

»Hast du das verfolgt, Ka'eo?«, fragte sie.

»[Ich denke schon, Eidschwester]«, entgegnete er.

»Was hältst du davon?« Da sie mit einem Keiki sprach, drückte sie es wörtlich so aus: »Wie nehmen deine Sinne dieses Wasser wahr?«

»[Eine Ripptide zwischen Riffen.]« Für eine Weile verstummte er. Pfeilschnell bei der Jagd, waren Angehörige seines Volkes oft langsam und sorgfältig, wenn es um ernsthaftes Nachdenken ging – so, als sei diese Begabung noch neu genug für sie, daß sie immer noch großen Respekt davor hatten. Aleka hatte sich oft gefragt, ob nicht genau das der Fall sein mochte. Seit dem Experiment, das dieser Rasse zur Existenz verholfen hatte, waren gerade einmal ein paar Jahrhunderte vergangen ... Hatten die ersten Menschen sich genauso tastend vorwärtsgedacht?

»[*Kauwa*]«, sagte er, in so guter Näherung, wie er das Wort aussprechen konnte. Die Schlußfolgerung lag natürlich auf der Hand, aber das, was folgte, schöpfte er aus seinem eigenen Wissen. »[Sie sind nicht zufällig zum gleichen Zeitpunkt hier. Nein, es ist eine Gruppe unter einer Führung, die diesen Beutezug geplant hat. Sonst hätten sie sich mittlerweile längst zerstreut. Sie müssen dort unten Netze oder Reusen haben, die sie mit Fischen füllten und nach Hause mitnehmen wollten. Aber dieses Zuhause kann keine feste Kolonie sein, oder ich hätte davon gehört. Sie müssen nach irgendeinem System zwischen Inselchen, Felsen, kleinen unbewohnten Buchten und Stränden umherziehen. Es ist der Keim einer ... einer Nation, Eidschwester.]«

Aleka verzog das Gesicht. »Nomaden. So viel hatte ich auch schon vermutet.« War es nicht früher oder später unvermeidlich gewesen? »Warum haben sie angegriffen, als sie bei ihrem Raubzug ertappt wurden? Warum sind sie nicht geflohen?«

»[Der Angriff jener zwei muß in blindem Zorn erfolgt sein. Es ist klar, daß der Alphabulle den anderen befohlen hat, sich zurückzuhalten, aber trotzdem dazubleiben. Er muß Stärke, Entschlossenheit, zeigen wollen.]«

Ihr Herzschlag geriet ins Stocken. Erst als die quäkende, hallende Stimme fortfuhr, begann ihr Herz wieder schneller zu schlagen. »[Aber vielleicht hofft er, einen Handel abzuschließen oder wenigstens zu reden. Er weiß, daß er nicht gewinnen kann. Wenn er nur ein bißchen schlau ist, weiß er außerdem, daß keine *kauwa*-Nation lange fortbestehen kann, wenn die Landmenschen erst einmal auf sie Jagd machen. Ebensowenig kann sie es wert sein fortzubestehen, ohne etwas anderes als die paar armseligen Dinge, die sie stehlen können, ohne Texte, Bilder, Roboter, Maschinen, Werkzeuge.]«

Und ohne Hände, dachte Aleka. Traurigkeit übermannte sie. Mit welchem Recht hatten jene Wissenschaftler damals diese Gehirne aufgebläht, um ein Geschöpf zu erschaffen, das weder ein guter Mensch noch ein guter Seehund war? Forschungen über das Wesen der Intelligenz waren keine Entschuldigung. Man hätte Bewußtseinskopien dieser wissenschaftlichen Gehirne anfertigen sollen, so daß sie in einer virtuellen Hölle schmoren konnten!

Nein. Sie pfiff sich zurück. Selbst wenn es möglich gewesen wäre, in der Zeit zurückzureisen, mit welchem Recht hätte sie die Erschaffung von Wesen ungeschehen machen können, die sie liebte, Eidbrüder der Lahui und Quelle ihrer Identität? Ka'eo war das, was er war: ein guter Keiki Moana. *Eröffne seiner Rasse einen Weg, ihre eigene Erfüllung zu finden.*

Kalte Gelassenheit erfüllte sie. Ihr Boot näherte sich dem Behördenfahrzeug. Sie schaltete den Antrieb aus. Der Lärm erstarb, der Rumpf senkte sich zurück ins Wasser, daran entlangklatschende Wellen ließen Salzwasser auf ihre Lippen sprühen, und sie glitt weiter, zu den Outlaws hinüber.

Sie hatten sie kommen sehen und waren verstummt, dunkle Verfärbungen, die in der Dünung trieben. Sonnenlicht glitzerte auf nassen Fellen und großen Augen. Ka'eo befreite seine Flossen, drehte sich um und bellte etwas zu ihnen hinüber.

Delgados Abbild schob sich wieder auf den Phonschirm. Aleka sah ihn auf dem Deck stehen, nahe beim Turm inmitten seiner bewaffneten Crew. »Was machen Sie da?« verlangte er zu wissen.

»Ich versuche, Fühlung aufzunehmen, Major«, antwortete sie. »Mit etwas Glück können wir verhandeln.«

»Was? Nein, das dürfen Sie nicht. Das sind Kriminelle. Wir hatten Verbindung mit der Küstenstation. Man hat Überwachungsgeräte in der Biofläche aktiviert, und der Schaden, der ihren Berichten nach angerichtet wurde –«

»*Por favor*. Wir zwei stehen nicht im Begriff, einen Vertrag abzuschließen. Aber vielleicht finden wir ja heraus, wie wir diese Sache ohne weiteres Blutvergießen beenden können. Unsere Chancen stehen am besten, wenn wir in der Zwischenzeit nicht gestört werden. Wenn *sie* nicht gestört werden.«

Delgado lief rot an, dann schluckte er, nickte und trat beiseite. Eigentlich war er ein fähiger Offizier, begriff Aleka. Er wurde bloß mit einer Situation konfrontiert, die er nicht verstand. Aleka fragte sich, ob es ihr wohl besser erging.

Kielwasser strudelte hinter einer langgestreckten Gestalt. Sie erreichte ihr Boot. Ein narbiger Kopf hob sich, um über das Dollbord zu schauen. Nach einem Augenblick glitt Ka'eo über Bord, um sich zu dem Anführer zu gesellen.

Was in der nächsten Stunde geschah, war der Frau nicht völlig klar und blieb ihr auch teilweise unbegreiflich. Die Keiki Moana kommunizierten untereinander durch viel mehr als nur durch Sprache. Oft tauchten sie ab und blieben minutenlang unten; oder sie schwammen durch das Rudel, berührten hier Nasen, strichen dort mit einer Flosse über einen Rücken; oder sie trieben stumm und reglos im Wasser dahin. In großer Höhe flogen zwei Fregattvögel mit Flügeln und gegabelten Schwänzen wie gezogene Schwerter darüber hinweg. Die Wolken im Westen türmten sich höher auf, düstere Schatten ballten sich unter ihnen, heftiger Regen fiel blaugrau, und sie hörte sein Flüstern über die Kilometer hinweg.

Am Ende äußerte auch sie ihre Meinung. »[So soll diese Flut hereinkommen]«, grunzte der Alpha-Bulle daraufhin und schwamm zurück zu seinen versammelten Gefolgsleuten. Ein kurzes, heiseres Gebell ertönte, dann tauchten sie alle zugleich ab. Es dauerte einige Zeit, bis sie sie in großer Entfernung wieder an die Oberfläche kommen sah, auf dem Weg nach Norden. Mehrere von ihnen schleppten zusammengezogene Netze hinter sich her, die mit einer glitzernden Ernte gefüllt waren.

»Was bedeutet das?« schrie Delgado. »Was haben Sie gemacht?«

Aleka seufzte. Die Stunde hatte sie erschöpft, alles Gefühl aus ihr herausgepreßt. »Wir haben uns darauf geeinigt, daß sie gehen konnten –«

»Ungeschoren? Mitsamt ihrer Beute? Nein!«

»*Señor,* sie haben zwei *camaradas* verloren, andere von ihnen haben Schmerzen, und ihre Anstrengungen haben ihnen nur sehr wenig eingebracht. Die Fische, die sie mitnahmen, sind bereits tot. Wenn Sie sie in Frieden heimkehren lassen, werden sie die Bioflächen nach dem Mond gemessen drei Monate lang in Ruhe lassen und auch keine Fischschwärme mehr überfallen. Sie werden sich, so gut sie können, von dem ernähren, was sie in der Wildnis fangen. Inzwischen werden ihre Führer mit ... akzeptablen Vertretern Ihrer Seite verhandeln, um sich um eine dauerhafte Übereinkunft zu bemühen. Wenn Sie möchten, können Sie sie natürlich verfolgen und echte Feindseligkeiten heraufbeschwören, aber *ich* finde, daß Sie verdammt gut aus dieser Affäre herausgekommen sind.«

Delgado kaute an seiner Lippe. Endlich: »Würden Sie an Bord kommen und uns mehr darüber erzählen, *señorita*?«

»O ja, sicher.«

Während sie näherglitt, beschleunigte sich Alekas Pulsschlag. Im stillen sprach sie das Dornenmantra, und aus irgendeiner inneren Quelle strömte ihr neue Kraft zu. Ein einziger Sprung hob sie aus ihrem Cockpit; sie packte mit einer Hand die Reling, stemmte die bloßen Füße gegen das sonnenerwärmte Metall des Tauchboots und schwang sich an Deck. Ihr Boot trieb frei dahin, von Ka'eo bewacht.

Die Polizeibeamten starrten die Besucherin an, die Männer unter ihnen nicht ohne Wohlgefallen. Sie sahen eine junge Frau von achtundzwanzig, mittelgroß und in Shorts und ein rückenfreies Oberteil gekleidet. Schwimmen, Laufen, Klettern und anstrengende Wettspiele hatten ihr zu einer phantastischen Figur verholfen. In der lohfarbenen Haut, dem gewellten, blauschwarzen Haar, das unmittelbar unter den Ohren zu einem Bubikopf gestutzt war, dem runden Schädel, dem breiten Gesicht, der kurzen Nase, dem vollen Mund und den großen rostbraunen Augen liefen viele Menschenrassen zusammen. Diszipliniert blieben die Mitglieder des Trupps auf ihren Posten, während ein einzelner Mann Delgado begleitete, um sie willkommen zu heißen.

Steif schüttelte der Kommandant ihr die Hand. Ihre Handfläche fühlte sich hart an. »*Bienvenida*«, sagte er. »Ich glaube nicht, daß Sie Dr. Zaid Hakim schon kennengelernt haben. Er hat sich uns als Beobachter des Umweltministeriums angeschlossen. Dr. Hakim, *señorita* Aleka, äh-m, Kame?«

Sie lächelte. »Alice Tam, wenn Sie lieber normales Anglo sprechen wollen«, sagte sie. »*Buenas tardes, señor.*«

Hakim, der Zivilkleidung trug, verneigte sich. »Freut mich, Sie kennenzulernen«, erwiderte er. Seine Ausdrucksweise war die eines Gelehrten, seine Sprechweise schneidig. »Mein Kompliment für eine bemerkenswerte Leistung. Verstehe ich das richtig, Sie sprechen für Ihre Gemeinschaft, Mamselle Tam?«

»Nein«, erklärte Aleka ihm überrascht. »Keine Einzelperson kann das. Ich bin eine ... eine Dolmetscherin, könnte man sagen.« Aber wieso sollte er viel über ihr Volk wissen? Wie viele verschiedene Gruppierungen gab es auf der Welt? Eine halbe Million? Und eine ganze Reihe davon waren außerdem so wandelbar wie Schaum. Die Lahui Kuikawa zählten etwa zehntausend Menschen auf einer kleinen hawaiianischen Insel und vielleicht fünfzigtausend Keiki Moana, vielleicht erheblich mehr, die im größten aller Ozeane umherstreiften.

War es ihre Unbekanntheit gewesen, die sie bisher geschützt hatte, und näherte sich dieser Zustand jetzt womöglich seinem Ende?

»Lassen Sie uns unter Deck gehen und uns unterhalten«, schlug Delgado vor. Zu seiner Crew: »Rührt euch, aber bleibt wachsam.«

Nach dem schmelzflüssig grellen Wasser draußen war seine Kabine kühl und schattig, beengt zwar, aber angemessen ausgestattet. Drei Stühle schoben sich heraus. »Nehmen

Sie doch Platz«, drängte er. »Eine Erfrischung?« Eine Versorgungsröhre lieferte Kaffee für ihn und Hakim, Bier für Aleka. Sie fand, daß sie es sich verdient hatte.

Daß sie immer noch dabei war, es sich zu verdienen. Das an Katzenminze erinnernde Prickeln verschwand sofort wieder aus ihrem Bewußtsein, als Hakim sagte: »Ja, das haben Sie großartig gemacht, Mamselle, aber ich fürchte, im Grunde war es nutzlos.« Er hob eine Hand. »Nein, nein, wir werden nicht die Verfolgung aufnehmen. Trotzdem kann die Föderation keine Verträge mit einem Haufen Banditen abschließen.«

Aleka nahm ihren ganzen Mut zusammen. »Aber das sind sie nicht, *señor*.«

»Was dann?«

»Eigentlich nichts, wofür Sie – wofür die Föderation ein passendes Wort oder Gesetz hat. Sie sind *kauwa*.«

»Erklären Sie das bitte.«

»Wo soll ich anfangen? ›Kauwa‹ bedeutet im modernen Hawaiianisch normalerweise Diener, aber es kann auch seine alte Bedeutung als ein Ausgestoßener, ein Verbannter haben. Nicht unbedingt ein Staatsfeind, aber jemand, der nicht in die Gesellschaft paßt, vielleicht, weil seine Geburt irregulär war oder weil er sich nicht den Regeln unterwirft oder einfach zu lange von seinem Volk fort gewesen ist.«

»Dieses Wort muß ich mir merken«, sagte Delgado. »Von der Art gibt es eine ganze Reihe auf der Welt.« Diese Männer waren nicht ihre Feinde, dachte Aleka. Sie wollten niemanden unterdrücken. Das machte sie um so gefährlicher.

»*Bueno*«, fuhr sie fort. »Als die Zahl der Keiki Moana zunahm, mußten sie natürlich weiter wandern, um Nahrung zu finden ... Warten Sie. Lassen Sie mich ausreden, *por favor*. Sie konnten nicht auf Staatskosten weiterexistieren, gefüttert und eingesperrt, und hätten es auch nicht gewollt. Sie sind keine Haus- oder Zirkustiere, um Peles* willen, sie sind intelligente Lebewesen! Sie mußten ihre ... ihre eige-

* Pele: hawaiianische Vulkangöttin *(A. d. Ü.)*

nen Möglichkeiten verwirklichen, ihre eigene Kultur entwickeln, und das konnte nicht die gleiche sein wie unsere. Erwarten Sie von Sophotekten, so zu denken oder zu fühlen oder zu handeln wie Sie? Warum sollten dann Metamorphe es tun? Und was könnten wir nicht alles von einer nichtmenschlichen *organischen* Zivilisation lernen, was könnten wir nicht alles an Anregungen von ihr erhalten?«

Fast hätte sie ›lebendigen‹ gesagt, schluckte es aber gerade noch rechtzeitig hinunter. Das beste war, wenn sie keinerlei Widerstreben gegen Künstliche Intelligenz erkennen ließ, *nein, sag lieber Elektrophotonische Intelligenz*. Davon abgesehen begannen ihre Worte jetzt glatter zu fließen. Wie oft hatte sie sich ihrer schon Außenstehenden gegenüber beim Versuch einer Erklärung bedient?

»Dafür aber müssen sie autark sein. Natürlich wissen sie Bescheid über die Fischfarmen, die Domestizierung der Delphine, die Aquakultur, die Freizeitunternehmen, die Bergungs- und Reparaturarbeiten, die wissenschaftlichen Untersuchungen und all die anderen Dinge, die sie mit Menschen zusammen machen konnten, sei es auf See oder auf den Riffen. Es war arbeitsintensiv, aber rentabel, weil es die Kapitalkosten für eine Robotisierung sparte. Die Einnahmen ermöglichten es uns, den Lebensunterhalt unserer Dichter, Denker, Sänger, Künstler, Tänzer, Erfinder, Träumer – unserer besten Köpfe – zu finanzieren.

Aber am Ende wurde die Robotisierung zu preiswert. Und die Keiki-Population nahm zu. Ebenso die Armut. Immer mehr von ihnen mußten auf Nahrungssuche gehen. Immer weniger standen in regelmäßiger, direkter Verbindung mit den Lahui, der Kerngesellschaft. Da haben Sie den Ursprung der *kauwa, señores*. Die armen Leute, die Leute, die am Rande stehen. Gewiß, einige von ihnen sind in eine Art Barbarei zurückgefallen. Aber können Sie ihnen das zum Vorwurf machen?«

Aleka holte Luft. »Entschuldigen Sie, wenn ich allgemein bekannte Dinge wiederholt habe«, schloß sie. »Ich weiß, Sie haben das meiste davon schon früher gehört, Major Delgado. Aber manchmal läßt sich nur schwer sagen, was draußen, in Ihrer Orthosphäre, allgemein bekannt ist.«

Hakim zog die Brauen hoch. »Dann zählen Sie Ihre ... Lahui zur Heterosphäre?« fragte er.

»*Bueno*, wir haben nicht viel mit dem Cyberkosmos oder der globalen Wirtschaft zu tun. Ja, vermutlich wirken wir in Ihren Augen alle wie *kauwa*.« Herausfordernd schob Aleka ihr Bier von sich weg.

Hätte die Lyudov-Rebellion Erfolg gehabt, oder hätte sie auch nur einen Kompromiß erkämpft, bei dem den Maschinen gewisse Beschränkungen auferlegt worden wären – Aber das war ein Tagtraum. Von Anfang an war es eine verlorene Sache gewesen; und vielleicht zu Recht. Sinnlos, von einem Zustand der Wildheit zu schwärmen, der lange vor ihrer Geburt aufgehört hatte. Yuri Volkov war auch davon abgekommen ... und er und sie hatten sich auseinandergelebt ...

»Ihre metamorphischen Freunde könnten problemlos über ausreichend Nahrung und was immer sie sonst benötigen verfügen«, sagte Hakim. »Sie müssen nur das Gesetz achten und damit aufhören, sich an anderer Leute Besitz zu vergreifen und die Ökologie zu schädigen.«

»Ihre Freiheit aufgeben?« zweifelte sie. »Die Jagd ist Teil ihrer Gene.«

»Menschen passen sich auch an.«

»Die Menschen haben auch viel länger Zeit und viel mehr Gelegenheiten dazu gehabt. Im übrigen ist die heutige Welt ja gerade ein *Produkt* ihrer Anpassung. Und ich bin mir nicht sicher, wie gut die meisten von ihnen angepaßt oder wie glücklich sie dabei sind.«

»Bei einer entsprechenden Einschränkung der Bevölkerungszahl wäre ein begrenztes Maß an räuberischem Verhalten gegenüber wildlebenden Tieren, integriert in das übergreifende Ökosystem, zulässig. Aber das Jagen der Seehunde erfolgt unkontrolliert und nimmt allmählich bedenkliche Ausmaße an.«

»Geburtenkontrolle ist auch nicht Teil ihrer Gene.« Übergangslos spürte sie, wie aussichtslos ihre Argumente gegenüber dieser unnachgiebigen Verständigkeit waren.

»Menschen kommen im allgemeinen damit zurecht.« Hakim hielt inne. »Natürlich gibt es Ausnahmen. Ihre kleine Gemeinschaft – ihre, äh, Lahui Kuikawa – hat ihre Geburtenrate nicht sonderlich reduziert. Ich meine Ihren Teil davon, die menschlichen Mitglieder. Schon jetzt wird es eng auf Ihrer Insel, oder etwa nicht? Bald werden Sie, wie Sie es ausdrücken, Ihre Freiheit aufgeben müssen.«

»Wir brauchen Zeit«, bat Aleka flehentlich. »Natürlich müssen wir unsere Zahl stabilisieren. Die uns nahestehenden Keiki wissen das auch. Wir arbeiten daran, beide Rassen, und wir werden den Gedanken den *kauwa* nahebringen. Schließlich sind sie auch nicht dumm. Aber – ein Leben mit so wenigen Kindern um uns herum, so wenigen Heulern – Lassen Sie uns Zeit!«

Sie wollte fortfahren: Das ist keine Entweder-Oder-Frage der persönlichen Entscheidung, bei der jeder den richtigen Verzicht leistet. Es ist nur so, daß wir immer ein junges Volk gewesen sind. Fröhlichkeit und Unbekümmertheit, spontane Liebesnächte im Mondenschein und Häuser voller Nachwuchs, große Geburtsfeste, Fahnen mit dem Karpfensymbol, die im Frühling flatterten, ja, und Achtung vor den Alten, deren Weisheit nicht viele von uns erreicht haben, all diese Dinge und noch mehr sind immer unser Leben gewesen. Wir können nicht im Nu zu etwas anderem werden.

Und außerdem sind die Keiki Moana unsere Brüder im Geiste. Höchstwahrscheinlich haben wir mehr von ihnen gelernt als sie jemals von uns. Vorfahren von uns waren Betreuer ihrer Kolonie, nachdem sie über ihre Zufluchtsstätte auf der großen Hauptinsel hinausgewachsen und nach Niihau verlegt worden war. (Fireball, ihr usprünglicher Schirmherr, hatte sich aufgelöst. Guthrie selbst war nach Alpha Centauri geflogen. Irgend jemand *mußte* zwischen diesen Wesen und der Mensch-Maschinen-Welt vermitteln. Habt ihr die Geschichte vergessen, die uns geformt hat, ihr Männer?) Als sie begannen, selbst für ihren Lebensunterhalt zu sorgen, hatten sich ihnen weitere Menschen angeschlossen, um zu helfen und sich zu beteiligen. Selektion: Die neuen Rekruten waren diejenigen, die das Meer und der offene Himmel, das Dorf und das offene Boot, der Schein des Feuers und der Schein des Sternenlichts von der kybernetischen Welt fortgelockt hatten. Dementsprechend erzogen sie ihre Kinder. Die aus der nächsten Generation, denen das nicht behagte, zogen anderswohin. Die, denen es gefiel, blieben, und ihre Kinder wurden dann wieder noch mehr zu Lahui Kuikawa, Freien Menschen. Und sie waren Eidgeschwister der Keiki Moana, streiften mit ihnen umher, versammelten sich mit ihnen, freuten sich mit ihnen, trauerten mit ihnen, bis jene starken, meergeborenen Instinkte menschliche Bedürfnisse weckten, die sie sicher begraben geglaubt hatten.

Nein, wollte sie sagen, wir haben uns nicht versteckt. Wir haben nicht versucht, eine ideale Steinzeit wiederzubeleben, die nie existiert hat. Ich bin der Beweis dafür. Aber wir haben eine Lebensform entwickelt, die unsere eigene ist, die wir sind, und freiwillig werden wir sie nicht untergehen lassen.

Sinnlos, hier davon zu sprechen. Sie hatte schon genug gesagt.

Hakim lächelte – ein wenig bedauernd, dachte sie. »Ich kann Ihre Gefühle verstehen«, erklärte er ihr. »Ich gehe davon aus, daß ich der Regierung nach weiteren Studien empfehlen werde, Ihrem Vorschlag zuzustimmen und zu überdenken, ob sich eine Übereinkunft mit den – den *kauwa* treffen läßt. Zumindest mit dieser speziellen, vielleicht einzigartigen Gruppe. Dabei werden wir stark auf die Unterstützung durch Ihre ... zivilisierten ... Lahui angewiesen sein, sowohl bei den Verhandlungen als auch später, wenn es darum geht, daß die Übereinkunft Bestand hat.«

Seine Lippen erschlafften. Er schüttelte den Kopf. »Aber, ganz ehrlich gesagt, Mamselle, ich erwarte nicht, daß sich daraus irgend etwas Wesentliches ergibt. Bestenfalls werden die Räuber zustimmen, sich füttern, medizinisch behandeln und in anderer Hinsicht versorgen zu lassen. Die Geschichte hat immer wieder gezeigt, daß so etwas sie demoralisieren, das kriminelle Element fördern und nichts dazu beitragen wird, ihre Vermehrung zu drosseln. Und dann müssen wir uns auch noch mit Ihrer Kultur befassen. In mancherlei Hinsicht erscheint sie bewundernswert. Aber kann sie sich an die – lassen Sie uns offen sein – an die wirkliche Welt anpassen?«

Zeit, wollte Aleka schreien. Gebt uns Zeit, gebt uns Raum, Land und Gewässer, wo nicht alles jemandem gehört oder gesetzlich geregelt ist; laßt uns ein oder zwei Generationen lang in Ruhe, bis wir uns geändert haben, ohne uns selbst zu zerstören.

Aber das war hier sinnlos.

Ebenso sinnlos war es, noch länger hierzubleiben. Nach dem, was geschehen war, würde das Team seine Rundreise nicht fortsetzen. Es würde Bericht erstatten und zweifellos zur Basis zurückbeordert werden, von wo aus man es auf andere Aufgaben verteilen würde. Wenn man Delgados oder Hakims Rat brauchte, würde ihre Telepräsenz sofort verfügbar sein, wo immer auf der Erde sie sich auch befanden.

Aleka hatte das vertraute Gefühl, in einer Kiste zu liegen, während der Deckel sich schloß.

Trotzdem blieb sie noch zwei oder drei Stunden lang dort. Die Männer hatten Fragen an sie, scharfsinnig, aber verbindlich. Sie waren eher geneigt zuzuhören als zu reden. Sie ertappte sich dabei, daß sie ihnen unerwartet viel über ihre Heimat erzählte.

– die Insel, ein Berg, der sich über einem Untergrund aus Korallenkalk erhob, über Obstgärten, Wiesen, Parklandschaften, die in ihrer meerumschlungenen Einsamkeit einst wunderschön gewesen waren, jetzt aber wenig Gelegenheit zum Alleinsein boten, weil das Dorf gewachsen war, bis es –

– die Stadt war. Früher hatte dort ein Langhaus gestanden, umgeben von den Hütten der Bewohner, die es gemeinsam für ihre Zeremonien, Feste und gemeinsamen

Geschäfte benutzt hatten. Heute dienten ein Dutzend solcher Ansammlungen ebenso vielen *'ohana* –

– Großfamilien, deren Mitglieder von der Geburt bis zur Einäscherung füreinander sorgten. Ja, natürlich wußten die Kinder, wer ihre Eltern waren, und erhielten die meiste Liebe und Unterweisung von ihnen; aber Onkel und Tanten, Cousins und Cousinen, Großeltern und Urgroßeltern standen ihnen fast ebenso nahe, und stets war man in ihren Häusern willkommen. Ja, natürlich stritten sich die Leute, befehdeten sich, logen, schwindelten, stahlen, hintergingen einander, mehr vielleicht, als es zwischen atomisierten Individuen mit ihren rasch geschlossenen und ebenso rasch wieder gelösten Beziehungen der Fall war; aber ihre *'ohana* fand Mittel und Wege, diese Dinge zu regeln. Neben Freunden, hoch geachteten Alten und traditionellen Sitten und Gebräuchen hatten sie den Einfluß des *luakini* –

– des Tempels, wo sie an den schlichten Riten teilnahmen und von neuem die schlichten Worte des Tao Kai hörten, die Kelekolio Pela vor langer Zeit gesprochen hatte: den »Weg des Meeres« für ein Meervolk. Sie hielten auch weltliche Zusammenkünfte ab, bei denen jene Erwachsenen, die Wert darauf legten, über öffentliche Fragen debattieren und abstimmen konnten und bei denen auch zu Gericht gesessen wurde. Kriminelle wurden der Polizei auf Oahu übergeben, aber die schlimmste Strafe war das Exil, die Verbannung von der Insel, den *'ohana*, den Stammesgenossen –

– und ihren Liedern, Geschichten, Tänzen, Spielen, Festen, Feierlichkeiten, einige von Keiki-Moana-Ursprung, alle der Lahui-Seele eigentümlich. Die Gemeinschaft versuchte nicht, sich abzuschotten, aber sie tat auch nichts, um flüchtige Besuche zu ermutigen, und außer zu Unterrichtszwecken sahen Kinder keine Multiceiver-Programme, bevor sie die Initiationen an ihrem zwölften Geburtstag hinter sich hatten. Danach mochte es durchaus sein, daß sie zu einem Teil ihrer Schulausbildung anderswohin gingen, so wie Aleka es getan hatte. Aber wenn ihre Jugend bei ihnen angeschlagen hatte, würden sie bei der Rückkehr wollen, daß ihr geliebtes Ethos fortdauerte. Wer immer Unzufriedenheit verspürte, dem stand es frei wegzuziehen. Immer mehr taten das. Es geschah nicht immer freudig –

– denn tatsächlich waren die Lahui, die menschlichen ebenso wie die nichtmenschlichen, über jene Anzahl hinausgewachsen, die von den ihnen zugestandenen Meeresflächen und ihren Industrien ernährt werden konnte. Wirtschaftliche Unabhängigkeit war das Ziel gewesen, zu dem die beiden Rassen ihre unterschiedlichen Fähigkeiten vereinigt hatten, um einen Lebensunterhalt aus dem Meer zu gewinnen. In Anbetracht von Robotik, Biotik, Energetik, Nanotechnologie, von geschulten Gehirnen und geschickten Körpern war das Leben generationenlang mit einem täuschenden Anschein von Unkompliziertheit vor sich gegangen. Die Erzeugnisse wurden gegen Fabrikwaren von außerhalb und gegen ein bescheidenes Maß an Luxus eingetauscht. Aber während die Inselbevölkerung zunahm, nahm die globale Nachfrage ab; Recycling und Direktsynthese belieferten immer größere Teile davon. Wenn sogar die Bergbau- und Raffineriebetriebe außerhalb der Erde dahinschwanden, wie konnten dann ein paar winzige Unternehmen auf ihrem Ozean noch viel länger durchhalten?

»O ja«, sagte Aleka. »Wir können von unserer Bürgerrente von der Föderation leben. Wir werden nicht verhungern oder krank oder obdachlos werden. *Gracias* dafür.«

Hakim ignorierte geflissentlich die Bitterkeit in ihrer Stimme. Seine blieb freundlich. »Nein, wenn überhaupt, dann müssen Sie der modernen Produktivität danken. Das Rentenamt verteilt die Güter nur. Wofür geben die Angehörigen Ihres Volkes ihre aus?«

Aleka zuckte die Achseln. »Worauf immer die jeweilige Person Lust hat. Nicht selten etwas für ihren *'ohana*. Keiki bestellen sich normalerweise Spielzeug, es sei denn, sie sparen, um irgendein Großgerät zu kaufen. Ich meine diejenigen, die ihre Rente auch beziehen. Das ist die Minderheit.«

»Wer ist denn schuld daran, wenn die meisten nicht registriert sind?«

»Ich mache ja niemandem einen Vorwurf«, seufzte Aleka. »Ich konstatiere nur. Wenn keiner von uns mehr etwas außer den Rentenzahlungen hat, wird das unser Ende sein. Sicher, das Leben wird weitergehen, aber der Sinn, das Herz wird daraus verschwunden sein, und was wir wandelnden, schwimmenden Gespenster dann machen, vermag ich nicht vorauszusehen.«

»Sie müssen sich eben ändern«, erklärte Delgado in einem Tonfall, der weniger schroff als seine Worte war. »Das fängt bei Ihren *kauwa* an. Wir wollen sie nicht zur Strecke bringen – mit Robotern oder Feuerwaffen – und sie einsperren. Aber sie bedrohen das natürliche Gleichgewicht in der Region, und das muß aufhören. Ebenso ihre ungehemmte Vermehrung. Wenn nichts anderes fruchtet, dann durch zwangsweise Impfungen.« Die historischen Präzedenzfälle erwähnte er nicht. Er ging davon aus, daß sich in diesem Fall kein öffentlicher Widerstand dagegen formieren würde. Auch sie wußte es.

»Wir werden zunächst einmal schauen, was sich aus der Übereinkunft entwickelt, die Sie heute erzielt haben, Mamselle Tam«, fügte Hakim hinzu. »Es mag ja sein, daß sie einen echten Fortschritt bringt, vor allem, wenn Ihre Stadt dabei mitwirkt. Aber die Lahui können auch nicht so bleiben, wie sie sind.«

»Sie verlangen von uns, uns schneller zu verändern, als wir es können«, protestierte Aleka. »Ich sage Ihnen noch einmal, wir sind keine stammeslosen Neo-Nomaden aus der Orthosphäre. Unsere Sitten und Gebräuche, unsere Lebensweise, das *sind* wir. Lassen Sie uns Zeit, sie umzustellen. Geben Sie uns ausreichenden Lebensraum, ausreichenden Zugang zu Ressourcen, damit wir in der Zwischenzeit wenigstens für uns selbst produzieren können, was wir brauchen, statt von Ihnen abhängig zu sein und Ihren Preis dafür zu bezahlen!«

Hakims Miene wurde unnachgiebig. Auch er mußte fast mit seiner Geduld am Ende sein. »Ich höre Sie abermals, Mamselle Tam, und ich wiederhole, das, was Sie verlangen, ist nicht möglich. Es würde in bestehende Bioflächen, Farmen und Industrien zur Gewinnung von Naturprodukten eingreifen, die schon jetzt nur noch knapp über der Rentabilitätsgrenze liegen. Es würde die Ökologie überall in diesem Teil des Pazifiks zerstören. Es wäre unvereinbar mit den Anpassungs- und Umstellungsplänen während der stufenweisen Einstellung dieser Industrien. Das sind Erwägungen von planetarer Bedeutung, Mamselle.« Erwägungen, neben denen der Untergang einer kleinen Kultur bloß eine Quantenfluktuation war.

»Diese Diskussion ist töricht und zwecklos«, warf Delgado ein. »Dr. Hakim und ich entscheiden überhaupt nichts. Wir berichten nur und geben Empfehlungen ab, genau wie Hunderte von anderen Ermittlern«, zu denen auch Sophotekten und Überwachungsroboter gehörten, »aber die Entscheidung kommt aus Hiroshima. Bringen Sie Ihren Fall in die Medien, wenn Sie möchten. Veranlassen Sie Ihre Vertreter zu dem Versuch, ihre Abgeordneten in der Ratsversammlung zu überzeugen. Rufen Sie das Oberste Gericht und den Präsidenten an.«

»Oder das Terabewußtsein?« höhnte Aleka. Den Apex, die höchste Intelligenz des Cyberkosmos – in einer früheren Ära, dachte sie flüchtig, hätte sie ›Gott‹ gesagt.

Sie spürte eine plötzliche Schwäche. »Nein. Tut mir leid, *señores*. Sie wollen wirklich nur das Beste, so gut Sie es eben verstehen, und Sie haben vollkommen recht, für mich gibt es hier nichts mehr zu tun. Wenn Sie mich entschuldigen, dann fahre ich heim.«

Sie reagierten höflich und geleiteten sie zurück an Deck, diese kultivierten Männer, deren Gegenwart sie nicht länger ertragen konnte. Sie benutzte den Infomaten an ihrem Handgelenk, um das Boot zu sich zu rufen. »*Adiós*«, sagte sie – nicht »*aloha*« – und sprang hinunter in das Cockpit. Ka'eo begleitete sie, als sie sich entfernte.

Der heftige Regen in der Ferne war mit subtropischer Schnelligkeit vorübergegangen. Vor ihr sank die Sonne. Gold zitterte über Wellen, die tiefblau und violett schaukelten. Sie wiegten sie, sangen sie in den Schlaf. Die Luft fing schon an, sich abzukühlen; Gerüche wie aus einem Gewächshaus, die von der Biofläche herüberwehten, blieben achtern zurück, und sie atmete einen unmerklich feinen Salznebel ein. In grenzenlosen Höhen glühte der Sonnenuntergang auf den Schwingen eines Albatros. Für den Augenblick war sie frei.

Sie sehnte sich wirklich nach Hause – nach ihrem Häuschen, dem Jasmin und dem Hibiskus, die entlang der Veranda dufteten, den Palmen, die darüber rauschten, dem Kies und dem Bambus und den schönen Steinen rings um das Langhaus, dem Schwung seiner Dachbalken, die den Gipfel des Paniau am Himmelsrund herausforderten, den Wegen und Gärten, wo Menschen gemächlich schlenderten und sich leise unterhielten und jemand Saiten zupfte oder in eine Flöte blies – den Werkstätten und Schiffen bei den Anlegeplätzen, den Arbeitsstätten, die am Tagesende schlossen, und den Maschinen, die niemals ausruhten, dem Kenotaph für jene, die auf See geblieben waren, denn es erforderte schon ein gerüttelt Maß an Wagemut, zu den Lahui zu gehören –

– aber zuerst wollte sie noch eine Zeit allein mit ihrem Ozean und der stummen Nähe ihres Eidbruders sein.

Es bestand kein Grund zur Eile. Sie hatte ihre Instrumente für die Nacht. Außerdem würde bald der Vollmond aufgehen. Sie schaltete den Motor ab und berührte einen Schalter. Mast, Baum und Kielschwert fuhren aus, Großsegel und Klüver entfalteten sich, Ruder und Ruderpinne kamen hervor. Der Wind stand günstig für Niihau. Sie war nicht besonders hungrig oder durstig; in seiner steifen Art war Delgado gastfreundlich gewesen. Allerdings nahm sie eine Wasserflasche und einen Nahrungsriegel aus dem Kajütenschrank in der Kabine, bevor sie es sich gemütlich machte, um zu steuern.

Auf seinem eigenen Kurs unterwegs, verschwand das Tauchboot hinter dem östlichen Horizont. Ka'eo war kaum mehr als eine aufgewühlte Stelle im Wasser, ein paar Meter nach Steuerbord. Oft tauchte er für mehrere Minuten unter, während sie darauf verzichtete, sich die Frage zu stellen, was er wohl fangen mochte. Hin und wieder glomm ein Flugzeug über den Himmel, nicht mehr als ein dahinschwebender Funke. Nichts hinderte sie daran, inneren Frieden zu suchen.

Aber er wollte sich nicht so leicht einstellen. Weder Muskelentspannung noch irgendein Mantra waren eine große Hilfe. Sie machte sich daran, diesen vergangenen Tag als Teil einer Gesamtheit zu begreifen. Nichts wirklich Neues war geschehen. Die Dinge strebten nur einer Entscheidung entgegen, aber das hatte sie schon seit langem gewußt. Dieses Wissen war ihr ganzes Leben über in ihr herangereift, und es hatte Wurzeln, die zurückreichten bis in eine Zeit vor ihrer Geburt und im Weltraum bis an die Grenzen des Sonnensystems. Aber jetzt hatte sie es selbst gesehen, hatte es selbst gespürt.

Sie durchforstete ihre Erinnerungen, nicht so sehr die von hier wie die aus der Fremde: Rußland, Yuri, der leidenschaftliche lyudovitische Zorn gegen die kybernetisierte Welt, der immer noch tief in ihr schwelte, die Missionen auf dem amerikanischen Festland und das Untergrundnetzwerk der Metamorphen, mit dem sie dort in Berührung gekommen war, Luna und die kalte lunarische Wut, die Maschinen, überall die Maschinen, und die Sophotekten in ihrer Vielzahl und in ihrer Einheit ...

Die Geschichte war zur nächsten Phase der Evolution geworden. Es hatte keinen Sinn, sich dagegen aufzulehnen, ebensowenig wie es einen Sinn hatte, gegen den bevorstehenden Untergang der Demeter im Alpha Centauri-System zu protestieren. Als auf der Erde die Dinosaurier untergegangen waren, waren wenigstens die Säugetiere zu ihrer Hochblüte gelangt; und ein Zweig der Dinosaurier lebte immer noch in den Vögeln fort. Konnte ebenso vielleicht auch ein zum Untergang verurteiltes Volk irgendwie den Weg zu einer rettenden Verwandlung finden?

Sie fand keine eindeutige Antwort; aber das Nachdenken,

der Blick für die Dinge im richtigen Verhältnis, schenkten ihr im Verein mit Wind und Meer und der Ruderpinne, die unter ihrer Hand vibrierte, eine gewisse innere Ruhe.

Die Sonne ging unter, die Nacht brach rasch herein, Sterne glitzerten auf. Nicht alles war Niedergang. Hätte sie in den Anfangsjahren der Lahui gelebt, hätte sie nie einen solchen Himmel erblickt. Die Technik schritt voran, die Weltbevölkerung nahm ab, allmählich brachte man den weltweiten Treibhauseffekt unter Kontrolle, es gab weniger Wolken, die die Sicht behinderten, und die Lichtüberflutung nahm ab. Natürlich blieb immer noch ein Dunstschleier. Sie schaute nicht jene Pracht, die ihre Vorfahren gekannt hatten, wenigstens die unter ihnen, die ihre Kanus von einem Ende dieses Ozeans zum anderen lenkten, oder die, die die Yankee-Schiffe später über dieselben Weiten trug, nach Osten und nach Westen. Aber andererseits hatte sie auf dem Mond gestanden, auf der erdabgewandten Seite, wo keine Erde sie blendete, und hinauf in den nackten Weltraum gestarrt.

Und sie hatte im Inneren eines einzigartigen Riesendiamanten gestanden und dabei durch zersplitterten Glanz Worte vernommen, die sich durchaus noch als Worte der Hoffnung erweisen mochten.

Als folge er dem Gang ihrer Erinnerungen, stieg in ihrem Rücken der Mond auf. Das Großsegel füllte sich mit fahlem Licht, und sein Funkeln warf eine zitternde Straße.

Sie legte das Ruder um. Leinwand knisterte, Wasser streute die Helligkeit und gurgelte, das Boot drehte bei.

»Aleka Kame«, sagte das Phon.

Sie fuhr zusammen. Wer mochte das wohl sein?

»Dolores Nightborn an Aleka Kame, an Alice Tam«, sagte die Stimme. Sie war weiblich, und obwohl sie ein farbloses Anglo sprach, wußte Aleka sofort, woher sie kam. »Bestätigen Sie.«

Das Blut toste in ihren Ohren. Der Finger, der sich nach dem Gerät ausstreckte, zitterte. Seine aufleuchtende Anzeige war wie ein winzig kleines Fenster. »Ich ... ich empfange Sie«, hörte sie aus ihrer eigenen Kehle.

Während sich ihr Gestammel durch den Äther fortpflanzte, hatte sie mehr als eine Sekunde Zeit, um sich seine Wege auszumalen. Es antwortete auf eine an sie persönlich adressierte Botschaft, die über Oahu weitergeleitet worden sein mußte. Da sie für den Fall, daß jemand Verbindung mit ihr aufnehmen wollte, die Nummer dieses Phons in der örtlichen Datenbank hinterlassen hatte, mußte das System keine Suche in die Wege leiten, die um den ganzen Planeten herumging. Es gab den Ruf direkt weiter, aufs Meer hinaus. Es kannte auch die Zentrale, von der aus der Ruf die Erde erreicht hatte. Darum glitt ihre Antwort jetzt über einen Strahl hinauf zu einem Relaissatelliten, raste hinunter zum Mond, passierte sicherlich eine weitere Station, die sie verschlüsselte, und traf dann an einem Ort ein, an dem Lady Lilisaire wartete.

»Sollten wir einmal Anlaß haben, vertraulich miteinander zu kommunizieren, werde ich mich Dolores Nightborn nennen. Und wenn man Euch jemals danach fragen sollte, diese Identität ist als terranische Einwohnerin von Tychopolis registriert, und Ihr könnt sagen, Ihr hättet sie anläßlich Eures Besuchs kennengelernt und würdet Euch genau wie sie für Meeresbiologie interessieren.«

Photonen durchquerten das All. Der Flachbildschirm formte ein Bild, den Kopf und die Schultern einer Frau mittleren Alters: eine Weiße, mollig, absolut unauffällig. Und so synthetisch wie ihre Stimme, wußte Aleka, ein elektronisches Phantom. »Heil«, grüßte das Gesicht. »Sind Sie allein, und können Sie in näherer Zukunft etwas Zeit erübrigen?«

»Ja. Ja auf beide Fragen!« Alekas Herz schlug heftig. Verdammt noch mal, sie würde sich die Zeit eben nehmen, egal was für Ansprüche irgend jemand anders versuchen würde, an sie zu stellen.

Übertragungsverzögerung. Sie drehte sich um und starrte den Mond an. Auf seiner aschfahl leuchtenden Beinahe-Scheibe zeigten sich keine Lichtpunkte, wie sie es in dunklen Bereichen getan hätten. Wenn sie ihre Optik hervorholte und auf Vergrößerung stellte, würde sie Spuren menschlicher Präsenz sehen. Nicht nötig. Sie wußte, was für Leben dort drüben existierte.

»Das ist gut.« Das Gesicht lächelte, die Stimme schnurrte. »Aleka Kame, ich möchte, daß Sie –« Sie brach ab. Dann, ängstlich besorgt: »Meine Liebe, könnte ich Sie um einen Gefallen bitten? Sie erinnern sich daran, daß ich Ihnen von meiner Verwandten Mary Carfax im San Francisco Bay-Integrat erzählt habe, nicht wahr? Eine gebrechliche, alleinstehende alte Dame. Sie beharrt darauf, daß es ihr gutgehe, aber als wir zuletzt miteinander sprachen, sah sie schrecklich aus, und ich mache mir große Sorgen. Könnten Sie wohl einen Abstecher dorthin machen, sie persönlich aufsuchen und mich wissen lassen, was Sie darüber denken? Ich wäre Ihnen ewig dankbar, und das nächste Mal, wenn Sie auf dem Mond sind, habe ich vielleicht etwas recht Schönes, das ich Ihnen zeigen kann.«

Lilisaire hatte gerade noch rechtzeitig daran gedacht, ein Programm einzuschalten, das nicht nur Ton und Bild, sondern auch den Dialekt umformte. In dieser gewaltigen Stille war es seltsam tröstlich festzustellen, daß auch sie für einen Augenblick vergeßlich sein konnte.

Aber was hatte ihre Selbstbeherrschung erschüttert?

»Sollte ich Euch insgeheim eine Nachricht zukommen lassen müssen, werde ich Euch unter einem harmlosen Vorwand zu Mary Carfax schicken, meiner irdischen Agentin, die Eurem Aufenthaltsort am nächsten ist. Sie ist eine weitere falsche Identität, ein Sophotekt. Von ihm werdet Ihr Anweisungen erhalten.«

Wozu diese Umwegigkeit? Wer hörte da womöglich mit?

Etwas sehr Schönes. Das, wovon Lilisaire an jenem Tag in der Diamantpagode von Zamok Vysoki gesprochen hatte?

»J-ja, g-gerne«, sagte Aleka. Ihr Mund war trocken geworden. Wie den möglichen Lauscher irreführen? Sie griff eine Idee auf, die ihr flüchtig in den Sinn gekommen war. »Ich wollte ohnehin einen kurzen Urlaub machen.« Daß sie ihn ausgerechnet in dieser Krise nahm, würde ihr womöglich Vorwürfe einbringen, aber bei ihrer Art von Tätigkeit gab es notwendigerweise einen breiten Ermessensspielraum, und sie konnte durchaus folgerichtig fragen, was für einen Unterschied es machte, ob sie an Ort und Stelle blieb oder nicht. »Geben Sie mir ein paar Tage, um mich hier freizumachen.«

Übertragungsverzögerung.

»Gut. Sie ... begreifen schnell«, *genau wie ich Euch eingeschätzt hatte.* »Und im Grunde genommen käme es sogar gelegener, wenn Sie Ihren Besuch erst in einer Woche machen würden. Ich bin Ihnen so dankbar. Wie ist es Ihnen seit unserer letzten Begegnung ergangen?«

Weil es ein selbstverständliches Verhalten sein würde, und weil es dort in dem hohen Schloß nützlich sein mochte, erzählte Aleka von ihrem Tag.

– »Ja, man sollte wirklich etwas unternehmen deswegen. Vielleicht läßt sich ja etwas machen. Wir werden sehen. Für jetzt *adiós*, meine Liebe.«

Der Schirm wurde dunkel. Nur Wind und Meer und das Zischen des Bugs, der das Wasser durchschnitt, ertönten jetzt noch. Alekas Blick kehrte zur Mondscheibe zurück. Seltsam, wenn das der Ort war, wo ihre Hoffnung lag, Hoffnung für die uralte Unvernunft des Lebens. Oder vielleicht doch gar nicht so seltsam. Dort drüben war es von den frühesten Jahren an gediehen, ungeachtet der Maschinen, die es am Leben erhielten.

6

Die Mondmutter

Port Bowen hatte ein paar Annehmlichkeiten dazugewonnen, darunter das *L'Etoile de Diane*. Die Speisekarte des Restaurants war beschränkt, aber das lag daran, daß alles Gemüse und Obst frisch in seiner eigenen Agro-Einheit gezogen wurde. In letzter Zeit sah es sich, da das Graben und der Ausbau weiterer Höhlen ständig voranschritten, sogar in die Lage versetzt, zusätzlich Fisch und Geflügel anzubieten. Der Besitzer sprach schon von einer recht baldigen Aussicht auf Wein, der nicht beim Transport von der

Erde durchgeschüttelt wurde. Dagny, die sich das Lokal kaum leisten konnte, war hoch erfreut, als Edmond Beynac sie einlud. Sie gestand sich, daß das nicht allein am Essen lag.

»Nischt übel«, meinte er zu seiner gebratenen Ente. »Aber wenn wir zufällig einmal gleischzeitig Urlaub auf der Erde 'aben, gestatten Sie mir, Sie mit einem echten *confit d'oie* bekanntzumachen. Isch kenne da einen Gasthof in Les Eyzies, wo sie das beste im ganzen Universum machen.« Er nahm einen Schluck aus seinem Glas und lachte leise in sich hinein. »'ölle und Teufel, das sollten sie wohl auch! Imme-r'in machen sie es schon seit Jahr'underten.«

Zusammen zur Erde? Dagny befahl ihrem Pulsschlag, sich zu benehmen. »Dortzulande ist alles alt, nicht wahr?« fragte sie in Ermangelung einer brillanten Antwort.

»Nein, nein, wir sind lebendige Menschen, keine Museumsstücke oder Touristenattraktionen.« Er zuckte die breiten Schultern. »Aber doch, ja, es ist ein sehr altes Land, wo mehr fortbesteht als nur Schlösser und archäologische Ausgrabungsstätten. Die meisten meiner Vorfahren ge'en zweifellos bis auf den Crô-Magnon-Menschen zurück.« Er grinste. »Oder weiter, wenn diese Genetiker rescht 'aben, die denken, daß wir auch Neanderthalerblut in uns 'aben. Mir würde es nischts ausmachen, von einem kleinen Burschen abzustammen, der trotz der Gletscher und der 'öhlenbären am Leben geblieben ist.«

Sie erinnerte sich an ein Bild in einem Buch, ein Jäger auf jenen urzeitlichen Ödländern, und dachte, daß Edmond ihm ähnlich sah. Vielleicht förderte auch die Umgebung ihren Eindruck – nicht dieser kleine, warme, nach Essen duftende Raum, in dem leise Unterhaltungen summten und Musik (Debussy?) aus dem Lautsprecher wisperte – sondern die Ansicht in den Bullaugen und in der transparenten Kuppel. Bei Tag speiste man unter der Erde; bei Nacht wurde die oberflächennahe Sektion für Gäste geöffnet, denen ein bißchen zusätzliche Strahlung nichts ausmachte. Die Kerzen auf den Tischen trübten kaum den hellen Glanz der fast vollen Erde; sogar einige der helleren Sterne schimmerten durch, starr und winterlich. Der Mondboden war nicht länger kahl und düster, er breitete sich in einem Traum aus Lumineszenz und Schatten aus, als sei jeder Stein lebendig und jeder kleine Krater ein Brunnen, wo die Geister dir deinen Wunsch erfüllen. Was an Menschenwerk sichtbar war, wurde selbst magisch, so wie die Gestalten in einem Gemälde eines Mannes, der Mammuts erlegt hatte. Edmond saß gelassen vor einer eisigen Wildnis, durch die er größeres Wild verfolgte, als es je die Tundra durchstreift hatte.

»Sie interessieren sich für Vorgeschichte?« wagte Dagny zu sagen. »Sie haben ja wirklich einen ganzen Stall an Interessen.«

Er besaß ein strahlendes Lächeln, das schnell kam und wieder verschwand. »Nun ja, mein Vater ist Professor für dieses Fach an der Universität von Bordeaux. Isch dachte einmal, isch könnte misch vielleischt der gleischen Wissenschaft widmen, aber dann stellte isch fest, daß die meisten der großen Entdeckungen darin schon längst gemacht sind, und – Fireball schenkte uns dieses Neuland im All ...«

Sie konnte nicht widerstehen: »›Schenkte‹ nun nicht gerade, wie Anson Guthrie wohl als erster einräumen würde.«

Er grinste. »*Touché!* Aber seine Preise sind nischt 'öher, als der Markt es 'ergibt, und wir müssen uns nischt mit kurzsischtigen, schmerärschigen Bürokraten 'erumschlagen, wir können einfach bezahlen und losfliegen. Isch beneide Sie, daß Sie ihn so gut kennen.«

Sie hatte ihm von ihrer Vergangenheit erzählt, die Teile jedenfalls, die ihr im Fortgang ihrer sich entwickelnden Bekanntschaft angemessen erschienen. »Ich sehe ihn kaum noch. Er und seine Frau haben mich auf eine gute Schule geschickt, und sie haben meine Studiengebühren auf der Akademie bezahlt, aber ich mußte mich aus eigener Kraft dafür qualifizieren, und seit ich den Abschluß gemacht habe, haben sie mich nie in irgendeiner Weise protegiert.«

»Isch weiß.«

Sie erinnerte sich daran, daß sie das ihm gegenüber bereits betont hatte, und errötete. Ein großer Schluck Wein gab ihr genug Selbstvertrauen, um ihm einen Köder vor der Nase baumeln zu lassen. »Natürlich sind wir in Verbindung geblieben, und ich habe die beiden in meinem letzten Urlaub besucht und werde das vermutlich auch in Zukunft hin und wieder tun.« Zusammen mit einem Begleiter? Besser, sie kam wieder auf das vorherige Thema zurück. »Aber wir sprachen zur Abwechslung gerade einmal über Sie. Vorhin erwähnten Sie etwas davon, daß Sie nicht direkt in Ihren Beruf gegangen seien.«

»Isch 'abe misch 'erumgetrieben.« Sein Tonfall wurde sanfter. »Wir 'atten ein Sommer'äuschen in der oberen Dordogne. In meiner Kindheit wurde isch so vertraut mit den örtlischen Bauern, daß sie mir nach einem berühmten Roman den Spitznamen *Jacquou le croquant*, Jacques der Bauer, gaben. Isch glaubte, isch würde ebenfalls Bauer werden, bis isch 'erausfand, daß die Technik schon vor langer Zeit die bäuerlischen Familienbetriebe 'atte aussterben lassen und meine Freunde nur Verwaltungsbeamte waren. Außerdem fand isch die Arbeit meines Vaters bald viel romantischer. Aber dann kam isch durch meine Mutter, sie 'at eine Import-Export-Firma, Textilien und Kunstgewerbe, durch sie also kam isch mit sechzehn dazu, ein Jahr in Malaysia zu verbringen. Das machte misch ru'elos, mehr von der Welt zu se'en, als Touristen es tun, und mit achtzehn meldete isch misch freiwillisch zur französischen Sektion der Streitkräfte der Vereinten Nationen.« Konnte eine unglückliche Liebesaffäre der Auslöser dafür gewesen sein? »Wir wurden in das Chaos im Mittleren Osten entsandt – Sie wissen, als Europa dort die Neue Ordnung errischtete.«

»Sie haben an den Kämpfen teilgenommen?« wagte Dagny leise zu fragen.

»O ja«, antwortete er grimmig. »Viel zu oft. Jedes Gefescht ist ein Gefescht zu viel. In dieser Zeit begann isch wirklisch nachzudenken. Nach zwei Jahren wurde isch schwer genug verwundet, um entlassen zu werden.« Also hatte er, da er sein Wort verpfändet hatte, so lange durchgehalten, obwohl er es haßte. Und er mußte auch tapfer gewesen sein, denn ein so kluger Mann wie er hätte sich leicht einen Posten hinter den Linien verschaffen können, wenn er es nur darauf anlegte. »Die Ärzte 'aben misch wieder ganz gut 'inbekommen. Isch schleppe nur noch ein paar Metallsplitter mit mir 'erum, und die machen mir keinen Ärger. Aber isch war mehr als reif für das Zivilleben, ein Studium, praktische wissenschaftlische Arbeit auf der Erde, meinen Abschluß und dann, vor vier Jahren, ein Postgraduiertenstipendium auf Luna.«

Während er sprach, hellte seine Miene sich wieder auf. »'ier bin isch glücklisch«, schloß er. »Sischer, perfekt ist es nischt. Jeden Tageszyklus diese endlosen Stunden in der verdammten Zentrifuge, wir könnten sehr gut ohne sie auskommen, *hein?* Wie kriegen Sie diese Zeit 'erum?«

»Indem ich die Standardübungen durchgehe«, sagte Dagny. »Tun das nicht alle? Ansonsten lese ich, schreibe Briefe, sehe mir eine Show an, was auch immer. In einem der großen Geräte, meine ich. Auf einer mobilen Plattform hat man ja keine große Wahl.«

»Bei denen schalte isch, wenn isch bis auf ein Gegengewischt allein bin, mein Funkgerät aus und singe«, gestand er. »Dann muß niemand außer mir meine Stimme ertragen.«

Sie lachte. »Sehen Sie, die Notwendigkeit ist also nicht *nur* lästig!«

»Allzu schlimm ist es nischt«, stimmte er zu, »kein zu 'oher Preis. Wenn wir ernsthaft anfangen, den Mars und die Asteroiden zu erforschen, dann wäre isch gerne dabei. Aber noch sind wir mit dem, was 'ier zu tun ist, lange nischt am Ende.« Er betrachtete sie. »Außerdem, finde isch, besteht 'ier kein Mangel an guter Gesellschaft.«

Ihr Herzschlag verweigerte rundheraus den Befehl, sich wieder zu beruhigen.

7

Als das Schiff auf seiner Anflugkurve näherkam, wanderte Luna auf den Sichtschirmen von vorne nach unten, verwandelte sich von einer dicker werdenden Sichel in ein graubraunes, von Kratern zernarbtes Steinland. Die Erde hing hoch und gehörnt über dem Süden.

Die Stille wurde allmählich bedrückend. Kenmuir räusperte sich. »Tja, Barbara«, sagte er, wobei er die Verlegenheit in seiner eigenen Stimme hörte, »jetzt heißt es also Abschied nehmen – für eine Weile jedenfalls.«

»Möge die Zwischenzeit glücklich für Euch sein«, erwiderte das Schiff. Er hatte eine weibliche Stimme bestellt, wenn es mit ihm allein sprach. Das Anglo mit dem lunarischen Akzent klang freundlich, sogar warm. Valanndray hatte sich ein pfeifendes, vogelgleiches, nichtmenschliches Timbre ausgesucht. Er hatte nicht gesagt warum, und Kenmuir hatte nie danach gefragt. Wenn alle drei sich gemeinsam unterhielten, benutzte das Schiff einen neutralen männlichen Tonfall.

»Ich danke dir. Und dem, was zu dir gehört.«

Schlagartig wurde Kenmuir die Absurdität des Ganzen bewußt. Sein Mund zog sich nach oben. Was machte er da eigentlich, Banalitäten mit einem Sophotekten austauschen? Ja, ›Barbara‹ verfügte über ein eigenes Bewußtsein, sie dachte, aber in was für einem beschränkten Rahmen! Wenn sie die Kulturdatenbank anzapfte, konnte sie ihm ein interessantes Gespräch über jedes Thema bieten, das er wählte, von den Wortspielen bei Shakespeare bis zu den Ursachen der Lyudov-Rebellion, aber er wußte, wie rein algorithmisch das war. Ihre Kreativität, ihr Ich bestand aus den vielfältigen, ständig variierenden Funktionen eines Raumschiffes.

Und ja, er hatte angefangen, diese Maschine gern zu haben, etwa so, wie er früher einmal seine alte Laserklinge oder ein bestimmtes buntkariertes Hemd oder sein und

Annies Haus auf der Erde gern gehabt hatte, aber das war nicht dasselbe wie die Zuneigung zu einem menschlichen Wesen oder einem lebendigen Haustier. Irgendwie hatte er das Gefühl, daß es falsch gewesen wäre, ohne Abschied fortzugehen, aber warum?

Wäre das Schiff – ›Barbara‹ – gekränkt gewesen? Das konnte er nicht glauben. Ihre Worte, kameradschaftlich oder besorgt, je nachdem, wie die Situation es erforderte, erzeugten einfach nur die Illusion von Gefühlen wie den seinen. Wie sahen ihre aus? Eine bedeutungslose Frage. Er stellte sich vor, wie sie Freude an der Herausforderung eines schwierigen Manövers empfand, stellte sich vor, wie sie sich danach sehnte, wieder in eine umfassende Verbindung mit anderen, mit dem Cyberkosmos, zu treten und für die Dauer jener Zeitspanne an einem umfassenderen Bewußtsein teilzuhaben, als er selbst es je kennenlernen würde; aber das war ein Anthropomorphismus, eine Vermenschlichung seinerseits. Es war genauso albern wie die Tatsache, daß er diesen Sophotekten intern Barbara genannt hatte, nach dem ersten Mädchen, das er geliebt und das er niemals vergessen hatte.

Wenn ein Mann zu lange im All war, wurde er ein bißchen verrückt. Jedenfalls nach irdischen Standards.

»Ich beginne mit dem Abstieg«, warnte sie ihn. Auch das war unnütz. Von den Instrumenten auf der Konsole einmal ganz abgesehen, spürte er das Herumschwingen. Hatte der Algorithmus berechnet, daß ihm diese Geste gefallen würde?

Signale jagten hin und her. Elektrophotonische Intelligenzen vernetzten sich. Das Gewicht setzte wieder ein, drückte Kenmuir fest in seinen Sessel, und das Schiff kletterte aus dem Himmel herab nach Port Bowen.

Der Gedanke an Annie ließ ihn nicht los. Sein Blick suchte die Erde. Wo war sie dort drüben? Zehn Jahre war es nun her, seit er zum letztenmal irgend etwas gehört hatte; ein Dutzend Jahre, seit sie sich getrennt hatten. In erster Linie sein Fehler, nahm er an. Eine Ehe mit einem Raumfahrer war immer ein Risiko. Aber ihre hatte so glücklich begonnen, eingeschmiegt unter dem Ben Dearg in einem Land, dessen Gipfel und Heidekraut sie fast für sich alleine hatten ... Er seufzte. »In Wirklichkeit liebst du nur das All, Ian«, hatte sie gesagt – oh, ganz ruhig, mit einem kaum merklichen Tränenschimmern. »Es läßt einfach nicht genug von dir für mich übrig, um davon zu leben.« Nun, er hatte die Hoffnung noch nicht ganz aufgegeben, eines Tages ein oder zwei eigene kleine Wuschelköpfe zu haben. Aber keine der Frauen, die ein Raumfahrer normalerweise traf, teilte diese Hoffnung so, wie Annie es einst getan hatte, abgesehen von den geträumten Frauen in der *quivira*, und die heraufzubeschwören, wagte er nicht allzu oft.

Lilisaire wartete! Eine Aufwallung durchlief ihn, halb Lust, halb Angst, und ließ ihn zitternd zurück.

Das Aufsetzen in einer Wiege erfolgte so sanft wie eine Feder. Er sah nur zwei weitere Fahrzeuge auf dem Landefeld, einen kugelförmigen Frachter und eine kleine, schlanke Suborbitalrakete, die wahrscheinlich sein Transportmittel nach Zamok Vysoki war. Zu Fireballs Zeiten hätte die Zahl durchaus zwanzig betragen können.

Während er versuchte, seiner selbst Herr zu werden, und überlegte, was Lilisaire wohl von ihm wollte, blickte er nach Westen, am Kontrollturm vorbei. Der Funken, der L-5 war, stand über dem Horizont. Doch nein, er hatte den Schirm nicht darauf eingestellt, die Sterne zu verstärken, und das gleißende Sonnenlicht des frühen Mondnachmittags verbarg die meisten von ihnen, einschließlich der inzwischen wieder aufgegebenen Mini-Welt. Symbolisch, ein Omen?

Das war vielleicht ein Anachronismus! Kenmuirs Anspannung löste sich in einem Lächeln über sich selbst. Er schnallte sich los und ging sein Gepäck holen. Nach drei Tageszyklen Beschleunigung bei fünf Vierteln der irdischen Schwerkraft war ein Sechstel etwa so, als würde man auf einer Brise dahinwehen.

Derart ausgeräumt, war seine Kabine zu einer Leere geworden, die er gerne verließ. Eine einzige Tasche genügte ihm. Den Rest seiner Habseligkeiten hatte er zusammengepackt; Roboter würden sie abholen und lagern, bis er ihnen über Phon Anweisungen erteilte. Eigentlich brauchte er überhaupt nichts mitzunehmen. Seine Gastgeberin konnte ihn im Übermaß mit Kleidern und dergleichen versorgen. Zuviel. Er zog seinen schlichten persönlichen Stil vor, ebenso seine Unabhängigkeit.

Gerade als er ansetzte, einer Luftschleuse den Befehl zu geben, sich zu öffnen, überraschte das Schiff ihn erneut. »Lebt wohl, Ian Kenmuir«, sagte es. »Mögen wir wieder einmal zusammen reisen.«

»Ja ... ja, doch, das würde mir gefallen«, stammelte er.

Ein sinnloser Wunsch. Falls ihm ein anderes Schiff zugewiesen wurde, würde dessen Intelligenz routinemäßig eine Kopie von allem erhalten, was Barbara über ihn wußte. Er würde die Persönlichkeiten ununterscheidbar finden – falls man überhaupt davon sprechen konnte, daß bei Sophotekten so etwas wie eine Persönlichkeit, eine eigene Individualität, existierte. Was brachte sie dann dazu, sich auf eine so menschliche Art von ihm zu verabschieden?

Im Grunde verstand er diese Bewußtseine nicht. Taten sie es selbst? Jenseits eines bestimmten Maßes an Komplexität werden Systeme chaotisch, sind in sich nicht mehr voraussagbar und unbegreiflich, sogar für sie selbst. Zweifellos blickte das Terabewußtsein tiefer, aber war diese Einsicht absolut, und schloß sie die Gesamtheit dieser Psyche in sich ein?

Er schob die Frage fast gewaltsam beiseite. Sie verursachte ihm stets einen innerlichen Schauder. »Bis dann, Barbara«, murmelte er und gab dem inneren Schleusentor ein Zeichen. Es zog sich zurück. Er passierte die Kammer. Das äußere Tor hatte sich bereits geöffnet, als das Portal sich luftdicht an den Schacht eines Schrägaufzugs in der Wiege angekoppelt hatte. Kenmuir stellte sich auf die Plattform. Sie trug ihn hinunter zum Terminal. Er trat hinaus.

Die Abfertigungshalle schimmerte vor ihm, weitläufig und fast leer. Die Wandgemälde, die sich an ihr entlangzogen, schienen die Triumphe, die sie feiern sollten, zu verspotten: Armstrongs Landung, die Große Rückkehr, Anson Guthrie, der die Basis gründete, aus der diese Stadt werden würde, Dagny Beynac, die den Bau des hundertsten Criswell-Energiekollektors leitete ... Keines datierte aus der Selenarchie, obwohl diese Epoche den Beginn der Marskolonie gesehen hatte, die Interstellarflüge, Guthries und Rinndalirs Exodus nach Alpha Centauri. Lunarier protzten nicht mit gesellschaftlichen Leistungen; sie waren zu katzenähnlich, zu individualistisch, zu verschwiegen ... Die Luft fühlte sich kalt an.

Ein einsamer Mann wartete, in enganliegendes Schwarz und Silber gekleidet. Kenmuir erkannte ihn: Eythil, ein getreuer Diener Lilisaires. Auf dem Mars geboren, war er kleiner und stämmiger als der durchschnittliche Mondbewohner seiner Rasse, stark, wenn nötig auch gefährlich. Sein Teint war dunkel, sein Haar schwarz und lockig, aber das war nicht ungewöhnlich; viele verschiedene Rassen waren in seine Ahnenreihe eingegangen.

Er salutierte, Hand an die Brust. »Gruß und Willkommen, mein Kapitän.« Daß er unaufgefordert Kenmuirs Muttersprache benutzte, war eine Ehrung, die einen Wert anzeigte – nicht Status, sondern angeborenen Wert –, der dem lunarischen gleich oder beinahe gleich war. Er verzichtete auch darauf, zu erklären, daß er den Neuankömmling zu seiner Lady bringen würde, und darauf, zu fragen, wie die Reise gewesen sei.

»Daß Ihr mich empfangt, gibt mir wirklich das Gefühl, willkommen zu sein, Saljaine«, erwiderte Kenmuir ebenso. Für diesen Titel gab es keine irdische Entsprechung, da Selenarchen ihren Gefolgsleuten nie feste Ränge verliehen hatten. Es ließ sich vielleicht mit »Amtsträger«, vielleicht aber auch mit »treuer Diener« oder »Gefolgsmann« übersetzen.

Sie setzten sich in Bewegung. Da er ein Terraner aus der Orthosphäre war, fühlte Kenmuir sich verpflichtet, Konversation zu machen. »Als ich letztes Jahr abflog, war der Hafen nicht ganz so ausgestorben« – nicht auf so gespenstische

Weise. »Hat das Verkehrsaufkommen weiter abgenommen, oder ist das nur ein statistischer Zufall?«

»Ich denke, beides spielt eine Rolle«, sagte Eythil. »Ich habe gehört, daß in den vergangenen dreizehn Monaten drei große Schiffe außer Dienst gestellt wurden, und würde vielleicht von weiteren erfahren, wenn ich die offizielle Datenbank zu Rate zöge.« Damit deutete er an, daß er nicht daran glaubte, daß jedes Byte an Information jedermann zugänglich war, nicht einmal in solch offensichtlich harmlosen Bereichen wie dem des interplanetarischen Handelsverkehrs.

Kenmuir, der das für wahr hielt, nickte. »Der Verkehr muß spärlich geworden sein, oder wir würden zufällige Schwankungen gar nicht wahrnehmen.«

Mit einem Teil seines Bewußtseins ging er die Gründe dafür durch – einige der Gründe. Der Bevölkerungsrückgang gehörte nicht dazu. Der ursprüngliche steile Abfall (der zum Beispiel weite Flächen Schottlands für ihn in seiner Kindheit und für ihn und Annie während ihrer Ehe offengelassen hatte) hatte sich schon lange abgeflacht und näherte sich jetzt asymptotisch dem Nullwachstum. Die verringerte Nachfrage nach Rohstoffen war sicherlich ein Grund: effizientere Wiederverwertung, Waren, die für einen dauerhaften Gebrauch hergestellt wurden, nur wenige Änderungen im Design, wenn überhaupt. Aber was verbarg sich dahinter? Der alte, vorwärtstreibende Schwung, der die Menschen früher ausgezeichnet hatte, war so gut wie verschwunden – Wie? Warum?

Eythils Stimme war wie ein Peitschenhieb: »*Hargh*, bald werden sie wieder ausschwärmen, die Schiffe, wenn das Habitat mit seinen Terranern kommt, die sich vermehren, vermehren, vermehren. Außer wenn Ihr womöglich –« Er brach ab. Kenmuir vermochte nicht zu sagen, ob das aus gebührender Vorsicht geschah oder weil ein Roboter sich durch die Halle auf sie zubewegte, um ihnen den Weg abzuschneiden.

Robot oder Sophotekt? Das Türmchen konnte einen Computer mit menschlichen Denkfähigkeiten enthalten. War das nicht der Fall, konnte der Körper auch von einer Intelligenz ferngesteuert sein. Das hier war ein Standard-Vielzweck-Modell, kastenartig, mit drei verschiedenen Armpaaren und vier Beinen, die seine wichtigsten Sensoren bis auf Kenmuirs Augenhöhe hoben. Dort, wo nicht organische Komponenten in geschmeidiger Bewegung waren, glänzte Metall mattgolden.

Er kam näher. Musikalisches westliches Anglo floß aus dem Lautsprecher: »Um Vergebung, Kapitän Kenmuir, Freisasse Eythil.«

Sie blieben stehen. »Was willst du?« bellte der Lunarier. Es war naheliegend, daß der gerade aus dem All zurückgekehrte Kenmuir hier bekannt sein würde; aber daß das System auch seinen Begleiter identifizierte, mußte mehr denn je ein Gefühl des Eingesperrtseins hinterlassen.

»Ihr seid auf dem Weg zu Eurem Fahrzeug?« sagte die Maschine. »Bedauern und Entschuldigungen. Die Startfreigabe wird sich um etwa eine Stunde verzögern.«

»Was zum Q?« rief Kenmuir verblüfft aus.

»Vor ein paar Minuten hat sich auf Epsilon-93 aufgrund eines Unfalls eine Explosion ereignet. Sagt Euch die Kennziffer etwas? Ein kürzlich hierher transportierter Eisberg.«

Kenmuir und, steif, auch Eythil nickten. Sie hatten nicht von dem Objekt gehört, aber das war natürlich. Angereicherte Stücke von Kometensubstanz wurden in der Regel auf eine Bahn geschossen, die sie vom Kuiper-Gürtel in eine Mondumlaufbahn brachten, um dort raffiniert und nach unten weitergeschickt zu werden. Robotisch und reine Routine, war ein solches Unternehmen in den letzten Jahrzehnten nicht mehr oft durchgeführt worden, aber zweifellos begann die Arbeit jetzt wieder in größerem Maßstab. Der Zustrom von Siedlern nach Fertigstellung des Habitats würde mehr Wasser und Luft erforderlich machen, als derzeit durch Wiederaufbereitung auf dem Mond gewonnen wurde.

»Es fliegen immer noch Bruchstücke umher«, fuhr die

Maschine fort. »Es ist nicht damit zu rechnen, daß welche davon abstürzen, aber bisher ist das noch nicht völlig sicher. Bis alle Bahnen bekannt sind, hat die Verkehrsleitstelle den zivilen Verkehr über dem Boden untersagt, vor allem in dieser Region. Für etwa eine Stunde, lautet die Schätzung. Ihr seid gerade noch rechtzeitig gelandet.«

Eythil blickte finster drein. Kenmuir zuckte die Achseln, obwohl seine Ungeduld wahrscheinlich heftiger war.

»Die Verwaltung entschuldigt sich für alle etwaigen Unannehmlichkeiten«, sagte die Maschine. »Ihr seid eingeladen, die Zeit in der Manager-Lounge zu verbringen – bei Gratisgetränken.«

Eythil und Kenmuir wechselten einen Blick. Über beider Gesichter zuckte ein sarkastisches Lächeln. »Dort bin ich noch nie gewesen«, gestand der Lunarier. »Ihr, Kapitän?«

»Nein«, erwiderte Kenmuir. »Warum nicht?« Eine gewisse Neugier befriedigen. Außerdem würde das praktisch verlassene öffentliche Restaurant eine gespenstische Umgebung sein.

Der Raum, in den die Maschine sie führte, war von anheimelnder Größe. Seine Möbel im massiven Erdstil wirkten irgendwie verschossen. Zweidimensionale Bilder von Raumfahrtpionieren hingen an den Wänden. Die Luft enthielt eine kraftlose Nachahmung von Gerüchen nach Leder und Holzrauch. Kenmuir fragte sich, warum dieser Schlupfwinkel überhaupt noch weitergeführt wurde. Wie oft war er wohl benutzt worden, seit der Raumhafen vollständig kybernetisiert war? Nun, es konnte kein großer Aufwand sein, ihn zu unterhalten, und Situationen wie diese ergaben sich zweifellos immer wieder einmal. Das System sorgte auch für unwahrscheinliche Fälle vor.

Er und Eythil nahmen in Sesseln Platz. Die Maschine begab sich zu einem Automaten. »Was ist Euer Begehr, *señores*?« fragte sie. Eythil wollte einen lunarischen Weißwein – die Weingärten unter Kopernikus produzierten immer noch rein biologisch –, und Kenmuir entschied sich für Ale. Die Maschine berührte die Schalttafel, die Behälter kamen, die

Maschine goß in passende Pokale ein, die sie von einem Regal nahm, und brachte sie zu ihnen hinüber. »Falls Ihr noch irgend etwas anderes wünscht, ruft mich, *por favor*«, sagte sie, wobei sie auf den nächsten Gegensprechanschluß deutete. »Ich hoffe, daß Ihr Euren Weg bald fortsetzen könnt.«

»Danke«, antwortete Kenmuir. Immerhin besaß entweder sie oder die Einheit, die sie steuerte, ein Bewußtsein. Sie verschwand. Kenmuir nahm einen Schluck. Ja, ein gutes Bräu! Es hatte nichts zu sagen, daß es von Molekularmaschinen zusammengebraut worden war; die Rezeptur war wohlschmeckend, die Flüssigkeit kalt. »Solltet Ihr nicht besser anrufen, um zu sagen, daß wir aufgehalten worden sind?« fragte er Eythil.

»Nein, nicht, wenn die Wartezeit sich nicht noch viel länger hinzieht«, sagte der andere. Beide blieben sie beim Anglo. Merkwürdig, sann Kenmuir, was für eine entspannte Haltung die meisten Lunarier Zeitplänen gegenüber an den Tag legten, wo ihr Überleben doch oft genug von äußerster Genauigkeit abhing. Nun, für sie war Timing etwas Instinktives, ein Reflex, vergleichbar mit dem eines Erdenmenschen, der sich nach einem Stolpern auf seiner Heimatwelt mit ihrer hohen Schwerkraft abfing. Irgendwann lernte man seine Fähigkeiten und ihre sicheren Grenzen kennen.

»Ich frage mich, was genau schiefgegangen ist«, bemerkte er. »Es klang wie die Art von Unfall, die heutzutage eigentlich nicht mehr passieren sollte.«

»So behauptet jedenfalls der Cyberkosmos«, grollte Eythil.

»Hm-mh, Ihr wißt, nichts ist hundertprozentig sicher. Die Planung mag total sein, aber – ich frage mich ganz einfach, ob ein Versehen die Ursache dieser Explosion war oder ein außer Kontrolle geratenes chaotisches System oder vielleicht eine Quantenfluktuation, die sich aufgeschaukelt hat ... Ich weiß wirklich nicht, wie diese Arbeiten ablaufen. In ein paar Tageszyklen, wenn ich ein oder zwei freie Stunden habe, würde ich gerne mal einen vollständigen Bericht abrufen.«

»Ihr werdet einen erhalten«, sagte Eythil zynisch. »Ob er aber darstellt, was wirklich geschehen ist, oder nicht – wenn denn überhaupt irgend etwas geschehen ist – das werdet Ihr schon selbst abschätzen müssen.«

Er hatte recht, dachte Kenmuir. Das System konnte praktisch alles in die Datenbanken einspeisen, was es wollte, komplett mit Bildern, Zahlen und mathematischen Analysen. Es würde nicht schwierig sein, die menschlichen Funktionsträger zu umgehen, die eigentlich in den Ablauf eingebunden sein sollten. »Warum sollte das Bewußtsein lügen«, protestierte er, »vor allem, wenn die Geschichte ihm keine Ehre macht?«

Eythil spreizte die Finger. »Wer weiß? Vielleicht im Zusammenhang mit irgendeinem umfassenderen Plan. Laßt uns einmal annehmen, daß dieser Vorfall dazu beitragen wird, die Umleitung von noch mehr Ressourcen in das Habitat-Projekt plausibel zu machen und dadurch die Zerstörung der lunarischen Lebensart zu beschleunigen. Vielleicht hat das soziotechnische Programm das insgeheim ausgerechnet.«

Kenmuir nahm einen tiefen, belebenden Zug. »Weit hergeholt. Ihr seid wirklich verbittert, nicht wahr?«

»Habe ich denn nicht allen Grund dazu?«

In den folgenden Minuten kam alles an die Oberfläche, auch wenn es dazu die normale Zurückhaltung von Eythils Rasse gegenüber der Kenmuirs überwinden mußte. Der Raumfahrer wußte das meiste davon schon, aber er hörte die ganze Zeit zu, denn das Redebedürfnis seines Gegenüber war unverkennbar. Außerdem erfuhr er ein paar Aspekte, die ihm vorher noch nicht bekannt gewesen waren.

– Obwohl die Asteroiden so unschätzbare Quellen für Mineralien darstellten wie die Kometen für Eis und wie beide für organische Substanzen, reichten sie alleine nicht aus. Für die chemische Fraktionierung, die brauchbare Konzentrationen der meisten Industriematerialien erzeugt, benötigt man einen großen Himmelskörper. Deswegen die Prospektorentätigkeit und der Bergbau auf den Monden des Jupiter und des Saturn. Auf dem Merkur wurden diese Operationen ausschließlich von Maschinen ausgeführt –

– doch selbst für diese war die Venus einfach zu teuer erkauft. Unter weniger furchtbaren Bedingungen ließen sich am Rande immer noch Menschen einsetzen: jene Menschen, deren Sehnsucht nach einem Grenzland sie dorthin führte. An erster Stelle stand dabei der Mars –

– auf den speziell Lunarier in den Hochzeiten der Selenarchie ausgewandert waren. Auch Terraner konnten sich in seinem Schwerefeld fortpflanzen; aber anfangs war ihre Zahl geringer, weil nur wenige an ein Land gewöhnt waren, das sie umbringen konnte. Der Mars blieb eine Provinz Lunas, bis die Föderation beide übernahm –

– »und wir sollten immer noch lunarischen Namens sein«, sagte Eythil. »Sollte ein Mitgliedsstaat sich nicht von Rechts wegen selbst regieren? Aber nein, weit weg auf dem Mars läßt man uns weniger Autonomie als hier, wo wir die Erde umkreisen.«

»Nun, anteilmäßig habt Ihr mehr Terraner«, zeigte Kenmuir auf. »Ob sie dort geboren sind oder nicht, sie werden immer gemäß ihrer psychologischen Veranlagung und gemäß ihrer Kultur denken, handeln und wählen.«

»Ihr redet wie ein Soziotech.« In dem Wort schwang Verachtung mit.

»Das ist nicht meine Absicht«, sagte Kenmuir freundlich. »Auf Weltraumreisen liest man zwangsläufig eine Menge. Das führt zu einem Vokabular voller Bücherweisheit. Oh, ich bin nicht nur der Rasse nach Terraner, ich bin auch ein Erdenmensch. Aber ich fühle wirklich mit euch Lunariern. All die alten, unversöhnlichen Streitpunkte tauchen wieder auf, nicht wahr?«

– die Luna einmal dazu veranlaßt hatten, sich zu einer unabhängigen und souveränen Nation zu erklären: Geburtsrecht, Besitzrecht, Erziehung, das Überleben einer Zivilisation, die offen bestimmte Grundideale ablehnte. Er hatte sich oft gefragt, was sich wohl herausgebildet hätte, wäre es ihnen gelungen, sich von der Föderation fernzuhalten. Natürlich war das eine müßige Überlegung. Als die Reaktion auf den Kriegsangriff das mächtige Fireball zum Untergang verdammt hatte, war das Ende des separatistischen Luna abzusehen gewesen, einen wie langen Hinhaltefeldzug Niolente und ihre Kohorten auch immer führen mochten. Dennoch, in irgendeiner hypothetischen quantenmechanischen Alternativwirklichkeit –

»Unter den Gesetzen des Erdbundes sollten die Vollversammlung und der Hohe Rat wenigstens unsere Verfassung respektieren«, beharrte Eythil. »Aber nein, mehr und mehr gestalten sie die ›Fundamentale Ethik‹-Klausel um, um alte Gesetze und Lebensformen zu Fall zu bringen. Die Entscheidungen gehen immer mehr von Lebewesen auf Maschinen über.«

Auf intelligente Maschinen, dachte Kenmuir, die nicht menschlicher Korruption und Grausamkeit unterlagen. Dennoch war dies unbestreitbar eine Regierung durch ... Aliens? Das Terabewußtsein hatte etwas von der Schrecklichkeit Gottes, aber es war nicht Gott – zu fern, nicht fehlbar genug. Was die alltäglichen Lebensumstände betraf, war vielleicht das, was manche Menschen am stärksten zermürbte, einfach ein Gefühl, bedeutungslos geworden zu sein.

»Es ist nicht irgendeiner Verschwörung zuzuschreiben«, argumentierte er. »Es ist die ... die Logik der Ereignisse. Die alten Nationen existieren fast nicht mehr. Sie sind in Tausende von unterschiedlichen Gemeinschaften auseinandergebrochen, de facto und oft auch der Form nach. Die Föderation *mußte* einfach viele ihrer Aufgaben übernehmen. Ohne eine integrierte Weltwirtschaft würden alle verhungern.«

»In letzter Zeit ist diese Wirtschaft für uns Marsianer nur von sehr geringem Wert gewesen.«

»Na ja, die nachlassende Nachfrage nach Mineralien ...«

»Wir könnten uns anpassen, auf eine selbstgewählte Weise. Aber nein, es muß unbedingt auf irdische Art geschehen. Ihr sprecht von der Föderation als der einzigen lebensfähigen Regierung, die noch übriggeblieben ist. Aber das bedeutet auch, daß nichts mehr zwischen dem einzelnen Individuum und ihr steht.«

»Ich weiß. Die Geschichte zeigt, daß Eure Furcht berechtigt ist. Außerdem ist ein Zustand mangelnder sozialer Ordnung immer demoralisierend. Aber Ihr müßt zugestehen, daß die Föderationsregierung nicht versucht, den Leuten ihre Art der Lebensführung vorzuschreiben. Genaugenommen haben viele ihrer Einmischungen bei euch Lunariern nur dazu gedient, die despotische Macht der Selenarchen zu beschneiden, eine Macht, die sie in einer Republik eigentlich nicht besitzen sollten –«

Vielleicht zum Glück verkündete der Wandlautsprecher: »Der umliegende Raum ist jetzt wieder sicher. Ihr könnt starten, wann es Euch beliebt, *señores*.«

Schweigen senkte sich zwischen ihnen herab und hielt an, während sie zu dem Fahrzeug gingen, starteten und ihrem Ziel entgegenflogen. Eythil mochte seinen Groll pflegen oder vielleicht in irgendeine ihm eigene unirdische Bewußtseinsebene übergewechselt sein. Kenmuir hatte angefangen, undefinierbare Kopfschmerzen und ein fiebriges Gefühl zu verspüren. Er fragte sich, ob es die Nerven waren, Angst davor, daß er Lilisaire irgendwie enttäuschen könnte ... was immer sie auch von ihm wollte.

Die westwärts wandernde Sonne stieg höher, während die Flugbahn ihn immer weiter in diese Richtung trug. Auch die Erde verschob sich über seinen Himmel, nach Osten und Norden. Sie glänzte im vorgerückten ersten Viertel, eine blaue Sichel, mit weißen Wolken marmoriert, die, weit über der Nachtseite ausgebreitet, genügend Licht von den Sternen und von unten einfingen, um diesen Teil von ihr geisterhaft grau erscheinen zu lassen. So hatte sie auch ausgesehen, als Lilisaire ihn erstmals zu sich rief.

Er wußte immer noch nicht, warum sie es getan hatte – ihn, den gewöhnlichsten aller Männer, und dazu noch ein Erdenmensch. »*Ey,* aber Ihr seid alles andere als gewöhnlich«, hatte sie geschnurrt, als er den Mut aufbrachte, danach zu fragen. »Eure ganze Karriere, Eure Taten dort draußen im Unbekannten, Eure Bindungen an die Vergangenheit. Ihr lebt nicht in einer Leere oder durch Illusionen, wie so viele. Ihr wißt, was vorher war, Ihr kennt das Land und die Leute und die Taten, aus denen Euer Sein entspringt; für Euch hat die Zeit genauso Wirklichkeit wie das All.« Das war ihm nicht wie eine aufrichtige Antwort vorgekommen.

Gewiß, bei wiederholten Unterhaltungen hatte sie ihn über den Fireball-Treuebund ausgehorcht. Er war sich nicht sicher warum, und er wußte nichts, was nicht auch ein Datensuchprogramm hätte für sie finden können. Schließlich war es nicht mehr als eine Vereinigung, eine Loge oder Gemeinschaft, die in der Sehnsucht nach einer lange vergangenen Größe wurzelte, nicht anders als etwa die Ronin, die Swagmen oder die Believer. Wie sie hatte es seine Rituale, seine geselligen Zusammenkünfte, seine gegenseitige Hilfe, und wenig mehr. Was immer das geheime Wissen sein mochte, das angeblich von Rydberg zu Rydberg weitergegeben wurde, besonders wichtig konnte es nicht sein, und Ian Kenmuir hatte man es ganz gewiß nicht anvertraut.

Vielleicht versuchte Lilisaire auch nur, eine Vorstellung davon zu bekommen, wie es war, irgendwo zugehörig zu sein. Das war etwas ganz und gar Unlunarisches; es mochte ein wenig zum besseren Verständnis der anderen Spezies beitragen. Oder vielleicht interessierte es sie auch nur, weil der Treuebund Kenmuir eine Menge bedeutete und sie ihn auf ihre Weise mochte.

Sie hatte gesagt, er sei ein guter Liebhaber. (Die Erinnerung brannte wie eine Flamme.) »Nein, es sei denn, Ihr beflügelt mich«, hatte er ehrlich geantwortet. Sie hatte gelacht und ihm das Haar zerzaust. Er gab sich nicht der Illusion hin, daß er für sie etwas anderes als eine angenehme Ablenkung war – bestenfalls.

Und doch ... sie hatte ihn zurückgerufen, dringend, zum nicht geringen Schaden eines Unternehmens, von dem sie sich einen Profit erwartete. Auf irgendeine Art und Weise, wie unbedeutend diese auch immer sein mochte, brauchte sie ihn.

Sein Herz klopfte. Er wußte nicht, ob er verliebt war – das hier war anders als jeder vergleichbare Zustand irgendwann früher in seinem Leben – oder ob er ihr hörig war. Im Augenblick war es ihm egal.

Der Flieger erreichte den mondfernsten Punkt und sank wieder herab. Über den Kordilleren erhoben sich die Hexentürme von Zamok Vysoki.

Nach der Landung huschte Kenmuir an Eythil vorbei, geradewegs in den Verbindungstunnel. Das leichte Unbehagen war gewichen. Wenn er innerlich brannte und erschauerte, dann allein Lilisaires wegen. Erst später begann er zu hoffen, daß er seinen stolzen Begleiter nicht beleidigt hatte, dann, sich zu fragen, ob Eythil sich nicht vielleicht im stillen amüsiert hatte.

Kein Bediensteter wartete im Raum dahinter. Zweifellos hatte der Flieger eine Nachricht vorausgesandt, und ein Roboter oder ein Diener würde seine Sachen bringen, wohin immer die Hüterin es wünschte. Eine Stimme aus der Luft sagte: »Heil, Ian Kenmuir. Begebt Euch zur Pagode und laßt Euch willkommen heißen.«

Er kannte jenes Türmchen und den Weg dorthin. Und wie er beides kannte! Er sprang, er schwebte die wandelbaren Korridore entlang und durch die vielgestaltigen Gemächer. Lunarier bewegten sich darin, Männer und Frauen, die verschiedene Aufträge für sie erfüllten. Die meisten davon gehörten zum Personal, ob sie die Livree trugen oder nicht, aber einige kamen auch von außerhalb, und er erkannte zwei Magnate. Zwischen ihnen und ihm wurden keine Worte oder Gesten gewechselt, abgesehen von dem raschen und formalisierten Blickkontakt, den die Höflichkeit verlangte. Am Ende seiner Reise fand er dann doch eine Wache, die so entspannt wie ein Panther dastand, ihn begrüßte und ihn durch die Tür einließ.

Sonnenlicht explodierte aus einem blendenden Zentrum

zu Funken und Blitzen in allen Farben, die sein Sehvermögen erfassen konnte. Bei jeder kleinsten Bewegung, die er machte, flossen und verschoben sie sich rings um ihn herum, über den spiegelglatten Boden und die wenigen zerbrechlichen Einrichtungsgegenstände, über die Wände und die Decke und seine Hände. Er war in den Mittelpunkt eines einzigen synthetischen Diamanten mit Millionen von Facetten getreten. Wohlgerüche hingen in der Luft, von Gewürzen, von Geißblatt. Fast unhörbar klagte die Mollmelodie eines Cantos von Verdea.

Neben einem mit Kristall gedeckten Tisch, nahe einer breiten, lebenden Couch, stand Lilisaire. Die kastanienbraune Mähne fiel über bloße Schultern und ein bodenlanges Kleid, das sie wie eine zweite Haut umhüllte. Bruchstücke von Regenbögen spielten auf diesen Blässen. Ihr einziger Schmuck waren Sternentropfen, die von ihren Ohren herabhingen, und ein Fingerring, in dessen Stein winzige Flammen flackerten. Zu ihren Füßen lag ein Schoßtier, an das er sich erinnerte, ein schwarzer Leopard mit goldenen Flecken. Er hob den Kopf und starrte Kenmuir an.

Sie lächelte. »So seid Ihr also gekommen, mein Kapitän«, murmelte sie auf Anglo.

Er blieb stehen, plötzlich hilflos. Sie trat auf ihn zu. Der Saum ihres Kleides raschelte. Er hob eine Hand. Sie legte ihre Fingerspitzen mottenleicht auf sein Handgelenk. Das bedeutete, daß sie die Höhergestellte von ihnen beiden war, aber er hätte nie daran gedacht, es in Zweifel zu ziehen. Der allerschwächste Druck nötigte ihn an den Tisch. Sie senkte ihren Arm und stellte sich vor ihn. »Schenkt für uns ein«, befahl sie.

Er gehorchte. Das dabei entstehende Geräusch ertönte klar unter der Musik. Mit einem grünen Blick lud sie ihn ein, von den Kanapees zu kosten – er wußte, daß sie ausgezeichnet waren – während sie ihren Pokal hob. »*Uwach yei*«, sagte sie.

»Zu Euren Diensten, M-mylady«, trank er ihr zu. Gläser klangen glockengleich zusammen. Sie tranken. Der Wein sang.

Ihr Blick richtete sich auf ihn. Er vergaß den strahlenden Glanz des Diamanten. »Dienen wollt Ihr mir also«, sagte sie leise. »Ist es Euch auch ernst damit?«

Er hielt den Atem an, bevor er antwortete: »Das ist es. Und nicht, weil ich Euer Angestellter bin.«

»Mein Kapitän.« Sie streckte die freie Hand aus und streichelte seine Wange. Einen Hieb hätte er weniger stark und durchdringend gespürt.

Er rang um sein Gleichgewicht. »Worum geht es dabei?« fragte er mit seiner sachlichsten Stimme. »Was kann ich tun?«

»Ihr mögt es schon erraten haben. Es betrifft das Habitat.«

»Ja, so viel hatte ich ... schon vermutet. Ihr und Eure Klasse habt es so rigoros bekämpft.«

Die selenarchischen Familien mußten sich arg bedrängt fühlen, dachte er, wenn sie sich zu politischer Betätigung herabließen – dem, was sie »das Affengeschäft« nannten. Zugegeben, sie geschah größtenteils indirekt. Jene, die wie Lilisaire bedeutende ererbte Vermögen auf der Erde besaßen, konnten terranische Fürsprecher aufbieten und ein paar davon in die Föderationsversammlung bringen – sinnlos. Die öffentliche Meinung (also die desjenigen Bruchteils der Öffentlichkeit, der dieser Sache überhaupt seine Aufmerksamkeit schenkte) unterstützte aufgeregt das erste wirklich bahnbrechende Unternehmen, das ihre Rasse in Generationen auf die Beine gestellt hatte. Außerdem hatte der Cyberkosmos den Plan zuerst vorgeschlagen. Sicherlich wußten die Sophotekten mit ihrer dem Menschen überlegenen Intelligenz, was das beste für die Menschheit war.

Lilisaires Stimme riß ihn aus seinen Erinnerungen. »In der Tat. Wir sind derart lästig geworden, daß die Regierung begonnen hat, uns auszuspionieren.«

»Nun, natürlich, wenn Ihr viel Wirbel gemacht habt, ist ein Datenscan –«

»Nein, mehr. Beamte von der Erde sind herumgeschlichen und haben Nachforschungen angestellt. Einer von ihnen kam hierher, kurz nachdem ich Euch gerufen hatte.

Auch war es keiner der gewöhnlichen Agenten der Friedensbehörde. Er gehörte zum Besten, was sie haben, ein echter Synnoiont.«

Verblüfft rief Kenmuir aus: »Dann war es ihnen *wirklich* ernst damit!«

Sie spreizte die Finger. »*Ey*, er hat mir seine Natur nicht offenbart. Aber ich witterte, daß er kein normaler Mensch war. Später habe ich selbst die Datenbanken durchstöbert und Leute befragt. Habt keine Angst. Es ist unwahrscheinlich, daß er davon weiß. Und er fand keinen Hinweis auf irgendwelche Vergehen.« Ihr Lachen läutete so hell wie eine Glocke. »Denn so sehr ich es auch bedauere, es hat nie welche gegeben. Wie sollte sich auch die Gelegenheit dazu ergeben haben?«

Abrupt fauchte sie in kalter Wut: »Nein, wir liegen in Banden und erwarten das Messer. Und es wird uns nicht einmal sauber die Kehle aufschlitzen. Zuerst wird man den Frauen die Eierstöcke herausschneiden und die Männer kastrieren.«

Der Leopard knurrte.

Kenmuir suchte nach Worten. »So schlimm kann die Lage nicht sein, Mylady.«

Sie täuschte Ruhe vor. »Denkt nach. Was hat uns bisher bewahrt, abgesehen davon, daß sich Terraner auf dem Mond nicht vermehren können?«

Sein Verstand versuchte, ihr zu widerstehen. Was bewahrt worden war, sagte er, war die Vorherrschaft der Selenarchie, de facto, wenn auch nicht dem Namen nach. Und die hatte begonnen, allmählich ausgehöhlt zu werden, nachdem die Biotechnologie es seiner Rasse ermöglicht hatte, ohne zeitliche Beschränkung bei niedriger Schwerkraft zu leben, gesund bis auf den Verlust an Muskelgewebe, wenn man seine Gymastik vernachlässigte. (Einen Augenblick lang stellte er sich vor, er könne die gentechnisch konstruierten Mikroben spüren, die ihm eingepflanzt worden waren und deren Chemie jede seiner Zellen durchdrang.) Immer mehr Angehörige der alten Rasse schlugen hier auf

Dauer ihren Wohnsitz auf. Gewiß, ihre Zahl blieb auch weiterhin durch die Unfähigkeit ihrer Frauen beschränkt, ein Kind auszutragen oder eines aufzuziehen, das auf einer größeren Welt geboren worden, aber noch nicht ungefähr drei Jahre alt war, und dessen Nervensystem sich noch entwikkelte. Aber wie unsicher auch immer, die lunaren Aristokraten klammerten sich nach wie vor an die Herrschaft über die nominelle Republik.

»Also erwartet Ihr einen Ansturm von Siedlern von der Erde?« fragte er.

»Er wird unaufhaltsam sein. Die soziotechnischen Gleichungen sagen ihn voraus. Hunderttausende haben erklärt, daß sie nur darauf brennen auszuwandern. Sobald das Habitat fertig ist –«

– das aufgegebene L-5: aufpoliert, in eine niedrige Umlaufbahn um den Mond gebracht, mit Lichtsegeln ausgestattet, um die Kräfte auszuüben, die es auf dieser andernfalls instabilen Bahn halten würden, wieder in Rotation versetzt, um die volle Erdschwere in seinem riesigen Außenkreis zu erzeugen. Sehet, ein Ort, an dem Terraner Kinder bekommen und ihnen über diese ersten Jahre hinweghelfen konnten, während sie mühelos zum Mond und zurück flogen –

»– und das wird nicht mehr lange hin sein. Die Zeit sitzt uns im Nacken, Kenmuir.« Nie benutzte sie seinen Vornamen. Er wußte nicht, ob das der übliche Brauch war, weil sie selbst nur einen hatte, oder der Vorsatz, jede wirkliche Intimität zu vermeiden.

»Aber es wird die Elite der Erde sein«, argumentierte er. »Die Art von Menschen, die wirkliche Arbeit leisten, ein wirkliches Leben leben wollen, hier im All.« Wie er selbst, gestand er sich ein. Er hatte Glück gehabt, war in die Akademie aufgenommen worden, in den Weltraumdienst, zuletzt ins Venture. Wie konnte er da jemand anders die Sterne mißgönnen?

Ihre Lippe zog sich hoch. »Ja, die Mächtigen der Welt und ihre Maschinenherren dürften hocherfreut sein, zu sehen, daß die Ruhelosigkeit vom Planeten abgeflossen ist. Auf dem Mond wird sie sich viel einfacher bändigen lassen.« Ihr Tonfall wurde dringlich. »Aber begreift Ihr denn nicht? Sie werden Luna verändern. Ihre riesigen neuen Konstruktionen werden unseren Frieden stören, während sie mit ihren Horden die Gesellschaft durchsetzen, die sie haben wollen.«

»Äh, das kann nicht über Nacht geschehen.«

»Rascher als Ihr glaubt, mein unschuldiger Kapitän, und mit entropischer Gewißheit. Ich sage Euch, es wird uns zerstören.«

»Der Mars –«

»Der Mars ist bereits verloren.«

Da er sich an Eythil erinnerte, stritt Kenmuir das nicht ab. »Hm-mh, Eure Kolonisten auf den Asteroiden und den äußeren Monden – nein, diese Orte könnten niemals mehr aufnehmen als klägliche Reste«, machtlos, verarmt, bis Schiffe von der Erde kamen, um sie unter dem Banner der Nächstenliebe und der Effizienz abzutransportieren.

Er warf einen raschen Blick hinunter auf den Leoparden und stellte ihn sich lebenslänglich in einem Käfig voller Affen eingesperrt vor.

»Wir, oder unsere Kinder, werden aufhören, uns zu wünschen weiterzuleben«, fuhr Lilisaire nüchtern fort. »Manche werden ihre letzten Jahre in die Länge ziehen, andere nicht«, sondern gewalttätig abtreten, durch Rebellion, Verbrechen, Selbstmord. »Aber keiner wird seine Jungen in diesen Zwinger von Existenz hineingebären. In zwei, drei Jahrhunderten, egal wie viel, wird diese den Frieden störende, nonkonformistische Brut ausgestorben sein. Wie praktisch für den Cyberkosmos.«

Kenmuir bezweifelte ihre Sorge um ihre Rasse. Und doch, wie echt war die Verzweiflung, die er unter der stählernen Härte vernahm! Wenn sie recht hatte, wenn die Lunarier ausstarben, wäre eine ganz bestimmte Herrlichkeit aus dem Universum verschwunden.

Die Erkenntnis traf ihn wie ein Schock: Konnte der Cyberkosmos genau das vorhaben?

Die Augen betrachteten ihn tränenlos, der schlanke Körper war ungebeugt. »Ihr müßt irgendein Mittel dagegen im Sinn haben«, sagte er langsam.

Sie nickte. Das rötliche Haar wogte. »Ein verzweifeltes Unternehmen«, erwiderte sie mit der gleichen ruhigen Stimme, »die Suche nach einem Schatz, der sich höchstwahrscheinlich als Mythos erweisen wird.«

Sich leicht vorbeugend, plötzlich angespannt: »Werdet Ihr es wagen?«

Er keuchte fast unter der Wucht ihrer Worte. »Er – erzählt mir mehr davon«, stammelte er.

Sie richtete sich auf, während ihr Körper sich entspannte. »Es muß keineswegs illegal sein ... was Euch betrifft«, hörte er. »Trotzdem gibt es etwas, was Ihr versuchen könnt, für mich herauszufinden, etwas, das für viele Generationen verborgen gehalten worden ist.«

»Was?«

»In diesem Haus lebt eine ungewisse Überlieferung fort. Doch habe ich auch Fakten zu berichten. Kommt, trinkt, beruhigt Euch, hört mich zu Ende an.«

Er war erstaunt über die Gewandtheit, mit der sie die geschichtlichen Ereignisse Revue passieren ließ. Sie waren ihm zwar vertraut, aber sie rückte sie in die richtige Perspektive – ihre Perspektive – und berührte dabei Dinge, von denen er bisher wenig gewußt hatte.

Sie erinnerte ihn an den langen, ränkevollen Kampf, Lunas Souveränität zu bewahren, es aus der Föderation herauszuhalten, der von Niolente und ihren Kohorten geführt worden war, nachdem Guthrie und Rinndalir nach Alpha Centauri abgeflogen waren und Fireball begonnen hatte, sich aufzulösen. Er hatte nichts von mehreren Vorstößen in den sonnenfernen Raum gewußt, deren Zweck nie öffentlich bekanntgegeben worden war, und auch nichts davon, daß sie es gewesen waren, die anscheinend Niolente die Zuversicht gegeben hatten weiterzukämpfen.

Am Ende hatte es ihr natürlich nichts geholfen. Die Ereignisse hatten sich überstürzt: die Ausrufung der Republik durch eine der Fraktionen, ihre sofortige Anerkennung durch die Regierungen der Erde, die Entsendung von Truppen der Friedensbehörde zu ihrer Unterstützung. Zweifellos hatte die alte Frau daraufhin beschlossen, kämpfend zu sterben, denn die bewaffnete Streitmacht, die sie aufbot, hatte keinerlei Hoffnung mehr. Es war unvermeidlich, daß die Friedensbehörde hinterher alle Plätze durchstöberte, an denen sie sich jemals aufgehalten hatte, einschließlich aller in ihnen geführten Datenbanken.

Kenmuir hatte nicht gewußt, daß alle Unterlagen konfisziert worden waren, daß das, was später freigegeben wurde, unvollständig war, oder daß die offizielle Geschichte über die versehentliche Löschung einiger Dateien im Widerspruch zu der systematischen Vorgehensweise des verantwortlichen Mannes stand. Niemand hatte sonderlich darauf geachtet. Die ganze Angelegenheit war bald vergessen, außer bei einigen ihrer direkten Nachkommen.

»Sie hat an etwas im interstellaren Raum gearbeitet?« flüsterte er.

»So muß es gewesen sein«, sagte Lilisaire. »An einer Waffe oder – ich weiß nicht was.«

»Wie soll ich es dann herausfinden?«

Sie leerte ihr Glas und bedeutete ihm, noch eines einzuschenken. Zuerst trank er seines aus. Der Leopard stand auf und tappte durch den Raum, schwarz und golden zwischen den Lichtscherben.

»Hört mich an«, sagte Lilisaire. »Die Überlieferung, von der ich sprach, reicht noch weiter zurück, in die Zeit Dagny Beynacs. Einer ihrer Söhne unternahm eine Expedition in die Tiefen des Raumes, von der er nicht zurückkehrte. Dafür wurde nie eine wirkliche Erklärung gegeben. Die Familie behielt alles, was an Wissen gesammelt worden war, für sich.«

In der Hoffnung auf einen möglichen Profit? Das wäre sehr lunarisch gewesen. Aber lunarisch wäre es auch gewesen, das Geheimnis als ein Andenken zu bewahren, als ein fortdauerndes Opfer für den Kummer.

»Bei der Durchsicht dessen, was an Aufzeichnungen noch vorhanden ist, denn die Eroberer haben nicht alles gefunden, bin ich zu der festen Überzeugung gelangt, daß es diese Entdeckung war, von der Niolente Gebrauch zu machen gedachte«, fuhr Lilisaire fort. »Könnten wir an sie herankommen, können wir vielleicht einen Teil ihrer Hoffnungen erfüllen. Aber die Zeit ist knapp bemessen, und noch bevor das Habitat alles vereitelt, könnte der Argwohn unseres Gegners ihn dazu veranlassen, Vorbeugungsmaßnahmen zu ergreifen. Sobald ich diesen Hinweis entdeckt hatte, schickte ich deshalb nach Euch, der Ihr in der Lage sein werdet, die Suche fortzusetzen.«

»Ich, äh, habe keine Ahnung, wo ich beginnen soll«, wandte er ein.

Wieder durchbohrte ihr Blick ihn. »Auf der Erde.«

»Was?« Er merkte, daß er sie mit offenem Mund anstarrte, und ließ seine Kinnlade hastig zuschnappen. »Wie das?«

»Ihr wißt, daß der erste Rydberg das erstgeborene Kind Dagny Beynacs war und ihr engster Vertrauter wurde. Und ... bis zum heutigen Tag hütet der Logenmeister von Fireball irgendein Geheimnis, das bis in jene Zeit des Umbruchs zurückzugehen scheint.«

»Ihr meint –«

Sie seufzte. »Eine schwache Möglichkeit, ja; aber ich sehe kaum eine andere.«

»Eine Waffe –« Ein Frösteln durchrieselte Kenmuir. Es war schon schlimm genug, daß Fireball Raumschiffe gegen die Avantisten eingesetzt hatte. So gerechtfertigt die Aktion auch gewesen sein mochte, die Empörung, die sie weltweit hervorrief, hatte das Ende Fireballs und des souveränen Luna herbeigeführt. Ein Sprengkopf von einer Teratonne, ein lenkbar gemachter Asteroid – »Nein!«

»Vielleicht ist es auch etwas ganz anderes«, sagte sie rasch. »Oder wenn doch, dann dürfte uns allein die Drohung damit unsere Freiheit erkämpfen. Aber da die Mächte der Erde so ängstlich darauf bedacht sind, es geheimzuhalten, wäre schon die einfache Drohung mit der Bekanntgabe auf jeden Fall eine Waffe für uns, nicht wahr?«

Er stürzte einen langen Schluck hinunter. Der Wein verdiente größere Aufmerksamkeit, aber er mußte sich stärken. Als das Glühen sich in seinem Blut ausbreitete, fühlte er sich wieder imstande, beinahe nachdenklich zu sagen: »J-ja, wenn die Information so tief begraben wurde, muß es einen gewichtigen Grund dafür geben ... Aber es könnte auch ein guter Grund sein.«

»Ich verlange ja keinen Verrat von Euch«, sagte sie mit einem Aufblitzen von Verachtung. »Findet heraus, was Ihr könnt, und wählt, was Ihr könnt.«

Es schmerzte schlimmer, als er erwartet hätte. »Ich glaube kaum, daß der Rydberg es mir anvertrauen wird, bloß weil ich danach frage«, sagte er.

Die Wärme kehrte zurück, und mit ihr ein Lächeln. »Wenn Ihr es ihm erklärt, dann tut er es womöglich. Wenn nicht, oder wenn das, was er sagt, nutzlos ist, dann –« Sie ließ den Satz wie Musik verwehen.

»Ja?« soufflierte er aus seinem Pulsschlag heraus.

»Ich habe noch andere Agenten auf der Erde. Wäret Ihr bereit, Euch mit einem von ihnen zusammenzutun? Eure Kenntnis des Alls könnte außerordentlich hilfreich sein.«

Was für ein Wahnsinn, dachte er. Er war kein Spion, kein Rebell, nichts als ein gesetzestreuer Techniker mittleren Alters, dessen Kühnheit allein im Kopf war, das Wechselspiel mit unpersönlichen Kräften draußen zwischen den Sternen, die die Kontroversen und das Leid der Menschheit niemals anrühren würde. Dennoch warf sie ihm eine Herausforderung hin, und – sie wollte es, sie brauchte es, vielleicht war es ihr Leben, das er retten konnte.

»Ich werde es versuchen«, hörte er sich murmeln.

Sie jauchzte, warf ihren Pokal zersplitternd gegen den Diamanten und flog ihm in die Arme.

Die lebende Couch nahm sie auf und reagierte auf sie.

Insgeheim konnte er nur die schreckliche Notwendigkeit preisen, die ihre Rasse hatte entstehen lassen.

8

Die Mondmutter

Die Nacht auf der erdabgewandten Seite des Mondes ist eine Herrlichkeit aus Sternen. Da weder die Sonne noch die Erde sie überstrahlen, muß man sich nur von menschlichen Lichtquellen entfernen, und der Himmel fließt über vor Glanz, sechstausend oder mehr Sterne, die sich einem Auge offenbaren, das nichts zwischen sich und ihnen hat als eine durchsichtige Helmscheibe und ein paar Zentimeter Atemhauch. Dort, wo sie die kristallene Schwärze bevölkern, schimmern sie ohne das geringste Funkeln, und die hellsten unter ihnen sind nicht alle weiß; viele brennen stahlblau, golden, bernsteinfarben, bronzerot. Die Sternbilder sind nicht länger so sehr geometrische Diagramme als vielmehr verschwenderisch aufmarschierende Heerscharen, zwischen denen die Planeten glänzen. Nebel erheben sich gewitterwolkenschwarz oder schweben sanft glühend. Von Horizont zu Horizont wölbt sich der galaktische Gürtel, der dem Auge nicht milchig, sondern eisig erscheint, ein winterlicher Strom mit Ufern und Inseln aus Nacht. Jenseits davon kann man vielleicht seine nähergelegenen Schwestern erspähen, die klumpigen Magellanschen Wolken, verschwommen und riesig Andromeda, womöglich noch ein oder zwei mehr, die über noch größere Entfernungen hinweg undeutlich sichtbar werden. Schaltet man seinen Empfänger ab, dann ist man ganz Teil dieser Vision, in einem Schweigen, das so gewaltig ist wie ihre Ausdehnung; weit, weit dahinter verkünden die Geräusche des eigenen Körpers, daß man lebt, daß man derjenige ist, der da schaut.

Manchmal jagt droben ein Funken dahin, ein Satellit. Er verliert sich rasch wieder im Schatten des Mondes.

Dagny Beynac seufzte und wandte sich wieder dem Camp zu. Sie konnte nicht lange stehen und starren, denn es wartete Arbeit auf sie.

Zuerst die festgesetzte Zeit in der Schleuder. Der Boß sollte eigentlich niemanden warten lassen. Sie fiel in einen Känguruhschritt, acht oder zehn Kilometer in der Stunde über die dunkle Lava, ein beschwingter und belebender Rhythmus. Die Lampen vor ihr leuchteten so grell, daß die Sterne wieder verschwanden.

Die anderen drei waren bereits bei der Zentrifuge. Im nicht streuenden Vakuum – und die Reflexe aus der Umgebung machten es durchaus nicht besser – ließen Licht und Schatten, Weiße und Staub ihre Raumanzüge in einem koboldhaften Chiaroscuro erscheinen. Wie jeder Neuankömmling hatte auch Dagny bei ihrer Ankunft auf dem Mond erst lernen müssen zu *sehen*, vor allem nach Sonnenuntergang auf der erdabgewandten Seite. Heute erkannte sie mühelos die Gestalten dort drüben, das Nachschubdepot und die Schutzhütten im Hintergrund, die Mannschaften und Maschinen, die ausgedehnten Komplexe, die sie errichteten. Ein astronomisches Observatorium mit mehreren Spiegeln war im Mare Moscoviensis im Bau, und sie war verantwortlich für die Unterkünfte seines Personals. Beförderungen erfolgten hier schnell, wenn man fähig war – und wenn man überlebte.

Sie schaltete ihr Funkgerät wieder ein. Es bei der Arbeit draußen auszuschalten, war total gegen die Vorschriften gewesen, aber hin und wieder mußte sie kurze Zeit mit dem Himmel und dem Leben in ihrem Inneren allein sein. »Hi«, grüßte sie. »Bereit und begierig?«

Wim den Boer verkannte den fröhlichen Sarkasmus. »Nein«, knurrte er. »Verdammt, volle drei Stunden? Ich habe zu tun! Du weißt, wie diese Verzögerung bei der Lieferung der Pumpen meine Kolonne hinter den Zeitplan zurückgeworfen hat.«

Dagny erreichte die Gruppe und hielt an. »Freund«, erwiderte sie, »wenn dieser Job vorüber ist und wir wieder in Port Bowen sind, dann spendier mir ein Bier im ›Treibstofftank‹, und ich werde dir Leidensgeschichten erzählen, die dir deine im Humpen gefrieren lassen. Bis dahin zerbrich dir nicht deinen hübschen kleinen Kopf, oder ich komme noch zu der Auffassung, daß er *wirklich* hübsch klein ist. Das nullte Gesetz der Thermodynamik besagt, daß alles länger dauert und mehr kostet.«

»Wir sind aber ziemlich arg im Hintertreffen, oder?« argumentierte Jane Ireland. Sie war eine fähige Elektroingenieurin – unter anderem hatte sie geholfen, die Störung an dem Gitter zu beheben, das Energie von den sonnenbeschienenen Criswells zu den Sendeanlagen auf der erdzugewandten Seite leitete – aber überängstlich in politischen Fragen. »Bist du dir bewußt, wie intensiv Eurospace und Eco-Astro mit Hilfe ihrer Lobbys dagegen anarbeiten, daß Aufträge wie dieser an irgendeine Privatfirma vergeben werden, vor allem an unsere? Wenn wir hier versagen –«

»Das werden wir nicht«, schwor Dagny. »Überlaß es dem Chef, seine ureigenen Schlachten zu schlagen. Wenn Guthrie die vereinigten Regierungen der Erde nicht überlisten, ausmanövrieren und einschüchtern kann, dann können wir getrost dorthin zurückkehren und die Nordamerikaner unter uns sich freudig der Erneuerungsbewegung anschließen. Unsere Art ihm zu helfen besteht darin, diesen Auftrag termingerecht zu erfüllen, was immer Murphy uns an Steinen in den Weg legen mag.«

Sie hatte schon frühzeitig gelernt, daß ihre Stellung noch mehr zwischenmenschliches Geschick erforderte als technisches und sich darangemacht, es sich anzueignen. Anfangs war Edmond ein wunderbarer Ratgeber gewesen, aber bald hatte sie sich notwendigerweise allein vorwärtstasten müssen: durch Versuch und Irrtum, mehr durch Intuition als durch Regeln, weil jedes Individuum im Universum einzigartig ist.

Pedro Noguchi kam ihr zu Hilfe: »Hört mal, Wim, Jane, ihr könnt nicht Dienst tun, wenn ihr krank werdet. Wir haben sowieso schon mit diesen Sitzungen geknausert. Statt Zeit damit zu vergeuden, uns zu beschweren, sollten wir's da nicht lieber hinter uns bringen?«

Das brachte sie zum Verstummen. Seltsam, dachte Dagny

oft, die Loyalität, die so viele seiner Mitarbeiter Fireball gegenüber hegten, mehr vielleicht als gegenüber ihren Ländern. Sie hatte ihre persönlichen Gründe, aber was war mit den anderen? Die Quelle dafür konnten nicht bloß aufregende Arbeit, hohe Bezahlung, ein Management *muy simpático* und keine Grenzen für die Karriere außer denen von Können und Glück sein. Zu Fireball *gehörte* man irgendwie, man hatte Teil an einer Gesinnung, wie nur wenige irgendwo auf der Erde.

Sie suchte sich ihren Platz und ging an die Arbeit.

Die Feldzentrifuge ragte mit ihrer Mittelsäule senkrecht über ihr auf, 250 Zentimeter vom breiten, mit Greiffüßen ausgestatteten Sockel bis zu den vier Rotorarmen. Da sie tragbar sein mußte, hatte sie nicht viel mit den riesigen stationären Anlagen in den Siedlungen gemeinsam. Die Arme waren hohl und standen trompetengleich von der Säule ab. Aus jedem baumelte ein Drahtseil, an dessen Ende ein Käfig hing, sein Boden eine 150-Zentimeter-Scheibe kniehoch über dem Grund. Darin befanden sich einfache Trainingsgeräte, mit Klammern gesichert. Unter der Scheibe war ein Kasten für die Gewichtszugabe angeschweißt.

Keiner der Anwesenden erreichte komplett mit Anzug und Ausrüstung eine Masse von 125 Kilo – 21 Kilo Mondgewicht –, die einer Standardbeladung entsprachen. Dagny trat auf eine im Sockel eingebaute Waage. Da sie es für unter ihrer Würde erachtete, den Rechner auf ihrem linken Ärmel zu benutzen, rechnete sie ihr Mindergewicht im Kopf aus und wählte von einem Stapel in der Nähe die Klötze aus, die nötig waren, um es auszugleichen. Nachdem sie die richtige Menge in den Kasten geschoben hatte, verschloß sie ihn mit einer Klammer und stieg zum Käfig hinauf. Dort schloß sie die Tür, schnallte sich für den Fall der Fälle fest und befahl: »Meldung.«

»Bereit ... Bereit ... Bereit«, hörte sie.

»Zentrifuge an Aufsicht, beginnen mit dreistündigem Betrieb«, kündigte sie an. Der Mann in dem Skeletturm einen Kilometer entfernt bestätigte. Er würde ein Auge auf sie haben, genau wie er es auf die Baustellen hatte, ebenfalls nur für den Fall der Fälle. »Dann also los«, sagte Dagny. Jeder Käfig hatte einen eigenen Start- und Stop-Knopf, aber sie, als Vorgesetzte, betätigte den ihren.

Der Motor im Säulensockel erwachte. Der Rotor begann sich zu drehen. Die Greiffüße krümmten ihre metallenen Zehen und streckten ihre Klauen über einen Untergrund aus, der weder glatt noch eben war und der durchaus aus Geröll statt aus festem Gestein hätte bestehen können. Sensoren überwachten sich verändernde Kräfte und erteilten Anweisungen an Effektoren; die Apparatur hielt sich selbst in einem dynamischen Gleichgewicht. Während die Rotoren ihre Geschwindigkeit erhöhten und die Käfige sich hoben, wickelten sich ihre Drahtseile bis auf volle Länge ab und flogen fast waagerecht dahin. Als das System einen stabilen Zustand erreicht hatte, wurde jeder der Benutzer mit einer Beschleunigung von einem g belastet.

Dagny schnallte sich los. Ein oder zwei Minuten lang schaute sie zwischen den Gittern hindurch, senkrecht von der Mondoberfläche weg. Manche wandten ihr Gesicht dem Boden zu, andere zur Seite, manche hielten ihre Augen zumeist geschlossen, was immer das geringste Schwindelgefühl bei ihnen auslöste; sie entschied sich für das Firmament. Die Sterne wirbelten in einem wilden Rad, dessen Nabe sich über ihrem Kopf befand. Ihr Atem und der ihrer Gefährten war lauter geworden. Die Vibration war ein schwaches Trommeln in ihrem Blutkreislauf. Das Gewicht legte eine schwere Hand auf ihren Anzug, ihr Fleisch, ihre Knochen, jede einzelne ihrer Zellen.

Eigentlich fühlte es sich sogar angenehm an. Zwar genoß sie die niedrige Schwerkraft in vollen Zügen, aber die Natur hatte sie eben nicht für diese Art von Freiheit vorgesehen.

Während sie so dastand, fragte sie sich, vor wie langer Zeit wohl die Weichen für ihr Schicksal gestellt worden waren. Vor einer Drittel Milliarde Jahre, als ihre Vorfahren aus dem Meer gekrochen kamen und sich aufrecht halten mußten? Mon hätte es ihr genau sagen können. Sie kannte das Endergebnis nur zu gut, die mannigfaltigen, wunderbaren, einengenden Anpassungen, die die Evolution auf ihrer einzigen Welt erfunden hatte. Die Schwerkraft Lunas reichte für das Geschöpf von der Erde schlichtweg nicht aus.

Oh, es war nicht annähernd so schlimm wie unter Mikroschwerkraft. Es wurde einem nicht übel, das Gesicht schwoll nicht an, Muskeln und Skelett nahmen eher langsam ab, man konnte Jahre durchhalten, bevor der Schaden irreversibel wurde, und dann noch ein paar Jahre weitervegetieren, bis man starb – jedenfalls sagten das die Extrapolationen aufgrund von Experimenten mit Labortieren und Computermodellen voraus. Aber der Verfall war allgegenwärtig, eine Sache des Flüssigkeitsgleichgewichts und der Zellchemie, der Degeneration von Herz und Gefäßen, der Fehlfunktionen der Blut-Hirn-Schranke, des tumorartigen Wachstums verschiedener Gewebe, der Sklerose oder Nekrose anderer, und die frühesten Effekte waren klinisch nach zwölf Monaten oder weniger nachweisbar.

Wenn man seine Gesundheit erhalten wollte, dann setzte man sich besser oft der Schwerkraft aus, für die man geboren war.

Geboren. Dagnys Hand stahl sich zu ihrem Bauch. Erinnerungen wirbelten in ihr wie die Sterne über ihrem Kopf.

Sie hatten das nicht beabsichtigt, sie und Mon, nicht bevor sie sich sicher sein konnten, daß es ungefährlich war. Ihre Auffrischungsinjektion war erst in einem halben Jahr fällig gewesen. Konnte dieses Versagen eine weitere Folge der niedrigen Schwerkraft sein? (Vielleicht eine Überempfindlichkeit ihrerseits, weil auf Luna Gott weiß wie viel Liebe gemacht wurde, häufig auf ergötzliche Arten, die anderswo nicht praktikabel waren.) Der Doktor hatte eine Abtreibung vorgeschlagen. Dagny hatte hitzig zu erfahren verlangt, wie die Alternative aussah. Der Doktor hatte über orbitale Entfernungen hinweg eine Konferenz einberufen. Die Spezialisten vertraten die Auffassung, daß die Schwangerschaft wahrscheinlich normal verlaufen würde. Schließlich würden Embryo und Fetus ja im Fruchtwasser schwimmen, dem kleinen Urozean. Säugetiere, darunter ein Affe, hatten bereits Junge auf dem Mond zur Welt gebracht, und die Jungen lebten, nachdem die Erfahrung erst einmal gezeigt hatte, welches für die jeweilige Spezies das richtige Maß an geregelten Übungen in der Zentrifuge war.

Die Spezialisten garantierten natürlich für nichts. Das Wissen war einfach zu spärlich. Die Wissenschaft würde froh über die Gelegenheit sein, zu beobachten und zu lernen, aber Mrs. Beynac mußte verstehen, daß dieser Fall völlig unerwartet war. Die Übungen und Behandlungen, die in ihrer Gesamtheit ›Biomedizin‹ genannt wurden, konnten die Lebenserwartung auf weit über hundert Jahre verlängern, aber die Biomedizin konnte nicht den grundlegenden menschlichen Organismus verändern. Das erforderte eine Modifikation der DNS. Gerade eben wurde ein Programm entwickelt, das die einzige realistische Hoffnung für eine echte Mondkolonie darstellte – äußerst umstritten, nicht anwendbar auf Mrs. Beynac, die vielleicht feststellen würde, daß das Wohlergehen ihres Kindes eine Rückkehr zur Erde erforderte ...

Okay, wenn es denn absolut notwendig war. Aber nur dann. Auf jeden Fall konnte sie noch einen weiteren Auftrag hinter sich bringen, bevor ihr Bauch zu dick wurde, um in einen Raumanzug zu passen. Über die morgendliche Übelkeit – in einem Maße quälend, das weit über das nun schon halb irreal gewordene erste Mal hinausging – war sie hinweggekommen. Die Anzeichen und Tests beruhigten. Fireball würde sie zwar keinesfalls entlassen oder degradieren oder maßregeln, wenn sie sich zur Erde zurückversetzen ließ, aber Fireball brauchte sie auch dringend auf der erdabgewandten Seite des Mondes. Und deshalb stand sie hier, im zweiten Drittel ihrer Schwangerschaft, munter, kerngesund, schwanger mit Edmonds Kind.

Juliana, sagte sie bei sich. Es würde ein Mädchen werden. Juliana, Mondbaby, willkommen in der Zukunft!

Genug der Erinnerungen, genug der Gefühle. Wenn man die Wohltaten der hohen Schwerkraft maxi- und die Zeit, die man unter ihr verbringen mußte, minimieren wollte, dann stand oder saß man nicht nur, man turnte.

Sich hinhockend löste Dagny die Hanteln und stand mit ihnen in der Hand auf. Sie bewegte sich vorsichtig, um Schwindelgefühle zu vermeiden. Das terrestrische Pseudogewicht war ein Durchschittswert auf Höhe der Gürtellinie, und die Differenz zwischen Kopf und Füßen betrug nahezu zehn Prozent. Die Corioliskraft stellte ein geringeres Problem dar; trotzdem mußte man auch sie in Rechnung stellen. Die großen Zentrifugen waren in beiden Hinsichten weitaus komfortabler. Geradezu luxuriös, die größte in Port Bowen – Privatabteile, Liegen ... Dagny grinste. Sie vermutete stark, daß Juliana dort gezeugt worden war.

Die Hanteln heben, sie sinken lassen, heben, sinken lassen, sie über Kreuz schwingen, mit dem Joggen auf der Stelle beginnen. Beugen, straffen, beugen, den Körper genießen lassen, während dein Geist auf dem Sternenkarussell mitfährt. Tief einatmen, die Lungen ausspülen, den süßen Schweiß riechen, die zunehmende Wärme auskosten. Das Herz schlägt schnell, das Blut gerät in Wallung, und was ist das für eine Wallung da unten, tanzt Juliana auch?

Nein, erinnerte sich Dagny, viel zu früh, noch nicht, noch nicht.

Der Schmerz fuhr durch sie hindurch wie eine Egge durch ein Feld.

Das Hospital in Port Bowen war klein, schmucklos und hervorragend ausgestattet. Bis Edmond Beynac von seiner derzeitigen Expedition dort ankam, war seine Frau fast schon so weit, entlassen zu werden.

»Du brauchst aber nicht zu kommen«, hatte sie über Phon zu ihm gesagt, als er das erste Mal anrief. »Mir geht es gut. Ich werde schnell wieder draußen sein.«

»'ölle und Teufel!« hatte er erwidert, wobei sein Akzent sich verstärkte. »Du 'ast – *un avortement* – eine Fählgeburt in einem, einem gottverdahmten *Raumanzug* ge'abt – und isch soll weschbleiben?« Obwohl die Funkverbindung ein Bild übertrug, war es undeutlich und der Schirm winzig. Sie konnte sich nicht sicher sein, meinte aber, Tränen auf seinen Wangen zu sehen. Das hatte es noch nie zuvor gegeben.

Eine so krampfartige Fehlgeburt zu haben wie sie, noch dazu eine, die unvollständig gewesen war, bis ihr Team es geschafft hatte, sie nach drinnen zu bringen und ihr den Schutzpanzer auszuziehen, hatte sie in Wirklichkeit erheblich zerrissen. Aber sie war jung und kräftig, und die Ärzte des Krankenhauses verfügten über mehr Möglichkeiten als bloße Chirurgie, sie hatten die modernste Molekular-Biotechnologie.

Nach einem Spaziergang längs der Flure saß sie gerade aufrecht in ihrem Bett, als er eintraf. Das Lesegerät in ihren Händen zeigte den *Seewolf;* sie mochte Abenteuergeschichten, und heutzutage wurden kaum noch welche geschrieben. Das Zimmer war privat, aber aus diesem Grunde auch nur ein kleiner abgeteilter Schlafraum. Edmonds massiger Körper bedrängte sie schier. Nicht, daß es ihr etwas ausgemacht hätte. Seine Arme legten sich kraftvoll, um sie, ein bißchen zitternd, und sein Kuß bescherte ihr ein liebevolles Bartkratzen, und als sie ihren Kopf gegen seine Brust lehnte, spürte sie das harte Schlagen hinter den Rippen.

Nach einer Weile setzte er sich auf den Rand des Bettes und hielt einfach nur ihre Hand. »Ehrlich, Mon, du Ärmster, du mußt dir keine Sorgen machen, mir geht's prima«, beharrte sie. »Man hat mir gesagt, daß ich in zwei Wochen wieder arbeiten kann, diesmal ohne persönlichen Stichtag.« Das letzte war ein Fehler. Ihre Stimme brach. Sofort senkte sie ihre Wimpern und schnurrte wie ein Kätzchen. »Und vorher werde ich schon wieder vögeln können. Ich habe dich *so* vermißt, Darling.«

Er blieb völlig sachlich. »Von jetzt an werden wir immer vorsichtig sein.«

»O ja, ja.«

Sein Blick ruhte auf ihr. Das Schweigen zog sich hin.

»Aber du willst Kinder 'aben«, sagte er endlich.

»Nun ja – Nicht, wenn du nicht willst, eigentlich, wirklich.«

»Zwei 'ast du schon verloren.« Bis jetzt hatte er nie von dem gesprochen, das zur Adoption freigegeben worden war, seit sie ihm während jener Abendwache, als er sie bat, ihn zu heiraten, davon erzählt hatte. Auch da war er eine Weile still gewesen, bis er gesagt hatte, daß es nichts ausmache, daß es lang vorbei sei, und das Thema gewechselt hatte.

»Lüg misch nischt an«, befahl er mehr, als daß er darum bat; aber wie mitfühlend war seine Stimme! »Isch weiß ganz genau, daß du geweint 'ast, allein in diesem Bett.«

»Das habe ich hinter mir«, war alles, was sie zu sagen wußte.

»Es wird kein drittes Mal geben.«

»Nein.« Aber ihre Entschlossenheit blieb. Sie hatte viel nachgedacht. »Wir wollen den Mond, mehr als alles andere.«

»Kinder eingeschlossen?«

»Ja, wenn es darauf ankommt.«

»Du verstehst das Problem, ja?«

Sie nickte und sprach rasch. »Dr. Nguyen hat mir die Situation erklärt. Die Computermodelle klappen um, wenn man veränderte Daten eingibt. Sie haben mir diese Daten abgenommen. Untersuchungen, Tests, Proben, elektrochemische Überwachung, mein Gott, die nächsten fünf Jahre werde ich in allen Wissenschaftszeitschriften stehen. Sicher, ich bin ein Einzelfall, aber ich scheine entscheidende Informationen geliefert zu haben, die bisher fehlten. Die revidierte Meinung lautet, daß das, was geschehen ist, unvermeidlich war. Kontrazeptiva lassen in ihrer Wirkung schneller nach als auf der Erde, mit einer zufälligen zeitlichen Verteilung, und keine Schwangerschaft läßt sich bis zum Ende austragen. Die Labortier-Experimente haben uns getäuscht. Zum einen sind wir Menschen erheblich größer, was die Flüssigkeitsregulierung zu einem ganz anderen technischen Problem macht, wenigstens in einem schwachen Gravitationsfeld. Zum anderen wird das menschliche Gehirn, so kompliziert wie es ist, dazu verleitet, die falschen Signale an alle Muskeln, Drüsen und Nerven des weiblichen Fortpflanzungssystems zu schicken. Die chemischen Abwehrsysteme der Plazenta brechen zusammen, allergische Reaktionen bauen sich auf, der Fetus wird ausgestoßen, aber er ist ohnehin schon tot oder liegt im Sterben. Unsere Rasse wird sich auf dem Mond nie auf natürlichem Wege fortpflanzen.«

Da, sie hatte es gesagt, in einem plötzlichen Ausbruch, aber ohne ein Zittern in der Stimme. Sie lehnte sich in die Kissen zurück, plötzlich erschöpft. »Du hast es schon gehört?« flüsterte sie.

»Ja, isch stand die ganze Zeit über in Funkkontakt mit dem 'ospital, während isch 'ier'erfuhr.« Edmond hielt inne. »Sie glauben, es lassen sisch Medikamente entwickeln, um das zu kompensieren und eine Geburt möglisch zu machen.«

»Ich weiß«, seufzte sie. »Ich weiß auch, daß es unangenehm und teuer sein wird und die nächste Generation ebenfalls dazu verurteilt. Nein.«

Sie sah und spürte, wie er sich versteifte. »Dagny«, sagte er Wort um Wort, »wir können zur Erde ziehen ... bevor wir zu alt sind.«

»Du warst dazu bereit, das sofort für Juliana zu tun, wenn es sich als nötig erwies«, antwortete sie leise.

»Ja, das war isch. Denn Kinder – isch möschte wirklisch, daß wir Kinder 'aben.«

Sie schüttelte den Kopf. Ruhe stieg in ihr auf, und zusammen damit eine neue, stille Kraft. »Juliana *war*. Sie war nun einmal passiert, und wir wollten sie nicht umbringen und sie auch nicht aufgeben. Aber ich habe gesehen – Du warst so gut, so sanft auf deine rauhe Art. Du hast nie eine Andeutung darüber fallengelassen, was es dir bedeuten würde, deine Karriere als Spitzenwissenschaftler wegzuwerfen und dorthin zurückzukehren, wo alles nur Routine ist, wo du dir nicht mehr erhoffen kannst, als in einer Professur an einem mittelmäßigen Universitätsinstitut alt zu werden. Aber ich wußte es, Mon. Ich wußte, wie du lange Spaziergänge ganz für dich allein gemacht hättest, um deine Blasphemien hinausschreien zu können, und wie du angefangen hättest, stark zu trinken und dein gesunder Zynismus sich in Verbitterung verwandelt hätte – und du wärst bei mir geblieben, weil du gesagt hattest, daß du es tun würdest, und du hättest niemals dem Kind einen Vorwurf gemacht. Edmond, ich hätte gewünscht, ich könnte an Gott glauben, damit ich darum beten konnte, daß wir nicht würden zurückkehren müssen. Aber das müssen wir ja nun auch nicht.«

»*Bienaimée*«, sagte er erschüttert.

Ihre Kraft nahm zu. Sie setzte sich gerade auf. »Daraus folgt nicht, daß wir kinderlos bleiben müssen.« Nein, »unfruchtbar« war das Wort, das sie suchte: Sackgasse, doppelter Tod, und zur Hölle mit den Fanatikern der Bevölkerungsreduzierung.

Sein gesenkter Kopf hob sich. »*Qu'est-ce* – was meinst du damit?«

»Das ist doch offensichtlich«, sagte sie. »Genetik. Eine Rasse, für die der Mond die normale Umgebung ist. Ich habe praktisch sofort, als ich wußte, daß ich schwanger bin, Nachforschungen in dieser Richtung angestellt, denn – Es läßt sich machen, Mon! Das Wissen ist da, in Genomkarten, Molekularbiologie, Histologie, der ganz gewöhnlichen altmodischen Anatomie und Physiologie. Die Computer haben praktisch Atom für Atom aufgezeigt, welche Veränderungen in der DNS dazu nötig sind. Wie es zu machen ist, das unterscheidet sich im Prinzip nicht von dem, was Standard in der Biotechnologie ist, wenn sie irgendeine spezielle Art von neuem Organismus haben wollen. Die ganze Sache ist längst entworfen, als wissenschaftliche Übungsarbeit und als Vorbereitung auf ein unvorhergesehenes Ereignis. Die Details lassen sich binnen ein oder zwei Jahren weiterentwickeln, sobald das Projekt erst einmal grünes Licht hat.«

»Und du, du würdest –«

»Warum denn nicht? Warum zum Teufel denn nicht? Nimm ein befruchtetes Ei, behandle es, setze es ein.« Ihr eigener Schwung riß sie mit. »Hör mal, ich wette, wir können die Befruchtung auf die übliche Art durchführen.«

»Nein! Das Risiko für disch. Und ... die Kosten, das könnten wir uns nischt leisten.«

»Unsinn. Es wäre auch nicht riskanter als ein Aufenthalt an der Oberfläche. Ich habe die Sache genau geprüft, das sage ich dir doch. Ein ... ein lunarischer Fetus würde ganz anders reagieren. Sicher, ich würde chemische Unterstützung brauchen, aber weitaus weniger als für unsere Art von Kind, nichts, was mich in irgendeiner Weise handicapen würde. Was die Kosten angeht, na hör mal, solange die Guthries das Kommando haben, wird Fireball über die jährliche Gewinnabrechnung hinausschauen. Tatsächlich hat es die bisherigen Forschungen auch schon finanziert. Es wird freudig ›Hier!‹ schreien, wenn es darum geht, eine nächste Generation zu produzieren, die *keine* Hilfe mehr braucht.«

»Du bist zu verdammt sischer«, grollte er.

»Oh, vielleicht funktioniert es nicht jedes Mal. Das wird schmerzlich sein, aber ich bin bereit, das Risiko einzugehen, wenn du es auch bist, weil wir auf dem richtigen Weg sein werden, unsere eigenen Kinder zu haben, unsere lunarischen Kinder, Mon. Unser Fleisch und Blut, das für alle Zeiten hier lebt.«

Ihr eigenes Blut pochte ihr in den Adern. Sir ergriff seine beiden Hände. Einen Augenblick lang zögerte er noch. »Dagny, es gibt eine mäschtige Opposition dagegen, gegen das Experimentieren mit Menschen. Isch ... isch fühle selbst Probleme damit, in meinem Gewissen. Was ist mit den Menschen und mit den Politikern auf der Erde?«

»Wenn irgend jemand die Zustimmung durchdrücken kann, dann die Guthries. Darling, sag ja, sag doch bitte ja, und ich schicke ihnen gleich morgen eine als vertraulich verschlüsselte Nachricht.«

Anson Guthries Blut, das auf dem Mond lebendig blieb.

Daß er ihr Großvater war, war das letzte Geheimnis, das sie noch vor Edmond hatte. Sie hoffte, daß Uncans ihr jetzt erlauben würde, auch das mit ihm zu teilen.

9

Das Guthrie-Haus wirkte älter, als es an Jahrhunderten war, sein Stein beinahe so, als wäre er von Wind und Regen und Frost geformt worden statt von menschlichen Händen. Dieses massige Gebilde gehörte einfach hierher, zwischen die Tannen rechts und links und dahinter, die weite Rasenfläche und die Blumenbeete, die sich bis hinunter zum Wasser erstreckten. Die Anlegestelle, das Boot, die Nebengebäude paßten ebenso gut auf die Insel. Selbst das Raumschiff und sein Schutzdach waren dieser Landschaft angemessen.

Aber das war alles nur seine eigene subjektive Wahrnehmung, dachte Kenmuir. Es hatte etwas mit Tradition, mit heiligen Idealen, zu tun, von denen die Natur nichts wußte. Und auch die Natur selbst, das Gefühl, zu einer lebendigen Uraltheit heimzukommen, war eine Illusion. Wolken ragten wie Schneeverwehungen in das strahlende Blau; eine Brise strich kühl, mit einem Geruch nach Wäldern und Salz, über sommerwarmen Boden; Wellen glitzerten und murmelten, Wald rauschte; ein paar Möwen flogen in großer Höhe dahin – aber das alles in einer sorgsam gehegten und eingegrenzten Enklave. Es war reiner Zufall, daß er kein Luftfahrzeug darüber hinwegfliegen sah. Wenn die untergehende Sonne hinter dem Ozean verschwunden war, würde er vor den wenigen Sternen, die zu erkennen das Himmelsleuchten ihm gestattete, Satelliten auf ihren Bahnen entdecken.

Vielleicht war das auch der Grund dafür, warum das Raumschiff nicht wie ein Eindringling wirkte. Statt dessen wie ein Wächter dieses Friedens? Ein Totem, ein Versammlungsort zumindest. Es fiel sowieso nicht gleich ins Auge. Da es auf einer Lichtung mehrere hundert Meter landeinwärts stand, wären es und seine transparente Schutzhülle gar nicht zu sehen gewesen, wenn das Gelände nicht angestiegen wäre. So stach nur sein Bug hervor, eine Speerspitze über den Baumwipfeln und dem Dach.

Als er sein gemietetes *volant* auf dem Landefeld zurückließ und auf das Haus zuging – Kies knirschte unter seinen Füßen – stellte Kenmuir fest, daß sein Blick und seine Gedanken weiter bei ihm verweilten. Der *Gerfalke*, das kleine Raumschiff der Falken-Klasse, dessen Pilotin Kyra Davis gewesen war, sie, die vor langer, langer Zeit Guthrie vor den Avantisten gerettet und gegen seinen Doppelgänger gekämpft hatte. Kenmuir selbst hatte einmal an dem alljährlichen Ritus aus Inspektion, Reinigung, Wiederaufladen der Akkumulatoren und Segnung, die mit den Worten »Sei immer flugbereit« schloß, teilgenommen. Während der Feierlichkeiten hatte ihn ein Schauer durchlaufen, und das Haar an seinem ganzen Körper hatte sich aufgerichtet. Damals war er noch sehr jung gewesen ... Aber etwas Gleichartiges regte sich heute erneut in ihm. Tatsächlich lebte und starb seine Rasse vermittels Symbolen. Und die Lunarier vermittels der ihren – Aber was war mit den Sophotekten?

Ihm fiel ein, daß er die Geschichte dieses Relikts nie nachgeschaut hatte. Was für Kämpfe und juristische Kniffe hatte es wohl erfordert, den *Gerfalken* nicht nur zu kaufen, sondern auch die Genehmigung zu erringen, ihn in flugbereitem Zustand zu erhalten? Oh, jetzt war er völlig veraltet, aber damals war er es nicht gewesen; und bis zum heutigen Tage wurde die Lizenz dafür, eine beliebige Menge an Antimaterie auf der Erde zu lagern, sonst nicht erteilt, es sei denn, die Maschinen besaßen die uneingeschränkte Kontrolle über sie und ihre Eindämmung.

Aber die Fireball Enterprises, die das Sonnensystem beherrscht hatten, hatten sich ja nicht sofort oder ohne daß ihren Mitarbeitern zahlreiche Zugeständnisse eingeräumt worden wären aufgelöst. Sollten sie ihr Denkmal doch haben! Schon zu ihren Lebzeiten waren sie zu kaum mehr als einer harmlosen Bruderschaft geworden. Nach ein oder zwei Generationen erinnerte sich kaum noch jemand daran, daß der *Gerfalke* überhaupt existierte. Für den Cyberkosmos war er nur ein Eintrag in der Datenbank.

Und dennoch gab es ihn. Und – Fireball harmlos? Das

blieb noch abzuwarten. Kenmuirs Pulsschlag und seine Schritte beschleunigten sich.

Ein Wachtposten wartete auf der Veranda. Er war unbewaffnet, Teil des Zeremoniells, ein junges Mädchen, das vor der Aufnahme in den vollen Status eines *consorte* seine Lehrzeit absolvierte. Matthias gefiel es, Besucher stilvoll empfangen zu lassen. Sie sah die Fireball-Uniform, die er angelegt hatte, vom gleichen Grau wie ihre, nahm Haltung an und vollführte eine Ehrenbezeigung, die er erwiderte. (Währenddessen überlegte er, daß es zu Zeiten der Firma keine leeren Gesten gegeben hatte. Solche Dinge lagerten sich an wie Korallen, die auf dem Rumpf eines versunkenen Schiffes wachsen.) »Kapitän Ian Kenmuir«, identifizierte er sich unnötigerweise, es sei denn um ihretwillen. »Ich habe eine Verabredung zu einem Gespräch unter vier Augen mit dem Rydberg.«

»Jawohl, *señor*«, antwortete sie. »Folgen Sie mir, *por favor*.«

Er war seit Jahren nicht mehr hier gewesen, aber als er das Vestibül betrat, brach die Erinnerung wie eine Woge über ihn herein. Die Eichenvertäfelung, das Glasfenster, auf dem Dädalus und Ikarus ihre Flügel ausbreiteten – und am Ende eines Flures das große düstere Zimmer mit seinen antiken Möbeln, den Teppichen und Vorhängen, Kandelabern und Kristallgläsern, Bildern, Büchern, Traditionen. In einem Lehnstuhl vor dem steinernen Kamin saß Matthias. Kenmuir nahm unwillkürlich Haltung vor ihm an. »*Hola, señor*«, grüßte er, wie es hier üblich war.

Der alte Mann nickte. »*Bienvenido*«, sagte er. Seine Stimme war ein Baßgrollen. Auch sonst hatte sich nicht viel verändert, seit Kenmuir ihn das letzte Mal gesehen hatte. Die Gestalt war immer noch massig: dickbäuchig, aber weder in den Gliedmaßen noch in den schweren, hakennasigen Gesichtszügen verwelkt; das Haar ein weißes Kakadunest, die Augen tiefliegend und unerschütterlich. Ein Fireball-Emblem auf der linken Brustseite ließ seine schlichte blaue Uniform völlig ausreichend für ihn erscheinen.

Flüchtig fragte sich Kenmuir, ob Matthias jemals mehr als

einen einzelnen Namen getragen hatte. Viele Erdbewohner verzichteten darauf. Er wußte wenig über diesen Logenmeister. In Anbetracht der allgemeinen Langlebigkeit konnte jemand dieses Amt so viele Jahrzehnte lang innehaben, daß seine oder ihre Vergangenheit sich im Dunkeln verlor.

»Stehen Sie bequem«, sagte der Rydberg. »Setzen Sie sich, wenn Sie möchten.«

»Danke – *gracias*.« Kenmuir ließ sich auf einem Sessel ihm gegenüber nieder.

Ein leises Lachen krächzte. »Haben wir jetzt genug von den Amerikanismen und Anachronismen? Was möchten Sie trinken, Kapitän?«

»Äh, nun ja –«

»So weit es mich betrifft, ist es nicht zu früh für einen Scotch mit Wasser.«

»Bier, bitte«, erkühnte Kenmuir sich zu antworten.

Matthias gab dem Wachtposten ein Zeichen, worauf sie den Raum verließ. Das Haus hatte neben seinen Maschinen zwar auch einen kleinen Stab an menschlichem Personal, aber für sie war diese Dienstleistung eine Ehre. »Sie sind selten in dieser Gegend«, bemerkte er.

»Nein, Sir. Ich war nicht viel auf der Erde, und wenn ich es einmal bin –« Er war eben einfach kein sehr geselliges Tier. Meist besuchte er nur ein paar Freunde hier und da rings um den Globus, suchte ein paar historische Stätten auf und hing dort seinen Tagträumen nach, unternahm tagelange Wanderungen durch die Reservate, diese Art von Dingen. Manchmal war er auch Stammkunde bei einer *joyeuse*, aber nicht oft. Er empfand es immer als eher traurig, selbst wenn sie Vergnügen an der Spezialität hatte, mit der sie sich ihren Lebensunterhalt verdiente. »Ich sollte mich mehr an den Aktivitäten des Treuebundes beteiligen, ja.«

»Es ist freiwillig.« Matthias lehnte sich zurück, baute eine Brücke mit seinen Fingern, ließ seine Augenlieder schlaff herabsinken und fuhr schwerfällig fort: »Lassen Sie mich mal überlegen. Als Sie anriefen, um eine Unterredung zu erbitten, rief ich alles ab, was unser Verein an Daten über Sie hat, aber die sind dürftig, und Teile davon stimmen vielleicht nicht. Berichtigen Sie mich. *Consortes* von Fireball zählen zu Ihren Vorfahren, seitdem es eine Firma war, aber ihre Eltern waren Erdbewohner und auch nicht tief in unsere Angelegenheiten verstrickt.«

Schmerz durchzuckte Kenmuir. Eigentlich hätten sie noch am Leben sein müssen. Er, ihr einziges Kind, war gerade einmal fünfundfünfzig Jahre alt. Aber auch in kybernetischen Gesellschaften passieren Unfälle. Zwei *volants*, auf Handsteuerung, da sie gerade ein arktisches Freizeitareal überflogen, wo der Verkehr nur spärlich war, waren zusammengestoßen – und er draußen jenseits der Pluto-Umlaufbahn, wo er gerade dabei half, einen Kometen einzufangen ...

»Wenn ich nicht so aktiv war, Sir, dann liegt das nicht daran, daß ich keinen Wert auf meine Mitgliedschaft lege.« Er war völlig aufrichtig.

»Zugestanden«, sagte Matthias. »Um fortzufahren: Sie schafften die Zulassung zur Akademie. Von Geburt an sternenbesessen, was? Und, was noch mehr ist, auch mit der entsprechenden Begabung. Sie begannen ihre Karriere im Weltraumdienst der Föderation, wechselten dann zum Venture über.«

Da Kenmuir wußte, daß Matthias' eigene Tätigkeit sich ganz auf den Weltraumdienst beschränkt hatte, sagte er halb verteidigend: »Nun ja, Sir, alles, was von der Erde ausgeht, ist heutzutage so – äh –«

»So effizient geworden.« Matthias nickte. »Für Menschen gibt es fast keine Stellen mehr, außer am Boden, und das ist größtenteils Beschäftigungstherapie. Und überhaupt keinen Raum mehr für Eigeninitiative. Zu meiner Zeit war der Weltraumdienst noch nicht so weit heruntergekommen. Aber als ich mich meiner Pensionierung näherte, hörte ich auf, die jungen Leute zu beneiden.«

Kenmuirs Puls machte einen Satz. »Die Lunarier sorgen wenigstens dafür, daß der Weltraum menschlich bleibt.«

»Ihre Art von menschlich.«

Nicht zu Kreuze kriechen. Der Rydberg würde ihn dafür

verachten. »Sie tun es auch für unsere Art. Sie brauchen uns.«

»Weil ihre Vorgehensweise allen praktischen Erwägungen zuwiderläuft.«

»Nicht, wenn sie ihrer Wesensart entspricht, Sir. Und auch der terranischen Wesensart, bei vielen von uns, selbst heutzutage noch.«

»Ja, ein Funke des alten Geistes besteht immer noch fort. Eine Weile noch, eine Weile.« Matthias wurde eine Spur lebhafter. »Das Habitat müßte ihn eigentlich wieder auflodern lassen. Vielleicht lebe ich ja noch lange genug, um ein bißchen von dem in natura zu beobachten, was ich bisher nur in Vivifers und *quiviras* gesehen habe.«

Kenmuir spannte sich. »Genau deswegen bin ich hergekommen.«

Augen musterten ihn forschend. »Das hatte ich schon vermutet.«

Was wußte er wirklich?

Das Mädchen kam mit einem Tablett zurück, stellte die Getränke auf Beistelltischchen, salutierte und ging wieder hinaus. »Gutes Abheben«, toastete Matthias. Die Männer führten die Gläser an ihre Lippen. Das Prickeln in seinem Mund gab Kenmuir neuen Schwung.

»Sie wissen, was das Habitat mit den Lunariern machen wird«, sagte er.

»Sie allmählich zivilisieren«, schnaubte Matthias.

»Keine Zivilisation, die sie erträglich finden.«

»Das behaupten sie jedenfalls.« Der Tonfall war schroff. »Verfügen sie wirklich über so wenig Anpassungsvermögen, oder sind es nur eine Handvoll Selenarchen, die aufschreien und ihre Krallen zeigen, weil sie ihre Privilegien verlieren?«

Kenmuir legte sich seine Worte sorgfältig zurecht.

»Sir, mit allem Respekt, ich kenne die Lunarier, alle Klassen von Lunariern, etwa so gut, wie ein Erdbewohner – ein Terraner – sie nur kennenlernen kann. Wenn man wieder und wieder mit jemandem an den Grenzen des Sonnensystems gewesen ist, bekommt man Verständnis für ihn.« Und er hatte sie überall getroffen: zu Hause und auf dem Mars und in ihren winzigen Kolonien, die sich an Asteroiden klammerten, welche zwischen frostigen Sternen dahinwirbelten, oder die unter der Majestät des Jupiter oder der Juwelenarbeit des Saturn in Eis und Fels eingegraben waren.

»Sie haben also angefangen, sie zu lieben?« fragte Matthias sanft.

Betroffen konnte Kenmuir nur sagen: »Nun ja, ich ... ich fühle mit ihnen.«

Matthias hob einen Finger. »Wohlgemerkt, ich hasse sie nicht. Ich gebe zu, daß sie auf ihre Art bewundernswürdig sind – etwa so wie ein Tiger. Und, ja, sie sind ein belebendes Element in unserer immer trüber werdenden Welt.« Er hielt inne. »Aber wir müssen an unsere eigene Rasse denken.« Mit einem Achselzucken: »Als ob das, was Sie oder ich denken, was wir tun, auch nur den geringsten Unterschied ausmachen würde.«

Kenmuir ballte eine Faust. »Das Habitat ist *falsch*.«

Matthias zog die Augenbrauen hoch. »Falsch, Tausenden von Menschen und ganzen Generationen nach ihnen endlich wieder ein neues Grenzland zu schenken?«

Ja, dachte Kenmuir, das hatte er schon früher gehört, die erneuerte Dynamik, eine Menschheit, die aus ihren Spielen und Schattenspielen nach draußen in die Unendlichkeit des Universums schaute. Er vertrat hier den Fall der amerikanischen Ureinwohner, als die Weißen sie auf ihrem Weg zum Pazifik überrollten. Aber was hatte Lilisaire doch gleich gesagt, über eine Welle von Mondkolonisten, die in einen Auffangtank geleitet wurden? Er hatte manch eine Wache im All damit zugebracht, sich in die Vergangenheit der Erde zu vertiefen. Nachdem die weißen Amerikaner ihr Land besiedelt hatten, hatten einflußreiche Interessengruppen und Demagogen nicht lange dazu gebraucht, Bürger in Untertanen zu verwandeln.

»Sir«, beharrte er, »ich bin ein Beispiel dafür, was lunarische Freiheit für Terraner bedeuten kann. Sollten wir jemals zu den Sternen fliegen –« wo Guthries Bewußtseinskopie wartete, aber wie lange noch? »– kann das nur gemeinsam mit ihnen geschehen.«

»Vielleicht. Sagen Sie, was Sie auf dem Herzen haben.«

»Sie verdienen eine Chance, genau wie wir.«

»Das würde ich nicht in Abrede stellen, solange es eine reelle Chance wäre. Dennoch, auch auf die Gefahr hin, mich zu wiederholen, was für eine Wahl haben Sie oder ich in dieser Angelegenheit? Aber fahren Sie fort.«

Kenmuir holte tief Luft und setzte alles auf eine Karte. Im Laufe dreier Tageszyklen hatte Lilisaire das, was sie ihm zuerst erzählt hatte, um die Einzelheiten ergänzt, aber vor allem hatte sie ihn für ihre Sache entflammt. Von dem, was geschehen war, wenn sie *nicht* redeten, sagte er nichts. Ob der reglos in seinem Sessel sitzende Matthias es erriet?

Der Ryberg gab nur einen einzigen Kommentar dazu ab: »Bemerkenswert, daß diese Aktivitäten, die Niolente im Weltraum durchführen ließ, geheim bleiben konnten.«

»Nun, Sir, Sie wissen, wie grundlegend die *etaine* dort ist.« Kenmuir wählte das lunarische Wort, weil dessen übliche Übersetzung als »Familie« oder »Clan« eigentlich nicht richtig war. In keiner terranischen Kultur existierte etwas, was ihm völlig entsprach. Manchmal hatte er darüber nachgedacht, ob »Stolz« vielleicht passen könnte – aber nein, Lunarier waren auch keine Löwen. »Anscheinend waren die Expeditionen in hohem Maße kybernetisiert und die wenigen organischen Besatzungen ebenso nach Blutsbanden wie nach ihren Fähigkeiten ausgewählt. Sie würden Stillschweigen bewahren. Vermutlich hatte Niolente vor, ihre Pläne im richtigen Moment, unter den richtigen Umständen, aufzudecken, was Luna den Vorteil verschafft hätte, auf den sie die ganze Zeit über hinarbeitete, mit ihr und ihrer Phyle sicher an der Macht.

Bei der endgültigen Katastrophe kamen dann anscheinend alle, die davon wußten, gemeinsam mit ihr um. Sie hatten sich zusammen unter dem Krater Delandres versteckt, und Sie erinnern sich gewiß daran, wie die Raketen den

Schutzschild um sie zusammenbrechen ließen, obwohl die Friedensbehörde eigentlich nur versuchte, sie zur Aufgabe zu zwingen. Ich denke, sie hielt sie in einer solchen Gruppe beieinander, gerade weil sie das Geheimnis bewahren wollte, und drohte mit dem Abschuß von Nuklearsprengköpfen nur, um bei den Verhandlungen etwas einsetzen zu können, durch das sie vielleicht günstigere Bedingungen erreichen konnte – wenigstens eine Amnestie. Statt dessen führte es dazu, daß man sie bombardierte.

Offensichtlich hat sie auch alle erreichbaren Dateien über das Projekt gelöscht. Die Aufzeichnung, derer die Friedensbehörde habhaft werden konnte, waren fragmentarisch. Alles, was ihre erwachsenen Kinder wußten, war, daß irgend etwas Großes im Gange gewesen war. In einem solchen Fall würde man doch erwarten, daß sie nicht darüber sprächen, oder? Unter dem Siegel der Verschwiegenheit gaben sie es von Generation zu Generation weiter, ganz ähnlich wie ... die Rydbergs im Treuebund.«

Heiser geworden, leerte Kenmuir sein Bier. Eine Stille trat ein, in der das Blut laut durch seine Adern pulsierte.

»Und jetzt will diese Frau, daß ich Ihnen die Worte unseres Gründers verrate, zu ihrem eigenen Vorteil und in der Hoffnung, daß sie sie dazu benutzen kann, das Habitat zu hintertreiben«, sagte Matthias endlich.

»Wenn ... wenn das möglich wäre, und wenn –«

»Was genau stellt sie sich denn darunter vor?«

»Informationen. Lange vor Niolentes Zeit führte Dagny Beynacs Sohn eine geheimnisumwitterte Expedition in den erdfernen Raum. Die Familie hat nie ausgeplaudert, worum es dabei ging. Höchstwahrscheinlich wurde es zur Basis dessen, was Niolente unternahm. Inzwischen hatte Lars Rydberg irgend etwas erfahren, möglicherweise von Beynac selbst, dem er größte Wichtigkeit beimaß.«

»Hinsichtlich einer riesigen Waffe in einer fernen Umlaufbahn um die Sonne?« spottete Matthias. »So etwas können – um ein unhöfliches Wort wiederaufleben zu lassen – wirklich nur Mondsüchtige denken.«

»Ich habe nicht – Lilisaire hat nicht unbedingt gemeint, daß –«

»Das könnte ihr so passen. Um ihres persönlichen Profits willen! Ihrem Bericht nach zu urteilen, hat sie vielen ihrer Mit-Magnate keinen Hinweis darüber zukommen lassen, wenn überhaupt einem.«

»Sir, ich bitte nicht um – ich würde mir nicht verzeihen –«

»Aber Sie hoffen auf eine Möglichkeit, die Terraner auf der Erde zu halten.«

»Nicht einmal das, Sir, nicht an sich betrachtet. Ist es richtig, Informationen zurückzuhalten, die eine so wichtige Sache betreffen wie diese? Eine aus Unwissenheit getroffene Entscheidung könnte später Menschenleben kosten. Es tut mir leid, wenn – wenn ich –«

Matthias stieß ein abgrundtiefes Seufzen aus. »Entschuldigen Sie sich nicht. Dazu besteht kein Grund. Ein solches Wissen existiert nicht.«

»Gar keines?« protestierte Kenmuir.

»Lars Rydberg brachte ein Geheimnis mit zur Erde heim, ja«, sagte Matthias schwer. »Er betraute seinen ältesten Sohn damit, es für eine mögliche Stunde großer Not zu bewahren. Seither ist es immer von einem Nachfolger zum anderen weitergereicht worden.« Das bedeutete nicht in direkter Erbfolge, auch wenn jeder Logenmeister wenigstens etwas Rydbergblut in sich hatte. »Das ist alles, was die Welt darüber erfahren hat. Und ich werde nicht derjenige sein, der es verrät.«

Kenmuir gewahrte eiserne Unnachgiebigkeit. »Können Sie mir nicht irgendeinen Hinweis geben?« bat er flehentlich. »Wenn schon sonst nichts, können Sie mir dann wenigstens verraten, ob Lilisaire sich geirrt hat und es ihr nicht weiterhelfen würde?«

Der alte Mann nickte. »Ja, ich glaube, das kann ich in der Tat sagen.« Wieder seufzte er. »Nach all der Zeit, die vergangen ist, frage ich mich inzwischen, ob es überhaupt noch irgend etwas bedeutet. Wir halten unser Wort, wir Rydbergs, einfach deswegen, weil das eine weitere Tradition, ein weiterer Ritus, ein weiteres Band ist, das den Treuebund zusammenhält, auf daß wenigstens eine schattenhafte Erinnerung an die Fireball Enterprises im Gedächtnis der Lebenden umgehe ... Ich bin derjenige, dem es leid tut, mein Sohn.«

Plötzlich fühlte Kenmuir sich wie ausgewrungen. »Ich verstehe. Danke, Sir.«

»Es war nie eine wirkliche Hoffnung für Sie, oder?«

»Vermutlich nicht.«

»Was werden Sie jetzt tun?«

»Bericht erstatten.«

»Sie können gerne von hier aus anrufen.«

»Danke, aber –«

»Ah. Sie wollen das Gespräch verschlüsseln?«

»Na ja, eigentlich sollte ich eine Nummer auf der Erde anrufen, aber – eine abhörsichere Leitung –«

»Verraten Sie mir nicht mehr. Für Verbindungen auf der Erde verfügen wir über gute Sicherheitsvorkehrungen. Wissen Sie, hin und wieder leistet unser Verein einem *consorte*, dessen Problem man am besten vertraulich behandelt, Beistand.«

Überwältigt murmelte Kenmuir: »Sir, wenn Sie meinem ganzen Vorhaben ablehnend gegenüberstehen –«

»Nicht durchweg. Ich heiße es auch nicht gut, wenn die Regierung möglicherweise wichtige Informationen verheimlicht. Aber in erster Linie sind Sie selbst ein *consorte*. Ich schulde Ihnen Treue.« Der Blick war sorgfältig prüfend. »Ich verlasse mich darauf, daß Sie Ihren Treueschwur nicht brechen.«

Nach einem Augenblick: »Wenn Sie es nicht allzu eilig haben, lassen Sie uns noch ein Glas zusammen trinken. Und gemeinsam zu Abend essen. Verbringen Sie die Nacht hier. Ich würde Sie gerne davon erzählen hören, wo Sie überall gewesen sind.«

Nein, dachte Kenmuir, ganz gewiß würde er seinen Schwur nicht brechen. Er würde Lilisaires nächste Instruktionen so gut befolgen, wie er es vermochte, bis zu dem

Punkt, an dem er sah, daß sie zu einer öffentlichen Bedrohung führten. Aber damit rechnete er nicht. Eigentlich sollte sie ihn dafür zu gut kennen. Aber er mußte wachsam bleiben. Die Ereignisse konnten schlagartig außer Kontrolle geraten. Und außerdem war der lunarische Geist – er dachte an seine Klassikerlektüre zurück – stets der Luzifers.

10

Die Mondmutter

Von den Taurus-Bergen aus gesehen, hing die Erde tief am Südwesthimmel. Mit dem langsamen Höhersteigen der Sonne über den Bergketten im Osten wurde ihre Sichel immer schmaler. Die Schatten über der Felsterrasse, auf der die Beynacs ihr Lager aufgeschlagen hatten, waren zurückgewichen, hoben aber immer noch unzählige Pockennarben in dem ebenen gräulichen Gestein hervor. Der Abhang über und unter ihnen war gleichermaßen zernarbt, gerade so wie die Höhen ringsum. Noch nicht im Licht, lag das Tal drunten wie ein See aus Schwärze. Alle Konturen waren sanft, vom Meteoritenregen von Gigajahren abgetragen. Nichts hier erinnerte an irdische Klippen oder marsianische Steilabhänge – ein altes Land, in sich selbst und seine Geheimnisse versunken.

Auf Dagny machte der Anblick, wie alles auf Luna, den Eindruck von Pracht. Vielleicht war es gerade die Kahlheit selbst, die ihr Herz erhob: eine Herausforderung. Im Augenblick verschwendete sie keinen Gedanken darauf. Ihre Aufmerksamkeit galt Tychopolis, das rund 2700 Kilometer von hier entfernt lag.

Joe Packers Gesicht sah ihr entgegen, deutlich unter dem neuartigen Goldfischglas-Helm erkennbar, der seinen Raumanzug krönte. Sein Hyalon hatte sich auf der Rückseite selbsttätig verdunkelt, um das Sonnenlicht abzuhalten, das seine Augen verbrannt hätte, wenn er direkt und ungeschützt hineingeblickt hätte. Der große Holoschirm zeigte hinter ihm einen Bagger bei der Arbeit, in den Staub, den er ununterbrochen aufwirbelte, wie in einen feinen Nebel eingehüllt. Die Bilder waren nicht makellos. In diese menschenleeren Regionen führte kein fiberoptisches Kabel hinaus; ein Satellit diente als Relais. Für praktische Zwecke reichte die Bildqualität aber aus.

»– im allgemeinen zufriedenstellende Fortschritte«, sagte Packer gerade. »Allerdings müssen wir eine Entscheidung fällen. Während der letzten Nachtwache sind wir drüben an der Nordwestecke des Komplexes auf einen ziemlich großen Felsblock gestoßen. Offensichtlich mehr oder weniger von der gleichen Zusammensetzung wie das umgebende Gestein, darum hat er sich nicht in der Darstellung der Bodenwelle gezeigt, aber Pedro Noguchi meint, daß wir ihn herausholen müssen, und das wird ein Loch im Hang hinterlassen, dazu eine Menge Spalten, die er verursacht haben muß. Ich habe Pedro angewiesen, so lange dort zu warten, bis du dich meldest.« Sein Lächeln blitzte, ein lebhafter Kontrast zu seiner schokoladenfarbenen Haut. »Keine Sorge, ich habe jede Menge anderer Sachen zu tun gefunden, damit er und seine Kolonne keine Dummheiten machen.«

»Was anderes hatte ich von dir auch nicht erwartet«, gestand Dagny. Packer war genauso kompetent wie sie und deswegen als ihr Nachfolger vorgesehen, wenn sie in die allgemeine Verwaltung aufrückte. Aus diesem Grund, aber auch, um ihm zusätzliche praktische Erfahrung zu geben, nahm sie sich gelegentlich die Freiheit heraus, Edmond auf seinen Exkursionen zu begleiten – Abenteuer, Familienleben und Hilfe bei seinen Forschungen zugleich. Da sie nach wie vor jämmerlich unterbesetzt waren, war diese Arbeit ebenso elementar für Ingenieurwesen und zukünftige Bautätigkeiten auf dem Mond wie für die Grundlagenforschung. Die Gebäude für die Luna-Universität zu errichten, sollte sowieso keine außergewöhnlichen Probleme aufwerfen.

Aber natürlich gab es auf dem Mond kein Projekt, das nicht mit Überraschungen aufwartete, und die letzte Verantwortung lag bei ihr. Noch vor zehn Jahren wäre sie verpflichtet gewesen, an Ort und Stelle zu bleiben. Aber dank der Möglichkeiten der Telepräsenz war es so, als hätte man noch einen zweiten Körper.

Ja, durchzuckte es sie, die Entwicklung im Weltraum schritt immer stürmischer voran, wie ein Komet, der immer schneller wurde, während er in Richtung Sonne stürzte. Und nicht nur hier. Ein L-5 im Bau, als Raumhafen, Industriezentrum, Heimat für Terraner, wo sie Kinder zur Welt bringen konnten, die rein terranisch waren. Der Reichtum der Asteroiden, der geerntet wurde. Eis aus Weltraumtiefen, demnächst Wasser im Überfluß, wo immer Menschen es benötigten. Nicht allzu viele Jahre später dann Antimaterie in so großen Mengen, daß Schiffe sie verbrennen konnten, um während der ganzen Reise zu beschleunigen, so daß sie die Pluto-Umlaufbahn in gerade einmal drei Wochen kreuzen würden. Aber wenn diese neue Freiheit errungen war, sagte Guthrie, würde Fireball erste Sonden zu den nähergelegenen Sternen schicken …

Ihre Gedanken wandten sich wieder dienstlichen Dingen zu. »*Muy bien*, dann laß uns mal einen Blick darauf werfen.«

Packer sprach einen Befehl aus. Der Computer veränderte den Kamerastandpunkt. Dagny sah Steinschutt, die roh bearbeitete Ecke einer Grube, eine Masse, die an eine teilweise hervorstehende geballte Faust erinnerte und unter der abgebrochene Teile davon verstreut lagen. Packer übergab die Kamerasteuerung an sie. Sie ließ die Kamera vor und zurück und im Kreis herum fahren, dunkle Vertiefungen ausleuchten, vergrößern, Fluoreszenz erzeugen.

»Hm«, murmelte sie endlich. »Genau das, was ich dachte, und, wie ich annehme, auch das, was ihr vermutet habt.« Sie aber hatte von Edmond Beynac gelernt. »Ein uralter Meteorit, der später durch Lavaströme begraben wurde. Aber daß er einen so plutonischen Charakter hat – ungewöhnlich, gelinde gesagt. Das wird meinen Mann wirklich *sehr* interessieren.«

»Bitte?«

»Wußtest du das nicht? Neben den Dingen, die unter seinen Füßen sind, hat er auch Meteoritenkunde studiert. Meint, wir würden die grundlegenden Gesetze der Planetenentstehung nicht eher verstehen, bis wir die Asteroiden besser verstanden haben.« Dagny schnalzte mit der Zunge. »Schwört, daß er eines schönen Tages in den Gürtel hinausfliegen und persönlich herumwühlen wird.« Ihr Herz setzte einen Schlag lang aus. In jenen Fernen waren schon zu viele umgekommen. »Dieser Felsen wird ein Beweis für seine Idee sein, seine Minderheitenmeinung, daß es in jener Region einmal einen Himmelskörper gegeben hat, der groß genug war, um richtig heiß zu werden, bevor er sich wieder abkühlte. Er glaubt, daß das Nickel-Eisen-Objekt, dem wir die Tycho-Minen verdanken, ein Teil seines Kerns war.« Dagny rief sich zur Ordnung. »Aber ich schweife ab. Pedro hat recht, wir müssen dieses Ding wegräumen. Das Loch und die Spalten, wo die Lava um es herum erstarrt ist, sind eine potentielle Schwachstelle im Fundament. Wir können sie nicht einfach bloß auffüllen und uns sicher fühlen.« Nicht nach dem Rudolph-Einschlag oder dem weniger lange zurückliegenden, ähnlich gelagerten, aber schlimmeren Unglück beim Struve-Criswell.

»Was dann?« fragte Packer.

»Hast du irgendeine Idee? Mir sind ein paar gekommen, aber du hattest länger Zeit, um nachzudenken. Unter uns gesagt, wir sollten schnell mit etwas daherkommen, was sich weiterzuverfolgen lohnt.« Ein Weinen unterbrach sie. »O verdammt! Die Freuden der Mutterschaft. 'tschuldige mal 'n Moment. Ich bin gleich wieder zurück ... hoffe ich.«

Nachdem sie aufgestanden war, schlüpfte Dagny aus dem Büroabteil und nach hinten durch das überdimensionale reine Wohnmobil, das sie ihren »Kinderwagen« getauft hatte. Da die Familie oft darin reiste – hauptsächlich zur Erholung in Begleitung von Freunden, obwohl das hier nicht ihre erste ernsthafte Expedition zusammen war –, war es gut eingerichtet, vom Pilotenhaus vorne bis zu ihrem und

Edmonds Schlafabteil am Heck. Hinter dem Vorratsraum, der kleinen Küche und der Eßecke erreichte sie den Hauptraum und ihre Kinder.

Er bot eine Grundfläche von zehn mal sechs Metern. Ausklappbare Tische, Klappstühle, die so dünn waren, wie die Mondschwerkraft gestattete, Truhen, die zugleich als Sitze dienten, ließen genug Platz zum Durchkommen, manchmal im Zickzack, ganz gleich, was gerade an Spielen, Parties, Abendunterhaltungen, Unterricht oder schlichtem Ausruhen vor sich ging. Duramoos bildete einen lebenden grünen Teppich. Zwar blockierten Reservetanks mit Wasser und Luft auf dem Dach jeden Blick senkrecht nach oben, aber die Fenster zu beiden Seiten gewährten reichlich Aussicht. Sie sah das reguläre Exkursionsfahrzeug, das in der Nähe parkte, die Schleuder, die verstreuten geologischen Proben und das sonstige Durcheinander, die Gebirgslandschaft, die Erde, groß und wunderschön, die zu einer blassen Scheibe abgedämpfte Sonne auf der anderen Seite. Musik jaulte, näselte, klimperte, schwirrte und zirpte aus den Lautsprechern, für Dagny gnädig leise – das neueste *feng-huang*, vermutete sie. Die Geschmäcker ihrer Kinder entsprachen nicht dem ihren. Manchmal fragte sie sich, was ihre Generation wohl komponieren würde, wenn sie erst einmal erwachsen waren.

Anson war mit seinem Vater und den beiden graduierten Studenten draußen. Gabrielle, mit sieben die nächstälteste, saß vor einem der Computerterminals. Das war in Ordnung so, ihre regelmäßige Unterrichtssitzung. Aber warum hockte der fünfjährige Sigurd neben ihr? Er sollte an seiner eigenen Lektion sitzen. Francis, drei, hatte es sich mit einem Lesegerät gemütlich gemacht. Das war nichts Außergewöhnliches; sie alle hatten in seinem Alter lesen und schreiben können, alle bis auf Helen in ihrer Wiege, die es bis dahin auch beherrschen würde, und Francy schien ein geborener Bücherwurm zu sein. Was hatte er sich heute ausgesucht? Er machte sich nie etwas aus dem üblichen Zeug ...

Ihre Augen richteten sich auf Gaby und Sigurd. In ihrer

Versunkenheit hatten sie ihr Kommen nicht bemerkt. Sie erinnerte sich an frühere Vorkommnisse, ein rasches Umschalten, wenn sie auftauchte, eine Aura von Heimlichkeit, Manöver, um ihr unklares Mißtrauen zu zerstreuen. Mit zwei Känguruhsprüngen war sie dort. Die Geräusche des Babys waren nicht von der Art, die auf einen Notfall hindeutete.

Das Mädchen zeigte Erschrecken, das sie aber sofort wieder verbarg. Der rebellische Gesichtsausdruck des Jungen änderte sich nicht. Er war der Unruhestifter unter ihnen. Dagny starrte auf den Schirm. Nein, er zeigte kein interaktives Mathematikprogramm. ARVEN ARDEA NIO LULLUI PEYAR – »Was zum Teufel geht hier vor?«

Ihre Tochter löschte die Bildschirmanzeige. »Ach, nichts«, murmelte sie. Ihr Gesicht wurde abwechselnd rot und blaß. Äußerlich war sie am irdischsten, ein Pummelchen mit hellbraunen Locken, still und lernbegierig. War sie innerlich vielleicht die Widersprüchlichste? »Bloß ein Spiel.«

Immer sachte, dachte Dagny, nichts überstürzen, treib sie nicht dazu, daß sie feindselig reagieren. Sie besaßen zwar fremdartige Gene, aber die DNS stammte von zwei äußerst willensstarken Eltern. Sie fing Sigurds Blick auf und hielt ihn fest. »Kommt mir nicht wie deine Art von Spiel vor«, sagte sie freundlich zu diesem großen, kräftig gebauten, rothaarigen *muchacho*.

Jetzt war er an der Reihe zu erröten. »Ach, wir wollten nur ma' Pause machen.«

»Wenn ich die Schule schwänzen würde, dann würde ich was Interessanteres tun. Es sei denn, das hier *ist* interessant. Darf ich fragen, worum es dabei geht?«

Gaby gewann langsam ihre Fassung zurück. »Per – Permu-ta-tjonen«, sagte sie. Triumphierend: »Siehst du? Ich hab was gelernt.«

Ließen sie die Maschine Zufallskombinationen von, nein, nicht von Worten, sondern von Silben erzeugen? Dagny schüttelte den Kopf. Das konnte nicht stimmen. Ihr flüchtiger Blick hatte ein Muster suggeriert, so, als seien dies Worte in einer unbekannten Sprache. Konnten die zwei dabei sein, eine Phantasiewelt zu erschaffen? Gaby zeigte Begabungen in dieser Richtung, soweit sie überhaupt irgend etwas von sich offenbarte. Sigurd, unruhig und ärgerlich darüber, eingesperrt zu sein, während sein älterer Bruder nach draußen gegangen war, mochte in einer solchen gemeinsamen Traumwelt ein Ventil finden.

Wenn ja, dann war es schön, daß dieses so völlig verschiedene Paar sein Kriegsbeil begraben und, für wie kurze Zeit auch immer, etwas Gemeinsames erschaffen hatte. Kindheitsgeheimnisse, die drei Jahrzehnte lang in Vergessenheit geraten waren, regten sich in Dagny. Besser, sie drang nicht weiter in sie.

»Gut für dich, solange es anhält«, sagte sie. »Aber eigentlich solltest du heute keine logischen Gruppen studieren, sondern Rechentechniken üben. Und du, Sigurd, sollst deine klägliche Rechtschreibung verbessern.«

»*La-aaangweilig*«, quengelte er. Gaby nickte, wieder und wieder.

»Ich weiß«, erwiderte ihre Mutter. »Und ihr fragt euch, warum ihr das müßt, wenn ein Computer solche Arbeiten für euch erledigen kann. *Bueno*, hört zu. Vielleicht habt ihr nicht immer einen Computer zur Hand, wenn ihr dringend etwas ausrechnen oder etwas aufschreiben müßt, das unmißverständlich rüberkommt. Wichtiger noch, als die Systeme zu erlernen, ist es, sie zu verstehen. Wenn ihr nicht wißt, wie und warum die Maschinen funktionieren, werden sie euch nicht dienen, sie werden eure Herren sein. Und dann bleibt ihr von allen möglichen wunderbaren Dingen ausgesperrt. Merkt euch in erster Linie: Unabhängige Menschen müssen auch unabhängig *sein*.

In eurer Freizeit könnt ihr so viel spielen, wie ihr wollt. Aber die Zeit jetzt gehört nicht euch, sondern Fireball. Beweist, daß wir euch vertrauen können.«

Auf diese Weise dirigierte sie sie zurück zu ihren Aufgaben. Francis, schmächtig und blond, hatte kaum von seiner Lektüre aufgeblickt. Frühere Erfahrungen ließen Dagny glauben, daß er viel mehr mitbekommen hatte, als er sich anmerken ließ.

Helen schrie. Dagny vergewisserte sich, daß sie nicht neu gewickelt werden mußte, sondern nur Hunger hatte, öffnete die Tunika und legte den Säugling an ihre rechte Brust. (Ein erfreuliches Merkmal des Lebens auf dem Mond – außer in der Zentrifuge konnte man den BH weglassen und trotzdem niemals eine Hängebrust bekommen.) »Ich habe auch zu arbeiten«, sagte sie und begab sich wieder nach vorne.

Der dunkle kleine Kopf pumpte Milch aus ihr heraus. Wärme und Liebe strömten zurück. Ja, ungeachtet aller zusätzlichen Sorgen und Probleme während der Schwangerschaft wollte sie auf jeden Fall noch eines haben, ein weiteres Leben, das ihrem und Mons Leben noch mehr Glanz verlieh, bevor es in die grenzenlose Zukunft hinausflog.

Grenzenlos im All. Was blieb da noch für die Erde übrig? Sie leuchtete so blauweiß glänzend über den Bergen. Wieviel Elend, wieviel Angst und Verzweiflung verhüllten wohl die Wolken? Das arme Nordamerika, in Armut und Dummheit versunken, weil die Erneuerungsbewegung wie Pech an einem Anschein von Macht klebte, während die Wirklichkeit zu Gesetzlosigkeit auseinanderfiel. Der arme Mittlere Osten, nachdem die Neue Ordnung ihren Rückzug angetreten hatte und das Chaos seinen freien Lauf nahm, eine Flut des Fanatismus, die mit jedem Tag, der verstrich, höher stieg ... Aber in Ländern, die mehr Glück gehabt hatten, gedieh die Zivilisation, gediehen Wohlstand, Freiheit und die wahre Erneuerungsbewegung, die Heilung des Planeten, mit den Reichtümern finanziert, die Fireball nach Hause brachte ... Die Frau preßte ihr Baby fest an sich.

Als sie sich wieder an den Bürokommunikator setzte, schwanden die Ängste, und Helen wurde einfach eine angenehme, liebe Präsenz am Rande ihres Bewußtseins. Packers Augen weiteten sich anerkennend, dann wandte auch er sich direkt wieder der Arbeit zu. Die nächsten Stunden waren sie vollauf beschäftigt, bis auf die Zeit, in der Dagny ihren Sprößling zurück ins Kinderbettchen brachte. Sie fand

Gaby und Sigurd bei ihren Lernprogrammen. Sie wirkten nicht besonders geläutert.

»Hm, ja, das klingt vernünftig«, sagte Packer schließlich. Nicht einfach nur das unzuverlässige Gestein herausschneiden und es durch Beton ersetzen. Der metallene Rahmen des Gebäudes würde die Mittagsglut und die mitternächtliche Weltraumkälte abwärts leiten; im Laufe der Jahre konnten unterschiedliche Wärmeausdehnungskoeffizienten zu Ermüdungseffekten führen. Deshalb war es besser, in den Betonstöpsel ein Wärmeaustauschernetz einzugießen, das die Temperaturen automatisch ausglich. Es würde einiges an Planungsaufwand erfordern, aber wahrscheinlich nicht mehr als ein Standardprogramm leisten konnte, und das Konzept mochte sich durchaus auch bei anderen Baustellen als nützlich erweisen.

»Oh, sicher, zuerst jagen wir ein einfaches Modell durch den Computer, um zu sehen, ob der Gedanke *loco* ist«, fuhr Packer fort. »Nein, zuallererst hören wir, was Dr. Beynac darüber denkt.« Er verhielt sich dem Mann gegenüber, der ihm Leben und Gesundheit gerettet hatte, stets ehrerbietig; nicht auf unterwürfige Art und Weise, sondern mit einer bleibenden Dankbarkeit, die Edmond und Dagny ihm hoch anrechneten.

»Ich erwarte ihn jeden Augenblick zurück«, sagte sie. »Eigentlich müßte er schon längst wieder hier sein. Ich werde mit ihm sprechen und dich morgen um die gleiche Zeit anrufen, okay?« ›Morgen‹ nach Erdzeit; die Sonne über dem Taurus-Gebirge auf dem Mond würde ein Dutzend Grad höher stehen. »Glückliche Landungen.«

Sie schaltete ab, erhob sich, dehnte ihre verkrampften Muskeln und sehnte sich nach einer Extrarunde in der Schleuder. Nein, zu viel Aufwand, und das Abendessen war noch nicht fertig. Später am Abend dann früh zu Bett – Sie grinste. Horizontalgymnastik zählte offiziell zwar nicht, aber wenn sie danach zur Morgendämmerungswache nicht munterer erwachte als nach irgend etwas anderem, dann wollte sie einen Besen fressen.

Sie ging nach hinten. Gaby und Sigurd hatten ihr merkwürdiges Spiel nicht wieder aufgenommen. Dagny fragte sich, ob sie es tun würden, bevor sie daheim in Tychopolis und in der Ungestörtheit ihrer Zimmer waren. Das Mädchen lümmelte sich auf einem Sitz und starrte aus dem Fenster, einen elektronischen Notizblock auf den Knien. Ihre Lippen bewegten sich, und sie kritzelte etwas mit dem Stift, versank dann wieder in Tagträumen. Dagny beschloß, nicht neugierig zu sein. Francy hatte eine Demonstration mit Fraktalen auf einem Terminal aufgerufen oder eines seiner Geschwister dazu gebracht, es für ihn zu tun, und schaute fasziniert zu. Über einen Tisch gebeugt, bewegte Sigurd seine Spielzeugsoldaten und ihre Maschinen durch eine Schlacht. »Iiii-*pau*«, flüsterte er. »S-s-s-s. Peng.« Sie stellten UN-Friedenshüter und imaginäre Schurken dar, aber Dagny bezweifelte, daß es das war, was er dabei im Sinn hatte. Sie wagte kaum, danach zu fragen.

Nicht, daß sie und Mon sich von ihren Kindern terrorisieren ließen. Nicht, daß es an Liebe und Zuwendung fehlte. Aber diese und die anderen ihrer Gattung, die als Kinder anderer Paare zur Welt kamen, würden den Mond erben, der nicht die Erde war.

Helen schlief friedlich. Trotzdem konnte man schon an den großen, schrägstehenden Augen, den seltsamen Wülsten der Ohrmuscheln und den Knochen unter dem Babyspeck sehen, daß auch dies ein Gesicht werden würde, wie keiner ihrer Vorfahren es besessen hatte.

Sigurd wandte den Kopf. Sein Gesicht würde eines Tages zerfurcht sein und so wenigstens eine Reminiszenz an das seines Vaters aufweisen. *»Hiu-yo!«* piepste er, als sei der kleine Zusammenstoß vorhin nie passiert. »*Madre*, du hast versprochen, daß du uns was über *jefe* Guthrie auf dem Mars erzählen würd's'. Jetz'?«

Wann immer er wollte, konnte er die kleinen Händchen ausstrecken und ihr Herz anrühren. Sie alle konnten das. Obwohl er nichts von der Blutsverwandtschaft wußte und vielleicht auch nie davon erfahren würde, war der Führer von Fireball für ihn eine ebenso große Legende wie für alle anderen. Dagny, die die Geschichten direkt von ihrem Großvater hatte, konnte nicht verhindern, daß ihr hin und wieder eine entsprechende Bemerkung entschlüpfte.

»Jetzt sofort?« zögerte sie. »Ich muß bald die Rationen auf den Tisch zaubern.«

»De-*tails* später.«

»Erzählen, erzählen!« schrie Francy.

Dagny gab nach. Es war *wirklich* eine lustige Geschichte, wie Anson sich in den Orbit um Deimos geschossen und dadurch seine Gegenspieler verwirrt hatte. Was der Vorfall für Politik und Staatswesen bedeutet hatte, war dieser Zuhörerschar egal.

»– und das ist der Grund dafür, warum Raumfahrer den Krater ›Whisky's Kummer‹ nennen.« Wo blieben die Geologen denn nur so lange?

»Warum wollte die Regierung Fireball denn da nich' haben?« Gaby hatte sich der Gruppe angeschlossen. Ihre Mutter konnte die Frage des Mädchens ja schlecht abwimmeln, oder?

»Das ist schwierig zu erklären, mein Schatz. Es war nicht *eine* Regierung, es waren drei, die sich untereinander in den Haaren lagen. Eigentlich sollte der Weltraum der ganzen menschlichen Rasse gehören, aber jeder ist auch Bürger des einen oder anderen Landes – ihr und ich, wir zählen als Ecuadorianer, euer Vater ist Franzose, die Guptas sind Inder – und unsere Regierungen stellen Anforderungen an uns, die oft nicht miteinander übereinstimmen. Wenn wir dann noch bei Fireball sind – *Hoy!* Da kommen unsere Wanderer.«

Durch ein Fenster sah Dagny den *camión* um die östliche Flanke dieses Berges rollen. Absurd, die Erleichterung, die sie durchflutete! Wenn Mons Gruppe in Schwierigkeiten geraten wäre, hätten sie sie angerufen, um es sie wissen zu lassen. Trotzdem, sie waren erheblich später dran als üblich, und Anson war bei ihnen gewesen ... »Ein anderes Mal«, versprach sie. »Jetzt mache ich mich besser an die Arbeit.«

Eigentlich hatte sie keinen wirklichen Grund zur Eile,

aber alles vorzubereiten, baute die innere Anspannung ab. *Setz das Abendessen auf.* Wenn sie genug Muße dazu hatte, kochte sie nach den Standards, die sie von Edmond gelernt hatte, es sei denn, er hatte selbst Lust dazu. Auf Exkursionen, oder wenn sie die Bautrupps in Tychopolis beaufsichtigte, begnügten sie sich mit fertig abgepackten Gerichten. *Aber hol Aperitifs und Gläser heraus. Tausch den Overall gegen ein Kleid.* Mon würde das Entsprechende tun, nachdem er eine Dusche genommen hatte, und die Kinder würden still sein, obwohl sie herzlich eingeladen waren, sich an der Unterhaltung zu beteiligen. »Die glückliche Stunde« nannte Guthrie es. Ach, aber fast alle ihre Stunden waren glücklich!

Zwischendurch beobachtete sie, wie das Fahrzeug ankam, wie die Passagiere ausluden, was sie gesammelt hatten, wie die graduierten Assistenten diese Kisten in das große Exkursionsfahrzeug trugen. Ross und Marietta schliefen dort und nahmen im allgemeinen auch ihre Mahlzeiten dort ein. Es war keine Ausschließung von seiten der Beynacs. Die jungen Leute schätzten ein gewisses Privatleben; essen, schlafen und Laborstudien betreiben war nicht alles, was sie in dieser Unterkunft trieben. Vater und Sohn kamen auf ihr umhervagabundierendes Haus zu. Das Weiß ihrer Raumanzüge bildete einen blendenden Kontrast zu dem graubraunen Fels und den langen Schatten. Was für eine Erleichterung die staubabweisenden Imprägnierungen waren! »Sagt mir nichts gegen technische Spielereien«, pflegte Guthrie zu sagen. »Daraus besteht der Fortschritt. Das hat er schon immer getan, seit Ung Uggsohn den ersten Feuerstein behauen hat.«

Dagny verlor sie aus dem Blick, als sie auf die Rampe traten. Geräusche folgten, das äußere Luftschleusentor öffnete und schloß sich, Gas wurde zurück in den Reservetank gepumpt, während Stiefel den Niedergang zu den Spinden hinunterpolterten. Ein Baßgrollen driftete nach oben: »Gottverdammt, isch riesche wie ein toter Ziegenbock«, und Dagny lächelte.

Trikotanzüge flogen in die Waschmaschine, die zu summen begann. Edmond und Anson kehrten auf die Hauptebene zurück. Dagny empfing sie an der Luke. Beide trugen Bademäntel. Obwohl er kein Puritaner war, fühlte sich ihr Mann angesichts der zwanglosen Nacktheit unter Mondbewohnern unbehaglich. Wenigstens, so fand er, sollten Erwachsene sie vor Kindern des anderen Geschlechts vermeiden.

Dagny stürzte ihm entgegen. »*Ich* finde, du riechst aufregend«, lachte sie. »Komm her, du.« Sie schlang ihre Arme um seinen Hals und preßte ihren Mund auf seinen.

Nach ein oder zwei Sekunden ließ sie los und trat zurück. »He«, sagte sie, »das war, als küsse man einen Roboter. Einen verschwitzten Roboter, aber einen, der ansonsten nicht dafür programmiert ist. Was ist los?«

Sein Gesicht nahm einen finsteren Ausdruck an. Anson stand mürrisch da. »Wasch disch«, befahl Edmond ihm. »Und dann ab in die Koje.«

»Moment mal«, rief Dagny. »Was soll das?«

»Er kriegt kein Abendessen«, bellte Edmond. »Er war aufsässig und 'at sich bewußt fahrlässig ver'alten.« Zu dem Jungen: »Geh.«

»Warte noch einen Augenblick«, widerrief Dagny den Befehl. »Was hat er getan?«

»Er 'at sisch von uns abgesondert«, sagte Edmond. »Wir waren gerade dabei, unsere Proben in die Kisten zu sortieren und 'aben es nischt gemerkt, bevor er verschwunden war. Wir riefen und bekamen keine Antwort. Seine Spuren führten 'angaufwärts bis zu nacktem Fels, wo wir ihn nischt verfolgen konnten. Über eine Stunde 'aben wir gesucht, bis wir ihn in einer Spalte fanden. Die ganze Zeit über 'atte er uns nicht geantwortet.«

»Ich konnte euch nicht empfangen.« Anson sprach mit einer schneidigen Präzision, die bei ihm Wut anzeigte. »Die Grate haben es abgeschirmt. Dieser Überhang unter eurer Fundstelle muß den Relaissatelliten blockiert haben.«

»Das 'ast du mir schon mal gesagt. Und isch 'abe dir gesagt – wie oft, zur 'ölle noch mal? –, daß du deine Gruppe nischt ohne Erlaubnis verläßt.«

»Als ich wegging, habt ihr mich nicht zurückgerufen.«

»Du wußtest, daß wir nicht 'inschauten. *Hein?* Isch 'abe dir gesagt, wenn du rumlaufen willst, mußt du in Blickrischtung bleiben. Wenn du in eine tote Zone kommst, gehst du denselben Weg zurück. Und zwar unverzüglich! *Mon Dieu*, du 'ättest verlorenge'en können, etwas 'ätte passieren können –« Die Stimme des Vaters bebte. »Nach Tageszyklen 'ätten wir deine Mumie finden können.«

Dagny fragte sich, ob das ihr erster wirklicher Wortwechsel war oder ob sie die ganze Sache noch einmal für sie durchgingen. Zweifellos hatte Anson eine fürchterliche Standpauke gehalten bekommen, aber die hatte sein Rückgrat nur noch steifer gemacht. »Das ist nur allzu wahr«, sagte sie zu ihm, wobei sie darauf achtete, leise zu sprechen. »Warum hast du das gemacht?«

Der Junge erwiderte ihren forschenden Blick. Er war der Schönste unter ihrer Nachkommenschaft, schlank, gerade gewachsen, anmutig wie eine Katze, leicht wie ein Vogel in dieser Schwerkraft, für die er geschaffen war. Schon jetzt hatte die hohe Statur, die typisch lunarisch sein würde, dafür gesorgt, daß sein Kopf auf gleicher Höhe mit dem seines Vaters war. Aschblondes Haar fiel in einem Pony über milchweiße Schläfen, in denen eine Ader pochte, die so blau wie die großen, schrägstehenden lunarischen Augen war. Die Wangenknochen waren asiatisch, Nase und Mund und Kinn griechisch, obwohl weder das eine noch das andere in seiner Blutlinie enthalten war; es war Teil des veränderten Genotyps und hatte selbst die Genetiker überrascht. Sie sprachen vom Chaos, das allen biologischen Systemen innewohne, aber Dagny hatte sich zusammengereimt, daß das bloß »Wir wissen es nicht« bedeutete.

Sie lächelte er an, mit *ihr* sprach er freundlich. »Es war alles in Ordnung, *madre*. Ich war nicht in Gefahr. Die Sonne zeigte mir die Richtung, und der hohe, zerklüftete Gipfel südlich von uns hätte mir jedesmal als Orientierungspunkt dienen können.«

»*Merde!*« brüllte Edmond.

Dagny brachte ihn mit einer Geste zum Schweigen. »Aber warum bist du überhaupt weggegangen, Liebling?«

»*Bueno*, ich war außer Sichtweite, bevor ich es bemerkte, und dann dachte ich, daß ich mir einmal diese Formationen, die wir in der Spalte gefunden haben, genauer ansehen wollte – die, die *padre* nicht für interessant hält.« Anson zuckte die Achseln. »Ehrlich, ich wäre zurückgekommen, bevor sie abgefahren wären.«

»Wenn du disch nischt verdammt in diesem – diesem Durcheinander verlaufen 'ättest, diesem Labyrinth.« Edmonds Hände zitterten ein bißchen. Er würde heute nacht Trost brauchen, wußte Dagny.

»Das hätte ich mich schon nicht«, argumentierte Anson. »Das tue ich nie.«

Das mochte durchaus der Wahrheit entsprechen, dachte sie. Nicht, daß er schon früher alleine irgendwo gewesen war, aber auf geführten Streifzügen hatte er sich so verhalten, als hätte er in seinem Kopf Karten gezeichnet. Praktisch keine Besucher und nur wenige der Langzeit-Ansässigen vermochten das auf dieser Welt, die nicht die Erde war.

Dieser Welt, die einmal ihm gehören würde.

Sie durfte Mon nicht in den Rücken fallen. »Du hättest auf die harte Tour herausfinden können, daß es doch möglich ist«, sagte sie. »Auf jeden Fall warst du egoistisch und unbesonnen, du hast einen Mordsärger verursacht, und vor allem hast du gegen die Disziplin verstoßen. Wenn du das nicht lernst, verursachst du vielleicht eines Tages den Tod von jemandem. Geh dich waschen, und leg dich hin.«

Stumm, arrogant aufrecht, ging der Junge hinaus. Als er außer Sicht war, umarmte der Mann die Frau. Sie legte den Kopf gegen seine harte Festigkeit, atmete seine Wärme und seinen männlichen Geruch ein, umklammerte ihn fest. »Isch 'asse so etwas«, flüsterte er ihr ins Ohr. »Aber wir mußten es tun.«

»O ja, o ja«, wisperte sie. »Um ihretwegen.«

Falls er und sie wußten, was richtig war. Wie viele der alten Regeln waren noch gültig? Das hier waren keine Kinder, die irgendwelchen ähnelten, die es vorher gegeben hatte. In gewissem Sinne waren sie nicht einmal menschlich. Sie würden niemals in der Lage sein, mit Dagnys Gattung Nachkommen zu zeugen, nicht einmal, sehr lange auf der Erde zu verweilen. Wind und Welle, blauer Himmel, Gewitterwolken, Regenbögen, das große Rad der Jahreszeiten, das alles existierte nicht für sie; für sie existierten nur der nackte Fels und die spöttischen Sterne und die Aufgabe, sich von einem neuen Anfang aus ein Leben zu erschaffen. Sie hatte nicht geglaubt, daß die Andersartigkeit ihres Fleisches so viel ausmachen würde. Sonst hätte sie sie nicht zur Welt gebracht. Aber wie fremdartig waren erst ihre Seelen?

11

Sobald sie die Röhrenbahn verließ, die sie vom Flughafen hierher gebracht hatte, merkte Aleka Kame, daß sie wärmere Kleidung brauchte, als sie mitgenommen hatte. Der Himmel hing tief und bleiern. Ein rauher, naßkalter Wind verwüstete vom Meer hereingetragene Nebelfetzen. Die Erdatmosphäre reagierte auf die Stupser, die sie von der Wetterkontrolle erhielt, nicht immer so, wie sie sollte, und manchmal versagte sogar die örtliche Kurzzeitvorhersage. Letzten Endes war der Planet eben chaotisch.

Da sie in der Station einen Kleiderautomaten bemerkt hatte, ging sie zurück. Die Kabine war nur mit dem Notwendigsten ausgestattet, aber sie suchte ja auch nichts Ausgefallenes. Tatsächlich mußte sie sich, so leicht gekleidet, wie sie war, für die optische Abtastung nicht einmal ausziehen. Als sie einen braunen Calidex-Overall ausgewählt und ihr Konto entsprechend belastet hatte, benötigte das System noch drei Minuten, um ihn fertigzustellen und ihn aus dem Schacht auszuwerfen. Sie zog ihn über Bluse und Shorts an, nahm ihre Reisetasche auf und machte sich wieder auf den Weg.

Der Zubringer hatte sie weniger als ein paar Blocks von ihrem ersten Ziel abgesetzt. Während sie die Fell Street hinaufging, sah sie, daß seit ihrem letzten Besuch noch weitere der Häuser, die sie säumten, von ihren Bewohnern verlassen worden waren. Verschindelt, türmchenbewehrt, gestrichen, verriegelt und stumm standen sie auf ihre alten Tage als Museumsstücke da. Bei den wenigen Mietern, die noch übriggeblieben waren, handelte es sich meist um alte Leute, die Hausmeistertätigkeiten übernahmen, um sich ein bißchen zusätzliche Bürgerrente zu verdienen. Allerdings fanden sich hier und da eingestreut auch eine Reihe von kleinen Geschäften: Dienstleistungsbetriebe, Vergnügungsstätten, Antiquitätenläden, von Hand zubereitete Speisen und Getränke, ein Lokal, in dem man verweilen und über einem Kaffee plaudern konnte. Der Verkehr war spärlich, Fußgänger, Motorskater, Minicars, gelegentlich eine Maschine, die Pflichten nachging, über die sie nur Vermutungen anstellen konnte. Als sie die Steiner Street passierte, sah sie, was neu war: eine *quivira* gegenüber vom Alamo Square. Sie war architektonisch so gestaltet, daß sie sich harmonisch in ihre altertümliche Umgebung einfügte; hätte es nicht den stilisierten Kosmos gegeben, der diskret über dem Eingang blinkte, hätte Aleka ihren Zweck nicht erkannt.

Also kamen die Leute jetzt hierher, um in den Tanks zu liegen und die Traumleben zu genießen, die sie in der Wirklichkeit nicht finden konnten? Dann starb die Nachbarschaft tatsächlich ... es sei denn, eine soziotechnische Berechnung hatte gezeigt, daß dies ihr ein bißchen Vitalität zurückgeben könnte.

Die Albergo Vecchio füllte ein Gebäude aus, dessen Umbau den Bewohnern behördlich genehmigt worden war. Ein Aushängeschild mit einem grellbunten Amateurgemälde von Bauern auf einem Erntefeld, die eine Lederflasche kreisen ließen, knarrte im Wind. Die Wände hinter der Tür, die im gleichen Stil dekoriert waren, umschlossen eine winzige Bar und mehrere Tische mit rotkarierten Tischtüchern. Kochdüfte wehten aus einer nachgebauten primitiven Küche. Mama Lucia kam herausgeeilt, um *»Benvenuta, carissima!«* zu rufen und Aleka an ihren ausladenden Busen zu drücken. Und ehe sie sich versah, hatte die Besucherin einen Becher Wein und ein großes Stück Brot und Käse vor sich stehen.

In ihrem Zimmer im Obergeschoß, das ebenfalls klein und akribisch auf alt getrimmt war, seufzte Aleka, schüttelte den Kopf und lächelte ein bißchen traurig. Sie stieg immer hier ab, wenn sie ins San-Francisco-Bay-Integrat kam. Es war nicht bloße Mache, nicht wirklich; es war der heldenhafte Versuch einer Familie, sich ihre wirtschaftliche Unabhängigkeit zu erhalten, indem sie eine Arbeit tat, die ihnen etwas bedeutete. Und ja, es bot eine Zufluchtsstätte vor den Maschinen. Ihr Fenster ging hinaus auf einen Gemüsegarten. So weit sie wußte, waren die Pflanzen alle herkömmlich.

Wenn man diese Art von Atempause suchte, konnte eine *quivira* sie in ihrer Totalität bieten; aber das Echte, mochte es auch beschränkt sein, kostete weniger.

Natürlich entrann man auch hier nicht einem Multiceiver und einem Eidophon. Aleka rief die Mary Carfax-Nummer an. Ein betagtes Frauengesicht erschien auf dem Schirm. »*Buenos tardes*?« sagte es mit zittriger Stimme.

Aleka nannte ihren Namen. »Ich bin eine Freundin Ihrer Großnichte Dolores Nightborn«, sagte sie. »Sie schlug vor, ich solle vorbeischauen, da ich sowieso in der Stadt bin, Ihnen ein paar Neuigkeiten erzählen, die Sie vielleicht noch nicht gehört haben – nichts Wichtiges, aber erfreulich – und sehen, ob Sie irgend etwas brauchen. Ich würde mich freuen, behilflich zu sein, wo immer ich kann.«

»O ja, ja. Die liebe Dolores. *Gracias, mil gracias, señorita.* Können Sie *pronto* herüberkommen, zum Tee?«

Kaum zu glauben, daß es eine elektrophotonische Intelligenz war, die da sprach, während ein Programm die Übertragung modulierte. Aleka achtete darauf, ihr eigenes Gesicht starr und ihre Stimme ruhig zu halten. Die Anstrengung ließ sie ganz vergessen, wo sie war, und sich mit einem

»*Mahalo*« bedanken, aber egal; sie selbst spielte keine Identitätsspiele, noch nicht. »Sicher, liebend gern. In etwa einer halben Stunde, *bien*?«

Rasch zog sie einen kleidsamen Unisuit an, schlug den Overall darum herum zusammen und ging wieder nach unten. »Ich habe eine Menge Besorgungen zu erledigen«, erklärte sie Mama. »Keine Ahnung, wann ich wieder da bin.« Unter den unbeschwerten Worten fröstelte sie.

Die Anzeigetafel an der Station leitete sie zu einer Haltestelle an der Columbus Avenue. Diesen Stadtbezirk hatte sie noch nie gesehen. Er zeigte eine rege Geschäftigkeit, die aber nicht unmittelbar mit menschlichen Belangen zu tun zu haben schien. Zu ihrer Rechten ragte eine Mauer senkrecht hundert Meter in die Höhe und verlief einen Kilometer oder mehr wie eine Palisade dahin, fenster-, anscheinend türlos. Nischen und Riffelungen bildeten ein raffiniertes Muster, über das die Farbschattierungen von tausend verschiedenen Sonnenuntergängen zogen. Licht spielte in funkelnden Bögen auch über ein Gebäude auf der gegenüberliegenden Seite, dessen emporstrebende Verzweigtheit an einen Springbrunnen erinnerte. Wie um es durch seine Höhe und Anmut zu vervollkommnen, erhob sich dahinter ein metallenes Gerippe, an dem Kabel um silbrige Kontrollknoten herum ein sich bewegendes Netzwerk bildeten. Manchmal wünschte sich Aleka, sie hätte den Verstand, um die sophotektische Ästhetik zu begreifen und sie nicht einfach nur zu bewundern oder verblüfft davorzustehen.

Ein Eindruck von gewaltigen Energien erfüllte sie, auch wenn der Wind durch Stille pfiff und der Verkehr immer noch spärlicher war als auf der Fell Street. Der Cyberkosmos entsandte weit öfter Mitteilungen an Arbeitsschauplätze, als er materielle Objekte losschickte. In ihrem Gesichtsfeld bewegten sich vielleicht an die zwanzig Maschinen. Ein riesiger, torpedoförmiger Transporter rauschte vorbei, selbstlenkend. Zwei kleine Flieger schwirrten in geringer Höhe darüber, ihre Optiken vorquellend aus bläulichem Metall, die Arme am Heck herunterhängend, unterhalb der Flügel.

Ein fraktal verästelter Manipulator glitt vorüber, drei Meter groß; seine zartesten Gliedmaßen zitterten und schimmerten in den Windstößen. Eine fahrbare, mit vielen Tentakeln bewehrte Kugel bedeutete einen für sie neuen Anblick. Und so weiter und so weiter ... Was davon waren Roboter, welche intelligent und mit eigenem Bewußtsein, welches Marionetten eines Dings, das auf der anderen Seite des Planeten sitzen mochte? Wieviel bedeutete diese Frage überhaupt? Elektrophotonische Gehirne konnten sich nach Belieben in jeder möglichen Konfiguration vernetzen, dabei jedes Potential erreichen –

Sie war doch nicht so ganz der einzige Mensch hier. Ein Mann schritt vorbei, so zielstrebig, daß er hier irgendeine Aufgabe haben mußte. Ein Berater, ein Techniker? In einiger Entfernung stand eine Frau, offensichtlich in ein Gespräch mit einem Anthropomorphen vertieft, den man beinahe für einen Raumanzug hätte halten können. Konnte sie eine Synnoiontin sein? Zwei andere Männer, grauhaarig und auf undefinierbare Weise heruntergekommen, spazierten in eine mürrische Unterhaltung vertieft dahin. Wohnten sie hier in der Gegend? Wahrscheinlich. Es würden nur wenige sein, weil Geschöpfe aus Fleisch und Blut dazu neigten, sich in einer solchen Umgebung unwohl zu fühlen, aber aus ebendiesem Grunde würden möblierte Unterkünfte in Seitenstraßen sicher billig sein.

»Mary Carfax« hatte so eine. Der brodelnde Datenverkehr überall ringsumher mußte dazu beitragen, den ihren abzuschirmen. Sie hätte auch ihre Ruhe vor Leuten, die in unmittelbarer Nachbarschaft wohnten und sich vielleicht wunderten, warum sie ihr Heim nie verließ. Alles, was erforderlich gewesen war, war, die Apparate hereinzuschmuggeln und sie zu installieren. Die Vorsichtsmaßnahme, heimlich eine falsche Registrierung in die Datenbank einzugeben, würde da schon schwieriger zu treffen gewesen sein, aber in Anbetracht von Lilisaires Verbindungen nicht unmöglich. Aleka verstand etwas von dieser Art von Tricks.

Sie schwenkte auf die Greenwich und entdeckte die Stelle

ein paar Blocks weiter. Es war ein übriggebliebenes Haus in dem glatten Pastell-Plastik-Stil von vor achtzig oder neunzig Jahren. Jene, die zu beiden Seiten davon und auf der gegenüberliegenden Seite standen, wirkten verlassen. Offenbar hielten städtische Roboter sie in gutem Zustand, aber Aleka fragte sich flüchtig, wie lange es wohl dauern würde, bis andere Maschinen sie abrissen, um Platz für noch mehr Maschinen zu schaffen.

Oder etwa doch nicht? Warum auch? Sophotekten vermehrten sich nicht um der Vermehrung willen, wie die Menschen es einst getan hatten. Das Wachstum, das sie anstrebten, war ein ätherisches, eines der geistigen Fähigkeiten, bis hinauf zum Terabewußtsein und darüber hinaus. Aleka erschauerte in dem kalten Wind.

Sie baute sich vor der Tür auf und nannte ihren Namen. Carfax hatte offensichtlich Anweisungen und dazu eine Bildaufzeichnung eingegeben, denn sie glitt sofort beiseite. Aleka fuhr sich mit der Zunge über die Lippen, biß die Zähne zusammen und trat ein.

Ein beengter Raum enthielt abgenutzte Möbel und banale Bilder. Nachdem sie ihre erste Überraschung überwunden hatte, kam Aleka zu dem Schluß, daß das für unerwünschte Besucher gedacht war, einen Polizisten oder wen auch immer, dem man den Zutritt nicht verwehren konnte. Sie ging weiter, in einen großen und stillen Bereich. Die Wände hatten sich zurückgezogen, um eine einzige große Kammer zu bilden. Die Fenster waren abgeblendet. Die Decke imitierte Sonnenlicht, und die Luft war warm, aber Aleka vermutete, daß das allein ihretwegen geschah. Für sie war wohl auch der Liegesessel gedacht, der in der Mitte einer ansonsten leeren Fläche stand. Auf der gegenüberliegenden Raumseite sah sie eine große graue Tafel, leer bis auf Sensoren, einen Schirm, einen Lautsprecher und Schieber, die zweifellos spezielle Anschlüsse verdeckten. Ein Mehrzweckroboter stand in einer Ecke daneben. Sie nahm an, daß der Sophotekt ihn direkt steuerte. Das Bewußtsein selbst, das physikalische System, war – anderswo im Haus.

»*Salud*«, grüßte sie aus zugeschnürter Kehle.

Die Stimme, die antwortete, war zu einem volltönenden Bariton geworden. »*Bienvenida, señorita* Kame. *Por favor,* legen Sie Ihr äußeres Gewand ab, nehmen Sie Platz, machen Sie es sich bequem. Was kann ich Ihnen anbieten? Speisen, Getränke, Narkotika, Stimulantien? Zu meinem Bedauern ist die Auswahl beschränkt, weil Besucher wie Sie selten sind, aber die üblichen Sachen sind wohl vorrätig.«

»N-nein, *gracias*.« Aleka fürchtete, daß ihre Hände zu sehr zittern würden, wenn sie versuchte, mit einem Glas oder einem Teller umzugehen. Sie empfand Dankbarkeit für Mamas Wein.

Widerstand flackerte auf. Warum zum Q sollte sie nervös sein? Das hier war kein Gott, sondern eine Maschine – eine einzelne Maschine, vom Rest des Cyberkosmos isoliert. Ja, sie verfügte über ein Bewußtsein, sie besaß Gaben, die in mancherlei Hinsicht größer sein mußten als ihre, aber in anderer Hinsicht war sie bestimmt eingeschränkt, naiv, allein diesem einen Auftrag ergeben. Wenn er abgeschlossen war und ein neues Programm eingegeben wurde, würde sie keineswegs mehr dasselbe Bewußtsein, dasselbe Wesen, sein.

Sicher, sie, Aleka, stand an der Schwelle zu etwas, das sich als ein gefährliches Unternehmen erweisen mochte. Aber sie war schon früher solche Risiken eingegangen. Im allgemeinen hatten sie ihr eher Freude gemacht. Und der mögliche Einsatz –

Sie grinste gespielter Tapferkeit halber. Nachdem sie ihren Overall abgestreift und ihn auf den Boden hatte fallen lassen, nahm sie Platz. Lieber wäre sie stehengeblieben, stellte sich aber auf unklare Weise vor, daß dies sie ungezwungener, mehr als Herrin der Lage, erscheinen ließ. Allerdings kippte sie die Rückenlehne des Liegesessels in die Senkrechte und ignorierte geflissentlich die sinnlichen Anpassungen an die Umrisse ihres Körpers und an ihre Hauttemperatur, die er automatisch vornahm.

»Sind Sie bereit?« fragte die Maschine. Sie nickte. Ihr Herz hämmerte. »Ich spreche für die Hüterin Lilisaire. Sie hat mir eine Datei mit ihren Informationen über Sie zukommen lassen.«

Aleka runzelte die Stirn. »War das nicht gefährlich? Ich meine, schließlich wird sie doch überwacht –«

»Woher wissen Sie das?«

»Sie hat einen Grund für diese Vorsichtsmaßnahmen, oder nicht?«

Die Stimme erzeugte ein leises Lachen. »Exzellent. Sie bestätigen ihren Eindruck eines scharfen Verstandes. Die Datei wurde nicht von Luna aus gesendet, sondern als Aufzeichnung von einem Boten zur Erde befördert. Er gab sie heimlich an eine andere Person weiter, die sie hierher brachte.«

Dann hatte Lilisaire wahrscheinlich keinen Grund zu der Annahme, daß Aleka unter Beobachtung stand. Die Erleichterung ließ ihren Puls langsamer schlagen. »Sind Sie ... bist du ermächtigt, Entscheidungen zu treffen?«

»Im Rahmen des Machbaren, ja. Warum, glauben Sie, hat man Sie gerufen?«

»Es hat mit dem Habitat zu tun, richtig?«

Wenn sie sich trafen, hatte Lilisaire oft genug voller Gehässigkeit davon gesprochen, auch wenn sie sich in der Hauptsache damit beschäftigt hatte, sie zu bezaubern und sie unter diesem Deckmantel auszuhorchen. Außerdem wußte jeder, wie ablehnend die große Mehrheit der Lunarier dem Projekt gegenüberstand.

»Ja«, sagte die Maschine. »Wie ist Ihre Meinung dazu?«

»Ich ... ich hatte noch nicht viel darüber nachgedacht«, gestand Aleka. »Die Idee erschien mir ... aufregend ... bis ich Lilisaires Ansichten darüber hörte. Seither ... stimme ich mit ihr überein. Wenn Erdenmenschen Kolonien gründen wollen, dann sollen sie zum Mars gehen.«

»Ein langer, kostspieliger Transportweg.«

»Was für eine Rolle spielen die Kosten, wenn man seine Schiffe fast vollständig in Nanotanks wachsen lassen kann und sie keine menschlichen Besatzungen benötigen? Außerdem würde man auf dem Mars auch kein Habitat brauchen.«

»Scharfsinnig erkannt. Ich zitierte nur das Argument, das von den Befürwortern vorgebracht wird. Es sind schließlich auch nur Menschen, das wissen Sie, ob nun innerhalb oder außerhalb der Regierung.«

Die Bitterkeit wich. »Womit hat der Cyberkosmos sie bestochen?«

Der Tonfall war sachlich. »Im wesentlichen mit nichts. Die meisten von ihnen sind ehrlich. Sie akzeptieren die ihnen vorgelegte Kosten-Nutzen-Analyse, weil sie dem Cyberkosmos vertrauen. Den Grund dafür kennen Sie. Die Welt *ist* stabiler geworden, mit einer größeren sozialen und wirtschaftlichen Gerechtigkeit, als es das jemals gab, bevor die sophotektische Intelligenz sich entwickelte. Seien Sie ihr gegenüber nicht so feindselig.«

Alekas Gefühlsaufwallung verebbte ein wenig. »Oh, das bin ich nicht, nicht wirklich. Ich bin nur ... skeptisch. Zumindest frage ich mich oft, wohin wir Menschen unterwegs sind und wie viel Kontrolle über den Kurs uns noch geblieben ist.«

»Ihr lyudovitischer Hintergrund?«

»Ich war nie eine Lyudovitin!« rief sie aus. »Wie sollte ich? Die Rebellion ereignete sich vor vielen Generationen.«

»Aber als Sie an der Technischen Hochschule in Irkutsk studierten, begegneten Sie Personen, deren Vorfahren darin kämpften und die nach wie vor der Ansicht sind, daß es sich um eine gerechte Sache handelte, die zu Unrecht unterdrückt wurde.«

Schlagartig kehrten die Erinnerungen zurück, der Campus, die russische Steppe, der wunderbare Baikalsee, Yuri, Yuri, und das Dorf, in das er sie mehr als einmal mitgenommen hatte. »Ich hatte einen ... einen guten Freund, einen Mitstudenten. Er kam aus einer solchen Familie, ja. Sie versuchten, die alten Sitten und Gebräuche lebendig zu erhalten, das Handwerk, die Landwirtschaft. Es war mitleiderregend anzusehen. Er stellte mich ihnen vor. Wir waren damals noch sehr jung.« Aleka seufzte. »Später hat er ... seine Ansichten geändert.« Und sie hatten sich auseinandergelebt, und schließlich war sie nach Hawaii zurückgekehrt. Inzwischen störte er nur noch selten ihre Träume.

»Und Sie?«

Sie zuckte die Achseln. »Ich habe meine Arbeit.«

»Ich versuche nur, Sie besser kennenzulernen«, sagte die Maschine sanft. »Ich weiß nur das, worüber Lilisaire mich informiert hat, aber es ist unvollständig und abstrakt.«

Dennoch, überlegte Aleka, ging es wahrscheinlich weit über das hinaus, was sie von sich aus erzählt hatte. Agenten auf der Erde mußten ihr Leben durchforscht haben, bevor die Hüterin entschied, daß sie ihr trauen konnte. Oder, ja, noch früher. Lilisaire würde mehr als einen zufälligen Grund – ein paar gemeinsame Bekannte – gehabt haben, sie nach Zamok Vysoki einzuladen, als sie damals ihren Urlaub auf dem Mond verbrachte, und sie zu blenden.

Aleka hatte das Gefühl, daß sie ein solches Ausschnüffeln eigentlich hätte übelnehmen sollen, aber das konnte sie nicht. Sie empfand nicht einmal Verstimmung darüber, daß Lilisaires Vorfahrin Niolente teil daran gehabt hatte, die Rebellion anzufachen und zu verlängern. Zugegeben, ein kaltblütiger Schachzug, in der Hoffnung, die Föderation zu schwächen, bis sie den Versuch aufgab, sich Luna einzuverleiben. Aber Lyudoviten und Lunarier hatten eine Menge gemeinsam.

Aleka festigte ihren Willen. »Na schön«, sagte sie, »ich gebe zu, daß sich an den Sympathien, die ich damals entwickelte, nichts geändert hat. Bis zu einem gewissen Grad jedenfalls. Persönlich glaube ich nicht daran, daß wir die Geschichte umkehren können. Oder daß wir es sollten.« Tatsächlich war es eine hoffnungslose Sache gewesen: Der Menschheit den Oberbefehl zu erhalten. Die Schaffung einer voll bewußten künstlichen Intelligenz nicht zu gestatten. Innezuhalten, bevor es zu spät ist, und dann darüber nachzudenken, wie viel an Mechanisierung und Automation wirklich wünschenswert ist. »Zu spät«, wiederholte sie ihren Gedanken. »Aber ich lebe mit dem, was das System meinem Volk antut.«

»Das erklärten Sie auch gegenüber Lady Lilisaire.«

Sie hat es mir abgehext, hätte Aleka beinahe erwidert. Sie hatte sich noch nie jemandem so restlos anvertraut, Gefühle, die zu tief waren, um überhaupt eine klare Form zu besitzen, bevor sie sie aussprach. Weder Vater noch Mutter noch Schwestern noch Yuri hatten je so auf sie eingewirkt. Sie wußte noch immer nicht genau, wie die Selenarchin es eigentlich gemacht hatte.

Sie zügelte ihre Worte. Eine halbe Minute verstrich in völligem Schweigen.

»Sollen wir uns jetzt dem Grund Ihres Hierseins zuwenden?« fragte die Maschine.

»*'Olu'olu!*« platzte es aus Aleka heraus. Sie hielt den Atem an. »*Por favor.*«

Die ruhige Stimme half ihr, sich zu fassen: »Sie besitzen ein ungewöhnliches Wissen über besondere Nebenwege in dieser Gegend, desgleichen über solche im globalen Datennetz.«

»Ich, ich bin keine ... Spionin oder so etwas.«

»Würde es Ihnen etwas ausmachen, Ihre Erlebnisse zu beschreiben? Wiederum kenne ich sie von der Hüterin, aber Sie persönlich zu hören, verleiht der Information Substanz«, sagte die Maschine.

Und sie mußte sich ein Urteil darüber bilden, ob Aleka tatsächlich das war, was Lilisaire benötigte. In einer halbwegs geordneten Art und Weise zu antworten, stabilisierte Aleka noch weiter. »Details, Anekdoten ... sie würden den Rest dieser Woche in Anspruch nehmen. Aber – oh, in meinen Studententagen habe ich nicht nur eine rein formale Ausbildung erhalten, sondern bin auch mit einer großen Vielfalt von Orten und Menschen überall auf der Erde konfrontiert worden. Sehen Sie, das Volk der Lahui braucht solche Leute, und die Ältesten dachten, ich hätte die Begabung dazu, darum ermutigten und unterstützten sie mich darin, mich herumzutreiben. Seit damals habe ich als Kontaktperson zwischen den Keiki Moana auf der einen und der Außenwelt auf der anderen Seite gedient. In dieser Funktion bin ich ziemlich oft zum Festland gekommen, weil – *bueno*, Metamorphe benutzen nicht gerne Telepräsenz, vor allem nicht für wichtige Geschäfte. Neben anderen Dingen haben sie Angst vor Lauschern.« Nicht ohne Grund, dachte sie. Die Behörden würden sie im Auge behalten wollen. Sie waren ein chaotisches Element, das rein zufällig sorgfältig entworfene soziale Planungen zunichte machen konnte.

»Ihre Keiki Moana suchen die Zusammenarbeit mit anderen terrestrischen Metamorphen?« Es war mehr eine Feststellung als eine Frage.

»Der Kern, die – ich hasse es, die ›zivilisierten‹ Keiki zu sagen, ja, die schon.« Und darum tat auch Aleka es, um ihretwillen, weil sie sie liebte. »Nichts Kriminelles, nichts Revolutionäres. Aber ... wir würden gerne unauffällig einen Meinungsaustausch in die Wege leiten, unsere gemeinsamen Interessen herausfinden, auf eine Organisation hinarbeiten, die sie fördern und verteidigen kann.«

Lunarier waren auch Metamorphe.

»Nichts Kriminelles, nichts Revolutionäres«, wiederholte die Maschine. »Aber Lilisaire gegenüber haben Sie etwas von Untergrundaktivitäten angedeutet.«

»Geheimhaltung aus Gründen des Selbstschutzes.« Was nicht die ganze Wahrheit war. »Ein wenig hat man mich eingeweiht –«, zum Teil, weil das zweckmäßig war, zum Teil auch, weil sie sich den Anführern aufgedrängt hatte, da es sie interessierte und sie ungeduldig war. Abenteuer in einer fremden Welt ...

»Diese Verbindungen könnten sich als wertvoll erweisen. Was Ihren Zugang zu Datenbanken und Kommunikationsverbindungen betrifft –«

»Das ist ganz einfach«, unterbrach sie, da langsam Ungeduld in ihr aufstieg. »Immerhin *bin* ich eine Amtsträgerin einer anerkannten Gemeinschaft, die mit Regierungsbeamten verhandeln muß. Manchmal geschieht das am besten im Rahmen der Amtsvertraulichkeit. Sie wissen schon, damit die Diskussion offen und ungestört sein kann. Dementsprechend habe ich gelernt, mich im Datennetz zurechtzufinden. Aber ich habe keinen unbegrenzten Zugang.«

Angenommen, rein theoretisch hätte sie ihn doch besessen, wie hätte sie erkennen können, was man vor ihr verborgen hielt oder was künstlich hingedeichselt wurde, um sie zu täuschen?

»*Muy bien*«, sagte die Maschine. »Lassen Sie uns zur Sache kommen.« Endlich, endlich! »Lady Lilisaire hat Hinweise darauf entdeckt, daß es ein Geheimnis gibt ...« Sie sprach weiter.

Eine Zeitlang saß Aleka stumm da, bevor sie aus ihrer Verblüffung heraus flüsterte: »Davon hatte ich keine Ahnung. Ich weiß nicht, was ich sagen soll. Oder tun.«

»Wir hoffen, daß Sie die Wahrheit herausfinden können und daß dies Luna eine gewisse Macht über seine Zukunft zurückgibt.«

Sie schüttelte den Kopf. »Unmöglich, wenn sie –« *sie* »– es vor uns geheimhalten wollen.«

»Unbedingt? Sie werden alles an Hilfe erhalten, was wir Ihnen zur Verfügung stellen können, angefangen mit einem Verbündeten, der sich bestens im Weltall auskennt.«

Lilisaire und diese denkende Maschine würden sie nicht auf ein völlig absurdes Unternehmen verschwenden. Erregung durchlief sie. Sie beugte sich vor, und ihre Hände umklammerten ihre Knie. »Erzähl mir mehr über sie.«

»Ihn.« Mit geschärften Sinnen nahm sie jedes Wort der kurzen Beschreibung, die folgte, auf, jeden Zug von Ian Kenmuirs Bild, das auf dem Bildschirm gezeigt wurde.

Aber. »Ich habe Angst –« begann sie nervös.

»Das sieht Ihnen gar nicht ähnlich.«

»Ich habe Angst, daß er, äh, kompromittiert werden könnte. Wenn er erst kürzlich Lilisaire getroffen hat und sie unter Verdacht steht –«

»Dessen sind wir uns bewußt. Könnten Sie nicht dafür sorgen, daß er zusammen mit Ihnen verschwindet?«

»Hm.« Sie überlegte. »Ja, vielleicht. Ob irgend etwas daraus wird, kann ich nicht sagen, außer, daß die Chancen mir schlecht zu stehen scheinen.«

»Werden Sie den Versuch unternehmen?«

Immer langsam, ermahnte sie sich selbst. Klammere dich an deine Unabhängigkeit und an deinen gesunden Menschenverstand. »Warum sollte ich?«

Das war schroff, aber die Maschine schien keinen Anstoß daran zu nehmen. Konnte sie es überhaupt? »Zugegeben, das Risiko ist beträchtlich. Sie sollen es nicht ohne eine angemessene Belohnung auf sich nehmen.«

»Was bietet man mir?« Eine lunarische Einstellung, dachte sie.

»Wenn Sie einen ehrlichen Versuch unternehmen und scheitern, eine beträchtliche Summe. Bevor Sie ablehnen, bedenken Sie, was sie damit für Ihr Volk kaufen könnten.«

»Kommt auf die Summe an.« Darüber konnten sie sich später streiten. Sie drängte vorwärts. »Und was ist, wenn ich irgendwie Erfolg habe?«

»Wie würde Ihnen ein eigenes Land gefallen?«

»*Was?*«

Die Maschine erklärte es ihr. Als sie fertig war, hielt es Aleka nicht mehr auf dem Sitz. Sie sprang auf und schluchzte: »Ja, ja, o Pele, ja.«

Die Maschine begann damit, die Einzelheiten zu erörtern.

Als sie emotional ausgelaugt das Haus verließ, kroch schon die Abenddämmerung aus dem Osten heran. Bis sie wieder in der Fell Street war, war die Nacht hereingebrochen. Die Wolken machten die Dunkelheit drückend; das Leuchten des Bürgersteigs konnte sie nicht völlig vertreiben. Der Nebel strömte dichter in einem kälter gewordenen Wind.

Sie fühlte sich außerstande, es mit Mamas guter Laune aufzunehmen. In einem Autocafé nahm sie ein hastiges Abendessen zu sich, ohne auf den Geschmack zu achten. Im Gasthof begab sie sich direkt auf ihr Zimmer.

Versuche dich zu entspannen, versuche, schläfrig zu werden. Eine Tablette hätte sie betäuben können, aber dann wäre sie in dem gleichen Aufruhr erwacht, in dem sie sich jetzt befand. Sie hatte sich bereits dagegen entschieden, die *quivira* aufzusuchen. Die Situation war schon kompliziert genug, ohne Erinnerungen an Dinge hinzuzufügen, die in der materiellen Realität nie geschehen waren. Ein Vivifer wäre ideal gewesen, aber dieser Laden verfügte über keine. *Bueno,* auch der Multiceiver konnte ihre Augen und Ohren beschäftigen, während die Phantasie ihr zusätzliche Inputs lieferte.

Aber was sollte sie sich anschauen? Sie holte sich eine Liste der wichtigsten Sendungen auf den Schirm. Keine davon sprach sie an, und sie hatte keine Lust, sich über Hunderte von kleineren Kanälen zu informieren. Dann also der Infomat an ihrem Handgelenk! Er enthielt Tausende von Einträgen, sowohl textliche als auch audiovisuelle, Fakten ebenso wie Unterhaltungsprogramme. Viele davon hatte sie noch nicht gesehen, nur gespeichert, weil sie dachte, sie könnte eines Tages Lust darauf haben.

Sie suchte nach der Art von Dingen, die sie wollte, und preßte die Rautenfläche gegen den Scanner. Titel und Kurzbeschreibungen wanderten über den Schirm. Nachdem sie sich für *Sonnenaufgang über Tycho* entschieden hatte, wies sie den Multi an, das aus der öffentlichen Datenbank abzurufen, und lehnte sich gemütlich zurück. Es war eine Komödie, an die sie positive Erinnerungen hatte: angesiedelt in den frühen Tagen der Besiedelung des Mondes, als das Leben noch einfacher und vollkommen menschlich war.

12

Die Mondmutter

In seiner Geräumigkeit und mit seiner geschmackvollen Ausstattung bot das Wohnzimmer der Beynacs die fast perfekte Illusion, sich an der Oberfläche und auf einer schon lange der Vergangenheit angehörenden Erde zu befinden. Blumen auf Wandbrettern leuchteten rot, gelb, violett und grün vor elfenbeinfarbenen Wänden und über einem dunkelblauen Teppich. Ihr Geruch erfüllte die Luft, die wie eine sommerliche Brise dahinstrich. Das Mobiliar war unnötig massiv. Der riesige Sichtschirm hätte die Szenerie draußen oder irgendeine Stelle im Inneren des Mondes darstellen können, zeigte aber statt dessen ein Bild aus der Dordogne; Bäume bewegten sich leicht in einem Wind, der einen Hügel zu einer mittelalterlichen Burg hinaufwehte. Das Blätterrauschen unterstrich den Frieden, der hier herrschte. Dem Bildschirm gegenüber hingen Familienbilder, die im Augenblick nicht aktiviert waren, und eine gescannte Reproduktion eines Seestücks von Winslow Homer. Eine Katze lag schlafend auf einem der Sessel.

Aber man bewegte sich mit unirdischer Leichtigkeit, und wenn man etwas fallenließ, dann fiel es traumartig langsam.

Drei Menschen betraten den Raum. »Willkommen«, sagte Dagny. »Die große Führung sparen wir uns für später auf. Jetzt ist erst einmal Zeit für einen Drink vor dem Abendessen.«

»Wirklich eine hübsche Wohnung, die ihr da habt, das sehe ich schon«, erwiderte Anson Guthrie. »*Bueno*, ihr habt sie euch auch verdient.«

»Vieles davon 'aben wir selbst gebaut«, erklärte Edmond ihm. Ein bißchen angeben war wohl erlaubt. Angesichts der Knappheit an Materialien, Maschinen und vor allem Muße war die Aufgabe niemals einfach, ja oft sogar verdammt schwierig gewesen. Es hatte Jahre gedauert.

Wieder einmal war Dagny froh darüber, wie wenig diese Jahre scheinbar ihrem Großvater hatten anhaben können. Sie hatte ihn seit fünf Jahren nicht mehr persönlich getroffen, und Bildaufzeichnungen oder ein Phongespräch dann und wann vermittelten nicht genug Realität. Außerdem war der Verlust, den er erst kürzlich erlitten hatte, von der Art, die auch einen starken Geist brechen konnte. Aber als sie ihn am Raumhafen in Empfang nahm, hatte sein Baß immer noch gedröhnt, und er hatte sie so lebhaft ungestüm umarmt wie immer. Obwohl sein Haar weiß und licht war, das runzelige Gesicht tief zerfurcht, hatte er gute Aussichten, die Herrschaft über Fireball noch Jahrzehnte zu behalten.

Was gut für sie und die Ihren war, und für jeden überall, der die Freiheit liebte. Was machten schon Hautlinien aus? Inzwischen gingen auch von ihren Mund- und Augenwinkeln Falten aus, wenn sie lachte. Mon war an den Schläfen eisgrau geworden, dennoch war keiner von ihnen beiden merklich langsamer geworden.

»Ja, Dagny hat mich nicht nur mit geschäftlichen Informationen, sondern auch mit Klatsch versorgt«, sagte Guthrie. »Saubere handwerkliche Arbeit, das hier. Macht einen soliden Eindruck, von einer Qualität, wie man sie heute kaum noch findet. Soll wohl länger halten, als ihr beide lebt, was?«

Die Frau nickte. »Das hoffen wir. Natürlich ist es nichts im Vergleich mit deinem Zuhause auf der Erde.«

»Welchem?«

»Hm, na ja, zufällig dachte ich gerade an deinen Landsitz auf Vancouver Island. Das Meer, die Wälder –« Ihr Aufenthalt dort war vielleicht der glücklichste ihrer seltenen Besuche auf dem Planeten gewesen, von den Reisen abgesehen, die sie und Edmond zusammen in seinem geliebten Frankreich gewesen waren. Sie deutete auf den Schirm. »Wir müssen so tun als ob.« Rasch, damit er nicht den falschen Eindruck bekam, daß sie auch nur das kleinste bißchen Selbstmitleid verspürte: »Aber wir haben vieles, was ihr nicht habt«, in zunehmendem Maße, während Tychopolis wuchs. Vogelflug im Avis-Park. Den wunderschönen Hydra Square. Speziell für den Mond gezüchtete Wunder im Zoo und in den botanischen Gärten. Draußen strenge Pracht, Sportarten – Schleuderball, Fels-Skilauf, Bergsteigen, Suborbitaltrips, Erkundungen – und die Aufregung, die Verwirrung und das gelegentliche Leid einer Zivilisation, die eben erst im Entstehen begriffen war.

»Richtig«, pflichtete Guthrie bei. »Ich wünschte, ich hätte euch schon früher besuchen können. Zu beschäftigt. Immer zu verflucht beschäftigt.« Er machte eine Runde durch den

Raum, wobei er verschiedene Dinge flüchtig in Augenschein nahm. »Ich vermisse allerdings Bücher«, bemerkte er. »Altertümliche, gebundene Bände. Wenn man in meiner Jugend jemanden besuchte, der ein Leser war, dann verriet einem das, was man in seinen Bücherregalen sah, mehr über ihn als ein Palaver von einem Monat.«

»Ich erinnere mich aus deinen Häusern daran«, sagte Dagny. »Und es ist wohl unnötig, dir die Transportprobleme ins Gedächtnis zu rufen, die wir bis vor kurzem hatten.«

»Trotzdem können wir dir den Gefallen tun«, sagte Edmond. Er nahm ein tragbares Cyberlit von einem Tisch, wo es neben einem kleinen Meteoriten voller metallischer Glitzerpunkte lag, und startete es. Titel und Autorennamen erschienen auf dem Schirm. »'ier, spiel mal damit.« Er reichte es Guthrie.

Der *jefe* spulte einen Teil des Katalogs ab, zwischen seinen Angaben hin- und herspringend. Die meisten befanden sich in der Datenbank der Zentralbibliothek. Einige waren in Privatbesitz. Er rief ein paar Seiten ab, einschließlich der Wiedergaben jahrhundertealter Texte und Bilder. »Hübsche Sammlung«, sagte er zwischendurch. »Dieses Spielzeug ist zwar nicht dasselbe, wie wenn man ein richtiges Buch in der Hand hält, aber andererseits wage ich zu behaupten, daß der ägyptische Priester Solon mit langweiliger Ausführlichkeit erklärt hat, wie viel mehr Charakter Hieroglyphen im Gegensatz zu all diesen spindeldürren Alphabeten hätten.«

Er war wirklich kein Dummkopf, dachte Dagny, trotz seiner spöttischen Bemerkungen über selbsternannte »Intellektuelle«.

Eine Tür öffnete sich. Der Haushälterinnenrobot tastete kurz mit seinem Scanner den Raum ab, registrierte die Anwesenheit von Menschen und zog sich in Ermangelung von Befehlen zurück, die Tür hinter sich schließend.

»Ah, deine wissenschaftlichen Veröffentlichungen, Mon«, bemerkte Guthrie. »Ein eindrucksvoller Haufen. Hm-m, ich sehe, du bist so halsstarrig wie eh und je, wenn es darum geht, Reklame für deine Theorie über einen riesigen vorzeitlichen Asteroiden zu machen.«

»Die Beweise 'äufen sisch«, antwortete der Geologe. Er suchte die Minibar auf. »Aber wir sind keine guten Gastgeber. Was möchtest du trinken?«

»Wie ich hörte, hat man angefangen, ein anständiges Bier zu brauen, seit ich das letzte Mal auf dem Mond war. Das, *por favor,* und zwar dicht auf den Fersen eines kalten Aquavit, wenn du welchen hast.«

»Andernfalls würde Dagny nischts mehr mit mir zu tun 'aben wollen, vor allem, wenn du deinen Besuch angekündigt 'ast.« Edmond machte das gleiche für sie zurecht, für sich selbst einen trockenen Sherry.

»Aber wo sind deine richtigen Werke?« fragte Guthrie ihn.

»Hein?«

»Diese Romane, die Dagny erwähnte, unter dem Namen – äh, verflucht, ich werde langsam senil –«

»Aber nein, Uncans«, versicherte sie. »Du hast bloß so viel anderes im Kopf. Jacques Croquant, das ist sein Pseudonym.«

»Mein Ge'eimnis ist ent'üllt!« stöhnte Edmond. »Isch wußte nischt, daß du es ihm erzählt 'attest.«

»Ich würde sie gerne lesen«, sagte Guthrie. »Fürchte, mein Französisch ist zwar schon lange in einem Schwarzen Loch verschwunden, das wenige davon, was jemals da war, aber wenn ein Übersetzungsprogramm den Stil nicht allzu sehr verhunzt, dann denke ich, macht es Spaß, sie zu lesen.«

Edmond zuckte die Achseln. »Stil, was ist das? Es sind Weltraumabenteuergeschischten, die ich in meiner Freizeit zum Vergnügen schreibe. Das Pseudonym benutze ich nur, weil Akademiker Snobs sind. Sie respektieren meine Arbeit auf dem Mond, ja.« Das sollten sie auch besser, dachte Dagny grimmig. Immerhin hatte sie die Selenologie revolutioniert. »Aber isch möschte auch, daß meine Ideen über das frühe Sonnensystem ernstgenommen, daß sie geprüft werden.«

»Das ließe sich durchaus arrangieren, jetzt, da wir eine Meteoritenpatrouille einrichten.« Guthrie fuhr fort, wahllos Titel aufzurufen. »Was, drei Biographien über Charles de

Gaulle? Und seine gesammelten Werke. Einer deiner Helden?«

»Im zwanzigsten Jahr'undert verdienten genau zwei Führer großer Nationen die Bezeischnung ›Staatsmann‹, er und Konrad Adenauer. Der Rest –« Edmond zuckte wieder die Achseln. »*Eh bien*, isch kann mir vorstellen, daß manche von ihnen es gut meinten.«

»Mon hat mehr Achtung vor Autoritäten als ich«, warf Dagny ein.

Guthrie lächelte. »Yeah, du bist eine geborene Rebellin mit zwei dominanten Erbanlagen dafür, Diddyboom. Was für ein Gefühl ist es dann, hier auf Luna selbst zu einer Macht zu werden?«

»Das bin ich nicht«, stritt sie ab. »Nicht wirklich jedenfalls. Es ist nur einfach so: Du weißt, wie die Regierungen uns Politiker und Bürokraten aufladen, die einen Haufen Scheiße nicht von einem Krater unterscheiden können. Meine Tätigkeit in der Administration zwingt mich dazu, mich direkt mit ihnen auseinanderzusetzen, und wenn meine Freunde und ich die ortsansässigen Mondbewohner dazu bringen können, Fireballs Positionen zu unterstützen und die richtigen Kandidaten in die wenigen durch Wahl zu vergebenden Ämter, die man uns zugesteht, zu bringen – ach, du weißt schon. Die Drinks sind fertig. Bitte setz dich doch.«

Alle drei ließen sich auf Sesseln nieder, obwohl es auf Luna leicht war zu stehen und die Versammelten es während eines geselligen Abends oft auch taten. Die Beynacs zogen es vor, ein paar Gesten, Bräuche und Symbole beizubehalten. Dagny fragte sich, ob sie während ihres ganzen restlichen Lebens dazu imstande sein würden.

Wenn Edmond sich für etwas einsetzte, dann leidenschaftlich. »Wir müssen legitime Autoritäten anerkennen«, argumentierte er. »Sonst betreibt die Gesellschaft ihre eigene Erosion, bis die Menschen den Kriegs'errn willkommen 'eißen, der eine brutale Art von Ordnung durchsetzt, die ihnen wenigstens Sischer'eit gibt. Das Problem ist nischt, was eine Regierung legitimiert. In der Geschichte 'at es viele Möglischkeiten gegeben, eine königlische oder edle Geburt, Priesterlischkeit, allgemeine Wahlen, eine soziologische Theorie et cetera, et cetera. Das Problem ist vielmehr, wie be'ält eine Regierung ihre Legitimität? Wie verliert sie sie? Isch sage, der Zusammenbruch kommt dann, wenn sie anfängt, den Menschen mehr *an*zutun, als etwas *für* sie zu tun. Das ist passiert, es passiert gerade jetzt im Augenblick, in immer mehr Ländern auf der Erde. Im Weltraum würde die Unordnung, die früher oder später auf einen solschen Zusammenbruch folgt, den Untergang bedeuten. Fireball 'at mehr Anrescht auf Macht als die meisten Regierungen, die 'eute Macht für sich beanspruchen, da Fireballs Führer ihre Verpflichtungen gegenüber den Angehörigen Fireballs anerkennen.«

Er war wirklich nicht das, was man gutaussehend genannt hätte, dachte Dagny, aber wenn er Feuer fing, dann zündete auch in ihr eine Nova. Sie schickte ein kaltes Schlückchen Kümmel über ihre Zunge, ließ ihm das angenehme Prickeln von Bier folgen und wurde davon nicht besonders besänftigt.

»*Gracias*«, sagte Guthrie. »Wir versuchen es. Danke aber nicht mir dafür. Dank den Leuten, die es tatsächlich *machen*, wie deiner Frau hier. Oder dir selbst, Mon, auch wenn du es vermeidest, dich politisch zu betätigen. Ich habe das verfolgt, so halb und halb. Ihr zwei geht eurer Verantwortung nicht aus dem Weg, ihr zieht los und haltet Ausschau nach noch mehr.«

»Wenn wir etwas bewirken, dann liegt das an dir. Du bringst uns dazu, es zu wollen. Du machst es möglisch.«

Guthrie schüttelte den Kopf. »Nicht ich. Denkt das niemals. Diejenigen, die an einen unentbehrlichen Mann glauben, überleben nicht lange, und das sollten sie auch nicht.« Er grinste, kippte einen ansehnlichen Schluck hinunter und fügte hinzu: »Wohlgemerkt, ich bin nicht bescheiden. Da, wo ich bin, leiste ich schon ganz anständige Arbeit. Aber das in einem Laden, der solide ist, weil seine Mitglieder es sind.«

»Und sie sind es, weil er es ist.«

Dagny nickte bei sich. Jahr um Jahr hatte sie das Prinzip der Gegenseitigkeit wachsen und stärker werden sehen. Diese neue, sich rasch ausbreitende, gänzlich spontane Praxis, der Firma Treue zu schwören, die in der Person eines Amtsträgers ihrerseits ebenfalls Treue gelobte –

»Du hast Fireball ins Leben gerufen, Uncans«, sagte sie sanft. »Du hast es durch alle fürchterlichen Schwierigkeiten hindurch am Leben erhalten.«

»Juliana mehr als ich«, antwortete Guthrie tief in der Kehle.

Ihre Augen brannten. »Wir alle vermissen sie. Du –« Sie beugte sich vor, um kurz ihre Hand auf seine zu legen.

»Macht euch um mich keine Sorgen«, knurrte er. »Ich mache weiter.«

»Sie 'ätte auch gewollt, daß du das tust«, sagte Edmond.

»Das liegt in deiner Natur«, murmelte Dagny.

Guthrie schüttelte seine massigen Schultern. »He, das hier läuft Gefahr, ernst zu werden«, protestierte er.

Dagny sah, wie er versuchte, vom Persönlichen wegzusteuern. Aber wann würde wieder einmal die Gelegenheit kommen, sich in Ruhe miteinander zu unterhalten? »Bitte hab noch ein bißchen länger Nachsicht mit uns«, bat sie dringlich. »Wir haben so darauf gewartet, deine Gedanken, dein Wissen zu hören. Die Erde ist in einer so schlimmen Verfassung, und Fireball scheint fast die einzige starke Streitmacht für das Gute zu sein, die noch übrig ist.«

»Hoo-ha, Mädel!« rief er aus. »Jesus Christus könnte dieser Art von Reklame nicht gerecht werden. Du weißt es besser. Genauso gut wie mich könntest du jede Menge anderer Leute nennen, die nicht zugelassen haben, daß die Macht ihnen den Hirnkasten kurzschließt.«

»Ja, sie er'alten den Fortschritt aufrecht, wenigstens in Wissenschaft und Teschnik«, sagte Edmond. »An erster Stelle jene unter den Superreischen, die so aufgeklärt sind wie du. Die ›*Savant Barons*‹.«

»Und ein paar in der Regierung, so ungern ich es auch zugebe.«

»Aber was ist mit der Bevölkerung? Was ist mit der großen Mehrheit in jedem Land, die keinen wirklichen Platz in diesem Hochtechnologie-Universum finden kann, das ihr erschaffen habt?«

»Yeah. Die ›hohe‹ oder High-Tech-Welt gegen die ›niedrige‹ oder Low-Tech-Welt. Das ist mehr als nur eine journalistische Platitüde. Erachtet euch als glücklich. Alle im Weltraum gehören zur ›hohen‹ Welt. Und das ist nicht bloß ein Wortspiel. Es muß zwangsläufig so sein.«

Dagny spürte, wie ihre Augenbrauen sich zusammenzogen. »Das könnte der Grund dafür sein, warum wir Schwierigkeiten haben, einen Sinn in dem zu erkennen, was auf der Erde vor sich geht«, bemerkte sie.

»Sinn ist heutzutage dünn gesät, Schätzchen. Und er wird von Tag zu Tag immer spärlicher, trotz all unserer Bemühungen, die du heiligsprechen willst.«

»Nachrichtensendungen, Analysen, Bücher, persönliche Berichte – hier auf dem Mond wirkt das alles so ... abstrakt? Surreal?« Dagny zwang sich, es auszusprechen: »Wird es wirklich Krieg geben?«

»Rings um den Planeten haben die Kriege längst begonnen«, erwiderte Guthrie düster. »Wir nennen sie Unruhen oder Revolutionen oder was auch immer, aber in Wirklichkeit läuft es doch auf Kriege hinaus. Und, ja, ich fürchte, der große wird auch nicht mehr lange auf sich warten lassen.«

»Der Dschihad?« Edmonds Stimme wurde heiser. »Diese Prediger – Aber es heißt nicht Islam gegen Ungläubige, nicht wirklich, oder? Nischts, was so einfach wäre.«

»Nein, sicher nicht. Ich würde es die letzte großangelegte Revolte der Low-Tech-Welt gegen eine Weltordnung nennen, die sie nicht versteht und aus der sie sich auf Dauer ausgeschlossen fühlt. Die High-Tech-Welt wird ihren Anteil an moslemischen Verbündeten haben und die Mahdis ihren an allen Glaubensrichtungen und keiner.«

»Was wird daraus entstehen?« flüsterte Dagny.

»Kein allgemeiner Weltuntergang«, beruhigte Guthrie sie. »Ich rechne zwar damit, daß im Zorn auch Nuklearsprengköpfe abgefeuert werden, aber nicht sehr viele und auch keine mit besonders großer Sprengkraft. Die ganze Chose ist zu kompliziert, zu wandelbar, zu durcheinandergerührt, geographisch und wirtschaftlich und was-nicht-alles – zu sehr für einen übersichtlichen Showdown. Meine Vermutung geht dahin, daß wir Jahre des Kampfes erleben werden, in manchen Gebieten geringfügig, in anderen ein Blut-Tsunami. Die Länder der ›hohen‹ Welt werden am Ende siegen, aber sie werden so erschüttert sein, daß auch für sie nichts mehr beim alten sein wird.«

Er machte eine Pause, dann schloß er: »Ich bezweifle, daß es jemals einen Krieg gab oder geben wird, der das wert war, was er gekostet hat, wenn man die Kosten für jeden davon Betroffenen mit einrechnet, einschließlich der ungeborenen Generationen. Aber was sich aus diesem entwickelt, könnte in mancher Hinsicht besser sein als das, was wir jetzt haben. Zum Beispiel wüßte ich nicht, wie diese sowieso auf tönernen Füßen stehende Erneuerungsbewegung die Belastung überstehen kann.

Alles in allem jedoch seid froh, daß ihr auf dem Mond seid, ihr und die euren, wo ihr euch um nichts Schlimmeres Sorgen machen müßt als um Vakuum, Strahlung, Meteoriten, das Versagen von Lebenserhaltungssystemen und Bürokraten.«

»Am meisten bin ich für unsere Kinder froh«, sagte Dagny.

»Natürlich.«

Jetzt wollten sie alle das Thema wechseln. »Wo sind die Kiddies überhaupt?« erkundigte sich Guthrie.

Dagny griff die Abwechslung, die Unbeschwertheit, begierig auf. »Auf diese Frage gibt es mehr Antworten als Kinder.«

Edmond nickte. »Sie tollen 'erum, wenn sie sisch nicht gerade – *vont à la derobée* – sehr leise bewegen, so wie die Katzen. Und sie 'aben ihre privaten Angelegen'eiten, über die wir wenig wissen.« Er seufzte. »Immer weniger, je größer sie werden.«

»Ja, das habe ich von Dagny gehört«, sagte Guthrie. Einmal, nachdem sie sich ihm deswegen anvertraut hatte, hatte seine Antwortbotschaft von einer Mutterhenne gesprochen, die er einmal gesehen hatte, als er noch ein Junge war – einer Mutterhenne, der man Enteneier zum Ausbrüten und die Küken zur Aufzucht gegeben hatte und die nun hilflos zusah, wie sie über einen Teich schwammen. »Aber wo sind sie im Augenblick?«

»Nun, Brandir ist in Port Bowen«, erklärte sie ihm. »Wie du dich vielleicht erinnerst, hat er vor, Strukturingenieur zu werden, und ich habe es für ihn arrangiert, ein paar Wochen an einem neuen Frachtkatapult mitzuarbeiten, das gerade im Bau ist, Praxiserfahrung aus erster Hand. Er ist begierig darauf, dich zu treffen, aber wenn du nicht länger bleibst, als du gesagt hast, oder ihn aufsuchst, wird es nur über Phon gehen. Verdea ist bei einer Freundin und probiert wahrscheinlich eine Komposition an ihr aus. Kainos Formationsflugteam –«

»Immer langsam, *por favor*. Brandir, Verdea, Kaino? Du hast mir zwar diese Mode unter den lunarischen Jugendlichen geschildert, sich erfundene Namen zuzulegen und auf ihnen zu bestehen – die Journalisten auch – aber ich kann mich partout nicht erinnern, welches von euren welches ist.«

»Es ist mehr als nur eine Mode«, sagte Edmond. »Sie nehmen es vollkommen ernst. Tatsächlich entwickeln sie eine völlig neue Sprache für sisch selbst. Keinen Slang, kein Argot, eine Sprache.«

»Sie lehnen uns nicht ab«, sagte Dagny. »Nicht wirklich.« Sie mußte das einfach glauben. Und sie blieben ja tatsächlich ihren Eltern gegenüber freundschaftlich, auf ihre jeweils individuelle Art, und wenn eine gewisse Reserviertheit darin mitschwang, war dann der Schmerz, den ihr das bereitete, schlimmer als der, den sie ihren eigenen Eltern bereitet hatte? »Es ist einfach nur so, daß sie – anders sind, mehr, als irgend jemand vorausgesehen hat. Sie versuchen herauszufinden, welches ihre Veranlagungen sind, und wir, wir können ihnen nicht viel dabei helfen.«

Guthrie rieb sich das Kinn. »Also nicht einfach nur jugendliche Rebellion, wie? Obwohl sie im Hinblick auf die Erde und die irdischen Beauftragten auf Luna ja weiß Gott allen Grund dazu hätten.« Er kippte sein Bier runter. Edmond nahm den Krug und das Schnapsgläschen, um sie neu zu füllen. »*Gracias, amigo*. Könnt ihr mich irgendwie über sie ins Bild setzen?«

Dagny holte neuere Aufnahmen auf den Schirm, nacheinander, und sagte ein paar Worte über jeden.

Brandir. Anson. Sechzehn. Zwei Meter groß, breitschultrig, geschmeidig; aschblondes Haar, silbrig-blaue Augen, marmorartige Haut, auf der niemals ein Bart wachsen würde. Sein Gesicht war nicht völlig lunarisch, es trug Spuren von dem seiner Mutter. Er geriet oft mit seinem Vater aneinander, aber nicht allzu ernsthaft, und sie dachte, daß er ihr gefühlsmäßig näher blieb als seine Geschwister es taten oder tun konnten. Das hielt ihn nicht davon ab, eine Spur der Verheerung unter Mädchen mit irdischen Genen zu hinterlassen. Was weibliche Wesen seiner eigenen Art betraf, so war das, was da ablief, genauso ihre freie Entscheidung wic seine. Sie schienen eigene parallele Interessen zu haben; eine Unabhängigkeit, die als so selbstverständlich angesehen wurde, daß sie sich nicht die Mühe machten, sie demonstrativ herauszukehren. Was war bloß aus der romantischen Liebe in der Schulbank geworden?

Verdea. Gabrielle. Vierzehn. Fast irdisch im Aussehen, mittelgroß, drall, rundes, stupsnäsiges Gesicht, braune Augen, braune, zu einem Bubikopf geschnittene Locken. Ruhig, lernbegierig und, wenn sie etwas unbedingt wollte, eisern dazu entschlossen. Eine literarische, in Gedichten und Prosaskizzen ausgedrückte Begabung, die Dagny verblüffte. *(Sternstein-Freiheit: Achilles/Odysseus –)* Obwohl ein paar andere junge Genies das Programm geschrieben hatten, das die Grundlagen der lunarischen Sprache entwarf, schien sie unter den führenden Beitragenden zu ihrem expandierenden und immer nuancierter werdenden Vokabular zu sein. Dagny hatte Anlaß, sich zu fragen, ob sie sexuell aktiv war, aber was wußte eine Mutter denn schon? Lunarische Kinder behielten für sich, was sie taten und trieben, und Verdea verschmähte Jungen mit irdischen Genen.

Kaino. Sigurd. Zwölf. Groß für sein Alter, stark, rothaarig, blauäugig, mit einem Gesicht, das viel mit der Derbheit seines Vaters gemeinsam hatte. Der Athlet des Haufens, der lauteste, impulsivste, manchmal auf ungebändigte Weise leichtsinnigste. In Geschwisterrivalität mit Brandir, aber diese manifestierte sich selten in Streitigkeiten. Manchmal stolzierten sie mehrere Tageszyklen lang aneinander vorbei, ohne zu sprechen, und waren dann übergangslos wieder die besten Kameraden. Kainos ganzer Traum war es, Raumschiffe zu steuern. Er würde nicht, er *konnte* nicht akzeptieren, daß die Erbmasse, die die lunare Schwerkraft für ihn zum Normalzustand machte, gleichzeitig hohe Beschleunigungen zu einer tödlichen Schranke werden ließ.

Temerir. Francis. Bald zehn. Schmächtig, platinblond, graue Augen, die schräg und riesig in einem bis auf die vollen roten Lippen asketischen Gesicht standen. Noch mehr als Verdea war er ein Leser, ein Lernender, der leise sprach, ungesellig und eigenbrötlerisch. Er zeigte großes wissenschaftliches Talent.

Fia. Helen. Siebeneinhalb. Nach wie vor ganz Kind, auch wenn man sah, daß sie eine Schönheit werden würde, schwarzes Haar, dunkelbraune Augen, das Gesicht eine feminine Version von Brandirs. Schon jetzt fast so reserviert wie Temerir. Sie mochte hochmusikalisch sein, aber das war schwer zu sagen, und für das meiste von dem, was sie hörte, hatte sie nichts übrig. Vielleicht würde sie die erste wahrhaft lunarische Musik komponieren.

Jinann. Carla. Vier. Ein kleiner Rotschopf, wie ihre Mutter es gewesen war, lebhaft und herzlich. Ihren lunarischen Namen hatte sie von ihren Geschwistern erhalten und vergaß oft, ihn zu benutzen. Aber wer konnte schon sagen, was aus ihr werden würde?

»Sind die Jüngsten zu Hause?« fragte Guthrie.

»Im Spielzimmer, nehme isch an«, antwortete Edmond.

»Du wirst sie bald treffen, wenn Clementine sie präsentabel gemacht 'at.«

»Sie verlangen das«, erläuterte Dagny. »Sie sind ganz aufgeregt über deinen Besuch, aber keiner von ihnen mag es, wenn ... Außenstehende ... sie in einer ungünstigen Verfassung sehen.«

Guthrie zog die Brauen hoch. »Ihr habt ein echtes Kindermädchen für sie gefunden? Mein Eindruck war, daß das Dienstbotenproblem auf Luna so hartnäckig ist, daß sich niemand mehr daran erinnert, was das Wort bedeutet. Eine *au pair*, vielleicht?«

»Nein, nein. Clementine nennen wir ihren Roboter.«

»Ein Robotkindermädchen? Haushälterinnen sind schwierig genug zu programmieren.«

»Das 'ier ist ein neues Modell, erst kürzlisch von einer kleinen Firma in der Stadt entwickelt«, sagte Edmond. »Wir 'aben uns bereit erklärt, es zu testen. Bisher macht es sisch recht gut.«

»Hah! Davon hatte ich noch gar nichts gehört. Ach, zum Teufel, wer kann schon immer mit allem Schritt halten?« – wenn Computermodelle und Experimente auf Nanoebene das, was früher Jahre der Forschung und Entwicklung erfordert hatte, auf Stunden komprimierten. Das Hindernis, das der Fortschritt überwinden mußte, war nicht die Innovation, wußte Dagny; es waren die Kapitalinvestitionen und die Marktakzeptanz. »Ist das nicht ein bißchen riskant?«

»Wir haben jede Menge Störungssicherungen, keine Angst«, sagte sie. »Außerdem ist er nur ein Aufpasser, ein Erlediger einfacher Hausarbeiten und ein Unterhalter. Das heißt, er verfügt über ein Repertoire kombinierbarer Lieder- und Geschichtenelemente. Wir machen keinen Ersatz für uns daraus, nur einen Helfer. Mehr würden wir gar nicht wollen.«

»Ihr würdet auch kaum mehr kriegen. Daß es so viel ist, überrascht mich schon.«

»Kommt der Fortschritt in der künstlichen Intelligenz denn allmählisch zum Stehen?« wunderte sich Edmond.

»Isch 'abe gese'en, daß man es be'auptet, aber der Mann, der Clementine bauen ließ, ist nischt dieser Meinung.«

»Oh, wir erhalten immer noch bemerkenswerte Maschinen und erstaunliche Programme. Von euren Exkursionen wißt ihr, wozu die Top-Roboter heutzutage fähig sind, und es sind noch bessere in Entwicklung. Yeah. Einschließlich einer Art von – was man Denken, Kreativität, nennen könnte. Aber das ist immer noch einfache Stochastik, die sich im Prinzip nicht von der Kaleidoskopmethode eures Kindermädchens, neue Geschichten zu erfinden, unterscheidet. Wirkliches Denken, Bewußtsein, Verstand, wie immer ihr es nennen wollt – so, wie ich die Zusammenfassungen und Berichte lese, die auf meinen Schreibtisch kommen, davon sind wir so weit entfernt wie eh und je.«

»Merkwürdig«, sann Dagny.

»Könnte es sein, daß die grundlegende 'erange'ensweise falsch ist?« spekulierte Edmond.

»Ich glaube fast, daß diejenigen Denker recht haben, die behaupten, sie sei es«, erwiderte Guthrie. »Ihr erinnert euch vielleicht, ihrer Meinung nach ist der Verstand nicht vollständig algorithmisch. Wenn das stimmt, dann wird das ultimate Omega, mit dem Genosse Xuan hausieren geht, niemals Wirklichkeit werden. Jedenfalls nicht auf diesem Wege.«

»Bist du dir sicher?« fragte Dagny. »Du glaubst doch nicht an eine körperlose Seele oder irgend etwas in der Art.«

Guthrie lachte. »Um exakt zu sein, ich habe nur einen winzigen Hauch mehr Glauben an das Übernatürliche, als ich es an die Weisheit und Wohltätigkeit von Regierungen habe.«

Dagny legte aufmerksam die Stirn in Falten. Sie hatte schon lange über diese Frage nachgegrübelt. »Dann hat der Geist also wirklich eine materielle Grundlage. In diesem Falle sollten wir imstande sein, ihn künstlich zu erzeugen.«

»Vermutlich. Aber die Aufgabe könnte vielleicht kniffliger sein, als die algorithmische Schule sich das vorstellt. Zunächst einmal ist ›materiell‹ ein Konzept voller Sonderbarkeiten. Siehe die Quantenmechanik.«

»Was ist mit dem Kopieren von Bewußtseinsinhalten?«

»Du meinst, ein Gehirn abzutasten und seine Inhalte auf ein speziell für diesen Zweck konstruiertes neuronales Netzwerk abzubilden? Nun, wieder nach dem zu urteilen, was ich an Berichten gesehen habe, sieht das in der Tat vielversprechend aus. Obwohl ich mir nicht sicher bin, daß es ein Versprechen ist, dessen Einlösung ich noch erleben möchte.«

»Aber dann *hätten* wir eine Maschine mit Bewußtsein.«

»So etwas Ähnliches, schätze ich.« Guthrie trank Bier, während er sich seine nächsten Worte zurechtlegte. »Aber, seht ihr, wenn meine Annahme zutrifft, hätten wir diesen Geist nicht selber erschaffen. Er wäre etwas, das von einem lebenden Körper und allem, was dieser Körper jemals erfahren hat, abstammt – eine Funktion dieses Körpers. Des ganzen Geschöpfes, nicht nur eines isolierten Gehirns. Wenn wir eines Tages seine ... molekulare Kodierung ... auf eine elektronische oder photonische Matrix übertragen können, wird uns das vielleicht helfen herauszufinden, was ein Geist wirklich ist, und vielleicht können wir dann einen von Grund auf neu erzeugen. Ich weiß es nicht.« Er verzog das Gesicht. »Mir täte in erster Linie die kopierte Persönlichkeit leid, der Schatten von ihr, der noch in der Maschine vorhanden wäre. Kein Bauch, keine Eier, kein gar nichts.«

»Sie 'ätte Sensoren und Effektoren«, zeigte Edmond auf. »Und sie müßte niemals altern.«

»Ich begnüge mich lieber mit dem, was die Natur mir mitgegeben hat, vielen Dank.«

»Plus den Anti-Alterungs-Mitteln, den fortlaufenden zellulären Reparaturen und dem ganzen übrigen medizinischen Programm«, spottete Dagny liebevoll.

»Okay, ich gebe zu, daß ich meine letzten zehn oder zwanzig Jahre nicht vor Altersschwäche zitternd am Krückstock verbringen möchte«, räumte Guthrie ein. »Und eine Bewußtseinskopie von mir könnte die Existenz vielleicht trotz allem ganz interessant finden. Aber ich denke, ich wäre froh, daß *ich* es nicht bin.«

Dagny warf einen raschen Blick auf ihre Uhr. »Ich will ja nicht unterbrechen –« begann sie.

»Tu's ruhig«, bat Guthrie. »Wie Antonius zu Kleopatra sagte: ›Ich bin nicht scharf auf lange Diskussionen. Ich bin nur hierhergekommen, um mich ein bißchen in netter Gesellschaft zu entspannen.‹«

»Eine intelligente Diskussion, das ge'ört zu den 'öchsten Freuden im Leben«, erinnerte Edmond ihn.

»Eine anständige Mahlzeit genauso«, sagte Dagny, »und die wird sehr bald auf dem Tisch stehen.«

»Von ihr selbst gekocht«, verriet Edmond Guthrie. »Laßt uns unsere Aperitifs austrinken. Als Franzose erkläre isch feierlisch: Dir steht ein Festschmaus bevor.«

13

Aus der Luft gesehen war Los Angeles eine riesige Einöde, Kilometer um Kilometer von Ruinen, die sich unregelmäßig nach Osten hin ausbreiteten, bis sie sich gegen sommerbraune Berge und Wüste in stumpfen Farbtönen zerstreuten. Aus dem Durcheinander sprangen einzelne Objekte in Kenmuirs Blick: Hügel, die einst Häuser gewesen waren, aufschimmernde Glasscherben, Balken, die vertrocknet und verdreht in den Himmel stachen; die Stümpfe größerer Gebäude; andere, die beinahe noch heil waren, aber mit Rötel gezeichnet und leer; eine Autobahnkreuzung, die bei einem früheren Erdbeben teilweise zusammengebrochen war; ein mit Müll verstopfter Wasserkanal, so trocken wie die Quellen, an denen die Stadt sich einst gelabt hatte; darüber ein wolkenloser Himmel, den der Abend weicher machte und der von der Meteoritenspur eines transozeanischen Transporters durchzogen war.

Bisher hatte er dies nur in Dokumentarsendungen flüchtig gesehen, und auch das nur selten. Die Realität schokkierte ihn mehr, als er erwartet hatte. Er verdrehte die Kamerasteuerung seines Sichtschirms auf der Suche nach Leben. Es war da, das wußte er. Die langsame Aufgabe war nie vollständig gewesen, und am Ende hatten sich die Leute Stück für Stück wieder eingeschlichen, Siedler, Unternehmer, kleine Gruppen von Exoten. Ja, ein freigeräumter Platz, Palmen, Gras, umgeben von zumeist aus Altmaterialien gebauten Behausungen, nicht unattraktiv. Und eine weitere Siedlung, in einem ganz anderen Stil, mit einer Pyramide als Mittelpunkt – eine religiöse Gemeinschaft? Und eine dritte, ein einzelnes großes Gebäude, das an eine Festung erinnerte. Und auf dem offenen Meer phantastische Formen, die den Standort Xibalbas bezeichneten ... Wahrscheinlich waren die Kolonien so zahlreich, wie die Entsalzungsanlage in Santa Monica sie nur eben versorgen konnte. Wenige; aber andererseits war auch der alte Bevölkerungsdruck verschwunden.

Dennoch fragte er sich, warum hier keine Rückgewinnung im Gange war. Als er vom Norden herunterflog, hatte er ein florierendes Biom im Central Valley gesehen, an dessen Trockenheit angepaßt, auch wenn die Besiedelung fast so spärlich war wie hier. Verdiente die Natur in diesem Teil des Landes nicht auch eine Wiederherstellung?

Eine Frage der Kosten-Nutzen-Relation und der Prioritäten, vermutete er. Zweifellos hatte das Regionalparlament irgendwann einmal flüchtig darüber diskutiert und die Empfehlungen der zuständigen Regierungskommissare angenommen. Die Kommissare ihrerseits würden sich auf die Befunde einer Cyberstudie verlassen haben, an deren Erstellung alles von Nano-Robots, die den Boden durchdrangen, bis hin zu Klimaüberwachungssatelliten im Orbit beteiligt gewesen waren. Und natürlich auf eine Analyse der Daten, die von einem Verstand durchgeführt worden war, der dem ihren weit überlegen war ...

Wenn dieser Verstand die Dinge aber in einem größeren Zusammenhang sah und außerhalb der Ökologie liegende Gründe dafür fand, dieses Gebiet besser aufgegeben zu lassen, würde er das dann erläutert haben? Sehr wahrscheinlich hätte kein menschliches Wesen es verstehen können.

Kenmuir schob die Frage fast gewaltsam beiseite. Sein Flieger war eben dabei, in den Landeanflug überzugehen.

Santa Monica thronte adrett über dem Ozean, mehrere hundert drei- oder vierstöckige *viviendas*, die ihre Parks mit ihren gedeckten Säulengängen umringten, durchmischt mit Kuppelhäusern, rot gekachelten *casas* im neospanischen Stil und gelegentlichen Überspanntheiten. Er hatte gehört, daß es als einigermaßen wohlhabend galt, ein Ort für Schmalspurkünstler und andere Angehörige freier Berufe, Ruheständler, die Mittel angespart hatten, um ihre Grundrente aufzubessern, und die Leute, die die lebensnotwendigen Dienstleistungen für sie bereitstellten. Jetzt erspähte er Boote in einem Yachthafen, die Strände von Malibu Beach auf der anderen Seite der Bucht und die Gärten dahinter, die schlangengleiche Form eines Bioinspekteurs, die durch einen Aufruhr von Schaum schnitt. Nach Westen zu kräuselte sich das Meer silbern und türkisfarben. Licht strahlte darüber hinweg, das von einer Sonne ausging, die im Versinken wie eine Kohle glühte.

Seit Kenmuir das letzte Mal auf der Erde gewesen war, hatte man den öffentlichen Verkehr in dieser Gegend eingestellt, am Boden wie in der Luft. Einer nach der anderen passierte das immer schneller allen kleineren Gemeinden und auch manchen, die nicht so klein waren. Unzureichende Nachfrage, hatte man ihm erklärt. Es war effizienter, das eigene Fahrzeug zu benutzen oder eines zu mieten oder, in den meisten Fällen, einfach auf elektronischem Wege miteinander zu kommunizieren. Er hatte sich gefragt, wie sich das auf den Gemeinschaftsgeist auswirken würde und ob darin vielleicht die eigentliche Absicht lag. Auf dem Landefeld unter ihm waren drei *volants* geparkt. Sie mußten Durchreisenden wie ihm gehören oder von ihnen gemietet worden sein. Die der Ortsansässigen würden in der großen Garage stehen.

Er landete. Er löste seine Sicherheitsgurte, stand auf,

reckte sich. Nach dem schwachen Fluggeräusch hallte die Stille in seinen Ohren.

Besser, er machte sich gleich auf den Weg. Er hatte heute ein bißchen zu lange auf Vancouver Island herumgetrödelt, sich am Guthrie-Haus und den damit verbundenen Erinnerungen erfreut, dem Wasser und den Wäldern und dem *Gerfalken*, der jederzeit bereit war, sich wieder zu den Sternen aufzuschwingen. Treffen um 21 Uhr, hatte die Anweisung von Lilisaires Agentin im San Francisco Bay-Integrat gelautet. (Die Nummer, die sie ihm gegeben hatte, hatte verraten, daß das der Standort war, aber nichts Näheres, und die Antwort von dort war ohne Bild erfolgt.) Er wußte nicht genau, wie lange er brauchen würde, um von hier aus nach Xibalba zu gelangen.

Ebensowenig kannte er die Person, die er dort treffen würde. Oder wußte, worüber sie sprechen würden. Oder wo er die Nacht verbringen würde. Besser, er ließ sein Gepäck hier.

Obwohl er korrekt in einen unauffälligen grauen Unisuit und weiche Stiefel gekleidet war, fühlte er sich nackt, als er ins Freie trat.

Unsinn. Die Luft war mild und bewegte sich kaum. Er meinte, einen süßen Duft darin zu spüren. Jasmin, der irgendwo in der Nähe wuchs? Sein Gehör fing ein leises Rauschen auf. Sanfte Wellen, schwacher Verkehr oder Wartungsmaschinen, die überall in der Stadt an der Arbeit waren? Der Sonnenuntergang vergoldete Landefeld und Mauern.

Aber wohin war er unterwegs?

Und warum?

Er straffte seine Schultern und marschierte los.

Wäre das Terminal größer gewesen, hätten seine Stille und seine Leere die Spannung in ihm noch weiter gesteigert. Eine einzelne Frau war gerade dabei, das Gebäude zu verlassen. Sie warf ihm einen halb neugierigen Blick zu. Ohne nachzudenken, erwiderte er ihn. Eine Weiße, mittleren Alters, mit braungebranntem Gesicht, gutgekleidet, zweifellos eine Ortsansässige, die ein paar Minuten vor ihm gelandet war. Zu welchen Annehmlichkeiten kehrte sie zurück? Eine Tür gab den Weg frei, und sie verschwand für immer aus Kenmuirs Gesichtsfeld.

Er ging zur Servicekonsole. »Ein Taxi bitte, äh, *por favor*«, sagte er, automatisch so höflich, als spräche er zu einem Bewußtsein.

»Wohin?« fragte der ausführende Robot.

»Xibalba.«

»Halteplatz Nummer fünf, *señor.*«

Er ging hinaus. Die angegebene Stelle befand sich etwa vier Meter zur Rechten. Alsbald glitt ein Wagen an den Randstein. Er hatte schon längere Wartezeiten erlebt. Vielleicht nahm die Einwohnerzahl hier ziemlich rasch ab, oder vielleicht hatte die Einwohnerschaft den politischen Nachdruck, um einen großen Wagenpark zugewiesen zu bekommen.

Der Wagen war extra für diese Gegend gebaut, mit einem auf Ketten statt auf Rädern montierten Chassis und einem Zusatzmotor für schweres Gelände im Falle größerer Hindernisse. Er öffnete sich und fuhr eine Rampe aus. Kenmuir stieg ein, nahm Platz, stellte den Infomat an seinem Handgelenk darauf ein, eine Kontonummer anzugeben, und berührte damit den Abbuchungsscanner. »Xibalba-Distrikt«, sagte er. »Äh, das *Asilo.*«

Surrend setzte sich der Wagen in Bewegung. Ein Bildschirm zeigte eine Karte, auf der ein roter Punkt dahinkroch, um seine Position anzuzeigen. »Wichtiger Sicherheitshinweis«, sagte eine Stimme. »Das *Asilo* ist ein Treffpunkt, der von Metamophen besucht wird, von denen eine größere Zahl in der Umgebung wohnt. Es ist zu unerfreulichen Zwischenfällen gekommen, in die auch Außenstehende verwickelt waren. Am 3. August letzten Jahres wurde ein *patron* mit Standard-Genom bei einer Auseinandersetzung schwer zusammengeschlagen, bevor die Polizei eintreffen konnte. Bedenken Sie das, *por favor.*«

Offenbar war der Roboter darauf programmiert, fragwürdige Bestimmungsorte und dergleichen an eine zentrale Intelligenz weiterzugeben. Kenmuirs Puls beschleunigte sich. Trotzdem sagte er: »Danke, aber mir wird schon nichts passieren.« Er war keiner von denen, die Ärger suchten – ganz im Gegenteil –, und falls der Ärger *ihn* aufsuchte, nun, schlimmstenfalls konnte er immer noch auf seine Kenntnisse in asiatischen Kampfsportarten zurückgreifen. Bei freundschaftlichen Wettkämpfen schnitt er dabei nicht schlecht ab.

»Wie Sie wünschen, *señor.*«

Die Dämmerung verdichtete sich zur Nacht. Die Fahrt wurde langsam und unruhig auf unbeleuchtetem Pflaster, das geborsten und von Schlaglöchern und Schutt übersät war. Zweimal kletterte der Wagen über einen Trümmerhaufen hinweg. Der Schein der Fahrlampen glitt von stehengebliebenen Wänden ab, sank dann wieder in Schatten zurück. Als er durch eine Siedlung fuhr, ließen die erleuchteten Fenster das Dunkel dahinter noch undurchdringlicher erscheinen.

Es sickerte sogar in Kenmuir hinein. Was hatte er hier eigentlich zu suchen? Er war Lilisaires Abgesandter beim Rydberg gewesen und hatte nichts erreicht. Was schuldete er ihr noch? Was hatte sie ihm gegeben, was würde sie ihm in Zukunft geben? Seine Karriere zwischen den Planeten, ja; aber stets verspotteten ihn die Sterne, stets schimmerte Alpha Centauri außerhalb seiner Reichweite. Ihre Gegenwart, ja, Umarmungen wie die keiner anderen Frau, die er je gekannt oder sich vorgestellt oder sogar in *quivira*-Träumen getroffen hatte; aber er gab sich nicht der Illusion hin, daß sie ihn liebte, und niemals konnte er ein Kind mit ihr haben. Die Rettung ihrer Rasse? So sagte sie jedenfalls; aber sagte sie es zu Recht, sagte sie es wahrheitsgemäß? Und begründete es einen Anspruch auf ihn? Falls er ihr irgendwie die Mittel verschaffte, um das Habitat zu verhindern, raubte das nicht vielleicht *seiner* Rasse die letzte Chance, ins äußere Universum zurückzukehren und sich dort zu behaupten?

Guthries Kolonie zählte dabei nicht, dachte er. In ein paar

Jahrhunderten würde Demeter zerstört werden. Obwohl über die Lichtjahre hinweg ankommende Übertragungen versicherten, daß die Menschen dort draußen die Hoffnung noch nicht aufgegeben hatten, wußten sie doch ebensowenig ein Mittel, um ihre Nachkommen zu retten. Würden sie je eines finden?

Lichter leuchteten grell voraus: eine Ansammlung von Gebäuden, ein Langhaus auf vier Bögen, ein weißes Achteck unter einer schillernden Kuppel, ein Korkenzieherturm. Ein gewisses Maß an Beherztheit kehrte zurück. Er richtete sich in seinem Sitz auf. Wenigstens wollte er diese Irene Norton anhören, mit der er sich treffen sollte.

Das Taxi hielt. »Das *Asilo, señor*«, sagte es. »Werden Sie zu einer bestimmten Zeit eine weitere Dienstleistung benötigen?«

»N-nein.« Er stieg aus. Das Taxi fuhr weg.

Auf der Straße, die schmal, aber frei und sauber war, herrschte nur spärlicher Verkehr, an Fußgängern wie an Fahrzeugen. Das Bistro nahm einen Teil des Erdgeschosses eines quadratischen Ziegelbaues ein; der Rest mochte aus Wohnungen bestehen oder anderen, spezielleren Zwecken dienen. Ein Leuchtschild tanzte surrealistisch über der Tür. Er trat ein.

Der Raum dahinter war breit und lang. Tische und Stühle standen dicht an dicht auf einem splitterigen Holzboden. An der Rückseite befanden sich eine Theke und eine Kücheneinheit. Die Luft war blau verraucht. Unter den Ausdünstungen erkannte Kenmuir Tabak und Marihuana, erriet Opium und Sniff. An etwa der Hälfte der Tische saßen Kunden, allein oder in kleinen Gruppen. Synthetisch erzeugte Musik, die im Augenblick einem *pi pa* nicht unähnlich klang, webte unter einem Gewirr aus Stimmen. Ein richtiger Kellner trug ein Tablett mit Getränken. Einen solchen Schuppen hatte Kenmuir seit Jahren nicht mehr gesehen. Geradezu mittelalterlich!

Er ließ sich von seinem Infomat die Uhrzeit geben. 2032. Noch eine halbe Stunde, falls Norton pünktlich war. Er wählte einen Platz ganz am Rand, aber nicht so versteckt, daß sie nach ihm würde suchen müssen. Die Agentin in San Francisco würde sein Eidophon-Bild aufgezeichnet und es ihr vorgespielt haben.

Der Kellner lieferte seine Bestellung ab und kam herüber. Er war selbst ein Metamorph, ein Titan, mit einem zottigen Kopf, der zweihundertundfünfzig Zentimeter hoch in den Qualm aufragte, der Körper und die Gliedmaßen baumstammdick, um sein Gewicht tragen zu können. Auf einer solchen Masse wirkten die schäbige Tunika und die ebenso schäbige Hose irgendwie mitleiderregend. Besser, man bedauerte ihn nicht, dachte Kenmuir; er konnte einen normalen Menschen auseinanderpflücken. Hatte die Geschäftsleitung ihn erst neuerdings eingestellt, um der Gewalt Einhalt zu gebieten, oder hatte er danebengestanden, während dieser Typ letztes Jahr zusammengeschlagen worden war? »Was darf's sein?« grollte er.

»Äh, ein Bier«, sagte Kenmuir. »Sun Brew, wenn Sie's haben.« Die meisten Lokale führten es, und es war trinkbar.

»Nur gegen Bargeld.«

»Was? Oh, äh, ja.« Kenmuir wühlte in seinem Geldbeutel und holte einen Zehn-UCU-Schein heraus. Er hatte eine ganze Weile dort gesteckt, Trotzdem hob er sich verblüffend sauber von dieser Tischplatte ab. Der Kellner nickte und ging davon. Der Boden knarrte unter seinem Schritt.

Kenmuir schaute sich um. Obwohl er nicht der einzige Standard-Mensch hier war, war dies zweifellos ein Treffpunkt für Metamorphe. Mehrere Winzlinge schwatzten schrill. Eine Gruppe von Drylandern blieb ebenfalls unter sich. Ein Chemo unterhielt sich mit zwei Aquaten, die sich unglücklich in Kleidungsstücke schmiegten, die von Wassertanks auf ihren Rücken feuchtgehalten wurden. Warum hatten sie sich so weit vom Meer entfernt? Nutzte der Chemo, der diese stickige Luft völlig problemlos atmete, ihr Unbehagen dazu aus, um irgendeinen Schwindel abzuziehen? ... Der Eindruck von Armut war nicht universell. Es war überraschend zu sehen, wie teuer vier Schimpos gekleidet waren und was für ein Mahl sie sich schmecken ließen. Aber auch sie wirkten nicht froh ... Den traurigsten Anblick bot vielleicht ein Intellekt mit riesenhaft gewölbtem Schädel, der eine Partie Heisenberg gegen einen Computer spielte. Er würde ihn darauf programmiert haben müssen, auf einem hinreichend niedrigen Level zu spielen, damit er überhaupt eine Chance hatte.

»*Hola, amigo.*«

Das kehlige Trällern lenkte Kenmuirs Aufmerksamkeit in eine andere Richtung. Ein weiterer Metamorph war an seinen Tisch getreten, ein weiblicher Exotic. Otterschlank bis auf die Hüften und die Brüste, nur mit einer Holzperlenkette und ihrem glatten braunen Fell bekleidet, lächelte sie ihn mit großen gelben Augen und scharfen Zähnen an. Ihr gefiederter Schwanz wölbte sich über das feingeschnittene Gesicht und die wallende schwarze Mähne hinauf, sich dabei verführerisch schlängelnd. »Sind Sie einsam?« murmelte sie. »Ich heiße Rrienna.«

»Nein, danke«, sagte er unbeholfen.

»Nei-i-i-n? Ein gutaussehender Mann wie Sie sollte nicht ganz allein hier sitzen. Sie müssen doch einen Grund gehabt haben hierherzukommen.«

»Tja, ich –«

»Ich glaube nicht, daß Sie einen Priapen kennenlernen möchten. Es ließe sich arrangieren, wenn Sie wollen, aber –« Sie beugte sich ganz dicht heran. Durch den Rauch roch er ihren Moschus.

»Nein! Ich ... ich warte nur auf jemanden.«

Sie richtete sich wieder auf. »*Muy bien*. Ich dachte nur, ich frage mal.«

»Tut mir leid.« Wie lahm das klang! »Viel Glück.«

Sie wallte davon. Er fing einem Fetzen von dem auf, was sie im Flüsterton sang:

»Gin a body meet a body
Coming through the rye –«

und dann war sie außer Hörweite, wieder halb in den Rauchschleiern verborgen.

Hölle und Verdammnis, es tat ihm *wirklich* leid. Diese armen Kreaturen, lebende Fossilien, Opfer von Regimen, die inzwischen schon lange in den Staub gesunken waren, zusammen mit Caligula, Tamerlan, Tchaka, Stalin, Zeyd – Genome, die man zu Zwecken der Wissenschaft, der Industrie, des Krieges, des Vergnügens modifiziert hatte – warum machten sie nur weiter und zeugten Generation um hoffnungslose Generation?

Lunarier waren auch Metamorphe.

Warum machten denn Terraner weiter, wenn die Sophotekten alles besser konnten?

Außer, menschlich zu sein.

Er hatte sich gefragt, ob diese entgegenwirkenden Erscheinungen und Beispiele der tiefere Grund dafür sein mochten, warum nur wenige Angehörige seiner eigenen Spezies jemals radikale Veränderungen an sich selbst vorgenommen hatten. Technisch gesehen war es durchaus möglich. Jedermann konnte fast beiläufig Körperform, Geschlecht, Temperament, einfach alles, wechseln. Aber es gab keine echte Nachfrage danach und deshalb auch nicht die Werkzeuge, und wer immer trotzdem eine Transformation ersehnte, mußte ohne auskommen. Konnte der schiere blinde Überlebensinstinkt die Leute, Metamorphe eingeschlossen, in den Identitäten festhalten, die sie besaßen? Ebenso hatten sich Gesellschaften nie so weit von dem wegentwickelt, wie er sich das hätte vorstellen können. Wurden auch sie von einem biologischen Erbe, das in vormenschliche Zeiten zurückreichte, zugleich angetrieben und gehemmt?

Der Kellner unterbrach seine Träumerei, indem er ihm das Bier brachte. Er zahlte und stürzte es hinunter.

»*Buenas tardes*, Kapitän Kenmuir.«

Er schaute auf. Das Herz hämmerte ihm zwischen den Rippen.

»Ich bin Irene Norton«, sagte die Frau in einem musikalischen, jung klingenden Alt. Ansonsten war sie durchschnittlich: bleiches Gesicht, schulterlanges braunes Haar. Ihre mittelgroße Gestalt hatte sie in einen geschlitzten Poncho und eine weit ausgestellte Freizeithose gehüllt. Das war nicht ungewöhnlich, aber er nahm nicht an, daß es ihr dabei auf modische Eleganz ankam.

Er erhob sich halb. Sie bedeutete ihm sitzenzubleiben. »Darf ich mich zu Ihnen gesellen?« fragte sie. Als sie Platz nahm, tat sie es mit einer geschmeidigen Bewegung.

»M-möchten Sie etwas trinken?« stammelte er.

Sie sah ihn aus einem ausdruckslosen Gesicht heraus an. »Nein, *gracias*. Das hier ist einfach nur ein, ein günstiger Treffpunkt.«

»Keine Lauscher?« Was für eine idiotische Frage.

Sie schüttelte den Kopf. »Und ich kenne das Viertel und diejenigen, die darin wohnen, ein bißchen. Lassen Sie uns keine Zeit vergeuden. Für ein ernsthaftes Gespräch werden wir irgendwo anders hingehen müssen, aber zuerst –« Sie beugte sich vor. Ihre Arme kamen aus dem Poncho hervor und stützten sich auf den Tisch. »Ist Ihnen auf der Reise hierher etwas Ungewöhnliches widerfahren, irgend etwas?«

»Wieso, äh, na ja –« Er bellte ein Lachen. »Die ganze Sache ist ungewöhnlich, nicht wahr?«

»Ich meine, haben Sie etwas bemerkt, das darauf hindeuten könnte, daß Sie, äh, beobachtet werden?«

Übergangslos kam es ihm zu Bewußtsein. Er hätte es schon vorher sehen müssen, als sie zum ersten Mal gestikulierte. Die Hände und Handgelenke vor ihm waren wohlgeformt, kräftig und ... goldbraun. Das auf ihrem Kopf war eine lebende Maske.

Sie hätte sorgfältiger mit ihrer Verkleidung oder vorsichtiger in ihren Bewegungen sein müssen. Und sie sprach beinahe ebenso zögernd wie er. Kein Profi also. Noch ein Amateur, vielleicht ebenso verwirrt und ängstlich? Was trieb *sie* wohl an?

Das Gefühl gleicher Verantwortung auf beiden Seiten stärkte ihn. Er sah, was für einen Bammel er gehabt hatte, und wie sehr das der Tatsache zuzuschreiben war, daß er sich wie eine Schachfigur fühlte – er, der aus eigener Entscheidung ein Beiboot durch einen Geröllsturm heruntergebracht hatte, um fünf Männer zu retten, die auf einem Kometenkern gestrandet waren!

»Ich weiß nicht«, sagte er langsam. »Lassen Sie mich nachdenken.« Er tat es, laut, während er in seinen Bierkrug starrte oder daran nippte. »Wenn Lilisaire verdächtigt wird und unter Überwachung steht, könnten Sie wissen, daß sie mich aus dem Weltraum zurückbeordert hat. Hat man Ihnen davon erzählt? Und natürlich wüßten sie auch, daß ich sie in der Burg besucht habe. Ich habe das reguläre Shuttle von Port Bowen nach Kenyatta genommen. Irgend jemand könnte mit mir mitgeflogen sein oder per Phon vorausgerufen und dafür gesorgt haben, daß jemand auf mich wartete, um sich an meine Fersen zu heften. Aber – ich bin kein Experte in so etwas, verstehen Sie. Allerdings haben Lilisaire und ich meine Vorgehensweise ausgiebig diskutiert. Als ich in Kenyatta ein *volant* mietete, belastete ich das Konto eines ihrer irdischen Agenten damit. Ich ließ es in einem Teil Schottlands zurück, den ich kenne, mit der Anweisung, am nächsten Tag heimzukehren, und ging zu Fuß etwa dreißig Kilometer durch ein unbewohntes Reservat in den Highlands bis zu einer Stelle, wo ein anderes *volant* auf mich wartete. Das war durch einen Boten oder eine quantenkodierte Übertragung arrangiert worden, was davon, weiß ich nicht genau, aber in jedem Fall müßte es eigentlich sicher gewesen sein. Ich habe keine Spur von irgend jemand anders gesehen, und eine Wolkendecke – die vom Wetterbericht vorhergesagt worden war – behinderte die Satellitenüberwachung, falls sie diensteifrig genug gewesen sein sollten, das anzuordnen. Im Lake Superior-Verteiler wechselte ich erneut das Fahrzeug und flog weiter bis zu einem Feriendorf auf Vancouver Island, wo ich ein Ortsgespräch mit dem Guthrie-Haus führte und ein Treffen mit dem Rydberg vereinbarte. Von dort aus rief ich in San Francisco an. Der Rydberg sagte mir, es sei sicher, und ich glaube, daß es tatsächlich einen erheblichen Aufwand erfordern würde, diese Leitung anzuzapfen. Heute flog ich gemäß den Befehlen, die ich erhielt, ohne Zwischenfall nach hier.«

Er hob den Blick. Sein Lächeln war sarkastisch. »Ich würde meinen«, sagte er, »wenn sie erwogen hätten, die Art von Mühe aufzuwenden, die erforderlich gewesen wäre, um mir durch all das hindurch nachzuspüren, dann hätten sie besser daran getan, mich gleich auf Verdacht hin festzunehmen und zu befragen. Es wäre einfacher und billiger gewesen.«

Die lebende Maske runzelte kaum die Stirn. Offensichtlich war sein Gegenüber nicht darin geübt, eine zu benutzen. »*Ich* meine«, sagte sie, »daß sie raffinierter gewesen sein könnten. Lilisaires Agentin hat mich wissen lassen, daß ein sehr energischer Agent sie, Lilisaire, persönlich aufgesucht hat.«

»Ja, das erzählte sie –«

Dringlichkeit schnitt ihm das Wort ab: »Durchforsten Sie Ihr Gedächtnis. Ist irgend etwas passiert, ganz gleich, wie unbedeutend es auch erscheinen mag, irgend etwas, das Sie sich nicht ganz erklären können?«

Ein leichter Schauer durchlief ihn. Er ließ seine Gedanken in der Zeit zurückschweifen. Nichts, nichts ... Moment!

»Eigentlich nicht, aber – Nun ja, als ich anfangs auf dem Mond landete und ihr Beauftragter mich abholte, wurde unser Flug wegen eines Unfalls im Orbit um etwa eine Stunde verschoben.«

»*Was ist geschehen?*« Unter dem Poncho kroch sie in sich zusammen.

»Nichts. Wir wurden in die Manager-Lounge geführt und bekamen etwas zu trinken angeboten, während wir warteten. Dann ließ man uns gehen.«

»Etwas zu trinken. Und Sie haben das Lilisaire gegenüber nie erwähnt?«

»Ich erinnere mich nicht. Vielleicht, vielleicht auch nicht. Bei so vielem anderen, was wir besprechen mußten –«

»Pele!« Sie sprang auf. »Kommen Sie!«

»Was?«

»*Āwīwī!*« Sie packte seine Hand und zog. »Ich kann mich irren, a-aber ich fürchte, ich tue es nicht. Nun *kommen* Sie schon!«

Wie betäubt gehorchte er. Sie schlängelten sich zwischen den Tischen hindurch nach hinten. Der Kellner ragte vor ihnen auf. Norton sagte ein paar rasche Worte in einer unbekannten Sprache zu ihm. Sein klobiges Gesicht wurde grimmig, er trat beiseite und winkte sie weiter.

»Ich habe dieses Lokal als Treffpunkt ausgesucht, weil ich es kenne«, sagte Norton mit vor Eile undeutlicher Stimme. »Und ich habe einen Zeitpunkt nach Anbruch der Dunkelheit gewählt, weil wir die Finsternis vielleicht brauchen. Falls wir uns also beeilen, falls wir Glück haben, könnten wir – Hier.«

Sie hatten eine in Angeln hängende Tür zu einem Lagerraum passiert. Sie schwang eine weitere solche Tür beiseite. Eine Treppe führte hinab ins Dunkel. Sie berührte ein Schaltfeld, schwache Fluoreszenz glomm auf, sie zog Kenmuir weiter und schloß die Tür hinter ihnen. Sie machten sich auf den Weg nach unten.

Aber er war kein Verbrecher, protestierte er lautlos, heftig. Er hatte nichts Ungesetzliches getan, nichts, was ihn zu jemandem hätte machen müssen, der davonlief. Warum war er auf der Flucht? Erst heute morgen hatte er sich beim Frühstück mit Matthias unterhalten. Der Logenmeister hatte widerwillig zugegeben, daß die Lunarier am Ende vielleicht doch die größte Hoffnung der Menschen sein mochten, die Sterne zu erreichen, oder sogar dafür, daß die Menschen nicht völlig abhängig von den sophotektischen Intelligenzen wurden – wenn das wünschenswert war ... Es schien unmöglich lange her, ein anderes Zeitalter, das für ihn beinahe ebenso untergegangen war wie die Zeit des ersten Rydberg.

14

Die Mondmutter

Auf dem Heimweg vom Jupiter kam die *Caroline Herschel* so dicht an L-5 vorbei, daß es mit dem bloßen Auge zu erkennen war. Trotzdem schimmerte der gigantische Zylinder winzig querab im All, halb im Licht, halb in der Dunkelheit, die spitz zulaufenden Enden auf die Sterne gerichtet, erlesen wie ein Edelstein. Glühwürmchenfunken umschwirrten ihn, Raumfahrzeuge, Maschinen. Die Erde und Luna waren Sicheln, die in Richtung Sonne lagen, eine große und eine kleine, eine schillernde und eine aschfarbene.

»Wir hätten ein paar Monate später ankommen sollen«, sagte Eva Jannicki. »Dann hätten wir vielleicht das Dock einweihen und literweise kostenlosen Champagner trinken können.« Obwohl die Orbitalkolonie ein ostasiatisches, in erster Linie japanisches Projekt war, war Fireball naturgemäß ein gleichberechtigter Partner und würde ihren Handelsverkehr dominieren.

»Ich denke, unsere Leute werden immer hauptsächlich auf Luna zusammenkommen, wenn sie es nicht auf der Erde tun«, entgegnete Lars Rydberg. »Das ist der Ort, wo unsere Traditionen Wurzeln geschlagen haben.«

»Ach, du!« Die kleine Frau mit der vollen Figur warf dem großen, grobknochigen Mann einen Blick komischer Verzweiflung zu. Blaue Augen erwiderten ihren Blick unter kurzgeschnittenem Flachshaar hervor und über einer vorspringenden Nase und eingefallenen Wangen. »Das war ein Scherz. Ich hoffte, du würdest es vielleicht merken. Dreimal in den vergangenen Monaten habe ich dich lächeln sehen. Einmal habe ich dich eindeutig lachen hören. Ich dachte, meine Bemühungen würden endlich Früchte tragen.«

»Du übertreibst, meine Liebe, wie gewöhnlich.« Rydbergs Lippen zogen sich reumütig hoch. »Aber vielleicht nicht sehr. Ich fürchte, wir Schweden sind wie die Engländer der Legende. Wenn man uns im Alter glücklich machen will, erzählt man uns eine lustige Geschichte, solange wir jung sind.«

»Da, siehst du, du kannst es doch, wenn du's versuchst! Außerdem hast du mir erzählt, daß du deiner Abstammung nach gar kein Schwede bist.«

Er blickte von ihr weg, aus dem Bullauge in den Himmel. Seine Stimme wurde schroffer. »Das war ein Fehler. Ich hätte es nicht tun sollen. Könntest du es bitte vergessen?«

Ein Schweigen breitete sich aus, in dem die Ventilatoren laut zu klingen schienen. Die beiden Menschen, die die Besatzung der *Herschel* darstellten, trieben halt- und schwerelos darin, während das Schiff sich auf seiner Flugbahn auf jenen Punkt zubewegte, wo die abschließenden Manöver beginnen sollten. In dieser Phase ihres Zyklus hatte die Lufterneuerungsanlage den Ozongehalt hochreguliert; ein schwacher Geruch wie nach einem Gewitter.

Jannicki streckte die Hand aus und berührte Rydberg am Ärmel. »Tut mir leid«, sagte sie leise. »Ich wollte dich nicht kränken. Besonders jetzt nicht, ausgerechnet.«

Er sah sie wieder an. »Das hast du auch nicht«, erwiderte er mit einiger Mühe. »*Ich* sollte mich entschuldigen, weil ich dich angeschnauzt habe. Du hast einen Nerv getroffen, aber das konntest du nicht wissen, es war nicht dein Fehler.«

»Na ja, du hast nie viel über dich selbst gesprochen«, pflichtete sie bei. »Und die Nerven werden ja wirklich dünn«, wenn man fünfzehn Wochen lang kaum etwas anderes zu tun hatte als seine Gesundheit in der Zentrifuge zu pflegen, zu lesen, sich Aufzeichnungen von Sendungen anzuschauen, Musikkonserven anzuhören und dem nachzugehen, was an sportlichen Betätigungen im freien Fall sonst noch möglich war. »Unsere völlige Nutzlosigkeit –«

»Nein. Es hätte ein Notfall eintreten können, etwas, womit das Schiff nicht alleine fertig werden konnte. Und davor –« Die Begierde, endlich hinauszukommen, das Studium, die Vorbereitungen. Der Transport von Vorräten und Hilfsgütern zur Himalia-Basis. Die Mitwirkung daran, die äußeren Monde zu erforschen und auf das Vorhandensein von Lagerstätten zu untersuchen. Die Teilnahme an der Telepräsenz, wenn Menschen Roboter durch den Strahlungsregen auf die Galileischen Monde und in den Königsplaneten selbst steuerten. Das Wissen, daß diese Ferne und Fremde Menschen benötigte, wenn man die abweisenden Wunder ihrer Umgebung finden und verstehen und eines Tages Nutzen daraus ziehen wollte. Rydberg überlegte. »Ich entschuldige mich nochmals. Die Erinnerungen sind mit mir durchgegangen. Das ist noch so eine schlechte Angewohnheit von mir: das Offensichtliche zu wiederholen.«

Sie lächelte. »Ich verzeihe dir.«

»Wirklich?«

»Das ist wohl oder übel zu einer *meiner* Angewohnheiten geworden.«

»Erstaunlich, daß du mir noch nicht die Kehle durchgeschnitten hast.«

»Oh, mir fehlt vielleicht selbst die eine oder andere Vollkommenheit. Warst du nie versucht, mir meine durchzuschneiden?«

»Natürlich nicht. Ganz abgesehen von der Sauerei und den juristischen Konsequenzen, was für eine schreckliche Vergeudung.«

»Genau meine Meinung.« Sie hielt inne. Ihre heitere Stimmung verflüchtigte sich. »Sobald die neuen Schiffe diese hier ersetzt haben, sobald es nur noch ein paar Tageszyklen bei einem g zu den meisten Bestimmungsorten ist –«

»Und die Automatisierung so weit fortgeschritten ist, daß eine einzelne Person genügt – Ja«, seufzte er. »Auch ich werde die langen Reisen vermissen. Aber bevor es soweit ist, haben wir uns vielleicht längst in den Planetendienst zurückgezogen und leben von unseren Erinnerungen.«

»Und was für Erinnerungen.«

»Genau.«

Sie klapperte mit den Augenwimpern. Ihre Stimme wurde heiser. »Wir können immer noch ein paar neue hinzufügen, das weißt du. Es dauert noch Stunden, bis wir an den Kontrollen gebraucht werden.«

Er lächelte. »Jetzt bist du es, die das Offensichtliche ausspricht.«

Gemeinsam stießen sie sich von der Wand ab und schwebten in Richtung Heck.

Als sie bald darauf entspannt ausruhten, angeschnallt, um nicht abzutreiben, aber ansonsten ein jeder in den Armen, der Wärme und dem Atem des anderen, sagte sie: »Ja, die Psychologen haben ein zutreffendes Kompatibilitätsprofil von uns erstellt.«

»Ich hoffe, man schickt uns noch mehr als einmal wieder als Team zusammen los«, erwiderte er auf seine ernsthafte Art.

»Ich auch. Und was deinen Urlaub angeht – Du hast mir nicht erzählt, nicht richtig, wie du deinen zu verbringen gedenkst, abgesehen von einem Besuch bei deinen ... Eltern ... auf der Erde.«

Er starrte auf das blanke Metall vor sich. »Ich bin mir noch nicht sicher. Kommt darauf an.«

»Ich bin mir auch noch nicht sicher. Meine Bekannten gehören alle zu Fireball, das weißt du. Ich werde Freunde treffen, sicherlich neue dazugewinnen, etwas Abwechslung –« Ihr Tonfall wurde sehnsüchtig. »Aber danach, wir zwei, ein Rendezvous?«

»Ich weiß es nicht«, wiederholte er.

Da sie von einer Größe war, die sie zwar nicht für die Erde, aber doch für Luna geeignet machte, blieb die *Herschel* nur kurze Zeit im Parkorbit, dann sank sie auf Port Bowen hinab. Da alle nötigen Absprachen schon vorher über Funk erfolgt waren und eine rasche Inspektion zeigte, daß offensichtlich alles in Ordnung war, war ihre Besatzung bald fertig im Büro. Wie üblich bezogen sie getrennte Zimmer im Hotel Aldrin – Ruhe, totale Ruhe, wann immer sie nur wollten! – aber sie war verletzt, als er es ablehnte, sofort mit ihr in den ›Treibstofftank‹ loszuziehen. Er bemerkte es gar nicht. »Vielleicht stoße ich später zu dir«, murmelte er und eilte davon in sein Zimmer.

Als er allein war, rief er in Genf an. In Europa war gerade Geschäftszeit, und er bekam die Direktverbindung, die er wollte. »Bleiben Sie einen Moment dran«, sagte er und belastete sein Konto mit den Kosten für eine Quantenverschlüsselung. »Jetzt, bitte, was haben Sie in Erfahrung gebracht?«

Als der Detektiv es ihm erzählte, pfiff er lang und leise und saß dann eine Weile stumm da, bis er befahl: »Das muß strikt vertraulich bleiben.«

Die Antwort nach der Übertragungsverzögerung wirkte steif. »Sir, Sie kannten den Ruf unserer Agentur, als Sie uns engagierten.«

»Ja, natürlich.« Die Mitarbeiter Fireballs waren nicht die einzigen, die empfindlich reagierten, wenn man etwas gegen die Organisation sagte, der sie angehörten. Weil es das *war*, wozu sie gehörten, weit mehr als zu ihren Ländern oder jedem anderen Teil einer unpersönlichen Zivilisation? »Nichts für ungut. Sie haben ausgezeichnete Arbeit geleistet. Lassen Sie die Datei bitte verschlüsselt, bis ich zur Erde kommen und sie mir im einzelnen ansehen kann.« Nicht, daß das wahrscheinlich etwas ändern würde. »Im Anschluß daran, vermute ich, werde ich wohl wünschen, daß sie gelöscht und vergessen wird.«

Nachdem er abgeschaltet hatte, sprang Rydberg auf und lief auf und ab, nicht in der auf dem Mond üblichen Gangart, sondern mit kleinen, ruckartigen Schritten, wie um das Zimmer größer erscheinen zu lassen, als es war. Schließlich wurde er sich der Uhrzeit bewußt und fluchte. Späte Abenddämmerungswache. Bis auf die Polizei und dergleichen war in der Verwaltung niemand mehr an der Arbeit. Und er konnte wohl kaum bei den Beynacs zu Hause anrufen, oder?

Nein, warte, vielleicht war es sogar am besten so. Das Phon fand die Büronummer, die er suchte, und stellte die Verbindung für ihn her. Ein Assistor meldete sich. Das war nicht unbedingt günstig. Die Maschine mochte nicht auf die nötige Flexibilität programmiert sein, um seine Bitte zu erwägen und darüber zu entscheiden. Diese hier aber war es zum Glück. Sie sagte, daß die Bürgermeisterin ihn morgen um 1530 empfangen könnte. Sie sah sogar in der Verkehrsdatenbank nach und gab ihm Fahrplanratschläge.

Nun, er hatte gehört, daß die Amtsinhaberin ihre Geschäfte ganz zwanglos führte. Nach allem, was er außerdem noch gehört hatte, würde er nach ein paar Minuten wieder draußen sein, falls sein Anliegen ihrer Aufmerksamkeit nicht würdig war.

Und wenn doch – in Anbetracht dessen, *worum* es sich dabei handelte –, dann würde er sich damit auseinandersetzen, sobald der Zeitpunkt gekommen war, und ertragen, was immer er ertragen mußte.

In der Zwischenzeit hatte er noch eine andere Verpflichtung. Ihr nachzukommen, würde eine Ablenkung für seinen Geist sein, Balsam für sein Herz. Der Anruf nach Stockholm traf sowohl Sten als auch Linnea Rydberg zu Hause an. Das alte Paar hatte sich erkundigt, wann er eintreffen würde, und war in der Wohnung geblieben, um zu warten. Ihre Freude ließ seine Augen brennen. Es war schwer, ihnen zu sagen: »*Nej, ack, jag vet ej* – Nein, tut mir leid, ich weiß nicht, wann ich kommen kann. Ich muß hier zuerst noch etwas erledigen. Ich werde so bald wie möglich kommen. Ich verspreche es.« Es war ihm ernst damit, auch wenn er nicht wußte, was »möglich« in diesem Falle heißen würde.

Sein Zimmer war zu einem Käfig geworden. Er dachte an die Kneipe. Dort wurde Eva Jannicki bestimmt ein stürmischer Empfang bereitet. Warum nicht auch ihm? Nein. Normalerweise fühlte er sich unter Kameraden glücklich, aber heute abend würde er sich dazu zwingen müssen, unterstützt durch Alkohol oder Cannabis oder Levitan. Experimente in seiner Jugend hatten eine Abneigung gegen jede Art von Rausch in ihm hinterlassen.

Statt dessen ging er in die öffentliche Sporthalle. Niemand außer ihm benutzte das Springballfeld. Das war ihm nur recht so. Der Robot lieferte ihm ein Spiel, das ihn angenehm müde werden ließ. Nach einer Dusche und einem leichten Abendessen in einer Cafeteria schlief er besser, als er erwartet hatte.

Irgendwann während der Morgendämmerungswache bestieg er die Einschienenbahn nach Tychopolis. Das System war gerade erst fertiggestellt worden, und trotz der Spannung, die sich wieder in ihm sammelte, genoß er seine erste Fahrt damit. Sie war nicht nur schneller als der Raupenschlepperzug, sondern auch geräumig und komfortabel, und ihre Fenster boten einen wunderbaren Ausblick. Bei Tag, wenn die Erde zu einer Sichel geschrumpft war und die Sterne überstrahlt wurden, bot das Firmament keinen Anblick, der einen für Stunden regungslos fesselte, ganz gewiß nicht mit dem zu vergleichen, was er nahe Mars, Jupiter und Saturn gesehen hatte; und dennoch kehrte sein Blick immer wieder dorthin zurück. Die Satelliten, auf die er erst kürzlich seinen Fuß gesetzt hatte, verfügten über keine wirklichen Landschaften. Sie waren zu klein; ihre steinige Beschaffenheit kippte einfach weg. Hier schaute er über Ebenen und an Höhen hinauf, hier erspähte er Energieschüsseln, die an Siegesdenkmäler erinnerten.

Ein Mitpassagier knüpfte ein Gespräch mit ihm an, und Rydberg stellte fest, daß er ebenfalls Gefallen daran fand. Der Mann war zwar Tourist, aber intelligent, ein Ökologieingenieur, der eben von einem Aquakultur-Projekt südlich von Grönland kam. Obwohl er sich Sorgen um die Unruhen im Nahen Osten und in Afrika machte und hoffte, daß sie sich nicht zu einem richtigen Krieg ausweiten würden, war er in erster Linie aufgebracht. Verdammte Fanatiker, die Wiederurbarmachung von anderthalb Kontinenten zu verzögern!

»Haben Sie draußen beim Jupiter die Nachrichten verfolgt?« fragte er.

»Wenn wir konnten«, sagte Rydberg. »Wir drängten uns jedesmal um den Bildschirm – ich bin sicher, sie tun es immer noch –, wenn eine Sendung über den Trägerstrahl hereinkam, falls wir gerade zur Stelle waren. Wir haben ja auch Angehörige und Freunde auf der Erde. Aber meistens waren wir woanders oder zu beschäftigt. Es fing an, einem so fern vorzukommen, halb unwirklich. Wir haben uns deswegen geschämt.«

»Das hätten sie nicht gemußt. Ich wäre selbst Raumfahrer geworden, wenn ich in meiner Jugend die Möglichkeit dazu gehabt hätte. Die Zukunft liegt hier.«

Wirklich? dachte Rydberg. Ein wie großer Teil der Menschheit würde jemals außerhalb der Erde leben? Wie viel würde es, von Wissenschaft und Industrie abgesehen, jemals bedeuten?

Er kam rechtzeitig genug in Tychopolis an, um sich eine Unterkunft und ein Essen zu besorgen. Rechten Appetit hatte er indes nicht. Er streifte durch die Stadt. Überall sah er Betriebsamkeit, Wachstum, laufende Verbesserungen. Nicht alles ging von der Regierung oder von Fireball aus. Drei Arkadenebenen mit Geschäften säumten den Ziolkowski-Prospekt. Ein Türbildschirm zeigte an, daß im Innern live *King Lear* aufgeführt wurde. Das Ballett hatte ein eigenes Theater erhalten. In den Wohnvierteln wurden Wohnungen so umgestaltet, daß sie den Vorstellungen ihrer Bewohner – die oft das Eigentumsrecht daran erworben hatten – besser entsprachen. Andere Einheiten waren offensichtlich zu Gotteshäusern oder Kultstätten geworden, christlich, jüdisch, moslemisch, buddhistisch, hinduistisch, shintoistisch, gaianisch. Ein *Cinco de Mayo*-Picknick erfüllte den Bambushain des Kaifunghu-Parks mit Musik und fröhlichem Treiben.

Inmitten der Menge schritten die Lunarier der neuen Generation dahin, knapp unter zwanzig oder jünger, schön, anmutig und immer von den anderen getrennt.

Rydbergs Stunde rückte näher. Er betrat das Rathaus.

Die drei oder vier angemieteten Räume im Fireball-Komplex verdienten diesen Namen kaum. Die Stadtverwaltung besaß nicht mehr an Befugnissen, als die Nationen gemeinsam beschlossen hatten, ihr zuzugestehen – in der Hauptsache die Aufsicht über die kommunalen Dienste. Dieser Gedanke lockte ein kurzes Lächeln auf seine Lippen. Was da delegiert worden war, war ein großer Teil dessen, was das Leben der Mondbewohner wirklich betraf.

Es gab nur wenige menschliche Mitarbeiter. Sie gingen

ihren Pflichten ganz zwanglos nach. Der Assistor im Büro der Bürgermeisterin scannte Rydberg, ließ sich seinen Namen geben und öffnete die innere Tür für ihn. Er ging hindurch. Der Raum dahinter war angenehm leer. Auf einem großen Schreibtisch standen ein Phon, ein Computerterminal und ein paar persönliche Dinge – ein Bild, ein Brocken eines dunkelblauen Minerals, ein vollgekritzelter und mit Männchen bemalter Notizblock. Aus einem Lautsprecher ertönte leise Hintergrundmusik; Rydberg erkannte »Appalachian Spring«.

Die Frau hinter dem Schreibtisch erwiderte seinen Blick ruhig und gelassen. Er hatte sie schon früher in Nachrichtensendungen gesehen, ihr Foto in Artikeln und in Büchern. In natura besaß sie die Stärke, die er erwartet hatte, aber auch eine Ausgeglichenheit, eine ruhige Aufmerksamkeit, die sein Herz irgendwie dazu brachte, langsamer zu schlagen.

Dagny Beynac in den Vierzigern hatte ein bißchen mehr Fleisch auf den starken Knochen angesetzt, aber eben nur ein bißchen. Das breite Gesicht mit der gekrümmten Nase und den hohen Wangenknochen war hellhäutig geblieben, nur leicht faltig rings um die blauen Augen und den vollen Mund. Die weißen Strähnen in dem rotbronzenen Haar, das ihr bis auf die Schultern fiel, wirkten wie blondiert. Sie trug eine schlichte graue Tunika und eine Freizeithose und vor der Kehle eine Nadel in Silber und Opal.

»Pilot Rydberg?« Ihre Stimme war leiser, als wenn sie in der Öffentlichkeit sprach, das Gutturale auffälliger. »*Salud*. Was kann ich für Sie tun?«

Unwillkürlich nahm er Haltung an. »Ich weiß es nicht«, sagte er.

Die rötlichen Brauen hoben sich. »Was meinen Sie damit?«

Er war selbst ein wenig erstaunt, wie fest auch er sprach. »Ich bin Ihr Sohn, Madame.«

Der Fahrstuhl zur Zentrifuge war für Behinderte oder Faule da. Er und sie benutzten die Treppe. Die meisten der zahlreichen Leute, denen sie begegneten, kannten und grüßten Dagny. Sie gab ein Lächeln, ein Winken, vielleicht ein Wort zurück, während sie sich weiterbewegte. Rydberg begriff nicht, wie sie das schaffte. Er hätte seinen Vorrat an Leutseligkeit schon auf den ersten hundert Metern aufgebraucht.

Sowohl ihrer Form als auch ihrer Größe nach war diese Maschine den Anlagen in einem Raumschiff oder auf der Oberfläche eines Himmelskörpers mit niedriger Schwerkraft so unähnlich wie diese untereinander. Am unteren Ende des Schafts trat man auf ein schmales Band, dann auf weitere in Folge, von denen jedes schneller als das vorherige rotierte. Zwar standen Absorber zur Verfügung, um den Beschleunigungsschock zu dämpfen, aber eine Person von normaler Beweglichkeit, die daran gewöhnt war, benötigte sie nicht. Wenn man die Hauptscheibe erreichte, mußte man allerdings auf einen Fußweg treten, während dieser vorbeilief, und dann tat man gut daran, sich an seinem rechten und linken Handlauf festzuhalten.

Ohne Ende drehte sich das große Rad lautlos auf seinen Magnetfeldern, glänzend und majestätisch unter einer Decke, die ein einziger großer Bildschirm war und einen Erdhimmel simulierte, mit Wolken, die weiß vor blau dahintrieben, und Vögeln im Fluge. In Anbetracht einer solchen Masse war ein präzises Ausbalancieren unnötig. Während man nach außen schritt, veränderten sich Stärke und Richtung der Zentrifugalkraft. Auf seinem spiralförmigen Weg neigte sich der Pfad, um immer unter den Füßen zu bleiben, bis man zuletzt auf dem Außenkranz und bei Erdgewicht angekommen war. Fast senkrecht zur Ebene des Mondhorizonts trug dieser einen breiten, kreisförmigen Fahrdamm, der mit nachgiebigem Duramoos belegt war. Leute drängten sich auf der Gehspur, verteilten sich in größeren Abständen auf der Laufspur, vollführten auf der Stelle Aerobic- oder Hantelübungen in den zahlreichen Nischen. Auf der gegenüberliegenden Seite des Pfades säumten abgeteilte Kabinen die Scheibe. Vom Mittelpunkt aus sah man ihr durchgehendes Dach, von hier aus ihre Türen. Jeder konnte jederzeit den offenen Kreis benutzen, aber eine von diesen mußte man reservieren und bezahlen.

»Ich nehme oft jemanden zu vertraulichen Gesprächen in eine Schleuderkabine mit«, hatte Beynac gesagt. »Ich kann genausogut ein bißchen g-Zeit einschieben, während ich sichergehe, nicht gestört zu werden.« Sie lachte. »Wenn sie heute bemerken, daß ich mich mit einem gutaussehenden jungen Mann zurückziehe, na, *envieuse soit qui mal y pense*.«

Und doch war sie vorhin erschütterter gewesen als er. Er glaubte nicht, daß er seine Gefühle so schnell hätte in den Griff bekommen oder ein so fröhliches Äußeres hätte aufsetzen können. Sein Schutz war der Gleichmut.

Die Menge bewegte sich mit der Drehrichtung, um ein wenig zusätzliche Belastung zu erzielen. Er und sie schlängelten sich im Zickzack dahin, bis sie zu der im voraus bestellten Nummer 19 kamen. Sie traten ein und schlossen die Tür hinter sich. Das belüftete, beleuchtete Innere beherbergte eine Liege, eine mit einem Wandschirm abgeteilte Toilette samt Waschbecken und ein Stückchen teppichbelegte Bodenfläche.

Beynac warf sich gegen Rydberg und klammerte sich an ihn. Er spürte, wie sie zitterte. »O Gott, o Gott«, stammelte sie an seiner Brust. »Du. Ich hätte nie zu träumen gewagt –« Er umarmte sie. Die Erkenntnis kam, daß sie deswegen so schnell mit ihm davongeeilt war, nur wenige Minuten, nachdem er gekommen war. Es hatte ihn verblüfft. Hatte sie vor, ihn auszufragen, ihn auseinanderzupflücken, herauszufinden, ob er ein Betrüger war und was er von ihr wollte? Statt dessen spürte er Tränen durch seine Uniformjacke.

»Mutter«, sagte er ehrfürchtig.

Nach einer Weile: »Habe ich falsch gehandelt? Vielleicht tut dir das weh, ein Geist, der besser in seinem Grab geblieben wäre. Dann bitte ich dich, mir zu vergeben. Ich werde von hier weggehen und nie ein Wort davon zu irgend jemandem sagen.«

»Nein. Tu das nicht. Bitte. Lars –« Sie ließ los, trat ein Stückchen zurück, lächelte zu ihm auf, immer noch in seinen Armen. Das Lächeln zitterte, Tränen glitzerten in ihren Wimpern und auf ihrer Haut, aber sie weinte nicht mehr und begann gleichmäßig zu atmen. »Lars«, flüsterte sie. »Was für ein hübscher Name. Hübsch, aber männlich. Ich bin froh, daß sie dich so genannt haben.«

»Meine Pflegeeltern waren immer gut zu mir«, sagte er.

»Ich wußte, daß sie das sein würden. Anson Guthrie hat sie ausgesucht. Er hat mir allerdings nie mehr verraten, und ich d-dachte mir, er wüßte es am besten, er und seine Frau.«

»Haben sie auch. Du mußtest dein Leben leben. Ich habe mich wieder und wieder gefragt, ob es richtig war, dich aufzuspüren. Ich weiß es immer noch nicht.«

»Das war es. Ich bin so glücklich. Ich habe, ja, wieder und wieder daran gedacht, den Versuch zu unternehmen, dich zu finden, hatte aber Angst, daß es irgendwie Schaden anrichten könnte. Du hast es für mich entschieden. Danke, Liebster.«

Sie löste sich aus seiner Umarmung, wischte sich mit der Hand übers Gesicht und stieß einen tiefen Seufzer aus. »Toll! Wie ich wieder aussehen muß. 'tschuldige mich 'n Moment.« Sie verschwand im Waschabteil. Er stand da und wartete in seiner eigenen Verzauberung.

Als sie wieder auftauchte, war sie wieder perfekt hergerichtet, beherrscht, strahlend. »*Hoy,* schau nicht so ernst«, tadelte sie mit einem verschmitzten Lächeln. »Setz dich und laß uns reden. Wir müssen, wie viele sind es, sechsundzwanzig Jahre Reden nachholen.«

»Das werden wir heute kaum schaffen.«

Sie sah ihn mit ihrem schräggelegten Rotschopf an. »Okay, ich werde davon ausgehen, daß du dein ›Gu-gu‹ und ›Wa-a-ah!‹ hinter dir hast, und wir kommen direkt zur Sache. *Mon Dieu*, du bist ja ein richtiger Trauerkloß, was?«

Sie ließ sich am rechten Ende der Liege nieder. Er dachte, sie müsse verstehen, wie gehemmt er sich fühlte, und wählte die linke Seite, einen Meter oder mehr zwischen ihnen freilassend. Sie drehte sich halb herum, Knie über Schienbein, Arm parallel zum Rücken, so daß sie ihm das Gesicht zuwandte. Er behielt beide Füße auf dem Boden und stützte sich auf seine Handfläche, um sie zu betrachten.

»Du bist mir gegenüber im Vorteil«, sagte sie. »Ich kenne deinen Namen und weiß, daß du Weltraumpilot bei Fireball bist. Und mein Erstgeborener. Punkt.«

»Du *weißt* das nicht, außer durch mein Wort«, antwortete er. »Ich sollte es wohl besser belegen. Ich habe die Beweise nicht bei mir, aber du kannst meinen Weg leicht aufgrund dessen zurückverfolgen, was ich dir erzähle.«

»Noch einfacher. Ich werde Onkel Anson fragen.« Sie bedachte Rydberg mit einem aufmerksamen Blick. »Hm-m, aber ich sehe, dir liegt viel daran, deine Aufrichtigkeit unter Beweis zu stellen. Der methodische Typ. Okay, bringen wir es hinter uns. Wie hast du mich gefunden?«

Davon zu berichten, steigerte seine Ruhe. »Meine Pflegeeltern sind Schweden. *Far* – Vater – er war Ingenieur, seine Frau unterrichtete an einer Schule, bevor sie sich zur Ruhe setzten. Sie waren kinderlos und im mittleren Alter, als sie mich adoptierten. Sie haben kein Geheimnis daraus gemacht, sagten aber, daß sie mich von einer Agentur hätten, die ihnen nichts über meine ... meine biologischen Eltern mitgeteilt hätte, weil das am klügsten sei. Darin haben sie die Wahrheit gesagt, wie ich erfahren habe, nur daß sie nicht erwähnten, daß Anson Guthrie daran beteiligt war. Vielleicht hat er jemanden in der Agentur bestochen.«

Beynac lachte leise in sich hinein. »Sehr gut möglich. In der Verwaltung auch; ich wäre nicht überrascht. Sprich weiter.«

»Mittlerweile denke ich, *Far* und *Mor* haben das vermutet, waren sich aber nie sicher und beschlossen deshalb, lieber keine Erkundigungen einzuziehen. Er war in einer Firma beschäftigt, die mehrfach auf der Erde Arbeiten für Fireball ausgeführt hatte, wie zum Beispiel die Erweiterung des australischen Raumhafens, und im Zuge dessen war er auch Guthrie begegnet. Ein paarmal hinterher, über die Jahre verteilt, stattete Guthrie uns kurze Besuche ab. Das geschah immer dann, wenn er zufällig in Schweden war. Oder jedenfalls sagte er das. Schließlich begann ich mich zu wundern. Warum sollte er, ein mächtiger Mann in der Welt, dessen Aufmerksamkeit von so vielen Seiten in Anspruch genommen wurde, warum also sollte er sich unserer erinnern? Ich wußte, er war kein Snob; er hatte Freunde in allen sozialen Schichten; aber diese zeitlich weit auseinanderliegenden Besuche waren keine derartige Beziehung. Und ... als ich mich bei Fireball bewarb, wurde ich zur Ausbildung zugelassen, obwohl Hunderte von denen, die abgelehnt wurden, mindestens ebenso qualifiziert gewesen sein müssen.

Darum, als ich beschloß herauszufinden, wer meine echten Eltern waren – ich habe *Far* und *Mor* nichts davon gesagt, es würde sie verletzen – *jo*, da war es nur naheliegend, in Guthrie einen Anhaltspunkt zu sehen. Ich übergab den Auftrag einer Detektivagentur, aber es war nicht sehr schwierig. Ein großer Teil der Probleme, die sie hatten, waren den chaotischen Verhältnissen in Nordamerika zuzuschreiben, wo die Spur hinführte. Bei einer Persönlichkeit des öffentlichen Lebens wie Guthrie ist ihr Verbleib immer ein Nachrichtenereignis, wenigstens potentiell. Anschließend liegen die Informationen dann jahrzehntelang vergessen in einer journalistischen Datenbank, weil es keinen Grund dafür gibt, sie zu löschen. Ich kannte mein Geburtsjahr, da ich sofort zur Adoption weggegeben worden war, und auch der Geburtstag, den wir als den meinen feierten, mußte in etwa korrekt sein. Da ich mit an Sicherheit grenzender Wahrscheinlichkeit unehelich war – Vergib mir, M-Mutter –«

Beynac streckte die Hand aus, um die Rydbergs zu tätscheln. »Ist schon okay, du wundervoller Bastard.«

»Ah-hem! Wo war Guthrie in den neun vorangegangenen Monaten gewesen, und was hatte er in dieser Zeit getan? Es stellte sich heraus, daß sechs Monate früher die Lokalnachrichten in einer kleinen Stadt namens Aberdeen an der nordwestlichen Pazifikküste gemeldet hatten, daß die Gemeinde einmal mehr durch die außerordentliche Gegenwart von Mr.

und Mrs. Anson Guthrie beehrt würde, die ihre Freunde Mr. und Mrs. Sigurd Ebbesen besuchten. Ein Detektiv vor Ort half dem Gedächtnis diverser Leute nach, konsultierte die Datenbank genauer und fand heraus, daß Miss Dagny Ebbesen etwa um jene Zeit als Mündel der Guthries nach Quito in Ecuador verzogen war, wo sie eine erstklassige Erziehung auf der Fireball-Schule erhalten sollte, bevor ihr eine Anstellung in der Firma angeboten wurde. In Ecuador gab es keine Aufzeichnungen darüber, daß sie ein Kind zur Welt gebracht hatte, aber das wäre einfach zu verbergen gewesen, und bei einer Nachfrage stellte sich heraus, daß sie sich erst mehrere Monate, nachdem sie Aberdeen verlassen hatte, an der Schule immatrikuliert hatte. Die Wahrscheinlichkeit erschien hoch, und deine Karriere war der Öffentlichkeit bekannt. Tatsächlich bist du ziemlich berühmt; ich hatte schon lange vorher von dir gehört.«

Der trockene, schnelle Vortrag endete abrupt. Rydbergs Blick hatte sich von Beynac abgewandt, während er sprach. Jetzt saß er da und starrte die Wand an.

»Warst du überrascht?« fragte sie sanft.

»Na ja«, sagte er, »ich dachte ... wenn meine Mutter ein Protegé der Guthries war ... würde sie wohl nicht in Armut leben. Darüber hinaus hatte ich keine Vorstellung von ihr.«

»Viele Kinder träumen von richtigen Eltern, die viel glänzender und bedeutender sind als jene, die sie kennen. Ich fürchte, dem kann ich nicht gerecht werden.«

Sein Kopf schwang wieder zurück zu ihr. Seine rechte Hand krallte sich in seinen Oberschenkel, die linke packte den Rand der Liege. »Ich will nichts von dir haben!« schrie er. »Ich brauche nichts! Ich bin wohlhabend!«

Sie hob eine Handfläche. »Immer mit der Ruhe, mein Lieber«, sagte sie leise. »Ich habe nicht das gemeint, was du annimmst. Wenn du Weltraumpilot bist, sicher, dann wirst du gut bezahlt, und dein Anteil an der Firma steigt im Wert wie eine Rakete. Ich habe auch nicht eine Sekunde lang angenommen, daß du hierhergekommen bist, um durch Arschkriecherei eine Beförderung oder besondere Privilegien zu erlangen. So viel Einsicht mußt du mir schon zutrauen.«

»Tut mir leid«, sagte er zerknirscht. »Ich bin nicht sehr geschickt im Umgang mit Worten. Vergibst du mir?«

»Da gibt es nichts zu vergeben, Schatz. Du bist jetzt ziemlich aufgelöst. Glaubst du, ich nicht? Was ich meinte, war einfach nur, daß ich nichts Außergewöhnliches bin. Eine Ehefrau und Mutter. Frühere Ingenieurin. Man forderte mich auf, einige schwierige und unangenehme administrative Aufgaben zu übernehmen. Das war *faute de mieux*, aber nach und nach verdrängte das Administrative die Ingenieurstätigkeit. Es zog mich in die Politik hinein, weil sich ja irgend jemand für den Normalbürger einsetzen, den diversen Regierungen Dampf machen und versuchen mußte, Steuern und Verordnungen in ein vernünftiges Verhältnis zur Realität zu bringen. Darum leiste ich jetzt für all meine Sünden hier eine Amtszeit als Bürgermeisterin ab, und ich befürchte, daß noch ein oder zwei weitere Amtszeiten dazukommen werden, bevor ich es schaffe, einen geeigneten Nachfolger ausfindig zu machen, der nicht schnell genug weglaufen kann. Das ist alles.«

»Das … ist eine Menge … würde ich sagen.«

»Dein Leben muß wesentlich interessanter gewesen sein.«

»Das bezweifle ich.«

»Erzähl mir davon.«

»Ich bin kein sehr interessanter Mensch«, sagte er verbissen.

»Laß mich das selbst beurteilen, wenn es dir nichts ausmacht.« Beynac wechselte ihre Position, lehnte sich zurück, schlug die Beine übereinander, eine Haltung, die zu Ungezwungenheit einlud.

Er stellte fest, daß seine Zunge sich immer bereitwilliger bewegte, je länger er sprach. »Na ja, die grundlegenden Fakten hast du bereits gehört. Ich bin als Schwede aufgewachsen. Wir reisten, ich sah viel von der Erde, aber ich war immer … sternenbesessen. Ich wollte raus, wie die Nordamerikaner sagen, und mit achtzehn wurde ich zur Fireball-Akademie zugelassen. Meine Begabung und mein Wunsch gingen in Richtung Pilot, und das ist heute meine Arbeit. Ich habe sowohl reguläre als auch Forschungsmissionen geflogen, und gerade eben komme ich vom Jupiter zurück.«

»Und du bezeichnest dich als langweilig. Haha! Wie steht's mit deinem Leben auf der Erde? Verheiratet? Ich giere danach, endlich Enkel zu kriegen.«

»Nein«, erwiderte er schroff. »Ich war es, drei Jahre lang. Aber das ist vorbei.«

Ihre Stimme wurde zu einer Hand, die ihm übers Haar strich. »Ich wollte nicht neugierig sein. Ich werde über nichts mit dir reden, worüber du lieber nicht reden möchtest, und auch keine Erkundigungen darüber einziehen. Das ist ein Versprechen.« Nach einem Augenblick: »Piloten sind ein fürchterliches Eherisiko. Das weiß jeder. Sie muß ein tapferes und liebevolles Mädchen gewesen sein.«

»Sie hätte etwas Besseres verdient gehabt. Ich hoffe, sie findet es.«

»Laß diese Reumütigkeit, okay? Um noch einmal darauf zurückzukommen – wiederum nicht, um neugierig zu sein, aber – du sagtest, du warst sternenbesessen, doch du mußt zu klug gewesen sein, um nicht die Gefahren und Opfer und Unannehmlichkeiten des Weltraums ebenso zu kennen wie seinen Zauber; und du hast ein angenehmes, keineswegs langweiliges Leben auf der Erde beschrieben. Du hättest eine Laufbahn einschlagen können, die dir bald genug Geld eingebracht hätte, um den Weltraum als Tourist kennenzulernen. Ich meine die Art von Tourist, der dafür trainiert, bis er *echte* Erfahrungen machen kann. Dennoch sagst du, du hättest raus gewollt. Warum? Was war verkehrt?«

»Ich – ich fühlte mich, na ja, beengt, eingeschränkt.«

»Wirklich? Ich erinnere mich, wie Anson Guthrie einmal bemerkte, daß Schweden in seiner Jugend das gewesen sei, was er einen ›Kindermädchenstaat‹ nannte, aber es habe sich davon befreit, und heutzutage seien die Menschen dort freier als in den meisten anderen Ländern, einschließlich

Nordamerikas. Was offensichtlich einer der Gründe dafür war, warum er dich gerade dort untergebracht hat.«

»Richtig. Dennoch, überall auf der Erde – überall da, wo man überhaupt leben kann – hat man ein Gefühl, daß alles bereits entschieden ist, daß alles Wichtige schon getan ist, daß alles wirklich Neue uns nur in unserer Behaglichkeit stören kann. Und diese, wie soll ich sagen, diese ölig-kitschige Neoromantische Bewegung, die für sich in Anspruch nimmt, Traditionen wiederaufleben zu lassen, die jahrhundertelang nur in Büchern existiert haben, wenn sie denn überhaupt jemals existiert haben – die brachte mich nur zum Würgen. Im Weltraum hat man keine Angst vor Neuheit und vor Größe. Man hat seine Bräuche, seine echten Traditionen, und diese wachsen immer noch, sie dienen einem Zweck, sie *leben*.«

Beynac nickte. »Ich sehe schon, daß es bei weitem nicht so einfach war, wie du es jetzt darstellst, und wahrscheinlich waren dir deine Motive nie ganz klar und werden es auch nie sein, aber wenigstens erkenne ich die Richtung.« Mit einem Lächeln: »Außerdem erkenne ich, daß du kein Langweiler bist. Ich wette, als Teenager haben deine Altersgenossen dich als einen unerträglichen, halsstarrigen Nonkonformisten empfunden.«

Nach einem Augenblick des Schweigens fuhr sie behutsam fort: »Ich muß dich aber doch fragen, was dich dazu veranlaßt hat, mich ausfindig zu machen. Das war nicht bloß reine Neugier.«

»Nein«, sagte er. »Es war dasselbe Gefühl von Wurzellosigkeit, das Gefühl, zu nichts und zu niemandem zu gehören. Ja, ich liebe meine Pflegeeltern, aber in jeder anderen Hinsicht habe ich mich von ihnen wegentwickelt.«

»Ich weiß, wie sie sich fühlen«, sagte sie halb im Flüsterton.

Er beschloß, diesen Punkt nicht weiterzuverfolgen. »Wie für so viele von uns ist Fireball jetzt meine wirkliche Familie. Und dennoch, vielleicht liegt es ja daran, daß ich meine einsame Jugend immer noch nicht ganz überwunden habe, dennoch war da diese Leere in mir. Sie ergab keinen Sinn, aber ich konnte sie nicht ausfüllen. Am Ende dachte ich, daß, wenn ich herausfinden könnte, wer meine wirklichen Eltern seien, woher und von was ich abstammte, es eine Heilung bewirken könnte. Aber ich hatte nicht vor, sie zu belästigen. Einfach nur zu wissen, wer du bist, dir dieses eine Mal zu begegnen, ist schon ein Wunder.«

»Du brauchst nicht wegzugehen, Lars«, erklärte Beynac ihm. »Und wenn ich es verhindern kann, wirst du es auch nicht.«

Nach einem weiteren Augenblick fuhr sie fort: »Die Identität deines biologischen Vaters scheinst du nicht herausgefunden zu haben. Sein Name war William Thurshaw. Es war eine Sommerliebe, wild und wunderschön und natürlich unmöglich. Ich weigerte mich, eine Abtreibung vornehmen zu lassen, und die Guthries retteten mich und dich, wie du weißt. Sie taten es, weil – nein. Vielleicht kann ich es dir eines Tages mal erzählen.

Bill war ein begabter Junge. Vielleicht war es das, was mich vor allem zu ihm hinzog. Außerdem war er galant und fürsorglich und blieb es auch später, als erwachsener Mann. Wir haben nie wieder voneinander gehört, aber so viel hat Guthrie mir verraten. Jetzt, da ich weiß, wonach ich Ausschau halten muß, ja, ich erkenne eine Menge von Bill in dir. Und ich glaube, auch in deiner Art zu denken.«

Ihr Tonfall verhärtete sich. »Genau wie ich und später du hätte er zweifellos bei Fireball eintreten können, aber er entschied sich anders. Vor zwei Jahren erzählte Guthrie mir, er sei tot. Du mußt wissen, wie die Erneuerungsbewegung immer verzweifelter, immer rücksichtsloser wird, während das Land unter ihrer Herrschaft in Stücke geht. Bill hat sich zu offen für die Verteidigung der Freiheit ausgesprochen. Wie es im Polizeibericht hieß, wurde er getötet, als er sich ›der Festnahme widersetzte‹.«

»Es tut mir leid«, war alles, was Rydberg zu sagen einfiel.

Beynacs Stimme wurde sanfter. »Für mich war er nicht viel mehr als ein Traum, den ich einmal gehabt hatte. Ich weinte ein bißchen. Mein Ehemann hielt mich fest, und dann war die Welt wieder in Ordnung. Ich bin sehr glücklich verheiratet, Lars. Aber du kannst stolz auf deinen Vater sein.«

Sie nahm Rydbergs Hand. So saßen sie eine Weile da.

»Ich freue mich, daß du glücklich bist«, sagte er endlich. »Ich darf das nicht gefährden. Ich werde gehen. Heute war mehr als genug.«

»Nein!« rief sie. »Verflucht noch mal, nein! Du bleibst!«

»Aber dein Mann, deine Kinder –«

Sie gewann ihre Beherrschung zurück. »Bitte. Ich kann dich nicht einfach wieder in der Masse verschwinden lassen und nicht mehr daran denken. Nicht, daß ich irgendwelche Ansprüche auf dich erheben will. Aber können wir nicht versuchen, uns besser kennenzulernen?«

»Bei dir zu Hause? Ich würde mich wie ein Eindringling fühlen.«

»Das brauchst du nicht.« Ihr Lachen schwankte ein bißchen. »Oh, Edmond wird zuerst überrascht sein, aber nicht sehr, und er wird sich rasch fangen. Er ist so durch und durch ein Mann, verstehst du. Die Kinder werden bloß interessiert sein, aber nicht übermäßig und nicht lange, da bin ich mir sicher; etwa so wie eine Katze, wenn ein Besucher kommt. Das ist alles.

Lars, ich liebe diese Kinder von ganzem Herzen, aber du bist mein einziges, das rundherum menschlich ist.«

15

Im Westen glänzte blau der See, der sich wie ein Meer bis hinter den Horizont erstreckte. Ein paar letzte Fetzen des Morgendämmerungsnebels hingen wie Rauch über seiner Stille. Ein abnehmender Mond schwamm bleich über mehreren Inseln. Im Osten ragte kühn das Ufer auf, und die Sonne füllte sattgrüne Hochländer mit Schatten. Die Ortschaft Musoma erhob sich weiß an der Mündung ihrer Bucht. Drei Pelikane und ein Reiher strichen darüber hinweg. Die Luft ruhte kühl und still, mit einem Geruch nach Fisch, der später, im Laufe des Tages, stärker werden würde.

Ein Boot trieb in einiger Entfernung vom Ufer. Zwei Männer saßen ungezwungen darin, die Gesichter einander zugewandt. Angelschnüre hingen von den Ruten in ihren Händen herab.

»Ein wunderbarer Morgen«, sagte Charles Jomo im Plauderton.

»Ja«, pflichtete Vensator bei. Sein Körper konnte das ebenso genießen wie der eines jeden anderen Menschen. Trotzdem regte sich der Jäger in ihm. »Aber wird jemals einer anbeißen?«

Sie sprachen Anglo. Jomo wollte seines üben. Venator hatte nicht zugegeben, daß er eine der hier gebräuchlichen Sprachen beherrschte. Fähigkeiten behielt man am besten in der Hinterhand, bis man sie brauchte, und Überraschung war eine mächtige Waffe.

»O ja«, sagte Jomo. »Die Fische hier verhalten sich anders als die Fische im Flachwasser. Für Sportzwecke gestaltet. Sie kriegen Ihre Aufregung schon noch, das verspreche ich Ihnen. Bis dahin: Geduld. Wir haben den ganzen Tag vor uns.« Er war ein grauhaariger, tiefbrauner Mann mit einer gemütlichen Wampe. Wie sein Begleiter trug er nur eine Tunika. Ein Sonnenbrand war für keinen von beiden eine Gefahr.

Venator wiederholte eine frühere Artigkeit: »Es ist sehr freundlich von Ihnen, sich für einen Fremden so viel Mühe zu machen.« Wenn der Knabe wüßte, für was für eine Art von Fremden! dachte er sardonisch.

Jomo lachte glucksend. »Der professionelle Führer, den Sie sonst engagiert hätten, mag da anderer Meinung sein.«

Venator fand, daß er ein bißchen Betroffenheit vortäuschen sollte. »Das tut mir leid. Daran hatte ich gar nicht gedacht.«

»Sie müssen sich nichts daraus machen. Er ist nicht so verzweifelt auf die UCUs angewiesen. Wer ist das schon?«

»Ich habe ein paar gekannt.«

»Ehrgeizige Typen.« Jomos Tonfall wurde interessiert. »Und würden Sie nicht sagen – ist es in Ihrer Heimat nicht genauso? –, daß die Schwerarbeiter nicht so sehr nach zusätzlicher Kaufkraft streben als vielmehr nach Ruhm oder persönlicher Befriedigung oder irgend etwas anderem Gefühlsmäßigem? Wie wichtig sind materielle Güter und Dienstleistungen, wenn jeder eine Grundrente erhält?«

Gut, dachte Venator. Er hatte darauf gehofft, seinen Bekannten aus der Reserve zu locken. Gebildete, zum Philosophieren neigende Menschen, die sich aktiv an den Angelegenheiten ihrer Gemeinschaften beteiligten, neigten dazu, am meisten zu verraten. Einzelne Beobachtungen, die sie ihm mitgeteilt hatten, waren verblüffend gewesen.

Er hatte seine Reaktion nicht gezeigt. Das hätte seiner Absicht widersprochen. Nicht nur, weil ein Synnoiont eine zu furchteinflößende Gestalt war, als daß eine ungezwungene Unterhaltung möglich gewesen wäre, sondern auch, weil ein Synnoiont sich innerlich zu weit von der gewöhnlichen Menschheit entfernt hatte. Ein Polizeibeamter mußte die Menschen in ihrer unendlichen individuellen und kulturellen Vielfalt erfassen. Wann immer er den Anforderungen von außen und den Sehnsüchten in sich entkommen konnte, zwang Venator sich dazu, inkognito zu seiner Rasse zurückzukehren.

Bis jetzt hatte Jomo nichts Außergewöhnliches gesagt. Aber wenn schon sonst nichts, dann war er wahrscheinlich typisch für die Haltung der örtlichen Einwohner gegenüber vielen Aspekten ihrer Existenz. Und diese Haltung würde kaum mit der von Australiern oder Brasilianern oder sogar Südafrikanern übereinstimmen.

Dranbleiben. »Einige arbeiten hart, weil das, was sie machen, es erfordert«, zeigte Venator auf. »Berufssportler. Manche Künstler. Raumfahrer«, die wenigen jedenfalls, die er kannte und die überwiegend in lunarischen Diensten standen. »Und so weiter.«

Jomo nickte. »Weil es das ist, wofür Sie sich entschieden haben. Genau wie ich sagte. Persönliche Befriedigung, Prestige, die Anerkennung durch ihre Peer-group.«

»Hm, Sie machen auf mich weder den Eindruck eines Faulenzers noch den eines Mannes, der sich groß etwas aus Status macht.«

»Wenige von uns hier in dieser Gegend sind faul. Das wird mißbilligt. Aber wir sind auch keine Menschen, die fanatisch nach etwas streben. Wir tun alles mit der nötigen Muße. Meine Tätigkeit als Mediator, als Vermittler, beispielsweise. Die Fälle sind nicht zahlreich oder schrecklich ernst. Wenn ich an einem Tag etwas Besseres vorhabe, wie etwa diese Expedition, kann ich sie für gewöhnlich aufschieben.«

»Wollen Sie damit sagen, daß die meisten von Ihnen Jobs haben? Gibt es denn genug, daß es für alle reicht?«

»Viele Beschäftigungen sind unbezahlt, private Studien oder Dienst an der Gemeinschaft.«

»Und Ihre, wenn ich fragen darf?«

»Ich bin Mitglied im kommunalen Freizeit-Komitee, mit dem Schwerpunkt bei Angeboten für Kinder.« Natürlich, dachte Venator. Kinder waren immer etwas Besonderes, in Anbetracht der Tatsache, wie wenige es davon gab, auch hier. »Ich gärtnere. Ich lerne Kikuyu, um die alten Gesänge im Original kennenzulernen.«

Archaismus schien in ganz Afrika populär zu sein, dachte Venator. Lag das vielleicht gerade daran, daß ein großer Teil des Kontinents so gut an die moderne Welt angepaßt war? Oder ging es tiefer, war es eine Suche nach Verlorengegangenem, Vergessenem, aber trotzdem innerlich Empfundenem? Als das Stammessystem, das ganze primitive Erbe, im Zuge des Großen Sterbens untergegangen war, hatte das dem alten Protektorat ermöglicht, ein stabiles Fundament für eine neue und rationale Lebensform zu legen – aber wirkte nach all diesen Jahrhunderten nicht doch immer noch eine Wurzellosigkeit fort, und schmerzte sie wie ein Phantomschmerz in einem amputierten Glied in den Zeiten vor der Regenerationsmedizin?

Nein, das war absurd, vollkommen unwissenschaftlich.

Aber der menschliche Geist hatte seine eigene dunkle Mathematik, die nicht jene von Logik oder Kausalität war. Sie war chaotisch.

Seine Aufgabe war es, das Chaos in Schach zu halten.

Jomos Stimme riß ihn aus seiner kurzen Tagträumerei heraus. »Und was ist mit Ihnen, Mr. Mthembu?«

Der Name, mit dem Venator geboren worden war, diente ihm häufig als Alias. Er setzte ein Lächeln auf. »Im Augenblick mache ich Urlaub, das wissen Sie«, erwiderte er. Aber unaufhörlich beobachtend. »Und ich habe Ihnen ja schon erzählt, daß ich als Verbindungsmann zum Cyberkosmos tätig bin.«

»Das ist ein außerordentlich weites Feld. Ihre Position –«

Venator spürte das Summen in seiner Brusttasche mehr durch seine Haut als durch seine Ohren. Ein Notfall? Wachsamkeit rann wie ein elektrischer Strom durch seine Nervenbahnen. Er hob eine Hand. »Entschuldigen Sie mich bitte. Anscheinend erhalte ich gerade einen Anruf.«

Jomo blickte neugierig auf die kleine Scheibe, die er hervorholte. Sie war kein gewöhnliches Miniphon. Ebensowenig war sie auf die üblichen Funktionen beschränkt. Venator hielt sie sich hinter dem rechten Ohr an den Kopf.

»Bericht über Zielperson Kenmuir«, hörte er per Knochenleitung.

Äußerlich saß er entspannt da und schwang seine Angelrute. Das Boot tanzte; Quecksilbertröpfchen bildeten einen Bogen über dem Wasser. Innerlich war er ganz Jäger geworden. Unter der maschinenhaften Klarheit seines Bewußtseins hämmerte das Blut.

»Fahr fort«, subvokalisierte er. Als zusätzliche Vorsichtsnahme benutzte er die Kunstsprache, die ein strenges Geheimnis seines Korps war.

»Wir haben den Kontakt mit dem Objekt verloren. Offensichtlich ist er von einem Agenten der Gegenseite in einen sorgfältig abgeschirmten Bereich gebracht worden. Zweifellos beabsichtigt dieser Agent, ihn aus der näheren Umgebung fortzuschaffen.«

Wir war eine irreführende Angabe, aber *ich* wäre das genausogut gewesen. Das Pronomen bezog sich auf jene Aspekte eines Bewußtseins, die sich so variabel, wie der Anlaß es erforderte, dieser Angelegenheit widmeten; und das Bewußtsein selbst war ein wandelbarer Teil eines unermeßlich größeren Ganzen. Kräuselungen auf Wellen auf einem Ozean.

»*H'ng!*« entfuhr es Venator. Jomo warf ihm einen fragenden Blick zu. »Gib mir eine Zusammenfassung.« Den letzten Kontakt hatte er vor drei Tagen gehabt. Es war zwecklos – sogar kontraproduktiv –, eine solche Operation stündlich zu verfolgen, wenn nicht gerade etwas Überraschendes geschah. Dafür gab es schließlich Hochleistungsroboter. Er hatte jede Menge andere Dinge, die seine Aufmerksamkeit erforderten. Dieser Zwischenaufenthalt am Victoria Nyanza* war nur zur Hälfte eine Ruhepause. Nach wie vor trafen sporadisch Informationen über ein halbes Dutzend verschiedener gegenwärtig laufender Ermittlungen ein.

»Kenmuir verließ das Guthrie-Haus heute nach amerikanischer Pazifikzeit und flog nach Los Angeles. Inzwischen scheint gesichert, daß er noch während seines Aufenthalts im Haus einen Anruf über eine gesicherte Leitung tätigte und weitere Instruktionen erhielt.«

»Ja, ja. Damit hatte ich durchaus gerechnet.« Es war unnötig, das zu sagen, der Sophotekt wußte es ganz genau, aber Venator verschwendete keine Energie darauf, jeden äffischen Impuls in sich zu unterdrücken.

Es war keine Zeit gewesen, diese Leitung zu knacken. Der Fireball-Treuebund hatte jahrhundertelang Gelegenheit gehabt, seine privaten Kanäle und abhörsicheren Stahlkammern auszubauen. Ein Mißtrauen gegenüber der Regierung, das bis zu Fireball Enterprises zurückreichte, hatte ihn veranlaßt, diese Schutzmaßnahmen immer auf dem neuesten Stand zu halten. Venator hatte sich darüber nicht

* Nyanza [Suaheli]: Wasser; Victoria Nyanza: der Victoriasee *(A. d. Ü.)*

den Kopf zerbrochen. Die Wahrscheinlichkeit war riesengroß, daß Matthias Kenmuir nichts verraten würde. Worauf es höchstwahrscheinlich ankam, war das, was Kenmuir als nächstes unternahm. Trotzdem mochte es sich lohnen, den Rydberg einmal genauer unter die Lupe zu nehmen …

Kenmuir war verschwunden. *Darauf* kam es an. »Weiter«, befahl Venator.

»In Los Angeles begab er sich zu einer zweifelhaften *cantina.* Dort traf ihn eine Frau, die den Namen Irene Norton benutzte. Sie führten nur ein kurzes Gespräch, bevor sie ihn hastig davongeleitete.«

»Spiel es ab.«

Als er es gehört hatte: »Erzähl mir etwas über diesen Treffpunkt.«

Und hinterher: »Offensichtlich argwöhnt sie, daß er ein Implantat erhalten hat – hat die Möglichkeit vorausgeahnt und diesen Treffpunkt gewählt, weil sie von genau so einem Schlupfloch wußte wie dem, durch das sie dann mit ihm verschwunden ist. Das könnte vielleicht Rückschlüsse auf ihre Identität zulassen. Sie ist geistig gewandt und verfügt über einige Erfahrung, wirkt auf mich aber nicht wie ein Profi.«

»Eine Datensuche zeigt, daß sie keine der unter den Namen Irene Norton registrierten Personen sein kann. Es ist ein Alias. Anweisungen?«

»Großflächige Überwachung des Gebiets. Kann sein, daß wir sie dadurch ziemlich rasch entdecken. Kenmuir muß irgendwann wieder zum Vorschein kommen. Vielleicht stellt er sich sogar freiwillig. Er ist sich hinsichtlich der ganzen Angelegenheit unschlüssig. Leite in der Zwischenzeit Nachforschungen über dieses *Asilo*-Nest ein. Diskret, taktvoll. Es scheint mir nicht so, als habe es ein Personal oder eine Klientel, die uns besonders freundlich gesonnen ist. Trotzdem finden Kriminalbeamte vielleicht heraus, wer diese Frau in Wirklichkeit ist.«

»Ja, Pragmatist. Weitere Anweisungen?«

»Informiere mich sofort über alle neuen Entwicklungen. Ich werde unterwegs in die Zentrale sein, um die uneingeschränkte Leitung zu übernehmen.«

Venator steckte die Scheibe wieder in die Tasche zurück. Himmel, Wasser, Sonnenlicht und Wind brachen über ihn herein.

»Ich hoffe, das waren keine schlechten Nachrichten«, sagte Jomo langsam.

»Ein unvorhergesehenes Ereignis«, antwortete Venator. »Hängt mit meiner Arbeit zusammen. Mehr darf ich nicht sagen, und ich fürchte, ich muß auf der Stelle abreisen.«

»Schade.« Jomo holte seine Schnur ein, während sein Besucher das gleiche tat. »Kommen Sie noch einmal her.«

»Ich hoffe darauf.« Friede und geistige Gesundheit wie diese hier waren es, für deren Erhaltung Venator kämpfte.

Auch wenn das stets dem Hauptzweck, der kosmischen Bedeutung seines Lebens untergeordnet blieb.

Jomo ließ den Motor an. Das Boot glitt in Richtung Ufer.

Eigentlich war die Situation keineswegs verzweifelt, dachte Venator. Noch nicht. Und wahrscheinlich würde sie es auch nie werden. Was konnten zwei Menschen auf der Flucht schon ausrichten?

Es war offenkundig, daß Fireball nichts von Proserpina wußte. Andernfalls wäre die Wahrheit schon längst ans Tageslicht gekommen – unwiderstehlich für Geister, die sich immer noch nach den Sternen sehnten. Das Arkanum, auf dem der Rydberg hockte wie ein Drache auf seinem Schatz, mußte ein unbedeutender Teil einer schon lange irrelevant gewordenen geschichtlichen Vergangenheit sein, wenn es denn überhaupt so viel war: in etwa gleichrangig mit dem unveröffentlichten Tagebuch eines Vorfahren.

Bei ihren intensiven Nachforschungen hatte Lilisaire Hinweise auf ein Geheimnis im sonnenfernen Raum gefunden. Und jetzt glaubte sie, daß dessen Objekt ihr vielleicht die nötige Macht verleihen würde, um das Habitat zu verhindern oder sogar Luna aus der Föderation herauszulösen.

Natürlich konnte es nichts dergleichen. Es stellte eine weitaus schlimmere Bedrohung dar.

Aber jene Daten, die noch existierten, waren hervorragend geschützt. Venator selbst war ein Zugriffskode erst zugebilligt worden – und dann auch nur ein biologischer –, nachdem der Cyberkosmos zu der Schlußfolgerung gelangt war, daß Lilisaires Aktivitäten beunruhigend genug waren, daß er darüber Bescheid wissen mußte. Wie sollten zwei Amateure feststellen, wo sie mit ihrer Suche beginnen mußten, ganz zu schweigen davon, wie sie in das System eindringen konnten?

Nein, für sich genommen waren sie bedeutungslos. Sie waren Spuren, die zu Lilisaire und ihrem Untergrund führten – der cleveren, gefährlichen Lilisaire.

(Ein Attentat? Schwierig, vielleicht undurchführbar; verheerend, falls der Versuch fehlschlug. Außerdem konnte es durchaus sein, daß sie eine Nachricht hinterließ und andere an derselben Stelle weitermachten. Eine Festnahme? Aufgrund welcher Vorwürfe, mit welchen Nachwirkungen? Warte noch eine Weile. Laß dich auf das Spiel ein. Es war angenehm, einen wirklich schwierigen Gegner zu haben.)

Dennoch, weil sie wandelnde Anhaltspunkte waren, mußten Kenmuir und Norton eingefangen werden. Und es gab noch anderswo lose Enden, Sicherheitsmaßnahmen, die man ergreifen mußte. Dafür waren die Kommunikationseinrichtungen hier lächerlich unzureichend. Er würde in die Zentrale zurückkehren.

Ins Einssein. Das Wissen bewegte ihn wie Liebe.

Das logisch denkende Gehirn fuhr in seiner Tätigkeit fort. Es war lebenswichtig, die Kontrolle über die Ereignisse zurückzugewinnen, und zwar jetzt, bevor sie aus dem Ruder liefen, bevor eine Krise zur anderen führte, so wie in der fernen Vergangenheit.

16

Die Mondmutter

Das Zimmer in Port Bowen war viel zu groß für zwei Personen, aber Dagny Beynac wußte die höfliche Geste zu schätzen, das Treffen hier statt in einem Büro stattfinden zu lassen. Es milderte ein wenig die Tatsache, daß sie herzitiert worden war. Auch die Geräumigkeit, die schiere Ausdehnung des Teppichs, trug dazu bei. Ein Konferenztisch stand abseits, mit einer Daten- und Kommunikationskonsole in der Wand daneben. Von den mehreren freien Lehnsesseln hatten die beiden, die in Gebrauch waren, jeweils einen kleinen Beistelltisch, auf dem eine Tasse und eine Teekanne standen.

Der Generalgouverneur für die Mondbehörde hatte dem Raum auch eine persönliche Note verliehen. Ein großer Sichtschirm zeigte ein Landschaftsbild: Häuser an steilen grünen Berghängen, zwischen denen majestätisch der Chiangjing strömte. Gegenüber hing eine Schriftrolle. Das schwarz-weiße Bild darauf zeigte einen sitzenden alten Mann in einer Robe, vermutlich einen Weisen. Ob ihre Kalligraphie wohl ein Gedicht vor der Vergessenheit bewahrte?

Der Diener, der den Tee brachte, verneigte sich und ging hinaus. Er war jung und durchtrainiert, und seine Zivilkleidung erinnerte an eine Uniform. Dagny hegte den Verdacht, daß er dem Geheimdienst angehörte. Die Tür schloß sich gleitend hinter ihm. Einen Augenblick lang hörte sie nur Stille.

»Bitte, nehmen Sie Platz«, sagte Zhao Haifeng. Sein Englisch war fließend, mit abgehacktem Akzent und hoher Stimme vorgetragen. Er war großgewachsen, hager, weißhaarig, nüchtern gekleidet. »Stört Tabak Sie?«

»Nein, nur zu«, erwiderte Dagny. Sie verzichtete darauf, ihrer Hoffnung Ausdruck zu verleihen, daß seine Anti-Krebs-Injektionen auf dem neuesten Stand waren. Wenn

Luna schon einen Statthalter haben mußte, hätte er schlimmer sein können als dieser ehemalige Professor für Soziodynamik. Jedenfalls vermutete sie das. Der heutige Tag mochte ihre Meinung ändern.

Sie setzten sich. Zhao holte eine Zigarette heraus, berührte damit seinen Anzünderring, inhalierte, ließ Rauch aus den Nasenlöchern strömen. Dagny fragte sich, ob er ebenso nervös war wie sie. Eine Spur von beißendem Rauch kam bei ihr an. Lüftungssensoren registrierten ihn und bliesen ihn auf einer nach Pinien duftenden Brise davon.

»Es war sehr freundlich von Ihnen, persönlich zu kommen«, sagte Zhao. »Ich weiß, wie beschäftigt Sie sind.«

»Die ... Einladung ... Eurer Exzellenz war ziemlich dringlich«, antwortete Dagny.

»Von der Abhörsicherheit der Kommunikationsverbindungen ganz abgesehen«, erklärte der Gouverneur, »bin ich altmodisch genug, ein holografisches Bild als unzulänglichen Ersatz für eine leibhaftige Anwesenheit zu empfinden, wenn Dinge von großer Tragweite zur Diskussion stehen.«

Außerdem, dachte Dagny, war die Tatsache, daß sie zu ihm gekommen war, ein Akt der Unterwerfung. Rechnete er damit, daß es sie in eine unterlegene Position bringen würde, wie subtil auch immer? Als sie Anson Guthrie wegen der Aufforderung angerufen hatte, hatte der *jefe* gegrinst und gesagt: »Das Lamm möchte, daß die Wölfin es besucht.« Aber das war ein Jux. Hinter der konfuzianischen Fassade war es keineswegs ein Schaf, dem sie da gegenübersaß.

»Können wir das überhaupt?« fragte sie. »Ihnen ist doch klar, daß ich keine offizielle Position mehr bekleide, gleich welcher Art.«

Zhao hob eine Handfläche. »Bitte, Madame Beynac. Wir sind unter uns. Sie wissen sehr gut, daß Sie in mancher Hinsicht mehr Macht auf Luna haben als ich.«

Locke ihn aus der Reserve. »Wie das? Ich war die Delegierte der Tycho-Region beim Koordinierungskomitee. Das ist alles.«

»Sie wurden zu seiner Vorsitzenden gewählt –« Zhao neigte den Kopf »– wodurch es sich selbst Ehre erwies.« Er zog hart an seiner Zigarette. »Lassen Sie uns hier nicht die öffentliche Charade fortsetzen. Zeit ist für Sie so kostbar wie für mich. Das Komitee lebt in den Herzen der Kolonisten weiter. Es ist das, was ihnen über die Jahre der Anarchie hinweggeholfen hat. Die meisten seiner früheren Mitglieder haben enge Bindungen an Fireball Enterprises, das auf ungesunde Weise im Weltraum dominierend geworden ist.«

Dagny sträubte sich innerlich dagegen, ließ es aber durchgehen. »Die Mondbehörde ist neu, vielen unwillkommen und wird oft als irrelevant für ihre wirklichen Belange oder als eine zusätzliche Belastung angesehen. Meine Aufgabe ist es, diesen Zustand zu verbessern.«

Über sich selbst überrascht, murmelte Dagny: »Eure Exzellenz sind sehr offen.«

Zhao lächelte. *»Entre nous, madame.«*

Seit er sich bei ihr gemeldet hatte, hatte sie ihre Gedanken und Worte vorbereitet, so gut sie dazu in der Lage war. »Aber darf ich dann sagen, daß Sie übertreiben? Das Komitee war nie mehr als ein Ad-hoc-Ausschuß, der gebildet wurde, weil eine Notsituation nach der anderen eintrat und jemand die Leitung übernehmen mußte.« In Gedanken vervollständigte sie den Satz: Die Leitung übernehmen, als überall auf der Erde der Große Dschihad ausbrach, in einem Land nach dem anderen eine miteinander verflochtene Wirtschaft zusammenbrach, Revolutionen und Gesetzlosigkeit ganze Gesellschaften auseinanderrissen, die brüchigen alten Vereinten Nationen in Scherben fielen, niemand auf dem Planeten ernsthafte Aufmerksamkeit für ein paar Zehntausend auf dem Mond erübrigen konnte. »Fireball hat uns geholfen, ja. Man könnte sogar sagen, es hat uns gerettet. Aber es hat nicht die Regierung übernommen. Das hätte es nicht gekonnt.«

»Jedenfalls«, sagte Zhao trocken, »hat es sich dagegen entschieden. Vielleicht deswegen, weil Monsieur Guthrie voraussah, daß ihr Seleniten gewaltsam die konfligierenden

Überreste der staatlichen Gewalt abschaffen und eure eigene einsetzen würdet.«

»*Señor*, Sie wissen, wir hatten niemals vor, daß das Komitee von Dauer sein sollte. Haben wir nicht uneingeschränkt mit Ihnen und Ihren Leuten zusammengearbeitet, nachdem Sie eingetroffen waren?«

»Sie haben keinen Widerstand geleistet.«

»Wir sind ebenso froh darüber, eine einheitliche Ordnung hier zu haben, wie wir es sind, eine Weltföderation und eine Friedensbehörde auf der Erde zu haben.« Im Prinzip jedenfalls, dachte Dagny. In der Praxis kam es ganz darauf an, wie diese Ordnung aussah. »Aber um aufs Thema zurückzukommen, Sie haben das Komitee aufgelöst.«

»Ich bin mir nicht sicher, ob es klug war, das so bald zu tun.« Zhao hob seine Teetasse. »So indes lautete die Entscheidung aus Hiroshima.«

Dagny nahm ebenfalls einen winzigen Schluck. Die Flüssigkeit rann heiß und blumig über ihre Zunge. »Ich kann Ihre Gründe nachvollziehen. Es ist schwierig genug zu entscheiden, welchen Umfang die staatliche Autonomie haben soll, ohne daß man gleich den Keim einer ganzen neuen Nation hinzugibt.«

»Und damit kommen wir zu der gegenwärtigen Notlage«, sagte Zhao. »Ihr Seleniten seid kaum in einer Position, um irgend jemand anders zu bedrohen – nicht, daß ich Sie beschuldige, das zu wollen. Aber wenn ihr ein Beispiel des Widerstandes setzt, ein erfolgreiches Beispiel, das virulenten Nationalisten auf der Erde zu einem Präzedenzfall machen können, dann könnte das neuen Schrecken Tür und Tor öffnen. Bedenken Sie zum Beispiel, wie viele Menschen elendiglich zu Grunde gehen werden, wenn das Afrikanische Protektorat gestürzt wird.« Er seufzte. »Die Föderation braucht Zeit, um Stärke zu gewinnen, feste Wurzeln zu schlagen, bevor sie ernsthaft auf die Probe gestellt wird.«

Die Versuchung war zu groß. »Und in der Zwischenzeit«, schnappte Dagny, »ist Luna ein hübsches, kleines, angenehm fernes Laboratorium, um diese oder jene Theorie internationaler Kontrolle auszuprobieren.«

Sofort bedauerte sie ihren Ausbruch. Wärme der Erleichterung durchflutete sie, als er bloß sanft sagte: »Bitte, seien Sie nicht so verbittert.«

»Oh, das bin ich gar nicht«, beeilte sie sich zu antworten. »Manche unter uns sind es, gewiß, aber ich glaube wirklich – ja, ich bin froh, daß Sie ein persönliches Treffen gewünscht haben – ich glaube, Sie meinen es gut, *señor.*« Sie sprach aufrichtig, innerhalb gewisser Grenzen jedenfalls. Seine guten Absichten waren nicht notwendigerweise identisch mit den ihren.

»Danke. *Gracias.*« Zhao warf seine Zigarette in den Abfallvernichter in seinem Tisch und griff nach einem Ersatz. »Dann helfen Sie mir bitte.«

»Wie? Heutzutage bin ich nichts als eine Privatperson.«

Er wog seine Sätze sorgfältig ab. »Ihr Einfluß ist global. Die Kolonisten respektieren Sie, sie hören auf Sie, wie sie es bei meinen Beamten und mir nicht tun. Außerdem wissen Sie, was sie wollen und, wichtiger noch, was sie brauchen. Nach drei Jahren bin ich immer noch ein Außenseiter. Beraten Sie mich. Unterstützen Sie mich –« er inhalierte zweimal »– bis zur Höchstgrenze dessen, was Ihr Gewissen zuläßt. Für meinen Teil verspreche ich, daß *ich* zuhören werde, wenn Sie anderer Meinung sind als ich.«

»Beraten?« fragte Dagny erstaunt. »*Señor,* alles, was ich Ihnen sagen kann, haben Sie schon tausendmal zuvor gehört.«

Ihre Gedanken überschlugen sich. Sie war ihrer Söhne wegen hier. Wenn er ihr schon eine Bresche bot, dann mußte sie sie auch nutzen. »Was wir auf Luna wollen und brauchen?« sagte sie. »Nun, das ist doch ganz einfach und offensichtlich. Zunächst einmal die Abschaffung einer Menge von Vorschriften und Restriktionen, die noch von den früheren Regimes übriggeblieben sind. Wir dachten, wir seien sie los, aber dann kam Ihre Mondbehörde an die Macht und verkündete, fast alle seien wieder in Kraft.«

»Nur jene, die ihre Berechtigung haben.«

Eine an Anmaßung grenzende Kühnheit mochte durchaus der sicherste Kurs sein. »Welche zum Beispiel?«

»Daß Steuern an die jeweiligen Regierungen auf der Erde gezahlt werden. Ja, ihr Seleniten beklagt euch, daß ihr keine entsprechenden Gegenleistungen dafür erhaltet. Vielleicht sollten hier Korrekturen vorgenommen werden. Dennoch bleibt die Tatsache bestehen, daß ihr ohne lebensfähige Nationen auf der Erde keine Märkte haben und tatsächlich nicht lange überleben würdet. Betrachten Sie das als Gegenleistung.«

»Wir sind mittlerweile in Luft, Wasser, Nahrung und Energie autark. Wir sind auch während des Dschihad klargekommen. Wir richten unseren Blick ins All.«

Zhao ließ sich nicht in seiner Argumentation beirren. »Darüber hinaus habt ihr eine Verpflichtung der Menschheit insgesamt gegenüber, der Zivilisation, der ihr entstammt und die nach wie vor eure spirituelle Heimat ist.«

»Ich selbst bestreite das nicht«, sagte Dagny vorsichtig.

»Gewisse Leute tun das. Vor allem – verzeihen Sie mir, ich will Sie damit nicht kränken – vor allem in der jüngeren Generation, die Metamorphen.«

Dagny nickte. »Sie würden sich weniger fremd fühlen, wenn – weniger entfremdet, wenn die ihnen auferlegten Unterrichtsanforderungen besser ihrer ... Natur angepaßt wären.«

»Auch hier sind Korrekturen möglich«, sagte Zhao. Scharf: »Tatsächlich werden sie ja schon vorgenommen. Mein Amt weiß sehr wohl, was in den kolonialen Haushalten vorgeht. Mehr und mehr sind sie der Ort, an dem die Kinder ihre wichtigsten Lektionen lernen, nach Programmen, die zu Hause von Älteren und Gleichaltrigen geschrieben worden sind. Richtig?«

»Ja. Es ist nur richtig und natürlich.«

Zhao runzelte die Stirn, zog an seiner Zigarette, machte eine aufspießende Geste damit. »Bis zu einem gewissen Punkt, Madame. Diese Entfremdung, die Sie selbst zugestehen, darf sich nicht viel weiter entwickeln. Sie nimmt eine häßliche, ja gefährliche Wendung.«

Dagny hatte gewußt, daß das Gespräch darauf zusteuern

würde. Trotzdem mußte sie versuchen, Zeit zu gewinnen, ihn noch ein paar Minuten länger bei den Gemeinplätzen zu halten, während sie ihre Gedanken und ihren Willen ordnete. »Nicht nur die jungen Leute protestieren«, sagte sie. »Viele von uns haben das schon jahrelang vor dem Dschihad getan. Die Mißstände sind real, Eure Exzellenz.«

Er ging auf ihre Taktik ein. Sie fragte sich, ob das daran lag, weil sie zu seiner paßte. »Ich nehme an, daß Sie in erster Linie auf die Vorschriften für die lunare Industrie anspielen?«

»Nun ja, das ist eine Sache. Das Unternehmertum fühlt sich nach wie vor abgewürgt.«

Er hob die Augenbrauen. »Ihr Kolonisten behauptet aber nicht einhellig, daß diese einzigartige, wissenschaftlich und kulturell unbezahlbare Umwelt keinen Schutz verdient.«

»Natürlich nicht.« Sie dachte an Edmonds Empörung angesichts dessen, was aus verschiedenen geologischen Fundstellen werden sollte. Sie dachte daran, was ihr Sohn Temerir über die Auswirkungen auf die Astronomie zu sagen hatte, mit der er sich neuerdings beschäftigte; diese wenigen eisigen Worte trafen tiefer als das ganze Feuerwerk an Flüchen seines Vaters. »Trotzdem ist es Zeit für ein paar Kompromisse«, sagte sie.

»Wir sprechen nicht über eine geringfügige Verunreinigung ursprünglichen Beinahe-Vakuums, auch nicht von den Schäden, die der Bergbau in interessanten Regionen anrichten kann und auch nicht von anderen Unvermeidlichkeiten. Worum es letztendlich geht, ist die Frage, ob sie in vernünftigen Grenzen gehalten werden sollen.« Zhaos Blick durchbohrte sie. Sie zwang sich, ihm zu begegnen. »Darüber hinaus existiert immer noch das grundlegende Prinzip, daß das Sonnensystem das gemeinsame Erbe der Menschheit ist.«

Es war eine abgenutzte Erwiderung, aber sie konnte keine bessere finden: »Und deshalb darf niemand außerhalb der Erde irgendeinen Teil des Alls besitzen.«

»Ganz im Gegenteil, die Konzessionen werden äußerst großzügig vergeben. Vielleicht zu großzügig. Fireball ist geradezu monströs gewachsen, weil es sich längst nicht mehr nur auf den Weltraumtransport beschränkt. Desgleichen viele andere Firmen und Einzelpersonen.«

»Ja.« In ihrer widerwilligen politischen Karriere hatte Dagny oft mit mehr Sonorität als Offenheit sprechen müssen. Diese Fähigkeit kehrte jetzt zurück. »Aber keiner unter uns kann auf einem Stück Land stehen, nicht einmal auf einem Stück Fels in der Umlaufbahn, und sagen: ›Das hier gehört mir. Ich habe es zu dem gemacht, was es ist. Ich vermache es meinen Kindern und Kindeskindern.‹«

»Merkwürdig«, murmelte er, »daß ein so primitiver Wunsch im Weltraum wiedergeboren wurde.«

»Primitiv oder menschlich? Wir sind immer noch der alte Crô-Magnon.« Edmond erschien plötzlich vor ihrem inneren Auge, wie er zu Hause auf sie wartete, Jäger des Unbekannten, er, dessen Ahnen ihre Gebeine in den Höhlen und Tälern und an den Steilhängen seiner geliebten Dordogne zurückgelassen hatten, seit Klippen aus Eis den Weg nach Norden versperrt hatten und Mammuts über die Tundra gezogen waren. Ihr war, als spräche er aus ihrer Kehle. »Wir tragen immer noch einen Instinkt mit uns herum, unser Territorium auch zu besitzen.«

Ruhig dasitzend, mit sanfter Stimme, sagte Zhao scharf: »*Wir*, Madame? Ist das Verlangen der neuen Generation, der für Luna erschaffenen Generation, so einfach und ehrlich? Können Sie mir sagen, was sie in ihrem innersten Wesen wollen? Können sie selbst es?«

Hundert Herzschläge lang herrschte wieder Schweigen im Zimmer. Dagnys Blick schweifte zum Sichtschirm. In dem Bild segelte ein Vogel vorbei, wehte ein Wolkenfetzen um einen abgerundeten Gipfel. Es war wunderschön. Sie wünschte sich, es würde Brandung und Sand und Treibholz zeigen.

Indem sie ihre Aufmerksamkeit wieder Zhao zuwandte, sagte sie: »*Muy bien*. Lassen Sie uns ernsthaft zur Sache kommen. Sie haben mich nicht hierherbestellt, weil ich ein ziemlich großer Frosch in dieser kleinen trockenen Pfütze, dem

Mond, bin. Nein, ich bin die Mutter von Brandir und Kaino.«

»Von Anson und Sigurd Beynac, genaugenommen«, antwortete er ebenso beherrscht. »Und von Gabrielle Beynac, die vielleicht noch mehr zu fürchten ist. Ich habe Verdeas Schriften studiert.« Ja, dachte Dagny, er hatte seine Hausaufgaben gemacht. »Sie sind nicht offen subversiv, nein. Nichts so Widerständiges. Was sie hegen, ist ein neuer und fremder Geist.«

»Ist das schlimm?«

War es das? Entwickelte sich nicht jedes geliebte kleine Wesen am Ende zu einem Fremden? Und doch war es Lars Rydberg gewesen, der bei seinem Besuch das trostlose Gesicht abgelegt hatte, das er sonst der Welt gegenüber zeigte, um ihr und, ja, auch Mon etwas von sich selbst zu geben, die Wärme und Herzlichkeit, die aus dem Gefühl entsprang, erwünscht zu sein. Nicht so ihre lunarischen Kinder.

»Aber jetzt ist nicht der Zeitpunkt für philosophische Betrachtungen«, sagte Zhao. »Das Faktum, mit dem wir es im Augenblick zu tun haben, ist, daß Ihre zwei älteren Söhne und deren Freunde ernstlich gegen das Gesetz verstoßen. Ich hoffe, daß Sie sie zur Besinnung bringen können, bevor irgend etwas Unwiderrufliches geschieht. Sie und Ihr Mann, natürlich. Ich habe ihn heute nicht hierher eingeladen, weil er die Politik immer gemieden hat und weil, hm, ein Mann von seinem Temperament sich vielleicht unbehaglich gefühlt hätte.«

Sehr wohl hätte explodieren können, hörte Dagny heraus. ›Einladen‹ war auch wieder so eine Verniedlichung. »Was genau haben sie angestellt?« erkundigte sie sich.

»Madame, das wissen Sie. Jeder weiß es.«

»Wir, ihr Vater und ich, hatten nur kurz Kontakt mit ihnen. Wir haben nicht über richtig oder falsch diskutiert.« Das taten sie längst nicht mehr. »Und wir haben die Nachrichtensendungen verfolgt.« Sie durfte sich nicht in eine passive Rolle drängen lassen, sie mußte die Initiative behalten, dafür sorgen, daß Zhao auf sie reagierte. »Aber *por favor*, setzen Sie mich doch kurz darüber ins Bild, was Sie für die anstehenden Fragen halten. Wir können nicht vernünftig reden, bevor wir klargestellt haben, worüber jeder von uns eigentlich spricht.«

Er nickte. »Wie Sie wünschen. Ich bin bestrebt, Frieden zu schließen.«

»Aber der Frieden ist doch nicht gebrochen worden, oder?«

»Noch nicht – offen – noch nicht ganz. Ich komme nicht umhin, darüber zu spekulieren, ob es ihr Ziel ist, die Behörde dazu zu zwingen, den ersten, nicht mehr rückgängig zu machenden Schritt zu tun.« Mit bewußtem Understatement, aber ungemein demonstrativ trank Zhao noch ein wenig Tee. »Gestatten Sie, daß ich Ihnen eine Aufzeichnung der Ereignisse vorführe. Bisher habe ich ihre Freigabe noch nicht gestattet, weil sie einen Flächenbrand auslösen könnte.«

»Sehr vernünftig von Ihnen, Exzellenz. Sehen Sie, ich will auch keinen Ärger. Niemand, der bei klarem Verstand ist, will das.«

Sein Blick deutete an, daß das nicht für die jungen Leute, die echten Lunarier, gelten mochte. Was er indes sagte, war: »*D'accord*. Diese Bildfolge war zur Übermittlung an das Hauptquartier der Friedensbehörde auf der Erde vorgesehen, als dreidimensionaler Bericht über das, was geschehen ist. Sie wurde auf Befehl von Polizeichef Levine vorbereitet, unter Leitung jenes Beamten, der die Mission befehligt hat. Da er von vornherein mit Schwierigkeiten rechnete, ließ er eine lückenlose Aufzeichnung anfertigen. Aus Gründen der größeren Klarheit hat man sie zusammengeschnitten und mit einem Kommentar versehen, aber sie bleibt immer noch sachlich und unvoreingenommen.«

»Gibt es so etwas, wo Menschen beteiligt sind?«

Ein gequältes Lächeln huschte über sein Gesicht. »Gewiß, man würde es in Hiroshima nicht so interpretieren, wie Ihre Seleniten das tun würden. Darum habe ich es zurückgehalten. Ich habe mich noch nicht entschieden, ob ich es freigeben soll. Bitte versuchen Sie, mein Dilemma zu verstehen.«

Er stand auf und trat an die Konsole. Auch Dagny erhob sich und federte mit einem eleganten Niedrigschwerkraftsprung durch den Raum. Es wurde dunkel. Die chinesische Landschaft verschwand vom Sichtschirm. Sie verrückten ihre Stühle, so daß sie in die richtige Richtung blickten, und setzten sich wieder hin. Dagny atmete tief und zwang ihre Muskeln dazu, sich zu entspannen. Es war, als löse sie eine Reihe von Knoten.

Das Bild eines Uniformierten erschien, der in einem spartanisch funktionalen Studio stand. Die Lippenbewegungen ließen erkennen, daß er nicht das Englisch sprach, das ein Übersetzungsprogramm lieferte: »Mohandas V. Sundaram, Oberst der Friedensbehörde der Weltföderation. Ich erstatte Bericht über einen Zwischenfall –« Er fuhr fort, das Datum, die Uhrzeit, den genauen Ort und dann, mit derselben abgehackten Stimme, die Umstände anzugeben.

»Während des Großen Dschihad und der chaotischen Periode danach war die De-facto-Regierung auf Luna ein selbsternanntes Koordinierungskomitee.« Unfair, dachte Dagny. Kolonialbeamte hatten sich über die Notwendigkeit eines solchen Komitees verständigt, aber die Delegierten waren demokratisch gewählt worden. Zugegeben, mehrere irdische Regierungen hatten die Aktion verurteilt, auch wenn sie nicht imstande gewesen waren, etwas dagegen zu unternehmen. »Dieses Komitee beschränkte sich auf Fragen der öffentlichen Sicherheit und der grundlegenden Dienstleistungen.« Was hätte es sonst tun können oder sollen? »Zahlreiche Kolonisten und Kolonistenvereinigungen nutzten die Situation aus, um bis dahin illegale Tätigkeiten in die Wege zu leiten, besonders im Bereich der Industrien zur Gewinnung von Naturprodukten und der Fertigungsindustrien. Tatsächlich übertrug ihnen das Komitee eine Reihe von Einrichtungen.« Jemand mußte die Anlagen ja betreiben. »Sie benutzten diese nicht nur dazu, benötigte Güter herzustellen, sondern auch, um neue Fertigungsmöglichkeiten für sich selbst zu schaffen.« Der Multiplikationseffekt, dreimal so wirkungsvoll, wenn man mit einer Roboter- und Molekulartechnologie anfing.

Der Gedanke durchzuckte Dagny: Die Erneuerungsbewegung war einfach eine extremistische Fraktion einer allgemein ideologisch gewordenen Erde gewesen. Menschen allerorten hatten die Neigung gehabt, Produktivität so zu betrachten wie die mittelalterliche Kirche den Sex: als von Natur aus sündhaft, zerstörerisch, etwas, mit dem man sich nicht mehr beschäftigen durfte, als für das Überleben der Rasse notwendig war. Das jedenfalls war das Ideal, und Ideale konnten auch das Denken der Mehrheit einengen, die nicht wirklich nach ihnen lebte. Weshalb die Menschen auf dem Mond sich anpassen mußten. Und die Fireball-Leute, die das nicht akzeptierten, rückten dichter zusammen, verhielten sich loyaler zueinander als gegenüber einer unfreundlichen Gesellschaft um sie herum ... wie die mittelalterlichen Juden?

Ihre Aufmerksamkeit war abgeschweift. Mit Mühe konzentrierte sie sich wieder: »– Ansprüche auf die ›Verwaltung‹ ausgedehnter Gebiete wurden routinemäßig vom Komitee konzessioniert. Diese Konzessionen gewährten Exklusivrechte auf die Ausbeutung, verboten rechtswidrige Übergriffe und konnten ge- und verkauft werden. Im Grunde waren es die Eigentumsrechte an extraterrestrischen Immobilien, die die Vereinten Nationen untersagt hatten. Die Weltföderation hat dieses Verbot bestätigt. Die Mondbehörde muß es durchsetzen.«

Wieder schweifte Dagnys Aufmerksamkeit ab. Ihre lunarischen Kinder hatten sich nicht völlig von ihr losgelöst. Anson/Brandir erzählte von mächtigen Werken, die geschaffen werden sollten, und für Sigurd/Kaino zählten dazu Werften, Raumschiffe für ihn und seine Rasse ...

»– der bekannteste Fall in den Mondkordilleren. Gemäß der erklärten Politik des Generalgouverneurs wurde jede Anstrengung unternommen, eine Einigung zu erzielen.« Wenigstens zitierte Sundaram nicht all die Anrufe und Faxe, die hin und her gegangen waren und sich auf vielfältige Art miteinander verknüpft hatten, das Sich-nicht-festlegen-Wollen, die Drohungen, die Rückfragen, die Ausflüchte, die sich hoch auftürmenden Gewitterwolken mit den Blitzen in ihren Höhlungen – doch nein, das war eine falsche Metapher für dieses Land, das niemals einen Wind gekannt hatte ... »– entsandte zuletzt eine Mission in das umstrittene Gebiet.«

Übergangslos war die Szene da, pockennarbige kahle Hügel, die zu Bergen hin aufstiegen, welche von Schatten gesprenkelt und zerschnitten wurden. Die Kamera im Innern eines von zwei großen Mondmobilen schwang herum, bis sie zurück nach Osten blickte. Die Erde stand im letzten Viertel dicht über dem dortigen Horizont. Die Sonne loderte hoch im Morgen. Eine Straße, kaum mehr als geglättetes und grob planiertes Regolith, schlängelte sich über die Kilometer hinweg bis hinauf zu diesem Haltepunkt. Die Kamera schwenkte durch einen Halbkreis und kam zur Ruhe, als sie das erfaßte, was vor dem Fahrzeug lag. Die Straße führte weiter, bis sie sich in der Mondwildnis verlor. Hier jedoch wurde sie von einem Bogen aus natürlichem Fels überwölbt, den ein verschlossenes Tor aus Stahlstäben ausfüllte. Dagny erinnerte sich gut an dieses Portal. Brandir hatte sie und Edmond mit hindurchgenommen, als er ihnen sein Reich und das, was er dort baute, zeigte.

Das war jetzt vier Jahre her. Seitdem hatten die Nachrichtensendungen ab und zu Satellitenbilder wiedergegeben. Wie andere auf Luna wuchs auch dieser Komplex schnell und in großem Umfang. Seine Bewohner und Arbeiter sagten sehr wenig über ihr Tun und Treiben dort drinnen. Brandirs Eltern hatten gelernt, ihn nicht zu fragen.

Vier in Raumanzügen gekleidete Gestalten standen vor dem Tor. Über die Schultern geschlungen, so daß sie über die Tornister mit den Lebenserhaltungssystemen hinausragten, trugen sie Gegenstände mit Rohren. Hinter den Gitterstäben wartete der Wagen, der sie hierhergebracht hatte, ein Mondroller, schnell und wendig.

Die Kamera zoomte auf ihre behelmten Köpfe. Drei waren Dagny unbekannt. Einer war ein Mann ihrer eigenen Rasse, kahlköpfig, stämmig, zäh. Zwei waren jung, ein Mann und eine Frau, unverwechselbar Metamorphe – Lunarier. Der vierte, der Anführer, war ihr Kaino. Sein widerspenstiges rotes Haar war wie ein Aufschrei vor der graubraunen Felslandschaft.

»Gruß«, ertönte Sundarams Stimme, maschinell ins Englische übersetzt. Er identifizierte sich. »Ich befehlige das Inspektionsteam, dessen Kommen man Ihnen angekündigt hat.«

»Ihr wurdet schon von weitem entdeckt.« Normalerweise wies Kainos Englisch nicht diese ausgeprägte Satzmelodie der Sprache auf, die seine Rasse untereinander benutzte. »Gruß, und möget Ihr glücklich heimkehren.«

Eine andere Kamera war auf Sundaram in der Steuerkabine seines Fahrzeugs gerichtet. Die Darstellung teilte sich, er auf der linken Seite des Schirms, die Seleniten auf der rechten. Das Zentrum der letzteren war überwiegend auf Kaino ausgerichtet, aber manchmal wanderte es auch hinüber zu seinen Begleitern, wie um sie bei irgendeinem sündhaften Tun zu ertappen. Die zwei Lunarier standen mit panthergleicher Ruhe da, der terrestroide Mensch trat von einem Fuß auf den anderen und blickte finster drein. Kaino selbst gestikulierte beim Sprechen, wie es seine Art war.

»Danke«, sagte der Oberst steif. »Ich nehme an, Sie wollen uns zu der Siedlung führen. Sollen wir aufbrechen?«

»Nein, wir sind gekommen, um Euch davor zu warnen, Euren Weg fortzusetzen.«

»Was?« Dagny argwöhnte, daß Sundaram mehr Überraschung zeigte, als er in Wirklichkeit verspürte.

»Wie Ihr aus den Satellitenbildern wissen müßt, verschwindet diese Straße nicht weit von hier in einem Tunnel, der sich in mehrere teilt, bevor irgendeiner von ihnen wieder an die Oberfläche kommt. Höchstwahrscheinlich würdet Ihr vom rechten Weg abirren.«

»Nicht, wenn wir Ihnen folgen.«

Kaino grinste. »Ah, aber das sollt Ihr nicht. Ich sagte, wir seien gekommen, um Euch eine Warnung zu übermitteln. Jetzt werden wir umkehren.« Er zuckte nach irdischer Manier mit den Achseln. »Gewiß, Ihr könnt um dieses Tor herumfahren. Es ist nichts als eine Grenzmarkierung. Aber Ihr könnt es nicht mit unserer Geschwindigkeit aufnehmen.«

»Also weigern Sie sich, uns zu führen?«

»Das tun wir, sowohl nach Zamok Vysoki als auch hindurch.« Die Burg, die sich dort drüben erhob, war schon jetzt eindrucksvoll, aber Dagny wußte, daß sie nur die Spitze eines Eisbergs ungeheurer sublunarer Größen sein mußte, die gegenüber Instrumenten abgeschirmt waren.

»Wir sind von der Mondbehörden-Polizei.«

»Und das hier sind die Ländereien von Lord Brandir und Lady Ivala, und ich bin sein Bruder, der in ihrem Namen spricht.«

»›Ländereien‹«, sagte Sundaram leise. »Diese Bezeichnung sagt eine Menge über Ihre Geisteshaltung aus.«

»Wir sind nicht feindlich gesinnt, Oberst. Nein, laßt mich Euch dringend bitten, keinesfalls ungeführt weiter vorzustoßen. Ihr kennt die sicheren Wege nicht, die Ihr benutzen müßt. Satellitenkarten und Trägheitsnavigation verraten nichts über die Tücken – Schottergruben, dünne Felsdecken über tiefen Spalten, durch Meteoriteneinschläge entstandene Geröllhalden, die bei der geringsten Störung als Lawinen niedergehen könnten. Um Euretwillen flehe ich Euch an umzukehren.«

»Solche Gefahren werden im ... Volksmund übertrieben.«

»Ihr scheint mehr über diese uralte Welt zu wissen als wir, ihre Bewohner.«

»Wenn uns etwas zustoßen sollte, würden Sie uns dann helfen?«

»Wir respektieren das Gesetz, das unterlassene Hilfeleistung zu einem Kapitalverbrechen erklärt, aber wir können nicht dafür bürgen, daß wir Eure Schwierigkeiten bemerken oder imstande sind, Euch zu retten, falls wir davon erfahren.«

Sundaram zögerte kurz, bevor er scharf sagte: »Schon dadurch, daß Sie hier stehen, verstoßen Sie gegen das Gesetz. Das sind Waffen, die Sie da bei sich führen, oder etwa nicht?«

Kaino wedelte mit einer Hand. »Sportgeräte«, erwiderte er leichthin.

»Sie haben keine Ähnlichkeit mit irgendwelchen anderen, die ich je gesehen habe.«

»Nein.« Kaino wurde ernst. »Gewiß, eigentlich sollte es im All keine Waffen geben, abgesehen von Handfeuerwaffen für Polizeizwecke. Während der unruhigen Jahre hielten wir es jedoch für ratsam, bessere Modelle zu entwickeln. Wir sind nicht recht davon überzeugt, daß diese Jahre wirklich endgültig hinter uns liegen. Es scheint geraten, waffengeübt zu bleiben. Aber freudig werden wir niemals auf lebende Ziele schießen.«

»Das sagen Sie.« Der Offizier saß eine Weile schweigend da. Das großflächige Bugfenster rahmte seinen Kopf in Schwärze ein.

»Lassen Sie mich mit Ihrem Bruder sprechen«, sagte er dann. »Vielleicht ist Ihr ... Lord Brandir ja ... realistischer.«

Kaino lächelte. »Natürlich könnt Ihr ihn anrufen. Wenn niemand antwortet, werde ich Euch einen Kode für seine Privatgemächer geben. Ich weiß nicht, ob er in der Feste und zu einem Gespräch bereit ist.«

»Er weiß ganz genau, daß wir hier sind«, sagte Sundaram schroff. »Wie viele versteckte Überwachungskameras haben Sie in dieser Region plaziert?«

Die Wiedergabe übersprang die nächsten Minuten. Die Verbindung war über ein im Boden vergrabenes Relaiskabel hergestellt worden. Ein Gesicht erschien auf dem Phonschirm vor Sundaram. Auf dem Schirm, auf den Dagny blickte, ersetzte es das Abbild ihres Sohnes.

Ivala, die mit Taufnamen Stephana Tarnowski hieß, war auf lunarische Art schön, von ebenso weißer Hautfarbe wie

Brandir, aber mit bernsteinfarbenem Haar, das ihr bis auf die Schultern herabfiel. Die großen schrägstehenden Augen waren haselnußbraun, das Gesicht schmal und fein gemeißelt. Ein Irisieren spielte über das Gewand, das ihre schlanke Figur umhüllte. Hinter ihr blühte eine Riesenorchidee vor einem karmesinroten Vorhang. Dagny hielt den Atem an. Dies war die Mutter ihres Enkels.

»Gruß«, sang sie beinahe. »Lord Brandir ist abwesend –« war er das wirklich? »– aber er und ich sind wie eine Person.«

Dagny bewunderte Sundarams rasch wiedergewonnenes Gleichgewicht. »Ihr seid … Sie sind Lady Ivala? Es ist mir eine Freude, Madame … hoffe ich.« Er nannte seinen Namen. »Ich bin sicher, Sie wissen, welches unsere Mission ist.«

Die Frau nickte. »Ihr habt vor, sämtliche Einrichtungen und Aktivitäten in Zamok Vysoki zu inspizieren.«

»Ja, genau. Personen hier am Tor hindern uns an der Weiterfahrt. Bitte weisen Sie sie an, uns zu unterstützen.«

Ivalas Lippen zogen sich hoch. »Bei unseren früheren Unterhaltungen haben wir ausdrücklich keine Zusammenarbeit zugesichert.«

Sundaram versteifte sich. »Jetzt werden Sie durch Befehl der Mondbehörde dazu aufgefordert.«

»Ihr habt einen Durchsuchungsbefehl?« Lachen perlte. »Hat die Behörde diese Ländereien als unser Eigentum anerkannt? Ich bin entzückt.«

»Bitte, spielen Sie keine Spiele, Madame.«

Das Timbre wurde eisig. »Soll ich dann also, statt das Wort ›inspizieren‹ zu gebrauchen, ›einfallen, einmischen, bedrohen‹ sagen? Wir beharren auf unserem Recht, uns einer Mitwirkung zu verweigern.«

»Das ist kein Rechtsanspruch, den die Gerichte anerkennen werden.«

»Seid Ihr ein Richter oder Rechtsanwalt?« spottete sie.

»Ich bin ein Vertreter des Gesetzes, dem ein Auftrag übertragen worden ist, den ich auch auszuführen gedenke.«

Erneut hielt Sundaram inne. Als er weitersprach, wirkte es ruhig und gelassen. »Wenn Sie nichts Illegales zu verbergen haben, warum setzen Sie sich dann derart ins Unrecht? Lassen Sie meine Gruppe ihre Inspektion durchführen, und wir mögen durchaus empfehlen, daß Sie ein Privileg erhalten, das Ihren Status gesetzlich regelt.«

Die flüssigen Gesichtszüge erstarrten. »Auch eine Vergewaltigung der Privatsphäre ist ein Unrecht.«

Sundaram runzelte die Stirn. »Ich verstehe nicht.«

»Nein, das tut Ihr nicht, nicht wahr?«

»Weigern Sie und Ihre Leute sich definitiv, uns zu helfen? Würden Sie tatsächlich Widerstand leisten?«

»Manche Fragen bleiben am besten unbeantwortet, Oberst«, sagte Ivala.

Kainos Stimme mischte sich ein: »Bevor wir weiterverhandeln, erbitte ich Eure Aufmerksamkeit. Ihr fragtet nach unserer Ausrüstung. Möchtet Ihr eine Demonstration sehen?«

Sundaram fuhr in seinem Sitz zusammen. »Was meinen Sie damit?«

»Eine Demonstration. Vielleicht wird sie Euch als Militärs interessieren.«

Sundaram ließ sein Gesicht zu einer Maske werden. »Ja«, sagte er tonlos. »Das wird sie, sehr sogar.«

Die Ansicht draußen wechselte. Mit Känguruhsprüngen verteilten Kaino und seine Gefolgsleute sich im Gelände. Sie nahmen die Gegenstände ab, die sie bei sich trugen, und eröffneten das Feuer auf den Hang. Lautlos steppte ein automatisches Gewehr Pocken über eine Klippe. Ein anderes sprengte Splitter von einem Gesteinsbrocken ab, brachte ihn ins Rollen, trieb ihn mit jedem Geschoß weiter. Eine Miniaturrakete raste los, eine Stichflamme explodierte, Staub stieg in einer Fontäne aus einem neu entstandenen Krater mit einem Durchmesser von einem Meter auf. Das vierte Instrument erwachte, und das Bild löste sich in die Blitze und das Summen elektronischer Störungen auf.

Als es wieder klar wurde und sich stabilisierte, stand

Kaino schräg vor dem Himmel abgemalt, das Gewehr in der Hand, den Flammenschopf zurückgeworfen, fröhlich lachend.

Dann zeigte das Bild wieder Sundaram und Ivala. Der Offizier bemühte sich, keine Gefühlsregung zu zeigen. »Danke«, sagte er. »Das war ungemein interessant.«

»Ich glaube nicht, daß Eure Truppen über etwas Ähnliches verfügen«, schnurrte sie.

»Nein. Wir hatten nicht mit der Notwendigkeit gerechnet, Infanteriewaffen für den Weltraum zu entwickeln. Bis jetzt.«

»Jetzt? Das, was Ihr gesehen habt, war nichts als ein sportlicher Zeitvertreib.«

Sundaram starrte das wunderschöne Abbild direkt an. »Sie bedrohen uns nicht?«

»Aber ganz gewiß nicht.« Ernst mischte sich in ihre Liebenswürdigkeit. »Wir warnen Euch nur.«

»Vor was?«

»Vor dem Unvorhersehbaren. Zu leicht können Ereignisse völlig außer Kontrolle geraten. Ist es nicht so? Gestattet mir den Vorschlag, Oberst, daß Ihr mit Euren Vorgesetzten Rücksprache nehmt. Danach, lebt wohl.« Das Gesicht verschwand.

Zhao stand auf und ging hin, um den Schirm zu löschen. Er verzichtete darauf, die heimatliche Landschaft wieder aufzurufen. »Den Rest müssen wir nicht abspielen«, erklärte er Dagny. »Sie wissen ja, was geschah. Nach längerer Diskussion erhielt das Team die Anweisung umzukehren.«

Sie nickte.

Er baute sich vor ihr auf. »Das geschah aufgrund meines direkten Befehls«, sagte er. »Ich will Hitzköpfe nicht provozieren.«

Sie schaute zu ihm hoch. »Ich frage mich, ob das nicht unmenschlich kühle Köpfe sind«, erwiderte sie. »Aber danke, Exzellenz. Sie sind ein kluger Mann.«

Sein Lächeln flackerte. »Danke, daß Sie das sagen. Eigentlich taste ich mich nur vorwärts, wie jeder andere auch.«

Düster: »Sie müssen zugeben, daß ich diese Provokation nicht ignorieren kann.«

»Was können Sie dagegen tun?«

»Ich fange damit an, indem ich an Sie appelliere, Madame. Das sind Ihre Söhne. Sie sind überall auf dem Mond hoch angesehen. Wenn Sie sie zur Vernunft bringen, werde ich dafür sorgen, daß keine Anklage gegen sie erhoben wird.«

Dagny wog sorgfältig ihre Worte. »Ich hatte gefragt, was *können* Sie tun?«

»Wie bitte?«

»Sie würden ebensowenig auf mich oder meinen Mann hören, wie alle erwachsenen, halsstarrigen Männer jemals auf ihre Eltern gehört haben. Wahrscheinlich noch weniger.«

Zhao nahm ihr gegenüber Platz. »Davon bin ich nicht überzeugt. Sie sind Sie.«

»*Gracias*. Aber seien Sie auch nicht so von dem überzeugt, was ich ihnen sagen würde. Hier geht es ums Prinzip.« Dagny seufzte. »Ja, ich würde wünschen, sie wären ... taktvoller, diplomatischer. Aber sie sind, was sie sind. Verstehen Sie nicht, das ist der innerste Kern des Konflikts. Sie versuchen, sie zu etwas zu machen, was sie nicht sind, was sie nicht sein können.«

»›Ein und dasselbe Gesetz für den Löwen und den Ochsen ist Tyrannei‹«, zitierte Zhao.

Dagny blickte ihn fragend an.

»Das hat der Dichter William Blake vor etlichen Jahrhunderten geschrieben«, erklärte er. Ihre Achtung von ihm nahm weiter zu. »Aber ich bin Polizist für den Ochsen«, fuhr er fort. »Für die arme, verwundete Erde. Haben Sie kein Mitleid mit uns?«

Dagny schüttelte den Kopf. »*So* abhängig sind Sie nicht – Ach was, schon gut. Nein, ich wünsche mir keine Kraftprobe, von einer bewaffneten Auseinandersetzung ganz zu schweigen. Das wäre Wahnsinn. Ich versuche Ihnen bloß zu erklären, daß Sie, um das zu vermeiden, mehr werden geben müssen, als Sie bekommen. Aber nicht mehr, als Sie sich leisten können.«

»Ich fürchte, ein Nachgeben würde weitere Rechtsverletzungen provozieren. Was würde dann aus der Zukunft?«

»Die können wir nicht planen. Es ist eine große Illusion, daß menschliche Wesen es jemals gekonnt haben.«

Er lächelte wieder, ein bißchen jedenfalls. »Jetzt sind Sie es, die zitiert. Anson Guthrie.«

»Warum nicht? Fireball ist ebenfalls ein wesentlicher Faktor.« Sie beugte sich vor. »Hören Sie mir bitte zu. Sie möchten, daß ich meine Dienste als Vermittlerin in die Waagschale werfe, um Brandir zum Einlenken zu bewegen. Nun, für diesen Zweck sind sie nicht viel wert, und wenn sie es wären, würde ich sie vielleicht nicht einsetzen. Aber ich kann und werde alles einsetzen, was ich an Einfluß bei Guthrie habe. Sie haben zweifellos gehört, daß wir eng befreundet sind. Er seinerseits wird ... sich etwas einfallen lassen. Ein stabiles Luna liegt auch im Interesse Fireballs. Außerdem würde er nicht zulassen, daß Leute verbrennen, wenn er das Feuer löschen kann.«

Zhao setzte sich kerzengerade auf. »Kann er sie dazu überreden, sich an das Gesetz zu halten?«

»Ich denke, vielleicht können er und ich sie gemeinsam zu einem Kompromiß bewegen, wenn Sie die politischen Entscheidungsträger der Föderation ebenfalls dazu bewegen können«, erwiderte Dagny. »Mir schwebt etwas in der Art vor, daß die Lunarier Sundarams Team einlassen. Danach werden sie sich vielleicht damit einverstanden erklären, zwei oder drei mißbilligte Projekte einzustellen.« Sie erwähnte nicht, daß die Inspekteure womöglich nicht alles finden würden, was es zu finden gab, und daß ein angehaltenes Unternehmen sich jederzeit wieder von vorn beginnen ließ. »Sie, die Föderation, müßten zuvor ein glaubwürdiges Versprechen hinsichtlich einer Konzession abgegeben, die ihnen und anderen wie ihnen die Kontrolle über ihr Territorium einräumt.«

Zhao biß sich auf die Lippe. »›Ihr‹ Territorium. Privatbesitz, *de facto*, wenn schon nicht *de jure*. Nein, schlimmer noch. Eine feudale Domäne. Jene vier am Tor waren eine Abteilung von etwas, das auf eine Privatarmee hinausläuft. Und was ist mit den anderen Lunariern? Wonach werden die streben, wenn der Präzedenzfall erst einmal da ist?«

Dagny widerstand der Versuchung, ihm die Hand zu tätscheln. »Machen Sie sich doch nicht solche Sorgen. Sie werden es niemals mit uniformierten lunarischen Schlägern zu tun bekommen, die herumstolzieren und Wähler einschüchtern. Sie sind nicht mehr an Politik interessiert, als es Katzen unseres Wissens nach sind. Das heißt, es betrifft sie, sie reagieren darauf, aber es ist kein Spiel, das sie unbedingt spielen möchten.«

»Katzen.« Diesmal war Zhaos Lächeln gelöster. »Ich selbst halte mir Sittiche.«

Dagny erwiderte das Lächeln. »Es würde mich freuen, sie kennenzulernen.«

»Sie sind immer herzlich willkommen.« Sein Mund verfiel. »Sie hingegen haben Katzen?«

Sie beschloß, ihr Glück auf die Probe zu stellen. »*Bueno*, was ist mit meinem Vorschlag?«

»Daß Sie Guthrie konsultieren? Ja, tun Sie das. Ich könnte Sie sowieso nicht daran hindern. Danach müssen wir weitersehen. Im günstigsten Falle wird eine Vielzahl schwieriger Details auszuarbeiten sein.«

»Hm-mh. Und auf dem Weg dorthin werden noch eine Menge Überraschungen vor uns auftauchen. Trotzdem können wir darauf hoffen, eine Startplattform für Friedensbemühungen zu errichten, nicht wahr?«

»Ich muß nachdenken.«

Er war ein vernünftiger, gütiger Mann, dachte sie. Fast sicher würde er sich dazu durchringen, die Notwendigkeit einzugestehen, ein Stück nachzugeben, während man zugleich die Formen wahrte. Vielleicht konnte er die auf der Erde überzeugen. Natürlich würde er seine tiefen Zweifel nicht ablegen. Sie ja auch nicht. Was war mit den langfristigen Konsequenzen?

Sie waren unvorhersehbar. Man konnte sich immer nur mit der Zukunft auseinandersetzen, wenn sie auf einen zukam.

17

In einem unterirdischen Lagerraum sah Kenmuir eine weitere Tür und strebte darauf zu. »Nein, nicht da«, sagte Norton. »Die führt zurück auf die Straße. Hier.« Sie drückte gegen ein mit Kanistern beladenes Regal. Es mußte zugleich als Schalter dienen, denn ein Teil der Wand glitt beiseite. Dahinter erstreckte sich ein Gang: kahl, spärlich beleuchtet, mit mattgrünem Sprühplastik überzogen. Er folgte ihr hinein. Sie berührte einen zweiten Schalter, und der Eingang schloß sich hinter ihnen. Die Luft war kalt und abgestanden. Sie roch nach Staub.

»Kommen Sie«, drängte sie.

Zweifel loderte zu Widerstand auf. Er blieb stehen. »Was ist das hier überhaupt?« verlangte er zu wissen.

»Unser Weg nach draußen. Wenn meine Vermutung zutrifft, müssen wir darauf hoffen, daß sie annehmen, Sie wären in die andere Richtung gegangen, irgendwie abgeschirmt. Aber wenn wir so nahe bleiben, könnten Detektoren unsere Bewegungen und unsere Infrarotausstrahlung durch die Wände hindurch erfassen – und das war's dann. Also los, gehen wir.«

Er schüttelte den Kopf. »Ich meine, was soll das Ganze eigentlich?«

Sie zerrte an seinem Arm. Ihr Griff war kraftvoll. »*Kahuhu*, los, kommen Sie schon, Sie *tonto*! Uns bleiben vielleicht nur noch wenige Minuten.«

Er leistete Widerstand. »Nicht so schnell, sage ich. Vor wem laufen wir davon? In was werde ich da hineingezogen, und warum?«

Sie ließ ihn los, ballte die Fäuste an den Seiten und holte zittrig Atem. Das ausdruckslose, bleiche Gesicht, das sie ihm zuwandte, kontrastierte auf unheimliche Weise mit der Eindringlichkeit ihrer Stimme. »Fürchten Sie, es sei etwas Kriminelles? Hören Sie zu. Wir stehen in Diensten der Lady Lilisaire, nicht wahr? Hat irgend jemand sie eines Verbrechens angeklagt?«

»Nun, ich – sie –«

»Sie denken jetzt, die Friedensbehörde würde nicht ohne Grund Ermittlungen gegen sie anstellen, nicht wahr? *Bueno,* natürlich gibt es einen Grund. Sie hat es Ihnen doch erklärt, oder nicht? Sie will das Habitat-Projekt stoppen. Seit wann verweigern die Föderationsstatuten einem Bürger irgendeiner der Mitgliedsrepubliken das Recht, eine politische Meinung zu haben und dafür einzutreten? Seit wann ist es ein Verbrechen, nach Informationen zu suchen? Bis jetzt zumindest hat einzig und allein die andere Seite etwas Ungesetzliches getan. Vor allem, wenn ich recht mit dem habe, was man mit Ihnen gemacht hat, Kenmuir. Finden Sie's heraus und entscheiden Sie dann!«

»Wollen Sie damit sagen –« Er suchte nach Worten. Das hier war wie ein Alptraum, aus dem er es nicht schaffte zu erwachen. »Eine geheime Verschwörergruppe innerhalb der Regierung –«

»Ich weiß es nicht«, sagte sie nüchtern. »Wenn wir hier herumtrödeln, bis sie hinter uns herkommen, werden wir es nie erfahren. Und jetzt gehe ich weiter. Kommen Sie mit, oder bleiben Sie hier, egal was, aber halten Sie mich nicht auf.«

Lilisaire. Und Handeln, beinahe jede Art von Handeln, war besser, als in hilfloser Verwirrung herumzustehen. Es mochte sogar seine Bürgerpflicht sein, mehr herauszufinden und dann, wenn sich die Gelegenheit bot, den richtigen Leuten Bericht zu erstatten … wer immer das auch sein mochte. Die Frau sprang bereits in einem energischen Trab davon. Er überholte sie und schloß sich ihr an.

»Gut«, sagte sie. »Ich hatte mir schon gedacht, daß Sie

einer von der richtigen Sorte sind, oder man hätte Sie nicht für das hier ausgewählt.«

Der richtigen Sorte für was?

Der Gang verzweigte sich zu einem T. Norton lenkte sie nach links. Ein kurzes Stückchen weiter endete er. Sie hielten an. Die Luft strömte grell durch seine Nasenlöcher. Er spürte, wie Schweiß ihm über die Rippen herunterrieselte, mehr, als das Laufen allein gerechtfertigt hätte. »Warten Sie hier«, befahl sie.

Seine alte Halsstarrigkeit kehrte zurück. »Warum?«

Sie seufzte. »Der Tunnel ist abgeschirmt. Ich bat Juan, den Kellner, anzurufen und einen abgeschirmten Wagen an dieses Ende schicken zu lassen. Ich werde hinaufgehen und auf ihn warten. Sobald er eintrifft, komme ich zurück und hole Sie. Wenn Sie einen Sprint einlegen, mißt man Sie vielleicht nicht an. Mit etwas Glück sollten wir aber so oder so fort sein, bevor sie hierhergelangen können.« Sie öffnete den Ausgang, schlüpfte hindurch und schloß ihn vor seiner Nase.

Er blieb, wo er war, aber er zitterte. Fragen wirbelten ihm durch den Kopf. Abschirmungen? Gegen was? ›Sie?‹ Und warum jagten sie ihn und nicht sie?

Sie hatte sich nach allem Ungewöhnlichen erkundigt, das während seiner Reise geschehen war. Als er ihr erzählt hatte – Moment! Er hob die Hände, wie um dadurch das Entsetzen abzuwehren. Nein, das konnte, das durfte nicht sein! Die Frau litt unter Wahnvorstellungen! In was für ein Nest von Geisteskranken war er da hineingestolpert, und warum hatten sie sich nicht schon lange heilen lassen? Aber ... aber Lilisaire hatte diese Norton engagiert! Oder etwa nicht? Dann hatte Norton – War Lilisaire darüber erhaben, Geisteskranke für Zwecke einzusetzen, mit denen keine geistig gesunde Person etwas zu tun haben wollte? Nein, das konnte er nicht glauben, nicht von ihr. Und Norton wirkte kompetent, vielleicht sogar beängstigend kompetent ...

Sie kam zurück. Über einem ihrer Arme hing ein metallisches Gewebe. Hörte er ein Lachen unter der Dringlichkeit in ihrer Stimme brodeln? »Er ist schon da. Und das hat er für Sie mitgebracht. Guter alter Iscah. Sein Verstand ist so scharf wie ein Haifischzahn. Ziehen Sie's an.«

Er nahm ihr den Gegenstand ab und schüttelte ihn aus. Eine Art Talar mit einer Kapuze entfaltete sich, aus einem feinem Draht gewoben, in dem Knoten vor dem dunklen Schimmer glitzerten. »Eine tragbare Abschirmung«, erläuterte Norton. »Jetzt sollte Sie nichts mehr erfassen können. Und wir fahren in einem ganz gewöhnlichen Wagen, der auf keinem Überwachungsbildschirm verdächtig erscheint. Iscah muß jemanden in der Nähe angerufen haben, der ihn *pronto* herschicken konnte. Er kennt Leute überall in der Stadt.« Das Lachen klirrte heraus, für die Altstimme schrill. Er begriff, unter was für einem Streß auch sie stand.

Er zog das Gewand über den Kopf. Es hing ihm lose und leicht bis halb über die Schienbeine. Ein Kettenpanzer, dachte er; ein Anachronismus, der aber auch nicht verrückter war als alles übrige in dieser Nacht. Norton führte ihn in ein leeres Kellergeschoß, eine Treppe hinauf und in einen leeren Raum, der nur von dem erleuchtet wurde, was durch schmutzige Fenster hereinsickerte. Ein leerstehendes Haus, vermutete er, als gelegentliches Versteck oder Schlupfloch in Reserve gehalten – von wem? Sie gingen weiter, auf die Straße. Das dort wartende Gefährt erinnerte an das Taxi, das er genommen hatte, nur daß sein Rumpf eingekerbt und verbeult und sein Inneres schmuddelig war. Gegenüber brütete finster eine Mietskaserne vor sich hin. Zwei ihrer Fenster leuchteten in einer kalten, bläulichen Helligkeit. Kenmuir fragte sich, wer dort wohl wohnen mochte.

Drei glitzernde Glühwürmchen sausten über den Dächern hin und her. Norton warf ihnen einen flüchtigen Blick zu. »Möglicherweise die Verfolger, die Ausschau nach uns halten«, sagte sie. »Wir sind keinen Augenblick zu früh dran.«

Würden sie Kenmuirs Ausrüstung bemerken und landen, um ihn zu überprüfen? Er beeilte sich einzusteigen. Norton folgte unmittelbar hinter ihm. »Fertig«, teilte sie dem Wagen mit, und er fuhr los. Kenmuir verdrehte den Hals, um zurückzublicken. Die Glühwürmchen blieben droben am Himmel. Über unbekanntem Gebiet konnte kein Polizeikommando, ganz gleich, wie gut es ausgerüstet war, sofort alles auf Anhieb identifizieren. Es war ja nicht so, als ob die Hilfsmittel des gesamten Cyberkosmos aufgeboten worden wären. Eine Woge der Erleichterung überschwemmte ihn.

Zu Recht? fragte er sich. Wäre es nicht vielmehr seine Rettung gewesen, wenn man ihn entdeckt und aufgegriffen hätte?

Er sackte in sich zusammen, zwang seinen Puls durch schiere Willenskraft, langsamer zu schlagen, während er noch einmal seine Gründe dafür aufzählte, das zu tun, was er tat. Norton saß gleichermaßen reglos neben ihm. Straßenlampen, an denen sie vorüberkamen, flackerten über ihr Pseudo-Gesicht, ließen es dann einmal mehr in einer unbehaglichen Dämmerung versinken.

Mühsam fragte er schließlich: »Wohin fahren wir?«

»Zu Iscahs Laboratorium, nehme ich an«, antwortete sie mit ebenso monotoner Stimme. Sie sprach den Wagen an: »Ist das richtig?«

»Über diese Information verfüge ich nicht, und die Adresse darf ich nicht nennen«, entgegnete er.

Sie zuckte die Achseln, wandte sich zu Kenmuir um und sagte: »Alles, was ich Juan befehlen konnte, war, Iscah anzurufen und ihm mitzuteilen, daß das Ganze nach einem Notfall aussähe, daß ich einen Begleiter bei mir hätte, der vielleicht etwas abstrahlen würde, und daß wir uns in das Haus an der Pico begäben, in der Hoffnung, daß er uns ein abgeschirmtes Transportfahrzeug schicken könnte.« Ihr Kopf sank herab. »Hätten wir dort bis zum Morgen gewartet und nichts wäre gekommen, weiß ich nicht, was ich getan hätte.« Der Kopf hob sich wieder, die Worte gewannen ein wenig an Farbe zurück. »Aber mir wäre schon etwas eingefallen.«

»Getarnte Türen, ein abgeschirmter Tunnel, ein abgeschirmtes Transportfahrzeug«, sagte er langsam. »Sie kennen sich mit diesem … diesem Untergrund ziemlich gut aus, nicht wahr?«

»Nicht wirklich.« Sie musterte ihn eine Weile aufmerksam, bevor sie fortfuhr: »Ich bin an keinen verbotenen Unternehmungen beteiligt. Ich gehöre auch keiner revolutionären Bewegung oder irgend so einem *pupule* – einem solchen Unsinn an. Keiner meiner Bekannten tut das. Es ist nur so, daß ich mit den Metamorphen zusammenarbeite. Nicht hier, meistens, aber von Zeit zu Zeit führt mich meine Tätigkeit hierher, und sie hat auch dazu geführt, daß ich einige dieser Leute kennengelernt habe.«

Sie hielt inne. Als sie fortfuhr, klang ihre Stimme gefühlvoller. »Die Metamorphe der Erde ... sie haben ein schweres Schicksal, wissen Sie. Vorurteile, Diskriminierung, und der Staat kann nur sehr wenig tun, um ihnen zu helfen, weil sie sich *wirklich* nicht in das System einfügen. Sie können es nicht. Bedenken Sie, daß selbst die Lunarier, die Glücklichen, das nicht tun.«

Wieder verstummte sie. Er wartete. Ein Raumfahrer gewann mit der Zeit Routine darin.

»Sie gründen ihre Organisationen, ihre Gesellschaften – ja, sogar Kulturen oder die Keime von Kulturen«, fuhr sie nach einer Weile fort. »Sicher, ein Teil dessen, was geschieht, ist illegal, aber die Opfer sind normalerweise andere Metamorphe, und oft gibt es gar keine Opfer, es ist eine Sache wechselseitiger Hilfe zum Zwecke eines Lebens, das der Art gemäßer ist. Ein Großteil der verschiedenen Führer versucht, eine ... Körperschaft zuwege zu bringen, eine Möglichkeit für alle Metamorphe, offen und legal zusammenzuarbeiten. Es ist nicht einfach, es ist auch noch nicht weit gediehen, auf lange Sicht mag es sogar unmöglich sein, aber wir müssen es versuchen, oder nicht? Das ist es, woran ich im Auftrage meines Volkes mitwirke.« Er fragte sich, ob sie womöglich unter der Maske selbst ein Wechselbalg war. Welcher Gattung? Falls nicht, wie stark identifizierte sie sich mit einer dieser Rassen, und mit welcher? »Es hat mich auf merkwürdige Seitenwege geführt, ja, ich bin in gewisse Geheimnisse eingeweiht worden, weil ich die Informationen benötigte, damit ich nach Hause gehen und meinem Volk den Kurs vorschlagen konnte, den sie am besten steuern sollten. Fragen Sie mich nicht zu viel.«

»Ich muß aber ein paar Dinge fragen«, krächzte er. »Sie, Ihre Freunde, waren sehr schnell bei der Hand damit, sehr gut darauf vorbereitet, auf Aktionen von ... offizieller Seite zu reagieren. Das klingt für mich nicht eben nach Legalität.«

»Ich habe ja schon zugegeben, daß einige Aktivitäten verdeckt erfolgen«, erwiderte sie. »Wir, die Anführer, mit denen ich verhandelt habe, wir hoffen, nach und nach darauf verzichten zu können, aber in der Zwischenzeit müssen wir zusammenarbeiten mit den – Sie können sie Bandenchefs nennen, wenn Sie unbedingt wollen, aber Tatsache ist, daß ihre einfachen, anständigen Anhänger ihnen vertrauen.« Nach einer weiteren Stille: »Die Bandenkriege haben praktisch aufgehört. Und die direkten Verfolgungen und die Mobangriffe durch Menschen mit reinen Genen. Aber die Geschichte der Metamorphe vergißt das nicht und trägt den Metamorphen auf, gerüstet zu sein.«

Außerdem, dachte er, war die Beibehaltung von Protektionen und einer kommunalen Struktur schon an sich ein starker moralischer Faktor, der dem Leben Zusammenhalt, Hoffnung, Bedeutung verlieh. Fireball –

Norton sank in den Sitz zurück. »*Por favor,* ich bin völlig erschöpft«, flüsterte sie. »Können wir uns nicht einfach ein Weilchen ausruhen?«

Er verspürte einen Anflug von Mitleid. »Natürlich.« Seine eigenen Knochen schienen sich zu verflüssigen.

Der Wagen fuhr weiter, Kilometer um Kilometer, überwiegend durch Dunkelheit und Verfall. Nach einer Weile zwang Kenmuir sich, nicht mehr ständig auf die Uhr zu schauen.

Norton saß in ihre Ecke gelehnt, mit geschlossenen Augen, vielleicht eingeschlafen. Sie hatte den Poncho eng um sich gewickelt, wodurch eine wohlgeformte Figur sichtbar wurde. Eine bemerkenswerte Person, furchteinflößend, aber er hatte auch einen nicht mit Logik zu erklärenden Eindruck innerer Verwundbarkeit. Warum engagierte sie sich für diese hoffnungslose Sache? Ihren Geschöpfen zuliebe, welche immer das sein mochten? Wohl schwerlich das allein. Was hatte Lilisaire ihr versprochen?

Was hatte Lilisaire *ihm* eigentlich versprochen?

– Der Ruck riß ihn aus seiner inneren Dunkelheit zurück in die äußere. Norton setzte sich auf. »Schätze, wir sind da«, sagte sie. Begierde pulste in den Worten. Als das Gefährt anhielt, kletterte sie behende hinaus, als ob sie all ihre Energie zurückgewonnen hätte. Sie mußte noch jung sein, entschied Kenmuir. Er selbst fühlte sich steif und durchgefroren. Fünfundfünfzig war kein Alter, nicht heutzutage, aber vielleicht nutzten die Jahre den Geist genauso sehr ab wie eh und je. Er folgte ihr.

Himmelsleuchten über Mauern zeugte von einer nicht weit entfernten Siedlung. Zweifellos zapfte das Gebäude vor ihm deren Versorgungseinrichtungen an. Fenster mit Stahlrolladen ... Die Ziegelfassade schien in gutem Zustand zu sein, so weit er das in der Dämmerung erkennen konnte, aber die Nachbarhäuser standen leer und verfielen, und eines war nur noch eine Schutthalde. Iscah bevorzugte anscheinend die Abgeschiedenheit.

Norton näherte sich der Tür mit einem plötzlichen Zögern, das nicht auf die schlechte Sicht zurückzuführen war. »Ich war noch nie hier«, gab sie zu. »Ich habe ihn bisher erst einmal getroffen, bei einer ... Organisationskonferenz, und habe ein bißchen über das gehört, was er so macht. Verschiedene technische Jobs.« Für Leute, die sich einen regulären Service nicht leisten konnten oder die vielleicht nicht wollten, daß die Arbeit bekannt wurde, dachte Kenmuir. »Carfax – Lilisaires Agent, der mich instruiert hat – erwähnte ihn ebenfalls, unter den möglichen Kontakten.«

Ja, dachte Kenmuir, die Hüterin besaß mehr Handlanger auf der Erde als nur Norton, und viele von ihnen waren wahrscheinlich viel aktiver als sie. Er hatte den starken Eindruck, daß sie gerade eben ihren ersten Auftrag für die Lunarierin ausführte, weil sie zufällig die am besten für diese besondere Situation qualifizierte war. Oder die am stärksten motivierte? ... Die anderen aber sammelten zumindest alles an Informationen, was ihnen möglich war, Informationen jeglicher Art, die sich vielleicht eines Tages als nützlich erweisen mochten. Vieles davon würde die Heterosphäre betreffen, wo es zahlreiche nicht registrierte Einrichtungen und trostlose Biographien gab …

Die Tür schwang auf Angeln zurück. Licht strömte um die ungeschlachte Gestalt eines weiblichen Titanen herum. Sie winkte ihnen hereinzukommen und schloß die Tür hinter ihnen.

Der Eingangsraum wirkte zu klein für sie. Aber wenn man eine gewisse Stämmigkeit in Rechnung stellte, die bei einer solchen Masse unvermeidlich war, war sie eine gutaussehende Frau, deren Vorfahren offensichtlich aus dem Nahen Osten stammten, adrett in eine Bluse und eine enge Hose aus kariertem Stoff gekleidet. Ein Messer mit Schlagringgriff an ihrer Hüfte war der einzige unangenehme Zug. Als sie sprach, klang der Baß gebildet und durchaus feminin: »*Bienvenida, señorita* Tam und *señor*. Ich hoffe, alles ist glattgegangen?«

Tam? Kenmuir warf Norton einen schnellen Blick zu. Ja, sie würde dem Kellner ihren richtigen Namen genannt haben, andernfalls wäre er ihr niemals behilflich gewesen. »So weit ich es sagen kann, sind wir problemlos davongekommen«, antwortete sie.

»*Muy bien*. Möchten Sie diesen Umhang ablegen, *señor*? Das Haus ist gründlich abgeschirmt.« Die Titanin half Kenmuir dabei, das Gewand auszuziehen, während sie hinzufügte: »Ich bin Soraya. *Por favor*, folgen Sie mir.« Sie legte das Geflecht über einen Stuhl und setzte sich den Flur entlang in Bewegung, so leichtfüßig, daß die trockenen alten Dielen kaum ein Geräusch von sich gaben. Aber er spürte, wie sie vibrierten.

Am Ende des Hauses schob sich eine moderne Tür beiseite. Der Raum dahinter gehörte ebenfalls der Gegenwart an, so vollgestopft er auch war. Man mußte mehrere Zimmer abgerissen haben, um eine so große Kammer zu schaffen. Die Decke leuchtete weiß auf Regale, Schränke, Labortische,

Konsolen, physikalische, chemische, biologische und medizinische Apparaturen, Computer und andere Gerätschaften, die Kenmuir nicht kannte. Trotz der Lüftungsgitter behielt die Luft eine kaum merkliche Schärfe, Gerüche von dem, was hier passierte. Irgend etwas im Hintergrund tickte.

Ein Mann erhob sich von einem Computerterminal. Er war ein Chemo, völlig haarlos, die Haut obsidianschwarz. Der hagere Körper, der lange Schädel, das Gesicht, die hellen Augen waren nordisch. Er trug kaum mehr als einen grauen Laborkittel über einem Hemd und einer Hose, aber irgendwie schaffte er es, darin geradezu majestätisch auszusehen. Trotzdem sprach er ruhig, mit einer ziemlich hohen Stimme: »*Buenas tardes, señorita* und *señor*. Wollen Sie sich nicht setzen?« Er deutete auf hohe Hocker. Offensichtlich hatte er nicht vor, ihnen die Hand zu schütteln, sich zu verbeugen oder sie anderweitig zu begrüßen. »Möchten Sie Kaffee?«

»*Gracias*, nein«, sagte Norton. »Ich bin zu aufgedreht.« Sie wandte sich zu Kenmuir um. »Sie?«

»Ich auch nicht«, erwiderte Kenmuir überzeugend genug. Ein ordentlicher Schluck wäre ihm jetzt ganz willkommen gewesen, so trocken, wie sein Mund sich anfühlte, aber er wollte den Lauf der Dinge nicht aufhalten und fragte sich außerdem, ob er überhaupt irgend etwas herunterkriegen würde. Die Müdigkeit in ihm war zu einer pulsierenden Anspannung geworden. Wie Norton ließ er sich auf einem der Hocker nieder. Soraya ragte hinter ihren Rücken auf.

»Ich bin Iscah.« Aug in Auge mit ihnen faltete der Mann die Arme, lehnte sich gegen einen Labortisch und sprach methodisch und überlegt. »Ich nehme an, daß Sie, *señorita,* Alice Tam, auch bekannt als Aleka Kame, sind. Es wäre aber klug, sich dessen zu vergewissern. Würden Sie Ihre Maske abnehmen? Soraya wird Ihnen helfen.«

Norton – nein, Tam? – zögerte einen winzigen Augenblick, dann nickte sie ruckartig. »Schätze, jetzt kann ich's ja wohl.« Sie begleitete die Titanin auf einem labyrinthischen Kurs zu einer Untersuchungsliege und einer Gerätetheke.

»Von Ihrem Standpunkt aus ist es genauso vernünftig«, bemerkte Iscah, als sie an ihm vorbeischritt. »Wenn die Verfolger unter den Stammgästen im *Asilo* herumfragen, werden sie eine Beschreibung von Ihnen in Ihrer Verkleidung erhalten. Ich nehme an, sie werden keinen Grund finden, diese mit Ihrer wirklichen Identität in Verbindung zu bringen –« Er grinste »– insofern ›wirklich‹ in diesem Kontext überhaupt eine Bedeutung hat.«

»Oh, ich bin Aleka, keine Sorge«, gab sie über die Schulter zurück. »Jedenfalls war ich's, als ich das letztemal nachgeschaut habe.« Der hilflose Versuch eines Scherzes gefiel Kenmuir.

Iscah richtete seine Aufmerksamkeit auf ihn. »Und wie soll ich *Sie* anreden, *señor*?« fragte er.

Der Raumfahrer überlegte. Was zum Q, er war doch keine Gestalt in einem historischen Thriller im Multi, von der man erwartete, daß sie möglichst geheimnisvoll tat! Er bellte seinen Namen und seinen Beruf heraus. »Und ich möchte gerne wissen, was dieser ganze Hokuspokus soll«, fügte er hinzu. Seine Schroffheit überraschte ihn. Normalerweise war das nicht sein Stil.

Iscah blieb gelassen. »Uns geht es genauso. Lassen Sie uns versuchen, es herauszubekommen. Was können Sie mir über die Situation erzählen, Kapitän?«

Kenmuir schluckte. Was *sollte* er erzählen, hier in diesem absurden Geheimlabor?

»Na los«, rief die Frau, die sich selbst Aleka nannte. »Es ist nichts, dessen man sich schämen müßte.« Nach einem Moment: »Und Sie werden nicht mit verbundenen Augen weitermachen, nicht wahr, Iscah? Außerdem habe ich den Verdacht, daß es diese Bastarde ärgern wird, wenn die Fakten weiterverbreitet werden.«

Wer A sagt, muß auch B sagen, dachte Kenmuir, wobei er auf die jahrhundertealten Texte zurückgriff, die ihm die Tageszyklen im All verkürzt hatten. Aber – Er lächelte trübselig. »Ich fürchte, in dieser Hinsicht kann ich nur mit sehr wenig dienen«, sagte er. Tatsächlich reichten ein paar Sätze aus, um seine Geschichte zu erzählen. »Trotz Lilisaires Animosität gegenüber der Föderation hatte ich keine Ahnung, daß deren Polizei über mich unterrichtet war, bis Mamselle Nor – Tam mich davonschleifte.«

»›Animosität‹«, murmelte Iscah. »Ein Mann, der derartige Worte benutzt, könnte mir gefallen.«

»Ich habe auch kein Verlangen danach, zu einem Geächteten zu werden«, erklärte Kenmuir. »Wenn die Regierung versucht, diese Sache zu stoppen, dann muß sie einen Grund dafür haben.«

»Aber auch unbedingt einen guten Grund?« grollte Soraya. Sie nahm Instrumente aus einem Koffer.

»Lassen Sie uns zuerst so viele Daten sammeln wie möglich«, sagte Iscah. Er ging ein Stück beiseite. »Hier herüber, *por favor.*«

Elektronische Geräte waren längs der Wand aufgereiht. Kenmuir kannte den Gegenstand, den Iscah als erstes zur Hand nahm, einen Magnetfeldabtaster. Er konnte nicht sehen, was er anzeigte, als er über seinen Rumpf geführt wurde, und Iscahs Mitternachtsgesicht war ausdruckslos geworden. Auf der anderen Seite des Raumes arbeitete Soraya mit einer für diese riesigen Hände unglaublichen Feinfühligkeit daran, die lebende Maske von Alekas Gesicht abzuzupfen. Man konnte diese Arbeit auch alleine ausführen, und zweifellos hatte Aleka sie auch so aufgesetzt, aber sie ohne Hilfe zu entfernen nahm lange Zeit in Anspruch, wenn man den empfindlichen Organismus nicht verletzen wollte.

Eine seltsame Partnerschaft, dachte Aleka. Eine Titanin, genetisch auf Kraft und Ausdauer gezüchtet, Infanterie, die man überall dort hinschickte, wo Kampfmaschinen nicht hin konnten; ein Chemo, unempfindlich gegen Strahlung und Umweltverschmutzungen, die normale Menschen krank machen oder umbringen konnten; beide von einigen wenigen Vorfahren abstammend, die dazu konstruiert worden waren, sich mit Dingen zu befassen, die so lange vergangen waren wie die Regierungen und die Fanatismen, die es angeordnet hatten. Wesen, überholt und zwecklos, abgesehen von dem, was sie selbst aus ihrem Leben machten. Und darüber konnte er nur Vermutungen anstellen. Offensichtlich war Soraya mehr als bloß eine Leibwächterin. War Iscah mehr als bloß ein Techniker? Waren sie vielleicht sogar ein Liebespaar? Die Idee erschien ihm zuerst verrückt, dann anrührend, dann tragisch.

Verschiedene Instrumente hatten sich an seiner Person zu schaffen gemacht. Iscah legte das letzte davon beiseite, trat zurück und nickte. »Sie hatten recht, *señorita* Tam«, sagte er, immer noch unerschütterlich. »Er trägt einen Spion in sich.«

Der Gedanke war Kenmuir bisher nur ganz flüchtig in den Sinn gekommen. Die Äußerung traf ihn wie eine Faust. Er schnappte nach Luft. »Nein, unmöglich!« rief er. »Wie könnte jemand – ausgeschlossen –«

Der eisfarbene Blick nahm seinen gefangen. »Lassen Sie es mich erklären«, sagte Iscah. »Diese Technik wurde nicht publik gemacht, aber es gehört zu meinem Geschäft, solche Dinge zu wissen. Man hat Ihnen einen verbundenen Satz molekularer Sammler untergeschoben. Sie können ihn sich als Pseudo-Virus vorstellen. Offensichtlich hat der Bedienungsroboter in der Lounge ihn in den Drink getan, den er Ihnen gab. Ein einziger Tropfen Flüssigkeit würde vollauf genügen, die benötigte Nanomasse zu enthalten. Ich würde vermuten, daß der Tropfenzähler sich in einem ausgetauschten Finger befand. Haben Sie sich später ein bißchen krank gefühlt und kurze Zeit gefiebert? ... Das dachte ich mir. Da holte sich der Pseudo-Virus gerade Material aus Ihrem Blutkreislauf, um sich zu vermehren. Als genügend Sammler vorhanden waren, machten sie sich an die Arbeit, wobei sie wieder Elemente aus Ihrem Körper benutzten, Kohlenstoff, Eisen, Kalzium – Ich will Sie nicht mit der Liste langweilen. Der Prozeß als solcher war harmlos, weil die Vorrichtung, die sie zusammengebaut haben, eine Masse von weniger als einem Gramm besitzt, fein säuberlich in Ihr Bauchfell in der Nähe des Zwerchfells eingewoben, und weniger als ein Mikrowatt aus dem Stoffwechsel der umliegenden Zellen abzapft. Im wesentlichen ist sie ein von einem einfachen Computer mit festverdrahtetem Programm kontrollierter Schaltkreis, obwohl auch noch ein Transponder für Vibrationen im hörbaren Bereich dazugehört.«

»Diese Einzelheiten kannte ich nicht«, sagte Aleka. Ihre Stimme drang gedämpft durch die Haut, die ihr über den Kopf gezogen wurde. »Ich hatte nur Berichte über Positionsmelder gesehen, die man Menschen oder Tieren zu wissenschaftlichen Zwecken eingepflanzt hatte, und Lilisaires Agent machte mich darauf aufmerksam, daß so etwas auch heimlich geschehen kann.«

Ja, durchzuckte es Kenmuir. Lilisaire würde an diese Möglichkeit denken. Es war ein Trick, den sie selbst mit Freuden ausprobiert hätte. »Das, das Ding kann nicht ... genug abstrahlen, um es in größerer Entfernung zu empfangen ... wegen des Hintergrundrauschens«, protestierte er.

»Nein, nein«, erwiderte Iscah. »Was es macht, ist, eine ganz normale Übertragungsleitung in der Nähe aufzuspüren – was fast überall auf der Erde möglich ist, das wissen Sie – und sich mit einem Mikrosignal, einer darübergelagerten Modulation, an diese anzuhängen. Um einen so schwachen Effekt aufzufangen, zu verstärken und auszuwerten, sind Spezialgeräte nötig; aber dem Cyberkosmos mangelt es ja nicht daran. Auf diese Weise verfolgt es alle Ihre Bewegungen – auch durch die Luft, da jedes Fahrzeug jederzeit in Kontakt mit der Verkehrsleitstelle stehen muß. Und es überträgt Ihre Sprache. Um zu belauschen, was Sie hören, hat es eine Leitung hinauf zu Ihrem Gehörgang gelegt – ein submikroskopischer Faden, das versichere ich Ihnen. Etwaige Unterbrechungen der Überwachung wären zufällig und vorübergehend, es sei denn, sie würden absichtlich herbeigeführt, so wie wir es für Sie arrangiert haben.«

Wut explodierte in Kenmuir. Plötzlich glaubte er zu verstehen, was es hieß, vergewaltigt zu werden. Nicht, daß er in diesen letzten Tagen irgend etwas Intimes gesagt oder getan hatte. Trotzdem!

Nebelhaft hörte er Iscah laut grübeln: »Ich frage mich, ob

der Spion fähig war, Sie auch im Guthrie-Haus zu belauschen. Ich habe gehört, daß dieses Gebäude nachhaltig abgeschirmt ist, und Sie erwähnten, daß man Ihnen eine abgesicherte Leitung zur Verfügung gestellt hat, als Sie per Phon weitere Instruktionen einholten. Vermutlich hat die Nummer, die Sie anriefen, gleichzeitig auch ein Umleitungsprogramm aktiviert. Dennoch schlage ich vor, Sie fassen die Möglichkeit ins Auge, daß dieser Agent Lilisaires jetzt bloßgestellt ist.«

»Das ... das ist eine Verletzung meiner Rechte gemäß der Statuten des Erdbundes«, würgte Kenmuir mühsam heraus. »Ich habe keine Einwilligung dazu gegeben. Ich gehe sofort zum nächsten Ombud und –« Er erstickte fast an seinen Worten.

»Und was?« fragte Iscah hämisch. »Erwarten Sie etwa, die Übeltäter würden gefunden und bestraft werden? Es sind Agenten der Regierung, vergessen Sie das nicht.«

»Warum? Warum?«

»Das Geheimnis muß so wichtig sein«, sagte Aleka. »Was bedeutet, daß Lilisaire hinsichtlich seiner Ausmaße recht hat.«

Ohne ihre Maske kam sie zu den Männern herüber. Kenmuir starrte sie an. Sie hatte auch ihren Poncho abgelegt und offenbarte einen Körper mit straffen Muskeln unter spektakulären Rundungen, der in eine einfache Tunika und eine Freizeithose gekleidet war. Das Gesicht war fast ebenso fesselnd. Es wirkte, als seien alle Blutlinien der Erde in ihm zusammengeflossen, harmonisch und vor Leben sprühend. Natürlich konnte jeder, der für eine Bioskulptur bezahlte, jedes Gesicht haben, das er sich nur wünschte, aber Kenmuir war sich sicher, daß ihres echt war. Nur die Natur besaß die Originalität, all die kleinen Unregelmäßigkeiten und Einzigartigkeiten zu erschaffen, die es so lebendig machten.

»Was wollen Sie tun, um sich Gerechtigkeit zu verschaffen?« fragte sie herausfordernd.

Die Energie versickerte. Er ließ die Schultern hängen. »Was kann ich tun?« murmelte er. »Ich bin gezeichnet. Ein Arzt wird dieses Ding aus mir herausschneiden müssen.«

»Das würde mindestens einen Tag dauern, wahrscheinlich mehr, selbst in einer Klinik, die über Heilungsbeschleuniger verfügt«, sagte Iscah. »Ich tu das nicht, und dorthin zu gehen, würde den angestrebten Zweck zunichte machen. Glücklicherweise kann ich einen Resonator ansetzen, der den Schaltkreis durchbrennen läßt, indem er ihn überlädt. So niedrig, wie die Leistung ist, wird das keine merklichen Schäden bei Ihnen hinterlassen. Die körperlichen Beschwerden sind auch nur leicht und halten nicht lange an. Später, wenn es besser paßt, können Sie Ihren chirurgischen Eingriff immer noch vornehmen lassen. Ich glaube nicht, daß ich mir diese Mühe machen würde. Die Überbleibsel sind inaktiv und nicht zu bemerken.«

Ermutigt richtete Kenmuir sich wieder auf. »Und was dann?«

»Darüber unterhalten wir uns noch«, sagte Aleka. »Sie zwei werden uns helfen, nicht wahr?«

Soraya gesellte sich wieder zu ihnen. »Sicher werden wir das«, ertönte es wie sommerlicher Donner über ihren Köpfen.

»Warum?« rang Kenmuir sich ab.

Iscah ließ ein dürres Lachen hören. »Zu gegebener Zeit werde ich der Lady Lilisaire eine gesalzene Rechnung präsentieren.«

»Nein, ich meine – das Risiko –«

»Wir leben hier unser ganzes Leben lang mit Risiken«, sagte Soraya ruhig. »Ich habe das Gefühl, das ist ein Spiel, bei dem sich jeder Einsatz lohnt.«

»Wirklich?« wunderte sich Kenmuir. »Was können Sie, Ihr Volk, dadurch gewinnen?«

»Vielleicht nichts. Vielleicht sehr viel. Wir werden sehen.«

Er blickte von Augenpaar zu Augenpaar. Die Wut in ihm war bis auf ein Kältegefühl tief in seinem Innern verraucht. Er war verwirrt und ein friedliebender Mann, und erneut überfielen ihn Zweifel. »Sie können doch nicht die Absicht haben, die Föderation zu ... besiegen. Sie sind nicht verrückt. Und ich, ich würde dabei auch nicht mitmachen. Am

Ende mag es doch einen ausgezeichneten Grund dafür geben, das Geheimnis zu wahren.«

»In diesem Falle«, sagte Aleka, »hätten sie Ihnen das wie ehrliche *po'e* sagen können. Viele Informationen dürfen nicht frei zugänglich sein, aber jeder weiß warum. Wie man einen Fahrerrobot stört, um das Fahrzeug über einem bestimmten Ziel abstürzen zu lassen, beispielsweise. Aber nein, man hat sich über Sie hergemacht, hat sich in Ihre völlig legalen Nachforschungen eingemischt, bevor Sie auch nur damit begonnen hatten.« Einen Augenblick lang schwieg sie. Das versteckte Ticken wirkte lauter als zuvor. »Ich wünsche mir auch keine Anarchie«, schloß sie leise. »Aber ich glaube, wir sind da auf eine kriminelle Verschwörung gestoßen.«

»Und wir allein werden dagegen angehen?« höhnte er.

Sie trat dicht an ihn heran und ergriff seine beiden Hände. Ihre waren warm und fest; er spürte kleine Schwielen. »Ich bitte Sie inständig, hören Sie mir zu. Vielleicht sollten wir irgendwann unterwegs an die zuständigen Behörden herantreten. Aber welche sind das? Was können wir beweisen? Daß Sie verwanzt wurden ... von jemandem, der nicht aufzuspüren ist. Jemandem allerdings, der sich in einer günstigen Position befindet, um gegen uns vorzugehen und die Geschichte hinterher in einer Zone des Schweigens zu begraben. Wir benötigen zusätzliche Informationen, bevor wir uns wieder zeigen. Ich glaube, ich weiß, wo und wie wir danach suchen müssen. Begleiten Sie mich so weit, Kenmuir. Sie sind ein Mann, ein freier Mann. Kommen Sie mit!«

Freiheit, Lilisaire und ein wieder erstarkendes Gefühl, sich für diese Vergewaltigung seiner Persönlichkeit rächen zu müssen. Wenn sie ihm das angetan hatten, was mochten sie dann anderen antun? Er ließ seinen Geist in die Geschichte zurückschweifen, zu Schreckensherrschaften, die man noch hätte zertreten können, als sie gerade eben ausgeschlüpft waren, die man aber statt dessen hatte wachsen und wachsen lassen. Was hatte Burke gesagt? ›Das einzige, was für den Sieg des Bösen vonnöten ist, ist, daß gute Männer nichts tun.‹ Irgend etwas in der Art.

War das, worauf er hier gestoßen war, tatsächlich böse? Wie konnte er das erkennen, außer, indem er die Wahrheit herausfand? Wenn er das konnte. Aleka hielt es für möglich, und sie war besser informiert als er, und –

»Na gut«, hörte er sich sagen und sah vor sich Freude auflodern. »Ein Stück weit. Aber ich behalte mir das Recht vor abzuspringen, wenn ich mich dafür entscheide.«

– und, lachte ein Teufel in seinem Herzen, er war ganz infernalisch neugierig auf dieses Geheimnis, das bis in die Morgendämmerung von Lilisaires Welt zurückreichte.

18

Die Mondmutter

Lars Rydberg hatte schon bald festgestellt, daß er sich wie zu Hause fühlte, wenn er seine Mutter und seinen Stiefvater besuchte – mehr als je zuvor irgendwo anders, selbst bei dem alten Ehepaar, das ihn aufgezogen und ihm all seine Liebe geschenkt hatte. Die Beynacs waren Weltraumleute, Fireball-Leute. Seine Missionen, die ihn von ihnen trennten, so daß sie sich nur selten und kurz in natura trafen, verbanden sie zugleich auch miteinander.

Diesmal zeigte der große Sichtschirm in ihrem Wohnzimmer eine Aufzeichnung aus den Schären bei Stockholm. Segeln war sein größtes Vergnügen auf der Erde. Wellen tanzten und glitzerten zwischen den Inselchen; Wind schüttelte die Baumkronen, ließ Wolken über das Blau dahinjagen und Boote krängen und tanzen. Der Ton war gedämpft, ein Brausen und Pfeifen. Die Luftzirkulation war auf einen scharfen Geruch nach Salz und Sonnenlicht eingestellt, der sich mit dem Duft von Dagnys Blumen verband. Sie wollte ihn fröhlich stimmen. Heute brauchten sie das alle.

Es war ungefähr so gelaufen, wie sie gehofft hatte, von

dem Augenblick an, als sie ihn willkommen hieß. Sicher, sein Lächeln blitzte nur selten einmal auf, aber er war schon immer der ernste, zurückhaltende Typ gewesen. Jetzt saßen sie mit ihren Drinks in der Hand da und hörten zu, wie er von seiner letzten Reise erzählte. Insgesamt zählte die Gesellschaft vier Personen. Jinann, ihre Jüngste, wohnte noch hier.

»– keine besonderen Vorfälle auf dem Weg nach draußen«, sagte er. »Die übliche lange, langsame Reise.«

»Aber Ihr sagtet uns, es sei dringend gewesen«, unterbrach Jinann. »Warum seid Ihr nicht die ganze Strecke mit einem g geflogen?«

Sie war in solchen Fragen weniger gebildet als die meisten anderen Mondbewohner. Ihre Interessen waren die Kunst, besonders die Schmuckarbeiten, durch die sie recht gut zu verdienen begann; die Männer, eine Reihe stürmischer Affären; und, paradoxerweise, ein Streben nach Wahrheit und Sinn. Obendrein stand sie ihren Eltern von der ganzen Sippe am nächsten und war in ihrer äußeren Erscheinung auch am terrestrischsten – mit ihren vierundzwanzig der jungen Dagny Ebbesen nicht unähnlich.

Der Blick, den Ryberg auf sie richtete, war unaufdringlich, aber unverkennbar erfreut. »Bei einer solchen Masse wären die Treibstoffkosten im Verhältnis zur eingesparten Zeit lächerlich hoch gewesen«, erläuterte er.

Dagny erinnerte sich, daß der Sprachgebrauch sich in letzter Zeit verändert hatte. ›Treibstoff‹ bedeutete nicht einfach Antimaterie, sondern auch die Reaktionsmasse, die sie verbrannte. Obwohl inzwischen Schiffe mit hervorragenden Eigenschaften im Bau waren, durfte sie nicht vergessen, daß so etwas eine Weile dauerte und daß in ältere Raumschiffe investiertes Kapital auch nicht einfach den Bach runtergehen durfte – Wieder einmal dachte sie in Guthries Worten! Ein jäher Schmerz durchzuckte sie.

Mühsam wandte sie ihre Aufmerksamkeit erneut Rydberg zu: »– und wir hatten immer unser volles Gewicht, nachdem wir den Rumpf in Rotation versetzt hatten.«

Jinanns Augen wurden groß. Als sie sich gerader aufsetzte, zuckte ihr Haar wie eine Flamme über das Bild der Wolken und des Wassers. »*Eyach*, ein Spinnenschiff? Die reine Schönheit, fürwahr! Ich habe versucht, eine Brosche danach zu formen, mit einem Minimotor, damit es sich dreht, aber es fehlte ein Universum drumherum.«

»Möchtest du unseres sehen?« fragte Rydberg. Unter seiner Zurückhaltung, dachte Dagny, besaß er mehr Feingefühl für andere Menschen, als er sich anmerken ließ oder als er vielleicht selber wußte. »Wenn ich euch gleich meine Bilder zeige, können wir ja damit anfangen. Es ist eine Standard einstellung, ihr habt so etwas schon hundertmal gesehen. Aber es ist ... aufmunternd.«

»Wir könnten etwas Aufmunterung gut gebrauchen, verdammt«, grollte Edmond Beynac. Er legte seine Hand auf die Dagnys.

»Pst!« wisperte sie leise, um die zerbrechliche Stimmung im Zimmer nicht zu zerstören. Dennoch tat seine Sorge ihrem Herzen wohl. Er fühlte den Verlust selbst – wer tat das nicht? –, aber er wußte, wie tief er bei ihr ging.

Rydberg bemühte sich um einen nüchternen Tonfall: »Ein großes Raumschiff schickt normalerweise eine Sonde aus, die es in Ergänzung seiner Instrumente und Sensoren von außen beobachtet, um sicherzustellen, daß alles in Ordnung ist.«

Der Weltraum vergibt nicht, dachte Dagny. Erinnerungen zogen in Scharen durch die Jahre, ihre Toten und die, die dem Sterben sehr nahe gekommen waren.

Rydberg nahm eine Taschendatenbank aus seiner Tunika und aktivierte den Multiceiver-Schirm. Vor ihnen erschien, was ein winziger Roboter aufgenommen hatte, während er umherdüste. Durch die Entfernung geschrumpft, war der Schiffsrumpf eine Träne inmitten von Schwärze und frostkalten Sternen; die vier Fullerenkabel, die sich von seiner schmalsten Stelle aus einen Kilometer weit nach draußen erstreckten, waren Sommerfäden, die Kapseln an ihren Enden Glitzerpunkte. Sie wanderten rundherum, wie die

Sekundenzeiger einer antiken Uhr, und maßen die Zeit, während sie sich im freien Fall zwischen den Planeten bewegten.

»Wundervoll«, hauchte Jinann.

Rydberg grinste ein bißchen. »Aber es ist weniger wundervoll, darin zu leben.« Er spielte eine Nahaufnahme ab, die synchron mitrotierte. Ein Mann kletterte abwärts, radial nach außen, auf Sprossen in der biegsamen, luftgefüllten Röhre, die neben dem Kabel lag. Die Kamera folgte ihm bis zu der dazugehörigen Kapsel, die er betrat. Auf diese folgte eine weitere Szene, im Innern der engen und vollgestopften Unterkunft aufgenommen. »Hier bin ich.« Es gab begrenzte Möglichkeiten, Hobbys nachzugehen. Der Rydberg im Bild saß an einer Werkbank und benutzte die verschiedensten Werkzeuge, um von Hand ein Stück Holz zu schnitzen. Die Kamera richtete sich auf seinen Entwurf, kunstvoll ineinander verflochtene Ranken und Blätter. »Das da wird ein Fries für einen Schrank, den ich auf der Erde bauen will.«

»Ah, für dein Zu'ause dort?« fragte Beynac.

»Für das Zuhause, daß ich dort eines Tages zu haben hoffe.« Rydberg seufzte. »Ich bin die ewigen Mietwohnungen leid.«

Ja, dachte Dagny, er hatte nicht mehr sehr viele Jahre im All vor sich. Wenn man jung in diesem Geschäft anfing, dann war man immer noch beinahe jung, wenn man aufhören mußte. Da half keine Langlebigkeitsmedizin, nicht einmal die Robotertechnologie, die die menschliche Langsamkeit und Zerbrechlichkeit nahezu irrelevant machte. Über einen bestimmten Punkt hinaus konnte keine Biotechnologie die kumulativen Strahlenschäden ausgleichen. Eines Tages würde man einen elektromagnetischen Schutzschild perfektionieren, um kosmische Strahlen und den Sonnenwind abzuwehren, aber bis dahin setzten sie der Karriere eine Grenze. Fünfzig war das übliche Ausstiegsalter, um anschließend noch eine normale Lebensspanne bei guter Gesundheit zu garantieren. Schon jetzt zeigte sein silberweiß werdendes Haar –

Im Vergleich dazu bedeutete es nicht viel, daß auch Mon inzwischen völlig ergraut war, während ihr Haar rot blieb, weil sie es so wollte, weniger aus Eitelkeit als aus Trotz. Sie hatten den größten Teil ihres Lebens im Mondinneren verbracht, weit besser geschützt.

Ihre Aufmerksamkeit richtete sich wieder auf die Szene. Derjenige, der sie, zweifellos auf Lars' Wunsch, aufgenommen hatte, zog sich ein Stück zurück, um einen größeren Bildausschnitt zu erfassen. Eine attraktive Frau erschien hinter Rydberg, beugte sich über ihn, um zu sehen, was er machte, legte eine Hand auf seine Schulter. »Äh, das ist Leota Mannion aus Nordamerika, eine der Technikerinnen, die wir befördert haben«, sagte er ein wenig zu schnell.

Dagny wurde lebhafter. »Macht einen freundlichen Eindruck«, bemerkte sie.

Rydberg blickte woanders hin. »Na ja, auf einem so langen Flug –«

Eine mögliche Frau für ihn? Er sollte wirklich bald damit anfangen, Kinder zu haben. Vor allem als Raumfahrer. Dagny war nicht davon überzeugt, daß mutierte DNS sich durch Nanoreparaturen vollständig wiederherstellen ließ. Nicht, daß sie und Mon keine Enkel gehabt hätten und nicht mit noch mehr rechneten – von Brandir und seinen beiden Ehefauen, Verdea und der Zarenn (der früheren Jiang Xi), die diese in einer schaurigen Zeremonie geheiratet hatte; von Kaino in seinem Kommunen-Arrangement (auch wenn man dort eine genetische Analyse benötigte, um sicher zu sein, wer wen gezeugt hatte, und den Mitgliedern war es anscheinend egal); von Temerir und seiner Kollegin Hylia (der früheren Olga Vuolainen); vielleicht in Zukunft von Fia und Jinann ... Aber Lars war der Erdenmensch.

Es würde nett sein, wenn er eine Nordamerikanerin zur Frau nähme. Natürlich fanden immer mehr Menschen in diesem Land, daß die konstitutionelle Republik mit seinen Problemen nicht fertig wurde. Aber man konnte ja ins Ausland gehen, wenn man mußte. Auch wenn Lars nicht mehr ganz jung war, so war er doch nicht zu alt, um noch einmal von vorne anzufangen. Noch lag reichlich Leben vor ihm, schätzungsweise fünfundsiebzig Jahre, wenn er sein medizinisches Programm befolgte und ihm nichts zustieß …

Ach, wenn nur Uncans spät genug geboren worden wäre, daß die Behandlungen in vollem Umfang gewirkt und ihm wenigstens so viel ermöglicht hätten!

Aber dann wäre alles anders gewesen. Dagny hätte ihn nie kennengelernt, hätte genaugenommen niemals existiert –

Sie blinzelte Tränen weg und hörte Jinann sagen: »Igelt ihr euch wirklich so ganz und gar ein, während ihr unterwegs seid? Gewährt euch eine solche Reise denn keinen Raum für Samadhi*?«

Ganz jugendliche Ernsthaftigkeit, dachte Dagny. Der Anflug eines leisen, tröstlichen Lächelns streifte ihre Lippen. Jinann war erst Buddhistin gewesen, danach Kosmizistin; jetzt wanderte und grübelte sie für sich unter Lunas Sternen. Würde sie eines Tages eine Prophetin ihrer Rasse werden?

»Vom Universum sehen wir durch unsere Arbeit genug«, sagte Rydberg. »Hier ist der äußerste Endpunkt unserer Reise, draußen jenseits der Saturnbahn.«

Die Kamera hatte einen kleinen Kometen erfaßt. Zuerst war er wenig eindrucksvoll, nahezu häßlich, ein dunkler, runder Klumpen vor der Herrlichkeit der Galaxis. Als die geschnittene Sequenz in einem weitem Bogen ganz dicht heranfuhr, merkte man mit den Sinnen ebenso wie mit dem Verstand, daß ›klein‹ in diesen Weltraumtiefen etwas ganz anderes bedeutete: viele Milliarden Tonnen von Gesteinen, gefrorenen Gasen und Eis, Eis, Eis. Der Blick schweifte atemberaubend über eine mit Narben bedeckte Oberfläche zu den dichtgedrängt beieinanderstehenden menschlichen Werken. Was die Roboter für die Techniker gebaut hatten, war auch nicht eben winzig. Diese Gebäude, Maschinen

* Samadhi [Sanskrit]: Meditation, in der die Unterscheidung von Subjekt und Objekt verschwindet. *(A. d. Ü.)*

und hoch aufragenden Gerüste wären in jeder Landschaft deutlich hervorgetreten.

Das Bild stabilisierte sich. Rydberg aktivierte ein Zeigersymbol, um zu zeigen, wo Träger eingeknickt waren oder sich verdreht hatten. »Ihr seht, wie das Fundament unter dem Masseantrieb nachgegeben hat«, sagte er; ein Schaden, der die Reparaturmöglichkeiten des Systems oder seiner Wartungsmaschinen überstieg. »Vielleicht erinnert ihr euch aus den Nachrichtensendungen, daß die Ursache ein großes Beben war, das von der Belastung des andauernden Schubs ausgelöst wurde.«

Beynac schnaubte verächtlich. »Isch 'abe diesen verdammten Narren schon von Anfang an gesagt, sie sollten das Innere des Kometen gründlicher studieren, bevor sie anfingen. *Têtes de merde!*«

»Nun ja, es war eine Ermessensfrage, wie Leota Mannion sagen würde«, erwiderte Rydberg, hauptsächlich Jinanns wegen. »Angesichts seiner ursprünglichen Entfernung und der wenigen damals zur Verfügung stehenden Fackelschiffe hätten zusätzliche Untersuchungen Jahre an kostspieliger Zeit erfordert. Unterdessen wäre seine Position immer ungünstiger geworden, bis sich das Fenster geschlossen hätte. Darum lautete die Entscheidung, auf der Grundlage dessen weiterzumachen, was einigermaßen gesichertes Wissen zu sein schien, und damit anzufangen, ihn in Richtung Sonne zu stupsen.«

»Isch weiß, isch weiß«, murrte Beynac. »Wenn sie misch und ein paar meiner Studenten 'inausgeschickt 'ätten, dann 'ätten wir sie warnen können.«

Wie sehr er das genossen hätte, dachte Dagny. Er hatte zu viele der Rätsel des Mondes gelöst. Es schmeckte ihm nicht besonders, die Einzelheiten nachzuliefern; mehr und mehr erinnerten seine Exkursionen sie an eine Wildkatze, die in ihrem Käfig auf und ab lief.

»Tatsächlich hat man ja, wie du auch weißt, Sicherungen eingebaut, und darum war dieses Unglück keine Katastrophe«, sagte Rydberg unnötigerweise. »Wir haben es rechtzeitig repariert.« *Wir.* Dagny brannte darauf, den ausführlichen Bericht darüber zu sehen, wie ihr Sohn und seine Crew dem Team geholfen hatten. »Jetzt ist er wieder auf dem Weg in seine neue Umlaufbahn«, schloß er.

»Zu seiner Verwandlung«, murmelte Jinann.

Rydberg zog die Augenbrauen hoch. »Mißbilligst du das? Manche Leute tun das«, weil sie der Meinung waren, daß Kometen nicht entweiht werden sollten, damit sie die Sonne mit einem Aufflackern von Schönheit grüßen konnten. Aber der hier hätte das niemals getan, dachte Dagny. Nicht in Äonen, während er in großem Bogen durch den Kuiper-Gürtel zog, draußen jenseits von Neptun und Pluto, wo Sol nur der hellste unter den Sternen war.

Jinann schüttelte den Kopf. »*Eyach*, nein. Ich sagte ›Verwandlung‹.«

In Leben. Erneut durchlief Dagny der Schauer der Erregung. Eis, das abgebaut und nach Luna transportiert wurde, Wasser, eine Ernte, die reicher war als jede von den Asteroiden, der Anfang einer verschwenderischen Großzügigkeit, die den Siedlern am Ende Flüsse, Seen, vielleicht ein sublunares Meer bescheren würde; und Lebewesen bestehen zu einem Großteil aus Wasser.

Sie hegte keinen größeren Stolz als den zu wissen, daß sie aus diesem Grund an vorderster Front gestanden hatte: die Berufung, die Politik, die Verträge und die stillschweigenden Duldungen, die Rückschläge und die Verzweiflung und die mühseligen Ergebnisse, bis die Weltföderation endlich zugab, daß eine gänzlich lebendige Welt ihren Preis wert war.

Nicht, daß sie zu viel Ehre beansprucht hätte. Ohne Fireball an ihrer Seite wären die Mondbewohner nur eine Handvoll Fliegen gewesen, die man einfach beiseite wischte, wenn sie summten.

Ihr Mann sprach es ganz ruhig für sie aus: »Dafür 'aben wir Anson Guthrie zu danken.«

»Ja«, flüsterte sie.

Der Blick, mit dem Jinann die drei älteren musterte, wurde

sorgenvoll. »Was, denkt ihr, wird geschehen, nun, da er nicht mehr da ist?« fragte sie. Lunarische Seele oder nicht: ihr mußte es so vorkommen, als sei ein großer Baum gefallen, der eine Leere am Himmel hinterließ.

Ganz so erschien es für Dagny nicht. Vielleicht würde es das später. Zuerst mußte sie ihren Uncans betrauern.

»Fireball wird weiterbestehen, keine Angst«, versicherte Rydberg. »Wir können von Glück sagen, daß er erst gestorben ist, nachdem er sich bereiterklärt hatte, eine Bewußtseinskopie von sich anfertigen zu lassen, aber auch ohne die würde Fireball seine Stärke behalten, seinen Traum.«

»Träume können sterben«, sagte Jinann, »und dann stirbt auch die Stärke.«

Wie Guthries Bewußtseinskopie, sein Geist, wohl sein mochte? Dagny fürchtete sich vor der Stunde, da sie ihm entgegentreten mußte.

»Wir werden dafür sorgen, daß es nicht dazu kommt«, versprach Rydberg. Er wandte sich an Beynac und sprach mit einer Forschheit, die ihn, wie Dagny wußte, davor schützte, das freizusetzen, was immer an Trauer in ihm war. »Mon, vorhin habe ich dir einige interessante Neuigkeiten versprochen.«

Der Geologe war ebenso froh, das Thema zu wechseln. »Ja?«

»Während der Reparaturarbeiten haben wir natürlich eine intensive Himmelsbeobachtung durchgeführt. Die neue Bahn des Kometen würde sich natürlich so deutlich von der ursprünglich geplanten unterscheiden, daß wir sichergehen mußten, daß es keine ernsthaften Meteoriteneinschläge geben würde. Als der Computer die Beobachtungen analysierte, meldete er keine derartige Gefahr. Aber ich hatte etwas freie Zeit und erinnerte mich an deine Ideen über Asteroidentrümmer im sonnenfernen Weltraum. Also programmierte ich eine Suche nach Hinweisen, die sonst ignoriert worden wären.«

Beynac beugte sich vor. »Ja? Was 'ast du gefunden?«

»Nichts Aufsehenerregendes. Nur das Reflexionsspektrum – kaum lesbar, so schwach war es – eines Objekts, von dem die Standardtheorie nicht glaubt, das es die Umlaufbahn haben sollte, die es tatsächlich hat. Entschuldigt bitte, daß ich die Vorstellung unterbreche«, sagte Rydberg zu den anderen. Er bediente seine tragbare Datenbank. Das Bild des Kometen machte einem Spektrum dünner Linien Platz, unter denen Zahlen Wellenlängen angaben; daneben standen weitere Zahlen in Kolonnen. Am unteren Rand sah man eine Auflistung dessen, was Berechnungen aus den Rohdaten herausgefiltert hatten.

Beynac starrte darauf, erhob sich halb aus seinem Sessel, sank zurück und murmelte: »*Mon Dieu. Enfin, enfin.*« Nach einem Moment, in die Luft: »Aber es mußte so sein. Wenn isch rescht 'atte, mußte es das geben. Es 'atte nur noch nie jemand so genau nachgeschaut, wie man es 'ätte tun sollen. Es gab zu viel anderes zu entdecken.«

Ein Lied für ihn jubilierte in Dagny. Sie nahm seine Hand.

»Was bedeutet das?« erkundigte sich Jinann.

»Es ist ein Nickel-Eisen-Asteroid, derzeit etwa dreißig Astronomische Einheiten von der Sonne entfernt«, erklärte Rydberg ihr. »Wir haben noch nicht die Zahlen, um einen sehr genauen Orbit zu berechnen, obwohl ich eine Sonde auf hohe Geschwindigkeit beschleunigt habe, um eine Parallaxe zu erhalten. Grob gerechnet liegt das Perihel* bei ungefähr fünf AE, das Aphel** bei vierzig- oder fünfzigtausend – noch außerhalb der Kometenregion. Die Bahnneigung gegenüber der Ekliptik beträgt dreiundvierzig Grad.«

Die junge Frau kannte sehr wohl die astronomischen Grundlagen, alle Mondbewohner taten das, und sie hatte ihren Vater manchmal über seine abweichende Lehrmeinung sprechen hören. »Ein solches Objekt dürfte es eigentlich nicht geben, oder?« sagte sie.

* Perihel: Der sonnennächste Punkt einer Planeten- oder Kometenbahn *(A. d. Ü.)*

** Aphel: Der sonnenfernste Punkt einer Planeten- oder Kometenbahn *(A. d. Ü.)*

»Nein, nein, *rien là-bas* – nischts da draußen außer Eiszwergen«, antwortete Beynac beinahe automatisch, als spräche er im Schlaf oder in einem Zustand der Benommenheit. »Jedenfalls nach den Standardvorstellungen. Isch gebe ja zu, daß der Gedanke, die Kometen zu kolonisieren, Unsinn ist. Zu weit auseinander, zu wenig Mineralien, zu tief unter Eis begraben. Aber das 'ier –« Seine Stimme verlor sich. Er starrte vor sich hin und atmete schwer.

»Er kann nicht so weit draußen entstanden sein, vor allem nicht in einer so asymmetrischen Bahn«, sagte Rydberg zu Jinann. Er sprach unbeholfen, da er unsicher war, was sie bereits wissen mochte, und er sie weder kränken noch ausschließen wollte. Sie schenkte ihm freundliche Aufmerksamkeit. Ganz am Rande bewunderte Dagny, wie sie irdische Fraulichkeit vortäuschen konnte, wann immer sie wollte. »Die Idee deines Vaters, dessen bist du dir vermutlich bewußt, seine Idee aufgrund seines Studiums der Verteilung der Asteroidentypen im inneren System – er nimmt an, daß es außer den allgemein anerkannten zehn ursprünglichen Himmelskörpern, die durch Zusammenstöße auf die Zahl reduziert wurden, die wir heute kennen, mindestens noch einen weiteren zwischen Mars und Jupiter gegeben hat.« Er schluckte. »Ich dachte, das Objekt, das wir gefunden haben, könnte den Beweis dafür liefern.«

Beynacs Kopf schwang zu ihnen herum. Wie gut Dagny ihn in dieser Stimmung kannte, wenn sein Intellekt auf Beute aus war, auf die er sich stürzen konnte! »Isch glaube, diese *elf* 'aben als drei angefangen«, dröhnte er. »Dank dieses 'immelskörpers werden wir es vielleischt 'erausfinden. Aber er ist nischt der große, der verlorengegangen ist. Er ist zu klein. Und eine solche Umlaufbahn ist instabil. Im Laufe von ein paar Millionen Jahre dürften die Planeten sie radikal verändern. Mein großer, dischter Asteroid, der ist vor viel längerer Zeit ins Exil geschickt worden, ganz früh in der Geschichte des Sonnensystems. Sonst 'ätten wir mehr Bruchstücke wie das, was du gefunden 'ast, Lars. Nein, deiner wurde wieder nach innen abgelenkt, möglischerweise durch eine Begegnung mit einem großen Kometen. Das läßt darauf schließen, daß der große noch irgendwo da draußen ist, am Ende doch nischt an den interstellaren Raum verloren, sondern auf einer weiten und stark geneigten Umlaufbahn. Vielleischt können wir ihn eines Tages finden. Zuerst fliegen wir zu diesem kleinen Burschen.«

Rydberg zuckte die Achseln. »Ich weiß nicht, wann wir das können, wenn überhaupt jemals.«

Beynac wurde böse. *»Hein?«* bellte er.

Rydberg griff nach seinem vernachlässigten Bier, nahm einen Schluck, legte sich seine Worte zurecht. »Die gegenwärtige Situation«, sagte er dann. »Guthrie hätte seine Zustimmung zu einer sofortigen Expedition gegeben, aber er lag im Sterben, und jetzt ist er tot. Im Augenblick ist alles ein einziges Durcheinander, während seine Bewußtseinskopie die Macht übernimmt, falls sie das überhaupt schafft. Fraktionen innerhalb Fireballs intrigieren, um Vorteile für sich selbst zu erlangen. Politiker fischen in unseren aufgewühlten Wassern. Oh, selbst im Weltraum haben wir jede Menge Nachrichten auf den Trägerstrahlen erhalten, und auf meinem Heimweg habe ich darüber nachgedacht, was sie bedeuteten. Außerdem bindet das Alpha Centauri-Projekt einen Großteil der frei verfügbaren Ressourcen Fireballs, und wird es auch weiterhin, bis es richtig im Gange ist.«

Was auch nur recht und billig war, dachte Dagny. War nicht ein Start zu Sols Nachbarstern Uncans' Denkmal für Juliana, deren Vision das gewesen war? Eine vorbeifliegende Miniatursonde, gefolgt von einem vielseitigen kleinen Fahrzeug, vollgepackt mit auf molekularer Ebene kodierten Anweisungen für den Bau der Roboter, die die Forschungsarbeiten auf diesen Planeten durchführen würden –

»Inzwischen entfernt sich dein Asteroid immer weiter von der Sonne, ist mit jedem Tageszyklus schwieriger und kostspieliger zu erreichen, bis er womöglich für immer verschwunden ist.« Beynacs Grollen steigerte sich zu einem Donner. Er sprang auf. »Nein! 'ölle und Teufel, nein!« Er schüttelte eine Faust gegen die Decke, sprang in langen Sätzen zur Wand und zurück, stand da und starrte wütend um sich.

»Du kannst Forschungsgelder beantragen«, setzte Rydberg an.

»Wir können Propaganda dafür machen«, sagte Dagny.

Sie war überrascht, als Jinann das Wort ergriff. Sie hatte gewußt, daß das Mädchen die Bitterkeit seiner Brüder teilte. »Wenn wir nur ein eigenes Schiff hätten, um hinzufliegen! Doch nein, nie haben sie uns mehr als ein paar Orbiter zugestanden. Fürchten sie, wir könnten einen Schlag gegen Hiroshima führen?«

Nun ja, wie viel von dem, was in der Brust ihrer lunarischen Kinder vorging, wußten ihre Eltern schon?

»Die Zustimmung zu erhalten würde wahrscheinlich zu lange dauern«, fuhr Rydberg fort. »Wenn sonst nichts, sind geeignete Roboter weit im voraus ausgebucht. Das schließt auch jene mit ein, die noch gar nicht gebaut und programmiert sind. Ein oder zwei Menschen würden auf jeden Fall mitfliegen müssen, um die raschen Entscheidungen zu fällen, wenn die Übertragungsverzögerung zu groß wird. Ich denke, du solltest zuerst versuchen, ob du ein Raumschiff für eine bemannte Expedition chartern kannst. Fireball hat drei oder vier übrig, wenn du bezahlen kannst.«

Ein Kribbeln nervöser Erregung lief Dagnys Nerven entlang. »Brandir hat im Augenblick reichlich Geld. Wir könnten ihn fragen.« Für die Ehre oder für den Aufstieg seines Hauses und Lunas mochte er bereit sein, einiges davon auszugeben. Und vielleicht auch aus Liebe zu seinem Vater?

Rydberg, ihr Lars, sagte nüchtern, da er theatralisches Benehmen verabscheute: »Neben den Wissenschaftlern bräuchte man eine qualifizierte Crew. Das könnte ich arragieren und selbst der Kapitän sein. Das heißt, wenn es überhaupt möglich ist, was ich nicht versprechen kann.«

»Und isch werde der Chefgeologe sein«, sagte Beynac.

Sie starrten ihn an. »Was?« rief Rydberg aus, und »Ihr habt genug erreicht, Dada«, protestierte Jinann mit einer

Stimme, die sie seit fast zwei Jahrzehnten nicht mehr benutzt hatte.

Dagny saß stumm da und erinnerte sich gewisser Verse.

What is a woman that you forsake her,
And the hearth-fire and the home-acre,
*To go with the old grey Widow-maker?**

Über ihnen aufragend, schaute Mon ihr in die Augen und sagte: »Ja, isch.«

19

»Aufwachen, Mann. Hoch! Die Zeit verrinnt.«

Träume hafteten an ihm wie Spinnweben. Kenmuir kämpfte gegen sie an. Sie zerrissen, als er ein neuerliches Beben spürte. Er schlug die Augen auf. Aleka hockte neben dem Strohsack und rüttelte an seinen Schultern.

»Na los, Schlafmütze«, drängte sie. »Sie haben ein paar Stunden gehabt. Wir müssen einer schweren See trotzen.«

Er blinzelte. Die Schutzhütte, die ihn in ihrer kleinen Kuppel einschloß, wölbte sich in mattem Perlmutt. Der Boden unter ihm war hart und rissig, die Luft heiß und mumientrocken. *See?*

Die Erinnerung kehrte zurück. Sie erschien fast wie ein weiterer Traum: die lange Fahrt von Iscahs Labor aus durch die Nacht, sie und er stumm, unstet dösend, bis sie ... hier ... ankamen und er nach ein paar gemurmelten Worten mit jemandem in diese Hütte stolperte. Sie hatte sich zu ihm gesellt, nahebei ihre eigene Matratze und ihr eigenes Bettzeug ausgerollt, aber jetzt war sie wieder auf den Beinen und gräßlich munter.

* »Was ist eine Frau, daß du sie und das Herdfeuer und den heimatlichen Acker verläßt, um mit dem alten grauen Witwenmacher fortzugehen?« *(A. d. Ü.)*

Er warf einen raschen Blick auf seinen Infomaten. Die Uhr zeigte 1310. Er versuchte zu pfeifen, war aber zu durstig dazu. Nach und nach rappelte er sich hoch. Er schaffte es so eben noch, eine Decke um seine Hüfte zu schlingen. Aleka lachte. »Guter Junge«, sagte sie. »Sie wußten, Sie könnten es schaffen, wenn Sie es nur versuchten.«

»Was steht auf dem Programm?« krächzte er.

»Mittagessen mit dem Padre. Seien Sie intelligent, oder wenigstens höflich. Ich habe ihn schon fast rumgekriegt, aber er will Sie persönlich kennenlernen, bevor er irgend etwas zustimmt. Begreiflich.« Aleka legte den Kopf schräg und lächelte. »Na schön, ich will gnädig sein und Ihnen die Chance geben, sich frischzumachen.« Sie drehte sich um, teilte die Türklappe und ließ ihn allein.

Padre? dachte er geistesabwesend. Ach ja. Gemeinsam hatten Aleka und die beiden Metamorphen entschieden, ihn und sie in ein Drylander-Camp zu schicken, wo die nötigen Kommunikationsanlagen vorhanden waren ... und, ja, dieser spezielle Stamm, oder wie immer die Bezeichnung lauten mochte, waren Biokatholiken. Er hatte einmal einen Dokumentarfilm über diese Sekte gesehen. Sie besaß nur wenige Mitglieder, die weit verstreut lebten und ungemein religiös waren – welche andere Triebkraft hätte sie auch zu diesem Lebensstil veranlassen können? – war aber keineswegs rückschrittlich. Besser, er machte einen guten Eindruck.

Ein Vorhang hing vor einer tragbaren Sanitäreinheit und einem Waschbecken. Er bemerkte die Abflußöffnungen, über die sie an eine Wasserwiedergewinnungseinheit angeschlossen werden konnten. Verluste außer durch Verdunstung oder versehentliches Verschütten mußten selten sein. Nein, bestimmt wurde auch durch Schwitzen eine Menge vergeudet. So rasch wie möglich machte er Gebrauch davon und fuhr sich zuletzt mit einem Waschlappen über Gesicht und Körper. An einer Kette hing ein Kamm. Seine letzte Dosis Anti-Bartwuchs-Mittel würde noch eine Weile vorhalten. Die Kleider, in die er mühsam stieg, waren ein bißchen schmuddelig geworden, aber dagegen ließ sich nichts machen.

Mit einem lebendigeren Gefühl stapfte er los. Die Sonne stand blakend an einem Himmel wie blaues Metall. Er konnte kaum den abnehmenden, im Westen stehenden Mond erkennen. Kein Wunder, daß Aleka es eilig hatte. Sie mußten die Verbindung herstellen, solange er noch über dem Horizont stand. Der Umweg über Relaisstationen am Boden konnte das System auf sie aufmerksam werden lassen.

Sie nahm seinen Arm. Die Berührung war tröstlicher, als sie es eigentlich hätte sein sollen. »Hier herüber«, sagte sie. Er begleitete sie durch das Camp.

Halbkugeln verschiedener Größe, die von der Zahl der Bewohner abhing, waren in einer ordentlichen Phalanx um einen freigelassenen Platz herum aufgebaut. Hinter ihnen arbeitete eine transportable Entsalzungsanlage in einem schlammigen Überbleibsel der Salton-See. Grau-weiße Einöde erstreckte sich endlos in diese Richtung. Anderswo jedoch trug das Land Leben: Sträucher, Kakteen, kahle Bäume, die alle weit auseinander in alkalihaltigem Staub wuchsen. Manche davon, so wußte er, waren einheimisch, die meisten aber waren metamorphisch, gentechnisch verändert, um unter diesen Bedingungen zu gedeihen und Nahrung, Fasern, Treibstoff und Arzneien zu produzieren. Dort draußen erspähte er einzelne Personen zu Fuß oder auf Minirädern, die inspizierten, pflegten oder die Geräte anwendeten, mit denen die Produkte geerntet wurden. Abseits davon parkten Fahrzeuge, die gerade nicht in Gebrauch waren: ein halbes Dutzend Trucks, zwei *volants* und vier verbeulte Wagen zusätzlich zu dem, der ihn und Aleka hierhergebracht hatte.

Hitzeflimmern ließ die Entfernungen verschwimmen. Die Luft war voller strenger Gerüche.

»*Hola*«, grüßte ein Vorübergehender höflich.

»Äh, *buenos días*«, entgegnete Kenmuir. Oder war das nicht korrekt? Er war kein Nordamerikaner.

Der Mann war ein typischer Drylander, dünn, schwarzhaarig, mit gelblich-braunem Teint, breitem Gesicht, Schlitzaugen und einer Adlernase. Eine weiße Robe mit einer Kapuze fiel stolz über die riesigen Hinterbacken. Die Frauen, die Kenmuir sah, waren ähnlich gekleidet und sogar noch fettsteißiger. Bei Kindern waren die wasserspeichernden Zellen weniger stark entwickelt. Die Menschen bewegten sich gelassen, mit einer angeborenen Würde, und sprachen wenig. Nicht viele waren in der Nähe. Die Temperatur machte ihnen nichts aus, aber jene, die nicht draußen auf den Feldern waren, hatten meistens in den Unterkünften zu tun. Eine Gruppenrezitation melodiöser Sopranstimmen, die aus einer großen Kuppel erscholl, zeugte davon, daß es sich bei einem Teil der Aktivitäten um Schulunterricht handelte.

Der freie Platz, Treffpunkt für Versammlungen und geselliges Beisammensein nach Sonnenuntergang, hatte an seinem Rand vier Lampen. Im Zentrum erhob sich ein drei Meter großes Kruzifix. Das Kreuz war so geschnitzt, daß es einen Blätter treibenden Baum darstellte, und der Christus war – nicht unbedingt metamorphisch, aber er hatte einen Hauch von Fremdartigkeit an sich. Verblüfft stellte Kenmuir fest, daß er fast wie ein Lunarier aussah.

Das mochte nicht beabsichtigt gewesen sein, dachte der Raumfahrer, aber der zugrundeliegende Gedanke war es sicherlich. Ein Glaube, der die Sünden der Menschen gegen Mutter Erde wiedergutmachen wollte ... Unvermeidlich, nahm er an. Als die ersten Drylander konstruiert worden waren, um Verhältnisse wie diese auszuhalten, waren die Wüsten noch auf dem Vormarsch gewesen. Die später einsetzende Umkehrung hatte ihre Rasse eines jeden elementaren Daseinszwecks beraubt. Also hatten einige unter ihnen sich selbst einen geschaffen. Er fragte sich, ob irgendeiner davon sich der Ironie bewußt war, daß es ihre Bürgerrente war, die sie in die Lage versetzte, jene notwendigen Dinge zu kaufen, die sie nicht selbst erzeugen oder gegen ihren mageren Ertrag eintauschen konnten.

Oder war es gar keine Ironie? Schließlich legten sie ihre individuellen Zahlungen zusammen; materieller Besitz war von geringem Interesse; Vornehmheit und hoher Rang ergaben sich aus persönlichen Leistungen, Kraft, Geschicklichkeit, Heiligkeit. Vielleicht bestand der Unterschied zwischen diesen Neonomaden – *Legionarios* war der Begriff, mit dem die Angehörigen dieses Stammes sich selbst bezeichneten, erinnerte er sich – und seinem Fireball-Treuebund darin, daß sie ihre Ideale lebten, während seine Rasse nur mit ihren Träumen spielte. Wer war glücklicher? Wer hatte sich besser an den Cyberkosmos angepaßt?

»Wir sind da«, sagte Aleka.

Eine Schutzhütte, deren Frontseite dem Platz zugewandt war, trug ein gemaltes Fischsymbol über dem Eingang. Sie stellte sich davor und rief leise: »*Hola. Visitantes, por favor.*«

»*Entrad en el nombre de Dios*«, erwiderte eine Männerstimme.

Sie gehorchten. Das Innere war beinahe so schlicht wie in der Hütte, in der sie geschlafen hatten: zwei Strohmatten, ein stummelbeiniger Tisch, eine tragbare Kochstelle mit Geschirregal, der durch einen Vorhang abgeteilte Waschbereich. An der Rückseite befand sich ein primitiver Schreibtisch mit Regalfächern, die verschiedene Gegenstände einschließlich eines Lesegeräts und eines Miniatur-Kruzifixes enthielten. Ein Junge stand daneben und überwachte die Zubereitung des Kaffees; der Duft erinnerte Kenmuir daran, wie lange es her war, seit er zuletzt etwas gegessen hatte. Nahe der Raummitte saß ein Mann mit gekreuzten Beinen auf seinem üppigen Postament. Obwohl sein Haar weiß und sein Gesicht von tiefen Falten durchzogen war, hielt er seinen Rücken kerzengerade. An einer Kette um seinen Hals hing ein aus Koralle geschnitztes Ankh.

»Padre Fernando, *el capitán* Ian Kenmuir«, sagte Aleka.

Der Priester hob die Hand. »*Bendecidos, hijos míos*«, grüßte er.

»Ich, äh, entschuldigen Sie – *no hablo*«, stammelte Kenmuir. Jedenfalls nicht genug für den gegenwärtigen Zweck.

Fernando lächelte. »Wir verkehren durchaus mit der Außenwelt, Kapitän.« Sein Anglo wies nur einen schwachen Akzent auf. Er machte eine Geste. »Bitte, nehmen Sie Platz.«

Sie ließen sich auf einem Sitzpolster ihm gegenüber am Tisch nieder. Kenmuir fragte sich, ob Alekas Kleidung hier als unanständig galt. Aber diese Leute lebten nicht isoliert, sie sahen über ihren öffentlichen Multi fern und empfingen gelegentlich Außenstehende. »Ich hoffe, Sie haben wohl geruht«, sagte Fernando zu ihm.

Er zuckte die Achseln. »Genug, hoffe *ich*.« Das rief ein leises Lachen hervor. »Danke.«

Eine Karaffe und Becher standen auf dem Tisch. »Wir haben eine Willkommenszeremonie«, sagte Fernando. Er goß Wasser ein und bot es ihnen an. Da er sich an den Dokumentarfilm erinnerte, trank Kenmuir in respektvollem Schweigen mit den anderen.

»Und nun«, lachte Fernando, als sie fertig waren, »nehme ich an, das, was Sie wirklich wollen, ist Kaffee.« Er gab ein Zeichen. Der Junge brachte ein Tablett mit Kanne und Tassen herüber, kniete sich hin, um sie abzustellen, und zog sich zurück.

Kenmuir vermochte kaum seine Gier zu zügeln.

»Padre«, begann Aleka nach einer Weile, »wie ich Ihnen schon erklärte –«

Fernando nickte. »Ihre Zeit ist kurz, wenn Sie den Mond noch heute direkt anrufen wollen.«

»Sie haben die nötige Ausrüstung dazu.«

Kenmuirs Herz hämmerte.

»Das haben wir«, sagte Fernando. »Nicht, daß die Übertragung eine große Wattleistung erforderte. Es sind unsere Quantenkodierungsmöglichkeiten, die Sie benutzen möchten.«

Was wollten diese schlichten Nomaden mit abhörsicheren Kommunikationsverbindungen? fragte sich Kenmuir. Er dachte an Iscah und Soraya zurück. Offensichtlich waren die *Legionarios* in Wirklichkeit auch nicht so schlicht. Botschaften zwischen den Stämmen – Rituale und Wissen vielleicht, das Eingeweihten der Kirche vorbehalten war, vielleicht die Koordination von Plänen, um dem Handel und der Politik auf einem Globus, der ein paar Exzentrikern weitgehend indifferent gegenüberstand, gewachsen zu sein, oder vielleicht einfach nur eine Vorsichtsmaßnahme, die aus den Zeiten offener Feindseligkeiten übriggeblieben war – und die Zahl der für so etwas zur Verfügung stehenden Breitbandkanäle war beschränkt, also mußte ihre Lizenz weit zurückreichen …

Fernando fuhr gemessen fort: »Die Frage ist, ob wir das gewähren sollen. Vergeben Sie mir. Ich klage Sie weder an, noch will ich in Sie dringen. Aber arme Leute wie wir wagen es nicht, in Streitigkeiten hineingezogen zu werden.«

»Es muß ja niemand wissen«, sagte Aleka ungestüm.

Fernando runzelte die Stirn. »Sie könnten davon erfahren.« Das konnten sie in der Tat, überlegte Kenmuir, wenn er oder sie gefangengenommen wurden. Oder würden die Jäger sogar zum Brainphasing greifen? Daran wollte er einfach nicht glauben.

Genauso wenig wollte er passiv dasitzen. »Aleka«, erkundigte er sich, »was haben Sie unserem … unserem Gastgeber erzählt?«

»Bei weitem nicht alles«, gab sie zu. »Und Sie sollten das auch nicht tun. Wie Sie sagen, Padre, Ihr Volk sollte keinem Risiko ausgesetzt werden. Alles, was wir wollen ist, ein vertrauliches Gespräch zu führen, in einer, äh, einer Sache, die Ihrer Hilfe würdig ist.« Hauptsächlich zu Kenmuir: »Ich habe erläutert, daß wir im Auftrag einer bestimmten lunarischen Vereinigung tätig sind.« Nun ja, Lilisaire hatte ihre Gefolgsleute. Auf dem Mond mochte sie auch ein oder zwei gleichrangige Verbündete haben. »Wir versuchen, eine Angelegenheit in Erfahrung zu bringen, die das Habitat-Projekt betrifft, gegen das sie, wie allgemein bekannt ist, opponieren. Diese Information scheint geheimgehalten worden zu sein, ohne daß irgendeine öffentliche Begründung dafür gegeben worden wäre, so wie die Föderationsstatuten es verlangen. Wir müssen weitere Anweisungen einholen, ohne von den dafür Verantwortlichen, wer immer das auch sein mag, bemerkt zu werden.«

»Wenn es überhaupt Verantwortliche gibt«, sagte Kenmuir. »Es könnte ja auch ein Mißverständnis vorliegen.«

»Oder es könnte verdammt genau so gewollt sein«, fauchte Aleka. »Vielleicht sind die Sophotekten ja alle moralisch vollkommen, aber die Menschen sind im Durchschnitt so korrupt und gierig und machthungrig wie eh und je.«

Fernando strich sich über das Kinn. »Hinter Ihrer Geschichte steckt erheblich mehr als nur das«, sagte er pfiffig. »Keine Angst, ich frage Sie nicht aus. Entspannen wir uns, und sprechen wir von angenehmeren Dingen.«

Der Junge trug eine vegetarische Mahlzeit auf. Nach einem kurzen Segen entdeckte Kenmuir, daß ein Großteil der Speisen ihm neu und exotisch gewürzt war. Dazu gab es einen passablen Weißwein.

Unterdessen ermutigte Fernando ihn mit intelligenten Fragen und Bemerkungen dazu, aus seinem Leben zu erzählen. Im Gegenzug erfuhr er mehr über die Drylander, als er jemals für möglich gehalten hätte. Zweifellos hatte Aleka vorher schon ihren eigenen Werdegang geschildert. Kenmuir hätte ihn selbst gerne gehört.

Am Ende sagte Fernando ganz sachlich: »Ja, Sie können Ihren Anruf tätigen. Erlauben Sie, daß ich Sie hinführe.« Mit einem leichten Schock begriff Kenmuir, daß der Priester seine Besucher in dieser vergangenen Stunde eingeschätzt hatte, bis er zu dem Schluß gekommen war, daß sie aufrichtig waren.

Gemeinsam gingen sie durch das Camp. Beim Anblick Fernandos kreuzten die Leute die Arme vor der Brust, und er segnete sie. Im übrigen gab er unterwegs Kommentare ab. »– die Wüstenratten werden zu einem ökologischen Problem, aber die unmittelbarste Bedrohung stellt eine neue Krankheit der Proteinknollen dar. Das Leben hört eben nicht auf zu mutieren und sich weiterzuentwickeln, nur weil es uns paßt, nicht wahr? Der Biodienst hat ein Gegenmittel entwickelt, will aber natürlich erst mögliche Nebenwirkungen erforschen, bevor er es uns zur Verfügung stellt ... Unsere Sonnwendfeier ... Immer mehr jüngere Leute ziehen weg. Ich frage mich, wie viele wir in diesem mühseligen Leben festhalten könnten, wenn alle eine Alternative besäßen –«

Der Laser war in einem Truck installiert, den Fernando aufschloß. »Benötigen Sie Hilfe?« fragte er. »Ich kann nach unserem Fernmeldetechniker schicken.«

Kenmuir warf einen Blick nach drinnen. »Nein, danke. Mit diesem Modell bin ich vertraut.» Es war eine ziemliche Antiquität, aber das galt auch für einen Großteil der noch verbliebenen lunarischen Raumflotte. Eine Modernisierung hätte bedeutet, sie vollständig auf Kybernetik umzustellen, keine Menschen mehr, die den Weltraum durchquerten, es sei denn in seltenen Fällen als Passagiere. Er konnte verstehen, warum die *Legionarios* an ihrer Legion festhielten, jene wenigstens, die das immer noch taten.

»Und ich kenne die Verschlüsselung«, fügte Aleka hinzu. Einen Schlüssel von wie vielen, die sich in Lilisaires Besitz befanden?

»*Muy bien*, dann verlasse ich Sie jetzt«, sagte Fernando. »*Por favor*, schließen Sie ab, wenn Sie fertig sind, und kommen Sie wieder zu mir.« Er entfernte sich von ihnen, eine einsame Gestalt unter dem ungeheueren Himmel.

Kenmuir und Aleka kletterten in den Bauch des Trucks und schlossen die Tür. Ein atemloses Glutofen-Zwielicht senkte sich über sie herab. Sie traten an das Gerät und standen einen Augenblick lang da, ohne zu sprechen.

Er räusperte sich. »Nun denn!« sagte er vor dem Hämmern in seiner Brust. »Bringen wir's hinter uns, bevor wir ersticken.«

»Der Strahl darf nicht direkt zu ihrer Burg gehen«, erklärte Aleka ihm. »Wenn man sie so gründlich überwacht, wie sie vermutet, könnte es sein, daß er zurückverfolgt wird, und dann würde sich plötzlich ein Polizeikommando auf uns stürzen. Er wird wahllos hin- und herspringen zwischen verschiedenen –«

»Ja, ich weiß, und außerdem bin ich nicht schwachsinnig.« Kenmuir hielt inne. »Tut mir leid. Das war unnötig. Meine Nerven sind zu angespannt.«

Sie lächelte durch das Dämmerlicht. Er wurde sich der Schweißtröpfchen bewußt, die sich auf ihrer Oberlippe sammelten, der Ausbuchtungen und dem Spalt in ihrer teilweise offenstehenden Tunika, eines Duftes nach gesundem Fleisch. »Sie sind ein *kanaka 'oi*, Kenmuir«, murmelte sie. Sie seufzte und strich sich dabei mit einer Hand durch das feuchte dunkle Haar. »Wie Sie sagen, wir sollten endlich zur Sache kommen.«

Ihre Finger hatten wenig auf der Tastatur zu tun. Der Computer dahinter war zwar nur ein Roboter, aber er begriff die Aufgabe und machte sich sofort an die Arbeit. Das Signal suchte seine erste Gegenstelle, einen Relaissatelliten in der Mondumlaufbahn. Er war keine offizielle Station, sondern selenarchisch, ein winziger solarbetriebener Automat. Er leitete die kodierte Botschaft entsprechend der erhaltenen Instruktionen weiter, und so ging es in ständigem Wechsel fort, bis der letzte Transmitter auf Zamok Vysoki zielte. Diesen unbeständigen Zickzackkurs zur Erde zurückzuverfolgen war praktisch unmöglich, und auch das Abhören würde nicht bloß schwierig, sondern sinnlos sein. Die Gesetze der Quantenmechanik schützten das Geheimnis vor jedem, der den Schlüssel nicht kannte.

»Ich glaube, jetzt wünscht sich jemand sehr, daß die Föderationsstatuten nicht den Schutz der Privatsphäre garantieren würden«, bemerkte Aleka.

»Sie sind in einer anderen Ära aufgestellt worden«, erwiderte Kenmuir geistesabwesend. Seine Aufmerksamkeit konzentrierte sich ganz auf den Bildschirm. »Ich habe Erörterungen darüber gesehen, sie zu novellieren, um sie den neuen Gegebenheiten anzupassen.«

»Um uns schärfer zu überwachen?«

»Hm-mh, sie sprachen von Konflikten zwischen verschiedenen Gesellschaftsformen, die außer Kontrolle geraten, manchmal mit tödlichen Folgen, und Plänen der einen, einer anderen zu schaden –« Menschliche Unordnung, menschliche Unvernunft: gefährliche Anachronismen.

Der Schirm leuchtete auf. Ein lunarisches Gesicht erschien. Kenmuir erkannte Eythil vom Mars.

»Kapitän«, bestätigte er auf Anglo. »Wie ist es Euch ergangen?«

»Nicht gut, wie wohl offensichtlich sein sollte«, entgegnete der Erdenmensch. »Meine Begleiterin und ich müssen uns mit Lady Lilisaire beraten.«

Das Abbild war unbewegt geworden, wie es dem lunarischen Brauch entsprach, während man wartete, bis die Photonen den Weltraum durchquert hatten. Nach ungefähr drei Sekunden runzelte es die Stirn und sagte: »Ich glaube, sie ruht gerade.«

Nachtwache; Luna hatte keine Zeitzonen. Kenmuir fragte sich, ob Lilisaire sich nicht in Wirklichkeit bei einem Trinkgelage oder irgendeiner anderen, raffinierteren Vergnügung befand. »Ich versichere Euch, es ist dringend und nur für sie allein bestimmt«, erklärte er. »Wenn sie nicht an einen Übertragungsapparat kommen kann, dann sagt mir, wann ich es noch einmal versuchen soll. Aber ich kann nicht versprechen, daß ich dann noch dazu in der Lage sein werde.«

Verzögerung.

»Ich werde nachschauen«, sagte Eythil. »Bleibt dran.« Der Schirm wurde grau.

»Ich schätze, bis morgen könnten wir hierbleiben.« In der Stille klang Alekas Stimme gedämpft. »Wahrscheinlich ist es uns gelungen, unsere Spur zu verwischen. Aber wenn sie sich entschließen, das ganze System einzusetzen –«

Überwachungssatelliten, die einen Menschen auf dem Boden identifizieren und sehen konnten, ob er lachte oder weinte. Suchprogramme, die praktisch jeden auf der Erde auflisten konnten, der je etwas mit Lilisaire zu tun gehabt hatte, sei es direkt oder indirekt. Nachfragen, die an ihre arglosen Heimatgemeinschaften gerichtet wurden. Weitere Datensuchprogramme: Die letzten Eintragungen der Verkehrsleitstelle darüber, wessen Fahrzeug sich nach wo begeben hatte. »Lassen Sie uns hoffen, daß wir nicht *so* wichtig sind«, sagte Kenmuir.

Noch nicht.

Die Zeit kroch dahin. Sie stellten fest, daß sie Hand in verschwitzter Hand dastanden.

Ein Kopf und die dazugehörigen Schultern auf dem Bildschirm, schön wie ein Schneegipfel, lebendig wie eine Flamme. Die kastanienbraunen Locken waren zerzaust, aber die grünen Augen völlig wach. »Heil«, schnurrte die Hüterin. »Was wünscht ihr zwei von mir?«

Kenmuirs Hand ließ abrupt die Alekas los. Seine Zunge blockierte. Sie war es, die standhaft blieb und kurz und bündig Bericht erstattete.

Verzögerung. Lilisaire verzog die Lippen zu einem unmerklichen Lächeln. Kenmuir starrte und starrte. Durch seinen Hinterkopf wirbelten Bruchstücke von neuen Informationen, die er mitbekommen hatte – Aleka kam aus Hawaii, sie hatte einen Agenten in San Francisco getroffen, und dieser Agent war ein Sophotekt – was hielt ihn wohl davon ab, die lunarische Sache im Stich zu lassen und mit dem Cyberkosmos zu verschmelzen, wenn er über eine voll ausgebildete Intelligenz verfügte? – aber vor ihm war nur der Anblick Lilisaires.

Sie rührte sich. Ihr Lächeln wich einer düsteren Kälte. »Ich habe ausgiebig über Pragmatist Venator nachgedacht«, sagte sie, halb zu sich selbst. Einen winzigen Augenblick lang blitzte ein verschmitztes Lächeln auf. »Ich habe seinetwegen auch etwas unternommen. Eine unbedeutende List, aber womöglich werden wir noch Verwendung für das Ergebnis finden.« Sie wurde wieder ernst. »Ihr denkt zu Recht, daß rasches Handeln erforderlich ist, da ihr andernfalls verloren seid. Aleka, die Carfax-Maschine hat Euch gegenüber die Umrisse eines Plans entwickelt. Denkt Ihr immer noch, daß seine Umsetzung möglich ist?«

»Ja, wenn ... wenn wir uns Zugang zu der Datei verschaffen können«, antwortete die Erdenfrau. »Inzwischen frage ich mich, ob sie nicht doppelt gesichert ist.«

Verzögerung. Lilisaire blickte nachdenklich vor sich hin. Kenmuir verlor sich in ihren Augen.

»Ich glaube, ich habe das geeignete Mittel dazu«, erklärte die Lunarierin Aleka. »Hört mir zu. Kapitän Kenmuir soll sich an einen Ort verfügen, an dem die Verfolger ihn wahrscheinlich nicht so rasch suchen werden. Wählt einen aus, der nicht zu weit von Eurem endgültigen Bestimmungsort entfernt ist, über das Ihr und Carfax gesprochen habt. Laßt ihn dort warten, während Ihr einen Haken schlagt zum – Kamehameha ist der Euch nächstgelegene Raumhafen. Ich habe etwas vorbereitet, das einer meiner Agenten mit dem Morgenwache-Shuttle bringen wird. Es wird ein Terraner sein, ich weiß im Augenblick noch nicht genau wer, aber er wird den Namen Friedrich tragen und sich ein Zimmer im Hotel Clarke mieten. Trefft ihn dort, nehmt entgegen, was er Euch gibt, und stoßt wieder zu Kapitän Kenmuir. Von dort aus setzt Euren Weg nach Plan und gemäß Eurer eigenen Klugheit fort. Möge das Glück mit Euch fliegen.« Ihre Stimme war ein warmes Glühen. »Wenn Ihr Euch zur Wahrheit durchkämpft, so sollt Ihr erhalten, was Euch zugesichert wurde – in vollem und überreichem Maß.«

Sie lehnte sich zurück, um zu warten, wie ein Luchs, der auf seine Beute lauert.

Aleka schluckte. »Ich, ja, ich werde es versuchen«, brachte sie heraus. »Sie vermuten nicht, daß ich irgend etwas damit zu tun habe, ach, ganz sicher nicht. Niemand wird Notiz von mir nehmen. Ja, ich werde es versuchen, Mylady.«

Die Angst, die sie besiegt hatte, sprang auf Kenmuir über. *Er* wurde gejagt. »Und was ist mit mir?« rief er. »Was ist meine Belohnung?«

Verzögerung. Hitze, Durst, Verlangen, Aleka, die an seiner Seite atmete.

Lilisaire lächelte erneut. »Ich habe es Euch schon gesagt, mein Kapitän«, antwortete sie mit einer Stimme wie Gesang. »Die Sache der Freiheit und der Menschheit, die zu den Sternen strebt. Aber Ihr habt recht, das ist zu abstrakt, und das hier ist nicht länger eine simple Sondierung, die Ihr unternehmt, sondern ein Kampf, den Ihr führt. *Eyach*, nun denn, möchtet Ihr der Anführer meiner Unternehmungen im Weltraum werden und mit mir als Herr unter den Selenarchen leben? Das werde ich Euch freudig gewähren, mein Kapitän, wenn Ihr siegreich zu mir kommt.«

Sekunden verrannen, während er benommen dastand.

Aleka stupste ihn an.

Die Entscheidung konnte nicht warten. Er konnte »Nein« sagen, sich an die Behörden wenden und sich selbst verfluchen, bis er starb. Oder er konnte das verrückte Risiko eingehen, den Sprung ins Unbekannte wagen, sich sehr wahrscheinlich Schande oder Tod einhandeln, im günstigsten Falle einer Zukunft nie endenden Kummers, der Eifersucht, der Intrigen, des Heimwehs entgegengehen – aber er hatte ja sowieso keine richtige Heimat mehr, oder?

»Ja«, rief er.

Über die Zeitverzögerung hinweg sah er ihr ins Gesicht und begriff Stück für schmerzliches Stück, daß, ob er sie nun tatsächlich liebte oder nicht, er sich nach ihr sehnte, so wie ein in der Wildnis verirrter Mann sich nach Wasser und Feuer sehnt.

»Von neuem werde ich Euch küssen«, sagte sie. Seines Wissens hatte noch nie eine Lunarierin so zu einem Terraner gesprochen.

Der Schirm erlosch.

Nach einer langen Pause: »*Bueno*«, keuchte es von Aleka, »jetzt haben wir uns definitiv festgelegt, nicht wahr?«

»Warum haben *Sie* es getan?« fragte er schwerfällig.

»Das ist eine lange Geschichte, und wir müssen weiter. Zuerst nichts wie raus aus diesem Ofen.« Sie zupfte an seinem Ärmel. »Hören Sie. Ich sollte eigentlich nicht mehr als ein paar Tage brauchen, um ihren Auftrag auszuführen. Was ich tun werde, ist, den Wagen nehmen, in dem wir nach Santa Monica gekommen sind. Am Flughafen werde ich mein *volant* anweisen, hierherzufliegen und sich Ihnen zur Verfügung zu stellen. Das wird morgen ganz in der Früh sein. O ja, zuerst werde ich Kleidung zum Wechseln und dergleichen für Sie kaufen und es im *volant* zurücklassen. Und ich werde das Bodenfahrzeug an Iscah zurückschicken und einen Flug nach Hawaii nehmen. In der Zwischenzeit müßten Sie hier sicher sein, wenn Sie die meiste Zeit in Deckung bleiben und eine von diesen Kutten anlegen, wann immer Sie ausgehen. Die Drylander haben einen Gastfreundschaftskodex, und ihr Padre ist uns wohlgesinnt. Aber sobald Sie über ein Fahrzeug verfügen, brausen Sie besser im Alarmstart los.«

»Wohin?« fragte er, hilflos in seiner Unwissenheit.

»Hm, lassen Sie mich mal nachdenken. Eigentlich sollte ich Ihnen jetzt noch nicht verraten, wo wir hinfahren, wenn wir wieder zusammengekommen sind, einfach aus Sicherheitsgründen. Aber Lilisaire hat recht, wir sollten von einem Punkt aus aufbrechen, der nicht mehr als ein oder zwei Flugstunden davon entfernt ist. Ich kenne mich in der Gegend auch nicht aus, aber – Kommen Sie, lassen Sie uns eine Datensuche durchführen.«

Fernando zeigte ihnen den Weg zu der Kuppel, in der sich die Computerterminals befanden. Sie waren zwar für den allgemeinen Gebrauch bestimmt, aber im Moment hielt sich sonst niemand dort auf. Aleka programmierte eine Suche nach Gemeinschaften in der Mitte des Kontinents, die relativ isoliert und unabhängig waren. Vorhersagen einer Wolkendecke für die nächsten paar Tage waren ein weiterer Faktor. Schon bald hatte sie ihre Wahl getroffen.

»Bramland. Kein allzu sympathischer Ort, dem hier zufolge, aber gerade deswegen der Polizei gegenüber wahrscheinlich nicht gerade freundlich eingestellt. Wir werden einen plausiblen Grund erfinden, den Sie den Einheimischen gegenüber angeben können, warum Sie sich dort eine Zeitlang aufhalten wollen und warum ich zu Ihnen stoßen werde. Ich tue noch einen Batzen Bargeld zu diesen Ersatzklamotten und den Sachen, die ich Ihnen versprochen habe. Vor allem halten Sie von jetzt an den Kopf unten und den Mund geschlossen. Ich weiß, Sie schaffen das.« Sie nahm seine Hand. »Ich weiß, *wir* schaffen das.«

Aufzudecken, was jahrhundertelang verborgen gewesen war? Nicht zum erstenmal – nein, nicht zum erstenmal – tauchte Kenmuirs Geist in die Vergangenheit ab, wo er blindlings nach Hinweisen suchte, die vielleicht irgendwo in den geschichtlichen Ereignissen begraben liegen mochten.

20

Die Mondmutter

Die Aussicht von der Café-Terrasse war wunderbar. Hoch an seiner Hügelflanke gelegen, blickte Domme – dessen Steine über engen Straßen brüteten, durch die einst der Hufschlag ritterlicher Pferde gehallt war – auf das Tal hinunter, über Wälder und Felder und Häuser hinweg auf ferne Kämme und den majestätischen Sommerhimmel der Erde. Vom westlichen Horizont her schuf die Sonne Schatten und Lichteffekte; der Fluß strömte wie geschmolzenes Gold zwischen Bäumen dahin, deren Kronen grün-golden waren. Eine Brise erwachte in dem, was noch an Wärme in der Luft lag. Verkehrslärm dröhnte gedämpft unter der Stille.

Dagny nippte an ihrem Wein, einem duftenden Bordeaux, stellte das Glas ab, lehnte sich zurück, ließ ihre Augen genießen. Sie und Edmond hatten das Lokal beinahe für sich allein, was ihre Zufriedenheit noch erhöhte. »Wunderschön«, seufzte sie. »Wie froh ich bin, daß du dich hierfür entschieden hast.«

Auf der anderen Seite des Tisches trank auch er. Als er sein eigenes Glas absetzte, hörte sie, wie es gegen die Kacheln klickte. »Du wärst lieber anderswo'in gefahren?« Sie hörte auch die Sorge in seiner Stimme. »Davon 'ast du nischts gesagt.«

Sie erwiderte seinen Blick und lächelte. »Ich wollte, daß du die Wahl triffst«, antwortete sie, »und wußte, daß du am liebsten deine Dordogne würdest wiedersehen wollen.«

»Aber es ist auch dein Urlaub.«

»Na ja, du wußtest, daß mir die Gegend gefiel, wann immer wir hierhergekommen sind.« Eine irreführende Formulierung, dachte sie. Ihre Besuche auf dem Planeten waren so selten und kurz gewesen, und er immer bereit, sich ihren Wünschen zu beugen. Wie oft überhaupt Südfrankreich? Dreimal, jetzt mitgerechnet. Sie wollte etwas darüber sagen, aber etwas anderes war noch wichtiger. »Auf dieser Reise habe ich angefangen, sie zu lieben.« Sie war völlig aufrichtig, obwohl sie ganz genau wußte, wie sehr es an ihm lag, an seiner Freude, die auch sie froh machte. »Danke.«

Er lächelte kaum merklich zurück. Eine Weile schwiegen sie beide. Die Sonne ging unter. Ein Schwarm Saatkrähen zog über einen immer noch blauen Himmel.

Edmond rührte sich. »Dagny –«

Sie wartete, gespannt, aber ohne ihn zu drängen, so, wie sie gelernt hatte, daß es am besten war. Rasch bei der Hand mit Erklärungen, Wutanfällen und Gelächter, konnte er Schwierigkeiten haben, das zu äußern, was ihm am meisten am Herzen lag.

»Isch 'atte schon lange vor, dir das zu sagen«, fuhr er nach ein paar Sekunden fort, »aber isch war mir nischt sischer wie. Isch bin es immer noch nischt. Aber isch sollte es wenigstens versuchen.«

»Deine Versuche klappen meistens prima, *mon vieux*«, erklärte sie ihm.

Er kämpfte. »Deinetwegen werde isch bald ins All fliegen.« Hastig: »Isch meine, isch 'abe es dir zu verdanken.«

Ein Dementi mochte ihm die Sache leichter machen. »Eigentlich schuldest du Lars und Brandir viel mehr.«

»Sie 'aben gute Arbeit geleistet, und isch weiß das zu würdigen«, sagte er, »aber du 'ast ihre Bemü'ungen erst ermöglischt. Du – 'ast die Fäden gezogen, 'ast den Weg freigeräumt.« Er rang sich ein Lachen ab. »Kannst du mir 'eute bei meinen Metaphern 'elfen?«

Sie fragte sich, worauf er hinauswollte. Er hatte ihre Rolle schon oft zuvor dankbar anerkannt. Ihre Erinnerungen schweiften durch die vergangenen Monate zurück. Ja, ihr Hauptgegenspieler war Gouverneur Zhao gewesen, vor allem, nachdem er sein Dekret erließ, das die Expedition verbot, und darauf beharrte, daß so das Gesetz sei und eine Ausnahmegenehmigung vom Hohen Rat der Weltföderation eingeholt werden müsse, wohl wissend, wie leicht so etwas in einem der Komitees abgewürgt werden konnte. Eines ihrer Probleme war gewesen, daß sie den alten Bastard auch weiterhin mochte und glaubte, daß er es gut meinte. Sie fand, daß er mehr als nur halb aufrichtig hinsichtlich der Gefahren war, die entstehen mochten, wenn Lunarier in größerer Zahl im Weltraum Fuß faßten. Was seine übrigen Motive anging, so hatte er ihr gegenüber erklärt, daß es, was gefährlich genug sei, schon genug Nationalismus auf der Erde gäbe, ohne daß man irgend etwas gestattete, das dieses Krebsgeschwür vielleicht dazu ermutigen würde, auch auf dem Mond zu wachsen. Womöglich hatte er sogar recht damit. Außerdem beschlossen sie und er ihre vertraulichen Unterredungen gewöhnlich damit, daß er für ihrer beider Seelenfrieden etwas Musik spielte, und durch ihn war sie auf Beethovens letzte Quartette gestoßen ... Hin und wieder mußte sie ihn aber trotzdem bekämpfen.

Sie rief ihre Gedanken wieder in die Gegenwart zurück. Edmond hatte einen Scherz gemacht. Vielleicht sollte auch sie versuchen, die Dinge von der heiteren Seite zu nehmen. Sie grinste. »Ich weiß, wo diverse Leichen eingeschaufelt worden sind.« Tatsächlich hatte es ihr richtig Spaß gemacht, Regierungskommissar Zacharias die Daumenschrauben anzulegen, bis er den Gouverneur unter Druck setzte.

Da sie sah, daß Edmond wieder ernst geworden war, ließ sie dem, was in ihr aufstieg, freien Lauf: »Und am Ende, weißt du, am Ende kam ich zu ... der Bewußtseinskopie durch. Trotz der Nöte, die er im Augenblick mit Fireball hat, fand er Zeit für das, was auch immer er hinter den Kulissen getan hat, um die Aufhebung des Banns zu veranlassen.« Guthries Analogon, der Geist von Uncans, hatte sich erinnert – Sie schluckte. »Ich denke, in erster Linie hast du *ihm* zu danken.«

»Dieses erste Mal mit ihm zu sprechen, war nischt einfach für disch«, sagte Edmond. »Nischts von alledem war einfach. Isch konnte es spüren. Manchmal, des Nachts, wenn du neben mir lagst, 'ast du den Atem ange'alten.«

Also hatte er es gemerkt. Er hatte es so deutlich gemerkt, daß er geschwiegen hatte. Ihre Augen brannten. »Oh, Darling, du, du hast mir schon mehr als genug für meinen Anteil gedankt.«

»Ja«, erwiderte er langsam, »aber isch 'abe dir nie zuvor dafür gedankt, *warum* du es getan 'ast.«

»Aus ausgezeichneten Gründen«, sagte sie in ihrem muntersten Tonfall. »Wissenschaft. Abenteuer. Nicht nur Kainos, sondern auch dein Wunsch. Ein befreiender Präzedenzfall. Ein heilsamer Tritt in den fetten Arsch der Mondbehörde. Alles in allem eine sehr verdienstvolle Sache.«

»*Meine* Sache. *Isch* fliege 'inaus. Isch werde monatelang weg sein, vielleischt in Gefahr. Du willst das nischt.«

Sie blickte geradewegs in das Crô-Magnon-Gesicht. »Du aber«, sagte sie.

Er nickte. »Genau. Isch freue mich nischt, disch zu verlassen, aber isch freue misch zu ge'en. Ergibt das für disch einen Sinn? Du 'aßt es, aber mir zuliebe 'ast du disch dafür eingesetzt. So – so sehr liebst du misch.«

Das Blut pochte in ihren Schläfen. »Ich halte nichts davon, Adler in einen Käfig zu sperren«, war die beste Antwort, die ihr einfallen wollte. »Nein, Bären, in diesem Falle.« Sie beugte sich über den Tisch und zerwühlte das eisengraue Haar. »Guter alter Bär!«

»Isch ... wollte nur sagen ... isch verstehe«, murmelte er.

»Und ich verstehe, daß du verstehst, und das macht mich glücklich«, sagte sie, während sie die Tränen vor seinem Anblick wegblinzelte. »Okay, Mon, laß uns unseren Aufenthalt genießen. Trink aus, und dann machen wir uns auf die Suche nach einem Abendessen.«

Der Tag ging in die Dämmerung über. Als sie aufstanden, spürte Dagny das Gewicht ihrer Knochen. Bei keiner ihrer früheren Besuche war die Erde so schwer gewesen. Nun, die

Zeiten, die man in der Zentrifuge und im medizinischen Programm verbrachte, ließen die Zeit nicht stehenbleiben. Vielleicht würde sie nie wieder vom Mond hierher zurückkommen. Aber mach dir keine Sorgen deswegen, befahl sie sich. Nicht jetzt, nicht in diesem Jetzt, das sie mit ihrem Mann teilte.

Die *Sacajawea* war das beste, was Fireball bereitstellen konnte: ein wohlkonstruierter, solide gebauter Frachter der Venus-Klasse, aber eben keines von den phantastischen neuen Fackelschiffen, die die Überfahrt in nur zwei Wochen hinter sich gebracht hätten. Davon existierten nach wie vor nur wenige, und die waren schon lange im voraus verplant. Das bisherige Haupteinsatzgebiet der *Sacajawea* war der Asteroidengürtel gewesen. Für die Reise zu Rydbergs Felsbrocken beschleunigte sie mit weniger als einem Fünftel g, um die Lunarier an Bord zu schonen, bis sie ihre endgültige Fluggeschwindigkeit erreichte; danach bewegte sie sich mehr als hundert Tageszyklen lang im freien Fall, bevor der Augenblick kam, um für das Rendezvousmanöver abzubremsen.

Nach so langer Schwerelosigkeit benötigte ein Terraner, ganz gleich, wie gewissenhaft er auch trainierte, normalerweise sechs oder sieben Wochen der Rehabilitation daheim auf der Erde, um seine volle Kraft, Skelett- und Muskelmasse, Koordination, Reflexe und Körperchemie zurückzugewinnen. Zudem riskierte er, daß einige der Veränderungen irreversibel waren; die Spannkraft variierte von Individuum zu Individuum. Ein Lunarier, der in seine eigene Heimat zurückkehrte, hätte im Vergleich dazu besser abgeschnitten, sich aber auch nicht über Nacht erholt. Um dem gewachsen zu sein, was sie erwartete, mußten Beynac und seine Männer in guter Verfassung ankommen. Außerdem würde die Schwerkraft an ihrem Zielort nur schwach sein. Deswegen hielten sich alle viel in der Schleuder auf.

Diese Maschine hatte in ihrem Abteil kaum genug Platz

für einen Auslenkradius von drei Metern. Drahtseile hielten eine schmale Plattform, der gegenüber eine Bleikugel von einer metrischen Tonne am Ende eines verstellbaren Auslegers als Gegengewicht kreiste. Den Großteil seiner Übungen absolvierte man parallel zur Platte: Liegestütze, Radfahren, Gewichte mit Armen und Beine stemmen. Für die Übungen im Stehen stand man sehr vorsichtig auf; wenn das Gehirn schnell einen plötzlichen Schwerkraftabfall von ungefähr sechzig Prozent durchmachte, waren Schwindel und Übelkeit noch die geringsten der möglichen Folgen, und auch vor der Coriolis-Kraft mußte man sich hüten. Obwohl der Gürtel mit seiner an der Mittelsäule befestigten Halteleine den Benutzer davor bewahrte, davongeschleudert zu werden, konnte leicht ein Unfall passieren, bei dem man sich einen oder mehrere Knochen brach. Es war ratsam, sich während seiner Kniebeugen und beim Joggen auf der Stelle an dieser Säule festzuhalten. Auf jeden Fall war das erforderlich, wenn man auf dem Kopf stand und das Herz mehr oder weniger so, wie die Natur es beabsichtigt hatte, Blut nach oben pumpte.

Beynac zählte zu denen, die unterdessen die Augen offenhalten konnten, ohne daß ihnen übel wurde. Da er allein war, konnte er Lieder singen, wenn er dazu nicht allzu sehr außer Atem war – je zotiger, desto besser. Trotzdem mochte er solche Sitzungen nicht; und hier, bei Mikrogravitation, nahmen sie mehr Zeit pro Tageszyklus in Anspruch als auf dem Mond. Schließlich wurde er seines Repertoires überdrüssig, verstummte und bekämpfte die Monotonie mit Erinnerungen und Gedanken.

Sie schweiften zurück zu Kaino. »Hätten wir Lunarier unsere eigenen Schiffe, wäre das nicht notwendig«, hatte der junge Mann vor ein paar Wachen in der Messe gesagt. »Für uns jedenfalls; und für irdische Passagiere nicht mehr als auf unserer Welt. Wir würden während der gesamten Reise beschleunigen.«

»Wenn ihr euch eine Fackelschiff-Flotte leisten könntet, 'ättet ihr es nischt nötig, 'andel im Weltraum zu treiben«, neckte Beynac ihn. »Ihr könntet euch einfach in eurem Geld suhlen.«

Kaino blickte finster drein. »Ruht Fireball sich auf seinen Lorbeeren aus?« Seine Worte vibrierten vor Verlangen. »Hinauszufliegen – Und wir würden die Schiffe nicht kaufen, wir würden sie bauen.«

»Selbst dann, mein Sohn, ist es nischt wirtschaftlisch, den ganzen Weg unter Schub zu fliegen, außer bei speziellen Anlässen.«

»Wir würden es wirtschaftlich machen! Aber wer wagt es, uns unsere Freiheit zu gewähren? Oft hat Guthrie über die Regierung gespottet, aber nie hat er etwas unternommen, um sie uns vom Hals zu schaffen. Auch er fürchtete uns.«

Beynac wollte schon antworten, daß das Unsinn sei. Ein Raumfahrtunternehmen sollte vernünftigerweise tüchtige Neuankömmlinge willkommen heißen. Der Wettbewerb würde kein Problem darstellen; die bestehenden Linien erhielten mehr Aufträge, als sie annehmen konnten. Doch so mächtig Fireball auch war, es gab Grenzen für seinen Einfluß.

Rydberg kam ihm zuvor. »Ich habe die Rahmenbedingungen der lunarischen Raumfahrt geprüft«, sagte der Kapitän auf seine methodische Art. »Zugang zu Antimaterie zu einem vernünftigen Preis vorausgesetzt, könnten Fackelschiffe durchaus für viele, wenn auch nicht für alle Arten von Transporten rentabel werden. Bei einer Beschleunigung von konstant einem Sechstel g würde eine lunarische Besatzung keine Zeit in der Zentrifuge verbringen müssen. Deshalb könnte ihre Zahl geringer sein, ja, vielleicht könnten sie sogar solo fliegen. Die Geschwindigkeit am Umkehrpunkt wäre proportional niedriger als bei einem vollen g und deshalb weniger treibstoffaufwendig. Natürlich wäre die Flugzeit insgesamt länger, um einen Faktor von ungefähr der Quadratwurzel aus sechs, aber das würde im inneren System keinen großen Unterschied machen. Selbst diese unsere Überfahrt würde nur etwa einen Monat gedauert haben.«

Er hatte recht daran getan, die Unterhaltung von der Politik wegzulenken, dachte Beynac. Wenn sechs Männer, zwei davon Lunarier, Woche um Woche eng zusammengepfercht waren, wurden die Nerven dünner.

Hätte es geholfen, wenn zwei oder drei Frauen dabei gewesen wären? Bei Missionen für Fireball, wenn auch nicht bei allen Raumfluglinien, war das die übliche Praxis. Aber nein, Dagny hatte zweifellos recht gehabt, als sie dagegen sprach (und, so vermutete ihr Ehemann, sie war auch diejenige gewesen, die die Firma dazu veranlaßt hatte, eine reine Männerbesatzung zu einer Bedingung des Chartervertrags zu machen). Angesichts des lunarischen Temperaments, gleich, ob man nun annahm, daß es genetisch oder kulturell bedingt war, hätten die Möglichkeiten zu einer Explosion führen können.

Beynac lachte ein wenig. Seinetwegen hätte sie sich in diesem Punkt keine Sorgen machen müssen, falls sie es denn tat. Von Anfang an war sie Frau genug für ihn gewesen, »und dann noch einen Schuß mehr«, wie ihre Nordamerikaner es auszudrücken pflegten.

Seine Pflicht gegenüber seinem Körper war für dieses Mal erfüllt. Er konnte hingehen und diesen durchnäßten, stinkenden Trainingsanzug in den Reiniger werfen, sich mit einem Schwamm abreiben, seinen Overall anlegen und, o ja, am besten seine Kabine aufsuchen, um vor der nächsten Mahlzeit in der Messe noch eine Aufzeichnung abzuspielen. Seit Jahren hatte er *Figaros Hochzeit* nicht mehr gesehen. Kopfhörer. Er war der einzige Mann an Bord, der sich etwas aus Opern machte. Terrestroide, von der Erde und von ihren Kindern isolierte Mondbewohner neigten dazu, einen archaischen Geschmack zu kultivieren.

Er berührte den *Aus*-Schalter. Sein Gewicht nahm ab, als die Zentrifuge surrend zum Stehen kam, bis er zwischen den erschlafften Kabeln in der Luft hing. Nach einem Halt greifend, zog er sich und die Plattform zu einem Pfosten, benutzte seinen Sicherheitsgurt, um die Gymnastikgeräte zu sichern, und setzte sich in Richtung Tür in Bewegung.

Sie öffnete sich. Ilitu schaute herein. »Ah, Sir, ich habe darauf gewartet, daß Ihr Euch losschnalltet«, sagte er.

»Ist irgend etwas nischt in Ordnung?« fragte Beynac. Er wurde sich bewußt, wie einsam das Schiff war, eine metallene Blase, die durch das dünne Brodeln des Kosmos dahintrieb.

»Nein. Es ist nur, daß wir jetzt ein gutes Bild des Asteroiden auf dem Schirm haben. Ich dachte, Ihr würdet es gerne sofort sehen wollen.«

»Ja, in der Tat. Danke.« Beynac folgte dem graduierten Studenten durch den axialen Durchgang nach vorn. Die Rücksichtnahme rührte ihn. Dies war nicht die erste freundliche Geste, die Ilitu gemacht hatte. Er war – na schön, *menschlicher* als die meisten Lunarier. Manchmal fühlte Beynac sich ihm näher als allen seinen Söhnen und Töchtern.

Lars Rydberg, Antonio Oliveira und Manyane Nkuhlu hatten sich offenbar schon sattgesehen. Kaino schwebte allein in der Steuerkabine. Er war immer begierig darauf, die Pilotenwache zu übernehmen, einschließlich der eines anderen, wenn er nicht gerade seine Fertigkeiten in einem Simulator verbesserte, auf dessen Mitnahme er bestanden hatte. Sein Rotschopf nickte kurz, aber seine Augen waren unverwandt auf den Bildschirm gerichtet. Beynac näherte sich ihm, stoppte seinen Flug, starrte darauf und pfiff leise.

Per Radar hatte man bereits die Maße des Asteroiden ermittelt. Zerklüftet und klumpig, an einem Ende breiter als am anderen, hätte er in einen etwa dreihundert Kilometer langen und hundert Kilometer durchmessenden Zylinder hineingepaßt. Bei der größten brauchbaren Vergrößerung wirkte er in der Nacht ringsumher immer noch winzig. Seine Oberfläche war schieferfarben und mit Schwärzen gefleckt, bei denen es sich um die tiefsten Unregelmäßigkeiten handeln mußte. Die einzige Ausnahme bildete eine ausgedehnte graue Fläche nahe der Mitte. Am Rande davon sprang etwas wie eine Nadel vor: eine Felsenspitze oder ein Gipfel, scharf umrissen vor der Dunkelheit. Die Eigenrotation war gerade eben noch wahrnehmbar. Während er von der Sonne wegstürzte, torkelte der Körper einmal in etwa fünf Stunden um eine schräge Achse, wie von einem achtlosen Riesen weggeworfen.

Schon im Asteroidengürtel wäre er ziemlich interessant gewesen. Die *Sacajawea* jedoch war vier Milliarden Kilometer weiter hinausgeflogen, bis in die Nähe der Kometenregionen.

»*Oui, tu voilà*«, flüsterte Beynac; und lauter, damit die übrigen es hörten: »'aben wir disch endlisch aufgespürt, gottverdammt!«

Als ihre Glocke ertönte, bewegte sich Dagny in Mondsprüngen den Flur entlang ins Vestibül. An der Tür zögerte sie. Ihr Herz pochte. Niemand in Tychopolis war der Meinung, er brauche einen Türspion oder einen Außenscanner. Das hier konnte ebensogut ein zufälliger, unangemeldeter Besucher sein – Sie wollte nicht, daß es einer war. Nicht wirklich. Sie biß die Zähne zusammen und ließ die Tür aufgleiten. Dahinter erstreckte sich der Hudson Way, ein von Übertöpfen gesäumter Korridor, wo Rosen an Spalieren wuchsen, die schräg gegenüber den Eingang eines Nachbarn bildeten. Da alle ihre Sinne geschärft waren, traf sie der Duft der Blumen so durchdringend wie ein Schwertstreich.

Der Roboter, der dort zwei Meter groß aufragte, war verblüffend menschenähnlich und erinnerte an eine mittelalterliche Plattenpanzerrüstung. (Nein, nicht, wenn man auf die Gelenke achtete, das Netzteil, das Türmchen mit seinem Lautsprecher, den akustischen Sensoren und dem Linsenring.) Sie hatte ihn in einer Nachrichtensendung gesehen, weil er einzigartig war, eine unpraktische Form für eine Maschine, es sei denn, die Maschine verfolgte ein solches Vorhaben wie das heute.

Einen Augenblick lang standen sie und er reglos da. Die Stadt summte leise in ihrem Gehör.

»Hallo«, sagte der Roboter.

Dagny hatte diese Stimme schon früher gehört, in einer

Sendung im Multi, am Phon, in ihrer Erinnerung. Es war die Anson Guthries, aber nicht so heiser wie in seinen letzten Lebensjahren, sondern kräftig und volltönend. Trotz all ihrer Entschlossenheit durchlief sie eine Welle der Schwäche.

Sie kämpfte sie nieder. »W-willkommen«, sagte sie.

»Darf ich hereinkommen?«

Der Roboter sprach schüchtern, halb unsicher. Als er die nötigen Vorbereitungen getroffen hatte, um eine schnatternde Schar von Neugierigen davon abzuhalten, ihm zu folgen, mußte er noch energisch genug gewesen sein, aber sie begriff, daß auch er jetzt nicht recht wußte, was er sagen sollte, und schöpfte Kraft aus diesem Wissen. Darum bist du doch gekommen, nicht wahr? war sie versucht zu erwidern. Sie unterdrückte den Impuls, murmelte »Natürlich« und trat beiseite.

Sollte sie ihm die Hand schütteln?

Die Maschine schob sich mit einer eleganten Bewegung an ihr vorbei, eine großartige Konstruktion unter dem bläulichweißen Metall. Dagny schloß die Tür. »*Gracias*«, sagte die Maschine und blieb stehen. Dagny stellte sich vor, wie sie diese Eingangshalle abtastete, die eichengetäfelten Wände, den antiken Spiegel, das Bild der Küste im ehemaligen US-Bundesstaat Washington, ein winziges Denkmal zum Gedenken an eine Erde, die es fast nicht mehr gab. Das Türmchen bewegte sich nicht. Der Computer darin verlagerte seine Aufmerksamkeit vom Input des einen Linsenpaares auf den des nächsten, bis sie einen vollen Kreis beschrieben hatte.

Für sich allein im Freien, erinnerte sich Dagny, besaß der Computer nur zwei Kugeloptiken, die an Stielen aus dem Gehäuse herausragten, das ihn beherbergte. Der Roboter war nicht sein Körper, war nicht *er*, sondern nur ein Vehikel zur vorübergehenden Benutzung.

»Dieselbe Einrichtung wie damals«, sagte er in etwas unbefangenerem Tonfall. Die Experten behaupteten, er habe Stimmungen, Gefühle, anders vielleicht, aber dennoch real. »Ich hatte mich schon gefragt, ob du etwas geändert hast. Es ist lange her, nicht wahr?«

»Ja«, antwortete sie. »Sechs Jahre, sieben?« – seit er, sein Original, zuletzt bei Mon und ihr zu Gast gewesen war. Danach hatten sie sich einmal auf der Erde getroffen (wie stark er da schon gealtert gewesen war, wenn auch noch genauso bissig wie immer!) und hatten bis fast zum Schluß gelegentlich über Phon miteinander gesprochen ... »Hier hinein, bitte.« Sie führte ihn durch den Flur ins Wohnzimmer.

Er blieb nahe der Raummitte stehen. Sie hatte den Sichtschirm auf eine Direktwiedergabe eingestellt, einen Blick von der Höhe des Ringwalls. Ein Gewirr aus Schatten und sanft beschienenen Horstbildungen fiel zum nahen Horizont hin ab. Ein Criswell-Kollektor ragte dort drüben über den Rand der Welt auf, der einzige Glanz in diesem ganzen Land. Darüber wölbte sich die Nacht mit der Erdsichel im zweiten Viertel, blauweiße Majestät. Sie war sich nicht sicher, warum sie sich ausgerechnet dafür statt für eine ihrer normalen, auf der Mutterwelt aufgezeichneten Landschaften entschieden hatte. Vielleicht hatte sie tief in ihrem Innern keine Vorspiegelungen aufbauen wollen, oder hatte es nicht gewagt.

»Hier hat sich auch nicht viel verändert«, bemerkte Guthrie.

Sie stellte fest, daß auch sie Konversation machen konnte. »Na ja, du weißt ja, daß alte Ehepaare ihre festen Gewohnheiten annehmen.«

»Von dir und Mon würde ich das wohl kaum sagen. Noch nicht. Vielleicht nie. Er mit Hussa und Hurra unterwegs im All, und du leitest den Bau von Astrebourg und machst, wie ich höre, dem Gouverneur das Leben schwer, wann immer er es verdient.«

Keine Vorspiegelungen! Aber was statt dessen? Dagny biß sich auf die Lippen. »Ich weiß nicht, was ich dir – anbieten kann –«

Ein kurzes Lachen dröhnte. »Jedenfalls keine Tasse Tee.«

Eine Hand gestikulierte, die so aussah, als wäre sie in einem Hochofen geschmiedet worden, die aber in Wirklichkeit in einem Nanotank gewachsen war. »Setz dich, wenn du möchtest.« Die Stimme wurde leiser. »Ich kann's nicht. Ich möchte dir nicht deinen Sessel zerdrücken, hier auf dem Mond.«

»Ich muß es eigentlich auch nicht – hier auf dem Mond«, sagte sie.

Sie verstummten beide.

Guthrie brach das Schweigen: »Wohnt Carla – wohnt Jinann immer noch bei euch?«

»Ja«, sagte Dagny, »aber im Augenblick kümmert sie sich um ihren Schmuckladen. Ich habe sie gebeten anzurufen, bevor sie kommt, und ihr gesagt, daß ich vielleicht möchte, daß sie woanders schläft.«

»Warum, um Himmels willen?« rief er aus, genau so, wie der Mensch Guthrie es getan haben würde. Ihr Herz brach. »Ich würde sie gerne wiedersehen, und eure ganze Familie.«

»*Wieder*sehen?« brach es aus ihr heraus. Sie keuchte erschrocken auf. »Oh! O Gott, es tut mir leid.«

»Das muß es nicht«, sagte er sanft.

»Ich wollte nicht –«

»Ich weiß.«

»Entschuldige.« Sie suchte den Tisch auf, auf dem sie eine Karaffe und mehrere Gläser arrangiert hatte. Zittrig goß sie sich einen tüchtigen Schluck ein und kippte ein Viertel davon hinunter. Der Whisky glitt rauchig über Zunge und Kehle, unterwegs in den Blutkreislauf. Sie hatte schon vermutet, daß Bedarf dafür bestehen würde.

»Ist schon gut«, sagte er gerade. »Ich mache keinen Hehl aus meinem Zustand.« Ein glucksendes Lachen. »Nö, überhaupt keinen Hehl.«

Das hier war sein Lieblingsscotch gewesen. Er hatte sie damit vertraut gemacht – wie lange war das her? Und jetzt würde er ihn nie mehr schmecken, nie mehr, außer vielleicht in einem virtuellen elektronischen Traum. Dagny wandte sich zu ihm um. »Ich sollte nicht so sein«, beteuerte sie bitter. »Ich närrische alte Vettel.«

Er strich mit der Hand über den unteren Teil des Türmchens, so wie Guthrie sich übers Kinn gestrichen hatte, und sagte gedehnt: »Ich würde keines dieser Worte verwenden. Du bist nicht nur intelligent, du bist auch immer noch ein verdammt sexy Mädchen, Diddyboom.«

Sie blinzelte und blinzelte. Sie würde *nicht* weinen.

Zweifellos bemerkte er es, denn er fügte rasch hinzu: »Heutzutage spreche ich nur noch abstrakt von solchen Dingen. Aber ich habe meine Erinnerungen.«

»J-ja.«

»*Seine* Erinnerungen«, sagte Guthrie, wieder ernst. »Hätte ich es so ausdrücken sollen?«

»Ich weiß es nicht.« Sie nahm noch einen Schluck.

»Es ist wahr. Sicher. Sie haben sein Nervensystem mit Nanoscannern vollgepumpt, kodiert, was rauskam, das dazu benutzt, um ein neuronales Netzwerk zu programmieren, das als genaue Entsprechung seines ganz speziellen Hirns nach Maß gefertigt wurde ... *Bueno*, sinnlos, das noch einmal für dich wiederzukäuen. Ich bin nur sein Abklatsch.«

Wie sehr konnte eine Bewußtseinskopie leiden? Dagny holte tief Luft. »Trotzdem machst du weiter.« Seine Worte, nachdem Juliana gestorben war. Welchen Trost mochte es für eine Bewußtseinskopie geben? »Weil man dich so gemacht hat, daß du er bist.«

»Daß ich *wie* er bin, in mancher Hinsicht«, korrigierte Guthrie. »Nicht mehr als das.« Er schwieg eine Zeitlang. »Als ich ihn an seinem Sterbebett aufsuchte, erfuhr ich einiges darüber – oder wurde daran erinnert – was es heißt, ein Mensch zu sein.«

Gegen ihren Willen erschauerte Dagny. »Die Welt ist ganz schön gruselig geworden, was?«

»Vermutlich war sie das schon immer«, ertönte die vertraute Stimme. »Wie hätte wohl einer von Mons Höhlenmenschen reagiert, wenn er dich in deiner unkomplizierten Kleinstadt-Jungmädchenzeit gesehen hätte? Was sich ändert, ist nur die Art von Gruseligkeit.«

Der Whisky begann sie zu erwärmen. »Du bist ... Uncans wirklich ziemlich ähnlich«, meinte sie.

Sie glaubte, daß er ein Lächeln dachte. »*Gracias*. Ich versuche es.«

»Weil Fireball dich braucht. Wir alle brauchen dich.«

»Das war der Grundgedanke. Ich persönlich glaube nicht an den Weihnachtsmann, die Zahnfee oder den unentbehrlichen Menschen. Aber, yeah, es gibt lose Fäden, die verknüpft werden müssen, bevor ich einigermaßen guten Gewissens den Dienst quittieren kann.«

Das Frösteln stellte sich wieder ein. »Den Dienst quittieren?«

»Aufhören«, sagte er beinahe leichthin. »Mich abschalten. Mich auslöschen. Wie immer du es nennen willst.«

Aufhören zu sein. Sie trank erneut und nahm den Mut zusammen, um zu fragen: »Willst du das?« Wo er doch Tausende von Jahren weiterleben konnte, vielleicht für immer.

Der Roboter stand die meiste Zeit reglos da. Nur manchmal schien er sich der Körpersprache zu erinnern. Er zuckte die Achseln. »Oh, ich tue mir nicht selber leid. *Por favor*, traue mir bitte so viel analogen Mumm zu. Das hier ist immer noch ein höllisch interessantes Universum. Aber unter uns gesagt, und schwöre bei Dr. Dolittle, daß du mich nicht zitieren wirst, lebendig sein war besser.«

Sie schauderte.

Ja, er war mächtig, ihm standen Wunder offen, die Menschen sich kaum vorzustellen vermochten. Armes, tapferes Gespenst! »Du hast immer deine Pflicht getan, so, wie du sie sahst, nicht wahr?« sagte Dagny. »Persönlich zu mir zu kommen, wo du doch so beschäftigt bist und ständig von allen Seiten bedrängt wirst, das ist verdammt nett von dir. Echt mein Uncans.«

Wieder klang er verlegen, während er mit einem Fuß scharrte. »Äh, na ja, mein Bild, wenn ich eine öffentliche Rede halte – es war ein Fehler, es zu verwenden, als ich dich anrief, Dagny. Ich sah sofort, was für ein Fehler es war, und es tut mir ohne Ende leid.«

Sie erinnerte sich an den Schmerz, aber verschwommen, wie über mehr als nur ein paar reale Tageszyklen hinweg.

Ein synthetisch erzeugter audiovisueller Anson Guthrie in seinen vitalen mittleren Jahren, von der Bewußtseinskopie gesteuert, so wie das lebendige Gehirn das lebendige Gesicht gesteuert hatte, konnte Tausende oder Millionen von Zuschauern beflügeln – oder einer einsamen Enkelin einen Dolchstoß versetzen. »Das ist schon okay«, murmelte sie.

»Nein, ist es nicht, und ich habe vor, wenigstens den Versuch zu machen, es wieder in Ordnung zu bringen«, beharrte er. »Du bist niemand, dem man mit sentimentalem Schwindel kommen darf.« Er hob abwehrend die Hände. »Laß uns unser Verhältnis zueinander ein für allemal klären, du und ich.« Der Tonfall wurde ruhiger. »Weil ich hoffe, daß wir in Zukunft ziemlich oft zusammenarbeiten werden, genauso, wie du es mit ihm getan hast.«

Ihm? dachte sie. Ein eigenes und nun verschwundenes Wesen? Was war überhaupt ein Bewußtsein, ein Ich, eine Seele?

»Danke«, flüsterte Dagny. »Ich bin dir dankbarer, als ich es je sagen kann.«

Er hatte das Gespenst in ihr zur Ruhe gebettet.

Mit einem langen Niedrigschwerkraftschritt ging sie zu ihm hinüber und nahm die ausgestreckten Hände in ihre eigenen. Sie fühlten sich ein bißchen kalt an, aber ihre Massigkeit erinnerte sie an Uncans' Hände.

»Ach, Dagny«, sagte er. Als sie losließ, umarmte er sie, sehr rasch und zärtlich.

Das war der wahre Grund, warum er gekommen war, dachte er. Er hatte sie geliebt. Er tat es immer noch.

Es war ein sinnloser Unfall, der Edmond Beynac das Leben kostete. Aber andererseits ist jeder Unfall sinnlos, genau wie ein großer Teil der Weltgeschichte.

»Nein, das 'ier ist nischt der uralte verschollene 'immelskörper meiner 'ypothese«, hatte er Manyane Nkuhlu nach einer ersten kurzen Inspektion erklärt. Der Raumfahrer verstand zwar wenig von Geologie, war aber interessiert, mehr darüber zu erfahren. »'ölle und Teufel, das 'abe isch schon klipp und klar gesagt, bevor wir losgeflogen sind. Nein? *Eh, bien*, Sie 'atten beim Start alle 'ände voll zu tun, und später 'aben Sie es vielleischt nischt ge'ört.

Was wir 'ier 'aben, sind 'auptsächlisch Metalle – Eisen, Nickel und so weiter –, die einst miteinander verschmolzen worden sind. Das bedeutet, es 'andelt sisch um ein Stück aus dem Kern eines 'immelskörpers, der groß genug war, um zu schmelzen und einen Kern zu bilden – was er selbst eben nischt ist, verste'en Sie? Der ebene Teil, das ist die Bruchfläche, wo er bei einer großen Kollision losgebrochen worden ist. Aber isch glaube nischt, daß diese Kollision den großen Planetoiden vollständig in kleinere Objekte wie das 'ier zertrümmert 'at. Ein derartiger Aufprall 'ätte ganz andere Spuren 'interlassen. Sehr wahrscheinlisch 'at die Wucht aber den 'auptbrocken und die davon losgeschlagenen Bruchstücke in eine exzentrischere Bahn gestoßen, und dadurch 'at Jupiter sie einfangen und nach außen schleudern können. Wenn sie nischt aus dem Sonnensystem entwischt sind, war die neue Umlaufbahn gewaltig, und im Laufe von Jahrmilliarden 'aben vorüberzie'ende Sterne ihr Peri'el wohl noch weiter nach außen verlagert.«

»*Die* neue Umlaufbahn?« fragte Nkuhlu. »Sie können doch nicht meinen, daß die Stücke in einer Gruppe beieinander geblieben sind, auf einem identischen Kurs.«

Beynacs Hand hackte durch die Luft. »Nein, nein, natürlisch nischt. Aber die Bahnen müssen sehr ähnlisch gewesen sein. Und draußen in der Oortschen Wolke – ja, die Zahl der Kometen dort ist gewaltig, aber wie weit sie in diesem gewaltigen Volumen auseinander stehen! Die Stücke dürften nur selten stark abgelenkt werden, das massive am wenigsten. Nach und nach wird ihr Schwarm sisch sischer auflösen. Zweifellos 'at ein Komet den Kurs dieses Stücks drastisch verändert. Jetzt ist sein Peri'el kaum größer, als es zu Anfang war.

Das muß vor noch nischt allzulanger Zeit gesche'en sein,

vor ein paar Millionen Jahren vielleischt, weil der gegenwärtige Orbit instabil ist. Die Begegnung fand 'öchstwahrscheinlisch in der Nähe des früheren Peri'els statt. In größerer Sonnennähe ist die Kometendischte ein bißchen 'öher. Das deutet darauf 'in, daß der 'auptkörper noch nischt seine größte Entfernung von uns erreischt 'at. Vielleischt werden wir in der Lage sein, zeitlisch zurückzurechnen und eine Vorstellung davon zu er'alten, wo wir nach ihm suchen müssen –«

Beynac hob seine Handflächen und warf den Kopf zurück. »Genug der Vorlesung!« lachte er. »Meine akademischen Gewohn'eiten 'aben misch übermannt. Ich werde Ihnen lehrreische praktische Erfahrungen verschaffen, mein Freund.«

Vielleicht gehörte das zu den Faktoren, die Wochen später zusammenkamen, um ihn zu töten. Im Gegensatz zu den meisten der anderen war dieser nicht zufällig. Angesichts der Knappheit an Arbeitskräften und der unzulänglichen Ausrüstung benötigten seine Forschungen jede Hilfe, die er aufbieten konnte. Er und Ilitu waren außerstande, allein mit dem Bohren, Graben und Sammeln, das dafür erforderlich war, fertig zu werden. Die Zeit, die sie vor Ort verbrachten, ging hauptsächlich für allgemeine Untersuchungen und die Suche nach vielversprechenden Lagerstätten drauf. In ihrem Labor an Bord der *Sacajawea* bereiteten sie Proben zur Analyse vor, studierten sie, trugen Stück für Stück ein Wissen um den Asteroiden und seine Geschichte zusammen. Von Zeit zu Zeit trainierten sie in der Zentrifuge, wuschen sich, aßen oder schliefen.

Die Vorschriften verlangten, daß immer ein Mann an Bord blieb, der das Schiff allein nach Hause bringen konnte. Das bedeutete entweder Rydberg oder Kaino. Tatsächlich bedeutete es in den meisten Fällen alle beide, da ersterer daran arbeitete, die Geschicklichkeit des letzteren zu vergrößern. Nkuhlu und Oliveira waren frei.

Dieses Arrangement war von Anfang an geplant gewesen. Beynac hieß eine solche Gelegenheit für seinen Sohn willkommen, nun, da die Anführer Fireballs zu erkennen begannen, was für Vorteile damit verbunden sein mochten, ein paar lunarische Piloten zu haben. Nkuhlu und Oliveira waren erfahrene Asteroidenspringer. Bei Einsätzen auf steinernen Himmelskörpern und tückischem Kometeneis hatten sie ihre Sache gut gemacht.

Sie waren Techniker, keine Wissenschaftler oder Ingenieure. Aber wahrscheinlich hätte niemand die Gefahr vorhersehen können. Unsere einzige Gewißheit ist die, daß jeder neue Vorstoß ins Universum mit neuen Überraschungen aufwartet.

Nie zuvor waren Menschen über irgend etwas geschritten, das der Bruchfläche auf dieser kosmischen Scherbe auch nur annähernd entsprochen hätte. Etwa zehn Kilometer lang und zwanzig breit, verlief sie diagonal nahe der Mitte des grob zylindrischen Körpers. Um sie herum befand sich Gestein, leichteres Material, das den ursprünglichen Kern bedeckt hatte und entweder während des auseinanderreißenden Zusammenstoßes an ihm haften geblieben oder unmittelbar danach in einem halb geschmolzenen Hagel wieder zurückgefallen war. Dunkel und rauh zog sich diese Oberfläche dahin. Meteoriteneinschläge, die sie hätten abtragen und mit Kratern überziehen können, waren in jenen Regionen, in denen das Bruchstück seine Bahn zog, selten gewesen. Die plane Fläche mit ihrem vom Staub leicht angegrauten Glanz und ihren wenigen und weit verstreuten Pockennarben hob sich kahl von dieser Felslandschaft ab.

Am Orion zugewandten Rand dieser Narbe erhob sich der Gipfel, den Beynac vom Weltraum aus gesehen hatte. Der Zusammenprall mußte auch ihn geformt haben, eine unberechenbare Laune von Kräften an diesem besonderen Punkt. Vielleicht hatte eine Schockwelle, die durch eine Grenzschicht zwischen zwei Dichtebereichen fokussiert worden war, verflüssigtes Metall in einer Fontäne hochgeschleudert, das dann im Aufsteigen erstarrt war. Der Höhe nach war es kein Berg, sondern eine Spitze, schwärzlich, seltsam verdreht und knorrig, steile tausendfünfhundert

Meter vom Geröll an ihrem Fuß bis zu ihrem Gipfel, der sich wie der Schnabel eines Adlers über den ebenen Boden der Bruchfläche vorkrümmte.

Auf seiner Rückseite lag in Stufen und wirrem Durcheinander eine felsige Einöde. Wenn man sich zu Fuß dort hinauswagte, sah man zwischen den zerklüfteten Horizonten rechts und links einen Streifen, der kaum dreißig Meter breit war, sich aber mehr als hundert Kilometer weit vor einem in Düsternis verlor. Stand man unterhalb der Spitze und blickte man in die andere Richtung, sah man die Ebene, beinahe ohne Markierungspunkte, von Sternen zu beiden Seiten und einem Steilabbruch gegenüber, der zwanzig Kilometer entfernt war, begrenzt. Darüber wölbte sich eine Dunkelheit, die bei Nacht vor Sternbildern wimmelte, schimmernd zerteilt von der Milchstraße, heimgesucht von Sternennebeln und Schwestergalaxien. Dann rollte die Sonne hinauf in den Himmel, zu einem Punkt zusammengeschrumpft, aber immer noch unerträglich grell, mehr als fünfhundertmal so intensiv wie das Licht des Vollmonds auf der Erde. Die Zahl der sichtbaren Sterne nahm ab, aber die Spindel der *Sacajawea* in ihrem Begleitorbit glänzte immer noch dazwischen. Auch die Schwerkraft rief ein leises Gefühl hervor, nicht ganz von der Menschenheimat abgeschnitten zu sein. An den Enden des Asteroiden war sie nur andeutungsweise vorhanden, aber hier, nahe des Zentrums dieser Eisenmasse, überschritt sie ein Zehntel g.

Das also war der Schauplatz, an dem Edmond Beynac starb.

»Klettert auf den Gipfel 'inauf«, befahl er Nkulhu und Liveira. »Macht unterwegs Bilder und meßt wie üblisch die Gammastrahlung. Was ihr in euern Tornistern mit 'erunterbringen sollt, sind ein paar Stücke von der Spitze – und vergeßt diesmal nischt wieder, die genauen Fundorte mit dem Laserraster zu vermessen, verdammt! Ja, und einen Bohrkern, ein oder zwei Meter tief. Plus eine seismische Sondierung. Isch muß unbedingt mehr über das Innere dieses Dings wissen. Wie zur 'ölle ist es *entstanden*?«

Er respektierte die Männer, darum verzichtete er darauf, das hinzuzufügen, was offensichtlich war: nämlich, daß er ihnen eine schwierige, vielleicht sogar gefährliche Aufgabe übertragen hatte. Er selbst ging mit Ilitu in die Ödländer auf der anderen Seite der Narbe. Dort hatte er ein weiteres Rätsel entdeckt, das es zu untersuchen galt: Schichtformationen, wo es laut Theorie keine Schichtformationen hätte geben dürfen.

Der Aufstieg von Nkulhu und Oliveira wurde zu einem kleinen Heldenlied von jener Art, die in jedem heroischen Zeitalter mitklingen. Die Schwerkraft war zwar niedrig, aber die Ausrüstung sperrig und die zu erkletternden Wände steil. Manchmal konnte man eine Stunde damit zubringen, die nächste Etappe zu planen, bevor man sie in Angriff nahm. Trotzdem wäre entweder der eine oder der andere der beiden Männer dreimal in den Tod gestürzt, hätte er sich nicht mit Hilfe einer an seinem sicher verankerten Partner befestigten Leine abfangen können. Die Lebenserhaltungssysteme hatten zu kämpfen, die Raumanzüge wurden heiß, der Atem keuchend, die Münder trocken; Ruhepausen wurden nach Minuten auf einem Felssims zugemessen, Wasser sparsam aus einem Röhrchen gesogen, Rationen und Aufputschmittel durch eine Essensschleuse geschoben – bis das Paar endlich, mit zitternden Knien auf dem Gipfel angelangt, hinunter auf die Öde und hinaus in die Unendlichkeit blickte.

Danach begann die richtige Arbeit. Nie zuvor hatten sie mit einem solchen Material wie diesem gerungen. Es war kein Gestein, es war Metall; es war nicht einheitlich, sondern auf mannigfaltige und komplizierte Weise miteinander vermischt, ein Durcheinander von Schichten, eingekapselten Klumpen und Vakuolen. Wenn man mit einer Ionenfakkel eine Probe herausschnitt, konnten weißglühende Brokken zurückgespuckt kommen. Und wenn ein sonischer Impuls hinuntergeschickt wurde, konnte der gesamte Untergrund beben.

Was das Unglück verursachte, war eine geformte Minisprengladung. Eigentlich hätte sie nur eine anomale Bleiader zerteilen sollen, um brauchbare Proben zu erzeugen. Statt dessen erzeugte die Explosion eine Resonanz. Schwachstellen, die seit Milliarden von Jahren nicht mehr belastet worden waren, gaben nach. Der Adlerschnabel brach ab. Ein Dutzend großer und hundert kleinere Brocken fielen herab.

Beynac und Ilitu waren wieder auf die Ebene hinausgetreten, aus einer Spalte, in der die Lichtkegel ihrer Helmscheinwerfer zahllose Geheimnisse gestreift hatten. Jetzt waren sie auf dem Weg hinüber zu der kuppelförmigen Schutzhütte an der gegenüberliegenden Ecke und der Gig, die sie zu ihrem Schiff zurückbringen sollte. Die Wände um sie herum hatten den Funkverkehr blockiert. Sonst hätte Beynac seine Helfer gehört, die Sprachaufzeichnungen von allem machten, was sie taten. Er hätte sie warnen können. Oder vielleicht wäre auch er nicht darauf gekommen.

Er und sein Begleiter waren ein gutes Stück ins Freie hinausgetreten, als der Überhang abbrach. Die Felsbrocken, die auf die Entfernung winzig wirkten, bewegten sich zunächst nur langsam. Sie beschleunigten jedoch mit mehr als einem Meter pro Sekunde, und das in jeder Sekunde, die verstrich. Als sie auf dem Boden auftrafen, betrug ihre Geschwindigkeit über zweihundert Stundenkilometer. An den meisten Orten wären sie ein paarmal aufgesprungen und dann einfach liegengeblieben. Hier war der Untergrund glatt und hart und die Reibung, die bei niedriger Schwerkraft nie sehr groß ist, nahezu Null. Außerdem verlief die Ebene nicht wirklich horizontal. Die Schwerkraftzunahme zum Massezentrum des Asteroiden hin verlieh ihr eine leichte, aber dennoch sehr reale Neigung.

Oliveira und Nkulhu warfen sich auf den Bauch und klammerten sich an allem fest, was sie finden konnten, während der Gipfel unter ihnen erbebte. Staub, der hochgeschleudert worden war, als die Steine landeten, verdunkelte vorübergehend den Himmel. In einem Bogen fiel er wieder herab. Als sie aufstanden, sahen sie große Blöcke und Geröll, die sich fächerförmig über das Eisen der Ebene ausbreiteten, ein Graupelsturm, der auf die beiden Gestalten in ihrer Mitte zielte.

Jetzt hörten sie im Helmfunk einen Aufschrei. »*Nom de Dieu! A bas, Ilitu!* Sofort runter, verdammt, runter!« Kein Mensch hätte rechtzeitig vor dem weglaufen können, was auf sie zukam. Die Geologen warfen sich lang hin. Trotzdem sahen sie die Felsbrocken auf sie zuspringen, -hüpfen und -rollen. Sie spürten ihre lautlosen Aufschläge wie Trommelschläge durch Anzüge, Fleisch, Knochen. Funken sprühten, flüchtige Sterne unterhalb der echten. Die Zeit reichte aus, um nachzudenken, sich zu erinnern, sogar zu sprechen.

Ilitu, der Lunarier, gab ein trotziges Zischen von sich. Beynac rief mit fester Stimme: »Falls isch nischt überlebe, sagt meiner Dagny, isch 'abe sie geliebt.« Im übrigen ignorierte er die hektischen Stimmen vom Gipfel und vom Schiff. Doch als der Sturm ihn erreichte, sendete er, sicherlich ohne es zu bemerken: »*O Maman, Maman –*«

Ilitu hatte Glück. Ein Kiesel durchlöcherte seinen Schutzanzug, fügte ihm eine blutende Verletzung an der Schulter zu und trat dann wieder aus. Die Löcher versiegelten sich sofort selbsttätig. Was Edmond Beynac betraf, so zertrümmerte ein Brocken von der Größe einer Faust seinen Helm. Luft entwich explosionsartig in die Leere.

Das ist ein gnädiger Tod. Man wird binnen Sekunden bewußtlos und stirbt kurz darauf.

Seine Söhne trafen sich mit ihrer Mutter in ihrem Heim auf dem Mond.

»Ja, später werden wir noch andere in den Kreis einbeziehen«, sagte Brandir. »Doch diese Abendwache muß uns allein gehören.«

Wie sie und seine Brüder stand auch er. Hinter ihm erstreckte sich der große Sichtschirm. Sein veränderliches Bild des Flusses Dordogne, des grünen Tals und einer Burg auf den Höhen dahinter, wirkte doppelt fern angesichts dieser großen, in Schwarz und Silber gekleideten Gestalt mit den langen, hellen Haaren und den Gesichtszügen, die weder ganz asiatisch noch die irgendeiner anderen Rasse auf der Erde waren. Und trotzdem, dachte Dagny, residierte er wie ein Baron aus alter Zeit in seiner hochgetürmten Bergfeste.

»Warum?« fragte sie. Warum nicht wenigstens seine Schwestern?

Weil, begriff sie plötzlich, diese Männer nicht gekommen waren, um mit ihr zu trauern. Denn sie hörte: »Wir müssen unseren Vater rächen.«

»Was?« rief sie aus. Ein lebloses Trümmerstück bestrafen?

Nein. Diese neue Generation war zwar seltsam, aber geistig durchaus gesund. Wenn sich unter dem arroganten Auftreten überhaupt etwas verbarg, dann ein angeborener Realismus, der nüchterner war, als sie sich vorzustellen wagte. Sprache wandelt sich. »Was genau meint ihr damit?« erkundigte sie sich.

Kaino war der freimütigste unter ihnen. Zu seinen Lebzeiten hatte sie ihn schon wütend, verbittert, sarkastisch und feindselig gehört, aber noch nie so kalt: »Wir haben eine Rechnung mit jenen zu begleichen, die seinen Tod verschuldet haben.«

Ein Frösteln durchlief sie. »Warte!« rief sie. »Diese beiden armen Kerle, die den Steinschlag ausgelöst haben? Nein!« Sie atmete tief, fing seinen Blick ein und erklärte ihnen allen: »Ich verbiete es euch.«

Als das Schiff zurückgekehrt war, hatte sie die beiden beiseite genommen, um sie so gut zu trösten, wie sie es eben vermochte. »Ich verzeihe Ihnen nicht«, hatte sie gesagt, »weil es nichts zu verzeihen gibt. Niemand hätte das wissen können.« Oliveira hatte geweint und ihre Hände geküßt. Nkuhlu hatte salutiert, wie er vor Anson Guthrie salutiert hätte.

Brandir vollführte eine ausladende, ungeduldige Geste. »Unnötig«, erwiderte er. »Sie sind unschuldig. Ich gewähre ihnen meinen Frieden.« Seine Arroganz besaß für Dagny eine eigentümliche Unschuld, ähnlich wie die einer Katze. »Es sind die Herrscher der Erde, denen wir Böses schulden.«

»Hätten wir ein Schiff gehabt, das uns gehörte«, sagte Kaino zwischen zusammengepreßten Zähnen, »und eine lunarische Besatzung –«

»Ich hätte ihn mit genügend Männern und dem besten, was die Technik zu bieten hat, auf die Reise geschickt«, erklärte Brandir.

Inzwischen konnte er sich wahrscheinlich die Kosten dafür leisten, dachte Dagny. Seine Unternehmen – die Unternehmungen jener überwiegend jungen Männer und Frauen, die ihm Lehnstreue geschworen hatten – umspannten den Globus. Untersagt blieben ihnen jedoch, neben vielen anderen Dingen, der Bau von Raumschiffen und weiter als bis zur Erde reichende Unternehmen.

»Lunarier hätten ein Gefühl dafür gehabt, was für Fallen dort lauern mochten«, sagte Kaino.

»Vielleicht auch nicht für alle«, antwortete Temerir.

Dagnys Blick richtete sich auf ihn. Ihr dritter Sohn blieb normalerweise stumm, bis er eine Veranlassung sah, irgendeine pointierte Bemerkung zu machen. Dünn, grauäugig und bleich stand er in seinem schlichten blauen Overall als lebender Kontrast zu Brandirs Eleganz und Kainos greller Extravaganz da. Aber er hatte das lunarischste Gesicht von allen dreien.

»Nein«, gab Brandir zu. »Dennoch hätten die Chancen besser gestanden.«

»Und es wäre *unser* Projekt gewesen«, fügte Kaino hinzu.

Brandir wandte sich an Dagny. »Dieses sei die Rache, die wir nehmen, und das Denkmal, das wir errichten«, sagte er, »daß wir den Bann der Oberherren brechen und Luna im All befreien. Mutter, wir bitten Euch um Eure Hilfe.«

Dagnys Puls schwankte, fing sich wieder und schlug schneller.

Ohne sie konnten sie keine Gesetzesänderung herbeiführen, das wußte sie. Sie mochten einen Drachenhort an Reichtümern anhäufen, aber politisch gesehen waren sie Zwerge, vor allem, da ihnen die Gaben der geborenen Politiker fehlten.

Nicht, daß ihr Rhetorik, Wahrheitsmanipulationen, Hinterzimmerabsprachen, Schmeicheleien, Kompromisse, Erpressungen, Drohungen, Bestechungen, das Brechen einmal gegebener Zusagen, Lippenbekenntnisse und marktschreierische Selbstanpreisung besonders leicht fielen. »Ich ... ich weiß nicht«, stammelte sie.

Ihr Blick schweifte an Brandir vorbei auf das Bild aus der Dordogne. Im Augenblick zeigte es eine moosige Stelle an der Küste, oh, konnte das dieselbe Stelle sein, wo sie und Mon Hand in Hand daherspaziert gekommen waren – die Stelle, an der sie haltgemacht, Steine flach über das Wasser geworfen, sich auf dem feuchtweichen Untergrund niedergelassen hatten und sich von der Sonne hatten durchfluten lassen, während er seinen Arm um ihre Hüfte legte und sie küßte? Sein Kinn war ein bißchen kratzig gewesen ...

Es war, als würde Eis plötzlicch tauen. Während jener ersten einsamen Nachtwache, nachdem die Nachricht gekommen war, hatte sie wie eine Wölfin geheult, aber es gab unzählige Dinge, die getan und gesagt werden mußten, unzählige Gelegenheiten, bei denen man ein Lächeln vortäuschen mußte: darum sollte ruhig der Automat sein Programm abspulen und sich abschalten, wenn Schlafenszeit war. Die Leere konnte warten, bis sie genügend Zeit hatte, sie würde sowieso nie vergehen.

In diesem Augenblick –

Halt noch ein bißchen länger durch, nur noch ein kleines bißchen. Dann konnte sie ihren Tränen freien Lauf lassen. Dann konnte sie seinen Schreibtisch durchgehen, seine Kleider, seine Bücher, die Datenbank mit seinen Anrufen und den Botschaften an sie, wenn er auf Exkursion gewesen war, alle ihre gemeinsamen Jahre, Tageszyklus um Tageszyklus. Dann konnte sie mit ihrem ganzen Wesen begreifen, daß er für immer fort war, sich mit der Tatsache abfinden und ihre Hände an der Erinnerung an ihn wärmen.

Aber noch nicht jetzt, noch nicht ganz. In diesem Augenblick, da die Augen ihrer Kinder wie Gewehre auf sie gerichtet waren, hatte sie noch Arbeit zu erledigen. Der dreieinige Gott Edmond Beynacs waren Blutsverwandtschaft, Wahrheit und Freiheit gewesen.

Sie richtete sich auf. Ihre Muskeln genossen die Bewegung. »Okay«, sagte sie. »Ich werd's versuchen. Ich werde mein gottverdammt Bestes tun.«

Politik war mehr als nur arglistige Täuschung und Brutalität, dachte sie. Eigentlich war sie zu einem überwiegenden Teil ehrlich, war einfach bloß das Werkzeug, mit dem die Menschen jene Angelegenheiten ordneten, die sie gemeinsam betrafen. Angenommen, sie fing an, indem sie an Technokommissar Lefevre herantrat. Er und Mon hatten sich ziemlich nahe gestanden ...

Kaino umarmte sie. Das hatte er nicht mehr getan, seit er zehn gewesen war.

Sie würde *nicht* weinen.

Er löste sich von ihr. Rasch sagte sie: »Erwartet keine Wunder von mir. Ich mag etwas in Bewegung setzen oder auch nicht. Selbst im günstigsten Fall wird es lange Zeit in Anspruch nehmen, und wir werden uns nach Verbündeten umsehen müssen.«

Brandir nickte. »Alles, was Ihr vielleicht dazu braucht und das wir drei Euch zur Verfügung stellen können, sollt Ihr haben«, sagte er, »einschließlich unserer Geduld.«

»Nun, zunächst einmal eure Schwestern – Verdea jedenfalls. Sie könnte die Art von kollektiver Begeisterung entfachen, die wir benötigen werden«, so wie Shelley und Byron es für die Befreiung Griechenlands, Solschenizyn für Rußland, Jaynes für Nordamerika getan hatten.

»Und Fia, ja, ich denke, Fia«, murmelte Brandir.

Helen, schwarzgelockt, mit rostbraunen Augen, zurückhaltend, förmlich, verschwiegen, außer, wenn es um Musik ging ... Carla-Jinann? Nein, erst wenn die Stufe emotionalen Drucks erreicht war, mit Ansprachen, Paraden, Demonstrationen, Aufrufen. An diesem Punkt konnte sie ein wertvolles Verbindungsglied zwischen den Mondbewohnern sein: den ihre Gefühle offen zeigenden Terrestroiden und den zurückhaltenden Lunariern ...

»Wie lange, schätzt Ihr?« platzte Kaino Dagny gegenüber heraus.

Seine Sehnsucht betrübte sie tief. »Ich weiß es nicht, das habe ich euch doch gesagt«, seufzte sie.

»Auch ich muß von der Zeit trinken«, sagte Temerir.

Überrascht betrachtete sie ihn, wie er als schattenhafter Umriß vor ihren Blumen stand, und fragte: »Was? Wieso?«

»Ich habe vor, jenen großen Planetoiden zu suchen, von dem Vater träumte«, antwortete der Astronom. Brandir ließ ihm gerade auf der erdabgewandten Seite sein eigenes Observatorium bauen. »Die Suche wird wahrscheinlich Jahre in Anspruch nehmen. Dies um so mehr, da sie unser Geheimnis sein soll.«

»Was? Ein wissenschaftliches Projekt geheimhalten? Du willst Zeit dafür stibitzen, wenn gerade niemand hinschaut? Wieso denn das, um Gottes willen?«

Er spreizte die Finger. Seine Eltern hätten mit den Achseln gezuckt. »Vaters Unternehmen hat mir Hinweise geliefert, denen ich nachgehen kann. Aber nur wenige haben seinen Ideen über die Frühzeit des Sonnensystems jemals Beachtung geschenkt. Man hielt sie für Idiosynkrasien eines ansonsten grandiosen Verstandes. Es dürfte einfach sein, die Sache wieder in Vergessenheit geraten zu lassen – mit Eurer Hilfe, Mutter. Wer weiß denn im voraus, was ein Lunarier eines Tages entdecken mag?« Der frostige Blick richtete sich auf sie. »Nur wenn alle hier heute abend Versammelten Schweigen geloben, werde ich die Suche durchführen, die ich zu Ehren Edmond Beynacs durchführen möchte.«

Ein Schauer durchlief Dagny. War das, auf seine Art, der gefährlichste ihrer Söhne?

21

Von oben gesehen zog die Prärie sich endlos hin, tausend ineinander übergehende Grünschattierungen unter einem Sommerhimmel von ebensolcher Ausdehnung. Oft schickte ein Wind Wellen durch das Gras, schnell und schattenfein; Kenmuir konnte sie beinahe rascheln hören und die Gerüche nach Wachstum und nach sonnengewärmter Erde riechen. Wo das Terrain sich senkte, um ein Feuchtgebiet zu bilden, säumten Bäume das Glitzern des Wassers, und viel mehr Flügelpaare, als er zählen konnte, kreisten darüber. Ein paar Straßen, auf denen sich fast nichts bewegte, verliefen schnurgerade wie Speerschäfte. Übertragungstürme standen genauso einsam da. Sie wirkten nicht wie eine Beeinträchtigung der Landschaft. Vielmehr brachten diese hoch aufragenden, anmutig gekrönten Schlankheiten das Leben rings um sie herum besser zur Geltung.

Über welches sie in gewisser Weise ja auch wachten, dachte Kenmuir. Sie waren ein integraler Bestandteil der Technologie und, ja, auch des Sozialsystems, das all das hier in Gang hielt. Es hatte nicht ausgereicht, daß Bevölkerungsrückgang, genetisch auf Effizienz getrimmte Plantagen und Direktsynthese gemeinschaftlich viele der alten Ackerbaugebiete hatten freiwerden lassen. Um eine gesunde Ökologie wiederherzustellen – oder, was öfter der Fall war, eine neue zu erschaffen – und sie dann zu erhalten, brauchte es mehr als nur den entsprechenden Wunsch und einen wirtschaftlichen Gewinnüberschuß. Es brauchte eine Analyse, ein Erfassen des Ganzen in seiner Totalität, die die Fähigkeit menschlicher Gehirne allein überstieg.

Ja, dachte er, der Cyberkosmos leistete bessere Arbeit bei der Steuerung der Biosphäre, als die Menschen es getan hatten. Solange die Regierungen seinen Ratschlägen folgten, würde die Erde grün bleiben.

Ratschlägen? Oder Befehlen? Gab es da einen Unterschied? Man akzeptierte eine Empfehlung, weil sie Sinn ergab, und binnen kurzem stellte man fest, daß es kein Zurück mehr gab, weil sie zur Grundlage zu vieler anderer Dinge geworden war, von denen Menschen abhingen; und so akzeptierte man auch die nächste Empfehlung. Aber war das nicht immer der Fall gewesen? Und eine rein von Menschen gemachte Politik – kurzsichtig, beschränkt, abergläubisch, von animalischen Instinkten geleitet – hatte nur ständig dieselben haarsträubenden Fehler wiederholt. Kenmuir hatte einmal eine Bemerkung Anson Guthries gelesen: »Ist es Freiheit, wenn man in einem Käfig sitzt, der größer ist als der Raum zum Fliegen, den man sich wünscht?«

Er schüttelte seine Tagträumerei ab und blickte sich um. Drei *volants* waren in der Ferne sichtbar, und eine Suborbitalrakete raste als ein schneller Funken durch das Himmelszelt. Unter sich erspähte er weitere Glitzerpunkte, Maschinen, die mit Bodentransporten, Inspektionsaufgaben und Landschaftspflege beschäftigt waren. Bäume beschatteten eine kleine Ortschaft. Wie weiß und friedlich sie aussah! Vermutlich waren die Einwohner alles Leute, die Gefallen an einer Umgebung wie dieser fanden. Jene, die nicht einfach nur von ihrer Bürgerrente lebten, arbeiteten wahrscheinlich per Telepräsenz, von ein paar örtlichen Dienstleistungsbetrieben vielleicht abgesehen. Und sie hatten ihre Hobbys, Sportveranstaltungen, Ausflüge, Kommunalangelegenheiten, vielleicht ein paar besondere Zeremonien und Feiern; und unter der beschaulichen Oberfläche verlief das Privatleben sicher manchmal genauso verzwickt und stürmisch wie eh und je. Auf ihre eigene Art war auch die Gemeinde, in der er aufgewachsen war, so gewesen.

Aber in klaren Nächten war er oft hinausgewandert und hatte sich von einer Hügelkuppe aus nach den Sternen gesehnt. Wie viele Menschen es wohl gab, die das immer noch taten? Mit welchem Recht würde Lilisaire ihnen einen Lebenssinn vorenthalten?

»Verdammt!« murmelte Kenmuir. »Du hast eine echte Begabung dafür, Zeit zu vertrödeln, was, mein Junge?« Er hatte lange genug im Drylander-Camp vor sich hingegrübelt, nachdem Aleka abgereist und bevor ihr Flieger für ihn angekommen war. Wenn er vorhatte, seine Verpflichtung zu erfüllen, und das hatte er, dann kam Unentschlossenheit einem Verrat gleich.

Schließlich bestand das Ziel nur darin, eine Information wiederzubeschaffen, die sehr wohl in gesetzwidriger Weise zurückgehalten werden mochte. Wenn sie wichtig war, und wenn der Föderationsrat und die Föderationsversammlung über sie verfügten, hätte jeder, der sich die Mühe machte, sich danach zu erkundigen, sie auch bald gekannt. Aber das tat niemand. Und Demokratie, ja Rationalität an sich, war ohne ausreichende Daten nicht möglich.

Er konnte sich bei seinen Abgeordneten in der gesetzgebenden Körperschaft oder bei seinem Ombud beschweren; oder er konnte eine öffentliche Erklärung herausgeben, die eine Bekanntgabe der betreffenden Daten forderte, und mit einem Achselzucken als Spinner abgetan werden.

Falls die Sache an die Öffentlichkeit kam – So vage, wie Lilisaires Hoffnungen waren, mußte sie verzweifelt sein. Bestimmt erwartete sie nicht, daß diese Information von sich aus dazu führte, daß das Habitat-Projekt aufgegeben wurde, oder? Nein, sie träumte davon, dadurch irgendwie die nötige Macht zu erlangen, um seine Einstellung zu erzwingen. Aber wie? Eine alte Waffe, die sie requirieren konnte? Monströser Unsinn.

Sicher, auch wenn ihre Zahl nicht groß war und sie weit verstreut waren, die Lunarier im Weltraum verfügten über ein ziemlich furchteinflößendes militärisches Potential. Jeder, der über Raumschiffe verfügte, tat das. Aber sie aufzurütteln, sie zu sammeln, sie in Entschlossenheit und Disziplin zu einigen, bevor die Friedensbehörde sie aufhalten konnte – welche denkbare Enthüllung vermochte das zu leisten? Kreuzfahrer waren sie noch nie gewesen. Luna von Terranern überrannt zu sehen, würde zwar die Verbitterung der lunarischen Raumfahrer, Asteriten, Marsianer und Satellitenkolonisten verstärken, aber es würde sie nicht dazu provozieren, einen Krieg zu führen, den sie mit an

Sicherheit grenzender Wahrscheinlichkeit verlieren mußten. Nicht einmal die Lunarier auf dem Mond würden rebellieren.

Kenmuir war bereits zu dem Schluß gekommen, daß Lilisaires Suche nach der Wahrheit sie auf Hinweise hatte stoßen lassen, die sie ihnen gegenüber nicht preisgegeben hatte.

Allein in der Wüste, hatte er seine Bindung an sie verflucht. Er hatte sich geschworen, daß sie ihn nicht dazu verführen würde, etwas wirklich Schädliches zu tun. Lieber würde er ohne sie leben. Mittlerweile hätte er vielleicht schon längst aufgegeben, wäre da nicht Aleka gewesen. Obwohl er das Mädchen kaum kannte, machte sie auf ihn nicht den Eindruck einer Kriminellen, einer Fanatikerin oder einer Leichtgläubigen. Sie kämpfte für ihre eigene Sache, welche das auch immer sein mochte, aber er konnte nicht glauben, daß sie sie mit einer anderen verbinden würde, die sie für schlecht erachtete. Deshalb hatte er sich entschlossen, wenigstens noch ein Stückchen weiter durch diesen Dunst von Unbekannten mitzugehen.

Kurz erwog er, eine Datensuche über sie durchzuführen. Er hatte Anhaltspunkte, von denen er ausgehen konnte: ihre hawaiianische Herkunft, ihre Verstrickung mit den Metamorphen – ja, er erinnerte sich an etwas über eine ungewöhnliche Gemeinschaft in jener Region ... Nein. Wenn er offizielle Kanäle benutzte, konnte das durchaus die Gegenseite alarmieren. Außerdem mußte er mehr über seinen Bestimmungsort wissen. Von einem Besucher würde man das Abrufen derartiger Informationen erwarten, und von daher würde es keine Aufmerksamkeit erregen; Bramland war noch so ein absonderlicher Ort.

In Flugrichtung stiegen Wolken vor ihm am Horizont auf. Zuerst glänzten sie wie Schnee, dann war er unter ihnen, und die Grüntöne wurden stumpfer, der Himmel einheitlich grau. Laut der Vorhersage sollte die Bewölkung mehrere Tage anhalten. Alles würde sie nicht vor den Überwachungssatelliten verbergen, aber wenigstens würde sie ihre Optiken nahezu blind machen. Falls das System den ganzen Planeten nach ihm absuchte …

Aber wenn das der Fall war, dann widersetzte er sich jemandem oder etwas, der oder das diesem System befehlen konnte, so etwas zu tun – der Föderation? Er unterdrückte ein Schaudern. Sein Kiefer verkrampfte sich. Falls sie wollten, daß er aufhörte, sollten sie es ihm offiziell, auf ehrliche Weise, untersagen, nötigenfalls durch einen öffentlichen Aufruf über das globale Netz. Und ihm besser ganz genau den Grund dafür erklären.

In der Zwischenzeit würde ihm auch eine Erklärung von Alekas Seite genügen … *Aber jetzt fang erst mal mit Bramland an.*

Das Terminal des *volants* projizierte einen kurzen geschichtlichen Abriß auf den Schirm. Das meiste davon war vertraut, soziotechnisches Klischee. Verschiedene ethnische, kulturelle, religiöse oder einfach nur exzentrische Gruppen kämpften darum, ihre Identität zu erhalten. Nur selten lehnten sie die grundlegenden Vorteile und Dienstleistungen der modernen Welt ab, und tatsächlich waren es im allgemeinen gerade ihre Produktivität und ihr Frieden, die es ihnen ermöglichten zu existieren; aber ihrer unpersönlichen Rationalität kehrten sie den Rücken. Der Mensch hatte sich als Stammesgeschöpf entwickelt, und das Bedürfnis, einem Stamm anzugehören, war beinahe so stark wie der Sexualtrieb. Wie stand es zum Beispiel mit dem Fireball-Treuebund –? Selbst die Lunarier hatten ihre feudalistischen Bindungen.

Das Streben nach einer solchen partiellen Sezession war besonders in Nordamerika ausgeprägt gewesen, in der Periode des Umbruchs, die auf den Sturz der Avantisten gefolgt war. Unter denen, die sich daran beteiligt fanden, waren ehemalige Guerillas aus der Widerstandsbewegung, allerlei Nonkonformisten und gewisse Outlaws, die hofften, unter den neuen Verhältnissen einen legalen Status zu erlangen. Sie legten ihre Mittel zusammen und erwarben einen ausgedehnten Landstrich.

Die Dritte Republik hinderte sie nicht daran. So zersplittert, wie die Nation es zu jener Zeit war, konnte sie es auch gar nicht, abgesehen davon, daß sie die Einhaltung der Umweltbestimmungen verlangte. Den Bramländern machte das nichts aus. Sie strebten ein Leben an, das sie als natürlich empfinden konnten. Weit verstreut über ihr Territorium gründeten sie Dörfer, von denen nur wenige eine Bevölkerung von mehr als fünfhundert Erwachsenen besaßen, eine Größe, bei der alle an den öffentlichen Angelegenheiten teilnehmen konnten. Im Laufe der Generationen schlossen sich ihnen Gleichgesinnte von außerhalb an, während die Unzufriedenen wieder abwanderten; und so entwickelte sich die Kultur weiter. Es bestand kein Mangel an Parallelentwicklungen.

Die Evolution aber geht ihre eigenen verborgenen Wege, und die Selektion, die mit zufälligen Mutationen und genetischer Drift arbeitet, kann seltsame Richtungen einschlagen. Die Reste von Demokratie, die bis heute in Bramland fortbestanden, waren rein zeremonieller Natur. Es waren Rituale, Tabus und Rangordnungen, die das Bedürfnis der normalen Mitglieder nach einer wohldefinierten Stellung und einem Zweck im Leben, einem Gefühl von Gemeinschaft und Selbstwert, befriedigten. Einige Männer übten Handwerke und Gewerbe aus, aber das nur neben ihren wirklichen Berufungen – als Krieger, Priester, gelegentliche Jäger. Frauen fanden ihre Erfüllung als Hausfrauen, Sexualkünstlerinnen, gelegentliche Mütter. Der Bürgermeister eines Ortes hörte oder hörte nicht auf deren Ältesten, aber er war sein absoluter Herrscher. Er hatte diesen Status errungen, indem er den früheren Amtsinhaber herausforderte und ihn in einer Reihe von sportlichen Wettkämpfen besiegte, die oft mit dem Tode endeten. Streitigkeiten mit seinen Gegenstükken führten zu ebenso gewalttätigen ›Spielen‹ zwischen den Dörfern.

Wenn es Klagen gab, dann kamen diese nie in irgendeiner Form, die die nordamerikanische Regierung genötigt hätte einzugreifen, an diesen Autoritäten vorbei. Schließlich waren nur wenige der Tode bei Duellen oder im Krieg dauerhaft. Kühlsärge wurden bereitgehalten, und die Gefallenen brachte man rasch zwecks Wiederbelebung und Wiederherstellung zur nächsten medizinischen Station. Vielleicht, dachte Kenmuir, waren es manchmal kleinere Verletzungen, die mehr Zeit und Aufwand erforderten – chirurgische Eingriffe, Regenerationen, Physiotherapie.

Außerdem, wem das, was dort ablief, nicht gefiel, dem stand es ja frei wegzugehen. Wenn eine Gesellschaft keine Bedrohung für Außenstehende darstellte, hätte eine Einmischung in ihre Belange einen Präzedenzfall geschaffen, der für die übrigen gefährlich gewesen wäre. Sie hatten ein gemeinsames Interesse – und genug politischen Einfluß –, das zu verhindern. Der Cyberkosmos riet nie davon ab. Die schlimme alte Zeit, in der freiwillige Zusammenschlüsse per Gesetz eingeschränkt worden waren, war lange vorüber. Die Bramländer waren doch zufrieden, oder?

Ja, dachte Kenmuir, die meisten Bramländer waren es offensichtlich. Sie waren nicht sehr intelligent. Dafür hatte schon die innere Selektion gesorgt.

So viel zum kulturellen Hintergrund. Er rief die aktuellen Neuigkeiten aus den verschiedenen Siedlungen auf. Sie tauchten selten in den normalen Nachrichtensendungen auf – wen interessierte so etwas schon? –, aber natürlich leiteten die Sophotekten, die dort Dienst taten, ihre Beobachtungen an die allgemeine Datenbank weiter.

Sie berichteten nichts, was besonders interessant gewesen wäre. Na ja, Joetown und Three Corners steckten mitten in einem Spiel. Eine offene Feldschlacht hatte es noch nicht beendet, und jetzt jagten sich Gruppen von Männern über die Felder und längs der Flußufer. Keine Waffen, o nein, nur ein bißchen Zeitvertreib ... mit wohlgeformten Keulen und Stöcken, Karatehieben, geflissentlich übersehenen Steinen ... Die Zahl der Toten und Verwundeten nahm zu. Vermeiden.

Er entschied sich für Overburg. Dessen Bürgermeister lag im Streit mit dem von Elville, aber bisher war es noch zu keinen Kampfhandlungen gekommen, und eine Übereinkunft schien möglich. Außerdem besaß Overburg, das überdurchschnittlich groß war, ein Gasthaus. Reisen und Handelsverkehr zwischen den Dörfern kamen durchaus vor, desgleichen Besuche von außerhalb. Kenmuir gab dem *volant* die nötigen Anweisungen und spürte, wie es den Kurs änderte.

Äcker tauchten auf. Die Einwohner bauten an, verarbeiteten und stellten verschiedene Dinge für sich selbst und zum Verkauf her. Das nannten sie »Unabhängigkeit«, und vielleicht war es das auch – spirituell, eine weitere Serie von Ritualen. Was man wirklich zum Leben brauchte, wurde herantransportiert und von der Bürgerrente bezahlt.

»Eine Botschaft«, meldete das *volant*. Kenmuir spannte sich. Auf dem Schirm vor ihm erschien abrupt das Gesicht eines Mannes. Er war dünn, blaß und hatte einen arroganten Zug um den Mund. Ein Stirnband bog sich in silbrigem Filigran aufwärts, über seiner Uniformjacke hing eine Halskette mit einem Anhänger. Amtsinsignien, nahm Kenmuir an. »Hafenkommandant füa seine Potenzjallität Bürjameista Bruno von Jroß-Overburg«, identifizierte er sich in einer Art Anglo. »Ihr Fah'zeuch sijnalisiert die Absicht zu landen. Hamsene Landeerlaubnis?«

»Wie bitte?« sagte Kenmuir.

»Ne Landeerlaubnis. Ne Jenemijung. Ach, hamse nich? Wer sinse denn, *señor*? Wat wollnse hia?«

»Seit wann braucht man auf einem öffentlichen Landefeld eine Landeerlaubnis? Haben Sie ein Problem?«

»Nee, abba Sie, wennses fasuchn. Gemse ma Ihrn Nam'n an und wasse wolln.«

Kenmuir versuchte ruhig zu bleiben. Auch Bürokratie war nur ein Mittel, das Menschen dabei half, sich wichtig zu fühlen. »Nichts für ungut, Sir. Mein Name ist Hannibal, ich bin auf dem Weg von der Westküste herüber, und ich würde gern ein oder zwei Tage hier Zwischenstation machen. Ich kann doch nicht die erste Person sein, die hierherkommt, ohne vorher um Erlaubnis dafür gebeten zu haben.«

»Se kling'n nich' wien Nor'amerikana.«

»Ich bin, äh, Europäer, und – Was zum Q? Darf ich nun landen oder nicht?«

»Na schön, in Or'nung. Se müssn abban Bürjameista aufsuchn. Voa*läufj*e Erlaubnis erteilt.«

Die Stadt war jetzt in Sicht. Die Häuser längs der schattigen Straßen schienen sich nicht sehr von denen zu unterscheiden, die Kenmuir früher gesehen hatte, archaische Bauten in modernen Materialien, mit Steildächern und Wänden in Plattenbauweise. Im Ortszentrum befand sich ein gepflasterter, von größeren Gebäuden umgebener Platz. Kenmuir vermutete, daß diese zum Abhalten von Märkten und Versammlungen oder zum Lagern von Waren und dergleichen gedacht waren. Das größte, ein säulengeschmücktes Gebäude, mußte das Rathaus oder der Palast des Bürgermeisters oder sonst etwas in der Art sein. Ein kleines Landefeld mit Garagen und Abfertigungsgebäude lag direkt hinter der Wohnbebauung. Er landete, nahm den Koffer in die Hand, den Aleka ihm gekauft hatte, und ging nach draußen, in die feuchte Wärme hinein.

Der Hafenkommandant erwartete ihn mit vier stämmigen Männern im Gefolge. Bei dem hier herrschenden Wetter waren ihre Kleider weit geschnitten und auffällig bunt. Langes, geflochtenes Haar hing über Stirnbänder herab, die mit Perlen in Mustern, die vermutlich Rang oder Herkunft bezeichneten, verziert waren. Jeder trug ein feststehendes Messer mit Scheide und einen Stab mit einer Bronzekugel an der Spitze, die einen Schädel zertrümmern konnte. »Hia rüba zur Zollkontrollä«, sagte der Kommandant und stolzierte in Richtung Terminal davon.

Es war ein standardisiertes, voll automatisiertes Gebäude, menschenleer bis auf seine Gruppe. Er ließ Kenmuir seine Tasche öffnen und durchwühlte den Inhalt. Dieser bestand aus dem, was Aleka für ihn besorgt hatte: ein Toilettenset und ein paar Kleidungsstücke zum Wechseln. Fast zögernd gab er sie zurück und sagte: »Ich habb anjerufn. Seine Potenzjallität jeruht huldvoll, Sie sojleich zu empfangn. Bejleit ihn, Jeb.« Ein schlanker, schon grau werdender Mann, der noch dazu allein und unbewaffnet war, benötigte keine großartige Bewachung.

Bis zum Zentrum war es ein Fußmarsch von zehn oder fünfzehn Minuten. Kenmuirs Versuch einer Unterhaltung scheiterte restlos. Jeb war zu sehr von der Würde seines Auftrags erfüllt. Ein paar Wagen überholten sie, aber in der Hauptsache bestand der Verkehr aus Fußgängern. Die Frauen trugen wallende Kleider und führten oft Körbe bei sich. Gruppen von ihnen gingen schwatzend zusammen, manchmal mit einem oder zwei der wenigen und deshalb um so zärtlicher geliebten Kinder. Auch die Männer blieben unter sich oder saßen auf Veranden, auf denen sie tranken und spielten. Mehrere von ihnen waren kunstvoll tätowiert, und keiner schien sich seine Narben entfernt haben zu lassen. Zierembleme also.

Hier und da kam Kenmuir an einer Werkstatt vorüber und erhaschte flüchtig einen Blick auf einen Mann, der etwas anfertigte – ein Werkzeug, ein Möbelstück, eine Verzierung – ohne dabei ein Werkzeug zu benutzen, das komplexer als eine elektrische Bohrmaschine gewesen wäre. Stil und Ausführung erschienen ihm primitiv. Aber alles in allem wirkten die Leute hier durchaus glücklich; er sah lächelnde Gesichter, hörte lautes Lachen und angeregte Unterhaltungen. Bei den Worten, die ihn erreichten, handelte es sich um Klatsch und Tratsch, das Wetter, die Ernte, das Fischen, die Niederträchtigkeit Elvilles, »jou ... unn ob ... ha ...« Wenn er längere Zeit hierbleiben müßte, dachte er, würde er auf einen Minikrieg hoffen, zu dem er sich freiwillig melden konnte, bevor er vor Langeweile verrückt wurde.

Die Säulen des Palastes stellten grausame Ungeheuer dar. Zwei Wachtposten flankierten den Eingang. »Jetzt seinse abba schön ehrerbietij«, mahnte Jeb. »Beujnse das Knie.«

Ein Empfangszimmer dehnte sich breit und lang aus. Kenmuir erkannte bemalte Schilde an den Wänden und Standarten, die von den Querbalken hingen. Ein Streifen karmesinroten Teppichs führte zu einem Podium an der Rückseite des Raumes. Dort, auf einem mit einem Baldachin überdachten

Thron, saß Bruno, der Bürgermeister von Overburg. Vier junge Frauen, spärlich und luxuriös gekleidet, stellten sich auf Polstern zu beiden Seiten zur Schau. Sechs Krieger standen Wache. Pagen warteten auf Befehle. Ein halbes Dutzend älterer Männer waren ebenfalls anwesend; Kenmuir war sich nicht sicher, ob es sich dabei um Berater, Höflinge, Bittsteller oder einfach um Besucher handelte. Er rückte mit seiner Eskorte durch Schweigen und gaffende Blicke vor.

Jeb hielt einen Meter vor dem Podium an. Kenmuir tat es ihm gleich. Jeb baute Männchen, die Handfläche an der Stirn, und verkündete: »Der Fremde, *señorissimo*.« Kenmuir erinnerte sich daran, linkisch das Knie zu beugen.

»Ah, jou«, grollte der Bürgermeister. »Wie heißense, und was wollense?«

Er war ein Riese von Mann, mit gewaltigen Muskeln. Eine blonde Mähne fiel über ein Gesicht mit vorstehendem Ober- und Unterkiefer, auf dem sich ein Bart sträubte, was an diesem Ort offenbar eine Ausnahme darstellte. Ein Zeichen seines Amtes, so wie das gehörnte Stirnband und die Goldkette? Ein schmieriges Hemd klaffte über seiner zotteligen Brust. Das Messer, das in einer Scheide vor seiner engen Hose aus kariertem Stoff steckte, war übergroß. Seine Füße waren nackt und ungewaschen. Mit seiner rechten Hand umklammerte er einen hölzernen Pokal.

»Hannibal, Sir«, erwiderte Kenmuir. Er und Aleka hatten sich auf diesen Decknamen geeinigt. Er lieferte keinen Anhaltspunkt auf seine wahre Identität, während er zugleich so unverwechselbar war, daß sie sich der Mitteilung sicher sein konnte, die er in das elektronische Nachrichtenforum eingeben würde, um sie so rasch wie möglich von seinem Aufenthaltsort in Kenntnis zu setzen, sobald er sich erst einmal für einen entschieden hatte.

»Hannibal, hä? Nicht zufällich Hannibal der Kannibale?« Bruno lachte schallend. Die Männer und Jungen lachten pflichtschuldig mit. Die Frauen kicherten. Kenmuir dachte, daß dieses Kichern bei zweien von ihnen recht gequält klang und daß die Blicke, die sie dem Bürgermeister zuwarfen, eher ängstlich wirkten. Die anderen waren vielleicht zufrieden mit ihrem Status.

Bruno beugte sich vor. »Weswegen sinse hier? Spjon? Ajent vonna Rejierung? Hä?« Erwartungsvoll lehnte er sich wieder zurück und gluckerte aus seinem Becher.

Das Schlimmste, was er tun konnte, war, den Neuankömmling wieder wegzuschicken. Oder? Vielleicht. Auf jeden Fall wäre das verteufelt lästig gewesen. »Ich versichere Ihnen, Sir«, seufzte Kenmuir, »ich bin ein harmloser Privatmann. Eine Freundin und ich wollen einige Zeit im Lake Superior-Reservat verbringen. In letzter Minute wurde sie aufgehalten. Ich habe interessante Dinge über Ihre Gemeinschaft gehört und würde mich gern ein oder zwei Tage hier aufhalten, bis sie zu mir stoßen kann.« Gelegentlich, wenn nicht oft, *mußten* doch neugierige Fremde kommen. »Schauen Sie, ich handle mit Unikaten, handgearbeiteten Stücken, und wie ich höre, haben Sie hier geschickte Kunsthandwerker.« Wann wäre Schmeichelei jemals nicht willkommen gewesen, oder Geld?

Bruno zog die Augenbrauen hoch. »›Freundin‹, sachten sie?«

»Ja, eine junge Dame«, erwiderte Kenmuir, der Mühe hatte, seine Geduld zu bewahren. Jemand kicherte. »Ließe es sich vielleicht arrangieren, daß sie eine Landeerlaubnis erhält und sich ebenfalls hier umsehen darf?« Irgendwo längs des Orbits mußten er und Aleka ein ernstes Gespräch miteinander führen. Das hier mochte ihre letzte Chance dazu sein, bevor sie den Absprung ins Unwiderrufliche wagten.

»Jung. Hm. Jou.« Bruno überlegte. Kenmuir dachte an Räder, die sich langsam drehten. »Jou. Okay. Sie jehn zum Dokter vonner Jesundheitsbehörde, der jibt ihnen seine Freijabe, ja, un' dann könnse bleim. Im Jasthaus.« Geld ausgeben.

Die Unterredung war nicht allzu schlecht verlaufen. Keine große Überraschung. Kenmuir kam zweifellos nicht aus dem verhaßten Elville.

Bruno grinste boshaft. »Die Landejebühren. Hätt' ich beinah verjessen. Die Landejebühren. Zehn, äh, fünfzehn UCUs. Pro Person. Sie könn'n für Sie beide zahlen. An mich.«

Erpressung, aber Kenmuir beschloß, nicht auf das Gesetz zu pochen. »Hätten Sie etwas gegen Bargeld einzuwenden, Sir?« Wenn er sein Konto belastete, war das eine Einladung an jedes Suchprogramm.

»Barjeld? Hä? Nee, nee, Barjeld is' jenehm.« Brunos Verhalten deutete darauf hin, daß es sogar *sehr* genehm war. Vielleicht betrieb er seine eigenen Transaktionen, von denen er nicht wollte, daß man ihnen nachspürte. Er nahm die Scheine entgegen und zählte sie zweimal, wobei er die Lippen bewegte. »Okay, Wache, bring ihn zum Dokter, un' wenner die Freijabe hat, führ ihn ins Jasthaus.« Beinahe herzlich: »Vielleicht unnerhal'n wir uns späta, Hannibal. Vielleicht lad' ich Sie zu 'nem Drink ein. Jou, vielleicht sogar –« Er nickte und zwinkerte nach rechts und links, zu seinen Frauen hinüber. Zwei von ihnen lächelten.

Jeb salutierte und führte Kenmuir wieder nach draußen. »In diese Richtung«, dirigierte er. »Über den Platz. Die Klinik da, sehnse?«

Jähes Begreifen. Bisher hatte das ›Doktor‹ keine Bedeutung für ihn gehabt, es sei denn als vage Vorstellung eines weiteren Stammesfunktionärs. Aber Bruno hatte ›Gesundheitsbehörde‹ gesagt. Dort drüben wartete ein Sophotekt.

Kenmuir stolperte. Fast hätte er auf der Stelle kehrtgemacht. Jeb warf ihm einen fragenden Blick zu. Nein! Er mußte das hier zu Ende führen. Plötzlich zu seinem *volant* zurückzukehren und abzufliegen, würde Verwunderung erregen. »Entschuldigen Sie bitte«, murmelte er und marschierte weiter.

Warum wollte Bruno, daß die Maschine seinem Aufenthalt zustimmte? Übertriebener Diensteifer? Genau wie der Hafenkommandant hatte auch der Bürgermeister nicht oft die Gelegenheit, sich in Gegenwart von Fremden wichtig zu machen. Oder war Bruno nur bestrebt, sich die Gunst der

Regierung zu erhalten, indem er sich fast umbrachte, um kooperativ zu erscheinen? Vielleicht befürchtete er ja, daß es irgendwann, Politik hin, Politik her, zu einem schärferen Durchgreifen gegen die örtlichen Praktiken kommen würde.

Egal. Was Kenmuir irgendwie fertigbringen mußte, war, als das durchzugehen, was er zu sein behauptete. Er schluckte, räusperte sich und befahl den Muskeln in seinem Rücken, sich zu lockern.

Von außen ähnelte die Klinik ihren Nachbargebäuden. Der Empfangsraum war in beruhigender, wenn auch ziemlich scheußlicher Weise mit Bramländerkunst dekoriert. Hinter ihm, so wußte Kenmuir, warteten modernste Geräte zur Behandlung der meisten Verletzungen und Krankheiten. Desgleichen das, was der Sophotekt benutzte, um die Abfallbeseitigung, vollautomatisierte Dienste wie etwa die Energieversorgung und das biologische Wohlergehen des umliegenden Landes zu überwachen. Das Dorf seiner Kindheit, das genauso isoliert gewesen war, hatte auch so einen Diener gehabt. Die Leute dort hatten ihn den »Verwalter« genannt, wenn sie nicht gerade »der alte Angus« sagten.

Die Form hier war gespenstisch ähnlich: kastenartig, vierbeinig, sechsarmig, mit einem Türmchen für die Sensoren und das elektrophotonische Gehirn, einem Gehäuse für das Netzteil und einer einziehbaren Kommunikationsschüssel. Die Stimme war männlich, tief und volltönend. »Hey, watt kann ich für euch tun, Jungs?«

»Hab hier son Typ, dern paar Tage bleim will«, erklärte Jeb. »Der Bürjameista will, dasse ihm dein Okay jibs'.«

»Ah.« Der Akzent wurde gebildet. »*Bienvenido, señor. Por favor,* nehmen Sie doch Platz. Eine reine Formsache, dessen bin ich mir sicher. Alle hier sind angesichts der unglücklichen Reibereien mit Elville übernervös. Mein dortiges Gegenstück und ich versuchen sie beizulegen, aber –« Das flexible Armpaar wogte in einer Art Achselzucken. »Jeb, du kannst gehen.«

»Brauchse mich nich' mehr?«

»Bestimmt nicht. Du kannst gehen, sagte ich.« Der Tonfall war ein winziges bißchen schärfer geworden. Jeb neigte den Kopf, vielleicht unbewußt, und ging hinaus.

»Nehmen Sie doch Platz«, drängte der Sophotekt. »Ich nehme an, Sie haben eine etwas unerfreuliche Zeit hinter sich. Möchten Sie vielleicht Kaffee, Tee oder einen unverdünnten Whisky?«

Kenmuir ließ sich auf einem Stuhl nieder. Sein Körper sträubte sich gegen die körpergerechte Umarmung, aber er hielt sein Gesicht unbewegt. »Nein, danke. Ich bin nur im Orbit, wirklich.«

Die Maschine griff den Ausdruck auf. »Ah, haben Sie etwas mit dem Weltraum zu tun? Wie interessant. Sie wären unser erster Besucher, der nicht von dieser Erde ist.« Ein glucksendes Lachen ertönte.

Kenmuir verfluchte sich selbst. »Nein, ich ... ich habe einen Freund im Weltraumdienst, und einmal bin ich zum Mond geflogen. Das ist alles.« Er erzählte seine Geschichte weiter und wartete mit Bauchschmerzen ab. Daß er sich dafür entschieden hatte, unter einem Namen wie Hannibal aufzutreten, war nichts Ungewöhnliches, es konnte einfach eine Schrulle sein, aber was war, wenn der Doktor ihn nach seiner Registriernummer fragte?

Selbst das mußte noch nicht unbedingt fatal sein, dachte er unter dem Hämmern seines Herzens. Fürs erste war das, was hier vor ihm stand, nur eine einzelne, getrennte Persönlichkeit. Sie konnte eigentlich keinen Grund dazu haben, mißtrauisch zu sein. (Es sei denn, der Cyberkosmos hatte auch mit der letzten Einheit auf dem Planeten Kontakt aufgenommen ... aber ein solcher Aufwand war beim derzeitigen Stand der Dinge unwahrscheinlich. Die Kanäle und die Datenverarbeitungskapazitäten, die dadurch blockiert würden –) Es konnte durchaus sein, daß der Sophotekt keine Erkundigungen darüber einzog, ob der Mann, der sich so ausgewiesen hatte, wegen irgend etwas gesucht wurde. Hätte er das getan, hätte das immerhin eine globale Datensuche nach sich gezogen, um festzustellen, ob die Nummer, die er angegeben hatte, falsch war.

»Ich verstehe«, sagte der Sophotekt ruhig. »*Bueno*, lassen Sie mich wiederholen, *bienvenido*. Oder, in Ihrer Sprache, willkommen. Ich hoffe, Sie und Ihre Freundin, deren Kommen Sie noch erwarten, werden einen angenehmen Aufenthalt haben.«

Die Stimme klang warm und freundlich. Konnte der Wunsch aufrichtig gemeint sein? Warum nicht? Kenmuir ließ seine Gedanken in die Vergangenheit zurückschweifen. Der alte Angus, der ihn tröstete, als er klein war und sich eine Rippe gebrochen hatte, der ihm eine Geschichte erzählte und ein Lied vorsang ... der alte Angus, Berater, Schlichter bei Streitigkeiten, der geduldig einem Jungen zuhörte, der einseitig verliebt war ... der alte Angus, verbindlich wie immer, als er dem Gemeinderat vortrug, daß er eine Beschränkung des Muschelsammelns einführen mußte, falls man nicht wollte, daß die Regierung eine Patrouille in der Bucht stationieren würde ... der alte Angus, der einem Jungen mitteilte, daß er tatsächlich die Voraussetzungen dafür zu besitzen schien, Weltraumpilot zu werden, und er sich doch darum bemühen sollte ...

Gaben sie ihrem Sophotekten in Overburg auch einen Namen, und schenkten sie ihm ihre Zuneigung?

Kenmuir regte sich. »Dann mache ich mich wohl mal wieder auf den Weg«, sagte er.

Der Doktor hob eine menschenähnliche Hand. »Einen Moment noch, *por favor*. Ich möchte Sie gerne warnen. Das hier ist eine schwierige Gesellschaft. Der Streit zwischen den Häuptlingen hat die Situation nicht eben verbessert. Passen Sie auf sich auf! Vor allem, nachdem Ihre Freundin eingetroffen ist. Ich vermute, daß sie gut aussieht. Am besten, sie versucht so wenig wie möglich aufzufallen und bleibt nicht länger, als sie muß. Können Sie mir folgen?«

»Ich ... glaube schon«, antwortete Kenmuir.

Hauptsächlich dachte er gerade daran, wie genau die Maschine ihn durchschaut hatte. Aber warum auch nicht? Auch wenn die Drüsen fehlten, existierte ja eine Entsprechung dafür: Willenstrieb, Intuition, gepaart mit einem

Intellekt, der dem seinen wahrscheinlich sogar überlegen war.

Ganz bestimmt überlegen, wenn man sich klarmachte, daß dies ein Awatara* des Cyberkosmos war, der sich wieder und wieder mit dem Ganzen vereinte, manchmal dadurch verändert wurde, manchmal Erinnerungen an jene gewaltige Einheit, ja sogar eine Ahnung des Terabewußtseins, mit zurückbrachte. Natürlich interpretierte er seine Zwischentöne, seine Körpersprache, die ungesagt bleibenden Dinge; und durchaus nicht ohne etwas, das man Empathie oder echtes Mitgefühl nennen mochte. Er, der alte Angus, jede elektro-photonische Intelligenz – und, ja, auch der einfachste Roboter ohne Eigenbewußtsein – waren alle Wellen auf demselben Ozean.

Die Optiken glitzerten. Wie viel von seinem Gesicht und Körper erfaßten sie wohl? Wie viel von ihm würde das Bewußtsein dahinter in die Datenbank eingeben, wenn es das nächste Mal über das Bericht erstattete, was es wahrgenommen hatte?

Eine lebende Maske zu tragen, wäre für ihn vergebliche Liebesmüh gewesen, so ungeübt, wie er darin war. Schlimmer noch, sie hätte ihn nur aus der Menge herausgehoben. Danach hätte eine rasche Überprüfung der somatischen Daten, die sicherlich gespeichert waren, Anlaß dazu gegeben, ihn zu verhaften.

Seine Hoffnung lag darin, absolut durchschnittlich zu bleiben. Allein schon die ungeheure Größe der Datenbanken bot Schutz – wenigstens für eine gewisse Zeit. Gleichgültig, wie sorgfältig eine Suchstrategie angelegt war, das Durchsuchen, Abrufen und Auswerten dauerte immer seine Zeit. Bis die Jäger eine klare Vorstellung davon hatten, wonach sie suchen mußten, konnten ihre Maschinen Tage, Wochen, mit den Permutationen von zwei Milliarden Men-

* Awatara [Sanskrit]: Verkörperung; irdische Erscheinungsform eines Gottes. (Der mythische indische König Krischna ist zum Beispiel ein Awatara des Gottes Wischnu.) *(A. d. Ü.)*

schen zubringen. Nicht, daß das geschehen würde. Ein zu großer Teil des Systems wurde benötigt, um die Zivilisation in Gang zu halten.

Gib diesem freundlichen Geschöpf keinen Grund, weitere Informationen über dich einholen zu wollen.

»Ja. Danke. Aber, äh, ich meine –«

»Ein Bürgermeister in Bramland darf jeder Frau befehlen, zu ihm zu kommen, für so lange, wie er will. Das ist so Brauch; sie protestieren selten. Genaugenommen wird es sogar als eine Ehre betrachtet.« Jene, die sich doch weigerten, konnten theoretisch mit dem nächsten Flugbus die Stadt verlassen. Theoretisch. Deshalb ignorierten die Behörden die ganze Sache. »Normalerweise dürften weibliche Besucher eigentlich nicht belästigt werden. Unser derzeitiger Bürgermeister allerdings – Vielleicht sollten Sie Ihre Freundin lieber irgendwo anders treffen.«

Kenmuir überlegte. Ein weiterer Ortswechsel konnte schon für sich allein genommen Aufmerksamkeit erregen, und dies um so mehr, wenn Bruno sich beleidigt fühlte und anfing, deswegen herumzuphonieren. »Nein, nochmals vielen Dank, aber ich denke schon, daß wir keine Schwierigkeiten haben werden. Er wird schließlich nicht wollen, daß Anzeige gegen ihn erstattet wird, nicht wahr? Aller Wahrscheinlichkeit nach bekommt er sie nicht einmal zu Gesicht.« Er erhob sich. »Einen guten Tag, Doktor.«

»Auch Ihnen einen guten Tag«, sagte der Sophotekt.

Jeb wartete draußen. Verbissen begleitete er Kenmuir zum Gasthaus. Trotzdem war dem Raumfahrer ganz leicht ums Herz. Bis hierher hatte er es geschafft. Übertrieben er und Aleka nicht vielleicht die Gefahr, in der sie schwebten? Das, was vor ihnen lag, konnte sich als völlig unkompliziert erweisen, bis es – Erregung hämmerte in ihm – sie zu dem führte, was vor langer, langer Zeit auf Luna entdeckt und getan worden war.

22

Die Mondmutter

Von seinem Gipfel blickte Temerirs Observatorium weit hinaus über die Kraterwildnis, die einen Großteil der erdabgewandten Seite bedeckte. Eine niedrig stehende Sonne erfüllte das Land mit weitverzweigten Schatten und graubraunen Schlaglichtern. Er hatte den Sichtschirm in seinem Wohnraum so eingestellt, daß er diese Landschaft nicht so zeigte, wie das Auge sie gesehen hätte; statt dessen waren das grelle Gleißen abgeblendet und die kleineren Helligkeitsquellen verstärkt. Dort schimmerte die Sonnenscheibe sanft zwischen den Schwingen des Zodiakalkreises, und die Sterne waren wie Feuertropfen, die von der wirbelnden Milchstraße weggeschleudert wurden. Im übrigen war der Raum spärlich möbliert, so asketisch wie sein Besitzer. Eine abstrakte Lavaskulptur auf einem Tisch ähnelte einem dikken Rauchkringel. In der ein wenig kühlen Luft lag ein Anflug von Ozon und gedämpfter Musik auf keiner Tonleiter, die man auf der Erde je vernommen hatte. Als Dagny sie gewahr wurde, dachte sie an Geister im Flug vor dem Wind.

Temerir hatte nicht gesagt, wo seine einzige Frau und ihre Kinder waren. Er empfing seine Gäste allein: Brandir, Kaino, Fia und seine Mutter. Kristallgläser und eine Karaffe mit Wein waren sein kümmerliches Eingeständnis an die allgemeinen Sitten. Niemand kümmerte sich darum oder schenkte ein. Sie traten ein und standen vielleicht eine Minute lang wortlos da. Auch auf dem Weg hierher in Brandirs Jacht hatten sie nicht viel miteinander gesprochen; aber da war auch die Besatzung dabei gewesen.

Dagny durchbrach die Kruste. »Können wir jetzt zur Sache kommen?« fragte sie so sanft wie möglich. Sie wußte sehr wohl, worum es sich bei dieser Sache handelte. Traurigkeit drängte sich in ihre Freude. Eigentlich hätte Mon an ihrer Seite sein müssen, um es zu hören.

Sie schob den Wunsch von sich weg. In sechs Jahren hatte sie nie aufgehört, ihn zu vermissen, aber es war nicht länger so, daß jede Kleinigkeit, die ihm gehört hatte, jeder Ort, wo sie ihn jemals gesehen hatte, laut zu ihr schrie. Sie hatte liebe Freunde, eine Arbeit, die sie voll und ganz in Anspruch nahm, aufregende Hobbys, einen Logenplatz bei den Vorstößen der Menschheit ins Universum. Von Anson Guthrie hatte sie schon früh gelernt, daß Selbstmitleid das verachtenswerteste Gefühl überhaupt ist.

Dennoch verspürte sie einen Anflug von Wehmut. »Vielleicht können wir hinterher noch ein bißchen gemütlich beieinander sein?« fügte sie hinzu. »Ich sehe euch ja nicht so oft.« Und auch nicht ihre restlichen Sprößlinge oder deren Partner und Kinder, nun, da Jinann mit Voris zusammen war, dem ehemaligen Reynaldo Fuentes. Es war nicht so, daß sie sich entfremdet hätten oder sich sogar gleichgültig waren; ihre Leben verliefen nur nicht mehr länger auf ähnlichen Bahnen wie ihres und, so glaubte sie, es kam ihnen selten oder nie in den Sinn, daß sie das Bedürfnis verspüren könnte, es sei anders. Lars, ihr geliebter Bastard, verstand das; aber er war nicht sehr oft auf Luna.

Brandirs Stimme sprach gedämpft zu Temerir. Dagny bekam mit, daß er eine Frage gestellt hatte.

Der Astronom warf ihr einen fahlen Blick zu und erwiderte auf Englisch: »Ja, natürlich sind wir vor Lauschern sicher. Das hatte ich Euch doch bereits versichert, bevor ich Euch anrief.«

Brandirs kurzer goldfarbener Umhang wirbelte um seine Schultern, als er sich verbeugte. »Um Vergebung, ehrenwerte Mutter«, sagte er. »Ich habe mich vergessen.«

Die unwichtige Geste ließ Dagnys Augen brennen. »Ach, das, das ist schon okay«, stammelte sie. »Du weißt doch, wenn ich mich darauf konzentriere, kann ich Lunarisch ganz gut verstehen.«

»Aber doch nicht so ohne weiteres, oder?« platzte Kaino heraus.

Nein, dachte sie. Es war eine quecksilbrige Sprache, rasch

dahinplätschernd, schimmernd, auch in ihren Bedeutungen fließend; und darum war es unmöglich für sie, sie richtig in den Griff zu bekommen. Sie hatte diese Gehirne in sich getragen, aber nur wenig von dem, was in ihnen vorging, entsprach dem, was ihr oder Edmond durch den Kopf gegangen war. »Zugegeben«, sagte sie. »*Gracias*.«

Zwischen dunklen Locken runzelte Fia angesichts der Impulsivität ihres Bruders ein wenig die Stirn. Zu Temerir sagte sie: »Der Sachverhalt ist in jeder Sprache einfach. Ihr habt den Planetoiden gefunden, dessen Existenz unser Vater vorausgesagt hat.«

Ja, dachte Dagny, endlich, nach all diesen Jahren. Wie lang sie ihr im Rückblick doch erschienen! Aber freilich hatte er nur in den Zeiten suchen können, die er sich regelrecht zusammenstahl, hatte Vorwände erfinden und Rechtfertigungen dafür fabrizieren müssen. Obwohl er der unumschränkte Herrscher dieses Ortes – seines Lehens von Brandir – war, ließen sich diejenigen, die mit ihm und für ihn arbeiteten, nicht so leicht täuschen.

Sie hatte nicht verfolgt, wie es sich hinzog. Ihr Leben war zu ausgefüllt gewesen. Persönliche Angelegenheiten, alltägliche Pflichten und Freuden, gelegentlicher Kummer, ein Freund, der Hilfe brauchte, ein jugendliches Geständnis. Das Wachstum der Mondbevölkerung, der Industrie, der Projekte, der Erträge, die sie brachten, und der Anforderungen, die sie stellten. Ihre technische Planungsarbeit für Fireball, die sie mit der gesamten Gesellschaft um sie herum in engen Kontakt brachte, Ressourcen, die es zu finden und zu verteilen galt, einander widersprechende Pläne und Ambitionen. Die zunehmenden Reibungen zwischen den Mondbewohnern, seien es nun Lunarier, auf der Erde oder auf L-5 geborene Menschen, ausgesprochene Erdenmenschen …

»Das habe ich«, hörte sie, »wenn ›Planetoid‹ das richtige Wort für ein Objekt wie jenes dort draußen ist.«

»Was wißt Ihr sicher?« unterbrach ihn Brandir barsch.

Temerir erwiderte den Blick des größeren, mächtigeren Mannes so, wie ein Gleichgestellter es tut. »Das, was Instrumente und Berechnungen verraten können«, erwiderte er. »Die teleskopische Suche hat eine gewaltige Ernte eingebracht.« Ja, erinnerte sich Dagny, er hatte vor aller Öffentlichkeit ein Programm aufziehen können, um die fernsten Bereiche des Sonnensystems zu erforschen und die Kometen des Kuiper-Gürtels jenseits vom Neptun und der Oortschen Wolke dahinter überschlägig zu erfassen und zu zählen. Was er für sich behalten hatte, waren ein paar ganz spezielle Ergebnisse gewesen. »Ein paar wenige scheinen Asteroiden zu sein, aber klein und felsig, nicht das, was Vater meinte. Wenn ein Kandidat vielversprechend erschien, mußte ich zunächst sein Spektrum aufzeichnen, auch wenn es noch so schwach war. Dann, wenn sich die Hoffnung nicht sogleich als trügerisch erwies, mußte ich eine Möglichkeit finden, Robotsonden weit und schnell genug hinauszuschicken, um eine Parallaxe zu erhalten. Aber Ihr kennt diese Verfahren, Ihr, die Ihr am heutigen Tageszyklus hier seid. Schließlich erwies sich einer – und nur einer – als derjenige, der in Frage kam.«

»Wie *ist* er denn?« schrie Kaino beinahe.

Temerir bewahrte seine eisige Ruhe. »Anscheinend dem ähnlich, der Vater zum Verderben wurde, nur weit größer. Die Form ist kugelig, der Durchmesser beträgt annähernd zweitausend Kilometer. Ein Großteil der Oberfläche ist mit stumpfen Substanzen bedeckt, aber es wird genügend Licht auf die für Eisen charakteristische Weise reflektiert, um die Vermutung nahezulegen, daß es der Hauptbestandteil ist, woraus sich eine hohe Dichte ergäbe. Die Bahnneigung beträgt ein paar Minuten weniger als vierundvierzig Grad, etwa die gleiche wie bei dem kleineren Objekt, das wir nur zu gut kennen. Auch das deutet auf eine ähnliche Zusammensetzung hin. Das Perihel liegt bei einhundertundsieben Astronomischen Einheiten plus ein Bruchteil, die Exzentrizität liegt bei über neunundneunzig Hundertsteln.« Heiliger Judas, dachte Dagny, das bedeutete, daß das Aphel so ungefähr dreißig- oder vierzigtausend AE nach außen ragte. Auch das stimmte mit Mons Asteroiden überein. Ach, Mon,

Mon! »Derzeit ist der Himmelskörper dreihundertundzwei Astronomische Einheiten von hier entfernt, auf dem Weg in den interstellaren Raum.«

Sie konnte nicht an sich halten: »Was gedenkt ihr seinetwegen zu unternehmen?«

»Was würdet Ihr denn tun, Mutter?« fragte Brandir. Es war keine rhetorische Antwort, das fühlte sie, sondern eine ernstgemeinte Frage. Alle vier musterten sie mit einem merkwürdigen – Eifer?

»Es war ... nett von euch, mich einzuladen«, stammelte sie überwältigt. »Ihr hättet es nicht tun müssen.«

»Ihr wußtet von Anfang an von der Suche«, sagte Fia, die vielleicht die nüchternste und praktisch denkendste der ganzen Sippe war. »Ihr hättet auf jeden Fall erraten, was nun ansteht.«

»Von dieser Erwägung ganz abgesehen«, sagte Brandir, »respektieren wir Euch.«

Dagny fragte sich, wie aufrichtig das gemeint war. Wie offen und ehrlich waren sie überhaupt jemals, selbst untereinander?

Ein unwürdiger Gedanke. Sie schob ihn von sich und meinte bedächtig: »Nun, das ist in ... wissenschaftlicher Hinsicht faszinierend, nicht wahr? Es gewährt einen völlig neuen Einblick in die Frühgeschichte des Sonnensystems. Was für ein Denkmal für euern Vater!«

»Das haben wir längst in unseren Herzen errichtet, die nur uns gehören«, erwiderte Brandir.

»Was willst du damit sagen?« Aber sie wußte es schon.

Temerir bestätigte es ihr: »Ich habe vorausgeahnt, daß das Objekt enorme Möglichkeiten bieten könnte und deshalb Geheimhaltung erforderte. Sollten wir es an die Erde verschenken? Nein.«

»Aber was könntet ihr damit *machen*?«

»Das werden wir herausfinden!« rief Kaino.

Temerir nickte. »Wenn nichts daran wertvoll zu sein scheint, dann können wir das Wissen immer noch freigeben.«

Und er war der Wissenschaftler dieses Haufens, dachte Dagny. War seine Generation der ihren wirklich so fremd? Oder so entfremdet?

»Wir werden eine Schiffsladung starker und geschickter Roboter benötigen«, sagte Fia.

Brandir zog eine Hand schräg durch die Luft, eine Verneinung. Ein Erdenmensch hätte den Kopf geschüttelt. »Nein. Etwas so Großes, etwas so Kostspieliges läßt sich nicht bauen und ausrüsten, ohne daß es auffällt«, sagte er. Schlagartig sah sich Dagny mit der Tatsache konfrontiert, daß er seit langem darüber nachgedacht hatte.

»Also eine bemannte Expedition?« flammte es von Kaino her auf. *»Eyach!«* Er warf den Kopf zurück und lachte vor den Sternen.

Zufällig stand er am nächsten zu Dagny. Das Bild, der Kontrast, durchzuckte sie, diese roten Elfenlocken neben dem Haar, das ihr bis auf die Schultern fiel. Seit Edmonds Tod hatte sie zugelassen, daß es weiß wurde. Die Zukunft Seite an Seite mit der Vergangenheit –

Verdammt, nein. Noch war sie nicht bereit dazu, ein – was war der Ausdruck, den die Leute in ihrer Kindheit benutzt hatten? Senioren. Es kam verdammt noch mal überhaupt nicht in Frage, daß sie schon jetzt zu einer wehleidigen Seniorin wurde. Sie war eine alte Frau, und als solche würde sie so lange weitermachen, bis Freund Hein kam, um sie zu holen.

Diese Herrschaften hatten sie nicht aus purer Güte hierher eingeladen. Es gab etwas, was sie für sie tun konnte.

»Eine trajektorische Flugbahn würde zu viel Zeit und zu viele Vorräte erfordern, was genauso auffällig wäre wie die Roboter«, sagte Brandir gerade. »Wir werden abwarten müssen, bis wir ein Fackelschiff haben.«

Das aber würde nicht so bald der Fall sein. Erst kürzlich hatten Dagny und ihre Verbündeten bei der Föderation eine nur widerwillig erteilte Genehmigung durchgesetzt, daß Mondbewohner Raumschiffe mit dem Schub und der Beschleunigung für den vollen interplanetarischen Betrieb kaufen, bauen und betreiben durften. Sie mußten in Etappen vorgehen, allmählich Kapital beschaffen, Mannschaften ausbilden, eine Flotte zusammenkaufen; und die ersten Schiffe würden einen vergleichsweise geringen Operationsradius besitzen und sich nur für einfache Missionen einsetzen lassen. Natürlich würde Brandir Großaktionär bei den meisten dieser Unternehmen sein.

Kaino federte im Raum umher. »Wenn die Stunde da ist, werde ich mir eine zuverlässige Truppe anwerben«, jubilierte er.

»Wie wollt Ihr den Abflug tarnen?« fragte Fia.

Sie redeten so, als könne er morgen und nicht erst in vielen Jahren stattfinden: Inbrunst, vereint mit kühler Berechnung.

»Wir werden bekanntgeben, daß Temerir mehrere möglicherweise erzhaltige Kometen im inneren Kuiper-Gürtel gefunden hat und ich unterwegs bin, um sie genauer zu untersuchen«, sagte Brandir.

An sich eine sinnvolle Geschichte, dachte Dagny. Der Mond konnte einen Haufen mehr an Wasser und organischen Rohstoffen gebrauchen, als man bisher dort hintransportiert hatte. Kometen mit geeigneter Zusammensetzung und Umlaufbahn waren nicht eben üppig gesät. Tatsächlich meinte die Föderation, daß sie in dieser Richtung mehr als genug getan hätte, und wenn die Seleniten mehr haben wollten, würden sie sich selber darum kümmern müssen – *ohne* Hilfsgelder. Das würde ihren hoch getragenen Nasen vielleicht einen tüchtigen Stüber versetzen …

Die Überraschung drang zu ihr durch. Fia sprach, bevor Dagny es konnte, die Brauen über rostbraunen Augen hochgezogen: »Ihr selbst, Brandir?«

»Ja«, sagte er. »Da das Unternehmen in erster Linie mir gehören wird, will ich mich umfassend informieren, bevor ich entscheide, was wir anschließend tun.« Sein Lachen schnurrte. »Außerdem fürchte ist, daß das Leben auf dem Mond allmählich fade werden wird«, in dem Maße, wie er andere Ziele erreichte, Reichtum, Macht und tiefere Begierden. »Meine Stimmung wird kein Geheimnis sein und dazu beitragen zu erklären, warum anstelle von Robotern Menschen hinausfliegen. Bis dahin, meine Schwester, solltet Ihr imstande sein, die städtischen Angelegenheiten Zamok Vysokis während meiner Anwesenheit zu lenken, unter der Führung von Ivala und Tuori«, seiner Ehefrauen. Anscheinend hatte Fia ihren Wert in der untergeordneten Leitungsposition bewiesen, die sie gegenwärtig innehatte. Sie schloß einiges an schwieriger, gefährlicher Arbeit ein.

Und dabei war sie erst dreiundzwanzig, dachte Dagny. Aber Brandir, der Älteste, war gerade einmal einundvierzig. Und sie, seine Mutter, hatte ihren ersten Job auf dem Mond im Alter von neunzehn übernommen. (Vor achtundvierzig Jahren, konnte das denn stimmen? Wie die Zeit verstrich, wie die Zeit verstrich.) Nun, Pionierzeitalter stehen der Jugend immer offen.

»Nichts von dem können wir rasch oder leicht oder allein auf uns gestellt verwirklichen.« Brandir wandte sich an Dagny: »Von neuem müssen wir auf Eure Weisheit und Eure Hilfe zurückgreifen.«

»Ich?« wehrte sie ab.

»Niemand sonst könnte so erfolgreich dabei sein«, gestand Kaino offen ein.

»Ihr kennt Euch sowohl mit Seleniten wie mit Erdenmenschen aus«, sagte Fia. »Ihr besitzt die Verbindungen zu hochgestellten Persönlichkeiten und die Geschicklichkeit, sie zu nutzen. Durch Euch können wir eine Mitwirkung Fireballs erreichen, die es sonst nicht als einträglich betrachten würde.«

»Ihr könnt sicherstellen, daß unsere Reise zu dem Planetoiden ein Geheimnis bleibt«, fügte Temerir hinzu.

»Wir sind von einem Blut«, schloß Brandir.

Er lächelte. Er war wunderschön.

Wagten sie es, ganz selbstverständlich davon auszugehen, daß sie sich gegen die Erde stellen würde?

Nein, das war falsch gedacht. Luna zu helfen, würde kein Verrat an ihrer Rasse sein. Oder? Wie konnte es irgend jemandem schaden – außer selbstverliebten Politikern, übereifrigen Bürokraten und Industriemagnaten, die sich an ihren Konzessionen und Monopolen bereicherten –, wenn ihren und Mons Kindern mehr Freiheit zufiel?

Das war nicht fair, ermahnte sie sich selbst. Sobald man einmal anfing, seine eigene Propaganda ernst zu nehmen, steuerte man geradewegs auf den Fanatismus zu. Die Erde hatte enorm viel in Luna investiert. Die gesamte Weltgeschichte schrie geradezu, wie recht die Föderation damit hatte, einen wiedererstarkenden Nationalismus zu fürchten. Die Lunarier ärgerten sich über Gesetze, die mit den besten Absichten aufgestellt worden waren, wenn sie sie nicht sogar verdeckt oder mehr und mehr auch offen brachen. Das gemeinsame Erbe war der am deutlichsten ins Auge springende wunde Punkt. Belange des Umweltschutzes, Waffenkontrolle, Erziehungsanforderungen, Steuern, Lizenzen, Verordnungen, von denen die meisten durchaus vernünftig waren – vom Standpunkt eines zivilisierten Erdenmenschen aus gesehen jedenfalls –, aber die hier entstehende Zivilisation gehörte eben nicht der Erde an, war vielleicht nicht einmal völlig menschlich –

War es nicht vernünftig, wenigstens den Käfig größer zu machen, bevor die Bestie ganz auszubrechen versuchte?

Sie wußte es nicht. Sie wünschte sich, sie hätte Guthrie um Rat fragen können. Aber sie war zur Verschwiegenheit verpflichtet, und das hier waren ihre Kinder.

»Na schön«, seufzte sie, »wir werden darüber reden.«

23

Trommeln schlugen und dröhnten. Ein monotoner Singsang pulsierte zwischen ihnen, manchmal so tief wie eine Orgel, dann wieder schrill wie die Pfiffe, die sich daruntermischten, *hai-ah-ho-hee*. Auf dem Landefeld war das

Geräusch relativ leise, wie ein fernes Unwetter, aber seine Düsterkeit ließ das hereinbrechende Zwielicht noch dichter erscheinen.

Ein Unwetter, ja, dachte Aleka. Luft drückte aus der Wolkendecke herab, heiß, schwer vor unvergossenem Regen; ihre Haut glänzte feucht unter Bluse und Shorts und prikkelte wie von sich sammelnder Elektrizität.

Einen Augenblick lang stand sie unentschlossen neben dem gemieteten *volant*. Am wahrscheinlichsten war es, daß sie zusammen mit Kenmuir in ihrem eigenen wegfliegen würde – dem, das ihn hierher gebracht hatte –, aber sicher war das nicht. Die Nachrichten waren ein Schock gewesen, als sie sie abgerufen hatte, während sie sich Overburg näherte – der plötzliche Abbruch der Verhandlungen, die Ausrufung eines Spiels gegen Elville durch Bürgermeister Bruno, der Rat der Regierung, die Region vorerst nicht zu besuchen. Vielleicht würde sie in aller Eile wieder von hier verschwinden müssen.

»Warte hier«, wies sie das Taxi an. »Wenn ich dir bis dahin nichts Gegenteiliges befohlen habe, kehrst du morgen um, äh, sieben Uhr zu deinem Standplatz zurück.«

»In Anbetracht des Risikos wird der dafür in Rechnung gestellte Betrag das doppelte des üblichen Satzes betragen«, warnte der Roboter.

Die Abbuchung würde eine ganz schöne Kerbe auf ihrem bescheidenen persönlichen Konto hinterlassen. Aber bestimmt würde Lilisaire es ihr hinterher erstatten. Außerdem – sie hob den Kopf – spielte sie um einen verdammt hohen Einsatz. »Bestätigt.« Ihr Stimmuster stellte eine ausreichende Unterschrift dar. Mit einem entschlossenen Ruck nahm sie ihre beiden Koffer auf und machte sich auf den Weg über das Landefeld.

Es erstreckte sich verlassen vor ihr. Als sie zwischen die Häuser kam, ging das einzige Licht anfangs von dem ebenso menschenleeren Trottoir aus. Waren alle im Ortszentrum, um sich dort in kriegerische Begeisterung hineinzusteigern? Am besten war es wohl, diesen Bereich zu umgehen. Aber sie wußte nicht wie. Sie hatte einfach eine Straßenkarte aus der Datenbank projiziert und sich den direktesten Weg zum Gasthaus eingeprägt. Es lag jenseits des Platzes.

Wenn sie nur vorher mit Kenmuir hätte sprechen können! Sie hätten einen Treffpunkt ausgemacht, der sicherer war, vielleicht einen willkürlich gewählten Punkt auf dem freien Land. *Bueno,* er hatte keine Möglichkeit gehabt festzustellen, wo auf ihrem Weg sie sich befand. Das Kommunikationsnetz nach ihr suchen zu lassen, hätte bedeutet, etwaigen Verfolger einen wichtigen Anhaltspunkt zu liefern. Nachdem sie die schlechte Nachricht erhalten hatte, hatte sie versucht, ihn vom Flieger aus anzurufen. Der Wirt des Gasthofs hatte ihr mitgeteilt, daß *señor* Hannibal außer Haus sei. Da er nicht wußte, wann er sie erwarten konnte, mußte er losgegangen sein, um etwas zu essen oder dergleichen. Sie hatte keinen Sinn darin gesehen, eine Nachricht zu hinterlassen. Bei ihrem zweiten Versuch hatte niemand geantwortet. Inzwischen war sie aber schon so nahe, daß sie sich entschlossen hatte, mit dem ursprünglichen Plan weiterzumachen.

Zu Recht oder Unrecht. Wahrscheinlich bestand gar keine echte Gefahr. Sie ging weiter. Düsternis überwölbte die Gebäude wie mit einem Baldachin und breitete sich zwischen ihnen aus. Voraus jedoch verstärkte Licht das Flakkern über den Hausdächern. Trommeln, Pfeifen, Gesang, das Stampfen von Füßen wurde lauter, bis der Lärm in ihrem Mark pulsierte.

Die Straße endete vor einem großen Gebäude, einem Klotz aus Nacht. Sie wandte sich nach links, dann, an seiner Ecke, wieder nach rechts, in der Hoffnung, sich dadurch von der Menschenmenge fernzuhalten, ohne sich zu verirren. Ihre mangelnde Ortskenntnis spielte ihr einen Streich. Ganz plötzlich trat sie auf die nächste Straße hinaus und stellte fest, daß sie sich an einer anderen, schräg gegenüber liegenden Ecke des Platzes befand. Der Anblick, der sich ihr bot, ließ sie abrupt stehenbleiben.

Im Mittelpunkt loderte ein Freudenfeuer, dessen Flammen drei Meter hoch auftosten und den Rauch mit ihrem Schein rot tünchten. Um das Feuer herum tanzten die jungen Männer, nackt bis zur Taille, glänzend vor Schweiß. Sie schwenkten Messer und Knüppel, sie heulten, ihre Gesichter waren vor Erregung bis zur Unkenntlichkeit verzerrt. An den Ecken kauerten die Trommler und Pfeifer. Längs der rechten Seite drängten sich die Frauen, Kinder und Älteren, ein schattenhaftes Durcheinander, in dem Feuerschein auf Augäpfeln glitzerte. Ihr Wehklagen webte sich wie mit Nadeln durch den Singsang der Männer. *»Ee-ya, ho-ah, hai-ah, ho!«*

In Aleka wirbelten Erinnerungen an feierliche oder fröhliche Zeremonien daheim, an den Jubel bei Sportereignissen und an eine Polizeiparade. Auch das hier war menschlich.

Besser, sie machte sich davon. Und zwar schnell.

Eine Hand legte sich wie eine Schraubzwinge um ihre Schulter. In ihrem Staunen hatte sie niemanden hinter sich bemerkt. »Wer sind Sie? Was machense hier?«

Der Mann war grauhaarig und wohlbeleibt, für einen Feldzug wohl untauglich, aber seine Muskeln waren immer noch kräftig, und er trug nicht nur einen mit einem Knauf besetzten Stab, sondern auch einen Dolch. Ja, begriff sie, selbst in dieser wahnsinnigen Stunde würde man ein paar Wachen aufgestellt haben. *»P-por favor«*, würgte sie hervor, »ich bin ein, ein Besucher. Unterwegs zu Ihrem Gasthaus.«

»Hng? Vielleicht 'ne Spionin. Wer'n ja seh'n. Mitkomm'.« Er packte ihren Arm und verdrehte ihn. Angst und Zorn unterdrückend, gehorchte sie. Sie gingen um die linke Seite des Platzes herum.

Ein Mann kam einsam die Straße entlanggetanzt. Er war in einen knielangen Umhang mit Kapuze gehüllt. Als er sie passierte, sah Aleka an den hervortretenden Adern der Hände und dem verwelkten Gesicht, daß er längst über jede weitere Hilfe der Biotechnologie hinaus gealtert war. Dann sah sie, daß sein Überwurf vorne wie hinten gleich war und er auf der Rückseite seines Kopfes eine Maske von sich selbst als jungem Mann trug. Dieses Gesicht zeigte die gleiche bewußtlose Ekstase. Er entfernte sich mit seltsamen Sprüngen aus ihrem Gesichtsfeld. Sie fragte sich, was für eine Magie er wohl damit bezweckte.

Der Wachtposten führte sie die Treppenstufen eines großen Gebäudes mit grotesken Kolonnaden hinauf. Auf der Veranda standen mehrere Männer, ebenfalls alt, aber nicht weniger prächtig gekleidet als die vier jungen Frauen bei ihnen. In ihrer Mitte ragte ein weiterer Mann auf, im besten Mannesalter, riesig und struppig blond. Ein gehörntes Stirnband und eine Goldkette verkündeten seinen Rang. Neben ihm auf einem Tisch standen ein Krug und ein Trinkbecher. Eben nahm er einen tiefen Schluck daraus.

Blicke wanderten von den Kriegern zu den Neuankömmlingen. Der Wachtposten beugte ein Knie und neigte seinen Stab. »'tschuldigung, *señorissimo*«, sagte er durch die Nase. »Das Kälbchen hier hab' ich da drüben gefangen. Keine Ahnung, werse is' oder wasse will.«

»Jo?« grollte der Riese.

Aleka bot ihre ganze Entschlossenheit auf. »Sind Sie der Bürgermeister, *señor*?« fragte sie so ruhig sie konnte. »Meine Hochachtung. Ich führe nichts Böses im Schilde und will auch nicht stören oder so etwas. Ich bin nur gekommen, um mich hier mit einem anderen Besucher zu treffen. Am Landefeld war niemand, deshalb war es die einzige Möglichkeit, die ich hatte, mich zum Gasthaus aufzumachen, wo er sich aufhält.«

»Ah-h. Jo. Dieser Hannibal, hä?«

»Ja. Er hat mir mitgeteilt, daß er eine Landeerlaubnis für mich eingeholt hat.«

»Ich weiß. Jou.« Der Blick des Bürgermeisters glitt wie eine Schlange an ihr auf und ab und über sie hinweg. Er grinste. »Jou, sicher. Sie woll'n zum Gasthaus, hm? Okay. Bleimse dort. Ich kann hier noch nich' wech, aber ich seh' Sie dann später. Bleimse, hören Sie?« Zu dem Wachtposten: »Begleitse, Bolly, und paß uff, dasse auch drinbleiben.«

Ihr Unbehagen verstärkte sich. »Warum, *señor*?« protestierte Aleka. »Ich versichere Ihnen, wir sind nur auf der Durchreise, wir haben nichts zu tun mit –«

Eine riesige Hand hackte durch die Luft. »Ich weiß. Ich möcht' mich mit Ihnen unterhalten, das is' alles. Nun gehnse schon. Tu ihr nix, Bolly, so lange se sich anständig benimmt. Haste kapiert? Okay, nun gehnse.«

Offensichtlich durfte die Teilnahme des Bürgermeisters an der Feier nicht länger als unbedingt nötig gestört werden. Der Posten führte Aleka wieder die Stufen hinunter. Er hatte seinen Griff gelöst, aber sein mürrisches Schweigen verriet ihr, wie sehr er es ihr verübelte, von dem Zentrum des Vergnügens wegkommandiert zu werden. Sie hatte den Verdacht, daß er Möglichkeiten gefunden hätte, es an ihr auszulassen, wären da nicht seine Befehle gewesen. Die Datenbank hatte gesagt, daß der Häuptling eine absolute Herrschaft ausübte, persönlich und brutal.

Aber die war auf seine Untertanen beschränkt, die jederzeit wegziehen konnten, sagte sie sich. Sie existierte nur durch deren stillschweigende Duldung. Wenn er nicht gerade ein kompletter Narr war, würde er kein Eingreifen von staatlicher Seite provozieren.

Trotzdem verspürte sie deutliche Erleichterung, als ihr Begleiter anhielt und murmelte: »Da wär'n wir. Na los, gehnse schon rein.« Er hockte sich auf das Gras neben den Stufen und grübelte über seine Irrtümer nach.

Die Herberge war ein ganz gewöhnlich aussehendes Haus, nicht viel größer als der Durchschnitt. In einem einzelnen Fenster im ersten Stock zeigte sich Licht. Ein Eingangsraum war zwar beleuchtet, aber leer. Als die Tür sich in ihren Angeln geschlossen hatte, legte sich Stille über Aleka. Staub, ein paar abgenutzte Möbelstücke, ein modriger Geruch – keine Roboter also; zwei oder drei Menschen als Aufsichtspersonal. Eine Rolle für sie, die sie spielen konnten. Heute abend spielten sie eine andere, ekstatische. Aber das erleuchtete Fenster – Ihr Herz schlug höher. Gepäck hin, Gepäck her, sie rannte die Treppe hinauf.

Türen säumten einen Korridor. Es mangelte ihnen an jeglicher Art von Scannern oder Signalanlagen. Nachdem Aleka sich geistig umorientiert hatte, fielen ihr historische Filme ein, und sie suchte die Tür, an der sie anklopfen mußte. Sie öffnete sich, und der Anblick von Kenmuirs *simpático* Gesicht ließ sie erleichtert aufatmen. »*Aloha, aloha*«, keuchte sie.

»Sie!« rief er aus. »Beim Kosmos, was freue ich mich, Sie zu sehen. Kommen Sie doch herein.« Er nahm ihre Koffer und verriegelte die Tür hinter ihr.

Das Zimmer war ungefähr vier mal vier Meter groß, mit einer angegliederten Naßzelle und einem Webteppich auf dem Boden. Es verfügte weder über ein Phon noch über einen Multi. Die einzigen Möbelstücke darin waren ein Bett, ein Toilettentisch und zwei Stühle, gleichermaßen primitiv in der Ausführung wie im Entwurf. Ein weiterer Anachronismus war das Fenster mit dem schiebbaren Rahmen, das von der Nacht, die inzwischen hereingebrochen war, ausgefüllt wurde. Kenmuir schloß es vor den Geräuschen, denen er gelauscht haben mußte, und schaltete die Klimaanlage ein. Kühle blies angenehm in eine Atmosphäre, die angefangen hatte, sie schier zu ersticken.

Er ergriff ihre beiden Hände. »Wie geht es Ihnen?« fragte er ängstlich. »Ich habe mir solche Sorgen gemacht, seit dieser Ärger losgegangen ist. Ich hoffte, Sie würden abhauen und eine neue Nachricht für mich aufgeben.«

»Ich habe daran gedacht, aber das hätte noch mehr Zeit gekostet, und ich weiß nicht, wie viel wir noch erübrigen können«, erklärte sie. »Vielleicht hätte ich es tun sollen. Jetzt ist es zu spät.«

Er spürte ihre Grimmigkeit. »Was meinen Sie damit?«

Sie berichtete ihm von ihrer Ankunft. Er blickte finster drein, schritt auf und ab, schüttelte den hageren Kopf. »Lassen Sie uns hoffen, daß Bruno nicht mehr im Sinn hat als eine kleine gesellige Abschiedsfeier, um mit seiner Wichtigkeit zu protzen.«

»Was könnte es sonst sein?« fragte sie mit einem Flattern in der Kehle.

»Ich ... weiß es nicht. Natürlich kann er uns nicht festhalten oder dergleichen. Falls er es doch versucht, können wir immer noch auf die juristischen Konsequenzen hinweisen. Ich fürchte, dieser Grobian da draußen ist zu dumm, um das zu begreifen, und wir könnten uns ein paar gebrochene Knochen einhandeln. Aber Bruno – in den letzten paar Tagen habe ich ihn ein bißchen kennengelernt. Auf seine plumpe Art ist er ... freundlich gewesen. Sehr erpicht darauf, mich, den Mann aus der großen weiten Welt, zu beeindrucken. Ein kultureller Minderwertigkeitskomplex, denke ich, der das Feuer der großen Töne und der Gewalt nur noch anheizt.« Kenmuirs Tonfall war gelehrtenhaft geworden. Er zügelte ihn und seine Unruhe. Ein nervöses Lachen rasselte heraus. »Aber ich muß schon sagen, was für ein Gastgeber bin ich eigentlich? Nehmen Sie doch Platz, oder legen Sie sich hin, wenn Ihnen das lieber wäre. Möchten Sie vielleicht einen Drink? Ich habe mir eine Flasche Whisky besorgt.«

Aleka nahm sich einen Stuhl und lächelte zu ihm hoch. »*Gracias*. Mit reichlich Wasser, *por favor*. Machen Sie sich keine Sorgen um mich. Ich habe schon weitaus Schlimmeres durchgestanden. Das hier war unangenehm, aber ich bin schon wieder auf den Beinen.«

Während er die Gläser füllte, musterte er sie und sagte langsam: »Ja, Sie sind ein abenteuerlustiges Mädchen, nicht wahr? Ich wette, Sie haben mir eine Menge zu erzählen. Nun, wir werden noch stundenlang warten müssen, und wir können offen reden. Dieses Zimmer ist mal ein Ort – einer der ganz wenigen Orte auf der Erde –, wo wir ganz sicher sein können, daß es keine Überwachung gibt.«

»Wir müssen wirklich reden«, pflichtete sie bei.

Er gab ihr ihren Drink, zog den anderen Stuhl nahe heran und faltete sich hinein. Angespannter als sie, nahm er einen tüchtigen Schluck, bevor er begann: »Wer sind Sie, Aleka? Was haben Sie mit dieser Geschichte zu tun, und warum?«

»Ich würde Sie auch gerne besser kennenlernen, Kenmuir.«

»Aber man hat Sie über mich informiert. Oder nicht? Während Sie für mich ein völliges Geheimnis sind.«

Sie konnte sich ein Grinsen nicht verkneifen. »Die geheimnisvolle Lady? Das dürfte meinen Leuten neu sein. Wie macht man das? Sollte ich einen ausländischen Akzent vortäuschen oder mir ein tief ausgeschnittenes Kleid besorgen oder was? Nein, das fällt eher in Lilisaires Ressort.«

Für einen Augenblick wurden seine Lippen schmal. Sah sie, wie er zusammenzuckte? Sie erinnerte sich an den Ausdruck, der in seinen Augen gestanden hatte, als sie beide von jener Hochofenkammer in der Wüste aus mit der Selenarchin gesprochen hatten. Mitgefühl stieg in ihr auf. Allen Anzeichen nach war er ein anständiger, stiller Mann, den man kopfüber in eine Situation geworfen hatte, für die er nicht besser gerüstet war als ein Keiki für das Ersteigen eines Berges, der aber trotzdem tapfer weitermachte, und das sogar ohne die Hoffnung, die *sie* antrieb.

Ihre Stimme wurde sanfter. »Tut mir leid. Ich will keine Spiele mit Ihnen spielen. Los, fragen Sie, was Sie wissen wollen. Ich werde alles beantworten, was nicht allzu persönlich ist.«

Er errötete. »Mir ... würde nicht im Traum einfallen, in Ihre Privatsphäre einzudringen.« Demnach schätzte er auch seine eigene. »Aber was Ihren Hintergrund und Ihre Motive betrifft –«

Die Jetztzeit verlor sich in Erinnerungen. Er hatte eine Begabung dafür, sie in ihr wachzurufen, sie konnte nicht genau sagen wie, ob nun durch das scheue Lächeln oder die Fragen, die zwar ungeschickt formuliert sein mochten, aber stets intelligent waren, oder durch die Bruchstücke seines Lebens und seiner Träume, die er ihr im Gegenzug anbot. Sie glaubte, daß er nach und nach ein gewisses Wissen über ihre Lahui Kuikawa erlangte, die zwei dazu gehörenden Rassen, die sie beide liebte, die kleinen, teuren, von Riesigkeiten von Meer und Wetter umschlossenen Zufluchtsorte, die uralten Bräuche und jugendlichen Freuden, ein Leben mit einem Sinn und einem Zweck, der über sich selbst hinauswies, etwas, woran keine Maschine teilhaben konnte, das aber die Welt der Maschinen und ihrer Anhänger einschränken und verändern wollten ... »Oh, ich kann die Notwendigkeit und sogar die Berechtigung dazu durchaus anerkennen«, sagte sie und blinzelte heftig gegen ihre Tränen an, »aber laßt uns noch etwas Zeit, gebt uns eine Chance, einen neuen Weg für uns zu finden!« ... Sie war nicht sicher, ob sie sich seine Gefühle jemals würde ganz vorstellen können. Obwohl er voller Stolz inmitten all dieser Herrlichkeiten gereist war, erschienen ihr die Reisen herb und einsam. Aber als der Kummer sie zu überwältigen drohte, drückte er sie kurz und zärtlich an sich, und der Kummer wich.

Er verdiente jemand Besseres als Lilisaire.

Es kam eine Zeit, in der sie stumm dasaßen, bis er fragte: »Und was hat sie Ihnen versprochen, wenn dieses verrückte Unternehmen irgendwie gelingt?« Seine Stimme war ruhig, mit einem Anflug jenes akademischen Stils, in den er oft verfiel. Sein Mund kräuselte sich leicht aufwärts.

Ihre Zweifel zerflatterten davor zu nichts. Sie richtete sich gerade in ihrem Stuhl auf und rief: »Eine Heimat!«

»Wo? Wie?«

»Nauru.« Sein Blick wurde fragend. Worte sprudelten aus ihr heraus. »Nein, ich erwarte nicht, daß Sie davon gehört haben. Eine Insel mitten im Pazifik, knapp südlich des Äquators, nordöstlich der Salomoninseln. Sie war einmal ein eigener Staat, winzig, aber reich, weil sie Phosphat im Überfluß besaß, das sich exportieren ließ. Aber das war irgendwann aufgebraucht«, bevor die Molekulartechnologie die Unersättlichkeit der Weltindustrie gebändigt hatte. »Die Bevölkerung, etwa zehntausend Personen, versuchte, eine neue wirtschaftliche Basis aufzubauen, aber es gelang ihnen nicht recht, und sie wurden immer ärmer. Als Fireball das Angebot machte, die Insel zu einem guten Preis aufzukaufen, waren sie froh, das Angebot anzunehmen und fortzuziehen. Guthrie hatte die Absicht, dort einen weiteren Raumhafen zu bauen. Aber dann ging, teils durch die Erneuerungsbewegung und teils durch den Großen Dschihad und so weiter, auf der Erde alles in Stücke; und als man gerade anfing, sie wieder zusammenzusetzen, starb Guthrie, und es dauerte eine Weile, bevor seine Bewußtseinskopie die volle Kontrolle über die Firma erlangt hatte; und bis dahin hatte ein so großer Teil des Weltraumverkehrs seinen Ausgangspunkt im All selbst, daß ein neuer Raumhafen auf der Erde sich nicht mehr gelohnt hätte. Am Ende verkaufte Fireball Nauru an Brandir von Zamok Vysoki. Das war in den Anfangstagen der lunarischen Unabhängigkeit. Verschiedene Selenarchen wurden superreich und hielten nach Investitionsmöglichkeiten Ausschau. Sie ergatterten große Besitztümer auf der Erde, einschließlich Immobilien. Manches davon gehört auch heute noch ihren Familien.«

»Und diese Insel gehört Lilisaire, wie?« murmelte Kenmuir. »Was hat sie damit gemacht?«

»Nicht viel. Fischerei und Aquakultur, von Robotern und ein paar ortsansässigen Terranern betreut. Nicht besonders gewinnträchtig. Aber verstehen Sie, es war immer wichtig, Menschen dort wohnen zu haben, selbst wenn es nur eine Handvoll waren. Denn technisch gesehen ist Nauru immer noch ein eigenständiger Staat.«

Kenmuirs Augen weiteten sich. »Ich glaube, jetzt verstehe ich wirklich.« Er lachte leise in sich hinein. »Ich wüßte zu gerne, was für Manöver Guthrie veranstaltet hat, um das so hinzudrehen. Dieser gerissene alte Teufel.«

Aleka nickte heftig. »Das war der Gedanke, der dahintersteckte. Die Regierungen von Ecuador und Australien arbeiteten zwar mit Fireball zusammen, aber wenn er seine eigene haben konnte – *Bueno*, wie ich schon sagte, es wurde nichts daraus. Die selenarchischen Eigentümer benutzten sie als eine Möglichkeit, einen von ihnen abhängigen Politiker in die Föderationsversammlung zu bekommen, aber das brachte ihnen nie einen merklichen Nutzen. Und jetzt –« Sie hielt den Atem an.

»A-a-ah. Sie sollen sie für Ihr Volk bekommen.«

»Ja. Ein Atoll, mit ein paar großen schwimmenden Plattformen, um die Fläche ein bißchen zu vergrößern. Aber über eine Viertelmillion Quadratkilometer an Territorialgewässern. Und die Nachbarstaaten haben schon Nauru seit langem Rechte in den ihren eingeräumt, auf der Basis einer

Gegenseitigkeit, von der sie inzwischen aber keinen Gebrauch mehr machen.

O ja, wir werden uns an die Umweltrichtlinien halten müssen, die in den Föderationsstatuten festgeschrieben sind. Aber die sind flexibel genug, wenn ... wir zugleich die örtlichen Aufsichtsbeamten sind ... und wir wollen unsere Keiki ja wirklich in ein Gleichgewicht mit der Natur bringen, es ist nur so, daß wir das nicht können, ohne dasjenige zu zerstören, was wir sind, außer wir hätten die Zeit und den Spielraum und ... die Freiheit –« Sie konnte nicht weitersprechen.

Sie war noch nicht selbst dort gewesen, aber vor ihr stieg die Vision auf, die sie aus der Datenbank hervorgezaubert hatte. Nauru war nicht Niihau. Es lag einsam, zweihundert Quadratkilometer groß, ein vom ehemaligen Bergbau zernarbtes Plateau, von Korallenklippen eingeschlossen, umrahmt von Sandstränden und dem vorgelagerten Riff, eine Wildnis, in der die Überreste von Häusern sich verlassen unter dem Seewind und den kreischenden Seevögeln erhoben und die einzigen Wohnmöglichkeiten ein paar Blockhütten waren. Aber in diesem Wind wiegten sich Bäume, Blumen leuchteten, im Südwesten war eine Süßwasserlagune, überall ringsum erstreckte sich das lebendige Meer. Die Engländer hatten es Pleasant Island, die freundliche Insel, genannt.

»Was wir daraus machen können!« flüsterte sie nach einer Weile.

»Ich wage zu behaupten, dieser Handel wird einen Aufruhr in Hiroshima verursachen.« Kenmuir strich sich übers Kinn. »Aber, hm, ich würde meinen, Sie können Ihren Fall mit mehr als nur legalistischen Begründungen vertreten. Die öffentliche Meinung wird eine so romantische Sache unterstützen. Auch deswegen, und das ist nicht das unwichtigste, weil Sie das Land den Lunariern abnehmen und es wieder in die Hände von Erdenmenschen zurücklegen. Ja, meiner Ansicht nach stehen die Aussichten gut.«

Seine trockene Nüchternheit war genau das, was sie jetzt

brauchte. Hatte er das gewußt? Langsam kehrte Aleka in die Wirklichkeit zurück. »Zuerst«, sagte sie, »müssen wir unsere Mission erfüllen und hoffen, daß das Ergebnis Lilisaire der Mühe wert erscheint.«

Seine Miene legte sich in Falten. »Richtig. *Wir* müssen das.« Dann: »Wie genau sieht Ihr Plan aus?«

»Eigentlich der Plan, den man mir vorgelegt hat«, erwiderte sie, »und dabei handelt es sich um nichts Genaues, nur um Instruktionen hinsichtlich dessen, womit wir rechnen müssen, und ein oder zwei Vorschläge, wie wir vorgehen könnten. Wenn wir wollen, können wir auch etwas anderes probieren. Aber dies kommt mir in der Tat wie unsere beste Chance vor. Sagt Ihnen der Name Prajnaloka etwas?«

»Nei-hein ... Warten Sie mal. So eine Art Kult oder Glaubensgemeinschaft?«

»Viel merkwürdiger als das. Ich wußte selbst kaum von der Bewegung, bis der Agent in San Francisco mir davon erzählte. Später, bevor ich loszog, um Sie zu treffen, besorgte ich mir weitere Einzelheiten aus der Datenbank. Sie ist weltumspannend, obwohl sie nicht viele Mitglieder hat, und ihr Name hängt von der jeweiligen Sprache ab – in Anglo heißt sie Soulquest, Seelensuche. Prajnaloka ist das Zentrum für Nordamerika, eine Siedlung im Ozark-Gebirge, nicht weit östlich von hier. Für unsere Zwecke verfügt sie über hervorragende Computeranlagen, und diese werden oft auf so spezielle Weise genutzt, daß wir hoffen können, daß das System nicht so genau hinschaut, wenn wir –«

Ein wütendes Hämmern krachte gegen die Tür, wieder und wieder. Aleka und Kenmuir sprangen auf. Eine schreckliche halbe Sekunde lang hatte sie das Gefühl, dies müsse ihr gesichtsloser Feind sein. Dann dachte sie daran nachzusehen, wieviel Uhr es war. Sie hatte nicht bemerkt, wie die Stunden verstrichen waren, der Lärm und der Lichtschein vom Platz allmählich aufgehört hatte, die Nacht vorgerückt war.

»Bruno«, sagte Kenmuir. Steifbeinig ging er hinüber, um die Tür zu entriegeln und sie zu öffnen.

Die massige Gestalt des Bürgermeisters füllte den Türrahmen. Hinter ihm erspähte Aleka den Wächter Bolly. »Guten Abend«, grüßte Kenmuir. »Oder ich sollte wohl besser sagen: ›Guten Morgen.‹«

»Gut, jou, gut«, erwiderte Bruno undeutlich. Sein Gesicht war gerötet, er atmete schwer, aber er rückte mit eiserner Stetigkeit vor. Kenmuir mußte beiseite treten. Brunos stierer Blick suchte Aleka und saugte sich an ihr fest. »Ho, die kleene Lady«, dröhnte er. *»B'env'ida.«* Er trat näher, blieb stehen, legte die Hände auf ihre Schultern. »Na, gefällt's Ihn' hier?«

Sie glitt vom Stuhl und entschlüpfte seiner Berührung. Er kam hinter ihr her und ragte bedrohlich über ihr auf. Schweiß- und Alkoholgeruch schwappten ihr in die Nase.

»Nich' glücklich, hä? Jo, wennse hier so im Zimmer festsitzn. Macht keen Spaß. Tut mer leid. Zu Ihrer eijnen Sicherheit. Die Schose isn bißn wild jeworn. Jez is alles wieder ruj. Werd' Ihnen unsre scheene Stadt zeijen. Wird Ihn' jefalln.«

Sie würde *nicht* zulassen, daß ihre Stimme zitterte. »*Gracias*, aber ich fürchte, wir müssen weiter. Dringende Geschäfte.«

»Nöh. So dring'n' nich. Spädder. Wennich zum Spiel aufbrech. Zuers' der Spaß.« Wieder waren seine Hände auf ihr, umfaßten ihre Hüften, glitten hinauf zu ihren Brüsten. »Kommnse mit mer. Wird Ihn' jefalln.«

Mit einem Winden des Körpers befreite sie sich. Er ergriff ihr Handgelenk, drückte fest zu. Durch ihren Ekel hindurch hörte sie Kenmuir: »Ich sage, das geht so nicht. Lassen Sie sie los.«

Bruno funkelte ihn wütend an. »Hä? Sie jehm mir Befehle? *Sie?*« Bolly knurrte im Türdurchgang und hob seine Waffe.

»Bitte, lassen Sie uns gehen«, sagte Kenmuir gepreßt.

»Warum?«

»Sie haben kein Recht, uns festzuhalten. Sie werden ausfallend. Nehmen Sie sich in acht, Sir, oder Sie müssen damit rechnen, daß wir Anzeige erstatten.«

Bruno zog Aleka mit einem Ruck gegen seinen Bauch. Sie ließ es zu. In dieser Position konnte er sie wenigstens nicht betatschen. »Ich tu nieman' was zuleide«, sagte er und furzte. »Will nur der kleenen Lady ne Freude bereitn. Wie ihr noch nie jemand 'ne Freude bereitet hat.«

»Sie sind ja betrunken.«

Kolossal betrunken, dachte Aleka. Es sei denn, es war größtenteils die Hysterie des Kriegstanzes, die ihn erfaßt hatte. Sie konnte ein Schaudern nicht unterdrücken.

»Maul halten!« brüllte er. »Haltnse bloß Ihr Maul, bevor ich's Ihn' mit Ihr'n eijnen Zähnen stopfe!« Aleka spürte, wie er seinen Griff ein wenig lockerte. Die Haare um seine Lippen herum zerkratzten ihr die Wange. Er lachte. »Gestern hats Ihn' nix ausjemacht, sich mit ei'm von meinen Weibern zu verjnün'. Jezz bin ich anner Reihe.«

»Ich warne Sie«, erklärte Kenmuir, »wenn Sie sie nicht auf der Stelle loslassen, werden Sie sehr bald vor Gericht stehen. Was ist Ihre ganze Herrlichkeit dann wert?«

Hatte er damit etwas Falsches gesagt? Stachelte es das Ungeheuer über alle Grenzen der Vernunft hinaus an? Bruno spie auf den Fußboden. »*Das* is' für dich!« röhrte er. Glucksend vor Vergnügen: »Nee, keene Jewalt. Es wird ihr jefalln, das sach ich dir doch. Du wirs' um mehr betteln, kleines Mädchen. Du wirs' hierbleim wolln. Na los, komm schon.« Er zwang sie herum, ihren Arm immer noch in seinem Zugriff und hinter ihrem Rücken verdreht. »Bolly«, kommandierte er, »sorch dafür, daß dieser Jaust kein' Ärjer macht. Kapiert?«

»Jo, *señorissimo*«, erwiderte der Wächter glücklich.

Kenmuir ignorierte ihn, schritt zur Tür, wo er stehenblieb, und sagte zu Bruno: »Na schön, Sir, Sie lassen mir keine Wahl. Ich fordere Sie heraus.«

»Was?« Der Bürgermeister hielt abrupt inne.

»Wir werden auskämpfen, wer hier die Macht hat«, erklärte Kenmuir ihm.

Bolly hob seinen Stab. »He, so könnse nich' mit ihm reden«, schnarrte er.

»Hat der Bürgermeister Angst, gegen mich anzutreten?« entgegnete Kenmuir scharf.

»Nein!« kreischte Aleka wie aus einem Alptraum heraus. »Machen Sie das nicht! Sie können nicht –« Der Riese würde diesen hageren Mann mittleren Alters auseinanderpflükken. Und was blieb ihr dann noch für eine Zuflucht? Sowohl sie als auch Kenmuir konnten für immer verschwinden, und niemand würde jemals erfahren, was aus ihnen geworden war. »Ich gehe mit. Ich versprech's.« Und vielleicht würde sie sich später an die Behörden wenden. Oder vielleicht würde Bruno tot aufwachen.

»Sie sin' *loco*«, stotterte dieser soeben.

»Nein«, antwortete Kenmuir. »Ich fordere Sie nur heraus, gegen mich anzutreten, mit bloßen Fäusten. Wenn Sie nicht Manns genug dazu sind, soll Ihr Gefolgsmann die Bevölkerung davon in Kenntnis setzen.«

Bruno brüllte wie ein Stier.

Und irgendwie, in einem plötzlichen Losstürzen und Gepolter, stürmten sie alle die Treppe hinunter und hinaus auf die Straße. Bruno sprang zurück und nahm Grundstellung ein, ein riesiger Schandfleck auf dem Leuchten des Trottoirs. Ein leichter Wind war aufgekommen, der zwischen dunklen Mauern seufzte. Blitze hatten im Westen über den Dächern zu flackern begonnen. Bolly nahm seitlich Aufstellung. Er hielt Aleka am Handgelenk fest, nicht zu fest, und sie sah die dumpfe Verwirrung, die von ihm Besitz ergriffen hatte. Kenmuir tätschelte ihre Hand, eine Berührung wie der Flügel eines Nachtfalters, bevor er seine eigene Position wählte. O Pele, wie dünn und zerbrechlich seine Knochen waren!

Vielleicht würde Bruno sich damit zufriedengeben, ihn kampfunfähig zu machen, sie zu vergewaltigen und dann beide laufenzulassen. Unwahrscheinlich. In nüchternem Zustand würde er an die Folgen denken. Aleka blickte flüchtig zum Himmel hinauf. Vielleicht fand Lilisaire ja heraus, was geschehen war, und rächte sie.

Bruno griff an. Kenmuir wartete. Bruno erreichte ihn, vollführte eine schnelle Drehung, setzte zu einem Karatetritt an.

Kenmuirs Unterarm zuckte vor. Das Bein wurde zur Seite gelenkt. Bruno wankte, aus dem Gleichgewicht gebracht. Kenmuirs Fuß erwischte ihn hinter dem Knie. Er heulte auf und schlug lang hin.

Mit einem Satz war Kenmuir bei ihm und knallte ihm einen Absatz in den Rumpf. Bruno schnappte nach Luft, rollte sich aber weg und sprang wieder auf. Eine unglaubliche Körperkraft, begriff Aleka. Wenn es ihm gelang, sich heranzuarbeiten, würde er seinen Gegner zerschmettern, wie man mit einem Schlegel eine Tasse zerbricht.

Er mußte aber immer noch ein bißchen benommen sein. Mit geballten Fäusten schlug er nach dem Magen. Augenblicklich erkannte Aleka den Fehler. Kenmuirs Hand zuckte wie ein Messer vor, um den Arm abzublocken, der nur Luft traf. Sein Schienbein vollführte einen Sensenschwung, und der Bürgermeister ging erneut zu Boden.

Oder so schien es jedenfalls. Aleka hatte sich nie mit dem Kämpfen beschäftigt. Ihre Sportarten waren sanft und friedlich. In erster Linie sah sie nur ein wildes Durcheinander.

Bruno versuchte es noch einmal, scheiterte noch einmal, ächzte und schüttelte sich. Blut verschmierte sein Gesicht, verklebte seinen Bart, tropfte auf die Straße, wo es gespenstisch rot leuchtete. Mit einem animalischen Geräusch zog er sein Messer. »Nee, is' nich' erlaubt!« schrie Bolly. Bruno torkelte vorwärts, um anzugreifen. Kenmuir packte mit der rechten Hand sein Handgelenk, ging seitlich in den Gegner hinein und schmetterte noch in der Bewegung einen Ellenbogen gegen dessen Hals. Das Messer fiel klappernd zu Boden. Bruno wurde zu einer Fleischmasse, die auf dem Pflaster lag und nach Luft rang.

Kenmuir ging hinüber zu Bolly. Schweiß glänzte auf seinem Gesicht. Er atmete tief, und sein Geruch war – überwältigend männlich, dachte Aleka, während ihr ein Schwindelgefühl durch den Kopf schoß. Trotzdem waren seine Bewegungen mühelos und seine Worte ruhig und gelassen. »Ich denke, damit wäre die Sache erledigt. Lassen Sie die Frau los.«

Bolly tat es. Er starrte und starrte.

»Wenn es Ihnen recht ist, nehme ich mir Ihren Stab«, sagte Kenmuir. Er pflückte ihn aus widerstandslosen Fingern. »Natürlich bin ich hier an nichts weiter interessiert. Warum helfen Sie nicht Ihrem Boß?« Zu Aleka: »Können Sie unser Gepäck holen?«

Sie konnte es. Sie tat es. Erst bei ihrer Rückkehr begriff sie wirklich, endlich wieder bei klarem Verstand, daß sie frei waren.

Kenmuir hatte weiter zu dem Wächter gesprochen, der über dem Gestürzten kauerte und ihn ungeschickt betastete. Aleka kam gerade rechtzeitig, um den Stab herumwirbeln zu sehen. Kenmuir mußte demonstriert haben, daß auch er ihn benutzen konnte, wenn die Notwendigkeit dazu bestand. Er nickte ihr zu und nahm seinen Koffer. »Machen wir uns auf den Weg«, sagte er.

Sein Schritt war flott, aber nicht hastig. Um keine Angst zu zeigen, begriff Aleka. Ihr Entkommen hing von einem emotionalen Gleichgewichtszustand ab, der jeden Augenblick kippen konnte. Der Weg zum Landefeld dehnte sich endlos. Wind wehklagte, Blitze zuckten, Donner grollte.

– Sie waren in ihrem *volant* und in der Luft.

Unkontrollierbares Zittern erfaßte sie. Er hielt sie fest, streichelte ihr übers Haar, sprach leise auf sie ein. Endlich konnte sie sich neben ihn setzen und flüstern: »Tut mir leid. Das war k-kindisch.«

»Keineswegs«, erwiderte er. »Eine ganz natürliche Reaktion. Sie haben in übleren Schwierigkeiten gesteckt als ich und sich dabei die ganze Zeit beherrscht. Das fordert immer seinen Preis.«

Sie warf ihm einen raschen Blick zu. Inzwischen waren sie schon über den Wolken. Sein Profil war eine Silhouette vor einem bleich werdenden Himmel und den letzten Sternen. »Sie wirken überhaupt nicht aufgewühlt«, sagte sie leise.

Er wandte sich zu ihr um und lächelte sie an. »Oh, das bin ich. Auch erschöpft. Lassen Sie uns irgendwo Zwischenstation machen und einmal rund um die Uhr schlafen.«

Ihr Körper schmerzte, aber die Klarheit in ihrem Inneren war wieder da, womöglich sogar noch ausgeprägter. »Nein, besser nicht. Jeder Ort, an dem man uns bemerken könnte, ist eine zusätzliche Gefahr. Lassen Sie den Flieger ein paar Stunden herumkreuzen, während wir uns ausruhen, und dann direkten Kurs auf Prajnaloka nehmen.«

Er schlug sich vor die Stirn. »Q! Sie haben recht. Der Service-Sophotekt in Overburg wird von der Schlägerei hören, nachforschen und Bericht erstatten; und er hat mich kennengelernt, wir haben miteinander gesprochen.« Dieses Gehirn konnte sein bewegtes, sprechendes Bild in die Datenbank projizieren.

Wenigstens hatte er nicht auch sie gesehen. Durch einen glücklichen Zufall – ein bißchen Glück war auch langsam mal fällig gewesen, dachte Aleka – hatte sie niemandem in der Stadt ihren Namen genannt. Sicher, es würde ans Licht kommen, daß noch ein zweiter Fremder – eine Frau – dort gewesen war. Anschließend konnte eine Rückfrage bei der Verkehrsleitstelle verraten, daß das Fahrzeug ihr gehörte und wo es sich im Augenblick befand.

Aber warum sollten die Behörden sich solche Mühe machen wegen eines Vorfalls ohne besondere Auswirkungen in einer Gesellschaft, die aus politischen Gründen weitgehend sich selbst überlassen blieb? Sie wußten ja nicht, daß ein paar unter ihnen Kenmuir heimlich jagten. Sie selbst würden keinen Grund haben, ihn aufzuspüren. Wenn er Anzeige erstatten wollte, würde er sich schon bei ihnen melden; ansonsten war es logisch, das, was der Sophotekt berichtete, einfach bloß in der Datei zu lassen. Vielleicht würde diese Datei zu gegebener Zeit ja genügend Einträge dieser Art enthalten, um sie dazu zu veranlassen, Bramland genauer unter die Lupe zu nehmen. Aleka hoffte es. Aber es würde wahrscheinlich nicht allzubald geschehen.

Ihr Begleiter lächelte schon wieder, auch wenn es vermutlich eine Anstrengung für ihn darstellte, und fügte hinzu: »Sie sehen, Sie sind schon wieder im vollen Besitz Ihrer geistigen Fähigkeiten.«

»Sie –«, wunderte sie sich, »als Sie ihn herausforderten, dachte ich, Sie wären – *pupule* – verrückt, ein Selbstmörder.«

Er zuckte die Achseln. »Raumfahrer müssen einen großen Teil ihrer Zeit mit Körperertüchtigung verbringen, wenn sie fit bleiben wollen. Asiatische Kampfsportarten sind eines meiner bevorzugten Trainingsprogramme. Wenn ich allein bin, kämpfe ich gegen ein künstlich erzeugtes Bild, was Wunder wirkt, um die Reflexe zu verbessern. Nicht, daß ich jemals damit gerechnet hätte, sie zur Gewaltausübung zu benutzen, aber bei Wettkämpfen habe ich immer recht gut abgeschnitten. Brunos Kenntnisse waren nur rudimentär. Dessen hatte ich mich in unseren Gesprächen vergewissert.« Nur für den Fall, daß er vielleicht eine Verwendung für dieses Wissen finden würde, machte sich Aleka klar. Ein vorausschauender Mann. »Außerdem war er betrunken. Ich hatte keine ernsthaften Befürchtungen.

Er hat sich von Anfang an dumm verhalten, als er zu treten versuchte. Das ist zwar wirkungsvoll, aber langsam, und macht einen für mehrere verschiedene Gegenangriffe anfällig. Mein Problem war bloß, ihn auf Distanz zu halten und zu verhindern, daß er einen Griff ansetzte oder einen wirklichen Schlag landete, während ich ihn auseinandernahm. Und, ja, ich mußte versuchen, ihn nicht umzubringen, vor allem, da das unter den Umständen sehr wohl hätte irreversibel sein können.«

Kenmuir verzog das Gesicht. »Abscheulich. Kampfsport war für mich nie etwas anderes als Körperertüchtigung und Spaß. Ich hätte es auch nie anders gewollt.« Er seufzte. »Tja, ich nehme nicht an, daß Bruno dauerhafte Schäden davongetragen hat, außer an seinem Ego und vielleicht an seiner sozialen Position.«

Sie legte ihre Hand über seine. »Trotzdem, Sie waren wundervoll«, sagte sie.

»Ich hätte doch nicht einfach zusehen können. Oder?

Um so mehr, als ich für den Schlamassel – zwar nicht verantwortlich, aber doch ein Faktor darin war.«

»Sie haben seine Gastfreundschaft ziemlich, äh, gründlich angenommen, nicht wahr?«

Sofort begriff sie, daß die Bemerkung unlogisch und unfair war, etwas, das ihr entschlüpft war, bevor sie es in ihrer Erschöpfung hatte kommen sehen. Er schaute weg. »Ich wußte nicht, wie ich es auf geschickte Weise hätte ablehnen können«, murmelte er.

»Es tut mir leid!« platzte sie heraus. »Schließlich geht es mich ja überhaupt nichts an.«

Aber ... ob es ihm Spaß gemacht hatte?

»Sollen wir versuchen zu schlafen?« schlug er vor.

Immer noch ruhig, immer noch vernünftig, immer noch der Kapitän. Warum nur ärgerte sie sich irgendwie darüber? Statt dessen sollte sie lieber froh sein, einen solchen Mann an ihrer Seite zu wissen. Gab es viele Raumfahrer wie ihn? (Nein, Raumfahrer gab es überhaupt nur sehr, sehr wenige, und die meisten von ihnen waren Lunarier.) Was von ihm war nicht angeboren, sondern Fireball-typisch – Ideale, Riten, Treuebund, eine Tradition, die so alt war wie das Guthrie-Haus?

24

Die Mondmutter

Im Sommer lag die kleine Rydberg-Flotte an ihrem Anlegeplatz, wenn sie nicht in Gebrauch war, eine Ketsch, ein zehnsitziges Tragflächenboot, ein Dinghi, um sich damit in der vorgelagerten kleinen Bucht herumzutreiben. Auf einer Seite stand das Bootshaus für den Winter. Dahinter befanden sich ein Landefeld und ein Hangar, der drei Flitzern Platz bot. Rasen und Blumenbeete führten hinauf zum

Haus. Aus Steinen gebaut, schiefergedeckt, dominierte es den Grundbesitz durch seine Größe nicht: denn auf seiner Rückseite stieg das Land unter altem Tannenwald an, während sich im Westen der Ozean über ein Fünftel des Planeten erstreckte.

An diesem Tag blies ein starker Nordwind. Die Baumwipfel schwankten und raschelten in ihm, die Wellen gingen hoch und liefen landeinwärts. Ein Falke zog über den hohen Horizont. Wolken stoben in Fetzen dahin, hell glitzernd vor der Sonne, grau, wenn sie darüber hinwegzogen und ihre Schatten unter ihnen wie Sicheln über das Land mähten. In der Ferne dehnte sich stählern das Meer, weiß und grün da, wo es zu Brandung auftoste. Der kurze, unregelmäßige Wellenschlag auf der kleinen Bucht reflektierte das Sonnenlicht in alle Richtungen, blink-blink-blink, während die Boote schaukelten und ihre Vertäuungsleinen knarrten. Noch immer ruhte Wärme in der Erde, aber durch die Luft ging schon eine frostige Kühle, Vorbote des nahen Herbstes.

Der Flitzer landete elegant. Lars und Ulla Rydberg warteten in der Nähe. Sie waren sehr ähnlich gekleidet, in Tunika und Hose, über denen sie Umhänge umarmten. Der Wind ließ vereinzelte Haarsträhnen flattern, seine von einem weiß werdenden Blond, ihre weizengelb. Die Flitzertür öffnete sich. Ein Roboter kletterte heraus. Es war ein kleines Vielzweckmodell mit vier Beinen unter einem Zylinder, der das Kontrolltürmchen trug; zwei Arme endeten in Händen, zwei in Halterungen für verschiedene Werkzeuge. Die Optiken in dem Türmchen glitzerten etwa einhundertdreißig Zentimeter über dem Boden. Normalerweise wäre der Computer im Innern ein neuronales Netz gewesen, das für nicht zu anspruchsvolle manuelle Arbeiten ausreichte. Diese Einheit hier aber war so verändert worden, daß sie eine Bewußtseinskopie aufnehmen konnte.

Die Stimme, die daraus hervordröhnte, war die Anson Guthries: »Hallo! Schön, euch wiederzusehen.«

»Willkommen –« Ulla zögerte einen Augenblick »– *jefe*.« Der Ehrentitel ging ihr immer noch nicht ganz flüssig über die Lippen. Sie gehörte Fireball erst seit sieben Jahren an, und das in erster Linie auf Grund ihrer Heirat. Erst seit dreien davon lebte sie in Nordamerika; das Englisch, das sie in Europa gelernt hatte, war noch nicht hispanisiert; ihre direkten Kontakte mit ihm waren bisher vergleichsweise selten und kurz gewesen. »Sie erweisen uns eine große Ehre.« Das war als Artigkeit gedacht. Sie war eine große, gutmütig-derbe, gutaussehende Frau, keine Speichelleckerin.

»*Gracias*.« Guthrie mußte mit seinen Optiken die Umgebung abgesucht haben. »Äh, sind eure Kinder denn nicht hier? Ich hätte gedacht, sie wären im Galopp angekommen, bis auf das Baby, und das hätte seinen Kinderwagen auf Höchstgeschwindigkeit angekurbelt.«

»Wir haben sie auf einen Ausflug geschickt, zusammen mit *señora* Turner«, erklärte Rydberg. Er bezog sich auf die einzige Assistentin, die er und seine Frau neben den Maschinen benötigten, um das Haus und den Haushalt problemlos zu führen. »Als du anriefst, hast du mir schließlich zu verstehen gegeben, daß du ein Treffen unter vier Augen wünschtest.«

»Na, *so* geheim auch wieder nicht«, sagte Guthrie, während er ihnen die Hand schüttelte. »Wir könnten einen Segeltörn oder einen Spaziergang in den Wäldern unternehmen – das würde mir gefallen – oder einfach für ein paar Stunden eine Zimmertür hinter uns zumachen. Der Grund, warum ich persönlich gekommen bin, statt mein Abbild durch den üblichen Kode zu quetschen, war, daß ich für ein kleines Weilchen mit euch zusammensein wollte.«

Sein Tonfall war nüchtern. Das war er meistens auch dann gewesen, wenn Ulla die Simulation des lebenden Guthrie auf ihrem Phonschirm gesehen hatte. Manchmal aber war er ganz sanft geworden, und das Gesicht hatte sich zu einem breiten Grinsen gefältelt, etwa wenn sie ihm ihre Kinder gezeigt hatte. »Bleiben Sie so lange, wie Sie möchten«, meinte sie zu ihm. »Ach, bitte!«

»Ich fürchte, es geht nur über Nacht, *querida*. Ich habe verflixt viel zu tun. Außerdem, wenn ich längere Zeit abwesend wäre, ohne das vorher sorgfältig vorzubereiten, würden die neuen Heuschrecken in eine Freßraserei verfallen. Ich befinde mich nur deshalb in diesem schnuckeligen Körper, damit ich mich davonstehlen konnte, ohne daß sie es merkten. Aber ich hoffe, die Eintrittskarte behält ihre Gültigkeit für einen *richtigen* Besuch, okay?«

Lars lächelte ein wenig steif. »Brauchst du eine für dein eigenes Haus?« sagte er. »Wir können diesen Spaziergang jetzt machen, wenn du möchtest.«

»Ach, wir können genausogut reingehen. Ich habe mich schon die ganze Zeit darauf gefreut, wieder einmal auf eigenen Füßen in der alten Bude herumzutappen.«

Dem Haus, wo der sterbliche Guthrie seine letzten Lebensjahre verbracht hatte – und wo er gestorben war.

Bis dahin war er regelmäßig in Verbindung mit seinem Urenkel geblieben, besonders, nachdem Lars schließlich über die Verwandtschaft aufgeklärt worden war. Man hatte es nie publik gemacht, und Guthrie hatte ihn auch nie begünstigt. Tatsächlich sprachen sie weniger häufig miteinander, als jeder einzelne von ihnen es mit Dagny Beynac tat. Trotzdem bestand eine echte Bindung zwischen ihnen.

Die Bewußtseinskopie hielt sie auch aufrecht, ja, sie wurde sogar noch stärker, nachdem Lars gezwungenermaßen seine Pilotentätigkeit hatte aufgeben müssen. Am Boden vereinigte sich seine Erfahrung bald mit administrativen Begabungen, von deren Existenz er bisher nichts geahnt hatte, was ihn – vor allem im Hinblick auf Fireballs Forschungsunternehmen – noch wichtiger machte, als er es jemals während der Zeit gewesen war, in der er das Sonnensystem durchstreifte.

Ihre Abbilder, das echte und das synthetische, hatten einmal miteinander geplaudert, als es in Stockholm Abend und in Quito gerade Nachmittag war. »Wie ich höre, wollt ihr, du und deine Frau, umziehen«, sagte Guthrie. »Darf ich fragen weshalb?«

»Wir werden rastlos«, antwortete Lars. »Ich habe festgestellt, daß Europa genauso ist, wie ich es in Erinnerung habe. Zu … zu zahm, alles viel zu kontrolliert. Und wenn der Weltraum für mich nur noch gelegentliche Besuche auf Luna oder L-5 bedeutet, nun, dann möchte ich lieber die wahre Erde um mich herum haben, die Alte Erde, jedenfalls in so guter Näherung wie möglich. Ulla stimmt darin mit mir überein. Sie ist in Lappland aufgewachsen, ein richtiges Waldmädel.« Er hielt inne. »Außerdem wünschen wir uns eine große Familie. Wegen so etwas wird man hier schief angesehen, weißt du, und hoch besteuert. Wir haben schon jetzt gesellschaftliche Probleme. Wir denken an Nordamerika.«

»Hm-mh, das ist heutzutage ein einigermaßen freies Land, ja. Keine Ahnung, wie lange das so bleiben wird.«

»Ach? Warum?

»Die Erneuerungsbewegung hat seine Mittelschicht praktisch zugrunde gerichtet. Die Zweite Republik pfuscht zu viel herum, weil sie zu angestrengt versucht, eine produktive Gesellschaft wiederherzustellen und die Unterschicht in sie zu integrieren, statt die Leute in Ruhe zu lassen, damit die Dinge von selbst wieder ins Lot kommen.« Guthrie projizierte ein Achselzucken. »Aber die Freiheit dürfte noch eine Weile anhalten. Und ob sie das nun tut oder nicht, unsere Firmengemeinden sollten eigentlich autonom bleiben, wenn nicht dem Namen nach, so doch *de facto*.«

»*Jefe*, ich sagte, wir würden gerne Natur um uns herum haben, die Natur des Nordens, nicht eine Enklave. Einen Großteil der Zeit jedenfalls.«

»Hm-m … He, ich hab eine Idee! Hör mal, ich habe mir mal ein wunderschönes Naturreservat auf Vancouver Island vor der nordwestlichen Pazifikküste gekauft, ein großes Haus gebaut, so viel Zeit dort verbracht, wie ich eben herausschinden konnte. Das arme Ding steht seither leer, von einem Hausmeister mal abgesehen. Ich wette, es würde sich über ein bißchen Lärm und Chaos freuen.«

Lars machte große Augen. »Was? Aber das ist – ist –«

»Wenn ihr feststellt, daß es euch gefällt, überschreibe ich es Fireball und mache dich zum Verwalter, mit dem Recht, deine Stellung zu vererben. Es liegt ganz abgeschieden, aber mit dem Flieger ist es nur ein Katzensprung nach Victoria oder Vancouver, und mit dem Schnellboot dauert es auch nicht viel länger. Die Kinder können zur Schule gehen, ihre Freunde besuchen oder sie zu sich einladen, so oft ihr es ertragen könnt. Die Winter sind nicht schlimmer als in Schweden; oder ihr könnt sie in einem südlicheren Klima verbringen. Denk darüber nach, sprich mit deiner Frau, macht eine Besichtigungstour, laßt es mich gelegentlich wissen. Ich hoffe, ihr laßt es auf einen Versuch ankommen.«

»Das ... das kommt sehr plötzlich.«

»Wenn die Fakten stimmen, zögere ich nie lange.« Guthries künstlich erzeugter Blick wurde sanfter. »Außerdem bleibt es dadurch wenigstens in der Familie, hm?«

Während er den Weg zur Veranda hinaufging, bemerkte er: »Ich freue mich zu sehen, wie gut ihr alles instand haltet. Die Gegend gefällt euch immer noch?«

»O ja«, sagte Ulla leidenschaftlich.

»Das gleiche gilt für eine ganze Reihe unserer *consortes*, wie ich höre. Werdet ihr diese ganzen Hausgäste eigentlich nie leid?«

»Nein, nein, das sind Freunde. Und es ist wichtig für die Kinder, so viele verschiedene Arten von Menschen kennenzulernen, nicht nur auf einem Bildschirm, sondern hier, leibhaftig.«

»Und sie bringen uns den Weltraum auf eine Art ins Haus, wie weder Bild- und Textaufzeichnungen noch irgend etwas anderes das vermag.« Ein Anflug von Wehmut schwang in Lars' Stimme mit.

»Ich verstehe«, sagte Guthrie ruhig.

»Geschäft ebensogut wie Vergnügen«, fuhr Ulla fort. »Es ist notwendig, alles zu erfahren, was möglich ist, wenn so vieles auf ewig unbekannt bleibt. Das Haus wird zu einem

Zentrum für informelle, rangfreie Zusammenkünfte – Aber warum erzähle ich *Ihnen* das?«

»Weil Sie sich ein bißchen nervös fühlen, Ma'am. Aber das müssen Sie nicht. Das hier ist nicht der Boß, der zum Essen kommt.« Guthrie lachte. »Absolut nicht.« Ernsthaft: »Lars und ich stehen uns näher, als Sie ahnen. Ich denke, die Zeit ist reif, Sie haben sich als zuverlässig erwiesen, daß Sie erfahren dürfen, *wie* nahe. Aber zunächst einmal, weswegen ich in erster Linie gekommen bin, bitte ich um eure Hilfe.«

»Was immer wir tun können!«

Sie stiegen die Stufen hinauf, gingen hinüber zur Tür, öffneten sie und traten hindurch ins Vestibül. Eine Wolke gab gerade die Sonne frei. Die Farben in einem der Fenster flammten auf, Dädalus und Ikarus im Fluge.

Nachdem sie die Umhänge abgelegt hatten, führte Lars sie in einen Raum, dessen Decke das Dach selbst darstellte, mit Balken zwei Stockwerke über einem Parkettboden, Eichentäfelungen, einem gemauerten Kamin, in dem Holzscheite brannten. Licht fiel weich auf alte, massive Möbel, dicke Teppiche und Vorhänge, Gemälde aus vergangenen Jahrhunderten, gehämmertes Messing und Silber. Smetanas »Moldau« strömte aus Lautsprechern. Der Roboter trat ein wie eine Spinne in ein Heiligtum.

»Sollen wir uns hier unterhalten?« schlug Lars vor.

»Okay«, sagte Guthrie. »Ich sehe, ihr habt nichts verändert, was der Rede wert wäre. Tut das ruhig, wenn ihr wollt. Ist die Ausstattung nicht ein bißchen wuchtig für euch?«

»Nein, nein«, erwiderte Lars. »Wir haben uns die Freiheit genommen, das übrige Haus unseren Bedürfnissen entsprechend umzugestalten, aber das hier – es fühlt sich einfach richtig an, so wie es ist.«

»Kein Schrein«, fügte Ulla hinzu. »Wir benutzen es, es ist der Mittelpunkt unseres Heims. Aber es ist auch so etwas wie ein Herz oder eine Wurzel, nicht nur für uns, sondern für Fireball.«

Keiner von ihnen erwähnte die andere unverändert gebliebene Kammer, die, in der Guthrie gestorben war.

»Können wir ... Ihnen irgend etwas anbieten, Sir?« fuhr sie, plötzlich verlegen, fort.

»Nur eure Gesellschaft«, antwortete Guthrie. »Witz und Weisheit, oder was immer ihr auf Lager habt. Schauen Sie, *por favor,* entspannen Sie sich. Gießen Sie sich einen Scotch oder einen Kaffee oder sonst etwas ein, legen Sie die Füße hoch, lassen Sie uns einfach ganz wir selbst sein.«

Er lenkte sie eine Weile durch Klatsch und Tratsch und unbedeutendere Dinge: was in letzter Zeit in der Hawaiianischen Enklave passiert war, wo die Rydbergs einige ihrer Winter zugebracht hatten; ihr noch nicht lange zurückliegender Urlaub auf L-5, die Künste und Vergnügungen, die sich unter variabler Schwerkraft entwickelten; ein mit Bedacht nicht publik gemachter komischer Zwischenfall in der Station Weinbaum auf dem Mars; Bergbauvorhaben auf Elara, Jupiter XI; der neue Park rings um den Aldrin-See im Mondinnern –

»Es geht um den Mond, nicht wahr?« fragte Lars. »Weswegen du gekommen bist.«

Mittlerweile saß er neben Ulla; er hielt ein Glas in der Hand, sie eine Tasse in ihrer. Guthrie stand ihnen gegenüber vor dem Kamin. Der Schein des Feuers schimmerte auf seinem Metallkörper. Die Worte kamen mühelos in Gang.

»Yeah«, sagte er. »Ich wage zu behaupten, ihr habt es sofort erraten, als ich anrief, um das Treffen mit euch zu arrangieren.« Lars nickte. »Schließlich ist Dagny Beynac deine Mutter.«

»Und faktisch dem Generalgouverneur gleichgestellt«, bemerkte Ulla.

»Aber nicht legal«, erinnerte Lars sie. »Heutzutage hat sie kein offizielles Amt mehr, von ihrer Stellung bei Fireball einmal abgesehen.«

»Dafür ist ihre Macht um so größer.«

»Sie ist eine kluge Frau«, sagte Guthrie. »Heutzutage gilt ihr Engagement nur noch zur einen Hälfte Fireball.«

Schockiert von seiner Unverblümtheit, rief Lars aus: »Sie würde ihren Treueeid niemals brechen!«

»Das habe ich auch nicht behauptet. Natürlich nicht. Im Gegenteil, du weißt, wie sie seit ihrem angeblichen Ruhestand als Beraterin auf Abruf für uns tätig geblieben ist, aber vielleicht weißt du nicht, wie sehr ihr Rat der Firma fehlen würde.«

Guthrie schwieg eine Weile, bevor er fortfuhr: »Wie dem auch sei, ebenso wie alles andere, was Menschen betrifft, läßt sich auch ›Treue‹ auf eine Reihe von verschiedenen Arten auffassen.«

Lars ging in die Defensive. »Was bitte meinst du damit?«

»Nicht Schlimmes. Sie glaubt nicht, daß Fireball ein Schaden daraus entsteht, wenn ihre Lunarier mehr von dem erhalten, was sie haben wollen, nämlich in erster Linie Selbstverwaltung und mehr Handlungsspielraum. Sie behauptet sogar, wir würden davon profitieren. Aber sie verstrickt sich immer tiefer in den Versuch, es für sie zu erringen.« Guthrie ließ einen Seufzer ertönen. »Als Ergebnis stehen wir uns nicht mehr so nahe, wie wir es einmal getan haben, wir beide.«

»Seit –« Ulla brach ab.

»Seit mein Original den Löffel abgegeben hat und ich den Laden übernommen habe?« erwiderte Guthrie. »Sie brauchen keine Angst zu haben, es auszusprechen. Sicher, das mußte zwangsläufig die Beziehung verändern, aber es hat eine geringere Rolle gespielt, als Sie vielleicht erwarten würden. In den letzten Jahren aber ist sie – nun ja, sie hat sich abgewöhnt, mir alles anzuvertrauen, über das sie sich Gedanken macht.«

»Sie wird alt«, sagte Ulla leise. »Menschen verändern sich mit dem Alter.«

»Schwer vorstellbar, daß sie jemals alt werden könnte. Ich erinnere mich an sie, als wäre es gestern gewesen, ein kleiner Lockenkopf –« Guthrie verstummte. Das war nicht so ganz *sein* Gestern. »Aber nein. Die Zeit hat Dagny Beynac nur noch schärfer geschliffen.«

»Was macht dir dann Sorgen, *jefe*?« erkundigte sich Lars.

»Das erfordert einen Überblick über die Vorgeschichte.«

Wieder legte Guthrie eine Pause ein. »Hört mal, ihr seid euch doch beide darüber im klaren, daß die Lunarier, seitdem sie die Genehmigung dazu erhalten haben, gewaltige Anstrengungen unternommen haben, auf eigene Faust in den sonnenfernen Raum vorzustoßen. Ihre Söhne stehen dabei in vorderster Reihe. Kauf, Herstellung, Ausbildung – bisher alles in kleinem Rahmen, aber energisch und ehrgeizig.«

»Ja«, sagte Lars nachdenklich. »Ehrgeizig. Ein Ehrgeiz, der mich verwundert, wie ich gestehen muß. Er ist nicht wirklich ökonomisch bedingt. Wir haben nie – Fireball hat nie vorgehabt, sie zu unterdrücken, um Gottes willen. Aber wenn ich versuche, sie davon zu überzeugen, daß es zum gegenwärtigen Zeitpunkt besser ist, Schiffe zu chartern und Raumfahrer anzuwerben – dann sind sie zwar höflich, aber es ist so, als würden sie gar nicht zuhören.«

»Deine Erfahrung ist kein Einzelfall«, sagte Guthrie trokken.

»Ich habe es dir doch gesagt, Liebling«, erinnerte Ulla ihren Mann. »Das ist eine Frage des Stolzes, des Geltendmachens ihrer Rechte. Wann wirst du endlich begreifen, daß nicht jeder so rational denkt wie du?«

Guthrie lachte erneut. »Die hartnäckige Irrationalität der Rationalisten. Sie haben recht, Mylady. Ich bin mir unsicher, was für einen Lunarier, diese störrische Brut, rational ist und was nicht, aber im wesentlichen haben Sie recht.

Okay, sollen sie weitermachen. Im Weltraum gibt es keinen Mangel an Dingen, die zu tun sind, selbst wenn die reichen Lunarier ihren Anteil daran subventionieren müssen. Aber – das könnt ihr nicht wissen, ihr zwei, weil es zwischen Dagny Beynac und mir geblieben ist – ihr könnt nicht wissen, wie sie mich deswegen unter Druck gesetzt hat, während dieser ganzen langen Zeit, im Auftrag dieser Leute.«

Lars rieb sich das Kinn und nahm einen rauchigen Schluck Whisky. »Hm-m, ich habe mich über einige der Hilfen gewundert, die Fireball gewährt hat, Kredite und das Zurverfügungstellen von Anlagen und so weiter. Wie sollte sich das bezahlt machen? Aber ich bin kein Ökonom.«

»Du bist auch nicht der einzige, der sich darüber gewundert hat«, sagte Guthrie. »Andere haben sich vernehmlicher dazu geäußert oder waren sogar ausgesprochen geräuschvoll. Da ich nicht der absolute Diktator der Firma bin, als der die Nachrichtenmedien mich darstellen, hatte ich hinter den Kulissen etliche Kämpfe bis aufs Messer zu bestehen, um ein Okay für diese oder jene Operation zu kriegen und sie auf dem richtigen Kurs zu halten.«

»Warum?« erkundigte sich Ulla.

»Verlaß dich darauf, daß eine Frau dir eine peinlich direkte Frage stellt! Warum ich Dagnys Wünschen entsprochen habe? Nun ja, wie ihr sicher schon vermutet, habe ich zum Teil über den finanziellen Aspekt hinausgeschaut. Die Nationen der Erde, die ganze feiste, gemästete Föderation, brauchen jemanden, der in der Lage ist, ihnen eine lange Nase zu drehen. Zumindest brauchen wir, die Bevölkerung, das, wenn wir nicht zuschauen wollen, wie die Regierungen uns wieder wie Dschungelfäule überwuchern.« Guthries Metapher entzog sich dem Verständnis seiner Zuhörer. Er zögerte. »Aber, na ja, außerdem ... war es Dagny, die darum bat.«

»Und jetzt hat sie um zu viel gebeten?« Das Prasseln des Feuers vermischte sich mit Lars' gedämpften Worten.

»N-nein. Aber diesmal ist es ziemlich extrem, genug, um mich so richtig ins Grübeln zu bringen. Deshalb dachte ich, ich würde mit dir Rücksprache nehmen.«

»Ich bin – keiner ihrer engsten Vertrauten. Nicht wirklich. Hat sie irgendeinen gehabt, seit Edmond gestorben ist?«

»Du kennst sie besser als die meisten. Und Sie, *señora* Rydberg, scheinen eine überdurchschnittliche Menschenkenntnis zu besitzen. Ein Versuch kann nicht schaden.«

Lars beugte sich vor. »Was will sie denn?«

»Ein Fackelschiff, auf Bestellung entworfen und gebaut und für eine lunarische Crew geeignet. Das ist keine Routineangelegenheit, das seht ihr wohl ein. Es zu finanzieren, komplett mit Forschung und Entwicklung, wäre doch ein bißchen beschwerlich für uns, und die Rückzahlung könnte nur allmählich erfolgen, wenn überhaupt jemals.«

»Können sie nicht warten, bis sie in der Lage sind, es selbst zu bauen?«

»Anscheinend nicht. Das könnte noch ein Jahrzehnt oder mehr dauern. Sie sind zu kribbelig. Jedenfalls, das ist es, was Dagny verlangt. Sie wollen selbst hinaus und forschen. *Richtig* forschen.«

»Das ist ... nicht unbillig, oder?« sagte Lars. Ulla hörte die Sehnsucht in seiner Stimme und nahm seine Hand.

»Ich schätze wohl nicht. Trotzdem, in diesem frühen Stadium ihres Raumfahrtprogramms so aus heiterem Himmel loszufliegen – Es wirkt so, als wollten sie gleich den ganzen Laden verwetten. Für was?«

»Sie hat dir gegenüber keine Andeutung fallenlassen?«

»Keine, nur daß, weil ihre Kinder es so unbedingt wollen, sie es auch will. Oh, es wurde davon gesprochen, daß es ein Symbol sei, das helfen würde, die rebellische Stimmung in der jüngeren Mondgeneration zu beschwichtigen. In meinen Augen ist das reine Augenwischerei. Und es wurde davon gesprochen, daß es eine Zukunftsinvestition sei – Training, Erfahrung, et cetera. Aber in erster Linie, das gibt sie auch zu, sind sie ungeduldig.«

»Sie werden nicht jünger«, murmelte Lars. Ulla schloß ihre Hand fester um die seine.

»Ich dachte, du könntest vielleicht Informationen oder Ideen haben, die mir bei der Entscheidung helfen.«

»Nein, tut mir leid. Diese Lunarier-Generation ist mir so fremd wie dir.«

Ulla hob den Kopf. »Ich vermute, es ist nicht einfach ein plötzlicher Impuls«, äußerte sie. »Sie haben etwas ganz Bestimmtes im Sinn.«

»Genau mein Gefühl«, stimmte Guthrie zu.

Lars wiederholte sich: »Ich kann nicht glauben, daß meine Mutter es so vorbehaltlos billigen würde, wenn es irgendeine Bedrohung für uns darstellte.«

»Nein, nein, das bestimmt nicht«, sagte Guthrie. »Aber erhebliche, nur vielleicht wieder eintreibbare Unkosten, und für mich einen gewaltigen Krach mit meinen Direktoren.«

»Ein Schatzfund? Vielleicht haben sie von einem außergewöhnlichen Erzvorkommen auf irgendeinem fernen Himmelskörper erfahren?«

»Das ist die naheliegendste Vermutung. Ich habe Dagny offen danach gefragt. Sie verneinte es und stellte die Gegenfrage, wie zum Teufel sie von so etwas hätten Wind bekommen können, wo sie doch kein Schiff haben, um damit nach Lagerstätten zu suchen, oder auch nur Robotsonden mit den nötigen Fähigkeiten.«

»Ein Raumschiff im Orbit ist potentiell eine furchtbare Waffe. Und so eines gar –«

»Nein!« rief Ulla.

»›Nein‹ ist völlig richtig«, sagte Guthrie. »Die Lunarier mögen auf alle möglichen Arten verrückt sein, aber geisteskrank sind sie nicht. Und dumm auch nicht.«

Lars nickte. »Ich habe das nicht ernst gemeint«, erklärte er. »Ich wollte es einfach nur ausschließen. Auch weil ich meine Mutter kenne. Sie könnten sie nicht hinters Licht führen, und sie würde niemals zulassen –« Er holte tief Luft. »Von der wirtschaftlichen Seite einmal abgesehen, was könnte es schaden, *jefe*? Wissen oder Reichtum oder was immer sie zu gewinnen hoffen, kommt das am Ende nicht der gesamten Menschheit zugute?«

»Da spricht ein geborener Forscher und, so fürchte ich, ein Idealist. Ich bin weniger naiv. Außerdem ist Fireball nicht im Wohltäterbusiness.«

»Aber es tut doch Gutes«, beharrte Ulla.

»In gewisser Weise, während es zugleich gute Geschäfte macht«, sagte Guthrie. »Obwohl wir weiß Gott auch unser gerütteltes Maß an kurzsichtiger Gier, ungezügelter Dummheit und all den anderen menschlichen Schwächen haben. Aus meinem Programm hat man sie übrigens auch nicht herausgelassen ... Aber wir schweifen ab. Sollen wir das Unternehmen absegnen oder nicht?«

»Ich neige zu der Meinung, wir sollten –«, setzte Lars an.

»In der Hoffnung, deine Neugier befriedigt zu sehen, was?« Und wieder lachte Guthrie.

»Dazu wird es vielleicht nie kommen. Ich denke vor allem an Forschung und Mannigfaltigkeit und – Aber wir müssen noch ausführlicher darüber sprechen. Kannst du wirklich nur bis morgen bleiben?«

»Unglücklicherweise ja. Nun ja, in den Stunden, die uns bleiben, werden wir uns so gut den Kopf zerbrechen, wie wir können. *Ich* neige zu der Meinung, daß wir am Ende zu einem ›Zum Teufel mit den Torpedos! Volle Kraft voraus!‹ kommen werden.«

Ulla schaute den Roboter eine Weile an und sagte zu dem Bewußtsein in seinem Innern: »Weil auch Sie das sind, was Sie sind.«

25

Alles andere als zufrieden war Venator nach seinem Gespräch mit Matthias in die Zentrale zurückgekehrt, obwohl eigentlich keine Notwendigkeit dazu bestand. An jedem Ort auf der Erde, an dem es ein Interlink-Terminal gab, hätte er ebenso eng mit der Entwicklung – einschließlich aller Gedanken des Cyberkosmos – in Fühlung bleiben können. Aber er spürte, daß er nur hier die Ruhe und Sicherheit finden würde, aus der heraus sein Geist zu völliger Klarheit gelangen konnte.

Auch die Ursache für dieses Gefühl verstand er sehr gut. Das hier war heiliger Boden.

Er gehörte zu den wenigen Menschen, die eine mehr als nur vage Kenntnis davon besaßen. Und er gehörte zu den wenigen, die ihn je betreten hatten.

Am Morgen nach seiner Ankunft brach er zu dem mehrstündigen Fußmarsch auf. Obwohl er durchtrainiert war, war er an diese Höhe nicht gewöhnt. Am Abend zuvor hatte er jedoch eine Infusion von Hämoglobin-Surrogat erhalten, so daß ihm das Atmen jetzt leichtfiel. Die Luft strömte kalt, still und absolut rein in ihn ein.

Die Kuppeln, Masten und Parabolantennen blieben bald hinter ihm zurück. Sie waren nicht mehr als eine Anhäufung von technischen Geräten, eine meteorologische Station. Von dem, was die Maschinen unter der Erde erschaffen hatten, war nicht das geringste sichtbar. Zwar konnten Instrumente an Bord eines Überwachungssatelliten Strahlungen von unten registrieren, aber dabei handelte es sich nur um schwache elektromagnetische, Infrarot- und Neutrinostrahlungen; und der Cyberkosmos bearbeitete alle Daten dieser Art, bevor er sie in die öffentliche Datenbank einspeiste.

Da er selten hierherkam, war Venator nicht genau mit dem Gebiet vertraut. Von Zeit zu Zeit nahm er ein tragbares Lesegerät heraus, um eine Karte und einen Text, der Geländepunkte auflistete, auf den Bildschirm zu holen; seinen Infomaten benutzte er, um seine genaue Position und Richtung zu kontrollieren. Das war sein ganzer Kontakt mit der Außenwelt. Ungestört wanderte er dahin, während er heitere Gelassenheit und Ruhe aus der erhabenen Pracht zog, die ihn umgab.

Sein Kurs führte ihn nach Norden. Als er höherkam, machten die vereinzelten Zwergwacholdersträuche, Birken und Rhododendren um ihn herum silbrigen Grasbüscheln Platz, zwischen denen Wildblumen winzig blühten und Flüßchen glitzernd gurgelten. Sonnenlicht strahlte aus blauer Grenzenlosigkeit herab; Schatten standen scharf umrissen von mit Flechten bewachsenen Felsbrocken ab. Manchmal erspähte er für eine Weile einen Geierseeadler hoch droben am Himmel, manchmal pfiff ein Murmeltier, einmal flog ein Fasanenhahn wie ein explodierender Edelstein auf. Vor ihm zog sich die Hauptkette des Himalaya vom linken bis zum rechten Horizont dahin; Gletscher glänzten über fernedüsterem Gefels, die Höhen strahlend weiß. Ein Wind wehte eine Schneefahne von einem dieser gewaltigen Gipfel, als sei er gerade dabei, ihn zu wetzen.

Venators Muskeln plagten sich und jubilierten. Sein Atem ging tief, sein Blick weit in die Ferne. Aus der Gewalt der Berge zog er Kraft; die Sorgen wurden aus ihm herausgebrannt; er war allein mit der Unendlichkeit und Ewigkeit.

Aber sie waren beide in ihm. Das Bergland hatte sie nur heraufbeschworen. Unter den Sternen war es nur eine Kräuselung in der Haut eines einzelnen kleinen Planeten, verloren in den Marken einer einzelnen Galaxis. Das Leben auf der Erde war schon alt gewesen, als Indien sich in Asien hineingerammt und die Trümmer himmelwärts geschoben hatte. Das Leben würde fortbestehen, nachdem Wind und Wasser die letzte Bergkette abgetragen hatten – würde das Universum in sich einschließen und fortbestehen, nachdem die letzten Sterne flackernd erloschen waren – würde am Ende das Universum *sein*, die gesamte Wirklichkeit.

Denn Intelligenz war die letzte, die höchste Entwicklungsstufe des Lebens.

Er wußte es, hatte es schon vor dem Tag gewußt, an dem er in den Gehirngarten aufgenommen worden war, nicht bloß in Form von Worten, sondern als Teil seiner selbst, wie Herz oder Nerven, und als Sinn seiner Existenz. Dennoch trübten die Stunden und Pflichten seines Dienstes, die zahllosen Kleinlichkeiten, die damit einhergingen, ein Mensch zu sein, es oft genug in ihm, und er ging seinen Aufgaben um ihrer selbst willen nach, in einem Kosmos, der eng und dürftig geworden war. Dann mußte er Erneuerung suchen. Genau so – dachte er mit dem Anflug eines sardonischen Lächelns – zieht sich der Gottgläubige zu Meditation und Gebet zurück.

Jetzt konnte er wieder zusammenhängend und objektiv denken. Als er am Rande einer engen Felsschlucht, die steil bis zur Schwertschneide eines Gletscherflusses abfiel, zu einem kärglichen Mittagessen haltmachte, beschwor er, um sie noch einmal zu überdenken, die Erinnerungen herauf, die er von Vancouver Island, auf der anderen Seite der Erdkugel, mitgebracht hatte.

Regen trieb von der See herüber, klatschte gegen das Haus, machte die altertümlichen Fenster blind. Ein Holzfeuer knisterte im Kamin. Seine Flammen waren die einzige Helligkeit in dem hohen, dämmerigen Raum. Ihr Licht geisterte über den Mann in dem geschnitzten Lehnsessel.

»Ja, knurrte Matthias, »Ian Kenmuir war letzte Woche hier. Auch über Nacht. Warum fragen Sie, wenn Sie es anscheinend schon wissen?«

Venator, der ihm gegenübersaß, zuckte die Achseln und lächelte. »Eine rein rhetorische Frage«, gab er zu. »Höflichkeit, wenn Sie so wollen.«

Die Augen in dem zerfurchten Antlitz blickten unverwandt. »Was haben Sie für ein Interesse an dieser Sache, Pragmatist?«

Offensichtlich ein beträchtliches. Venator war persönlich anwesend und hatte sogar seinen Rang genannt, um Rydberg das nachdrücklich klarzumachen. Trotzdem blieb seine Stimme sanft. »Meine Dienststelle würde gerne herausfinden, was seine Mission war.«

»Nichts Kriminelles.«

»Das habe ich auch nicht gesagt.«

»Fragen Sie ihn doch.«

»Ich wünschte, ich könnte es. Er ist verschwunden.«

Ein Heben der Augenbrauen. Der massige Körper regte sich. »Vermuten Sie ein Gewaltverbrechen?«

Hier mochte sich eine Gelegenheit bieten, die Loyalität zu nutzen, die den Fireball-Treuebund zusammenhielt. »Es ist möglich«, sagte Venator. »Für jeden Hinweis, den Sie uns geben können, wären wir sehr dankbar.«

Matthias grübelte eine Minute lang, während der Regen flüsterte, bevor er bellte: »Ein Mensch kann aus vielen unterschiedlichen Gründen von der Bildfläche verschwinden. Wir sind nicht gesetzlich verpflichtet, stündlich unseren Aufenthaltsort zu melden. Noch nicht.«

Fürchtete er eine alles erstickende Zukunft? »Dazu wird es auch nie kommen, Sir«, erwiderte Venator. Er war völlig aufrichtig. Warum sollte sich der Cyberkosmos diese Mühe machen? »Der Schutz durch die Polizei ist eine Dienstleistung, kein Zwang. Sie bedarf jedoch der Mitarbeit von seiten der Bevölkerung.«

»Polizei. Hm.« Matthias rieb sich das Kinn. Venator sah, daß er die kosmetische Technologie verschmähte; die Adern auf seinen Händen traten unter den braunen Flecken deutlich hervor. »Wenn die Möglichkeit besteht, daß eine Einzelperson zu Schaden gekommen ist, dann betrifft das die Zivilpolizei, nicht die Friedensbehörde.« Wäre er umfassend informiert gewesen, hätte er zweifellos hinzugefügt: *Ganz besonders keinen ihrer synnoiontischen Agenten.* »Sie sind alles andere als offen, *señor.*«

Die von Venator im Vorfeld abgerufenen Daten hatten ihn auf eine derartige Halsstarrigkeit vorbereitet. »Also gut, ich werde versuchen, es zu erklären. Um indirekt zu beginnen: Unterstützen Sie das Habitat-Projekt?«

»Sie meinen, L-5 in eine Umlaufbahn um den Mond zu bringen?« Die Stimme wurde lebhafter. »Natürlich!«

»Ich würde denken, Ihre Mitglieder tun das wohl alle«, fuhr Venator fort.

Matthias blickte finster drein. »Einige unter uns sympathisieren mit den Lunariern. Das ist ihr gutes Recht.«

»Zählt Kenmuir auch dazu?« Venator intensivierte den Klang seiner Stimme. »Sind ihm die anderen Terraner egal, die hoffen, dorthin zu gehen, wo auch er gewesen ist, ihr Leben dort zu verbringen, wo er seines verbracht hat?«

»Sparen Sie sich die Rhetorik, *por favor*«, sagte Matthias.

Venator legte sich seine Worte zurecht. »Es ist kein Geheimnis, wie feindselig die meisten Lunarier dem Habitat gegenüber eingestellt sind. Ebensowenig ist es ein Geheimnis, daß Kenmuir nicht nur als Pilot für das Venture fliegt, sondern auch ... enge persönliche Beziehungen zu seiner Arbeitgeberin unterhält.« Venture, Venator, ging es ihm durch den Sinn. Was für eine ironische Ähnlichkeit. »Wir haben Grund anzunehmen, daß er in ihrem Auftrag zur Erde gekommen ist.«

»Um das Projekt zu sabotieren?« spottete Matthias. »Pragmatist, ich bin ein alter Mann. Mir bleibt nicht mehr genug Zeit, um sie mit dummen Spielchen zu verschwenden.«

Venator unterdrückte seinen Ärger. »Entschuldigung, Sir.

Das war nicht meine Absicht. Ebensowenig klage ich Kenmuir an, irgend etwas Gesetzwidriges getan zu haben. Es ist nur – die latenten Möglichkeiten, zum Guten wie zum Schlechten –« Er ließ den Satz in der Luft hängen, so, als verzichte er bewußt darauf, von Raumschiffen und Meteoriten zu sprechen, die mit der Gewalt von Atombomben auf der Erde einschlugen; von heimtückischen Bio- und Nanotechnologien; von allen Alpträumen, die im Hintergrund manch eines menschlichen Gehirnes lauerten.

»Außerdem, was würde es schon schaden?« schnob der Rydberg. »Schlimmstenfalls wird das Habitat-Projekt abgeblasen. Ich gebe zu, daß das für eine kleine Minderheit unter uns ein Desaster oder zumindest ein schmerzlicher Rückschlag wäre. Aber deswegen müssen wir doch nicht gleich apokalyptische Phantasien haben, oder? Drücken Sie sich doch freundlicherweise präziser aus.«

Das war keine leichte Aufgabe, da Venator schließlich keine Andeutung über die Wahrheit fallenlassen durfte. »Wir versuchen, die Situation zu verstehen«, sagte er vorsichtig. »Wie es scheint, hat die lunarische Fraktion irgend etwas in Gang gesetzt. Aber was? Warum gehen sie nicht offen vor, vermittels normaler Politik oder Überredung? Nennen Sie's ruhig ein Schreckgespenst, wenn Sie wollen, aber die Friedensbehörde wagt es nicht, tatenlos danebenzustehen und zuzuschauen. Die Ereignisse könnten außer Kontrolle geraten, mit verheerenden Folgen.« Im Laufe der gesamten Geschichte war das immer und immer wieder vorgekommen; denn die menschlichen Angelegenheiten sind ein chaotisches System. Erst seit die sophotektische Intelligenz den Menschen transzendiert hatte, bestand Hoffnung auf einen Frieden, der nicht Stagnation, einen Fortschritt, der nicht Zerstörung war; und wie unsicher noch immer der Griff der Hand des Steuermanns war! Es war ermutigend, das weiße Haupt nicken zu sehen. »Gleichzeitig haben wir keine legale Grundlage für ein direktes Eingreifen. Wir können nicht beweisen – und genaugenommen behaupten wir es nicht einmal –, daß Kapitän Kenmuir oder irgendeine andere Person böse Absichten hat. Sie könnten einfach nur ... fehlgeleitet sein. Unzulänglich informiert. Wie wir selbst es derzeit sind.«

»Und Sie könnten auf einer völlig falschen Spur sein.«

»Ja, das wäre möglich. Ohne zusätzliche Informationen können wir aber nicht einfach davon ausgehen. Sie wissen, was Pflicht heißt.«

»Was wollen Sie, daß ich tue?«

»Sagen Sie mir, was Kenmuir von Ihnen wollte.«

Das Gesicht erstarrte. »Es ist üblich, daß *consortes* eine Aufwartung im Guthrie-Haus machen, wenn sie Gelegenheit dazu haben.«

»Ich bezweifle, daß Kenmuir eine Wallfahrt unternommen oder eines privaten Problems wegen Hilfe gesucht hat. Warum ist er sonst verschwunden?«

Matthias saß unnachgiebig da. »Der Treuebund respektiert die vertraulichen Mitteilungen seiner *consortes*.«

Venator gab sich ein wenig leutseliger. »Darf ich raten? Sie hüten hier ein Geheimnis. Das tun Sie schon seit Jahrhunderten, genauso, wie Sie dieses historische Raumfahrzeug gehütet haben.«

»Wir sind weit davon entfernt, die einzige Vereinigung zu sein, die ihre Mysterien, Heiligtümer und Reliquien hat«, sagte Matthias leise.

»Dessen bin ich mir bewußt. Aber hat Kenmuir Sie vielleicht gefragt, was das Geheimnis sei?«

Die Antwort war Schweigen.

Venator seufzte. »Ich nehme nicht an, daß ich das gleiche fragen darf?«

Matthias grinste. »Oh, Sie dürfen. Sie bekommen nur keine Antwort.«

»Und wenn ich mit einer offiziellen Verfügung zurückkäme und fragte?« forderte Venator ihn heraus.

Unnachgiebigkeit: »Dann würden Sie noch weniger eine Antwort bekommen. Wenn nötig, würde ich mir eine Kugel durch den Kopf jagen.«

Venator formte ein lautloses Pfeifen. Das Feuer sprühte Funken. »Ist es denn eine so bedeutende Sache?«

»Das ist es. Für uns.« Matthias hielt inne. »Aber nicht für Sie. Für Sie ist es nicht von Wichtigkeit. So viel kann ich sagen.«

»Wenn Sie es mir doch verrieten, und wenn Sie recht damit hätten, was durchaus wahrscheinlich ist, würde ich das Geheimnis in meine Einäscherung mitnehmen«, versprach Venator.

»Würden Sie das? *Könnten* Sie das?«

Venator dachte an abhörsichere Räume und abgeschirmte, verschlüsselte Kommunikationsverbindungen. »Warum mißtrauen Sie uns so?« fragte er leise.

»Wegen dem, was Sie sind«, erklärte Matthias ihm. »Nicht Sie als Person oder sogar als Beamter. Die ganze Art und Weise, wie die Dinge sich überall im Sonnensystem entwikkeln. Für mich macht das keinen großen Unterschied mehr. Ich bin alt. Aber für meine Enkel und deren Kinder will ich raus.«

»Auf welche Weise unterdrückt die Föderationsregierung Sie denn? Sie beabsichtigt, Ihnen das Habitat zu geben.«

»Das Ziel einer Regierung ist es zu regieren«, sagte Matthias. Venator erkannte ein Zitat von Anson Guthrie. »*Muy bien*, diese hier mischt sich vermutlich weniger stark ein und erzwingt weniger mit Gewalt, als jede andere zuvor es getan hat. Aber das liegt daran, daß sie nicht die wirkliche Macht ist, ebensowenig, wie die nationalen und regionalen Regierungen unter ihr es sind. Es ist der Cyberkosmos.«

»Wir verlassen uns auf den Cyberkosmos, gewiß –«

»Genau.«

»Aber daß er plant, uns zu versklaven – das ist aber nun wirklich eine apokalyptische Phantasie!« rief Venator aus. »Wie könnte er? Im Namen der geistigen Gesundheit, warum sollte er?«

»Das habe ich nicht gesagt. So einfach ist es natürlich nicht.« Die dröhnende Stimme schwieg einen Augenblick. Draußen ging der Wind in Böen, und der Regen prasselte gegen das Haus. »Ich behaupte auch nicht zu verstehen, was vorgeht. Ich fürchte, das überschreitet längst alles menschliche Verständnis, obwohl noch kaum jemand es bisher bemerkt hat. Für meine Rasse suche ich einen Ausweg – bevor es zu spät ist. Das Habitat mag ein erster Schritt sein oder nicht, aber es ist ein sehr langer Weg zu den Sternen.«

Alpha Centauri, dachte Venator, ein Zeichen am Firmament. Ohne Guthrie und seine Kolonisten dort draußen wäre der Traum – die Schimäre – längst eines natürlichen Todes gestorben.

»In der Zwischenzeit«, schloß Matthias, »werde ich, so gut ich es vermag, an dem festhalten, was nach menschlichen Begriffen uns gehört. Dazu zählt das Wort des Gründervaters. Können Sie mir folgen?« Sein massiger Körper erhob sich aus dem Sessel. »Genug. *Adiós*, Pragmatist.«

Vieles sprach dafür, daß es wirklich nicht so wichtig war, daß der Logenmeister die Wahrheit gesprochen hatte und sein Widerstand symbolisch war. Was für eine reale Bedrohung stellten Kenmuir und seine mutmaßliche Begleiterin denn tatsächlich dar? Venator hatte angenommen, daß sie über besondere Fähigkeiten verfügte, die der Raumfahrer durch sein spezielles Wissen ergänzen würde; gemeinsam mochten sie sehr wohl in der Lage sein, eine Strategie zu entwickeln, durch die man die Proserpina-Datei ausfindig machen und in sie eindringen konnte.

So unwahrscheinlich, daß es schon ans Lächerliche grenzte, zumindest jetzt, nachdem sie durch DNS-Zugriffskodes doppelt gesichert worden war. Mehr und mehr fragte sich Venator, ob die ganze Sache nicht vielleicht eine Finte war, die dazu dienen sollte, die Aufmerksamkeit von dem Plan, den Lilisaire tatsächlich einfädelte, abzulenken.

Auch andere Agenten arbeiteten an der Sache, Sophotekten ebenso wie Menschen. Er war ihr Vorgesetzter, aber er hütete sich davor, sich einzumischen. Wenn und falls sie seiner Führung bedurften, würden sie sich melden. Bis dahin würde er ihre Berichte in sich aufnehmen und mit dem weitermachen, was er selbst am besten tun konnte.

Kenmuir und seine Partnerin aufzuspüren, lohnte sich wegen der Hinweise auf Lilisaires Absichten, die sie vielleicht liefern mochten. Außerdem – Venator lächelte – war es ein interessantes Problem.

Während er dahinschritt, überdachte er es noch einmal. Sie konnten nicht ewig umherziehen und dabei vor dem System verborgen bleiben. Schon jetzt mußten sie Spuren hinterlassen haben, in den Datenbanken der Verkehrsleitstelle, bei zufälligen Begegnungen, vielleicht sogar in Form von ein oder zwei ungewöhnlichen Vorfällen. Menschen beobachteten verschwommen, erinnerten sich unpräzise, vergaßen völlig sagten die Unwahrheit. Nicht so der Cyberkosmos. Zum Beispiel würde jeder Service-Sophotekt, der Kenmuir zufällig begegnet war, sein Bild erkennen, wenn es über das Netz kam, und alle Einzelheiten seiner Handlungen liefern.

Aber Maschinen dieser Art gab es zu Millionen, von den spezialisierteren, sowohl mit Eigenbewußtsein als auch robotisch, ganz zu schweigen. Das System war weltweit, hoffnungslos riesig. Es in seiner Gesamtheit zu durchsuchen, würde Tage oder Schlimmeres kosten und Kapazitäten binden, die anderswo gebraucht wurden. Und was mochte Lilisaire während dieser Tage nicht alles in Gang setzen?

Nun, man konnte seine Anstrengungen bündeln. Lokale Einheiten handhabbarer Größe umreißen. Von jeder erfragen, ob sich in ihrem Gebiet irgend etwas ereignet hatte, das die und die Parameter erfüllte. Eigentlich sollte das eine nicht zu große Zahl von Antworten ergeben, die dann weiter gesiebt werden konnten. Es würde zwar immer noch Zeit verschlingen, aber –

Was immer er tat, er mußte handeln. Wie gering das Risiko einer Enthüllung auch war, er konnte es nicht durch Passivität eingehen.

Venator schüttelte den Kopf. Manchmal fand er es immer noch schwierig einzusehen, warum Proserpina womöglich von so großer Bedeutung sein konnte.

Die kurzfristigen Folgen waren klar genug. Wenn das Faktum bekannt wurde, würden die Terraner, die das Habitat befürworteten, sich plötzlich in einer Allianz mit den Lunariern wiederfinden, die es ablehnten. Oder sie wären jedenfalls nicht mehr länger in diametraler Opposition zu ihnen; und wie konnte selbst das Terabewußtsein der Masse der Menschheit klarmachen, daß dadurch eine Katastrophe drohte?

Denn *warum* drohte sie? Wiederbelebung des faustischen Geistes, wie vage das klang! Wie viele Einwohner dieser überwiegend ruhigen, glücklichen Welt wußten denn, was das hieß, ganz zu schweigen davon, was es für die Zukunft bedeutete?

Und bedeutete es denn wirklich Unheil? Durch seinen Griff nach den Sternen hatte der faustische Mensch beinahe seinen Planeten ruiniert und seine Spezies ausgelöscht. Aber waren denn nicht gerade das Wissen, das er einem gleichgültigen Kosmos abgerungen, und die Werkzeuge, die er geschmiedet hatte, das, woraus sich das Zeitalter der geistigen Gesundheit entwickelt hatte?

Venator erschauerte in einem kälter werdenden Abend. Im Westen versank die dünne Sichel eines Neumonds hinter den Bergen. Im Osten rückte die Nacht heran.

Er hatte die Schrecken der Vergangenheit durchlebt, die Kriege, die Tyranneien, die Fanatismen, das überhandnehmende Verbrechen, die niederdrückende Armut, das verödete Land, das vergiftete Wasser, die tödliche Luft, das Brechen des menschlichen Geistes, die Entfremdung, die Massen der hoffnungslos Einsamen, den Triumph zuerst des Mittelmäßigen und dann des Idiotischen in einer selbstmörderischen Zivilisation nach der anderen. Er hatte sie durchlebt mit Hilfe von Büchern, Multiceivern, *quiviras* und der Phantasie, angeleitet von den großen sophotektischen Geistern. Nicht, daß sie ihm gesagt hätten, *was* er denken sollte. Sie hatten ihn nur zu den Fakten geführt und ihm gesagt, *daß* er denken müsse. Vor dem Hintergrund der Vergangenheit hatte er die freundliche Gegenwart und die Zukunft, die sich unendlich entfaltete, gesehen. Deswegen – ja, er war ein geborener Jäger, aber trotzdem – deswegen war er Beamter der Friedensbehörde geworden.

Aber führte ein überhebliches und schrankenloses Streben denn unbedingt zur Verdammnis? Fireball Enterprises hatte eine Bruderschaft gemeinsamer Treue und Leistung erschaffen, die, wenn auch als kläglicher Rest, bis heute auf der Erde fortbestanden.

Auch auf Alpha Centauri, eine stete Erinnerung und Verlockung.

Venator beschleunigte seine Schritte. Ein ganz anderes Leuchtfeuer strahlte vor ihm, die hell erleuchtete Station.

Wie durch den Anblick angeregt kam eine Idee. Er schnippte mit den Fingern, über sich selbst verärgert. Warum hatte er nicht früher daran gedacht? Wahrscheinlich, weil die Eventualität, der sie vorbeugen würde, so entlegen war. Trotzdem war es eine leicht zu ergreifende Vorsichtsmaßnahme, und wenn sie sich irgendwie als gerechtfertigt erwies, dann würde die Belohnung außerordentlich sein.

Anscheinend war sie dem Cyberkosmos auch noch nicht in den Sinn gekommen. Die höheren Maschinenintelligenzen hätten sehr wohl auf sie stoßen können, und sei es nur durch die ständige Permutation von Konzepten mit Hilfe ihrer fast lichtschnellen Datenverarbeitung. Aber sie gingen erhabeneren Beschäftigungen nach als dieser. Die Sophotekten der unteren Ebenen waren ebenso fähig wie er, aber auf andere Weise. Ein elektrophotonisches Gehirn arbeitete nicht so wie das chemische Nerven-Drüsen-System. Das war der Grund dafür, warum es Synnoionten gab.

Venator betrat das Hauptgebäude und fuhr nach unten. Dort ging er einen Korridor entlang. In den Wänden schimmerten merkwürdige abstrakte Formen, und aus ihnen heraus erklangen abstrakte Melodien. Wenn er mit dem Netz verbunden war, konnte er etwas von dem erfassen und genießen, was eine derartige Kunst auslöste. Isoliert in seinem Fleisch, konnte er das nicht. Er war der einzige Mensch hier, mönchisch untergebracht und verköstigt. Das entsprach seiner eigenen freien Wahl. Irdische Genüsse gehörten in die Welt der Sterblichen.

Ein abgekoppelter Sophotekt kam vorbei. Der Körper, den er trug, rollte auf Rädern und war mit Hilfsgeräten übersät. »Gruß, Pragmatist«, rief er liebenswürdig. Venator antwortete, und sie gingen wieder auseinander.

Anderswo hatte er Seite an Seite mit Geschöpfen wie diesem gearbeitet und anschließend mit ihnen zu tatsächlichen Gesprächen zusammengesessen. Aber nicht oft. Es war angenehm und faszinierend für ihn gewesen, aber beide Seiten hatten gewußt, wie oberflächlich es war. Die natürliche Methode der Maschinen war der direkte Datenaustausch. Venator sehnte sich danach, endlich damit zu beginnen.

Als er seinen Kommunikationsraum erreichte, zitterte er vor Begierde. Aber das war das Tier in ihm, das wußte, daß sein Gehirn bald in Ekstase schwelgen würde. Endorphine ... Dank seiner somatischen Schulung gelang es ihm, sich zur Gelassenheit zu zwingen. Er setzte das Interlink auf, legte sich auf die Couch und bat um die Freigabe.

Obwohl sein Vorhaben einfach und unkompliziert war, spürte er den Cyberkosmos als einen einzigen großen Organismus mit hundert Milliarden von Awataras. Der Punktnexus, der sein Bewußtsein war, konnte Strang um Strang durch das Netz rasen, durch die sich ständig wandelnde Verbundenheit, um sich mit jeder beliebigen Existenz darin zu verbinden.

Eine Instrumentenbatterie auf dem Meeresgrund schmeckte die chemischen Eigenschaften eines Black Smokers* und der Lebensformen, die sich davon ernährten. Ein Roboter reparierte die Abwasserleitung eines Dorfes in Yünnan. Ein Kontrollgerät überwachte Atom um Atom das Wachstum von Fulleren-Kabeln in einem Nanotank. Ein Service-Sophotekt wählte den passenden Pseudo-Virus aus, um Zellen im Krebsvorstadium in einem alternden Men-

* Black Smoker: Kleine Basaltschlote auf dem Tiefsee-Meeresboden des Atlantiks, aus denen mineralienreicher, bis zu 400° heißer Staub aufsteigt, der vom Wasser zu einer Art Rauchfahne verwirbelt wird. *(A. d. Ü.)*

schen zu zerstören. Die Verkehrsleitstelle sorgte dafür, daß Luftfahrzeuge zu Millionen sicher flogen, so selbstverständlich, wie ein Körper Blut zirkulieren läßt. Eine Intelligenz entwickelte die logische Struktur, die für den Beweis oder die Widerlegung eines Theorems benötigt wurde – aber von dieser Tätigkeit mußte der dahinhuschende Punkt sich zurückziehen, halb geblendet, halb verwirrt.

Er war eins mit der ganzen Welt.

Nach einem Sekundenbruchteil, der ausgefüllter als ein Menschenleben war, machte er sich daran, sein Vorhaben auszuführen. Er lenkte die Aufmerksamkeit eines speziellen Programms aus dem Netz auf sich, und sie kommunizierten miteinander.

In Worten, in denen die Kommunikation aber nicht stattfand:

SOLLTE ES IRGENDEINEN ZUGRIFF AUF DIE PROSERPINA-DATEI GEBEN, GLEICHGÜLTIG, OB AUTORISIERT ODER NICHT, VERFOLGE IHN ZU SEINEM AUSGANGSPUNKT ZURÜCK, UND INFORMIERE AGENT VENATOR. ALARMIERE DEN NÄCHSTEN STÜTZPUNKT DER FRIEDENSBEHÖRDE ZWECKS SOFORTIGEN EINGREIFENS.

GIB KEINE NÄHERE BEGRÜNDUNG DAFÜR AN.

BESTÄTIGT, antwortete das System. ALS BEFEHL ANGENOMMEN.

Und dann, wie die besorgte Stimme einer Mutter:

Du hast Sorgen. Du verspürst Zweifel.

– Ich zweifele nicht, sah Venator. Ich begreife nicht ganz, aber ich werde glauben.

Wie kann das System, selbst das Terabewußtsein, *wissen*, was das Ergebnis sein wird? Mathematisch gesehen ist die Menschheit chaotisch. Wir können nicht mehr erkennen, als daß es bestimmte Attraktoren in der Weltgeschichte gibt. Steuerungsversuche können sie unvorhersehbar vom einen zum anderen umschwenken lassen. Ein neues, einmal eingeführtes Element mag die Gesamtheit auf radikale Art verändern, von der Konfiguration bis hin zur Dimensionalität selbst. Ist es möglich, die Gleichungen aufzustellen? Wenn sie aufgestellt würden, wäre es dann möglich, sie zu lösen? Eine Gefahr ist vorhersehbar, aber eine Katastrophe passiert entweder, oder sie passiert nicht. Wir existieren, wie wir sind, weil jene, die vor uns existierten, fürchterliche Risiken eingegangen sind. Wie können wir sicher sein, was wir denen, die nach uns existieren, verwehren, wenn wir nicht wagen, uns selbst aufs Spiel zu setzen?

Wir können nicht sicher sein.

– Aber in diesem Falle –

Du sollst es erfahren.

Und der Cyberkosmos nahm Venator in sein Einssein auf.

Zweimal zuvor hatte er das bereits getan, zu seiner Erleuchtung und höchsten Belohnung. Von neuem öffnete er sich ganz für ihn. Venator trat aus der Welt hinaus.

Er konnte nicht wirklich daran teilhaben. Die Gedanken, die Schöpfungen, die donnerten und sangen, waren nicht so, daß sein kümmerliches Gehirn sich ihrer wirklich bewußt sein konnte, ganz zu schweigen davon, sie zu erfassen. Die Intellekte, strahlend wie Sterne, flüssig wie das Meer, ragten über dem seinen auf wie Berge, und noch höher hinauf bis zu dem unvorstellbaren Gipfel, der das Terabewußtsein war. Dennoch war er irgendwie in ihnen und gehörte zu ihnen, das unbedeutendste Zittern in der gewaltigen Wellenfunktion; irgendwie erstreckte die Ganzheit sich auch auf ihn.

Die Wirklichkeit ist eine Vielfalt.

Er wurde zu so etwas wie einem Photon, einem Lichtfünkchen, das sich pfeilschnell durch eine Raumzeit bewegte, die von Materie gekrümmt und verzerrt wurde, welche selbst wandelbar war. Er flog nicht längs einer einzigen Bahn, sondern längs einer unendlichen Anzahl von ihnen, jeder Möglichkeit, die das Gesetz einschloß. Sie beeinflußten sich gegenseitig, hoben sich gegenseitig auf, bis fast nur noch eine einzige übrigblieb, die geodätische – fast, fast. Vergangenheit und Zukunft flackerten gleichermaßen mit Schatten von Unschärfe. Er kam zu einem Ding, das Licht beugte, und der Weg, auf dem er daran vorbeiflog, war nur im nachhinein erkennbar. Er fand sein Ende in einem Teilchen, für das er, in umgewandelter Form, die Energie war, um es überall hinzubringen. Die Bahn, die es einschlug, war nicht vorherbestimmt, aber unabänderlich und deshalb Bestimmung.

Du hast die Theorie der Quantenmechanik erlernt, so gut du es vermochtest. Jetzt schau dir das Quantenuniversum an – so gut du es vermagst.

Die Identität, die ihn führte, war eine Facette der Einheit; aber sie kommunizierte mit ihm, wie kein sophotektischer Geist es jemals gekonnt hätte. Denn dies war die Bewußtseinskopie eines Synnoionten, der gestorben war, bevor Venator geboren worden war, und den die Einheit in sich aufgenommen hatte.

Yang: Das Kontinuum ist unveränderlich, von Anbeginn an determiniert, immer weiter durch die Ewigkeit. Denn die Wahrnehmungen zweier Beobachter sind gleichermaßen gültig, gleichermaßen real, aber ihre Lichtkegel sind nicht dieselben. Die Zukunft eines jeden von beiden liegt in der Vergangenheit des anderen. Darum muß das Morgen ebenso feststehen wie das Gestern.

Yin: Die Pfade sind letzten Endes unerkennbar. Der Mannigfaltigkeiten sind unbegrenzt viele. Beobachten heißt festlegen, so sicher für die Vergangenheit wie für die Zukunft. Der Geist gibt den blinden Entwicklungen, die ihn haben entstehen lassen, einen Sinn. Existenz ist Sinn. Innerhalb des Naturgesetzes sind die Konfigurationen des Kontinuums unendlich. Alle geschichtlichen Abläufe können sich ereignen.

Yang und Yin: Die Wirklichkeit verzweigt sich nicht. Sie ist eins.

Er konnte ebensowenig in das Universum des Terabewußtseins blicken, wie er in das Herz der Sonne hätte blikken können. Er konnte wissen, daß es da war, in all seiner Herrlichkeit, auf ewig.

Hinterher lag er lange da, während er in sich selbst zurückkehrte. Einmal weinte er um den Verlust, einmal jauchzte er vor Freude.

Endlich stand er auf und machte sich an seine rein menschlichen Arbeiten.

Was blieb, war das Versprechen. Dieser Körper, dieses Gehirn mußten eines Tages vergehen. Das Ich, der Geist, den sie erzeugten, würde es nicht tun. Auch er würde in das eingehen, was zu finden und das Ultimate sein würde.

Aber noch gab es die Allmacht und die Allwissenheit nicht, und für unzählige Milliarden Jahre konnte es sie auch nicht geben. Jetzt wußte er, warum ihre Verwirklichung es erforderte, daß Proserpina in Vergessenheit geriet.

26

Die Mondmutter

Hier draußen war die Sonne nur der Erste unter den Sternen, ein Hunderttausendstel so hell wie über Luna, weniger als ein Zehntel der Vollerde. Und doch, wenn die Lichter in der Beobachtungskabine ausgeschaltet waren, sahen Augen, die sich an das Dämmerlicht gewöhnt hatten, immer noch Schatten, die sie schwach und unstet warf. Auf der kleinen Welt, die den Hauptbildschirm ausfüllte, ragten Bergspitzen und Klippen kahl auf, während ein Glitzern und Schimmern anzeigte, wo Metall blanklag. Dunkelfilter waren nötig, um die Felsoberflächen zu etwas anderem als einer marmorierten Dunkelheit zu machen. Dank ihrer wurde eine Landschaft sichtbar, die an einen Fiebertraum erinnerte: Berge, Ebenen, Täler, Felswände, Furchen, Löcher, Spalten, erstarrte Lavaflüsse in ihren letzten Konvulsionen, weniger leicht identifizierbare Dinge, wild durcheinandergeworfen.

Nach Monaten unter Schub, Beschleunigung und Abbremsung bei gleichbleibender Mondschwerkraft, kam die Schwerelosigkeit selbst dieser Crew merkwürdig vor.

Brandir und Kaino schwebten schweigend und mit starrem Blick in der Kabine. Die Luftströmungen schienen nicht lauter zu rauschen als ihr Blut. Niedrig und langsam umkreiste das Fackelschiff *Beynac* sein Ziel. Es rotierte schneller, als das Schiff es umkreiste, eine Umdrehung alle neuneinhalb Stunden. Landschaftsmerkmal um Landschaftsmerkmal kroch über den heranrollenden Horizont.

»Seht!« rief Kaino.

Während sie sich ins Blickfeld schob, deutete er auf eine rußige Schwärze nicht weit unterhalb des Nordpols. Aus der Ferne hatten sie gesehen, daß sie sich halb um den Globus herumzog. So nahe konnten sie ihre Ausläufer und ihre Steilabhänge erkennen. Wo die Kette eingestürzt oder zerrissen war, sahen sie Tiefen, die bläulichweiß schimmerten. »Was *ist* das?«

»Ein Kometeneinschlag«, urteilte Brandir. »Das da sind die Trümmer. Die Strahlung hat freiliegendes organisches Material von dem Kometen dazu angeregt, größere Moleküle zu bilden.« Ein paar Augenblicke lang schwieg er, als unterdrücke er einen Schauer. Wie lange hatte das in diesen Außenbezirken des Sonnensystems wohl gedauert? Die Falten in seinem Antlitz vertieften sich. Er zwang Nüchternheit in die melodiöse lunarische Sprache: »Wahrscheinlich ist das meiste davon Wassereis.«

Kaino nickte eifrig. Seine Frage war gedankenlos gewesen; er wußte genausogut wie sein Bruder, was der Anblick vermutlich bedeutete. »Ein ganzer Vorrat davon! Und wenn das sich als nicht ausreichend erweist, nun, ich habe noch einen anderen Kometen in einem Abstand von weniger als ein paar hundert Astronomischen Einheiten beobachtet.« Er deutete auf die Hilfsbildschirme, die von Sternen, der Milchstraße, Sternennebeln und Nacht erfüllt waren. »Ein glücklicher Zufall inmitten all dieser Leere.«

»Sollten wir ihn benötigen. Wir haben den Traum unseres Vaters aufgespürt; wir wissen nicht, womit uns neue Träume überraschen mögen.« Brandir sprach barsch. Seine Stimmung war schroffer, als es diesem Endpunkt ihrer Expedition angemessen erschien. Er richtete seine Aufmerksamkeit wieder auf das, was er gerade betrachtet hatte, bevor Kaino dazwischengerufen hatte.

Aber er gab es gleich wieder auf und funkelte wütend Ilitu an, der soeben hereinkam. Das braune Haar des Geologen war zerwühlt, seine Kleider nachlässig übergeworfen. Er bremste seinen Flug beim Hauptbildschirm ab, und die Zufriedenheit in seinem Gesicht verwandelte sich jäh in Freude.

»Also gilt Eure Aufmerksamkeit jetzt wieder der Wissenschaft«, begrüßte ihn Kaino. Ilitu und Etana waren jauchzend miteinander verschwunden, während die *Beynac* das Annäherungsmanöver beendete.

Der jüngere Mann überhörte den Spott oder tat wenigstens so. »Habt Ihr einen guten Wert für die Masse erhalten?« fragte er atemlos.

Kaino nickte. »Neunundzwanzig drei Fünftel Prozent der Lunas.«

»A-ahh. Dann besteht der Himmelskörper tatsächlich überwiegend aus Eisen. Der Kern eines größeren, der bei einer gigantischen Kollision zertrümmert wurde, genau wie mein Mentor glaubte.« Ilitu starrte und starrte. »Aber alles konnte er nicht voraussehen«, fuhr er fort, fast wie zu sich selbst. »Er ist ein Chaos, wie Miranda. Er muß auch selbst in Stücke zerbrochen sein, von denen viele durch diese Gewalt geschmolzen sind ... und dann sind Scherben von beiden aufeinander heruntergeregnet und miteinander verschmolzen – Ja.« Eine Fingerspitze zitterte über die Bilder einer zweihundert Kilometer langen Steilböschung, einen tiefen Riß, der auf eine Länge von dreihundert klaffte, ein Hochland, das ein Durcheinander aus verschiedenen Riesenblökken, größeren Brocken und Gesteinsschutt war. »Aber sie können nicht vollständig miteinander verschweißt worden sein. Das Innere ist sicherlich von Kavernen und Tunneln zwischen schlecht aufeinanderpassenden Segmenten durchzogen. Ein lang anhaltendes, schweres Bombardement hätte sie zum Einsturz gebracht und den Sphäroiden noch unebener gemacht, als wir ihn jetzt vor uns sehen. Dadurch wissen wir, daß Jupiter ihn kurz nach seiner Entstehung weggeschleudert hat. Wir haben ein Relikt aus den Uranfängen gefunden.«

»Seither hat es aber auch Einschläge gegeben«, schnappte Brandir. »Jeder Dummkopf könnte das erkennen.« Er hackte mit einer Hand nach dem Bild, das ihn besonders interessiert hatte. Trotz ihrer geringen Zahl war in der südlichen Hemisphäre undeutlich ein großer Krater mit einer Zentralerhebung zu erkennen, der gerade aus dem Sichtbereich entschwand, als das Schiff und der Planetoid weiterkreisten.

»Gewiß«, stimmte Ilitu versöhnlich zu. »Egal, wie spärlich gesät sie auch sind, müssen sich Himmelskörper im Laufe von vier Milliarden Jahren oder mehr gelegentlich begegnen. Jener große Meteoroid und der Komet und andere; aber eben nur selten und mit geringen geologischen Auswirkungen.«

»Nicht für jemanden, der denken kann. Gammelt nur auf der Oberfläche herum, wie Ihr wollt. Ich weiß, wonach ich suchen muß.«

Ilitus schlanker Körper spannte sich. »Am besten, wir planen unsere wissenschaftliche Arbeit vor Ort, *bevor* wir damit anfangen«, sagte er.

»Wenn ich Eure Meinung hören möchte, werde ich es Euch mitteilen«, gab Brandir scharf zurück.

Kaino zupfte ihn am Ärmel. »Kommt«, murmelte der Pilot. »Ich benötige Euch achtern.«

Brandir sträubte sich. »Ich verschaffe mir soeben einen Überblick über das Terrain.«

»Die Kameras können das besser. Ilitu auch. Kommt.« Kaino legte einen leicht metallischen Klang in seine Stimme. Mürrisch begleitete ihn Brandir aus der Kabine hinaus. Im Weltall hatte der Pilot die Befehlsgewalt.

Sie stießen sich nicht ab, um zu fliegen, sondern benutzten Handgriffe, an denen sie sich Seite an Seite den Korridor dahinter entlangzogen. »Was habt Ihr vor?« verlangte Brandir zu wissen.

»Euch zu beruhigen, mein Bruder. Ich witterte, daß ein Kampf im Anzug war, und das können wir uns nicht leisten. Die Beziehungen sind ohnehin schon zu gespannt.«

Brandir warf einen durchdringenden Blick auf den Rotschopf. »*Ihr* sprecht so?«

Kaino spreizte die Finger und grinste schief. »Wenn man die Halb-Jahrhundert-Marke hinter sich gelassen hat, dämpft das das Feuer ein wenig. Ich hätte geglaubt, Eures sei von Anfang an kühler gewesen – wo Ihr doch älter seid als ich und Etana mit *mir* in Kameradschaftsehe verbunden ist, nicht mit Euch.«

Brandir errötete unter seinem dünner werdenden, aschgrauen Haar. »Denkt Ihr, ich sei eifersüchtig? Nein, es liegt an seiner anmaßenden Art.«

»Es liegt daran, daß Ihr Euch in Eurer Burg sitzend zu sehr daran gewöhnt habt, das zu bekommen, was Ihr wollt. Ja, auch mein Eigendünkel wurde dadurch angestachelt. Aber wir haben beide reichlich Frauen gehabt, innerhalb unserer Gruppe wie außerhalb davon. Wenn Etana mir einen neuen Mann vorzuziehen beginnt – ich vermute, es ist seine Sanftheit, die sie anspricht – *eyach*, es besteht kein Mangel an anderen, die mich daheim willkommen heißen werden. In der Zwischenzeit verschmäht Etana doch keinen von uns beiden, oder? Also beruhigt Euch! Wir sollten beide zu viel Stolz besitzen, um Eitelkeit Raum zu lassen.«

Brandir öffnete die Lippen, preßte sie wieder zusammen und schüttelte wütend den Kopf.

Aus einem Niedergang tauchte die Kopilotin auf, sah sie und kam näher. Sie war in den Dreißigern, dunkelhaarig und korpulenter als bei Lunariern normal. Wie Ilitu hatte sie sich hastig angekleidet, und die schwarzen Locken wallten ungekämmt um ein Gesicht herum, das an ozeanische Vorfahren denken ließ. Ein schwacher Moschusgeruch haftete an ihrer Haut.

Die drei schwebten einander gegenüber. Sie registrierte Brandirs schlechte Laune und lächelte ihn an. »Ich war gerade auf dem Weg nach vorne, um zu sehen, was wir entdeckt haben«, sagte sie.

»Bis gerade hattet Ihr es noch nicht so eilig damit«, antwortete er.

Unmut flammte auf. »In meiner dienstfreien Zeit suche ich mir meine Flugbahn selber aus.«

Kaino miaute. Überrascht blickten sie ihn an.

»R-r-raurr«, machte er. »S-s-s-s. Schade, daß keiner von Euch ein Fell hat, das er sträuben, oder einen Schwanz, den er aufstellen könnte.«

Nach einem Moment lachte Etana. Brandirs Mund zuckte nach oben. »*Touché*«, knurrte er.

»Nichts für ungut, Mylord«, sagte die Frau leise zu ihm. Nie zuvor hatte sie diesen Ehrentitel benutzt. Ihre einzigen Bindungen galten der Kameradschaftsehe, die sie gemeinsam mit Kaino teilte, und diesem Schiff; sie konnte und würde die eine wie die andere aufkündigen, wenn sie es für angemessen hielt. »Ich dachte nicht, daß es Euch etwas ausmachen würde.«

»Das sollte es eigentlich auch nicht«, erwiderte Brandir mit einiger Mühe. »Schließlich seid Ihr Eure eigene Herrin.«

Begreifen flackerte in Kainos Augen auf, und vielleicht so viel Mitgefühl, wie ihm zu Gebote stand. Er schwebte beiseite und schwieg still.

Etana berührte Brandirs Hand. »Wir werden eine Weile hier sein, und die Heimreise hinterher ist lang«, sagte sie. »Es ist genug Zeit für ... Gespräche und andere Dinge.«

»Ihr seid ... gütiger, als ich ahnte.« Er nahm die Zurückhaltung des Aristokraten an. »Ich werde mich bemühen, alles zu Eurer Zufriedenheit zu arrangieren, Mylady.«

Am Boden würde er, der wichtigste Partner der Selene Space Enterprises und zugleich der erfahrenste Anführer an Bord, das Kommando haben.

Er stand auf jener Höhe, die er den »Meteorberg« nannte, und jubilierte.

So klein diese Welt auch war, konnte er von hier aus kaum Teile des Kraterringwalls sehen, der über den Horizont aufragte. Unter seinen Füßen zog sich die dunkle, unruhige Masse bis hinunter in eine Ebene von fast glasartiger Glätte, deren Graubraun von einem Netz aus Rissen durchzogen und mit Findlingen übersät war. Über seinem Kopf und um ihn herum schimmerten die dichtgedrängten Konstellationen. Obwohl die Nacht hereingebrochen war, spendeten sie für jemanden, der an die erdabgewandte Seite des Mondes nach Sonnenuntergang gewöhnt war, ausreichend Licht. Die *Beynac* stand am Himmel, außerhalb des Schattenkegels, ein Funken, der durch das Sternbild des Fuhrmanns glitt, auf den galaktischen Gürtel zu.

Unter ihm auf dem Abhang erspähte er einen seiner Roboter bei der Arbeit, wie er gerade eine Probe zur Analyse losschnitt. Aber im wesentlichen war die Aufgabe abgeschlossen. Bald konnte er sein Exkursionsmobil aufsuchen und das Team ins Lager zurückbringen. Er sendete, damit das Schiff es aufnahm und weiterleitete:

»Es ist jetzt zweifelsfrei nachgewiesen. Der aufschlagende Körper war eisenhaltig, wahrscheinlich selbst ein Überbleibsel des Ursprungshimmelskörpers, das auf eine Bahn geriet, die der von diesem ähnlich war, und schließlich kollidierte. Dank seiner Zusammensetzung und des Materials, das aus dem Inneren an die Oberfläche gedrückt wurde, bildet die Zentralerhebung eine Ader von sowohl leichten als auch schweren Industriemetallen, die noch leichter abzubauen sind als an anderen Stellen.«

»Das wären also gleich zwei Schätze!« ertönte Kainos Antwort. Er meinte den Kometengletscher, den er und Ilitu erkundet hatten. Sie hatten nicht nur gewaltige Mengen an Wassereis und organischen Verbindungen gefunden, sondern auch jede Menge miteinander vermischter Zyanide und Ammoniak – gefroren oder chemisch gebunden – identifiziert. Wasserstoff, Sauerstoff, Kohlenstoff, Stickstoff: die Bausteine des Lebens. »So etwas hat es nie zuvor gegeben! Fast könnte ich an einen Gott glauben, der es uns zugedacht hat.«

»Das ist keine notwendige Hypothese«, sagte Ilitu in seiner sanften, präzisen Art. »Genausowenig hat der Zufall seine Hand im Spiel gehabt. Geht man von Edmond Beynacs Idee aus – ein Planetoid, der massiv genug war, um einen Kern zu bilden, ist zerbrochen und ein großer Teil der Stücke auf Bahnen im Kuiper-Gürtel abgelenkt worden –, dann scheint das übrige wahrscheinlich, vielleicht sogar unvermeidlich. Im Laufe von Gigajahren *mußte* es einfach weitere Kollisionen mit erzhaltigen Bruchstücken und mit Kometen geben. Dieser, der größte Körper, würde dabei überdurchschnittlich viele davon anziehen. Die schwache Strahlung und die ultraniedrigen Temperaturen der Umgebung konservieren flüchtige Stoffe auf eine Weise, wie das im inneren System niemals möglich wäre.«

»So spricht der Gelehrte«, lachte Etana liebevoll vom Schiff aus.

»Wann werdet Ihr an Eurem Standort fertig sein?« fragte Brandir die Männer. Entdeckungen und das, was sie vielleicht erforderlich machten, waren völlig unvorhersehbar; und er war zu beschäftigt mit seinen gewesen, um ihre in allen Einzelheiten zu verfolgen.

»Wir bereiten uns auf den Aufbruch vor«, antwortete Kaino. »Mögen unsere Nachfolger alles, was hier ist, erforschen. Nachdem wir uns kurz ausgeruht und unsere Vorräte ergänzt haben, will Ilitu die Große Böschung und die *Olla podrida* untersuchen. Das erscheint mir sinnvoll, wenn wir den Weg über die Eiserne Heide nehmen können.« Das waren Geländeformationen, die zwar schon verzeichnet worden waren, bevor irgendwer gelandet war, die aber noch nie eines Menschen Fuß betreten hatte.

»Gut, wir reden im Lager darüber«, sagte Brandir. »Wir nähern uns den Grenzen dessen, was wir in der verbleibenden Zeit noch leisten können.«

»Ich rechne zuversichtlich damit, daß Ilitu Euch überzeugen wird«, lachte Kaino. Brandir hörte das Ausschaltklikken.

Etanas Stimme stürmte auf ihn ein: »Was soll das? Die spazieren schnurstracks in ein neues Land hinein, und ich bleibe in diesem Käfig eingesperrt?«

Der oberste Grundsatz. Wenigstens ein qualifizierter Pilot mußte immer in Bereitschaft sein. Auch wenn die Möglichkeit eines Meteoriteneinschlags in diesen Regionen gering und die Gefahr einer Sonneneruption nichtexistent war, hatte Brandir entschieden, sich an die Vorschriften zu halten. »Es wäre ein langer Fußmarsch bis nach Hause«, hatte er gesagt. Wenn sie nur drei Personen und ein paar Roboter am Boden waren, war es außerdem gut, einen Wächter dort oben zu haben, der bereit war, eine Rettungsaktion in die Wege zu leiten.

»Laß Kaino mich hier ablösen«, sagte sie. »Er hat es mir versprochen. Ihr alle habt das.«

»Khr-r, er hat als Felsenspringer im Asteroidengürtel gearbeitet, das wißt Ihr«, zeigte Brandir auf.

»Und ich habe das nicht? Zugestanden. Aber das hier ist kein Asteroid. Nicht wirklich. Er ähnelt eher Luna. Und ich habe daheim ebenso oft die Wildnis durchstreift wie er oder Ihr.«

»J-ja –«

Ihr Zorn verrauchte. »Es ist nur fair«, argumentierte sie. »Ihr habt Elan, Brandir. Wäret Ihr zufrieden, Woche um Woche müßig in der geisterhaften Gesellschaft aufgezeichneter Sendungen dazusitzen, während Eure Kameraden frei umherwandern?«

»Später, ja, da sollt Ihr es gewiß.«

»Jetzt! Die Zeit ist reif, zwei Geländeaufnahmen sind beendet, die nächste ist in Vorbereitung.« Etanas Tonfall wurde schmeichelnder. »Es könntet doch Ihr sein, mit dem ich losziehe, oder nicht? Ilitu benötigt wohl kaum mehr als die Roboter, um ihm zu helfen, seine Forschungen durchzuführen. Ihr und ich aber sucht nach dem, was sich in Zukunft als nützlich erweisen mag.«

»Darüber muß ich erst nachdenken.«

»Müßt Ihr das? Ist es nicht sternenklar? Und ... Brandir, es hat mich bitterlich gereut, daß wir im Streit miteinander gelegen haben. Ihr habt Euch so bedeckt gehalten. Wir sollten gemeinsam einen besseren Weg finden.«

Am Ende gab er nach. Und da er das wußte, sprach er steifer, als es vielleicht nötig gewesen wäre, als er das andere Paar über Funk anrief.

Plötzlich wurde die Sonne wieder sichtbar. Weiter entfernte Sterne verschwanden rings um sie herum. Im Westen schmückten sie immer noch wie mit Edelsteinen eine majestätische Dunkelheit, denn der strahlende Glanz der Sonne war schwach, wo keine Erhebungen ihn reflektierten. Allerdings war dieses Land nicht gänzlich eine Ebene aus mattfarbenem Gestein. An manchen Stellen glänzte es inmitten der Schatten, die wie Pfützen in seiner Unebenheit lagen. Hier und da erstreckten sich die Schatten weit von Formationen weg, deren an Spitzengewebe erinnernde Struktur zu funkeln und zu glitzern begann.

Die anomale Region grenzte sehr abrupt an die Art von Terrain, das auf den Tiefländern dieser Welt am häufigsten war – grobkörniger Regolith, wie grober Strandkies auf der Erde, praktisch staubfrei. Ein Exkursionsmobil rollte bis an den Rand und hielt an. Zwei in Raumanzüge gekleidete Gestalten stiegen aus. Ein Roboter folgte ihnen: vierbeinig, vierarmig, dicht mit Instrumenten besetzt, mit Werkzeugen und Zubehör beladen. Eine Minute lang standen sie da und blickten über die Fremdheit vor ihnen hinaus.

Dann: »Kommt!« bellte Kaino und machte sich zu Fuß auf den Weg.

»Ist das klug?« erkundigte sich Ilitu. »Schickt den Roboter voraus.«

»Wir können nicht Stunden auf eine gründliche Erforschung und Sondierung vergeuden. Wollt Ihr das sehen, weswegen wir hier sind? Dann hebt endlich ab!«

Nach einem winzigen Augenblick des Zögerns gehorchte der Geologe. Die Maschine trottete schwerfällig hinterdrein. Auch wenn Kaino wütend über Brandirs Unentschlossenheit war, so hatte seine Eile auch ein Körnchen Vernunft. Er hatte darauf beharrt, diesen Umweg zu machen, und Ilitu hatte ihn darin unterstützt, damit er auch ganz bestimmt die Eiserne Heide besuchen konnte, bevor er wieder ins Lager zurückkehrte und einen Raketenschlitten hinauf zur *Beynac* nahm. Andernfalls würde zumindest er das wahrscheinlich niemals tun, in Anbetracht all dessen, was es in der begrenzten Zeit, die ihnen noch blieb, sonst noch alles zu tun gab, und der Unwahrscheinlichkeit einer baldigen weiteren Expedition hierher. Der Umweg über Land strapazierte ihre Reserven sowohl an Nahrung als auch an Treibstoffzellen; die Männer waren sowieso schon auf halben Rationen, was seine Ungeduld verdoppelte. Sie konnten nicht herumtrödeln.

Nachdem sie so lange in ihrem Fahrzeug eingezwängt gewesen waren, brachte die Bewegungsfreiheit eine Ausgelassenheit mit sich, die so plötzlich war wie der Sonnenaufgang. »*Hai-ah!*« schrie Kaino. Er stürmte mit Panthersätzen voran. Sein dem modernsten Stand der Technik entsprechender Raumanzug schmiegte sich beinahe wie eine zweite Haut an ihn. Sein Energieaggregat und sein Lebenserhaltungssystem belasteten ihn kaum. Der dichte Himmelskörper zog ihn mit einer Schwerkraft von sechsundachtzig Prozent der heimischen nieder, was für die lunarische Gesundheit und Fortpflanzung ausreichte, zugleich aber in seiner Leichtigkeit befreiend wirkte. Die Landschaft floß regelrecht vom nahen Horizont heran, um unter seinen Füßen wegzuströmen. In seinen Nasenlöchern sang der Atem, von der stechenden Schärfe von Schweiß erfüllt.

Bei der nächstgelegenen Formation hielt er an. Ilitu gesellte sich zu ihm. Sie starrten darauf. Der Roboter zottelte einsam in ihre Richtung. Er war für eine bestimmte Kategorie von wissenschaftlichen Aufgaben gebaut und programmiert; bei allem anderen war er – wenn er denn überhaupt dazu fähig war – schwach, langsam und dumm.

»Was *ist* das?« flüsterte Kaino.

Aus dem Weltraum hatten die Reisenden einfach nur merkwürdige Ausbuchtungen auf einer unbekannten Art von Gelände bemerkt. Sie hatten die Formen nicht entwirren können. Aus der Nähe gesehen, war das Ding völlig verrückt.

Ein Erdbewohner hätte an Korallen gedacht. Lunarier kannten dieses Wunder nur aus Büchern und von Bildschirmen. Ein vielfach verzweigtes, dünnes Filigran erhob sich über dem Boden, die obersten Spitzen etwa einhundertfünfzig Zentimeter hoch, die Breite variabel, mit einem Maximum von etwa einem Meter. Variabel war auch der Glanz der Stränge, Knoten und Rosetten; aber in dem harten, von Osten her einfallenden Licht glitzerten viele davon.

Ilitu ging um das Ding herum, neigte sich dicht heran, berührte es, beguckte es sich, hockte sich hin, erhob sich wieder, nahm ein Vergrößerungsglas aus seiner Werkzeugtasche und untersuchte die Unregelmäßigkeiten Stück für Stück. Als der Roboter zu ihm aufschloß, ignorierte er ihn. Die Sonne kletterte mit für einen Lunarier halsbrecherischen Geschwindigkeit höher. Weitere Sterne erschienen.

Kaino begann von einem Fuß auf den anderen zu treten und eine Melodie vor sich hinzusummen.

»Eine Eisenlegierung, denke ich«, sagte Ilitu endlich. »Ihr seht ganze metallische Schichten über den Regolith ausgestreut. Mir scheint, es sind Überlagerungen, nicht das freigelegte Eisen des Inneren, auch wenn wir das noch verifizieren müssen. Ich würde schätzen, daß das hier und seine Gegenstücke Schweißschlackenformationen sind. Eine Bodenerhebung hat geschmolzene Tropfen und Gesteinsblöcke umhergeschleudert. Als sie in einer Gruppe herunterkamen, wurden sie während des Erstarrens, das sehr rasch erfolgt sein dürfte, miteinander verschweißt.«

Kaino wurde aufmerksam. »Ein Meteoriteneinschlag? Wir sehen kein Anzeichen eines Kraters.«

»Es könnte passiert sein, als der Planetoid sich aus Bruchstücken bildete und selbst noch heiß und plastisch war ... *Hai*, das deutet darauf hin, daß der anfängliche katastrophale Zusammenstoß nahe beim Jupiter stattgefunden hat, denn ich würde denken, daß ein starkes Magnetfeld vorhanden gewesen sein muß, um so viele Konkretionen auf zusammenlaufende Bögen zu zwingen. Und *das* wiederum läßt hochinteressante Rückschlüsse auf den Ursprung dieses Himmelskörpers und seiner Umlaufbahn zu ... auf die Frühgeschichte des Asteroidengürtels, ja des gesamten Sonnensystems –« Ilitu schlug sich mit der Faust in die Handfläche, immer wieder. Er starrte hinaus zu den verblassenden Sternen.

»Wenn Vater das noch erlebt hätte!« brach es aus Kaino heraus.

»Ja. Ich erinnere mich. Er hätte gejubelt.« Ilitus Sanftheit wurde wieder nachdenklich. »Natürlich ist das nur eine vorläufige, noch nicht ausgearbeitete Hypothese von mir. Sie könnte falsch sein. Schon jetzt frage ich mich, ob dieser einzigartige Planetoid nicht in der Vergangenheit eine ganz eigene Art von Vulkanismus gehabt haben könnte. Wie Ihr Euch erinnern werdet, besitzt er ja ein signifikantes Magnetfeld, und die Formation hat in mehrfacher Hinsicht Ähnlichkeit mit dem Phänomen auf der Erde, das als ›die Haare der Pele‹* bekannt ist.«

»*Eyach*, wir können uns ein paar Stunden Zeit nehmen«, sagte Kaino. »Weitere Daten sammeln.«

Ilitu zog die Oberlippe über die Vorderzähne hoch. Seine Eltern hätten anders gelächelt. »Das werde ich tun.«

Er nahm ein Lesegerät heraus, holte eine Karte auf den Schirm und studierte sie. Seine Augen huschten hin und her und korrelierten das, was er sah, mit der in der Umlaufbahn angefertigten Karte. Eiserne Gewächse waren über die Ebene verstreut. Ungefähr zwei Kilometer von hier, nahe beim südlichen Horizont, glitzerte von einem Rand des Gesichtsfeldes bis zum anderen ein etwa drei Meter breites metallisches Band. Dahinter erhoben sich eine ganze Reihe von korallenartigen Gebilden, die bis zu fünf Meter hoch waren.

* Ein bei hawaiianischen Vulkanen auftretendes Phänomen, das im dortigen Volksglauben als Haare der Vulkangöttin Pele angesehen wird. Es handelt sich um in Zöpfchenform erstarrte Faden- oder Stricklava. *(A. d. Ü.)*

»Wir werden dort hinüber gehen«, sagte er, indem er darauf deutete.

Kaino lachte. »Ich hatte nichts anderes erwartet. *Ho-hah!*«

So rasch wie zuvor machten sie sich auf den Weg. Nach ein paar Minuten scherte Kaino aus. »Wohin wollt Ihr?« fragte Ilitu, ohne den Kurs zu ändern.

»Zu jenem Busch dort.« Er war klein, aber voller funkelnder Steine.

»Ich werde zuerst die größeren Objekte untersuchen. Wenn dann noch Zeit bleibt und Ihr den hier für interessant befunden habt, werde ich auf ihn zurückkommen.« Ilitu setzte seinen Weg fort.

Kaino hockte sich neben dem Pseudo-Busch hin. In das dunklere Eisen eingebettete Partikel fingen das Sonnenlicht ein und leuchteten wie Glas. Vielleicht waren sie auch genau das, entschied er nach einer ersten Untersuchung: geschmolzener Quarz, eingebettet in die Tropfen, die das Ding gebildet hatten. Oder es mochte sich um ein anderes Mineral handeln, zum Beispiel Pyrit. Er war kein Experte. Zweifellos jedoch war die Intuition des Geologen richtig gewesen. Hier gab es nichts Bemerkenswertes, nur Schönes. Kaino richtete sich auf und machte sich auf den Weg, um sich seinem Begleiter wieder anzuschließen.

Ilitu hatte soeben das metallische Band vor seinem Ziel ereicht. Ein Satz brachte ihn hinauf.

Es teilte sich. Ilitu verschwand vor Kainos Augen in der Tiefe.

»*Yaaaa!*« schrie Kaino. Er stürmte so schnell los, wie es ihm angesichts der niedrigen Schwerkraft möglich war. Kaum, daß es ihm gelang, am Rande des Bandes anzuhalten.

In der Tat ein Band, sah er. Dieser Teil davon, wenn nicht das Ganze, war keine über den Felsen gestäubte Ablagerung. Es war, oder war es gewesen, die Abdeckung einer Grube – einer Höhle, einer Spalte oder was auch immer – einer jener Hohlräume, die, wie die seismische Sondierung gezeigt hatte, den Planetoiden durchsiebten, genau wie Ilitu vorausgesagt hatte.

Es mußte eine Laune der Natur gewesen sein, eine Schicht von Schmelzfluß, der in jenen kataklysmischen Momenten, als die Eiserne Heide Gestalt annahm, zur Seite statt nach unten weggeschleudert worden war. Die geringe Schwerkraft hatte sie erstarren lassen, bevor sie in das Loch stürzen konnte – es sei denn, das Loch war gleichzeitig damit entstanden, als der Boden von außer Kontrolle geratenen Kräften entzweigerissen wurde – Die Schicht war dünn, und die alles zerbröckelnde und umwandelnde kosmische Strahlung von vier Milliarden Jahren mußte sie noch weiter geschwächt haben –

Kaino legte sich auf den Bauch, kroch vorwärts, streckte seinen Helm über die Spalte. Er bemerkte nicht, wie die Schindel unter ihm zu gleiten begann. Schwärze wallte in der Tiefe. »Ilitu«, rief er, »Ilitu, hört Ihr mich? Könnt Ihr mich hören?«

Stille summte in seinen Ohrhörern.

Er nahm eine Taschenlampe aus seiner Werkzeugtasche und leuchtete damit abwärts. Das Licht wurde schwach zurückgeworfen, zerstreut von einer zusammengekrümmten Weiße. Kaino richtete den Strahl hierhin und dorthin. Ja, ein Raumanzug. Immer noch keine Reaktion. Es war schwierig, die Entfernung abzuschätzen, da das Dunkel alle visuellen Anhaltspunkte verschluckte. Er ließ den Strahl langsam aufwärts wandern. Die kleine Pfütze unzerstreuter Helligkeit flackerte zwischen Schatten. Einen unerfahrenen Mann hätte es auf alptraumhafte Weise irregemacht.

Kaino, der mit dem Mond und mit bestimmten Asteroiden vertraut war, interpretierte, was er sah. Er konnte weder erkennen, wie lang die Spalte war, noch interessierte es ihn, aber hier oben war sie etwa einhundertfünfundsiebzig Zentimeter breit, und sie verengte sich nach unten zu. Ilitu lag vierzig oder fünfzig Meter unter ihm. Ein häßlicher Sturz, möglicherweise tödlich, selbst bei dieser Schwerkraft; aber die Haftreibung an den rauhen Wänden mochte ihn verlangsamt haben. Unterhalb der reglosen Gestalt schien es noch weiter in die Tiefe zu gehen. Vielleicht hing Ilitu auf einem Sims fest.

Also …

Kaino erhob sich wieder und richtete einen Funkspruch nach oben. Das Schiff war im Augenblick nicht dort, aber seine Crew hatte in derselben Umlaufbahn Relais ausgestreut. »Kode Null«, psalmodierte er. Absoluter Notfall. »Kaino mit Kode Null.«

Etanas Stimme zuckte auf ihn zu: »Was ist passiert?«

Knapp erklärte er es ihr. »Weckt Brandir«, schloß er. »Wir werden eine Ausrüstung brauchen, mit der wir ihn herausfischen – ein Drahtseil und einen Motor, um eine Pritsche hinunterzulassen, denke ich – außerdem sämtliche medizinischen Geräte.«

»Kann Euer Roboter Nummer eins ihn nicht bergen?«

Kaino warf einen kurzen Blick zu der Maschine hinüber, die inzwischen eingetroffen war und auf ihre Befehle wartend dastand. »Nein«, sagte er, »das ist sinnlos.« Dieser Körper konnte nicht hinunterklettern, und das Programm war den unbekannten Faktoren, die sich in der Dunkelheit verbargen, nicht gewachsen.

»Es mag sein, daß Ihr mich auch hochziehen müßt«, sagte er. »Ich folge ihm jetzt.«

»Nein!« schrie sie, »Kaino, Ihr –« Er hörte das Schlucken. »Holt wenigstens ein Seil für Euch und laßt es den Roboter halten.«

»Das könnte sehr wohl zu lange dauern. Vielleicht liegt Ilitu im Sterben.«

»Vielleicht ist er schon tot. Höchstwahrscheinlich sogar. Ihr hört ihn nicht, oder? Kaino, bleibt da!«

»Er ist mein Gefolgsmann. Ich bin ein Beynac. Weckt Brandir, habe ich Euch gesagt.« Der Pilot schaltete sein Funkgerät aus.

Allerdings brauchte er eine Minute, um dem Roboter Instruktionen zu erteilen: Gehe zurück zum Exkursionsmobil, hole das Drahtseil, laß es zu mir herunter, wenn ich immer noch in dem Loch bin. Unterdessen legte er den sperrigen Tornister ab, der die Verpflegung, die Wasserreserve und die Feldausrüstung enthielt. Nachdem er seine Kopf-

und Brustscheinwerfer eingeschaltet hatte, kroch er auf allen vieren an den Rand der Spalte und machte sich daran, in sie einzusteigen.

Ständig rutschten ringsumher Steine weg. Zweimal hätte er fast den Halt verloren und wäre gefallen. Das brachte ihn zum Lachen, leise, für sich. Beim dritten Versuch schaffte er es, indem er die Stiefelsohlen gegen eine Wand und die Lebenserhaltungseinheit gegen die andere stemmte. Er begann sich nach unten zu schieben.

Es war eine üble Plackerei. Durch seine Ausrüstung hindurch konnte er die Oberflächen nicht richtig ertasten. Die Lampen waren eine armselige Hilfe, da ihr Licht von Brokken abglitt, in Risse tauchte und sich mit Schatten mischte, die wie Katzenpfoten der Düsterkeit umherhuschten. Oft begann er abzugleiten. Nur die niedrige Schwerkraft und seine schnellen Reflexe retteten ihn. Während er tiefer stieg und der Spalt enger wurde, ließ ihn seine Körperhaltung immer unbeholfener werden. Überanstrengte Muskeln schmerzten. Schweiß durchtränkte sein Unterzeug und brannte ihm in den Augen. Der Atem kratzte in einer ausgetrockneten Kehle. Mühsam quälte er sich weiter.

Moment. War es eine Spur leichter geworden? Eine größere Biegsamkeit der Beine – Er erkannte, was er von oben nicht hatte sehen können: daß sich die Spalte auf der Seite, wo seine Füße waren, wieder erweiterte. Wenn sie zu breit wurde, konnte er sich nicht tiefer vorwagen. Es sei denn –

Irgendwie manövrierte er herum, bis er durch ein Verdrehen des Halses in die Richtung blicken konnte, in die er unterwegs war. Das Licht erfaßte die dort ausgestreckt daliegende Gestalt und glänzte auf gezackten Stücken des zerbrochenen Daches. Ilitu war tatsächlich auf einen schmalen Vorsprung gefallen. Die Enden verschwanden in der gleichen Dunkelheit, die neben ihm gähnte. Reines Glück ... Nein, nicht ganz. Da das die Wand war, die sich auf ihre volle Länge einwärts neigte und der Stelle, wo der Geologe eingebrochen war, näher war, mußte sie wie eine Rutsche gewirkt haben: deren Rauheit hatte Ilitu abgebremst und gelenkt, da sein Raumanzug und sein Tornister daran hängengeblieben waren.

Jetzt, da Kaino sein Ziel wenigstens mit halber Deutlichkeit sah, konnte er die Dimensionen und Entfernungen schätzen. Der Sims befand sich etwa zehn Meter unter ihm, ein problemloser Sprung bei dieser Schwerkraft. Aber der Sims war weniger als ein Meter breit, und direkt daneben gähnte eine Leere, deren Breite volle zwei Meter betrug. Die geringe Fallbeschleunigung würde ihm Gelegenheit geben, sich mit Händen oder Füßen an dem Eisen abzustoßen, um seinen Kurs zu korrigieren, aber er würde nur drei oder vier Sekunden haben, und wenn er seinen Landeplatz verfehlte, tja, dann war's das ohne Zweifel gewesen.

»Wie praktisch, daß man zu achtundneunzig Prozent Schimpanse ist«, murmelte er. Nach einer letzten raschen, aber gewissenhaften Prüfung stieß er sich ab und ließ los.

Sein Fall war zeitlos, reines Handeln. Aber als der Aufprall seine Knochen durchrüttelte und er sich in Sicherheit wußte, blickte er nach oben, sah die Öffnung hoch über sich voller Sterne und lachte, bis sein Helm widerhallte.

An die Arbeit. Vorsichtig, damit er nicht über den Rand fiel, kniete er sich hin. Ilitu lag auf dem Rücken. Ein plattenartiges Metallstück lag schräg über seinem Oberkörper. Es hatte den Funk abgeschirmt. Kaino zog es weg, warf es beiseite und vernahm pfeifenden Atem. Er beugte sich vor. Da er bei Ilitus Kopf gelandet war, sah er das Gesicht verkehrt herum, ein Chiaroscuro hinter dem Hyalon, Lichter und Schatten, die unstet flackerten, während seine Lampen sich bewegten. Die Lider waren einen Schlitz weit offen, die Augäpfel gespenstische Splitter von Weiß. Speichel bildete rosa Blasen auf den geteilten Lippen. »Seid Ihr wach?« fragte er. Das Atmen antwortete.

Nach kurzem Suchen fand er die Anzeigevorrichtungen an den Handgelenken. »*Eyach*«, wisperte er. Die Temperatur im Innern des Anzugs war erträglich, aber der Sauerstoffgehalt betrug fünfzehn Prozent und fiel weiter, Kohlendioxid- und Wasserdampfgehalt waren viel zu hoch. Das bedeutete, daß zwar der Energietornister arbeitete, aber die Luftaufbereitungsanlage defekt und die Reserveflasche leer war. »Huh«, sagte Kaino, »da bin ich ja gerade noch rechtzeitig gekommen – um Froschschnurrbarthaaresbreite, was?«

Er konnte keine Reparaturen vornehmen. Aber Schäden an Recyclern waren bekannt und gefürchtet. Es gab Vorkehrungen dagegen. Er griff um seine Schulter herum und löste den Überbrückungsschlauch, der auf seinem Lebenserhaltungsmodul aufgerollt und festgeklammert war.

In der Hoffnung, ihm keine weiteren Verletzungen zuzufügen, richtete er Ilitus Rumpf noch vorsichtiger auf. Sein Knie stützte ihn, während er den entsprechenden Schlauch löste, die beiden freien Enden zusammenschraubte und die Ventile öffnete. Er ließ seinen Gefährten wieder herunter. Nun waren sie durch einen Meter Nabelschnur verbunden, und seine Einheit arbeitete für beide.

Er rümpfte die Nase, als übelriechende Luft sich mit frischer vermischte. Es würde eine Weile dauern, bis sie wieder sauber war. Danach reichte das System aus, solange sich keiner von ihnen körperlich anstrengte – und das hatte wohl niemand vor!

Jetzt konnte er nichts mehr tun als warten. Neugierde übermannte ihn. Obwohl die Oberfläche metallglatt und nach unten geneigt war, streckte er den Kopf über ihren Rand und richtete sein Licht in diese Richtung. Ein Pfiff entfuhr ihm. Ein Stück unterhalb des Vorsprungs wölbte sich die gegenüberliegende Wand wieder einwärts, und die beiden Seiten liefen aufeinander zu. Den Boden, wo sie zusammentrafen, konnte er nicht sehen, da der Spalt fünfzig oder sechzig Meter unter ihm, wo er etwa einen Meter breit war, mit von oben herabgefallenen Scherben verstopft war. Die meisten hatten sich, nachdem sie von den Wänden und diesem Sims abgeprallt waren, dort festgekeilt. Manche waren spitz, manche waren dünn und bestimmt längs ihrer Bruchkanten scharf. Auf sie zu fallen würde selbst von hier aus so sein, als ob man auf eine Phalanx von Messern fiele. Ein gepanzerter Raumanzug hätte sie abwehren können. Sein flexibler Anzug konnte es nicht. Kaino zog sich in eine sitzende Position zurück.

Ilitus Atem rasselte. Die Minuten wurden sehr lang.

Eine Bewegung erregte Kainos Aufmerksamkeit. Er richtete seine Scheinwerferstrahlen darauf und sah ein Seil herunterkommen. Der Roboter war seinen Anweisungen gefolgt. Das Seil rutschte über den Vorsprung und darüber hinaus, bevor es anhielt. Mit seinem beschränkten Urteilsvermögen hatte der Robot es ganz abgerollt.

Kaino sah keine verdeckten Sterne. Trotzdem mußte die Maschine am Rande des Abgrunds stehen und eine Antenne darüberstrecken, denn er empfing: »Euer Befehl ist ausgeführt. Was bitte soll ich als nächstes tun?« Aus einer Laune heraus hatte er die synthetische Stimme kehlig weiblich machen lassen. Jetzt wünschte er sich, er hätte es nicht getan.

»Ziehe das Seil, hm, nach Norden«, wies er sie an. Trotz seiner Bahnneigung lag einer der Pole des Planetoiden in derselben Himmelshemisphäre wie Ursa Minor. »Ich kann es nicht erreichen ... Ah, jetzt habe ich es. Stop!« Er befestigte Seilbuchten um seine Taille und mit einiger Mühe auch um die Ilitus, eine Sicherheitsmaßnahme für den Fall eines unvorhergesehenen Ereignisses.

Das Programm besaß ein gewisses Maß an Eigeninitiative. »Soll ich Euch hochziehen?«

»Nein. Bleib in Bereitschaft.« Es ließ sich nicht sagen, was für Verletzungen Ilitu davongetragen hatte. Mindestens eine schwere Gehirnerschütterung, aber auch ein gebrochenes Rückgrat oder Rippenspitzen in der Lunge waren ohne weiteres möglich. Eine grobe Behandlung mochte ihn sehr wohl umbringen. Das wäre das Ende gewesen. Die Expedition verfügte über keine Möglichkeiten zur Zellerhaltung, geschweige denn solchen zur Wiederbelebung. Besser, sie warteten auf eine geeignete Vorrichtung und vertrauten darauf, daß Ilitu in der Zwischenzeit nicht sterben oder eine Gehirnblutung sein Hirn so weit schädigen würde, daß es nicht mehr durch Kloning zu retten war.

Wieder ordnete Kaino seinen Geist. Die Zeit schleppte sich dahin. Er erinnerte sich und blickte voraus, lächelte und bedauerte, sang ein Lied, sagte ein Gedicht auf, dachte über die Formulierung einer Botschaft an jemanden nach, den er gern hatte. Lunarier sind nicht *so* verschieden von Erdenmenschen. Oft blickte er hinauf zu den Sternen, wo sie über ihm vorbeizogen.

Und endlich hörte er: »Kaino!«

»Ich bin hier«, antwortete er. »Ilitu lebt noch.«

»Etana hat einen Raketenschlitten mit medizinischen Geräten beladen, ist mit ihm zum Lager hinuntergeflogen und anschließend zum Schiff zurückgekehrt«, sagte Brandir. »Ich habe ihn hierhergebracht. Sie denkt, sie kann ganz in der Nähe landen, falls die Notwendigkeit dazu besteht.«

»Am besten, wir schaffen Ilitu zu unserem Exkursionsmobil, leisten ihm Erste Hilfe und entscheiden dann, was zu tun ist.« Kaino erläuterte die Situation. »Könnt Ihr eine Trage hinunterlassen?«

»Ja, natürlich.«

»Ich werde ihn gut festbinden, dann zieht Ihr ihn mit der Winde hoch, *aber behutsam*. Damit wir nicht aneinanderstoßen, werde ich ausharren, bis Ihr ihn in Sicherheit gebracht habt.«

»Früher einmal wart Ihr weniger geduldig, kleiner Bruder«, lachte Brandir.

»Ich werde es auch nicht sein, wenn Ihr noch weiter herumschwafelt, seniler Mensch«, entgegnete Kaino scharf. Auch in ihm brodelte eine wilde Fröhlichkeit.

Die Trage holperte die schräg geneigte Wand hinunter, aus der Schwärze heraus und auf den Vorsprung. Kaino nutzte die geringe Schwerkraft, um Ilitus Rücken einigermaßen gerade zu halten, als er ihn umbettete. Er löste die Seilschlaufe, schloß und entkuppelte die Luftschläuche, befestigte die Riemen. »Zieht ihn hoch«, rief er. Der Verletzte verschwand nach oben aus seinem Gesichtsfeld.

»Ich habe ihn«, sendete Brandir nach ein paar Minuten.

»Dann laßt den Roboter mich einholen«, jauchzte Kaino, »und dann fliegen wir empor – empor – empor!«

Das Kabel spannte sich und zog ihn auf die Sterne zu.

Hinterher ermittelte Brandir, was geschehen war. Er war zu seinen Maschinen zurückgekehrt, die ein ganzes Stück vom Rande der Spalte entfernt standen. Der Roboter befand sich ganz dicht bei ihr. Im Augenblick der kosmischen Katastrophe, vor etwas mehr als vier Milliarden Jahren, waren nicht nur Felsbrocken, sondern auch Metall in die Höhe geschleudert worden. Der horizontale Schwall geschmolzenen Eisens, der die Decke über der Spalte bildete, hatte einen sprühregenartigen Saum gehabt, der sofort längs des Randes zu Kügelchen erstarrt war. Die Steine waren auf diese zurückgefallen und hatten sie verborgen. Danach hatte der Planetoid seine Bahn hinaus in Bereiche gezogen, in denen Meteoriten extrem selten sind. Keiner war jemals in der Nähe eingeschlagen, um diese prekäre Anordnung zu erschüttern.

Geringe Schwerkraft bedeutet auch geringe Haftreibung, und hier ruhte die Schindel praktisch auf einem beweglichen Lager. Das Gewicht am Ende des Seils zog an dem Roboter. Der Regolith unter seinen Füßen geriet ins Gleiten. Der Robot taumelte nach vorn. Er kippte über den Rand und fiel in einem Regen von Steinen.

Unter ihm purzelte Kaino zurück auf den Vorsprung, rutschte ab und stürzte in die Tiefe darunter. Die Messer empfingen ihn.

Auf dem großen Sichtschirm brach sich Brandung an einer winterlichen Küste. Die Wellen wogten so grau wie der Himmel, schäumten weiß auf, sandten Wasser zischend den Strand hinauf, bis fast zu dem Treibholz, das gebleicht und skelettartig unter den Klippen lag. Seetang trieb niedrig darüber hinweg wie Rauch; zerstäubtes Wasser mischte sich mit Regenspritzern; das Pfeifen und Grollen erschütterte die Luft, die einen Beigeschmack von Salz und einen Hauch von Eiseskälte mit sich trug. Es war, als ob Dagny Beynacs Wohnzimmer allein in diesem Wetter stand.

Vielleicht, dachte sie, hätte sie nicht gerade diese Szene abspielen sollen. Sie paßte zu ihrer Stimmung, sie hatte sie schon seit der Morgendämmerungswache laufen, aber für die junge Frau vor ihr war sie völlig fremd. Ob Etana sie womöglich als ein Zeichen von Feindseligkeit oder als Vorwurf las?

»Möchtet Ihr Euch nicht setzen?« fragte sie. Da das auf dem Mond so früh während eines Besuchs unüblich war, war es eine freundliche Geste. Außerdem hätten auch ihre alten Knochen nichts dagegen gehabt. In letzter Zeit war sie zu viel auf und ab gegangen, wenn sie nicht gerade zu einem langen Spaziergang durch die Korridore und um den See herum oder an der Oberfläche über den Boden eines Kraters unterwegs war. Höchste Zeit, daß sie anfing, in den Alltag zurückzukehren.

Ihr Gast neigte den Kopf, mehr oder weniger eine Entsprechung zum »Danke«, und floß in einen Sessel. Dagny nahm ihr gegenüber Platz und fuhr fort: »Mögt Ihr Tee oder Kaffee, oder lieber etwas Stärkeres?«

»Nein danke.« Etana blickte auf die Hände, die sie straff in ihrem Schoß gefaltet hatte. »Ich bin gekommen, weil – ich sicher sein wollte, daß Ihr verstündet –« Lunarier wirkten selten derart unschlüssig.

»Fahrt fort, meine Liebe«, forderte Dagny sie sanft auf.

Dunkle Augen blickten auf, um dem verblaßten Blau der ihren zu begegnen. »Wir haben uns Gedanken darüber gemacht, wie wir ihn ... in all seiner Ehre ... unter einem Hügelgrab auf der Eisernen Heide zurücklassen konnten. Oder ob wir ihn heimbringen sollten, auf daß seine Angehörigen ihn verbrennen und seine Asche über die Berge ausstreuen könnten. Aber –«

Dagny wartete, in der Hoffnung, daß ihre Miene Freundlichkeit ausdrückte.

»Aber eine gefriergetrocknete Mumie!« klagte Etana. »Was hätte es für einen Sinn gehabt?« Ruhiger: »Und obwohl wir gezwungenermaßen lügen müssen, wo und wie er sein Ende gefunden hat, wäre es seiner unwürdig gewesen, es bei seinem Gottesdienst zu tun, nicht wahr?«

»Ihr hättet daran teilgenommen?« wunderte sich Dagny überrascht. Lunarier machten sich nicht die Mühe, über irdische Zeremonien zu spotten, sie mieden sie einfach. Ein Weihnachtsfest ohne Enkel wurde ziemlich einsam.

»*Ey*, Eure Freunde wären gekommen und hätten es nicht gern gesehen, wenn seine Geschwister und Ehegefährten ferngeblieben wären.« Etana hielt inne. »Aber ohne einen Leichnam, um ihn der ewigen Ruhe zu übergeben, ist unsere Abwesenheit nicht von Bedeutung, richtig?«

»Tatsächlich hätte ich gar keine Beerdigung veranstaltet«, sagte Dagny. »Mein Mann wollte keine. Ich für mich selbst auch nicht. Es genügt, wenn Ihr Euch an ihn erinnert.«

»Sonst nichts? Seine Ehegefährten werden – Egal.«

Dagny erkundigte sich nicht nach diesen Riten oder worum immer es sich handelte. Die jüngeren Generationen waren nicht direkt geheimniskrämerisch; sie ließen bloß Außenstehende nicht an ihren Bräuchen teilhaben, weder in Wort noch in Tat. Als sie sich an den Mißerfolg einiger Anthropologen erinnerte, spürte sie, wie ein Lächeln ihre Lippen streifte, das erste, seit sie die Nachricht erhalten hatte.

Etana fuhr fort: »Am Ende taten Brandir und ich das, was wir meinten, seiner Ehre und unserer schuldig zu sein.«

Dagny nickte. »Ich weiß.« Der Bruder hatte es ihr erzählt. Als die Geschwindigkeit des heimkehrenden Schiffes optimal dafür gewesen war, war Kaino, an einer Kurierrakete festgebunden, auf einer Bahn abgeflogen, die in der Sonne enden würde.

Etana rang weiter mit sich, bevor sie herausbringen konnte: »Ich fürchtete, Brandir habe vielleicht nicht deutlich gemacht, wie – *ich* empfunden habe – und deshalb bin ich zu Euch gekommen.«

»Ich danke Euch«, sagte Dagny, aufrichtig bewegt. Sie waren nicht herzlos, die Lunarier, ihre, Dagnys, Kinder, deren Kinder. Nein, nicht wirklich. Aber trotzdem war es am klügsten, alles zu Persönliche zu vermeiden. »Wie geht es Ilitu?«

Sie war zu beschäftigt gewesen, sich danach zu erkundigen, nachdem sie erfahren hatte, daß er zwar lebend zurückgekehrt war, aber eine Rückenmarksregeneration und kleinere Bioreparaturen benötigte. Zu beschäftigt mit der Trauer und damit, Beileidsbekundungen entgegenzunehmen, und mit der segensreichen, segensreichen Arbeit.

Etana wurde lebhafter. »Ihm geht es gut, er sollte bald wieder gesund und munter sein. Auf diese Weise wird er zu einem Denkmal für Kaino.«

Das klang einstudiert. Aber die Freude des Mädchens darüber wirkte echt, also war vielleicht auch ihre Dankbarkeit es. »Also bedeutet er Euch etwas?«

Etana wurde maskenhaft starr.

Dagny beeilte sich, das Thema zu wechseln. »Jene Welt, die zu erforschen mein Sohn half ... ich würde gerne denken, daß man sich auch dort seiner erinnern wird. Wenn nur –« Nein, besser, sie verfolgte auch das nicht weiter.

Etana tat es, teilnahmsvoll werdend, obwohl sie zugleich fest blieb. »Nein, Ihr versteht, daß sie im Wissen einiger weniger Auserwählter warten muß. Sonst würde uns die Erde den Zugang zu ihr versperren.«

Paranoia? Vielleicht, vielleicht auch nicht. Temerirs Entdeckung *hatte* das Potential für eine Kolonie – für Lunarier. Die Schwerkraft war richtig; Mineralien waren im Überfluß vorhanden und leicht abbaubar, nicht wie bei Kometen unter vielen Kilometern von Eis begraben; es gab Wasser, Ammoniak und organische Substanzen, und in derselben ungefähren Weltraumregion war noch mehr davon zu finden.

Wer aber würde so weit von der Sonne entfernt leben wollen, in einer Kälte nahe des absoluten Nullpunkts?

Dagny nahm an, daß Brandir und seine Verbündeten einfach nur vorsichtig waren. Schließlich war es Lunariern heute nicht mehr untersagt, die Asteroiden des Gürtels und die kleineren Monde der äußeren Planeten auf das Vorhandensein von Lagerstätten zu untersuchen und diese zu entwickeln, aber sie wurden auch nicht dazu ermutigt. Und das trotz der Tatsache, daß sie für die dortigen Bedingungen erheblich besser geeignet waren als Menschen vom Erdtyp, in mancher Hinsicht vielleicht sogar Robotern überlegen.

Sie konnte der Versuchung nicht widerstehen, vorsichtig zu sondieren: »Wann werdet Ihr sie für Euch erschließen?«

»Sobald die Zeit reif dafür ist. Das mag erst lange, nachdem wir Heutigen tot sind, der Fall sein.«

Es war unmenschlich, so weit im voraus zu denken und fest davon überzeugt zu sein, daß das Geheimnis so lange gewahrt bleiben würde. Dagny seufzte. »Ja, Brandir, Temerir, Fia, sie haben es mit mir diskutiert. Seid unbesorgt, ich werde mein Versprechen halten, ich werde Euch nicht verraten.«

»Die Ehre soll Euer sein«, sagte Etana mit seltener Herzlichkeit.

Offensichtlich wollte sie nicht über Kaino reden, sie, die ihn sich geteilt hatte. Was ging jetzt in der Brust seiner anderen Gefährtinnen vor? Es war anständig von dieser hier gewesen, hierherzukommen und, wie kurz auch immer, mit seiner Mutter zu sprechen. Dagny wollte nicht das Wagnis eingehen, sie noch weiter zu bedrängen. Trotzdem bot sich hier eine Gelegenheit, etwas vorzuschlagen, was sein ... unsichtbares Grabmal sein konnte.

»Ich hätte da allerdings einen Vorschlag«, begann Dagny. »Habt Ihr Euch schon auf einen Namen für Euren kleinen Planeten geeinigt?«

Etana zeigte Überraschung, was erfreulich war. »Nein. Brandir und ich kamen während der Reise einmal darauf zu sprechen, aber uns fiel nichts ein. Meines Wissens haben seither auch andere nicht darüber nachgedacht.« Und auch das war nicht ganz menschlich. Die junge Frau saß eine Weile schweigend da. »Ja, ein Name wäre nützlich.«

»Proserpina«, sagte Dagny.

»*Hai?*«

»So fern und einsam, wie er ist, da draußen jenseits des Pluto, der ja der Gott der Unterwelt und der Toten war – seine Königin klingt für mich richtig.«

»Haben wir nicht schon eine Proserpina?«

Dagny zuckte die Achseln. »Wahrscheinlich. Ein Asteroid? Ich habe es nicht nachgeprüft. Egal. Doppelbenennungen existieren, das wißt Ihr.«

»Was halten Eure Kinder denn davon?«

»Ich habe sie noch nicht gefragt. Es kam mir erst gestern in den Sinn. Was meint Ihr?«

Etana bettete ihr Kinn in die Hände und starrte in die Luft. »Ein wohlklingender Name. Die Göttin der Toten – weil Ihr einen Sohn an sie verloren habt?«

Die Meeresgeräusche brausten und heulten.

Dagny setzte sich gerade, während sie sagte: »Und weil Proserpina in jedem Frühling in die Welt der Lebenden zurückkehrt.«

27

Prajnaloka war so schön wie seine Umgebung. Von diesem Berggipfel aus sah man weit über die Kette der Ozark-Berge hinaus, die grün bewaldet unter der Sonne lag, hinab in ein Tal, wo ein Fluß quecksilbern dahinströmte, und hinauf zu großen Kumulusschiffen, die vor einem mit erdigen Gerüchen befrachteten Wind dahineilten. Eine Spottdrossel trällerte durch die Stille, ein Kardinal huschte wie eine Flamme dahin. Das hier waren alte, zu sanften Rundungen abgetragene Berge, deren Kalkstein weiß oder blaßgolden war, wo immer er zu Tage trat. Das Leben auf ihnen hatte etwas Zeitloses.

Eine kleine Siedlung drängte sich um den Ashram, Serviceeinrichtungen und Wohnhäuser. Diese Gebäude waren aus Naturholz, niedrig und verschachtelt unter steilen Dächern, die meisten von ihnen an der Frontseite mit einer Veranda, auf der die Bewohner zusammensitzen konnten, während die Dämmerung sich vertiefte. Blumenbeete säumten sie mit Farbe. Sie schienen ein Teil der Landschaft zu sein. Der Ashram selbst erhob sich im Zentrum. Seine wuchtigen Gebäude umrahmten viereckige Höfe, in denen Rotbuchen und Magnolien Schatten spendeten; aber das Material war einheimischer Stein, und die Architektur erinnerte an Oxford. Ein Kommunikationsmast mit Transceiverschwingen strebte in Harmonie mit ihnen als die höchste ihrer Turmspitzen empor.

Kenmuir und Aleka waren immer noch zu erschöpft, um den Anblick genießen zu können. Morgen, dachte er. Im Augenblick reichte es ihm völlig aus, den Mentor zu begleiten, der sie über den Campus führte, und das zu verfolgen, was der dunkelhäutige, weißbärtige, weißgewandete kleine Mann sagte.

»Nein, *por favor*, entschuldigen Sie sich nicht. Wir wurden schon vorab darüber informiert, daß Sie nicht genau wüßten, wann Sie eintreffen würden –«

– durch Mary Carfax, die die Reservierung für Aleka Kame und Johan vorgenommen hatte. Kenmuir rief sich noch einmal ins Gedächtnis, daß das sein Name war, solange er sich hier aufhielt.

»– und wir haben sowieso eine lockere Einstellung Zeitplänen gegenüber. Normalerweise sind immer Unterkünfte frei. Die meisten Teilnehmer an unseren Programmen schalten sich sowieso aus der Ferne zu.«

Die meisten Teilnehmer an den meisten Dingen taten das, dachte Kenmuir matt. Eidophon, Telepräsenz, Multiceiver, Vivifer, *quivira*, wie viel Gelegenheit ließ das einem, sich ein größeres Stück von zu Hause zu entfernen?

»Ich bin mir nicht ganz sicher, was genau Sie eigentlich suchen«, fuhr Sandhu fort.

»Erleuchtung«, antwortete Aleka.

»Dieses Wort hat viele Bedeutungen, und es gibt unzählige Wege, die zu jeder davon führen.«

»Natürlich. Wir hoffen, einen Schimmer davon vom Cyberkosmos zu erhalten. Dafür benötigen wir die Art von Geräten, über die Sie verfügen.« Kenmuir wünschte, er könnte so lebhaft und mühelos reden wie sie. Nun, sie war jung, sie konnte sich schnell wieder von Anspannung und Schrecken erholen.

Fast hätte der Mentor die Stirn gerunzelt. »Niemand außer den Synnoionten kann eine direkte Kommunikation mit dem Cyberkosmos erreichen.«

»Sicher, *señor*. Weiß das nicht jeder? Aber die Art von Einsicht, von Führung, das Verstehen der Einheit von Raum und Zeit und des Bewußtseins, die von den Datenbanken und den sophotektischen Lehrern ausgehen –« Aleka lächelte. »Klinge ich schrecklich hochgestochen?«

Sandhu erwiderte ihr Lächeln. »Nicht wirklich. Ernsthaft, naiv, vielleicht. Die Explorationen und Meditationen, von denen Sie sprechen, sind das, was die meisten von uns hier unternehmen. Aber sie sind das Werk eines ganzen Lebens, das nie lang genug ist, um sie zu vollenden. Und Sie sagen, Sie können nur eine kurze Zeit hier verbringen.«

»Wir hoffen, es auszuprobieren, *señor*, und herauszufinden, ob wir ... würdig sind. Dann, vielleicht später –«

Sandhu nickte. »Ihre Hoffnung ist nicht ungewöhnlich. *Bueno*, ich kann sehen, daß Sie beide müde sind. Lassen Sie uns erst einmal dafür sorgen, daß Sie gut untergebracht sind. Morgen werden wir Ihnen vorbereitende Belehrungen erteilen und Ihre Fähigkeiten testen. Heute abend ruhen Sie sich einfach aus.« Er deutete in alle Richtungen. »Nehmen Sie die Schönheit ganz tief in sich auf.«

Er führte sie zu den im Schlafsaalstil gehaltenen Unterkünften. Die Männerabteilung war hinreichend belegt, daß Kenmuir sich einen Raum – zwei Bettstellen, zwei Schreibtische, zwei Stühle, ein Schrank – mit einem Novizen aus der brasilianischen Region teilen mußte. Bei einer einfachen Mahlzeit im Refektorium flüsterte Aleka ihm zu, daß sie alleine untergebracht sei. Das war ein Glücksfall, aber auch wenn es nicht so gekommen wäre, hätte sie ihre Vorbereitungen trotzdem treffen können, wenn auch nicht so problemlos.

Die Unterhaltung bei Tisch war freundschaftlich, nicht

sehr zusammenhängend und wurde in mehreren Sprachen geführt. Nachher versammelten sich eine Reihe der fünfzig oder sechzig Besucher und ein paar der ständigen Seelensucher zu geselligem Beisammensein oder entspannten sich bei ernsten, ruhigen Spielen. Kenmuir, der nicht in der Stimmung dazu war, ging nach draußen. Niemand nahm das übel; diese Leute waren ebenso verschieden wie ihre Taos. Er stellte sich auf eine Terrasse und atmete Sommergerüche. Unter ihm fielen die Lichter des Dorfes zu dunklen Wäldern hin ab, über ihm leuchteten Sterne und der schmale Neumond, um ihn herum tanzten Glühwürmchen. Schließlich suchte er sein Bett auf.

Sein Zimmerkamerad war bereits eingetroffen und studierte im Sitzen einen Text auf einem Lesegerät. Er war ein eifriger junger Mann, der sich als Cavalheiro vorstellte. Kenmuir sah keine Möglichkeit, sich einer Unterhaltung zu entziehen. Sie erwies sich als interessant.

»Ich suche Gott in der *quivira*«, versuchte Cavalheiro zu erklären. Die Überraschung auf dem Gesicht seines Zuhörers war unverkennbar. »O ja. Sie fragen sich, bin ich verrückt? Eine *quivira* liefert nichts als die vollsensorische Illusion, den Traum, einer Erfahrung. Zugegeben. Indes läßt man das Programm nicht passiv ablaufen. Man interagiert mit ihm, nicht wahr? Das Resultat davon ist, daß die Episode das Gehirn genauso beeinflußt und im Gedächtnis gespeichert wird, als wäre sie real.«

»Nicht ganz«, wandte Kenmuir ein. »Ich meine, wann immer ich dort gewesen bin, na ja, wußte ich hinterher, daß ich in Wirklichkeit in einem Tank gelegen habe.«

»Alles, was Sie wollen, ist Unterhaltung oder manchmal Wissen«, sagte Cavalheiro. Nicht immer, dachte Kenmuir. Auf langen Weltraumflügen waren Sitzungen in der *quivira* eine Medizin gegen sensorische Verarmung. Ihr Input half dabei, einen Mann geistig gesund zu erhalten.

»Ich suche nach dem Sinn der Dinge«, fuhr Cavalheiro fort. »Die Programme, die ich benutze, wurden von Personen geschrieben, die ihr Leben damit zugebracht haben, nach dem Göttlichen zu streben. Dabei hatten sie die Hilfe von mit Menschen wohlvertrauten Sophotekten, die sich die Summe aller religiösen Kulturen der Menschheitsgeschichte zunutze machen und um Größenordnungen wirkungsvoller denken als wir. Die Konzepte in den Programmen gehen über Worte, Bilder, bewußtes Denken hinaus. Sie reichen in die Tiefen des Geistes und an die Grenzen des Kosmos. Ich glaube, das Terabewußtsein ist in ihnen.«

»Äh, darf ich fragen, wie es ... einem erscheint?«

»Es ist keine einzelne Gestalt. Ich habe zu Indra gerufen, und er hat mir aus dem Donner geantwortet. Ich habe Jesus Christus befragt. Ich habe das Erbarmen Kwan-Yins gespürt. Ich habe – nein, es ist nicht möglich, davon zu sprechen, wie es ist, wenn man sich dem Zustand des Samadhi nähert. Aber sehen Sie nicht, es ist eine Wechselwirkung. In ganz, ganz geringem Maße gebe ich auch dem Göttlichen Gestalt, während es mich erfüllt und mich formt.«

»Sie finden und erschaffen also zugleich Ihren Gott?« wagte Kenmuir zu sagen.

»Ich versuche, Gott zu verstehen und in ihn einzugehen«, erwiderte Cavalheiro. »Ich bin nicht der einzige, der diesen Pfad beschreitet. Keiner von uns hat lange genug gelebt, um ihn bis ans Ende zu gehen, und ich kann mir nicht vorstellen, daß irgendein Mensch das jemals tun wird. Aber das ist es, worum unser Leben sich dreht.«

Nachdem Aleka ihre hohe Kompetenz demonstriert und in groben Zügen das skizziert hatte, was sie und Kenmuir als ihre Absichten ausgaben, erhielten sie die Erlaubnis weiterzumachen. Zu diesem Zeitpunkt stand die Sonne schon hoch im Nachmittag. Sie erklärten, sie würden sich jetzt gerne bei einem Spaziergang entspannen und am nächsten Morgen anfangen. »Eine ausgezeichnete Idee«, stimmte Sandhu zu. »Was Sie begehren, liegt ebensosehr in der lebenden Welt wie in irgendwelchen Abstraktionen.« Er machte in der Luft ein Kreuzzeichen. »Meinen Segen.«

Fußpfade schlängelten sich den Berg hinunter durch seinen Wald. Sie entschieden sich für einen Weg, der wenig begangen wirkte. Ihr Ziel war ein einsamer Ort, an dem sie ihre Strategie planen konnten. Aber die Zeit verstrich, während sie schweigend einherschritten.

Hoch über ihnen raschelte der grüne Forst in einer leichten Brise. Das und ihre Schritte auf dem Waldboden waren anfangs die einzigen Geräusche, außer wenn ein Eichhörnchen keckerte und hoch droben dahineilte oder ein Vogelruf klar aus schattigen Tiefen ertönte. Lichtflecke tanzten. Die Luft unter den Blättern war schwer und warm. Sie kamen an ein paar zerfallenden, moosbewachsenen Blöcken vorbei, die Kenmuir für die Überreste einer Schnellstraße hielt; aber wenn irgendwann einmal eine Stadt hier in der Gegend gewesen war, dann war sie schon lange aufgegeben und niedergerissen worden, um Platz für die Rückkehr der Natur zu schaffen. Alsbald begann er das Plätschern von fließendem Wasser zu hören. Der Pfad erreichte einen Bach, der in einer kleinen Kaskade in eine Mulde hinabwirbelte und -spritzte, in der Brombeeren Rotkehlchen anlockten.

Er und Aleka blieben stehen, um zu trinken. Das Wasser war kalt. Es schmeckte ursprünglich. Als er sich wieder aufrichtete, wischte er sich den Mund ab und seufzte. »Hübsches Land. Und so friedlich. Wie ein ganz anderer Planet.«

Aleka warf ihm einen spöttischen Blick zu. Hier, wo der Baldachin über ihren Köpfen weniger dicht war, schimmerte ihre Haut bernsteinfarben unter einem schwachen Glanz von Schweiß. »Anders als was?« erkundigte sie sich.

Er verzog das Gesicht. »Als die Orte, an denen wir zuletzt waren.«

»Sie haben das völlig falsch verstanden, glaube ich. Die sind die fremden Planeten. Das hier ist der normale, unserer.«

»Wieso das?« fragte er verblüfft.

»Na, wie Sie gesagt haben. Hier ist alles schön und friedlich. *Bueno,* ist nicht ein großer Teil der Erde so?«

»Wieso, äh –«

Er erinnerte sich zurück. Die Höhen und die Heide und die Glockenblumen, die Glens und Lochs, die alten Weiler und die freundlichen Wirtshäuser seines früheren Lebens. Riesige Flächen von Wald, Prärie, Savanne, die Pracht geweihtragenden Wildes und tödlich eleganter Raubtiere, Vögel zu Zehntausenden im Fluge über den Himmel. Eine uralte, umwallte Stadt, liebevoll vor dem Verfall bewahrt. Eine Stadt, die ein einziger Kilometer herrlichen Hinaufstrebens inmitten ihrer Parklandschaft war. Eine Stadt, die auf dem Meer schwamm. Ein Dorf, wo jedes Haus ein unaufhörlich kreuzendes lenkbares Luftschiff war. Eine Gitarre, die durch tropische Dämmerung oder in einer Polarhütte erschallte. Und niemand, der sich beengt fühlte, niemand, der sich fürchtete ... es sei denn, sie wollten es so.

»J-ja«, gab er zu. »Ein großer Teil davon. Und da, wo sie es nach unseren Standards nicht ist, ist es vielleicht das, was die Leute sich ausgesucht haben.« Er dachte an die Drylander. »Ich bin mir nicht sicher, wie viel Wahlfreiheit sie haben, in Anbetracht dessen, was sie sind. Aber niemand zwingt sie.«

Aleka legte den Kopf schief – das obsidianschwarze Haar kräuselte sich – und musterte ihn. »Sie sind ein nachdenklicher *kanaka*«, murmelte sie.

Unsinnigerweise errötete er. »Sie bringen mich dazu nachzudenken.«

»Nö, bei Ihnen ist das eine Gewohnheit.«

»Nun ja, Sie öffnen mir die Augen für das, was um mich herum auf der Erde vorgeht.«

Plötzlich fror er im Sonnenschein. Was wußte er wirklich von der Erde? Von der normalen Menschheit? Sein Universum bestand aus Fels und Eis, den weitverstreuten Außenposten von Wesen, deren Blut nicht das seine war, und einer unter ihnen, die er aufs höchste begehrte, die ihn aber, wie er sehr genau wußte, nicht liebte. Wie froh er war, als Aleka ihn von den Sternen zurückholte: »Ich behaupte ja nicht, daß diese Welt vollkommen ist. Teile davon sind immer noch ziemlich schlimm. Aber im großen und ganzen arbeiten wir uns an das Goldene Zeitalter heran.«

Streitgespräche boten eine Art von Zuflucht. »Wie können Sie das behaupten, wenn Sie selbst –«

Aleka stampfte mit dem Fuß auf. »Ich sagte doch, sie ist nicht vollkommen. Es muß noch eine Menge in Ordnung gebracht werden. Aber manchmal macht das In-Ordnung-Bringen alles nur noch schlimmer. Dann müssen wir kämpfen. So wie jetzt.«

Kenmuir erinnerte sich an die Bitterkeit Lilisaires und anderer Lunarier dem ganzen ach so reibungslos laufenden System gegenüber. Er erinnerte sich daran, wie die Maschinen dieses Systems sie nach und nach durch ihre Konkurrenz aus dem Weltraum verdrängten. Die innerliche Härte kehrte zurück. »Ich nehme an, Sie teilen nicht den allgemeinen Glauben an die absolute Weisheit und Wohltätigkeit des Cyberkosmos?«

Sie zuckte die Achseln. »Lassen Sie mal für einen Augenblick den Cyberkosmos beiseite. Schließlich haben wir es immer noch mit Menschen zu tun. Und die sind genauso kurzsichtig und unehrlich wie eh und je.«

»Aber das System – die Ratschläge, die die Regierungen nie versäumen anzunehmen – die Serviceleistungen, die überall um uns herum sind, wie die Atmosphäre, und von denen wir genauso abhängig sind –« Serviceleistungen, zu denen es offenbar erst kürzlich gehört hatte, einen Drink zu präparieren; und was sonst noch?

»Sie meinen, ob ich mir einbilde, die Maschinen seien moralisch makellos, und allein die Menschen streuten Sand in das Getriebe? Nein.« Alekas Lachen klang hilflos. »Vielleicht bin ich ja exzentrisch, weil ich nicht daran glaube, daß das Terabewußtsein irgend etwas Besonderes mit Gott zu tun hat.«

»Dann bin ich ebenfalls exzentrisch«, stimmte Kenmuir zu.

Ihn durchfuhr es: Was war das Terabewußtsein? Die Kulmination, der höchste Ausdruck des Cyberkosmos? Nein. Die geringeren sophotektischen Intellekte, von denen manche alles übertrafen, was das menschliche Gehirn sich vorzustellen vermochte, hatten zwar Teil an ihm, aber sie *waren* nicht er, nicht mehr, als Felswände und Felsenspitzen der Gipfel eines Berges sind. Ein einziger planetenumspannender Organismus wäre zu langsam, zu locker organisiert gewesen; die Lichtgeschwindigkeit kriecht, wo der Gedanke Sprünge machen würde. Die Maschinen, die sich fortwährend selbst verbesserten, hatten eine oberste Bewußtseinsmaschine erschaffen, irgendwo auf der Erde –

Weiß auf einem Thron oder behütet in einer Höhle
Lebt ein Prophet, der weiß
Warum die Menschen geboren wurden –

und diese beschäftigte sich mit ihren Mysterien, während sie zweifellos gleichzeitig ihre eigene Macht vergrößerte; aber sie war nicht allwissend oder allmächtig, sie war nicht überall.

Ihre Handlanger indes konnten überall sein.

Er mußte davon ausgehen, daß hier keine waren. Sonst war sein Kampf schon verloren.

»Ich gebe natürlich zu, daß dies hier im Grunde eine gute Welt ist«, sagte Aleka. Ihr Blick suchte in dem ausgelassen plätschernden Wasser Frieden. »Ich will sie nicht niederreißen. Ich fühle mich schuldig, weil ich unsere anständigen, freundlichen Gastgeber anlüge. Alles, was ich will, ist die Freiheit für *mein* Volk, das sein zu dürfen, was sie sind.«

Zu welchem Zweck sie ja tatsächlich log, dachte Kenmuir. Und sie würde der ganzen Zivilisation, von der sie so positiv sprach, die Stirn bieten, bis sie gewonnen oder diese sie davon überzeugt hatte, daß ihre Sache falsch war.

Warum hatte sie das nicht getan? Wozu diese Heimlichkeit, diese ... Ränke?

»Ich bin auch kein Revolutionär«, sagte er, während Auflehnung sich in ihm regte. »Ich würde nur gerne sehen, daß die Verhältnisse ein bißchen, na ja, aufgemischt werden.«

Ihr Blick kehrte zu ihm zurück. Während der gemeinsamen Stunden in Overburg hatten sie kaum begonnen, einander kennenzulernen. Mit schmerzhafter Deutlichkeit wurde er sich ihres üppigen Körpers, ihrer Lippen und Brüste und

Hüften und der wohlgerundeten, kräftigen Glieder bewußt. »Warum möchten Sie das?« fragte sie.

»Ach«, verhaspelte er sich, »allzu selbstzufrieden – Wann ist die letzte wissenschaftliche Entdeckung gemacht worden, die auf mehr als die nächste Dezimalstelle oder die neueste archäologische Ausgrabung hinausgelaufen wäre? Wer leistet noch Bahnbrechendes in Musik, graphischer Gestaltung, Dichtung, überhaupt in irgendeiner Kunstrichtung? Wo bleiben die Herausforderungen?»

»Trotzdem«, widersprach sie – wie temperamentvoll sie war! – »versuchen Sie, das Habitat zu stoppen.«

Lilisaires Auftrag, dachte er. Sein Egoismus. Aber das konnte er nicht eingestehen. Vor allem nicht sich selbst gegenüber. »Die lunarische Gesellschaft verdient zu überleben«, erwiderte er lahm. »Sie ist so anders als alles auf der Erde, ein, ein Sauerteig.« Er starrte um sich, wahllos irgendwo in den Wald. »Sie hat sich ihre eigenen schönen Plätze erschaffen, das wissen Sie.«

28

Die Mondmutter

Sie waren ein Trio, das Blicke auf sich zog, als sie durch Tychopolis gingen – die große, weißmähnige Frau mit dem breiten Gesicht, das über der Stirn und an Mund und Augen tief zerfurcht war, auch wenn ihr Rücken noch gerade und ihr Gang geschmeidig war; der großgewachsene, ebenfalls auf der Erde geborene Mann mit den ebenso weißen Locken und dem hageren, wettergegerbten Gesicht, auch er immer noch bei bester Gesundheit; und der Lunarier mit der kupferdunklen Haut unter dem mitternachtsfarbenen Haar, das die schrägstehenden eisgrauen Augen doppelt so groß erscheinen ließ. Angesichts eines scharlachroten Umhangs mit ausgestelltem Kragen, einer goldenen und bronzenen Tunika mit einem Sonnenemblem am Gürtel und einer blauen Strumpfhose hätte es den Anschein haben können, als wolle er jugendliche Farbenpracht gegen die schlichten Unisuits der Älteren setzen; aber dazu war sein Gesichtsausdruck zu streng.

An der Lebensschleuse identifizierte er sich gegenüber dem Portal. Es öffnete sich auf einen Lifteinstieg. »Das hier ist ein Serviceeingang«, erläuterte er. »Der öffentliche Zugang ist wegen der Umbauarbeiten gesperrt.« Sein Englisch war weniger idiomatisch und singend als das der meisten Vertreter seiner Generation, vielleicht, weil er im Rahmen seiner Tätigkeit zwangsläufig zahlreiche irdische Datenbanken in Anspruch nahm und ebenso zahlreiche irdische Experten konsultierte.

»Das weiß ich natürlich«, antwortete Lars Rydberg. »Ich bin mir nur nicht sicher, was für eine Art von Umbauarbeiten das sind.«

Eyrnen trat als erster in den Aufzug. »Wir können schlecht zulassen, daß Tiere, Samen oder Sporen aus den tieferen Ebenen in die Stadt gelangen. Denkt an Bienen, die in Ventilatoren nisten, Eichhörnchen, die an Elektrokabeln nagen, oder Krankheitskeime, die die hohe Mutationsrate hier vielleicht in eine medizinische Überraschung für uns verwandelt hat.«

Dagny Beynac spürte die Beleidigung, die das in sich schloß. »Mein Sohn ist durchaus mit den offensichtlichen Tatsachen vertraut«, sagte sie scharf.

»Ich bitte um Vergebung, Sir«, sagte Eyrnen zu Rydberg. Es klang nicht so, als meine er es auch. »Ich wollte nur sichergehen, daß Euch das Problem klar vor Augen steht. Manche Leute verwechseln unsere Situation mit der der L-5-Kolonie. Dort haben sie nichts weiter als große, straff verwaltete Parks. Wir hingegen gestalten eine Wildnis.«

Rydberg ging auf die halbherzige Versöhnung ein. »Nichts für ungut«, antwortete er. »Das weiß ich natürlich, aber ich war auf die technischen Einzelheiten gespannt. Es ist sehr nett von Euch, uns herumzuführen.«

Das war es, selbst wenn die Großmutter des Bioingenieurs es ebenso ausdrücklich für sich selbst wie für ihren Besucher erbeten hatte, und eine Bitte von Dagny Beynac besaß auf dem Mond so etwas wie die Gewalt eines königlichen Befehls. Eine ganze Reihe von Lunariern hätte trotzdem abgelehnt oder zumindest die Gelegenheit genutzt, eisige, untadelige formelle Überheblichkeit zur Schau zu stellen.

Seltsam, daß sogar dieser Sohn Jinanns eine derartige Feindseligkeit an den Tag legte. Sie war immer das erdenmenschenähnlichste der Beynac-Kinder gewesen, dasjenige, das der Mutterwelt am freundlichsten gegenüberstand. Nun, Eyrnen gehörte der nächsten Generation an.

Und war er denn wirklich feindselig? Rydberg dachte an eine Katze, die sich einem Hund gegenüber durchsetzte, indem sie den Fremden warnte, damit es nicht zu einem Kampf kam. Konnte das Eyrnens Absicht sein? Rydberg unterdrückte einen Seufzer. Er verstand die Lunarier nicht. Er fragte sich, wie gut seine Mutter es tat.

»Es ist mir ein Vergnügen«, sagte der Ingenieur gerade. »Meine ehrwürdige Großmutter hat diese Bereiche seit geraumer Zeit nicht mehr mit ihrer Anwesenheit beehrt. Wir haben viel Neues vorzuzeigen.« Er fügte nicht offen hinzu, daß er es lieber gesehen hätte, wenn sie ohne Begleitung gekommen wäre. Statt dessen: »Sie ist zu sehr von den Belangen ihres Volkes in Anspruch genommen gewesen.« Gegen die Übergriffe durch die Erde, aber das ließ er ungesagt.

Rydbergs Ohren knackten. Sie fuhren wirklich tief hinab.

Er bewunderte die Geschicklichkeit, mit der Dagny sich einmischte: »Über diese technischen Einzelheiten möchte auch ich gerne mehr erfahren. Okay, Ihr habt einen langen Tunnel, um sperrige Lasten und eine große Zahl von Passagieren hin und her zu transportieren. Schleusen an jedem Ende halten die Tiere, die man wahrnehmen kann, innerhalb des Reservats. Wie Ihr sagtet, sind es die Insekten und Samen und Mikroben und dergleichen, die sich vorbeischmuggeln könnten. Aber ich dachte, Eure Sensoren und

Minirobots hätten keine Schwierigkeiten, sie zu erledigen. Ich habe noch von keinem Fall gehört, in dem irgend etwas entkommen ist, mit dem man nicht problemlos fertig geworden wäre.«

Vielleicht gab sie Eyrnen eine Kostprobe seiner eigenen Medizin, ungeachtet dessen, wie unschuldig ihr Lächeln war. Er schluckte sie und erwiderte: »Die Verbesserungen in der Lebensschleuse sind zum Teil qualitativ – bessere Technik – aber hauptsächlich quantitativ – mehr von allem. Da die Ökologie dort unten ihre Fruchtbarkeit ständig steigert und vermehrt und da das Gebiet wächst, wird auch der Invasionsdruck zunehmen. Wir müssen ihnen zuvorkommen.«

Der Aufzug kam zischend zum Stehen, die Tür glitt auf, und die drei traten hinaus auf einen Balkon, von dem aus eine Rampe spiralförmig weiter abwärts führte. Rydberg verschlug es den Atem.

Er stand nahe der Decke einer Höhle, deren Boden sich fast zwei Kilometer unter ihm befand. Die vertieft eingelassenen sonnenartigen Lampen, die sie beleuchteten, schienen jetzt noch mild, da in ihrem Zyklus gerade »Vormittag« war. Sie erwärmten eine Brise, die vorbeistrich und dabei Gerüche nach Wald mit sich trug, die am Boden intensiv und lieblich sein mußten. Die Entfernung ließ die Luft dunstig und blau erscheinen; über zehn Kilometer hinweg gesehen waren die anderen Wände undeutlich, fast unwirklich. Wölkchen trieben umher. Vögel flogen vorbei. Das gleiche tat in einiger Entfernung auch ein Mensch, der mit schillernden, von den Armen abgespreizten Flügeln in die Kurve ging und hoch hinaufstieg; nicht zum Spaß – das gab es an solchen Orten wie dem Avis-Park – sondern um über das Reich dort drunten zu wachen. Es erstreckte sich in den tausendfältigen Grünschattierungen von Wipfeln und mit Wildblumen wie mit Sternen besäten Wiesen und einem Wasserfall, der aus senkrechtem Fels herausstach, um einen See zu bilden, aus dem ein breiter Strom sich glitzernd wand ...

Eyrnen ließ die anderen eine Weile stumm dastehen,

bevor er sagte: »Laßt uns gehen und über die Wege wandern. Soll ich einen Wagen für die Rampe rufen?«

»Für mich nicht!« rief Dagny aus. Sie übernahm die Führung, in Mondsprüngen, wie ein junges Mädchen es vielleicht getan hätte.

»Es ist eine wundervolle Schöpfung«, hatte sie während der letzten Abenddämmerungswache gesagt. »Ich freue mich schon um meiner selbst willen darauf, aber noch mehr darauf, zu sehen, wie du beim ersten Mal darauf reagierst.«

Nachdem sie das Abendessen beendet hatten, saßen sie noch bei Kaffee und Likören zusammen. Dem Essen waren Aperitifs vorausgegangen, und eine Flasche Wein hatte es abgerundet, denn heute feierten sie den Beginn mehrerer Tageszyklen, die sie sich dienstfrei genommen hatte. Ihr Sohn hatte seine Aufträge für Fireball erledigt und beabsichtigte, diese Zeit mit ihr zu verbringen, bevor er nach Hause flog. Sie waren viel zu selten zusammen. Ein wohliges Glühen erfüllte ihre Adern, eine Leichtigkeit ihre Herzen.

Sie hatte das Mahl selbst gekocht, so daß es höchsten Ansprüchen genügte, es aber in der Küche serviert. Nun, da sie, von Besuchen wie dem seinen abgesehen, allein lebte, sparte sie sich ihr prunkvolles Eßzimmer für Partys auf. Die Küche war mehr als geräumig, ein gemütlicher Aufenthaltsort aus brüniertem Kupfer, mexikanischen Kacheln und Wohlgerüchen. Ein Bild Edmond Beynacs in seinen späteren Jahren, an seinem Schreibtisch aufgenommen, blickte auf eine durch Molekularabtastung reproduzierte Landschaft von Constable. Ein Vivaldi-Konzert tanzte im Hintergrund.

»Ich bin sehr gespannt«, sagte Lars. »Nach allem, was ich mir darüber auf den Schirm geholt habe –« Er zögerte. »Es war nicht viel.«

Wenn die Lunarier nur mit den Nachrichtenmedien zusammenarbeiten würden, wenigstens bei Dingen, die so harmlos und verdienstvoll waren wie dieses, dachte er. Wenn es nicht die Mondbewohner mit den irdischen Genen gegeben hätte, was würde die Erde wohl jemals erfahren?

Dagny ging nicht auf die Bemerkung ein. »Ich bin viel zu lange nicht mehr dort gewesen«, sann sie. »Ach, wie ich die natürliche Natur vermisse!«

»Die meisten eurer Gemeinden haben wunderschöne Parks.«

»O ja.« Ihr Blick schweifte zu dem Gemälde. »Aber kein lebendiges Hinterland.«

Er lächelte. »Wenn es das ist, wonach du dich sehnst, dann komm uns doch mal wieder auf Vancouver Island besuchen.«

Sie erwiderte sein Lächeln, auch wenn sie ein bißchen den Kopf schüttelte. »Wahrscheinlich bin ich schon zu tatterig für diese Schwerkraft.«

»Du, mit gerade einmal neunzig? Unsinn.« Nicht nur wegen der Gewissenhaftigkeit, mit der sie ihr Biomed-Programm befolgte, und dem regelmäßigen energischen Training in der Zentrifuge, dachte er. Sie hatte Glück in der genetischen Lotterie gehabt und diesen Gewinn an ihn weitergegeben. Obwohl er selbst schon Mitte Siebzig war, fühlte er sich doch noch nicht wesentlich reduziert. »Komm doch.«

»Na ja, vielleicht.« Sie seufzte. »Hier ist immer so verteufelt viel zu tun, und die Monate vergehen so schnell.«

»Komm zu Weihnachten«, drängte er.

Ihr Gesicht leuchtete. »Mit euren Enkeln!«

Sie hatte Urenkel hier, aber das waren Lunarier.

Sie liebte sie, dessen war er sich sicher, und zweifellos mochten auch sie die alte Dame, die ihnen Geschenke mitbrachte und den Anstand hatte, sie nicht zu umarmen und mit Gefühlsergüssen zu verschonen; aber lauschten sie ihren Geschichten und Liedern mit irgendeinem tiefen Gefühl, machten sie sich je etwas daraus, mit ihr herumzutollen?

»Ich werde einen Urenkel von mir mitbringen, damit er dir dabei hilft, deinen hundertsten Geburtstag zu feiern«, sagte er spontan.

Jetzt lachte sie. Das Licht fiel auf einen feuchten Schimmer in ihren Augen. »Du bist ein Schatz, wenn du erst einmal ein klitzekleines Schlückchen Alkohol getrunken hast, um diese schwedische Steifheit aufzulösen.« Ihr Blick suchte das Bild ihres Mannes. »Ach, Mon«, flüsterte sie, »ich wünschte mir so sehr, du hättest ihn besser kennenlernen können.«

Das Bild war eine Animation. Wegen der behaglichen Stimmung zwischen ihnen fragte Lars etwas, was ihm andernfalls nie hätte entschlüpfen können: »Aktivierst du das sehr oft?«

»Nicht mehr oft«, antwortete sie. »Ich kenne es so gut, weißt du.«

»All diese Jahre«, platzte er heraus. »Kein anderer. Du mußt doch Angebote gehabt haben.«

Plötzlich brach sie in fröhliches Gelächter aus. »Jede Menge, auch wenn das letzte schon eine ganze Weile zurückliegt. Gelegentlich war ich ja in Versuchung, aber nie genug. Mon war ganz einfach nach wie vor eine zu große Konkurrenz für sie.«

Das Lächeln verblaßte. Sie schaute anderswo hin. »Obwohl«, sagte sie, »er zu so etwas wie einem Traum geworden ist, den ich vor langer Zeit einmal gehabt habe.«

»Wir leben durch unsere Träume, oder nicht?« erwiderte er ebenso sanft.

Es war ein Wald der gemäßigten Zone. In der Nähe von Port Bowen war eine tropische Umwelt im Entstehen, die aber bisher noch weniger weit gediehen war, da die Erdarbeiter nicht das Glück gehabt hatten, von so großen Hohlräumen wie denen hier ausgehen zu können. Man sprach auch davon, unter dem Korolew-Krater eine Prärie oder ein kleines Meer anzulegen, aber vielleicht würden die Bevölkerung und die Industrie auf der erdabgewandten Seite noch auf Jahrzehnte zu spärlich sein, um einen solchen Aufwand zu rechtfertigen.

Eyrnen führte seine Verwandten einen Pfad entlang, an dem Ulmen und Eschen und gelegentlich eine Eiche ihre Blätter über ein Unterholz wölbten, in dem wilde Johannisbeeren zu reifen begonnen hatten. Tiefer in den Wäldern schimmerten Birken weiß, und Lichtspritzer tüpfelten den Schatten. Schmetterlinge flatterten glitzernd in der Luft; das Schlagen eines Kuckucks klang gedämpft durch ihre feuchte Stille. Wo Blätter aus vergangenen Jahren auf den Waldweg geweht waren, raschelten sie unter den Füßen. Es roch nach Sommer. Dennoch war dies keine irdische Wildnis. Die Biotechologie hatte ihr Wachstum forciert; die niedrige Schwerkraft würde sie in schwindelerregende Höhen wachsen lassen.

Eine geflügelte Kreatur strich vorbei und verschwand wieder in den Tiefen. Sie war klein gewesen, mit glänzendem Fell und einem Schwanz zum Steuern. Ein schriller Ruf verhallte in ihrem Gefolge. »Was war das?« fragte Rydberg.

»Eine Tagfledermaus«, erklärte Eyrnen ihm. »Eines unserer genetischen Experimente. Abgesehen davon, daß sie dekorativ ist, hoffen wir, daß sie dazu beiträgt, die Population der nützlichen Insekten stabil zu halten.«

»Es wird eine ganze Weile dauern, mit einer ganzen Reihe von Fehlern auf dem Weg dorthin, bevor Ihr eine echte Ökologie habt, die sich selbst erhält«, prophezeite Beynac.

»Sie entwickelt sich schneller als vorhergesagt«, erwiderte Eyrnen. »Ich werde es noch erleben, durch eine echte Wildnis zu wandern.«

»Oh, wohl kaum«, widersprach Rydberg. Sofort bedauerte er es. Eine schlechte Angewohnheit, die Meinungen anderer Leute zu korrigieren!

Eyrnen funkelte ihn wütend an und schnappte: »Wie ursprünglich ist denn Eure sogenannte ›Natur‹ auf der Erde?«

»Friedlich, Jungs«, sagte Beynac. Sie war wohl die einzige, die sich so etwas erlauben konnte. Zu Rydberg: »Sei nicht so pedantisch, mein Lieber. Was *ist* überhaupt Natur? Solange der Zustrom von Energie nicht abreißt, wird es Leben geben, das ohne menschliche oder robotische Betreuung auskommt; und vergiß nicht, das ist Sonnenenergie, die für mehrere Milliarden Jahre ausreicht.«

Rydberg nickte. »Gewiß.« Es war unwahrscheinlich, daß die optischen Leiter, die sie von der Oberfläche heranführten, versagen würden. Die molekularen Resonanzen, die einen vierundzwanzigstündigen Tag-Nacht-Zyklus vorschrieben, und der Wechsel der Jahreszeiten mochten vielleicht durcheinandergeraten, aber selbst wenn manche Arten ausstarben, würden andere sich anpassen.

Und sich am Ende neue Rassen entwickeln? Konnte dieser Wald, fremdartig geworden, in den Tiefen des Mondes fortbestehen, während die Sonne heißer wurde, bis der außer Kontrolle geratene Treibhauseffekt die Erde steril sengte und kochte?

Er achtete darauf, daß seine Bemerkung ganz nüchtern klang: »Nach allem, was ich gehört habe, benötigt eine auf Dauer lebensfähige Ökologie mehr Raum als den, der hier vorhanden ist.«

»Das behaupten jedenfalls die Wissenschaftler«, räumte Eyrnen ein. »Ich denke, es ließen sich Formen züchten, für die das nicht zutrifft. Die Frage ist indes rein akademisch, da die Gebiete ja erheblich erweitert werden sollen. Am Ende, vielleicht in hundert Jahren, werden sie alle miteinander verbunden sein.«

»Hm, was für eine gewaltige Aufgabe.«

»In Zukunft werden wir nicht mehr von Maschinen abhängig sein, um Hohlräume zu schaffen, wo die Geologie sie nicht selbst bereitgestellt hat. Schon jetzt können Bakterien in den Labors Gestein zersetzen und sich dabei vermehren. Es wird mehr Energie erfordern, als heute zur Verfügung steht, und natürlich müssen sie modifiziert werden, damit sie in die Ökologie passen, aber das sind Fragen, die sich ohne weiteres lösen lassen, wenn die Zeit gekommen ist.«

Obwohl Rydberg schon früher auf solche Ideen gestoßen war, hatte es sich dabei doch immer nur um Spekulationen gehandelt. Sie ganz gelassen als Gewißheiten ausgesprochen zu hören war aufregend. »Wieviel der Erweiterung, glaubt Ihr, wird noch zu Euren Lebzeiten geschehen?« fragte er.

Eyrnens Schultern hoben und senkten sich in einem geschmeidigen Achselzucken, während seine Hände hin und her flatterten. »Weniger, als möglich wäre. Es gibt einfach zu viele verschiedene Dinge, die unsere Ressourcen in Anspruch nehmen, und die Erde ist wie eine Senkgrube für sie.«

Dagny hob eine Faust. »Gott verdammt noch mal, ich habe euch doch gesagt, keine Politik heute!« rief sie aus.

Eyrnen warf Rydberg ein reumütiges, beinahe freundliches Grinsen zu und entspannte sich. Der Erdenmensch erwiderte es.

Innerlich jedoch verspürte er einen Augenblick lang Kälte. Er wünschte sich, er wünschte sich *wirklich* ein freundschaftliches Verhältnis zwischen sich und den anderen Kindern seiner Mutter und deren Kindern. Nie hatte er mehr als eine höfliche Duldung errungen. Das lag nicht nur daran, daß sie anders waren. Er war prächtig mit extremeren Metamorphen als diesen hier ausgekommen. Sie wußte, was das offenkundige Problem war, und hatte es beim Namen genannt – die Politik, die elende Politik. Aber auch die Politik war selbst wieder nur ein Symptom, eine Auswirkung der eigentlichen Plage, so wie Fieber und Beulen im Falle der mittelalterlichen Pest.

Eigentum; die Frage des gemeinsamen Erbes. Steuern. Erziehung. Volkszählung. Selbstverwaltung: Gesetzgebung, Legislative, das Konzept der Demokratie und ihrer Erwünschtheit um ihrer selbst willen. Ausschließlichkeit. Die Rechtmäßigkeit der Macht: Verhandlungen, Strafrecht, Asyl. Und immer neue Streitfragen, manche für sich genommen trivial, aber trotzdem Salz, das in die Wunde gerieben wurde …

Was den Konflikt verursachte, dachte Rydberg, war ein zunehmender Wettstreit zwischen einer alten Zivilisation und einer, die im Werden begriffen war; nein, zwischen einer alten biologischen Art und einer, die neu, vielleicht unbeständig, war.

Während Dagny, seine Mutter, hin- und hergerissen zwischen ihnen stand.

Warum hatte sie seine Fragen über den Tod von Sigurd-Kaino, seinem Halbbruder, zum Schweigen gebracht und beiseite geschoben? Irgendwie, auf irgendeinem fernen Asteroiden – Er hatte nicht weitergefragt, weil es ganz eindeutig das war, was sie wünschte. Aber wieso?

Ihre lunarischen Kinder verlangten Schweigen von ihr.

Seine Gedanken schweiften zu seiner Halbschwester Gabrielle-Verdea, die auch in ihren Sechzigern immer noch eine so glühende, so aufrührerische Rednerin war, wie ihr Genstamm nur eine besaß. Eines ihrer Lieder wehklagte in ihm. Da es auf Lunarisch war, ließ es sich kaum in irdischen Worten wiedergeben, und Rydbergs Kenntnisse seiner Ursprungssprache waren auf die praktischen Notwendigkeiten, in denen alle Sprachen ungefähr gleich sind, beschränkt; aber –

Mit euren friedlichen Augen betrachtet meine Narben
Aus alten Kriegen.
Eure Gebeine erinnern sich der Dinosaurier.

29

Das Morgenlicht erweckte das Mandala aus vielen Farben in einem Bogenfenster zum Leben. Weiße Wände leuchteten, belebt von Pilastern, die nach oben strebten, um sich mit der Gewölbedecke zu vereinigen. Duramoos bedeckte grün und elastisch den Boden. Die Stühle, die Liegesofas, der Tisch und der Schreibtisch waren aus Holz und Naturfasern, so graziös wie Weiden. Nichts in der Kammer widersetzte sich dem Komplex aus Konsolen, Tastaturen, Bildschirmen und anderen Geräten, der sie beherrschte. Alles war wie eine Proklamation, daß Leben, Menschsein und Cyberkosmos zusammengehörten.

Eine sehr notwendige Proklamation, dachte Kenmuir.

Diese vielfältige Kommunikations- und Kalkulationsmaschinerie, die moderner war als alles, was er je zuvor gesehen hatte, war bestenfalls ein einschüchternder Anblick.

Die wortlose Ermutigung stieß bei ihm auf taube Ohren. Er war als Feind hierhergekommen.

Mit Aleka an der Seite trat er in die kühle Stille ein. Der Türdurchgang schloß sich hinter ihnen. Sie waren eingeschlossen, abgeschottet, ganz unter sich, bis sie die Tore zum Cyberkosmos öffneten.

Sie schluckte, straffte die Schultern und trat vor. Er folgte langsamer. Sein Herz hämmerte, die Zunge lag ihm trocken im Mund. Das hier versprach entweder der Tag des Sieges, des Scheiterns oder des Untergangs zu werden. Wieder schalt er sich einen Narren, der lieber fliehen und sich dazu bekennen sollte. Aber nein, dann wäre er kein richtiger Mann gewesen!

Aleka ließ sich an der Primärkonsole nieder und bedeutete ihm, neben ihr Platz zu nehmen. Als er es tat, nahm sie seine Hand und drückte sie. Er spürte ihre Wärme, als ob Blut zwischen ihnen hin und her flösse. Sie lächelte. »*Bueno*«, sagte sie, »dann lassen Sie uns mal *va banque* spielen.« Er hatte ihr sein Gesicht zugedreht. Sie beugte sich hinüber und küßte ihn.

Bevor er richtig reagieren konnte, hatte sie sich, ein bißchen lachend, schon wieder zurückgezogen, und ihre Finger lagen auf den Tasten. Da er wußte, daß eigentlich kein logischer Grund dazu bestand, hatte er darauf verzichtet, ein Beruhigungsmittel zu nehmen. Jetzt auf einmal waren die Ängste und Zweifel schlagartig aus ihm herausgebrannt. Das war auch nicht logisch, aber zum Q damit! Wenn er sich erst einmal auf eine Handlungsweise festgelegt hatte, war er immer ganz ruhig geworden. Noch nie aber hatte er sich klarer und wacher im Kopf gefühlt als jetzt.

»Führen Sie mich«, sagte sie.

Gestern hatten sie einen ungefähren Plan ausgearbeitet. Im Anschluß daran hatte er viel Zeit allein verbracht und gegrübelt, wenn seine Gedanken nicht gerade in der Hoffnung auf eine Eingebung frei und ziellos dahingetrieben waren. Trotzdem mußten sie sich vorwärtstasten, mußten improvisieren, während seine Kenntis des Weltraums und der Raumfahrt Alekas Gewandtheit im Umgang mit dem System lenkten.

»Die Geschichte der interplanetarischen Forschung«, teilte er ihr unnötigerweise mit. »Zuerst eine Zusammenfassung.« Das sollte ihr Unternehmen wie eine harmlose kleine Anfrage wirken lassen, vielleicht von jemandem, der gerade nichts Besseres zu tun hatte.

Hypertext erschien in einer dreidimensionalen Anordnung. Aleka gab die Befehle ein, die Thema um Thema vom Asteriodengürtel nach außen zum Kuiper-Gürtel und darüber hinaus führten. Verluste ... Sigurd Kaino Beynac war nicht heimgekehrt. Ziel und Zweck seiner Reise waren nie in irgendeine öffentliche Datenbank eingegeben worden. Was für eine Geschichte da auch immer unter Verschluß gehalten wurde, wahrscheinlich war sie bei dem schrecklichen Ende von Niolentes Rebellion verlorengegangen. Sagte jedenfalls der Computer.

»Dieses Zeug kennen wir doch schon«, beschwerte sich Aleka.

»Ja, aber ich will es in einem Gesamtkontext haben, oder jedenfalls in einem Kontext, der so umfassend wie nur möglich ist«, erwiderte Kenmuir. »Als nächstes werden wir uns auf wissenschaftliche Missionen zu Asteroiden konzentrieren.«

Die vorgegebenen Querverbindungen führten rasch zu Edmond Beynac und seinem Tod. Kenmuir nickte. Das hatte er erwartet. »Beynac war hinter einer Bestätigung seiner Ideen über die Frühzeit des Sonnensystems her. Lassen Sie uns überprüfen, wie diese genau aussahen. Meine Erinnerung daran ist nur vage. Ich beginne zu erkennen, daß das vor allem daran liegt, weil ich sie kaum je erwähnt gefunden habe. Weil er sich tatsächlich geirrt hatte, oder weil es dort etwas gab, das jemand unterdrücken möchte? Er war zu einflußreich in seiner Wissenschaft, als daß sich alle Aufzeichnungen darüber hätten löschen lassen.«

Nachdem er die Übersicht studiert hatte, was einige Zeit in Anspruch nahm, stieß Kenmuir einen leisen Pfiff aus. »Hm-mh *hm*. Ich beginne zu ahnen, zu was für einer Art von Himmelskörper Kaino hinausgeflogen ist. Aber das war Jahre nach dem Tod seines Vaters, und er wäre nicht blind gestartet. Zuerst eine astronomische Suche. Aber niemand hat je gehört –« Er skizzierte Anweisungen für Aleka, wie sie den Bericht darüber aufspüren konnte.

Und: »Ach ja, ich hatte vergessen, oder habe es vielleicht nie gewußt, daß einer von Kainos Brüdern das größte Mond observatorium jener Zeit leitete. Wir werden eine Auflistung durchgehen, welche Berichte und Abhandlungen zwischen diesen beiden Todesfällen daraus hervorgegangen sind.«

Und: »Merkwürdige Lücken, finden Sie nicht auch? Ferne Kometen, die entdeckt und katalogisiert wurden, nichts Anomales, aber … ich würde meinen, man hätte bei den Erhebungen mehr davon entdecken müssen. Wir wissen, daß sie da draußen sind. Ist über bestimmte Erkenntnisse nicht berichtet worden?«

Und: »Wenn ich ernsthaft daran interessiert wäre, hm-m, Edmond Beynacs hypothetischen Mutterasteroiden zu entdecken, dann würde ich bessere Parallaxen zu erlangen suchen, als das vom Mond aus möglich ist. Robotsonden – diese Starts werden verzeichnet sein, selbst wenn die Ergebnisse es nicht sind.«

Aleka kicherte. Es klang wie eine Gitarrenseite, die zerriß. »Was für ein Glück für uns, daß der Cyberkosmos ein Datenhamster ist. Er hortet alles.«

»Ja, aber ein Teil des Hortes bleibt immer unter der Erde verborgen.« Kenmuir war eine Weile still. »Gehen Sie noch einmal kurz zurück zu Kaino. Das Abflugdatum seiner letzten Reise, der genaue Typ und die technischen Daten seines Schiffes, die Parameter der anfänglichen Beschleunigungsphase, so weit sie routinemäßig verfolgt wurden, das Datum der Rückkehr ohne ihn. Das alles wird öffentlich bekannt gewesen sein.«

Und: »Ja, das paßt zu einer Expedition in den Kuiper-Gürtel, auch wenn es immer noch ein ungeheures Gebiet übrigläßt.« Kenmuir runzelte die Stirn. »Die letzten ein oder zwei Jahrzehnte der Selenarchie. Missionen, die von den Aristokraten von Zamok Vysoki entsandt wurden: Rinndalir, bis er nach Alpha Centauri verschwand, danach Niolente. Wahrscheinlich sind nur sehr wenige Informationen darüber freigegeben worden, aber wir werden ja sehen, was vorhanden ist, einschließlich allem, was die Friedensbehörde in ihren Dateien gefunden hat.«

»Sie haben mir doch erzählt, sie hätten behauptet, vieles davon sei versehentlich zerstört worden«, sagte Aleka.

»Das haben sie behauptet, ja. Lassen Sie uns nachsehen. Wieder Schiffstypen und Startparameter. Die können nicht verheimlicht worden sein, wenigstens nicht, wenn sie vom Mond aus gestartet sind. Und vielleicht können Sie ein paar Ladelisten oder dergleichen aufspüren, bruchstückhafte Fakten, die einen Hinweis darauf geben, was sie an Bord gehabt haben könnten ... Äh, ich sollte Ihnen wohl besser erklären, wie solche Sachen funktionieren.«

Nachdem sie die Zahlen zusammengestellt hatten, wendete sich Kenmuir einer Hilfskonsole zu und berechnete Flugbahnen, Treibstoffverbrauch, das Spektrum dessen, was geschehen sein konnte. Als er damit fertig war, lehnte er sich zurück und sagte mit seiner nüchternsten Stimme: »Jetzt ist es sonnenklar, Lilisaires und meine Vermutungen sind richtig. Irgendeine Art von Projekt im Tiefenraum, zu dem auch das Errichten von Bauten gehört. Heimlich, was bedeutet, daß die Flüge zu diesem Ort selten und in großen Abständen und nur mit Minimalbesatzung erfolgen konnten. Aber selbst in jenen Tagen ließ sich mit sorgfältig ausgewählten und programmierten Robotern eine Menge bewerkstelligen, wenn die Rohstoffe bei der Hand waren.«

Er erhob sich und schritt auf und ab. Seine Hände rangen miteinander. »Ja«, sagte er in einem monotonen Singsang. »Verstehen Sie, Aleka? Es *muß* praktisch Edmond Beynacs riesiger Eisenasteroid sein, der dort draußen, wo es eigentlich nur Staub und Geröll und große und kleine kometenbildende Eiskugeln geben dürfte, seine Bahn zieht. Seine Kinder haben die Entdeckung für sich behalten, weil sie dachten, sie könne sich als wertvoll erweisen. Das Geheimnis wurde von Generation zu Generation weitergegeben, zweifellos jedesmal immer nur an ein oder zwei Personen, sonst hätte es sich nicht so lange bewahren lassen. Am Ende entschlossen Rinndalir und Niolente sich zu dem Versuch, Gebrauch davon zu machen.«

»Ein riskantes Unternehmen, ein Was-haben-wir-schonzu verlieren-Schritt«, wisperte die Frau. »Andernfalls hätte irgend jemand es früher probiert. Nachdem Fireball den Avantisten den Krieg erklärt hatte, war es zum Untergang verdammt, wie langsam sein Sterben auch immer vor sich gehen mochte. Die Selenarchen waren ebenfalls bedroht. Ohne Fireball hatten sie keine realistische Hoffnung mehr, ihre Unabhängigkeit gegen eine zu allem entschlossene Föderation zu bewahren. Es sei denn – Beynacs Welt – aber wie? Was für eine Hilfe gab es dort?«

»Etwas, von dem die Regierung nicht will, daß es bekannt wird.«

»Nicht die ganze Regierung. Wie hätte sie das auch gekonnt, Jahrhundert um Jahrhundert, ohne daß jemand es ausplauderte?«

»Der Cyberkosmos. Das –« Kenmuir entschied sich, nicht zu sagen: »Terabewußtsein.« Statt dessen: »Er konnte das Wissen mit Leichtigkeit für sich behalten, außer gegenüber ein paar restlos vertrauenswürdigen menschlichen Agenten. Als Lilisaire neugierig wurde, übernahm dieser Synnoiont Venator die Leitung der Nachforschungen darüber, wie viel sie wohl schon herausgefunden hatte und was ihre Lunarier im Sinn haben mochten.«

Sie nickte. Sein letzter Satz war automatisch gewesen, unnötig.

Er hielt inne. »Nun, ich glaube, wir haben alles, was wir aus den frei zugänglichen Dateien herausholen können«, sagte er. »Und das in bemerkenswert kurzer Zeit – dank dieser Anlagen.« Tatsächlich wäre eine so sorgfältige Sondierung in einer Quasi-Unendlichkeit von Bytes in einer weniger gut ausgerüsteten Station kaum möglich gewesen. »Und wir haben immer noch mehrere Stunden Zeit. Möchten Sie eine Pause einlegen, oder sollen wir gleich weitermachen?«

»Ich könnte mich nicht entspannen, wenn ich warte. Sie?«

»Offen gesagt nein.« Er gesellte sich wieder zu ihr. Sie wechselten ein unpersönliches Grinsen.

Ihres verblaßte. Wie um nach einem Trost zu greifen, murmelte sie: »Ich frage mich, ob Dagny Beynac davon wußte.«

»Sie haben von ihr gehört?«

»Sie war ein ziemlicher Machtfaktor auf dem Mond, oder nicht?«

»Ja, ich kann mir gut vorstellen, daß sie es in der Tat wußte. Die Geschwister würden ihre Hilfe gebraucht haben, um die Spur zu verwischen. Aber sie hat das Geheimnis mit ins Grab genommen.«

Aleka schüttelte sich. »Kommen Sie. Anker los!«

Sie verwendeten einige Minuten darauf, ihre Frage zu formulieren. Sie war simpel genug, aber sie mußte wie eine wirken, auf die Aleka zufällig gestoßen war und die ihre Neugier erregt hatte. Kenmuir brachte ein, was er an spezifischen Daten hatte erraten können, wie zum Beispiel das ungefähre Himmelssegment, in dem das Objekt höchstwahrscheinlich seine Bahn zog, aber in ihrer endgültigen Form lief die Frage auf folgendes hinaus: *Bewegt sich ein sehr großer Eisenasteroid, der aus dem inneren Sonnensystem heraus abgelenkt worden ist, auf einer Umlaufbahn durch den Kuiper-Gürtel?*

Aleka richtete sich auf, feuchtete ihre Lippen an und gab die Frage ein.

Ein durchdringender Ton erklang. Ein roter Lichtpunkt blinkte auf dem Schirm. Darunter sprangen die Worte ins Auge:

DATEI 737. DER ZUGRIFF IST AUF AUTORISIERTE PERSONEN BESCHRÄNKT. DNS-IDENTIFIKATION IST ERFORDERLICH.

Das Anglo wechselte zu einer Reihe von anderen Sprachen. Aleka schaltete die Anzeige aus.

Sie und Kenmuir saßen eine Weile schweigend da. Wieder verspürte er eine stählerne Festigkeit. »Keine große Überraschung, was?« sagte er endlich. »Zeigt, daß wir auf der richtigen Fährte sind.« Er deutete auf die kleine Tasche, die Aleka mitgebracht hatte. »Sollen wir?«

»Einen Augenblick noch«, antwortete sie. Ihre Stimme war genauso beherrscht wie seine, aber auf ihrer Stirn sah er Schweiß. Er dachte, er würde süß riechen, nach Frau, hätte der Gestank seines eigenen das nicht überdeckt. »Ein gewöhnlicher Gelehrter würde sich fragen, warum.«

»Gutes Mädchen!« Sein Lachen rasselte. »Offenbar haben Sie eine Begabung für Intrigen.«

Ihr Mund zuckte. *Darf ich nach dem Grund fragen, warum die Datei der Geheimhaltung unterliegt?* tippte sie ein. Die ganze Zeit über hatten sie die akustischen Verbindungen ausgeschaltet gelassen, damit sie frei sprechen konnten, und ebenso die optische Erfassung. Außerdem hätte ein echter Forscher derartige Ablenkungen vermieden.

ALLGEMEINE SICHERHEITSERWÄGUNGEN MACHEN ES ERFORDERLICH, DASS BESTIMMTE AKTIVITÄTEN UND BESTIMMTE BEREICHE IM SONNENFERNEN RAUM EINEM GENERELLEN VERBOT UNTERLIEGEN, VON DEM NUR DIE ZUSTÄNDIGEN KYBERNETISCHEN ANLAGEN AUSGENOMMEN SIND. ANDERNFALLS BESTÜNDE DIE GEFAHR, DASS EINIGE OBJEKTE, DIE INSTABILE BAHNEN BESITZEN, INS SYSTEMINNERE ABGELENKT WÜRDEN. AUF LANGE SICHT KÖNNTE DAS GEFÄHRLICHE FOLGEN HABEN. ES LIEGT IN DER KYBERNETISCHEN VERANTWORTLICHKEIT, GEEIGNETE MASSNAHMEN GEGEN VORHERSEHBARE UNGLÜCKSFÄLLE ZU TREFFEN, GANZ GLEICH, WIE WEIT SIE IN DER ZUKUNFT LIEGEN MÖGEN. EINZELHEITEN WERDEN ZURÜCKGEHALTEN, UM VERSUCHUNGEN ZU VERMEIDEN.

JEDOCH IST ES ZULÄSSIG MITZUTEILEN, DASS KEIN HIMMELSKÖRPER BEKANNT IST, DER IHRER BESCHREIBUNG ENTSPRICHT. AUS KOSMOLOGISCHEN GRÜNDEN IST ER AUCH NICHT PLAUSIBEL. VERGLEICHEN SIE – Der Bildschirm zeigte eine Liste von Verweisen an. An den Titeln und Daten erkannte Kenmuir, daß es sich um wissenschaftliche Aufsätze handelte, die zu

Edmond Beynacs Lebenszeit veröffentlicht worden waren und gegen seine Theorie argumentierten.

»Du lügst«, knurrte er die Maschine an. »Du lügst wie gedruckt – sogar ohne Papierausdruck.«

»Das erfordert ein eigenes Bewußtsein«, flüsterte Aleka. »Wir haben Kontakt mit einem Sophotekten aufgenommen.«

»Hochspezialisiert, ein Knoten im Netz«, vermutete Kenmuir. »Eine gewisse Flexibilität ist immer besser als eine einfache, unverblümte Zurückweisung.« Er seufzte. »Vermutlich könnten wir die Maskerade aufrechterhalten und diese uralten Kontroversen aufrufen, aber ich bin dafür, direkt weiterzumachen.«

Aleka hob eine Hand. »Warten Sie eine Minute. Lassen Sie mich nachdenken.«

Die Stille zog sich hin. Die matten Farben, die von dem Mandala auf die Wand gegenüber geworfen wurden, hatten sich merklich nach unten verschoben, seit sie und Kenmuir angekommen waren.

Aus den Augenwinkeln sah er, daß sie ihren Blick auf ihn gerichtet hatte, und erwiderte ihn. Ihre Augen waren von einem goldfleckigen Rostbraun. »Das ist eine *mucho* wichtige Sache«, sagte sie sehr leise.

»Ja«, antwortete er in Ermangelung eines besseren Wortes.

»Jemand ganz, ganz hoch oben will, daß es *kapu* bleibt. Der *haku*, das *kahuna* – ich weiß nicht, wer oder was, aber ich denke, daß es in der Vergangenheit die Aufmerksamkeit des Terabewußtseins erregt hat und sie wieder erregen kann.«

Ein Frösteln überlief ihn. »Könnte gut sein.«

»Ist die Absicht dahinter schlecht?«

»Vielleicht nicht. Warum dürfen wir das nicht für uns selbst entscheiden?«

»Wollen Sie das hier immer noch zu Ende führen?«

Er dachte einen Augenblick lang darüber nach. »Wenn *Sie* wollen.«

Sie nickte. »Ja. Aber hören Sie zu. Sie haben gesagt, daß es mehr erfordere als nur ein Schloß, um Informationen zu verstecken – jedenfalls für eine so lange, lange Zeit wie in diesem Fall. Es erfordert flexibles Reagieren. *Bueno*, wird der Wächter wirklich mit einem DNS-Scan zufrieden sein?«

»Das war alles, was er verlangte.«

»Alles, was darüber hinausgeht, könnte zu umständlich sein.« Und alles darunter, wie etwa eine Gesichts- oder Fingerabdruckidentifikation, überlegte Kenmuir, ließ sich zu leicht fälschen. »Trotzdem, wenn ich das Kommando hätte und wüßte, daß Lilisaire auf Raub ausgeht, würde ich die eine oder andere zusätzliche Vorsichtsmaßnahme ergreifen. Wie zum Beispiel, den Wächter anzuweisen, mich zu benachrichtigen, wenn irgend jemand sich Zutritt verschafft, rechtmäßig oder nicht.«

Kenmuir schreckte auf seinem Sitz hoch. »Ha! Daran hatte ich noch gar nicht gedacht.«

»Ich bis gerade eben auch nicht. Natürlich mag ich mich täuschen.«

»Aber wenn Sie recht haben –« Sein Gehirn arbeitete wie wild. »Venator würde nicht dasitzen und abwarten. Er wird zu tun haben, höchstwahrscheinlich weit von hier entfernt.«

»Also würde er wollen, daß der Wächter nicht nur mit ihm Kontakt aufnimmt, sondern auch mit Agenten, die näher sind und schneller zuschlagen können.«

»Die Polizei?«

»Nicht die örtliche Polizei. Sie würden sich fragen, warum sie angewiesen würden, zwei Personen festzunehmen, die ganz harmlos die öffentliche Datenbank benutzen. Diese Personen könnten ihnen erzählen warum, und sie wiederum würden es anderen erzählen, und die Leute würden sich wundern. Ich für meinen Teil würde die Elite-Eingreiftruppen der Friedensbehörde alarmieren, auf der ganzen Welt, um für eine schnelle Razzia bereitet zu sein, ohne Angabe von Gründen, aber unter strengster Geheimhaltung.«

»Als letztes Mittel –« Widerspruch stieg in Kenmuirs

Kehle auf wie Erbrochenes. »Werden wir uns von dieser Möglichkeit paralysieren lassen?«

»Nein«, sagte Aleka. »Aber wir sollten uns besser zuerst umsehen.«

Erneut widmete sie sich dem Gerät. Es teilte ihr mit, daß der nächste Stützpunkt der Behörde sich im Chicago-Integrat befand. »Wenn man die Zeit einkalkuliert, um im Alarmstart loszubrausen, könnte ein Pfeiljet innerhalb einer halben Stunde ein Kommando hierherbringen«, rechnete sie aus. Kenmuir, der praktisch nichts über die Polizei wußte, faßte Mut. Vielleicht konnte er wenigstens eine Botschaft nach Zamok Vysoki durchgeben. Sie mußte im Klartext hinausgehen. Da aber der Mond am Himmel stand, konnte sie direkt an einen zentralen Empfänger dort abgestrahlt und – und von einem Überwachungsprogramm abgefangen werden und sofortige Gegenmaßnahmen provozieren – »Was wir wissen müssen, ist, ob sie *tatsächlich* im Alarmstart losbrausen«, sagte Aleka gerade. »Warten Sie.«

Ihre Finger tanzten. Die einem Raumfahrer anerzogene Geduld besaß Macht genug, Kenmuir reglos warten zu lassen.

Nach einer Zeit, die er lieber nicht abzählte, lehnte Aleka sich zurück, wischte sich mit einer Hand übers Gesicht und murmelte: »Gut. Wir erfahren es.«

»Wie das?« krächzte er.

»Ich habe es so eingerichtet. Die Verkehrsleitstelle informiert uns, wenn und falls irgendwelche außerplanmäßigen Hochgeschwindigkeitsflieger das CI in diese ungefähre Richtung verlassen.« Sie schüttelte den Kopf. »Nein, nein, nichts Besonderes, kein Einbruch. Die Art von Information, die auch ein Zivilist Grund haben könnte anzufordern. Zum Beispiel könnten wir atmosphärische Turbulenzeffekte studieren, oder irgendeine andere akademische Arbeitsbeschaffungsmaßnahme dieser Art. Ich mußte nur rauskriegen, wie man darum ersucht.«

Seine Bauchmuskeln entspannten sich eine Winzigkeit. »Dann … falls es passiert … werden wir zwanzig oder dreißig Minuten haben, um uns zu Ihrem *volant* zu begeben und zu verschwinden?«

»So einfach ist es auch wieder nicht. Die Verkehrsleitstelle wird einem *māka'i* genauso bereitwillig einen Gefallen tun wie uns, wenn nicht bereitwilliger. Ist leicht genug, die Registriernummer eines Fahrzeugs zu bekommen, das kurz zuvor von hier abgeflogen ist, und genau festzustellen, wo es sich befindet, während es unterwegs ist. Wir müssen irgendwo ganz in der Nähe landen und wie die Karnickel rennen.« Aleka seufzte. »Ich verlasse mich darauf, daß Lilisaire meinen armen Flieger auslöst oder mir einen neuen kauft. Es sei denn, Sie und ich landen da, wo wir keine Verwendung mehr für ein Privatfahrzeug haben.«

Kenmuir weigerte sich, über die häßlichsten Möglichkeiten nachzudenken. Um Gottes willen, das hier war die moderne Welt! Bisher hatten er und sie nichts Ungesetzliches getan. Wenn sie jetzt dabei waren, nun, rein formal war es kein schwerwiegendes Vergehen, nicht in einer Gesellschaft, die das Recht eines jeden Bürgers auf Information anerkannte. Sie würden Anspruch auf eine öffentliche Anhörung haben, auf Rechtsbeistand, auf Verfahrensweisen, die den Geheimnisbewahrern sehr wohl allzu unangenehm sein mochten. Es war ja keineswegs so, daß sie es mit einem Instrument eines allmächtigen Staates zu tun hatten, dem KGB oder dem IRS oder wie immer der Name noch gleich gewesen war –

Er wünschte sich, er könne daran glauben.

»Was wir tun müssen, ist, entkommen und dann eine Bestandsaufnahme machen«, sagte er. Ein unvoreingenommener Teil von ihm höhnte, daß er ihr genausogut den Wert von Pi auf vier Dezimalstellen hätte aufsagen können. »Wie?«

»Das wollte ich gerade abchecken.« Einmal mehr machte sie sich an die Arbeit. Fahrpläne paradierten über den Schirm.

Nach einer Weile: »Okay. Es gibt keine öffentlichen Verkehrsverbindungen aus Prajnaloka hinaus, und überall in der Umgebung sind sie spärlich, da die Region nur dünn besiedelt ist. Größtenteils handelt es sich um innerörtliche Verkehrsmittel, was uns nichts nützt. Rechnen wir zehn Minuten, um zu meinem *volant* zu laufen. Zehn oder zwölf Minuten in der Luft, bevor uns irgend jemand abfangen kann, mehr nicht.

Der einzige Ort in Reichweite ist Springfield. Es verfügt über einen zweimal täglich verkehrenden Flugbus zum St.-Louis-Verteiler. Dort könnten wir in der Menge untertauchen und rasch Plätze nach irgendwo anders, wo es groß und anonym ist, buchen. Das Problem ist nur, daß die Gegenseite das auch weiß oder es jedenfalls rasch herausfinden wird. Wir müssen unsere Ankunft in Springfield und unsere Abreise von dort sehr, sehr genau kalkulieren. Der nächste Bus geht in etwa einer halben Stunde. Sonst müßten wir bis zum Abend warten.«

»Das ließe uns Zeit, um uns vorzubereiten«, sagte er zögernd.

»Und es ließe auch Zeit, in der eine Menge Dinge schiefgehen könnten«, gab sie scharf zurück. »Offensichtlich hat die Tatsache, daß wir an den Außenbereichen des verbotenen Bezirks abgeprallt sind, keinen Alarm ausgelöst. Sonst stünden wir in dieser Minute schon unter Arrest. Aber geht vielleicht gerade jetzt eine Abfrage über die Leitungen? Oder – wir *werden* schon gejagt. Die Daten könnten anfangen, nach hier zu deuten.« Ihre Stimme erschallte. »Ich finde, wir sollten weitermachen.«

Er erwog es sorgfältig. Wenn sie auf der Stelle Reißaus nehmen mußten, bedeutete das, ihre Ersatzkleider und ihr übriges Zeug im Schlafsaal zurückzulassen. Aber das ließ sich leicht ersetzen, da sie ihr gesamtes Bargeld bei sich trugen, und wenn Sachen zurückblieben, mochte das sogar das Mißtrauen für eine kurze, aber entscheidende Zeitspanne zerstreuen. Impulsiv streckte er die Hand aus. »Dann los!«

Sie erwiderte den Händedruck. Ihrer war hart und warm. »Okay, *aikāne*.« Da begriff er, warum Menschen im Laufe der gesamten Geschichte immer wieder ihr Leben für Unternehmungen aufs Spiel gesetzt hatten, die spätere Generationen als fanatisch ansahen. Es lag in der Natur der Bestie.

Aleka nahm ihre Tasche, stellte sie auf den Schoß und zog einen Gegenstand heraus, der ein braunes Tuch zu sein schien. Auseinandergefaltet erwies es sich als ein Handschuh aus dünnem Material – einem Material, das lebte, so wie die Maske, die sie früher getragen hatte. Sie zog ihn über ihre rechte Hand.

»Lilisaires Agent hat ihn mir auf Hawaii gegeben«, hatte sie Kenmuir in jener Nacht in Overburg erzählt, während das Feuer allmählich erlosch. »Eine Spezialanfertigung. Sie meint, wir könnten vielleicht Verwendung dafür finden.«

»Was ist das?« fragte er.

»Ein Organismus mit Gewebereserven, die für ein paar Wochen halten. Hergestellt aus einer Zellprobe jenes Synnoionten, der sie besucht hat – Venator, so sagte sie, sei sein Name. Er beinhaltet seine DNS. Wenn wir an einem Bioschloß vorbei müssen, dann sollte ein so hochrangiger Typ, der an dem Fall arbeitet, es doch eigentlich öffnen können, oder?«

»Aber ... aber wie konnte sie ein brauchbares Muster bekommen?« Die Hautschuppen, die jeder im Laufe eines Tages verlor, reichten dazu nicht aus. Sie waren winzig, tot und degeneriert, mit Staub und anderen Resten vermischt. Es erforderte empfindliche Geräte, von denen die meisten sich nur im Besitz der Polizei befanden, um so etwas zu finden; und sobald man das Genom einmal kartiert hatte, brauchte man eigene Mittel, um zu bestimmen, zu wem es gehörte. »Wenn sie ihm irgendwie Blut abgezapft hat, vielleicht, indem sie einen Unfall fingierte – aber hätte er ihre Absichten nicht erraten?«

Aleka grinste. »Ich habe nicht nachgefragt. Aber ich habe so meine Vermutungen.«

Er spürte, wie seine Wangen heiß wurden, und war wütend darüber. »Nein, warten Sie«, brauste er auf, »das ist lächerlich! Ein Gamet hat nur den halben Chromosomensatz!«

Er sah seinen Irrtum, noch während sie antwortete: »Ha, aber wir sprechen hier über eine Unmasse von Gameten. Zusammengenommen, kann ein Labor rasch genug das vollständige Originalgenom daraus rekonstruieren. Dann synthetisiert es eines, und – Wissen Sie, man versucht ja nicht, den ganzen Menschen zu klonen, nur ein bißchen Haut für ein einfaches Substrat. Das ist kein besonderes Kunststück. Sie stecken einfach Ihre Muster einem Biotechniker zu, der in Ihrem Sold steht, und der geht hin und erledigt die Sache in irgendeinem der zahlreichen gentechnischen Labore. Ich wage zu behaupten, daß das für Lilisaire nicht die erste Gelegenheit dieser generellen Art war. Als das Ding fertig war, mußte er es ihr nur noch unter seinem Hemd bringen, oder wie auch immer. Wir sollten Freund Venator zwar besser nicht unterschätzen, aber bei diesem speziellen Handel mit ihr –« Aleka lachte. »Armer, argloser Supermann!«

Kurz darauf überstürzten sich die Ereignisse, und Kenmuir vergaß seinen Schmerz.

Natürlich verfügte diese Station über eine Bioschloß-Ausrüstung. Das gehörte zu ihrer umfassenden Ausstattung. Nicht alle versiegelten Dateien waren amtlicher Natur. Man konnte durchaus eine sehr persönliche Information in die öffentliche oder in eine private Datenbank eingeben wollen, zur Verwendung zusammen mit anderen bereits dort abgelegten Fakten. Der Cyberkosmos würde es wissen, da er alles erfaßte, aber er würde das Vertrauen nicht mißbrauchen.

Aleka ging in das Programm hinein und präsentierte ihren lebenden Handschuh. Nach einem Moment zeigte der Schirm DATEI 737 FREIGEGEBEN an.

Um den Eindruck zu vermeiden, daß sie dieselbe Person war, die schon früher Erkundigungen eingezogen hatte, schrieb sie: *Gib mir sämtliche Informationen über den riesigen Eisenasteroiden im Kuiper-Gürtel.*

DIE PROSERPINA. DAS IST DER NAME, DEN ER VON DEN LUNARIERN ERHIELT, DIE IHN ENTDECKTEN UND ZUERST ERFORSCHTEN. IHRE NACHFOLGER ERSCHLOSSEN IHN TEILWEISE FÜR EINE BESIEDELUNG. SEINE MASSE BETRÄGT –

Kenmuir beugte sich vor, als könne er die Worte aus dem Terminal herausziehen. Sein Puls lärmte. Ja, ja, Edmond Beynacs –

– ÜBERBLEIBSEL EINES PROTOPLANETEN, DER IN EINE EXZENTRISCHE UMLAUFBAHN MIT GROSSEM APHEL ABGELENKT WURDE. DURCH ZUSAMMENSTÖSSE, DIE IM LAUFE VON GIGAJAHREN ERFOLGTEN, HAT ER ERHEBLICHE LAGER VON WASSEREIS, ORGANISCHEN SUBSTANZEN UND –

Gemeinplätze. Wann würde das verdammte Programm endlich zu den Zahlen kommen?

– MÖGLICHKEIT EINER BESIEDLUNG DURCH LUNARIER –

Rechts von Kenmuir leuchtete ein zweiter Schirm auf. Aleka lehnte sich an ihm vorbei, um zu lesen. Der Atem zischte zwischen ihren Kiefern. Sie rüttelte ihn aus seiner Versunkenheit auf. »Das ist es«, sagte sie. »Soeben ist ein Flitzer vom Stützpunkt Chicago aus gestartet. *Hele aku*.«

»Eine Minute, eine Minute«, keuchte er. »Die Bahnelemente –«

»Möchten Sie in einer hübschen ruhigen Zelle darüber nachdenken? Tempo, Junge!« Sie war aufgesprungen. Sie gab ihm einen festen Klaps auf die Schulter.

Mühsam stemmte er sich hoch und stolperte hinter ihr her, zur Tür hinaus, über den Innenhof, auf die Gemeinschaftsgarage zu. Sonnenlicht überschüttete ihn maßlos grell, aber im Osten, über einem Dach, erspähte er die fahle Sichel des Mondes.

Enden Kämpfe denn niemals? fragte er sich in all dem Aufruhr. Führte er einen Krieg, der in den Tagen Dagny Beynacs begonnen hatte?

30

Die Mondmutter

Der Swimmingpool füllte den größten Teil seiner Kammer aus. In dem kalten Licht, das aus Leuchtpaneelen strahlte und von Kacheln zurückgeworfen wurde, lag wie eine weiße Decke Nebel darüber, denn das Wasser war sehr kalt. Die Dünste bewegten sich kaum, so still ruhte die Luft. Genau so, hatte Jaime Wahl y Medina angeordnet, wollte er diesen Ort haben. Er war seine Erfrischung, seine zweimal tägliche Erneuerung, ein Training, um den Kreislauf anzuregen und die Zeit zu verkürzen, die er in der verdammten Zentrifuge verbringen mußte. Der Generalgouverneur von Luna konnte weiß Gott alles an Freude gebrauchen, was er sich eben verschaffen konnte. An Ruhe und Frieden auch. Außer ihm kam niemand hierher; seine Familie und seine Freunde benutzten den älteren, wärmeren, größeren Pool am anderen Ende der Villa.

Wie es seine Gewohnheit war, trat er spät in der Morgendämmerungswache ein, schleuderte die Sandalen weg, hängte den Bademantel an einen Haken und setzte sich die Schwimmbrille auf. Einige Minuten lang absolvierte er seine routinemäßigen Aufwärmübungen: ein massig gebauter Mann Mitte Vierzig von mittlerer Größe, mit einer großen Nase und einem schweren Kinn, die von der Schwärze seiner Haare, seiner Brauen und seines Schnurrbarts noch betont wurden, und braunen, an den Winkeln durch das jahrelange verkniffene Spähen in die Winde und tropischen Helligkeiten der Erde faltig gewordenen Augen. Die Kälte rief eine Gänsehaut auf den zottigen Armen und Beinen hervor. Als er fertig war, erkletterte er die Leiter zum Sprungbrett am tiefen Ende des Bassins, sprang ein paarmal auf – weniger energisch, als er es gerne getan hätte, aber sonst wäre er mit dem Kopf gegen die Decke geprallt – und machte einen Kopfsprung.

Er fiel auch langsamer, als er es gerne gehabt hätte. Aber das Wasser nahm ihn mit einem feuchten Klatschen auf, das von den Wänden widerhallte. Es hüllte ihn ein, umarmte ihn, glitt sinnlich um jede seiner Bewegungen herum, und jetzt machte die Schwerkraft keinen Unterschied mehr, er war frei, freier sogar als im Weltraum.

Er tauchte zum Grund hinunter und streifte dicht darüber hinweg. Sein Fleisch reagierte auf die strömende Kälte, zu höchster Lebendigkeit aufgepeitscht. Das Kachelmuster, seine Hände, wenn er sie nach vorne brachte, um sich vorwärtszustoßen, bewegten sich in nichts getrübter Klarheit vorüber, von der Brechung seltsam verwandelt. Seine Augen brauchten die Schwimmbrille, sie konnten sich nicht gut direkt in dieser Reinheit öffnen, da sie alles Salz aus ihnen herausgewaschen hätte. Wie alles Wasser auf dem Mond kam auch dieses absolut sauber aus jedem Wiederaufbereitungszyklus. Nicht einmal in seinem Kometen war es so makellos rein gewesen, nicht, seit sein Eisstaub in jenen Nebeln geglitzert hatte, aus denen einmal das Sonnensystem werden sollte, und etwas von dieser uralten Frische war ebenfalls wieder in es zurückgekehrt. Er trieb sich durch eine wiedergeborene Jungfräulichkeit dahin.

Als seine Lunge es nicht länger aushielt, durchbrach er die Wasseroberfläche, atmete mehrmals tief und schwamm in großen Kreisen immer am Beckenrand entlang, bis er sich bereit dazu fühlte, wieder hinunterzutauchen. Und so schwelgte er in vollen Zügen, bis sein Körper ihn warnte, daß der Wärmeverlust bald zu groß werden würde.

Er schwang sich hinaus, sprang in die Duschnische und ließ sich von einem fast kochendheißen Strahl überströmen. Eine kräftige Abreibung mit dem Handtuch folgte, und dann war er heißhungrig und bereit fürs Frühstück.

Trotzdem verweilte er noch einen Augenblick, bevor er hinausging, um sich anzuziehen, und überprüfte die Instrumententafel. In letzter Zeit hatte es Probleme mit der Temperatursteuerung gegeben. Das Thermometer zeigte einen konstanten Wert. Wahrscheinlich hatte der Wartungsdienst das System inzwischen so repariert, so daß es ein für allemal repariert *blieb*. Nun, das war ja auch einfach genug. Kühlschlangen unter dem Becken holten sich die Mengen an Kühlmittel, die der Thermostat anforderte, aus dem entsprechenden öffentlichen Reservoir, einem Tank mit flüssiger Luft, der seinerseits die Weltraumkälte während der langen Mondnacht ausnutzte. Trotzdem hielt sich Wahl, so weit er es eben vermochte, schon aus reiner Gewohnheit über alles auf dem laufenden, für das er sich irgendwie verantwortlich fühlte.

Aber wie wenig er doch vermochte, und wie viel es gab, für das er verantwortlich war! Er verzog das Gesicht und ging ungestüm den Flur entlang.

In seinem Schlafzimmer legte er keine Zivilkleidung, sondern die blaue Uniform der Friedensbehörde an. Da er Major der Reserve war, war er dazu berechtigt, und heute konnte es nützlich sein, an das erinnert zu werden, was er darstellte, welche Macht letztlich hinter ihm stand.

In der nächsten Woche trat die gesetzgebende Körperschaft zusammen. Der Abgeordnete Rabkin hatte angekündigt, er werde ein Gesetz einbringen, daß der Steuerbehörde den Zugriff auf Firmendatenbanken ohne eine gerichtliche Vollmacht ermöglichte, um das Frisieren von Bilanzen zu erschweren. Die meisten Delegierten mit terrestrischen Genen unterstützten diese Maßnahme; die Steuerhinterziehungen gerieten allmählich außer Kontrolle. Als Sprecherin derjenigen, die sie »die freien Menschen« nannte, drohte die Abgeordnete Fia für den Fall, daß diese vorgeschlagene Vergewaltigung der Privatsphäre zur Abstimmung kam, damit, daß die Lunarier unter ihrer Führung geschlossen ausziehen, ein Rumpfparlament bilden und jedes Gesetz, das verabschiedet wurde, für null und nichtig erklären würden.

Das konnte passieren. Sie war die Schwester des Selenarchen Brandir und seine Hauptagentin innerhalb der Städte. (Jesus und Maria, wenn der Überheblichkeit der Feudalherren nicht bald Einhalt geboten wurde, dann würden sie diesen Ehrentitel noch zu einem echten Titel machen!) Vielleicht würde das keine allzu gravierenden Folgen haben, aber genausogut konnte es das Neutron sein, das die Kettenreaktion auslöste.

Und darum mußte man es verhindern. Die betreffenden Parteien mußten überredet, beschwatzt, eingeschüchtert, bestochen, erpreßt werden – was immer nötig war –, irgendeinen Kompromiß einzugehen, bei dem sie ihr Gesicht wahren konnten. Wahl würde persönlich mit jeweils ein oder zwei von ihnen zusammentreffen. Kein Telebild konnte die körperliche Anwesenheit ersetzen, den Einsatz des eigenen Lebens. Wenn nötig, würde er – ja, auch allein! – zu der Zitadelle in den Kordilleren fliegen, um den großen Unruhestifter in die Knie zu zwingen.

Die Chancen standen gut, daß es dazu nicht kommen würde. Aber noch hatte Wahl eine anstrengende Zeit vor sich. Wie immer munterte ihn die Aussicht, handeln zu können, auf. Es machte ihn rasend, ein wie großer Teil seiner zweijährigen Amtszeit mit Mißerfolgen und Rückschlägen verstrichen war, mit Widerständen, die er nicht einmal recht benennen konnte. Es war, als versuche man, einen Fluß zu packen und festzuhalten, während er auf einen Wasserfall zustrebte. Er betrat den Frühstücksraum in recht guter Stimmung.

Seine Frau und sein Sohn waren bereits dort. Sie war gerade dabei, das Essen vom *autococinero* zum Tisch hinüberzuschaffen, der Junge saß mürrisch zusammengesunken in seinem Stuhl. Wohlgerüche umwogten Wahl: Omelette, Toast, Saft, Kaffee, Kaffee. Seine Geschmacksknospen standen auf und applaudierten.

Auch der Sichtschirm bot einen erfreulichen Anblick. Er zeigte einen Blick von oberhalb der Stadt, die Berglehne, die sich hinunter zum Sinus Iridum zog, die Einschienenbahn als glänzender Faden vor dessen Dunkelheit bis zum Raumhafen, an einer anderen Stelle eine Ansammlung von Industriekuppeln und am nahen Horizont ein auf die Erde gerichteter Energiesender. Die Mutterwelt hing am südlichen Himmel, ein blau-weißer Bogen nicht weit von der abgedämpften Sonnenscheibe, unglaublich schön. Es war eine angenehmere Landschaft als die dichtgedrängten Bauten rings um Port Bowen.

Natürlich war das nicht der Grund dafür, warum er seine Residenz und den Regierungssitz unlängst nach Tsukimachi im Mondjura verlegt hatte. Port Bowen war eine Firmenstadt, die Anson Guthrie in seiner geisterhafter Tasche hatte, und die halbe Zeit lag Fireball sich mit den Regierungen – den nationalen, der Föderation, der Mondbehörde – in den Haaren. Nicht, daß das jemals zu Unruhen geführt hätte, aber die kleineren Firmen, die hier ihren Sitz hatten, waren einfach kooperativer. Und wenn der Prozentsatz der ortsansässigen Lunarier höher war, so hatte das seine Vor- und Nachteile.

»*Buenos días*«, begrüßte Wahl seinen Sohn. Rita hatte er schon geküßt, als sie aufwachten.

Leandro murmelte eine Antwort. Er hielt das Gesicht gesenkt. Seine schreiend bunte Kleidung stand in einem merkwürdigen Gegensatz zu seinem Verhalten.

»Wo ist Pilar?« fuhr Wahl auf Spanisch fort.

»Sie sagte, sie hätte keinen Hunger«, erwiderte Rita.

Wahl runzelte die Stirn. Eine Wunde öffnete sich wieder, und ein Teil seiner Freude sickerte hinaus. Schon wieder blies das Mädchen in seinem Zimmer Trübsal! Das war schon zu oft passiert, um noch bloßes Schmollen zu sein. Aber was war dann los? Durch die Einsamkeit ausgelöste Depressionen? Vierzehn war ein so verletzliches Alter. Wie konnte er es feststellen, was konnte er sagen? Pilar war ein gutes Kind, sie verdiente es, glücklich zu sein. Wenn sie sich nur ein einziges Mal dazu hätte durchringen können, sich ihm anzuvertrauen, oder wenigstens ihrer Mutter – Aber wann hatten Kinder ihren Eltern dieses überwältigende Geschenk je gemacht?

Er setzte sich. Rita goß Kaffee ein, bevor sie sich zu ihm gesellte. Er bekreuzigte sich und nahm einen Schluck. Der Geschmack zog kräftig und angenehm durch seinen Mund.

»Wie sehen deine Pläne für heute aus?« fragte er Leandro.

Samstag, keine Schule. Hausaufgaben? Wenn er welche aufhatte, würde er sie hinschludern oder völlig seinlassen. Die Zensuren des Jungen waren eine Katastrophe. Das lag nicht an einem Mangel an Intelligenz; auf der Erde war er aufgeweckt und eifrig gewesen.

Leandro sah ihn nicht an. »Nichts Besonderes.«

Der Vater lächelte gezwungen. »Es fällt mir schwer, das zu glauben.« Eigentlich war Leandro umgänglicher als seine Schwester. Aber Wahl mochte die Typen nicht, mit denen er sich herumtrieb – Flegel, Großmäuler, keine Ehre für die irdischen Gene, derer sie sich rühmten. Mehr als einmal waren Auseinandersetzungen mit ihren lunarischen Klassenkameraden zu Kämpfen explodiert. Nicht, daß die Lunarier das nie provozierten.

»Als ich sechzehn war«, sagte Wahl, »wäre ich jetzt schon draußen gewesen.« Ein Pferd im Galopp, mit hämmernden Hufen, das Wogen der Muskeln zwischen seinen Schenkeln, Gras in Wellen unter dem Wind, ein Falke hoch droben am Himmel – wenn doch nur irgendwo im Weltraum eine solche Geräumigkeit und Weite existierte!

Leandro warf den Kopf zurück. »Ja, damals.«

»Immer langsam«, polterte Wahl. »Wir werden hier höflich bleiben.«

Der Junge setzte dazu an aufzustehen. »Ich hab' auch keinen Hunger.«

»Setz dich. Du wirst aufessen, was auf deinem Teller ist, und mir eine Frage beantworten.«

Leandro gab nach, da er wußte, daß er den Tageszyklus mit Stubenarrest verbringen würde, wenn er es nicht tat. Tonfall und Gesichtsausdruck drückten seinen Unmut aus. »Entschuldige ... Vater. Ich will mich in etwa einer Stunde mit ein paar Freunde treffen. Wir gehen in den Hoshi-Park.«

Wohl kaum, dachte Wahl. Nicht diese anständigen Vergnügungen. Die Ginza? Oder Schlimmeres? Unklug, darauf zu bestehen, es zu erfahren. »Sei zum Abendessen wieder zu Hause.«

»Ich bin nicht sicher, ob ich –«

»Du hast gehört, was ich gesagt habe. Punkt 1900, rechtzeitig, um dich anständig anzuziehen. Nicht später.«

Leandro wurde feuerrot. Er schlang sein Essen hinunter, preßte eine formelle Bitte, aufstehen zu dürfen, heraus und ging steifbeinig aus dem Zimmer.

Eine Mahlzeit, die schweigend verlief, hatte wenig Wohlgeschmack. »Du warst zu streng mit ihm, Liebster«, meinte Rita traurig.

»Es hat mir keinen Spaß gemacht«, erinnerte Wahl sie. »Ohne Disziplin könnte er in ernste Schwierigkeiten geraten.«

»Das verstehe ich ja. Diese schreckliche Atmosphäre, der Konflikt, die Spannung zwischen den Rassen, und zu wenig sichere, gesunde Möglichkeiten, sich abzureagieren –« Sie berührte seine Hand. »Aber vielleicht sollten wir gütiger sein. Es ist nicht einfach, jung zu sein. Hier ist es sogar sehr schwierig – für sie beide.«

Er musterte sie. Sie war klein, wohlgeformt, mit rundem Gesicht, immer eine großartige Helferin und Gastgeberin, aber auf dem Mond war ihr die überschäumende Fröhlichkeit abhanden gekommen. Nicht nur die soziale und die politische Situation bedrückten sie. Sie gehörte zu jenen, die sich bei Niedrigschwerkraft körperlich nie so recht wohl fühlen konnten. »Noch schwieriger für dich«, sagte er, »und du beklagst dich nie.«

Sie lächelte ein wenig. »Du auch nicht, du alter Pflichtmensch.«

»Meine früheren Pflichten haben mir besser gefallen«, gestand er ein. Sogar Polizeiaktionen und humanitäre Hilfsaktionen in leidgeplagten Winkeln der Erde. Sogar die tüfteligen Verhandlungen und die langweiligen Parties, die ein Föderationsdelegierter über sich ergehen lassen mußte. Er hatte nicht in die Politik eintreten wollen, aber man hatte ihn davon überzeugt, daß Argentinien jemanden seines Kalibers in Hiroshima brauchte, und, ja, er hatte einige Dinge zustande gebracht, die der Mühe wert gewesen waren. Seine Belohnung hatte darin bestanden, daß man ihn zuerst dazu überredet hatte, die Verwaltung des Afrikanischen Protektorats zu übernehmen und nun in diesem Hexenkessel namens Luna.

Er nahm mehrere Bissen, kostete sie ganz bewußt und schwor: »Binnen fünf Jahren werde ich die Lage unter Kontrolle haben. Nicht länger, so Gott will. Und dann fliegen wir nach Hause und gehen nie wieder weg.« Zum aufregenden Leben in Buenos Aires, der heiteren Ruhe des Hauses in San Isidro, der Freiheit der Ranch in La Pampa.

Sie lächelte erneut. »Ach, aber sicherlich doch dann und wann nach Guangzhou. Wo sonst soll ich meine frivolen Kleider kaufen?« Er erwiderte ihr leises Lachen, und sie beendeten ihr Frühstück in entspannter Stimmung.

Aber dann war es an der Zeit, mit dem Tageszykluswerk zu beginnen. Die Nachrichten ansehen; abspielen, was an Botschaften hereingekommen war; jene beantworten, bei denen es nötig war; zur vereinbarten Stunde Sato Fujiwara anrufen. Der Manager der Raumfluglinie war ein Freund von Philip Rabkin und bereit, den Gouverneur in gedrängter Form über den Abgeordneten zu informieren. Nach allem, was man so hörte, war Rabkin ein verständiger Mann, aber trotzdem war es am besten, gut vorbereitet zu dem Essen mit ihm später im heutigen Tageszyklus zu kommen. Ein Fundament und auch ein Probelauf für sein Treffen mit den wirklich schwierigen Fällen wie Fia.

Wahls Privatbüro sprach ihm durch die darin versammelten Erinnerungen Trost zu: Bilder von daheim, eine Noh-Maske, eine moshidagombanische Figurine in Holz, seine Trophäen als Bogenschütze (es war ein kleiner Triumph gewesen, seine Fertigkeit an die Bedingungen auf dem Mond anzupassen), ein Kruzifix aus dem 18. Jahrhundert an der Wand. Er ließ sich vor seinem Terminal nieder und rief ab, was es an Neuigkeiten gab.

DRINGEND. VERTRAULICH blinkte ihm entgegen. Was, zum Teufel …? Sein Nachtzyklus-Stab hatte eine Prioritätsmeldung eingegeben. Erneut benutzte er die Tastatur. Der Bericht traf ihn wie ein Schlag.

»Madre de Díos!«

Es war, als sei er in seinen Pool eingetaucht, und dieser sei rings um ihn zu Eis geworden. Er hielt die Luft an, atmete dann ganz vorsichtig aus, zwang seine Muskeln, sich zu entkrampfen, fühlte, wie sein Pulsschlag zu einem harten Pochen absank. Das Vorderhirn übernahm.

Das Polizeihauptquartier hatte Meldung erstattet: Gegen 0130 war, gemäß seinen Anweisungen, ein Fahrzeug durch das Mare Imbrium zur Station Archimedes unterwegs gewesen. An Bord hatte sich der des Mordes angeklagte Darenn befunden. (Kein Nachname. Er zählte zu den vielen Lunariern, deren Eltern seine Geburt unter Mißachtung aller gesetzlichen Vorschriften nicht hatten standesamtlich registrieren lassen. Er hatte ihre Unterlassung auch nie korrigiert. Seine ID als George Hanover war gefälscht, obwohl einige Angehörige seiner Rasse nach wie vor terrestrische Namen als Alternative benutzten. Ein gefälschter Eintrag ließ sich unschwer bewerkstelligen. Die Datenleitungen waren von subversiven Hackern und den Computerviren, die sie einspeisten, überschwemmt.) Die Verlegung erfolgte heimlich, weil er, während er in Port Bowen bis zur Gerichtsverhandlung in Untersuchungshaft saß, zu einem allzu leichtentzündlichen Symbol geworden war. Es konnte jederzeit passieren, daß aufrührerisch gestimmte Seleniten mit irdischen Genen randalierten oder Lunarier einen Versuch unternahmen, ihn zu befreien, oder – Gewalt, der Zusammenbruch von Recht und Ordnung, während draußen das Vakuum und die Strahlung warteten. Archimedes war ein Militärstützpunkt; es ließ sich kontrollieren, wer ihn verließ und wer ihn betrat. Gleichzeitig garantierte die uneingeschränkte Telekommunikation dem Mörder seine gesetzlichen Rechte. Man hätte ihn gleich sofort nach Archimedes schicken sollen. Aber wer konnte schon an alles denken?

Der Schirm zeigte eine vor Ort gemachte Aufzeichnung. Ein Raketenflieger landete. Ein halbes Dutzend Männer in Raumanzügen sprangen heraus und verlangten über Kurzstreckenfunk Zutritt zu dem Polizeimobil. Sie trugen Waffen, die es aufsprengen konnten. Kapitulation war die einzige Möglichkeit. Die Männer traten ein, halfen Darenn in eine Rettungskapsel und entführten ihn zu ihrem Flieger. Er raste davon, bevor irgendein Polizeifahrzeug den Schauplatz des Geschehens erreichen konnte.

Wahl schlug sich mit der Faust aufs Knie. Das bedeutete, daß das Korps, die Ordnungshüter von der Erde, unterwandert worden waren.

Er konzentrierte sich wieder auf den Bericht.

Überwachungssatelliten hatten den Zwischenfall ebenfalls aufgezeichnet, von oben, aber sie waren nicht dafür ausgerüstet, ihre Beobachtungen zu interpretieren. Eine Datenabfrage ergab, daß der Flieger vom Raumhafen Tychopolis aus gestartet war. (Sinnlos, weitere Nachforschungen anzustellen. Angesichts des heutigen Verkehrsaufkommens begnügte sich die Verkehrsleitstelle damit, Zusammenstöße zu verhindern, und hatte aufgehört, Boden-Boden-Flugpläne zu verlangen.) Nachdem er Darenn und seine Befreier an Bord genommen hatte, hüpfte der Flieger hinüber auf die erdabgewandte Seite, zur Basis Gagarin. Von dort aus konnten bodengebundene Verkehrsmittel die Bande überall hinbringen, anonym. Sie hatten ihr Fahrzeug zurückgelassen. Also war jemand bereit gewesen, es um dieser Aktion willen abzuschreiben, kein geringes Opfer.

Kriminalbeamte hatten herausgefunden, daß die Zulassung falsch und die bordeigene Datenbank gelöscht worden war. Sie würden nach Fingerabdrücken, vereinzelten Haaren und Hautzellen suchen, nach jedem möglichen Hinweis, waren aber nicht sehr zuversichtlich. Inzwischen mußte Darenn sich längst in einem Versteck befinden, vielleicht ein neues Gesicht erhalten, neue Schlingen und Wirbel und all die anderen Erkennungsmerkmale bis auf seine DNS – oder vielleicht würde er auch nur bis zum nächsten Mal untergetaucht bleiben, wenn Brandir einen Killer brauchte.

Brandir? Vielleicht war das unfair. Es konnte auch ein anderer der Magnaten dahinterstecken. Oder es konnte sich um eine völlig andere Art von Verschwörung handeln. Aber daran zweifelte Wahl. Sie trug den richtigen Stempel: ein Selenarch, der anordnete, daß Gerechtigkeit geübt werde, und dann loyal zu dem Vollstrecker stand, so wie ein Selenarch loyal zu all seinen Vasallen stand.

Die Menschen auf der Erde verglichen die Lunarier gewöhnlich mit Katzen. Wahl dachte eher an Wölfe.

Bevor er irgendwelche weiteren Schritte unternahm, war es wohl am besten, wenn er den ganzen Fall noch einmal Revue passieren ließ. Er war ihm nicht besonders bedeutend vorgekommen. Verworren, häßlich, potentiell sogar gefährlich, nachdem die Emotionen in seinem Umfeld begonnen hatten hochzubrodeln, aber nicht seiner eingehenden Aufmerksamkeit würdig. Das hatte sich nun geändert. Er rief die Vorgeschichte ab.

Das Polizeihauptquartier hatte die Datei gut organisiert. Er erhielt einen schnellen und prägnanten Bericht.

Rafael Adair war auf der Erde geboren, lebte aber seit zwanzig Jahren auf dem Mond, wo er eine Partnerschaft mit der Lunarierin Yrazul eingegangen war. Wahrscheinlich waren sie ein Liebespaar, ein zwar ungewöhnliches, aber durchaus nicht unbekanntes, wenn auch selten dauerhaftes, Verhältnis. Sie wollten die Randbereiche des Mare Australis auf das Vorhandensein von Lagerstätten untersuchen, ein zerklüftetes Land, in dem sie wertvolle Mineralienkonzentrationen vermuteten; und das *war* auf Luna selten. Gemeinsamer Bekannter zufolge, die hinterher bereit gewesen waren, darüber auszusagen, wurde die anfangs stürmische Beziehung in dieser Zeit immer verbitterter. Vielleicht hatte das Paar gehofft, daß dieses Gemeinschaftsunternehmen ihnen helfen würde, sich wieder zu versöhnen. Vielleicht hatten sie auch einfach nur gehofft, reich zu werden.

Wie es sich gerade ergab, hielt Adair sich im Lager auf und kümmerte sich um das Analysieren der Proben, während Yrazul draußen im Gelände war. Ihr Fahrzeug war ein Mond roller: schnell, beweglich, aber nicht abgeschirmt. Eine Sonneneruption war vorhergesagt. Sie beabsichtigte, wieder zurück in Deckung zu sein, bevor der Protonensturm losbrach. Lunarier liebten es, mit der Gefahr zu spielen.

Ein Meteorit traf ihren Wagen, durchschlug ihn, zerstörte den Antrieb und die Funkanlage. Die automatische Versiegelung mußte schnell genug reagiert und die Antriebssektion, in der sie sich gerade aufhielt, abgeschottet haben, um die atembare Luft lange genug zurückzuhalten, daß sie ihren Raumanzug anlegen konnte. Danach war sie gestrandet. Ihr Kontakt mit den von ihr gesteuerten Robotern war abgebrochen; nicht, daß sie viel hätten unternehmen können, um ihr zu helfen. Ein Satellit registrierte den Zwischenfall und meldete ihn an die Überwachungszentrale; aber die Übertragung war fortlaufend, das Programm war nicht darauf eingerichtet, ein so unwahrscheinliches Ereignis speziell zu kennzeichnen, und außerdem sorgte die Eruption schon bald dafür, daß die Notdienste vollauf beschäftigt waren.

Als sie nicht zurückkehrte und es auch unterließ, Kontakt mit ihm aufzunehmen, hätte Adair ihren wohlabgeschirmten Wagen nehmen und sich zu einer Suche aufmachen sollen. Statt dessen wartete er stundenlang. (Ärger, Dummheit, Gier?) Schließlich fuhr er dann doch los. Später hatte er behauptet, er habe angenommen, sie sei in eine Höhle oder unter einen Überhang gefahren. Warum sonst hatte er keinen Hilferuf empfangen? Sturm oder nicht, ein Satellit hätte ihn auf jeden Fall weitergeleitet.

Eine vernünftige, aber auch eine ziemlich schändliche Geschichte. Die Probleme mit ihr ergaben sich aus den Spuren. Inspektor Hopkins hatte sie zu gewissenhaft studiert.

So, wie er die Geschichte rekonstruierte, war Adair bis in Sichtweite ihres Fahrzeugs gekommen. Sie war ausgestiegen und losgerannt, um ihn zu empfangen und an Bord des seinen zu gehen. Er hatte umgedreht und war weggefahren.

Da hatte Yrazul gewußt, daß sie sterben würde. Schon jetzt hatte sie eine Strahlendosis aufgenommen, die sie für Monate ins Krankenhaus gebracht hätte, während die Nanos ihre Zellen wieder aufbauten. Sehr bald würde sie über die Schwelle hinaus sein, hinter der es kein Zurück mehr gab. Mit einem Finger kritzelte sie in den Mondstaub, was geschehen war. Danach öffnete sie ihren Helm und atmete Vakuum. Es war ein gnädigerer Tod.

Nachdem die Eruption vorüber war, war Adair zurückgekommen und hatte die Botschaft ausgewischt. Kurz darauf meldete er sich über Funk, um mitzuteilen, daß er, unruhig geworden, schließlich ihren Spuren gefolgt war und sie entdeckt hatte, aber zu spät. Er nehme an, daß sie sich entschieden habe, im Freien unter den Sternen zu sterben.

Wahl richtete sich überrascht auf. Es war der Astronom Temerir gewesen, dieser gefühllose Bruder Brandirs, Fias und Verdeas, der den Fall wieder aufgerollt hatte. Yrazul war eine Enkelin ihrer gemeinsamen Schwester Jinann gewesen. Sie hielten zusammen, diese Beynacs ... Temerir hatte das Gelände gründlich abgesucht und daraufhin Stanley Hopkins hinzugezogen.

Hätte Yrazul wirklich ihren Mondroller verlassen, in dem sie wenigstens minimal geschützt war, es sei denn, sie hätte Rettung kommen sehen? Warum war der Staub rings um sie herum verwischt? Warum hatte sich Adairs Mondmobil zuerst genähert, sich dann zurückgezogen und war schließlich doch wieder zurückgekehrt? Seine Spuren zeigten seinen Kurs. Wenn niemand sie störte, mochten sie eine Million Jahre lang Bestand haben.

Hopkins hatte angeordnet, daß die Karosserie des Mondmobils auf Restradioaktivität untersucht wurde. Er fand heraus, daß es zur Zeit der Eruption nicht annähernd so lange draußen gewesen sein konnte, wie Adair behauptete.

Als er mit den Beweisen konfrontiert wurde, brach der Mann zusammen. Zu seiner Verteidigung führte er an, er habe Angst gehabt. Nun, freiwillig ging niemand in einen solchen Sturm hinaus, Schutzpanzer oder nicht. Gründlichere Befragungen legten jedoch die Vermutung nahe, daß er noch andere Motive hatte. Mit Sicherheit war er des ›vorsätzlichen Zurücklassens‹ schuldig, was auf dem Mond als Kapitalverbrechen galt. Das Gesetz verlangte, daß er eingesperrt und resozialisiert wurde.

Das alte Mondgesetz hingegen, das während der Jahre des Dschihads, des Chaos und des Koordinationskomitees in Kraft gewesen war, forderte dafür die Todesstrafe.

Zusammen mit gewissen anderen Praktiken hatte die Mondbehörde das nach ihrer Etablierung abgeschafft. In erster Linie schien es eine Pro-forma-Verbesserung. Wie oft kam es denn zu ›vorsätzlichem Zurücklassen‹? So gut wie nie.

Yrazul gehörte einer selenarchischen Familie an.

Vielleicht hätte sie auch jeder andere Lunarier oder sonst wer sein können. Wahl wußte es nicht.

Was er wußte, war, daß der auf Kaution freigelassene Adair erstochen worden war. (Innerhalb einer Siedlung feuerte man keine Schußwaffen ab. Auch das erklärte das alte Gesetz zu einem Kapitalverbrechen.) Es war ein rascher und sauberer Mord; Darenn hätte es eigentlich schaffen müssen, seine Botschaft, in der er den Grund dafür erklärte, zu hinterlassen und zu entkommen. Zu allem Unglück war zufällig ein stämmiger holländischer Raumfahrer Zeuge der Tat und fing den Lunarier mit einem Hechtsprung ein.

Und es war *wirklich* ein Unglück. Der Fall, der immer mehr zu einer *cause célèbre* geworden war, hatte eine politische Krise zu entfachen gedroht. Jetzt würde er es ganz bestimmt tun.

Wahl schaltete die Wiedergabe ab, erhob sich, marschierte im Zimmer auf und ab. Man konnte hier nicht wirklich schreiten, man hüpfte anmutig, ein Fitzelchen Löwenzahnflaum – was für ein Gewicht hatte man selbst und seine Sorgen da noch? –, aber er mußte in seinem Käfig herumstreichen, und jammern würde er nicht.

Was tun?

Gott sei Dank war die Entführung noch nicht in den Nachrichten. Er konnte sie auch noch stundenlang aus ihnen heraushalten; in seinem Stab saßen fähige Leute. In der Zwischenzeit mußte er sich auf die Reaktion der Öffentlichkeit vorbereiten.

Eine Suche nach der Bande und ihrem Kopf (oder ihren

Köpfen?) würde aussichtlos sein und die umstürzlerisch Gesinnten nur in Rage versetzen. Dennoch konnte die Regierung die Tat nicht als eine Bagatelle abtun. Ein solches Zeichen von Schwäche würde die gesetzestreuen Bürger erschrecken, auf deren Unterstützung die Behörde wie jede Regierung angewiesen war. Es würde neue Übergriffe provozieren, offener als je zuvor. Die Extremisten würden sich ereifern; es konnte durchaus passieren, daß sie die gesetzgebende Körperschaft spalteten und dem ganzen System damit trotz allem, was der Gouverneur und die Gemäßigten ihnen anbieten konnten, eine möglicherweise tödliche Wunde zufügten.

Sicher, kein vernünftiges Mitglied irgendeiner Fraktion wollte das oder einen Aufruhr oder eine Welle von Verbrechen. Sie mußten zusammenarbeiten, einen gemeinsamen Aufruf zu Ordnung und Vernunft herausgeben, ihre Anhänger ruhig halten.

Wer waren die Vernünftigen? Er brauchte jemanden, der es ihm sagen und sie zusammenbringen konnte, und zwar schnell, bevor die Dinge in Auflösung übergingen.

Dagny Beynac.

Besaß sie die Überzeugungskraft, die schiere körperliche Stärke für die Stunden, die vor ihnen lagen? Wie alt war sie überhaupt? Hundertfünf, hundertzehn? Irgend so etwas.

Trotzdem, das letzte Mal, als er sie gesehen hatte, war sie ihm rüstig genug erschienen. Und sie saß immer noch dem Rat für Lunare Zusammenarbeit vor, bei dessen Konstituierung sie eine führende Rolle gespielt hatte. (*Lunare*, beruhigte sich Wahl, nicht lunarische.) Obwohl er weder von der Mondbehörde noch von der Föderation, noch von irgendeiner einzelnen Nation oder den Selenarchen anerkannt war, war er in vielerlei Hinsicht zur einflußreichsten Organisation auf dem Mond geworden; und das war vor allem ihr zu verdanken.

Rasch! Ruf Beynac an!

Aber immer mit der Ruhe. Laß dir einen Augenblick Zeit und denk nach. War das wirklich die beste mögliche Vorgehensweise, um den Schaden zu begrenzen? Er sollte seine Beziehung zu ihr und alles, was er über sie wußte, noch einmal durchdenken. Fang bei jenem Gespräch an, das sie unter vier Augen geführt hatten, kurz nachdem er sein Amt hier angetreten hatte. Er hatte sich erkundigt, ob sie etwas dagegen hätte, daß es mitgeschnitten wurde, und sie hatte gegrinst, als sie antwortete: »Nein, vorausgesetzt, Sie sagen keine schmutzigen Sachen.«

Nachdem er seine Termine abgesagt hatte, spielte er den Teil davon ab, der für ihn einen Abriß des Ganzen gab.

Ihre Haltung war immer noch aufrecht, aber die starken Knochen stachen aus ihrer Magerkeit heraus – nicht häßlich, dachte er; nein, schön wie eine zwingende abstrakte Skulptur. Gegen den Hintergrund ihrer bleichen Haut wirkten ihre Augen groß und bläulich leuchtend, beinahe so wie von einem Stern hinter ihnen. Anstelle eines Unisuits oder einer Tunika und Freizeithose trug sie einen Kaftan aus grauem Iridon. Ihr einziger Schmuck war eine Saturnbrosche an der Kehle und ein abgenutzter Goldring.

»Verstehen Sie, *por favor*«, sagte sie, und ihre Stimme war immer noch volltönend, »ich beanspruche keinen legalen Status. Der Rat ist ein Forum. Wenn seine Mitglieder in einer Frage grundlegende Übereinstimmung erzielen, rät er und spricht dringende Bitten aus, *pro bono publico*.« Sie lachte. »Allzu oft passiert das nicht.«

»Hm, das will ich wohl glauben«, stimmte Wahl zu. Obwohl er gehört hatte, daß sie sehr gut Spanisch sprach, benutzte auch er aus Gründen der Höflichkeit das Englische, trotz der Tatsache, daß das seine ziemlich farblos war. »Bei zwei genetischen Typen, die sich unähnlicher sind als alle Rassen auf der Erde.«

»Wir alle leben auf dem Mond«, erwiderte Beynac scharf. »Er ist unsere Heimat.«

Sie saß ihm in diesem Konferenzraum als Sprecherin ihrer Gruppe, als deren Repräsentantin gegenüber. In welchem

Maße sprach sie für ihre Welt? Besser, er sondierte das vorsichtig. Aber nicht zaghaft. Definitiv nicht.

»Eine lunare Nation? Ich fürchte, Madame, das ist unmöglich. Wenigstens zu ... meinen Lebzeiten. Darf ich offen sprechen?«

»Ich hatte gehofft, daß Sie das tun würden«, sagte sie.

»Aufgrund meiner eigenen Studien und der Berichte, die ich erhalten habe, sowie aufgrund dessen, was ich selbst aus nächster Nähe beobachten konnte, glaube ich beinahe, daß Lunarier und *Terricolas* niemals in der Lage sein werden, eine dauerhafte Gesellschaft zu bilden.«

»Ich habe schon gesehen, wie unwahrscheinlichere Metalle eine Legierung eingegangen sind.« Beynac zuckte die Achseln. »Und wenn es am Ende schließlich die Lunarier allein sind, die Luna erben, was wäre schlecht daran? Sie sind von unserem Blut.«

Mit jedem Tageszyklus, den er mit ihnen umging, hatte Wahl mehr begonnen, daran zu zweifeln. Der Abstammung nach wohl; aber was bedeutete das schon? Wie sehr ähneln sich ein Mastiff und ein Dackel? Falscher Vergleich, dachte er. *Terricola* und Lunarier waren nicht die gleiche Rasse, vielleicht nicht einmal die gleiche Art. Sie konnte niemals Nachkommenschaft miteinander zeugen, nicht einmal ein Maultierkind.

»Nun ja«, suchte er Zeit zu gewinnen, »eines Tages in ferner Zukunft möglicherweise –«

»Die Zukunft hat es an sich, früher einzutreten, als wir erwarten«, sagte Beynac. »Aber lassen Sie uns zur Sache kommen und uns die Philosophie für den Nachtisch aufheben. Natürlich reden wir heute nicht über Revolution oder andere derartige Torheiten, weder Sie und ich noch die und ich. Der Grund meines Hierseins, Herr Gouverneur, ist, wie sich verhindern läßt, daß solche Torheiten auch noch ermutigt werden.«

Wahl neigte den Kopf. »Ich weiß Ihren Rat zu schätzen, Madame«, erklärte er und meinte es durchaus aufrichtig. »Sie verfügen über eine langjährige Erfahrung.«

Beynac lächelte. »Ich sammle Gouverneure.«

»Ich bin der dritte, ja?« Der Spott verflog. »Sie sagten, Sie möchten ehrlich mit mir sprechen.«

»Und Sie mit mir, richtig? Damit hätten wir schon mal eine gemeinsame Basis.«

»Ich verstehe.» Wahl zupfte sich am Kinn, blickte an der Person vor ihm vorbei auf ein Bild seines Gartens daheim, wo Rosen sich in einer Brise neigten, und ordnete seine Worte. »Verraten Sie mir doch, wenn Sie möchten, wie beurteilen – wie beurteil*ten* – Sie meine Vorgänger?«

Die Antwort kam schonungslos und wie aus der Pistole geschossen. »Zhao verfügte über ein erhebliches Maß an Weisheit. Ich habe ihn stets respektiert. *Wir* haben das stets getan, ob uns irgendeine seiner speziellen Aktionen nun gefiel oder nicht. Gambetta war eine Politikerin. Wohlmeinend, aber für sie war dies hier nur ein weiterer Schritt zur Präsidentschaft der Weltföderation.«

»Würde es Ihnen gefallen, wenn sie es erränge?«

»Es würde uns nicht stören, auf Luna«, sagte Beynac trokken.

»Das sollte man meinen. Sie hat Ihnen alles gegeben, was Sie haben wollten.«

»Richtigstellung, *por favor*. Die Hälfte von dem, was die verschiedenen Gruppen unter uns haben wollten.«

Stückchenweise, widerstrebend. Durch stillschweigende Duldung gezwungen, durch Nuancen in der Wortbedeutung ausgetrickst und vielleicht bis zu einem gewissen Grade auch psychologisch eingeschüchtert – alles, um nur ja Ärger zu vermeiden. Nicht, daß Wahl glaubte, daß Beynac für diesen Druck verantwortlich gewesen wäre. Er war von den Baronen ausgegangen, den Geschäftsleuten, den zahlreichen unorganisierten, aber lautstarken Unzufriedenen, die die Atmosphäre darstellten, in der die Rebellion atmete.

Die nachrichtendienstlichen Informationen, die Wahl erhalten hatte, sagten eindeutig aus, daß diese Frau stets darum bemüht war auszugleichen, Kompromisse zu suchen. Obwohl die meisten ihrer Nachkommen Lunarier waren, war es schließlich schon lange kein Geheimnis mehr, daß sie einen Sohn auf der Erde hatte, von dem ebenfalls eine Familie abstammte.

Das Problem war nur, daß sich nicht jeder dieser Kompromisse als tragfähig erwiesen hatte und sie auch nicht alle so ganz legal gewesen waren.

Wahl wählte seine Worte mit Bedacht. »Dennoch, Madame, ist es mein Eindruck, daß Sie für Gambetta nur wenig Achtung haben.«

»Mag sein, und jetzt ist es ja auch egal«, sagte Beynac. »Jetzt sind Sie an der Spitze.«

»Ganz recht.« Appelliere an sie. »Und, Madame, auch ich will Ihnen wohl. Ich wünsche von ganzem Herzen, daß es keine Zusammenstöße gibt. Und was meine Weisheit betrifft, so hoffe ich, daß Sie mir die Ihre zur Verfügung stellen werden.«

Ihre blauen Augen blickten geradewegs in seine. »*Aber.*«

Er nickte. »Aber die Situation wird allmählich unerträglich. Meine Aufgabe ist es, sie wieder in die richtigen Bahnen zu lenken.«

»Ich denke mir«, sagte sie rasch, »daß das, was da heranwächst, jene neue Gesellschaft ist, die es Ihrer Meinung nach nicht geben kann.«

»Vielleicht. In diesem Fall – ich spreche ganz offen, Madame, weil ich *Sie* zu sehr respektiere, um, hm, wie die Katze um den heißen Brei herumzugehen –«

Sie lächelte ihn an. Plötzlich verstand er teilweise, warum so viele Männer auf sie hörten. »*Gracias*«, murmelte sie. »Ich glaube, ich werde Sie mögen.«

Er räusperte sich und fuhr rasch fort: »Wenn es eine eigene Gesellschaft ist, dann ist es eine Gesellschaft, die in flagranter Weise das Gesetz verletzt, die feindselig, aufsässig –«

Sie stoppte ihn, indem sie eine Hand hob. »Wenn es Ihnen recht ist, *señor,* lassen Sie uns das Punkt für Punkt durchgehen. Warum sind die Lunarier und eine ganze Reihe terranischer Mondbewohner feindselig und aufsässig? Wohlgemerkt, ich behaupte nicht, daß sie immer im Recht sind. Zunächst einmal will ich zugeben, was ohnehin offensichtlich ist, nämlich, daß sie kein geschlossener Block sind, besonders die Lunarier nicht. Aber ihr Groll hat, um es einmal so auszudrücken, Ähnlichkeit mit einer Gaußschen Kurve – er erreicht sehr schnell sein Maximum und klingt dann ganz langsam wieder ab.

Offiziell, oder was im Rat als offiziell gilt, bin ich hier, um mit Ihnen vorläufig und informell eine Petition zu besprechen, die wir gerade entwerfen, um sie der Weltföderation und der Weltmeinung vorzulegen. Verstehen Sie, wir wollten sie Ihnen nicht plötzlich eröffnen, so als ob wir keine Verwendung für Sie und alles, wofür Sie stehen, hätten.« Sicherlich hatte sie die Vorreiterrolle dabei gespielt, diese Einstellung herbeizuführen, dachte Wahl. »Vielleicht können Sie uns ja überzeugen, daß die und die Forderung nicht zu vertreten ist. Ach, nein, das werden Sie nicht, das können Sie nicht, bei bestimmten davon jedenfalls nicht, genausowenig, wie Sie bei anderen davon nachgeben können. Aber vielleicht ist es möglich, daß wir zusammen ein Dokument ausarbeiten, das die Position der Mondbewohner auf vernünftige Art und Weise verdeutlicht. Und vielleicht können dann echte, reelle Verhandlungen beginnen.«

Wahl bezweifelte es. Die wesentlichen Differenzen ließen sich nicht ausräumen. Das größere Gemeinwohl verlangte, daß einigen Praktiken, einigen Anschauungen, ein Ende bereitet wurde, so wie die Konquistadoren den Menschenopfern der Azteken ein Ende bereitet hatten.

Eine zu starke Metapher. Auf alle Fälle mußte man den Seleniten – nicht den Selenarchen, den Seleniten – das geben, was immer ihnen an legitimen Rechten jetzt noch vorenthalten wurde. Das Problem bestand nur darin, genau herauszufinden, welche das waren und wie man die Bevölkerung dazu bringen sollte zu akzeptieren, daß die übrigen ungesetzlich waren.

»Bitte fahren Sie fort, Madame.«

Beynac seufzte. »Sie haben das alles schon früher gehört,

wieder und wieder. Üben Sie Nachsicht mit mir. Ich habe ihnen versprochen, es Ihnen darzulegen.« Der entschuldigende Tonfall machte Selbstvertrauen Platz. »Außerdem kann es nicht schaden, wenn Sie es einmal von der anderen Seite des Zaunes aus hören. Vielleicht macht es das realer, bringt es Ihnen deutlicher zu Bewußtsein.«

Er spürte, wie er sich angesichts der zugrunde liegenden Herablassung versteifte.

Nein. Das war falsch. Sie war sich nur einfach ihrer Fähigkeiten bewußt. »Ich höre zu«, sagte er.

»Bitte unterbrechen Sie mich«, drängte sie. »Ich habe zwar zweifellos schon alle Argumente gehört, die Sie vorbringen können, aber es interessiert mich zu erfahren, wie Sie, Jaime Wahl y Medina, an die Sache herangehen.

Ich werde nicht viel über den wichtigsten Punkt des Ganzen sagen, weil er schon reichlich besprochen worden ist. Ich will Sie nur darauf aufmerksam machen, daß wir zu der Überzeugung gelangt sind, *daß* es der wichtigste ist. Das Recht, Grundeigentum zu besitzen. ›Gemeinsames Erbe‹ ist ein Anachronismus. Er muß verschwinden, auf dem Mond und überall im Sonnensystem.«

»Auf der Erde werden Sie dafür im wesentlichen keine Zustimmung finden«, sagte Wahl. »Dort sehen es die meisten Menschen nicht als Anachronismus an, sondern als Grundstein für eine hoffnungsvollere Zukunft.«

»Ich weiß. Wenn Einzelpersonen Teile von außerirdischen Himmelskörpern besitzen können, dann bedeutet das, daß die Rechtsprechung unter den Ländern aufgeteilt wird, deren Bürger sie sind, und der Nationalismus wieder auflebt. Schauen Sie, die Details lassen sich regeln. Das Föderationsrecht könnte das einzige außerhalb der Erde geltende Recht sein, vorausgesetzt, es erkennt private Besitzrechte an und garantiert sie. Außerdem sind wir nicht davon überzeugt, daß der durchschnittliche Erdbewohner sich noch etwas aus dem ›gemeinsamen Erbe‹ macht. Wir wissen mit Sicherheit, daß eine ganze Reihe von ihnen es gerne abgeschafft sehen würden; und sie arbeiten durchaus nicht alle nur für Fireball. Wann werdet ihr Politiker den Mumm haben einzugestehen, daß es zu einer Platitüde geworden ist?«

Wahl ordnete seinen Gesichtsausdruck ebenso sorgfältig wie seine Worte. »Offen gestanden, Mrs. Beynac, ist das Verhalten vieler Seleniten diesem Ziel nicht eben förderlich. Sie sprechen von Föderationsrecht für die Planeten, Satelliten, Asteroiden. Es gilt schon jetzt, und es wird systematisch mißachtet. Alle tun das, vom großen Baron oder Minenbetreiber, der sein Pachtland so verwaltet, als wäre es sein Eigentum, bis hin zum gewöhnlichen Menschen, der nicht nur seine Steuern hinterzieht, sondern auch in einem Netzwerk organisierter, Daten fälschender Hinterzieher mitwirkt. Wieviel Vertrauen gibt das jenen Politikern, die Sie für so korrupt zu halten scheinen?«

Sie nickte. »Gut ausgedrückt, Sir. Aber die Steuern sind ein weiterer unserer Hauptbeschwerdegründe. Sie sind unangemessen hoch.«

»Sie stehen im Einklang mit dem zunehmenden Wohlstand Lunas, der wiederum eng mit dem Wohl der Erde verknüpft ist.«

»Ja, ja. Hören Sie zu, *por favor*. Persönlich stehe ich den Armen durchaus nicht ohne Wohlwollen gegenüber, und ich bin auch nicht abgeneigt, ihnen zu helfen und sie dabei zu unterstützen, mit den restlichen Problemen der Erde fertig zu werden. Schließlich bin ich Nordamerikanerin von Geburt und Ecuadorianerin der Staatsbürgerschaft nach. Aber der terranische Mondbewohner, der selten seinen Fuß dorthin setzt, der Lunarier, der es nie tut, die empfinden nicht so, und man kann auch nicht erwarten, daß sie es sollten. Wo bleibt das *quid pro quo* für sie?

Außerdem hassen sie die Einkommenssteuer und würden sie immer hassen, egal wie niedrig sie auch wäre, weil sie einen Eingriff in die Privatsphäre darstellt. Wir schätzen unsere persönliche Privatsphäre hier sehr hoch, Herr Gouverneur. In den Anfangsjahren war sie rar und kostbar. Wir müssen immer noch oft auf sie verzichten, manchmal für lange Zeit am Stück, etwa bei einer Exkursion oder einer Weltraumreise. Bei den Lunariern ist das Verlangen danach ausgesprochen heftig, vermutlich, weil unsere Kultur hier auf dem Mond eine Prädisposition verstärkt, die in ihre Gene eingebaut worden ist. Was die Leute hier hinsichtlich der Einkommenssteuer tun, sehen sie nicht als Betrug, sondern als Widerstand an.«

Wahl runzelte die Stirn. »Es wird schwierig sein, Gesetze zu erlassen, die sie davon ausnehmen. Selbst wenn die Föderation darauf verzichtete, würden die Länder, deren Bürger sie sind, es wohl kaum tun. Eine Einkommenssteuer ist für den modernen Staat unverzichtbar.«

Beynac lächelte durchtrieben. »Manche würden sagen, das sei der beste Grund überhaupt, um sie abzuschaffen.«

»Bitte, lassen Sie uns realistisch bleiben.« Wahl hielt inne. »Ich darf wohl annehmen, daß dieser Privatsphären-Fetisch auch der Grund für die weitverbreitete Obstruktionspolitik gegenüber dem Zensus und anderen Regierungsaktivitäten zur Datenerhebung ist?« Sie nickte. »Und trotzdem höre ich, daß die lunaren Magnaten über sehr effiziente eigene Methoden verfügen.«

»In lunarischen Augen ist das nicht dasselbe. Machen Sie mir keinen Vorwurf daraus, ich sage es Ihnen nur. Aber denken Sie doch einmal nach. Sie sind Katholik, richtig? Nun, dann erzählen Sie Ihrem Priester Dinge, derentwegen Sie jedem anderen die Nase blutig schlagen würden, wenn er Sie danach fragte.«

Er musterte sie eine Weile nachdenklich, bevor er leise sagte: »Was Sie meinen, ist, daß der Konflikt im Grunde weder ökonomisch noch politisch ist, sondern kulturell. Bei uns braue sich nichts wie die Erste Nordamerikanische Revolution zusammen. Nein, es werde ein Aufstand gegen die Besetzung und Ausbeutung durch Fremde, durch Außenweltler, sein.«

»Sie sind ein intelligenter Mann«, erwiderte sie ernst.

Sein Tonfall wurde grimmig. »Die Analogie, die ich sehe, ist der Erste Nordamerikanische Bürgerkrieg. Meine Pflicht ist, alles zu tun, was ich tun kann, um so etwas zu verhindern. Wenn das erfordert, eine eigene lunarische Zivilisation im Keime zu ersticken, dann ist es eben das, was geschehen muß. Verstehen Sie nun, warum ich die uneingeschränkte Durchsetzung des Bildungsniveau-Gesetzes angeordnet habe?«

»Ich wußte, daß das Ihr Motiv war.« Sie klang halb bedauernd. »Den privaten Schulen genauso wie den öffentlichen vorzuschreiben, Ideale wie Demokratie und die Gleichwertigkeit aller menschlichen Wesen zu lehren – den Versuch zu unternehmen, den Schülern das beizubringen – welcher anständige Mensch könnte etwas dagegen haben? Ich nicht. Aber den lunarischen Kindern geht es quer runter. Zu Hause hören sie etwas anderes. Außerdem ist es so, als erzähle man Katzen, sie sollten sich wie Hunde benehmen. Die ganze Sache wurde nach und nach in aller Stille abgeschafft, weil sie zu viele Probleme verursachte. Nicht so sehr Gewalt, unentschuldigtes Fernbleiben oder gar Renitenz. Subtiler. Eine ... eine Verachtung. Ich selbst konnte sie bei den Jugendlichen spüren. Und jetzt verlangen Sie, daß der Fehler wiederholt wird.«

Wahl seufzte. »Ihr Seleniten habt Jahr um Jahr für eine Selbstregierung agitiert. Sie, Madame, haben dabei eine Vorreiterrolle übernommen. Und jetzt haben Sie sie. Wie wollen Sie sie behalten, wenn Ihre nachwachsenden Generationen nicht die Prinzipien und Verfahrensweisen zivilisierter Selbstverwaltung erlernen?«

»Eine sehr eingeschränkte Selbstregierung, in Anbetracht der Tatsache, daß die Generalgouverneure damit beauftragt sind, dafür zu sorgen, daß sie sich innerhalb des Föderationsrechts und der diversen nationalen Rechte hält, und daß Beschwerden gegen ihre Entscheidungen regelmäßig vor Gericht abgewiesen werden.« Beynac starrte an ihm vorbei – in die Vergangenheit? Er hörte ein gewisses Maß an Kummer aus ihrer Stimme heraus. »Ich gestehe, daß das die größte Enttäuschung meines Lebens gewesen ist.« Noch größer als die, daß ihre Kinder sich zu ... Lunariern entwikkelt hatten? »Das Föderationsrecht *ist* größtenteils human und vernünftig. Ich dachte, die Teile davon, die es nicht sind, würden sich, soweit es den Mond betrifft, nach und nach durch demokratische Mittel abändern lassen. Im großen und ganzen hoffen und versuchen die terranischen Mitglieder unserer gesetzgebenden Körperschaft das immer noch. Aber die Lunarier – sie scheinen nicht aus dem richtigen Holz für die Politik geschnitzt zu sein. Diejenigen, die sich dafür begeistern, sind normalerweise die schlechtesten unter ihnen, korrupt, streitsüchtig, egoistisch, kurzsichtig. Unsere Legislative funktioniert mehr als mangelhaft, und ich fange an zu bezweifeln, daß sie sich verbessern kann.«

»Das ist vielleicht gar nicht einmal so schlecht«, wagte er zu sagen, »in Anbetracht der Maßnahmen, die sie zu verabschieden versucht hat.«

»Wie die Wiedereinführung der Todesstrafe für vorsätzliches Zurücklassen? Sogar Gambetta mußte dagegen ihr Veto einlegen. Darin habe ich mit ihr übereingestimmt. Aber nicht der Rest meiner Familie. Sie sind keine Ungeheuer, Herr Gouverneur. Sie haben einen hohen Standard von – Ehre, wäre vermutlich das passendste irdische Wort. Aber sie sind Kinder einer Welt, die nicht die Erde ist.«

»Eine merkwürdige Art von Ehre«, erwiderte er. »Sie veranlaßt Menschen dazu, ohne ein Verfahren die Auspeitschung oder Ermordung von Missetätern anzuordnen und dann die Ausführenden zu schützen. Madame, das darf so nicht weitergehen.«

»Das Recht auf Rechtsprechung und das Recht auf Gewährung einer Freistatt. So sehen *sie* es an. Ich denke, es geht zu weit, was mich schmerzt. Aber wenn Sie es nicht im Untergrund halten und zusehen wollen, wie es immer schlimmer wird, muß irgendein Kompromiß damit ausgehandelt werden.«

»Warum? Sie verlangen von mir, den Selenarchen Befugnisse einzuräumen, die sie sich gesetzwidrigerweise selbst angemaßt haben. Das kann sie nur dazu ermutigen, noch weitere zu fordern. Schon jetzt verhandeln einige unter ihnen nicht nur direkt mit Firmen, sondern auch mit Regierungen, jenen Regierungen, die – das sage ich unter uns – nicht gerade vorbildliche Mitglieder der Weltföderation sind. Sollen sie am Ende etwa volle Souveränität proklamieren? Ihre eigenen Nuklearwaffen bauen? Ihre eigenen Kriege führen? Nein, Madame, nein.«

»Ich kann mir nicht vorstellen, daß sie das wollen. Sie sind nicht verrückt. Was sie wollen – was normale, friedliche Mondbewohner wollen – ist die Freiheit, das zu sein, was sie sind, und das zu werden, was sie sein möchten. Ich bin sicher, daß das innerhalb des Gefüges der Zivilisation, an der Sie und ich teilhaben, nicht nur möglich ist, sondern sie tatsächlich sogar auf eine Weise bereichern wird, die wir uns jetzt noch nicht vorstellen können. Aber das gilt nur, wenn sie nicht gezwungen, in ihrer Bewegungsfreiheit eingeschränkt und so lange verbogen werden, bis sie an den Punkt kommen, an dem sie keine andere Möglichkeit mehr sehen als Gewalt.«

»Sie wären gut beraten, wenn sie es vermieden, die Behörde und die Föderation bis an diesen Punkt zu treiben.«

»Ja. Ihr habt eure legitimen Rechte und Ansprüche. Ich, der ich beiden Welten angehöre, verstehe sie so genau, wie ich ihre verstehe. Wir sind heute hier, um nach Wegen für einen Ausgleich zu suchen.«

»Das werden wir nicht in ein paar Stunden schaffen.«

»Auch nicht in Jahren, wenn überhaupt jemals. Aber wenn Sie bereit sind, noch ein Weilchen zu reden, dann bin ich es auch.«

»Ich habe diesen Tageszyklus extra dafür reserviert, Madame. Äh, kann ich Ihnen irgendeine Erfrischung anbieten?«

Sie lachte laut. »Ob Sie das können? Ein kaltes Bier würde mich in den Himmel versetzen, und ein Gläschen Aquavit dazu würde Ihnen das Anrecht geben, sich mir dort anzuschließen.«

Es wurde in der Tat ein langes Gespräch. Es blieb nicht die ganze Zeit über ausschließlich ernst, und das hatte sie auch gar nicht beabsichtigt. Sie fragte ihn über sich und sein Leben aus, schwelgte in Erinnerungen an ihr eigenes, spöttelte, erzählte Witze, brachte ihm eine zotige Ballade über einen Raumfahrer namens MacCannon bei und ließ ihn am Ende vollkommen bezaubert zurück.

Seit damals waren sie mehrere Male zusammengetroffen, allein oder in Gegenwart von anderen, geschäftlich oder bei gesellschaftlichen Anlässen. Er fand, daß die gesellschaftlichen Anlässe mindestens genauso wichtig waren. Sie boten ihm Gelegenheit, wichtige Seleniten persönlich, informell, kennenzulernen. Sie verschafften ihm Dagny Beynacs Billigung – fast ihre Protektion, wie er oft dachte –, und deswegen trafen seine Initiativen und Anstrengungen nicht auf automatischen Widerstand. Vor allem für Rita verminderte es auch die Einsamkeit ein bißchen.

Vielleicht verlangsamte es auch das Anwachsen der Spannungen und die Zunahme unerfreulicher Zwischenfälle. Zum Stillstand brachte es sie nicht. Angeblich wurde die lunare Petition derzeit in Hiroshima beraten. Sie war an mehrere Komitees weiterverwiesen worden, aber keines davon hatte bisher Bericht erstattet. Wahl schloß daraus, daß man bei verschiedenen Punkten an einem toten Punkt angelangt war und sie so lange ruhen ließ, bis weitere Studien vorlagen. Man empfand keine Notwendigkeit, sich zu beeilen. Der Mond war fern, seine Bevölkerung gering, es gab größere und dringlichere Probleme auf dem heimatlichen Globus. In der Zwischenzeit schien Wahls eigener toter Punkt in Gefahr, in eine offene Krise umzuschlagen.

Als er heute Dagny Beynac angerufen hatte, hatte ihm ihr Phon mitgeteilt, daß sie bis um die Mittagszeit nicht erreichbar sei. Er nahm an, daß sie sich ausruhte, so alt und gebrechlich, wie sie war. Er dachte nicht gerne darüber nach, was geschehen würde, wenn sie starb.

Während er wartete – hm – sollte er es bei Anson Guthrie versuchen? Fireball war enorm daran interessiert, den Frieden zu erhalten. Außerdem hatte die Bewußtseinskopie offenbar nicht die normalen menschlichen Sympathien verloren. Aber es konnte durchaus sein, daß Wahl es nicht schaffte, ihn auf Anhieb zu erreichen. Guthrie mochte außerstande oder nicht gewillt sein einzugreifen. Was konnte er eigentlich tun? Wenn er direkt Partei ergriff, würde das die Lage vielleicht eher noch verschlimmern. Es war wohl besser, zuerst Beynacs Meinung einzuholen. Wenn sie die Idee guthieß, würde sie ihn sicherlich mit Guthrie in Verbindung bringen und den Wiedergänger womöglich überzeugen; sie standen sich nahe.

Ruhelos verließ Wahl sein Büro und schritt den Korridor entlang. Die zahllosen anderen Anforderungen an ihn waren ihm egal. Für ein zweites eiskaltes Bad war es zu früh, aber er würde einen langen Spaziergang durch die Stadt unternehmen, vielleicht sogar seinen Raumanzug holen und sich zu einer Wanderung an die Oberfläche begeben. Das würde seinen schwirrenden Kopf klären.

Er kam an Pilars Zimmer vorbei. Die Tür stand offen. Sie saß an ihrem Phon. Ihr schmächtiger Körper zitterte. Ihre Wangen wurden abwechselnd rot und blaß. »Ach, Erann«, flüsterte sie.

Das Gesicht auf dem Schirm war jugendlich, von exotischer lunarischer Schönheit. Wahl erkannte es. Er war dem Jungen ein- oder zweimal begegnet, als die Kinder eine Party hier in der Villa veranstaltet hatten. Es war ihm als ein gutes Mittel erschienen, um die Freundschaft zwischen den Rassen zu fördern.

Erann. Ein Enkel Brandirs.

Er lächelte, so verführerisch wie Luzifer, und murmelte etwas. Pilar beugte sich angespannt vor und streckte die Hände aus, als ob sie sein Bild ergreifen und an sich ziehen könne.

Wie vom Blitz getroffen blieb ihr Vater stehen, wo er gerade war. Sie bemerkte es nicht. Fast wäre er in ihr Zimmer geplatzt. Aber was hätte er dann tun sollen, was ausrufen? Er ging weiter, den Flur entlang. Seine Fäuste pendelten an seinen Seiten. Der Atem quälte sich in seiner Kehle.

Er mußte unbedingt mit Rita sprechen. Heute noch. Dieser Sache Einhalt gebieten, bevor der Schaden nicht mehr wiedergutzumachen war. Wenn möglich taktvoll. Andernfalls mit allen Mitteln, die sich als nötig erwiesen. Vielleicht einen Grund dafür schaffen, das Mädchen, das unschuldige Kind, auf die Erde zur Schule zu schicken, wo sie ausschließlich unter Menschen sein würde.

31

Der Cyberkosmos weckte Venator gegen Mitternacht. »Achtung«, rief ein Lautsprecher. »Die Proserpina-Datei wird geöffnet.«

Augenblicklich munter, sprang er von seinem Feldbett und befahl Licht. Das kahle, enge Zimmer schien Kälte auszustrahlen. »Von wem?« bellte er. Hoffnung flackerte auf. Er war nicht der einzige Mensch, der davon wußte. Ein anderer mochte Veranlassung gefunden haben, einen Blick auf diese Daten zu werfen.

Die Stimme blieb ausdruckslos. Bisher war die beteiligte Mentalität wenig mehr als ein Automat von hoher Kapazität. »Das DNS-Muster gehört –« Es folgte Venators Identifikation.

Nein!

Mit einer beinahe körperlichen Anstrengung verwarf er sein eigenes Dementi. »Den Standort«, verlangte er.

»Prajnaloka, eine Gemeinde im südlichen Zentralnordamerika.« Ein Bildschirm, der eine Karte der Region zeigte, leuchtete auf. Ein Pfeil wies auf die entsprechende Stelle. Aber das war überflüssig. Er kannte diesen Ort, auch wenn er ihn nie persönlich besucht hatte.

Der Eindringling, oder die Eindringlinge, konnten nicht dort beheimatet sein, dachte er. Seelensucher waren die letzten Menschen im Universum, die das System auf irgendeine

Weise herausgefordert hätten. Außerdem, wie hätte sich einer von ihnen den genetischen Schlüssel verschafft haben können?

Also Lilisaires Agenten. Teuflisch clever. Oder wenigstens geschickt. Sie wären niemals auch nur in die Nähe der Datei gekommen, wenn ihre Suchstrategie nicht so raffiniert angelegt gewesen wäre, mit Fragen, die so natürlich und triftig wirkten, daß sie sie an jedem Punkt vorbeibrachten, an dem das Programm einen möglichen Spion identifiziert und alle weiteren Nachforschungen blockiert hätte. Ja, das paßte zu dem Bild, das er sich gemacht hatte. Kenmuir für den Weltraumhintergrund; jemand anderes für eine umfassende Kenntnis des Informationsnetzes, verbunden mit vielen früheren Erfahrungen.

Sie hatten sich zu den Pforten des Geheimnisses vorgetastet und –

»Ist die nächstgelegene Station der Friedensbehörde alarmiert worden?« fragte Venator. Er trat zu einem Kleiderhaken und nahm ein Gewand davon herunter. Der Boden war kalt und hart unter seinen Füßen.

»Ja.« Er hätte keine Zeit darauf verschwenden sollen, sich danach zu erkundigen, sondern es als selbstverständlich voraussetzen sollen.

»Gib mir den Leiter der Notfall-Eingreiftruppe. Allerhöchste Priorität.« Venator streifte das Gewand über seine Nacktheit. Er mußte den Mann beeindrucken. Außerdem verspürte er das tiefe Bedürfnis, sich zu bedecken, wie um sich vor Zorn und Scham zu verbergen. Jetzt endlich war ihm klar, woher die DNS stammte.

Ein Gesicht erschien auf dem Schirm. »James Fong, Hauptmann des Notfalldienstes der Friedensbehörde, Chicago-Integrat«, sagte die Stimme auf Anglo. Zwei Namen; altmodisch; das ließ auf solide Verläßlichkeit schließen.

»Pragmatist Venator, Geheimdienstkorps.« Beiseite: »Bestätigen.« Das System signalisierte, daß dies der Wahrheit entsprach. »Wir haben eine Krise. Ich bin ein Synnoiont. Bestätigen. So ernst ist es, Hauptmann.«

Fong sog den Atem zwischen den Zähnen ein. »Ja, *señor.*«

»Zwei Personen – ich glaube, es sind zwei – dringen soeben unerlaubt in einen streng geheimen Datenbereich ein, von Prajnaloka aus. Die Folgen könnten verheerend sein. Lassen Sie eine Einheit starten, um sie festzunehmen, bevor sie ihren Auftrag vollenden und entkommen. Nehmen Sie sie mit zurück, und halten Sie sie in Einzelhaft fest, bis Sie weitere Anweisungen erhalten. Verhören Sie sie nicht, und gestatten Sie ihnen auch nicht, mit irgend jemandem zu sprechen, einschließlich Ihnen und Ihrer Beamten. Seien Sie dem Personal des Ashram gegenüber höflich, aber verschwiegen. Erklären Sie ihnen, daß sie von Feinden der geistigen Gesundheit getäuscht worden sind, bringen Sie sie dazu, die Aktionen dieser Personen zu schildern, und bitten Sie sie, Stillschweigen über die ganze Affäre zu bewahren.«

»Ja, *señor.* Wir können nicht alles unterdrücken. Es wird Leute geben, die uns sehen. Gerüchte werden sich verbreiten.«

»Das dürfte eigentlich nichts ausmachen, wenn die Operation schnell und gründlich erfolgt. Erstatten Sie mir persönlich und namentlich Bericht.« Der Cyberkosmos würde den Anruf zu ihm durchstellen. »Beginnen Sie.«

»Sofort, *señor.* Ich werde die Razzia persönlich leiten. Zu Ihren Diensten!« Der Schirm erlosch.

Gut. Fong war vertrauenswürdig. Das war beruhigend. Es war sogar vielversprechend. Erregung durchlief Venator. Noch in dieser Stunde würde er das verfolgte Wild schlagen. Danach –

Er bekleidete seine Füße mit Sandalen und ging hinaus, die Gänge mit den sich wandelnden Lichtformen und den stummen Maschinen entlang. Seine Aufgabe verlangte eine erheblich bessere Ausrüstung als ein Phon und ein Terminal. Womöglich würde er sich mit dem ganzen Cyberkosmos beraten müssen.

Ganz gewiß mußte er das tun. Die anstehenden Probleme waren waren von nicht zu überschätzender Gewichtigkeit. Fong und seine Leute würden das wissen. Festnahme und vorübergehende Isolierung waren nach den Föderationsstatuten statthaft, jedenfalls so gerade noch, wenn man sich auf die Notstandsklausel berief. Aber sie würden sich wundern, warum Venator wollte, daß die Gefangenen schnellstens weggebracht wurden. Warum später keine Nachrichten über die Vorwürfe, die man gegen sie erhob? Wurden ihre Rechte verletzt? Darauf mußten Antworten erfunden werden, die mehr oder weniger zufriedenstellend waren.

Auch sein Herz forderte das, dachte Venator. Zuerst würde er es natürlich mit Überredung versuchen, aber wenn Lilisaires Agenten stur waren und auf einem öffentlichen Verfahren bestanden, was dann?

Er wußte es nicht. Was immer erforderlich war, nahm er an. Es würde von ihrem Verhalten abhängen und davon, wie viel sie herausgefunden hatten, und von Lilisaires nächstem Schachzug, wenn es denn überhaupt einen geben würde, und – zweifellos von mehr Unbekannten, als er auflisten konnte. Chaos!

Im schlimmsten Fall, vermutete er, würde der Cyberkosmos ihm befehlen, ihre Erinnerungen an die jüngste Vergangenheit zu löschen. Er biß sich auf die Lippen. Das würde ein fast ebenso flagranter Verstoß sein, wie sie zu töten, und man riskierte furchtbare Nebeneffekte. Und wie würde man ihre Amnesie erklären, nachdem sie wieder freigelassen worden waren?

Konnte es sein, daß der Cyberkosmos effektiv eine Tötung anordnete?

Vielleicht. Wenn es nötig war.

Nötig, um die geistige Gesundheit in der nahen Zukunft zu erhalten – und um die ferne Zukunft selbst zu ermöglichen.

Er erreichte die Haupt-Kommunikationskammer und ließ sich vor der Konsole nieder. Sie wölbte sich in einem Halbkreis um den Drehstuhl herum, ein Flachbildschirm zu seiner Linken, ein Holoschirm zu seiner Rechten und ein Sichttank direkt vor ihm. Wenn Fong zurückrief, würde das Eidophon dorthin durchstellen. Venator unterdrückte den

Drang, mit ihm zu sprechen, während er flog. Nutzlos. Ablenkend. Jäger sollten warten, bevor sie zuschlagen.

Indes – Mit Stimme und Fingern stellte er die Verbindung zur Proserpina-Datei her. Das Programm lief immer noch durch. Nun, wenn es die zwei an Ort und Stelle festhielt, sollte das ausreichen. Es würde ausreichen *müssen*. Und warum auch nicht? Die Spione würden sie mehr als einmal durchgehen, sie aufgeregt diskutieren, sich Notizen machen. Für Lilisaire.

Eine Maschine, die ein Tablett trug, trat ein. Sie war von menschlicher Gestalt und erinnerte, sah man von dem Türmchen, den beiden zusätzlichen Armen und den unmenschlich graziösen Bewegungen einmal ab, an einen in Alufolie gewickelten Mann. »Möchten Sie eine Erfrischung?« fragte sie melodisch.

Auf dem Tablett dampfte neben einem Teller mit Proteinkeksen eine Teekanne. »Herzlichen Dank«, sagte Venator, denn dies war kein Roboter, es war ein Sophotekt, der den Körper nur benutzte. »Ich habe eine lange Nacht vor mir. *Wir* haben das.«

»Ja. Gibt es sonst noch etwas, was Sie brauchen?«

»Im Augenblick nichts. Ich lasse es euch wissen.« Venator schaute zu der glänzenden Gesichtslosigkeit auf. »Wie weit bist du beteiligt?« Es war der Cyberkosmos, mit dem er durch dieses Awatara sprach.

»Nur zu einem geringen Teil, aber ein Bereitschaftssignal ist an das gesamte System ergangen.«

Venator nickte. Er hatte das Halbbewußtsein, das die Datei bewachte, angewiesen, ihn zu benachrichtigen und die Gendarmerie zu alarmieren, wenn es aktiviert wurde. Das geschah automatisch; aber es war außergewöhnlich genug, daß eine höherrangige Intelligenz im Netz es bestimmt bemerkt und entsprechende eigene Botschaften ausgesandt hatte.

Die Maschine ging hinaus. Venator schlürfte den Tee und mampfte die Kekse. Einfache, vertraute Kost. Ein Symbol. Das, was die Welt kontrollierte und das Universum erfaßte, hatte auch an diese Alltäglichkeit gedacht.

Das Universum – Aus einem plötzlichen Impuls heraus rief er die Alpha-Centauri-Datei auf. Ganz dunkel hatte er das Gefühl, daß sie seine Entschlossenheit stärken könnte.

Sie war riesig. Er konnte nur darin herumspringen und mehr oder weniger zufällig diese oder jene Szene anfordern, während er darauf wartete, von Fong zu hören.

Fern, so fern. Das neueste von Sols nächstem Nachbarn aus übermittelte Bild war weit mehr als vier Jahre alt. Guthries Handvoll Kolonisten hatte ein halbes Jahrhundert für die Überfahrt gebraucht, und die Vorbereitungen für diese eine Reise hatten alle Ressourcen aufgebraucht, die ihm zur Verfügung standen. Was übrigblieb, hatte die Weltföderation übernommen, und Fireball Enterprises war zu einer Erinnerung geworden. Solche großen Schiffe würde es nie mehr geben.

Venator wählte eine Ansicht aus einer früheren Zeit, als die erste unbemannte Sonde angelangt war. Schon das war eine nicht zu unterschätzende Leistung gewesen. Die Doppelsonne leuchtete grell vor der Schwärze. Im Schnellvorlauf rückte die Kamera näher heran, bis Alpha A eine Lichtscheibe war und die Sonde den einzigen Leben tragenden Planeten des Systems umkreiste.

Die Demeter war keine Erde. Sie war höchstens eine Urerde oder eine Erde, die hätte entstehen können, wenn Bevölkerungskontrolle, Molekulartechnologie und saubere Energie sie nicht davor bewahrt hätten. Gewiß, die Meere der Demeter wimmelten vor Organismen, die ausreichten, um eine Luft zu erzeugen und zu erhalten, die die Menschen atmen konnten; aber nur ein paar primitive Pflanzen und Lebewesen klammerten sich an eine fragwürdige Existenz längs der Küstensäume. Im Binnenland gab es nur Felsen, Sand und Staub, der von Winden, die alles blankpolierten, dahingetrieben wurde: so öde wie der Mars. Warum? Aufgrund vieler Faktoren, unter denen das Fehlen eines großen Mondes, um die Rotationsachse zu stabilisieren, wohl einer der wichtigsten war; und Luna war das Kind eines kosmischen Unfalls, eines gewaltigen Zusammenstoßes fast ganz am Anfang.

Kein Wunder, daß man trotz alles Suchens nie die Spur anderer denkender Rassen entdeckt hatte. Leben war eine Seltenheit. Das Bewußtsein mußte verschwindend dünn gesät sein. Vielleicht hatte es sich im ganzen Universum nur auf der Erde entwickelt.

Es würde sich selbst zum Sinn und Ziel dieses Universums erheben.

Venator machte einen Zeitsprung vorwärts, bis er ein Bild der Demeter fand, wie sie jetzt aussah – vor vier ein Drittel Jahren. Wolkenwirbel marmorierten saphir- und türkisblaue Ozeane. Schnee weißte ein winterliches Nordland und die Kronen der Berge. Im Süden und tiefer lagen Kontinente und Inseln lieblich grün und braun da, Farbschattierungen von Wald, Wiese, Sumpf, dem Weideland für gewaltige Herden und den Brutplätzen für ebenso gewaltige Vogelschwärme.

Das Kamerabild wurde größer, richtete sich aus und glitt dicht über die Welt dahin. Flüchtig erspähte er einen Birkenbestand, dessen Blätter das Sonnenlicht einfingen; Wildpferde im Galopp; einen Hang, der blau vor Kornblumen war; ein Dorf aus kleinen Häusern; eine Stadt, die ihre Türme über einen Hafen erhob, in dem Vergnügungsboote sich an ihren Anlegeplätzen wiegten und ein Frachter seine Ladung löschte; Verkehr auf Straßen und in der Luft; ein langsam zerfasernder Kondensstreifen wie eine Straße in den Himmel dort, wo ein Raumschiff aufgestiegen war.

All dies hatten Terraner mit ihren sich selbst fortpflanzenden Robotern und Molekularmaschinen in weniger als dreihundert Erdjahren erschaffen, während ihre lunarischen Verbündeten draußen im All die Asteroiden aufblühen ließen. All dies, trotz der Tatsache, daß an einem nicht mehr weit in der Zukunft liegenden Tag ein weiterer besinnungsloser Kataklysmus den Planeten zerstören würde und niemand wußte, wie und ob irgendein Geschöpf darauf überleben konnte.

Tief in seinem Inneren verspürte Venator einen Schauder. Hier, wenn überhaupt jemals, hatte der faustische Geist seine absolute Verkörperung gefunden und seine ultimative Heimat erobert.

Nein, dachte er, die Sache ging sogar noch darüber hinaus. Es waren nicht einfach purer, unbegrenzter Wille, dämonische Energie und freches Gelächter. (»Wir haben beschlossen, daß das Motto und das Grundprinzip unserer Regierung ›*Absit prudentia nil rei publicae profitur*‹ sein soll«, hatte Guthrie einmal mitgeteilt. »*Gracias* an die Datenbank, die es so kunstvoll ins Lateinische übertragen hat. Es bedeutet ›Ohne gesunden Menschenverstand kriegt man gar nichts.‹« Die Beleidigung gegenüber jedem Konzept einer gelenkten Gesellschaft war brutal deutlich.) Vielmehr hatten die Notwendigkeiten des gewagten Unternehmens etwas völlig Neues und Fremdartiges hervorgebracht.

Das Kamerabild flog weiter. Bestellte Felder, die golden der Ernte entgegenreiften, zogen darunter hinweg. Es waren nur wenige, und sie waren hauptsächlich für die Chemikalienproduktion bestimmt. Grundnahrungsmittel und Fasern wurden industriell hergestellt, genau wie auf der Erde oder auf Luna. Diejenigen, die das wollten – und auf der Demeter waren es die meisten –, ergänzten das durch Küchen- und Obstgärten und die Freigebigkeit der wilden Natur. Das Bild zeigte ein weiteres Waldland. Es war jene Natur, das planetenumspannende Netz des Lebens, die diese Welt für Menschen bewohnbar gemacht hatte.

Aber die Technik konnte nicht in wenigen Jahrhunderten dieselbe Arbeit leisten wie die Evolution im Laufe von Gigajahren. Die Ökologie hier war zwangsläufig einfach, zerbrechlich, arm an Rückkoppelungen und Reserven, fast immer am Rande der Katastrophe. Die der Erde war wieder und wieder in einem gewaltigen Artensterben zusammengebrochen. Die der Demeter hatte schon angefangen zu sterben, als sie noch kaum ausgesät war; und es hätte keine Wiedergeburt gegeben. Ein ganzer Cyberkosmos hätte die Aufgabe nicht übernehmen können, sie wieder gesundzupflegen, sie zur Reife zu führen, sie im Gleichgewicht zu halten, so wie ein Organismus sich selbst im Gleichgewicht hält, da er dieses Gleichgewicht *ist* ... es sei denn, dieser Cyberkosmos durchdrang das Leben und erhielt das Bewußtsein, die Zielstrebigkeit und, ja, die Liebe menschlicher Geister in Form von Bewußtseinskopien eingepflanzt ... Demeter Mutter.

Venator hatte das Veldt zwischen Löwen und Kapbüffeln durchwandert, hatte einen Gletscher erklettert, war über Stromschnellen hinweggeschossen, hatte mehr als einen gewalttätig gewordenen Dementen entwaffnet. Vor dieser Fremdartigkeit schauderte er zurück.

Wie durch eine Fügung sagte die Konsole gerade in diesem Augenblick: »Ihr Anruf.« Das Bild aus der Ferne erlosch, und Fongs Ganzkörperbild erschien. Offensichtlich hatte er dort, wo er sich befand, ein ähnliches Gerät requiriert. Er salutierte. »Mein Bericht, *señor.*« Sein Gesicht sprach es für ihn aus: Mißerfolg.

Venator schmeckte Erbrochenes. Er schluckte. »Nun?«

»Es tut mir leid, *señor.* Die Personen sind verschwunden. Nach allem, was wir haben herausfinden können, sind sie – es waren zwei, ein Mann und eine Frau – überstürzt zu dem *volant* gelaufen, in dem sie gekommen waren, und Hals über Kopf geflohen. Das war vor etwa fünfundvierzig Minuten.«

Proserpina, immer und an erster Stelle. »Was ist mit der Datei, in die sie eingedrungen sind?«

»Ich glaube, sie haben sie weiterlaufen lassen, bis sie zu Ende war und sich abschaltete. Falls sie herausgefunden haben, daß wir unterwegs waren – sie könnten eine Anfrage eingegeben haben –, wäre das eine logische Handlungsweise, um dem Netz nicht zu verraten, daß sie in Wirklichkeit schon fort waren. Um Zeit zu gewinnen.«

Venator nickte. Sein Genick fühlte sich steif an. »Ich vermute, Sie haben recht.« Oh, clever, clever. Lilisaire suchte sich ihre Werkzeuge gut aus. »Haben Sie schon irgend etwas über sie in Erfahrung gebracht?«

»Wir haben gerade erst damit angefangen, *señor.*« Das teilweise Abbild eines zweiten Mannes schob sich in den Aufnahmebereich. »Einen Moment, *por favor.*« Fong nahm

Rücksprache. Wieder zu dem Synnoionten: »Die Verkehrsleitstelle hat das *volant* jetzt identifiziert. Es ist zum Hauptflughafen von Springfield geflogen und hat widerrechtlich direkt am Abfertigungsgebäude geparkt. Soll ich Verbindung mit der dortigen Zivilpolizei aufnehmen?«

»Nein.« Was nutzte das? »Überprüfen Sie die Fahrpläne der Flugbusse. Entweder versteckt sich das Paar noch in der Stadt, oder sie haben eine Maschine nach irgendwo anders genommen. Auf wen ist das *volant* registriert?«

»Äh-hm-hm –« Fong kniff die Augen zusammen, während er außerhalb des Aufnahmebereichs auf einen anderen Schirm blickte. »Alice Tam in Niihau, Hawaii.«

»Gut. Machen Sie weiter. Finden Sie heraus, was Sie können, aber machen Sie kein großes Aufheben darum, und bleiben Sie nicht länger dort, als es den Aufwand lohnt. Haben Sie verstanden? Geheimhaltung ist von entscheidender Wichtigkeit. Aber schaffen Sie mir denjenigen heran, der uns das meiste über diese Personen erzählen kann.«

»Ja, *señor.*« Fong verließ den Aufnahmebereich der Kamera. Venator sah auf eine Mauer mit Wandmalereien von Lotusblumen.

Er lenkte seine Aufmerksamkeit davon weg. Während er wartete, konnte er Nachforschungen über Alice Tam anstellen.

Die Datei über sie, die das System für ihn zusammenstellte, erwies sich als erstaunlich umfangreich. Sie hatte die Publizität zwar nicht gesucht, aber so aktiv, wie sie war, wurde mehr als die üblichen Standardeinträge registriert. Geburt und Erziehung in dieser merkwürdigen kleinen Restgemeinschaft, Studium in Rußland, Reisen anderswohin, darunter zum Mond, Arbeit auf dem amerikanischen Festland mit Metamorphen und ein paar Organisationen, die das Los der Metamorphen zu verbessern suchten ... Ja, eine ganze Menge Zeit am Netz und viele Phasen, während derer sie völlig von der Bildfläche verschwunden war ... Ankunft im San Francisco Bay-Integrat vor acht Tagen. Eine Lücke, bis ihr Fahrzeug sich weiter nach Santa Monica begab. Eine Lücke, bis es zu einem Ort in der Salton-Wüste flog, kurz haltmachte und dann seinen Weg nach Overburg fortsetzte; Informationen über Overburg einholen, später, später ... Zwei Tage dort, dann stundenlanges Herumkreuzen, bis es in Prajnaloka landete ... Und jetzt nach Springfield, wo es herrenlos herumstand.

Die Bilder zeigten eine junge Frau: attraktiv, wohlgeformt, lebhaft. Wenig oder nichts deutete auf die stählerne Härte unter ihrem Fleisch hin.

Hatte sie Lilisaire getroffen, als sie den Mond besucht hatte? Wahrscheinlich. Vielleicht ließ sich das nachprüfen.

Wie und warum war sie Lilisaires Verbündete geworden? Eine umfassende Datensuche müßte eigentlich Hinweise darauf liefern, vielleicht sogar eine Antwort.

Eine Beamtin trat in den Aufnahmebereich der Kamera. »Ein Flugbus hat Springfield um 1315 Richtung St.-Louis-Verteiler verlassen«, berichtete sie. »Er ist dort vor zehn Minuten eingetroffen.«

Eine Spur zu früh. Wenn Kenmuir und Tam an Bord gewesen waren, waren sie mittlerweile in der Stadt verschwunden, oder sie befanden sich in einer von einem Dutzend verschiedener Maschinen, die zu ebenso vielen Bestimmungsorten unterwegs waren. Früher einmal hätten Überwachungsanlagen an allen Haupt-Umsteigestellen sofort darauf angesetzt werden können, Ausschau nach ihnen zu halten. Aber Fireball hatte die Avantisten zu Fall gebracht, und die moderne Welt war nicht totalitär: sie hatte nie umfangreiche Überwachungsmöglichen benötigt oder gewollt.

Natürlich gab es trotzdem jede Menge, die alltäglichen Zwecken dienten. Manche davon ließen sich bestimmt heranziehen, von hochauflösenden optischen Satelliten bis zu Verkehrsbeobachtungssystemen und ... als letztes Mittel alle Sophotekten auf der Erde. Aber das würde Zeit erfordern, weil sie nicht ohne vorherige Ankündigung von ihren normalen Pflichten abgezogen werden konnten; und die Operation wäre allzu auffällig gewesen, weil sie Bürgern Ungelegenheiten bereitete und sie und ihre Abgeordneten dazu veranlassen mochte, eine Erklärung zu verlangen; und was konnten Kenmuir und Tam in der Zwischenzeit nicht alles unternehmen?

Aller Wahrscheinlichkeit nach wenig oder nichts. Wie auch?

Aber er hatte sie schon früher unterschätzt, dachte Venator.

Fong geleitete einen alten Mann in den Aufnahmebereich und stellte ihn als Sandhu vor. Er kämpfte sichtlich darum, seiner inneren Qual Herr zu werden und heitere Gelassenheit zu bewahren, während er berichtete, wie Tam und – Johan – entsprechend einer ordnungsgemäß im voraus vorgenommenen Reservierung eingetroffen waren und in allem den Eindruck erweckt hatten, in ihren Wünschen aufrichtig zu sein. Was war nur fehlgelaufen?

»Darüber kann ich Ihnen heute noch keine Auskunft geben, Sir«, beruhigte Venator ihn. »Die Friedensbehörde ist einer kriminellen Verschwörung auf der Spur. Wir bitten Sie um Ihr Stillschweigen. Seien Sie unbesorgt. Im großen und ganzen ist die Sache völlig unter Kontrolle, und wir wissen, daß Ihre Leute sich nichts haben zuschulden kommen lassen.« Er freute sich zu sehen, wie es dem armen kleinen Kerl ein bißchen leichter ums Herz wurde.

Der Anruf, mit dem die Reservierung vorgenommen worden war – er ließ sich zurückverfolgen. Tatsächlich, dachte Venator, war das der erste Punkt auf der Tagesordnung. Eigentlich müßte es einen Hinweis auf Lilisaires gesamten Verschwörerzirkel liefern. Sollten Kenmuir und Tam ruhig noch ein Weilchen länger auf der Flucht sein, bis ein begrenztes Beobachtungsprogramm mit niedriger Priorität zufällig erfolgreich war. Wenn erst einmal der Cyberkosmos alarmiert war, würde alles, was sie mit dem anzufangen versuchten, was immer sie an Informationen gestohlen hatten, die Falle zuschnappen lassen.

Aber zieh die Abschirmung um Zamok Vysoki herum enger zusammen! Halte Truppen in Bereitschaft, um die Burg abzuriegeln oder gar in sie einzudringen und alle

Anwesenden festzunehmen! Finde danach Mittel und Wege, um mit dem politischen Aufruhr fertig zu werden, der mit Sicherheit folgen würde! Er konnte nicht so unangenehm sein, wie es das Öffnen der Proserpina-Datei war.

– Information. Denken. Glaube. Geist. Schon jetzt entwikkelte sich das Leben von der Biosphäre zu Noosphäre, und was im Gehirn vor sich ging, war wichtiger als das, was zwischen den Sternen geschah.

Venator erinnerte sich zurück: Aus Guthries rebellischem Exodus war unvorhersehbarerweise Demeter Mutter hervorgegangen. Aber wenigstens war sie Lichtjahre weit entfernt, nur auf dürftige und indirekte Weise in Kontakt mit der Erde, ein abstrakter Begriff für die meisten Menschen im Sonnensystem, nichts, das ihre Vorstellungskraft befeuert hätte, wie die alten Propheten und Visionen es getan hatten. Sollte sie so bleiben, bis sie hoffentlich zusammen mit ihrem Planeten unterging!

In der Zwischenzeit hieß es Wache halten, aber ohne daß sie es jemals erfuhr. Laserstrahlen gingen zwischen Sol und Alpha Centauri hin und her und übermittelten Worte und Bilder. *Nur* Worte und Bilder. Für die Menschen im Sonnensystem war die Kolonisierung, die früher ein fortlaufendes Epos gewesen war, zu einer Alltäglichkeit geworden, einem fernen Hintergrundgeräusch, unerheblich für sie. Der Cyberkosmos förderte diese Haltung, indem er seinen eigenen Mangel an Interesse verkündete. Er erklärte sich bereit, Informationen auszutauschen und Ratschläge zu geben, falls er darum gebeten wurde – was jetzt nur noch selten geschah, so andersartig, wie die Centaurianer inzwischen geworden waren. Aber die physikalische Erforschung des Weltraums interessierte das Terabewußtsein nicht. Die große Gleichung, die die gesamte Physik vereinheitlichte, war längst aufgestellt. Zwar waren die möglichen Wechselwirkungen von Materie und Energie vielfältig und enthielten nach wie vor Überraschungen, aber das würden immer Details bleiben, nichts, was sich nicht im voraus berechnen oder wenigstens als eine weitere Permutation erklären ließ.

Die unendliche Grenze lag im Bewußtsein und seinen Schöpfungen.

Venator lächelte. Natürlich sprach der Cyberkosmos nicht völlig offen. Minisonden verfolgten die Geschehnisse rund um Alpha Centauri, so gut es ging, und schickten Berichte, die weder von Dritten mitgehört noch publik gemacht wurden. Offiziell nicht existierende Raumfahrzeuge schwärmten hinaus in die Galaxis, auch wenn Jahrzehnte oder Jahrhunderte vergehen mußten, bis eine Nachricht von ihnen zurückkam. Das Los des Cyberkosmos war es, das materielle Universum zu transzendieren, aber vorher mochten sich einige der Permutationen noch als wichtig erweisen.

Bei Demeter Mutter war das bereits der Fall.

Aber sie war weit weg, und alles andere war noch weiter entfernt. Die Proserpina hingegen umkreiste die Heimatsonne des Cyberkosmos.

Und Luna trug, wie sie es immer getan hatte, seit die ersten Lunarier auf die Welt gekommen waren, die Saat des Chaos. Einen Augenblick lang fragte sich Venator, wie oft diese Saat wohl schon aufgegangen war – nicht offen, so wie die Geschichte davon wußte, sondern im geheimen. Wie viele Todesfälle waren in Wirklichkeit getarnte Morde gewesen?

Genug über die Vergangenheit nachgegrübelt! Fong war in den Aufnahmebereich der Kamera zurückgekehrt. Venator gab ihm seine abschließenden Instruktionen, beendete die Übertragung und nahm die nächste Phase seiner Kampagne in Angriff.

32

Die Mondmutter

Das Phon weckte Dagny gegen 0600. Sein Programm erkannte, daß die Angelegenheit dringend sein mußte. Sie setzte sich auf, befahl »Licht!« und blinzelte in das plötzlich sichtbar werdende Zimmer. Einen Augenblick lang kam ihr seine Vertrautheit merkwürdig vor: Mons Bild, die der Kinder aus Zeiten, als sie noch klein gewesen waren, das erst kürzlich aufgenommene Porträt von ihnen mit ihren Partnern und vielen ihrer Nachkommen bis hinunter zu einem auf dem Arm getragenen Säugling, der ihr neuester Ur-Ur-Enkel war, ein sehr unlunarisches Posieren nur ihr zuliebe. Die bunten Vorhänge in Purpur und Gold, die sie kürzlich ausgesucht hatte, um für mehr Schwung zu sorgen – Sie war wieder eingenickt.

Ihr toter Freund verblaßte im Bewußtsein. Sie wandte sich dem Bildschirm neben dem Bett zu und befahl: »Entgegennehmen.« Das Gesicht Rita Urribe de Wahls erschien. Auch sie mußte geweckt worden sein, denn ihr Haar war ungekämmt, und ein Bademantel war über ihr Nachthemd geworfen. Tränen glitzerten auf ihren Wangenknochen und rannen hinunter zu den Winkeln zitternder Lippen. »*Señora, s-señora* Beynac«, stammelte sie, »*él está muerto*.«

Das Wissen traf sie wie ein Messer. Obwohl das Englisch der anderen Frau besser war, suchte Dagny ihr Spanisch zusammen, um auszurufen: »Jaime? Ach, meine Liebe! Was ist geschehen?» War es auch in Wirklichkeit ein Messer gewesen?

»In seinem Swimmingpool – aufgefunden – Niemand weiß etwas. Die Ärzte sind jetzt dort.« Rita schluckte, straffte ihre Schultern und machte ihre Stimme ausdruckslos. »Wegen dem, was das für uns alle bedeuten kann, habe ich Sie als erste angerufen, sofort nach ihnen. Sie werden am besten wissen, wen Sie zu Rate ziehen müssen und was zu tun ist. Er würde es so gewollt haben, denke ich.« Die Entschlossenheit bekam Risse. »Und, und Sie waren immer gut zu uns.«

Eine herzzerreißende Demut, dachte Dagny. Und so unverdient. In den letzten fünf Jahren hatte sie die Bekanntschaft mit dem Generalgouverneur gepflegt, wie sie es bei all seinen Vorgängern getan hatte, denn wie hätte sie sonst irgendeine Rolle dabei spielen können, die Feuerbrände der bestehenden Zwistigkeiten zu bändigen? ... Aber, ja, sie hatte eine gewisse Zuneigung und Achtung gegenüber Jaime Wahl y Medina empfunden, seiner Frau gegenüber sogar eine erhebliche Sympathie und Achtung, und das hatte war ihr anzumerken gewesen.

»Ich komme gleich rüber.«

»Nein, nein, das ist nicht nötig.«

»Und ob es das ist«, sagte Dagny auf Englisch. »Seien Sie stark, *querida*. Es tut mir so leid! Aber wir haben eine Menge Arbeit vor uns, harte Arbeit, und ich bezweifle, ob dies per Bildschirm möglich ist. Geben Sie mir nur ein paar Stunden Zeit. Können Sie die anderen so lange hinhalten? Halten Sie die ganze Sache geheim. Bitten Sie auch die Ärzte darum. Benachrichtigen Sie Haugen, aber bitten Sie ihn abzuwarten. Sammeln Sie alles an Informationen, was Sie können, aber lassen Sie nichts davon an die Öffentlichkeit dringen. Okay?«

Erneut nahm Rita ihre ganze Kraft zusammen. »Ja, ich hoffe, ich werde imstande sein, *señor* Haugen und die anderen davon zu überzeugen und das Personal hier unter Kontrolle zu halten, und – Für zwei oder drei Stunden vielleicht, ja.«

»Tapferes Mädel.« Dagny lächelte in den Kummer hinein. »Ich mache mich dann also auf den Weg. Später werden wir um Jaime trauern. Zuerst einmal müssen wir bestimmte Dinge für ihn tun. *Hasta luego*.«

Sie unterbrach die Verbindung und rief den Bürgermeister von Tychopolis an. Sein Phonprogramm erkannte sie und stellte sie unverzüglich zu ihm in sein eigenes Schlafgemach durch. »Hallo. Noch nicht auf? Komm, beweg dich! Hör mal, ich brauche sofort ein Fahrzeug nach Tsukimachi. Unverzüglich. Eine Suborbitalrakete, wenn du mir eine besorgen kannst. Ja, diese alten Knochen können so eine Beschleunigung immer noch aushalten. Sonst den schnellsten Raketenflieger, über den die örtliche Gendarmerie verfügt, und ich spreche nicht von einem Meteor oder von einer Estrella. Das kleinste, was ich akzeptiere, ist ein Sleipnir.« –

– »Frag nicht nach dem Grund. Das Leben sehr vieler Menschen könnte davon abhängen. Das muß für jetzt genügen, und du wirst es bitte für sich behalten. Laß deinen Rang raushängen, benutze meinen Namen, wenn es sein muß, aber besorg mir das Fahrzeug.« –

– »Für den Fall, daß wir diese Leute einschüchtern müssen, treffe ich dich in genau einer Stunde am Raumhafen, im Büro der Verkehrsleitstelle. Es wäre nett, wenn das Boot ein bißchen Frühstück für mich an Bord hätte, aber was es vor allem haben muß, ist die Startfreigabe. Okay? Bis gleich.«

Sie schaltete ab und stieg aus dem Bett. Inalante würde das schon hinkriegen. Er war mächtig, er war fähig, und er war ein Sohn Kainos.

Während sie sich im Badezimmer kaltes Wasser ins Gesicht spritzte, begann sie die Schmerzen und das Ziehen der Müdigkeit zu spüren. Während der letzten Tageszyklen war ihr Schlaf nur knapp bemessen gewesen. Sie hatte auf Ruhe und Frieden bis 0900 oder 1000 in dieser Morgenwache gehofft, weil danach sehr wohl die Hölle losbrechen mochte. (Was bereits geschehen war, wenn auch in einer Form, mit der sie nicht gerechnet hatte.) In ihrem Alter war man nach einem Nickerchen nicht gleich wieder frisch wie der junge Morgen. War sie jemals so jung gewesen? Es erschien ihr unmöglich.

Der Spiegel zeigte Augen, die in der beinernen Blässe darum herum unnatürlich groß und glänzend wirkten. Anson Guthrie hatte erst kürzlich bemerkt, daß sie jedesmal, wenn er sie sah, ätherischer wirke. Aber sie konnte es sich verflucht noch einmal nicht leisten, es zu sein, noch nicht, vielleicht nie diesseits der Urne. Nachdem sie sorgsam gegeneinander abgewogen hatte, was ihr Doktor ihr empfohlen hatte, was ihre Erfahrung ihr nahelegte und wie die Lage aussah, nahm sie ein mittelstarkes Aufputschmittel. Das, zusammen mit Kaffee, Essen und Willenskraft, sollte sie über die nächsten Stunden hinwegbringen, ohne daß sie im Anschluß daran einen zu hohen Preis zahlen mußte.

Ein bißchen energiegeladener, aber auch etwas gedrückter Stimmung, machte sie sich mit einem warmen Overall und Halbstiefeln präsentabel. Ein Umhang mit Kapuze sollte eigentlich ausreichen, damit sie unerkannt blieb; um diese frühe Zeit waren nur wenige Leute unterwegs. Sie zeichnete eine nichtssagende Botschaft für Anrufer auf, nahm die Tasche, die sie für überstürzte Abreisen immer fertig gepackt hatte, und machte sich auf den Weg.

Der Hudson Way dehnte sich still vor ihr aus. Die Decke simulierte blauen Himmel, vereinzelte, vom Sonnenaufgang immer noch schwach rosa getönte Wolken, stärker werdendes Licht, das den Tau der Morgendämmerungswache im Duramoos unter ihren Füßen funkeln ließ. Die Luft wehte und roch wie eine richtige Brise. Die Umgebung war ein bißchen zu beständig hübsch für sie, aber die meisten Einwohner in diesem Viertel waren Terraner und hatten dafür gestimmt. Es gab andere Orte, wohin sie gehen konnte, um mit Hilfe einer Vollsimulation so zu tun, als wandere sie an einem grauen Meer und dem Trommelwirbelgrollen seiner Brandung dahin.

An der Ecke der Graham betrat sie den Fahrweg und ließ sich zum Raumhafen hinaustragen, wobei sie zweimal umstieg. Es gab nur wenig Mitreisende, die ihr keine Beachtung schenkten. Sie hatte die Möglichkeit nachzudenken.

Die arme Rita! Die armen Kinder, auch wenn Leandro an der Universität war und sich teilweise von seinem Vater entfremdet hatte, wohingegen Pilar zwei oder drei Jahre lang auf der Erde zur Schule gegangen war. Vor allem aber armer Jaime! Er hatte mit einem solchen Genuß gelebt, wenn seine

Arbeit ihn nicht gerade überstrapazierte oder einfach wütend machte. Meistens war er ja ihr Gegner gewesen, aber ein fairer, der für das einstand, was er für richtig hielt – richtig nicht nur für die Erde, sondern auch für den Mond.

Und nun war er tot. Wie praktisch für einige Leute. Und was für eine potentielle Katastrophe für den Rest.

Mord? Schwer vorstellbar, dort in seinem Heim. Außerdem hatte es noch nie jemand versucht, wenn er ausgegangen war, obwohl er keinen Leibwächter besaß. Freilich war er selbst eine furchteinflößende Erscheinung gewesen, ein kräftiger Mann mit irdischer Muskulatur, Kampferfahrung und einem Schwarzen Gürtel in Karate. Das machte seinen Tod in einem Swimmingpool noch unbegreiflicher. Vor allem, wo es so gelegen kam.

Das hätte es eigentlich nicht gesollt, dachte Dagny – für niemanden, weder für die kalt berechnenden lunarischen Magnaten noch für die radikalsten, von Slogans berauschten terranischen Propagandisten. Bis vor kurzem wäre das auch nicht der Fall gewesen. Angesichts des derzeitigen politischen Klimas auf der Erde – wo die Führer und die Öffentlichkeit sich täglich bewußter wurden, wie sehr die Verhältnisse auf Luna ihrer Weltordnung widersprachen und sie herausforderten – mußte jeder Gouverneur zwangsläufig eine Beendigung dieses Zustands zum Ziel seiner Politik machen. Zhaos geduldiger Druck und Gambettas Zugeständnisse hatten versagt. Krise um Krise war beigelegt worden, während die Gesellschaft sich weiterentwickelte. Wahls Auftrag war es gewesen, diesen Globus wieder unter das Föderationsrecht zurückzubringen und dafür zu sorgen, daß er dort auch blieb. Keine Kompromisse!

Aber der Gouverneur hatte notwendigerweise einen breiten Ermessensspielraum und mußte mit der Legislative zusammenarbeiten, es sei denn, die Lage spitzte sich bis zu offenem Aufruhr zu, und der Einsatz von Truppen war die einzige Option, die noch blieb. Nur wenige Führer wären behutsamer vorgegangen, als Wahl es getan hatte: Schritt für Schritt, froh zu belohnen, widerstrebend zu bestrafen, stets auf die Würde seines Gegenüber bedacht, bereit, seine Ruhestandspläne aufzugeben und ein Jahrzehnt oder länger darauf zu verwenden, den Boden für die vollständige Durchsetzung der wichtigsten Gesetze zu bereiten, ja sogar einzuräumen, daß diese Gesetze in der Zwischenzeit modifiziert werden mochten. Wie war es nur dazu gekommen, daß irgendwelche unter den Mondbewohnern seinen Tod wünschen konnten?

Sie wußte keine klare Antwort darauf. Es gab keine. Menschliche Angelegenheiten sind ein Chaos. Aber während sie dahinglitt, konnte sie den Kurs zurückverfolgen, auf dem sie sich diesem besonders seltsamen Attraktor genähert hatten.

Reibereien, Zwist, harte Worte, Ungehorsam, offener oder verdeckter Widerstand, Festnahmen, Strafen, Unbußfertigkeit waren zwar allgegenwärtig, aber sie hielt die Uconda-Affäre im letzten Jahr für den wichtigsten Faktor. Schon damals hatte sie ein schlechtes Gefühl dabei gehabt und versucht, den Gouverneur zu warnen, als er eine Ausweitung des Betriebs in dieser Mine auf der erdabgewandten Seite untersagte, weil sie meßbar das örtliche Vakuum verschmutzen und die radioaktive Hintergrundstrahlung erhöhen würde. Die Astronomen, Quanten-Experimentatoren und anderen Forscher in Astrebourg waren natürlich über die Entscheidung an sich betrachtet froh; aber eine ganze Reihe von ihnen, an prominentester Stelle Temerir, waren wütend, daß sie einfach per Dekret durchgesetzt worden war.

Am verstimmtesten war Brandir gewesen. Auf Veranlassung seines Bruders hatte er heimlich mit den Eigentümern verhandelt. Er würde sie reichlich entschädigen, wenn sie den Betrieb ganz einstellten und auf einem Territorium, das unter seiner Herrschaft stand, neu anfingen. Die Übereinkunft hätte sein Prestige und dadurch sein Ansehen gesteigert. Sie hätte auch mit sich gebracht, daß die Eigentümer und ihre Arbeiter ihm den Lehnseid leisteten und auf diese Weise seine Macht vergrößerten. Sie hätte die Mondbehörde umgangen, die Lagerstätten behandelt, als seien sie Privatbesitz, und so gegen die Absicht, wenn schon nicht völlig gegen den Buchstaben, des Gesetzes verstoßen. Wahl erzählte Dagny unter vier Augen, daß das gewiß die wirkliche Absicht dahinter sei und Grund genug für ihn, dem zuvorzukommen. Natürlich schürte das die Wut auf der Gegenseite.

Hatten die lunarischen Feudalherren auf raffinierte Weise die Erregung angefacht, oder hatte sie einige unter ihnen direkt dazu veranlaßt, einen neuartigen Schritt zu tun, oder was? Dagny war sich unsicher. Ihre Kinder erzählten ihr nur das, was sie ihr erzählen wollten und nicht mehr, und ebenso ihre Kinder und Kindeskinder. Manchmal war das eine ganze Menge, manchmal fragten sie sie sogar um Rat, aber das hier war keines von diesen Malen gewesen, und als sie Brandir dessen bezichtigt hatte, war er, wie schon so oft zuvor, auf höfliche Art abweisend geworden.

Die Katapulte. Was immer es auch ausgelöst hatte, die Katapulte waren der Streitpunkt, der die Revolte zur Detonation bringen konnte.

Raumhafen, blinkte und sang der Fahrweg. Dagny stieg ab. Der Marsch durch das Abfertigungsgebäude über zumeist leere Flächen hinweg kam ihr sehr lang vor.

Sie war vor der vereinbarten Zeit angekommen. Trotzdem wartete Inalante schon bei der Verkehrsleitstelle: ein Mann mittleren Alters in einer schwarzen Tunika und weißer Strumpfhose, in dessen Gesichtszügen etwas von seinem Vater herumspukte und in dessen Stimme etwas von seinem Großvater mitschwang, eine gewisse Stetigkeit unter der Schnellfeueraussprache. »Möget Ihr gesund und rüstig sein, Mylady Blutsverwandte. Ein Sleipnir steht mit Vorräten versehen bereit und für den Start ausklariert.«

»Guter Junge!« rief sie aus, über alle Maßen zufrieden. »Ich wette, du hast sogar Blutwurst an Bord gebracht!«

Er lächelte. »Bedauerlicherweise haben die Geschäfte, die sie führen könnten, noch nicht geöffnet. Um der Schnelligkeit willen befahl ich, einfache Feldrationen zu verstauen.

Aber da ich mich erinnerte, daß Ihr auch Mondfrüchte mögt, habe ich Euch diese von zu Hause mitgebracht.« Er gab ihr einen Beutel.

Genauso unvernünftig war es, daß ihre Augen brannten. Sie konnten ausgesprochen liebreizend sein, wenn sie wollten, ihre Lunarier, so völlig menschlich. Ach, verdammt, das *waren* sie ja auch. »*Gracias*. Danke. Ich, ich werde von jetzt an immer an dich denken, wenn ich Mondfrüchte koste.«

»Braucht Ihr weitere Hilfe?«

»Hauptsächlich, daß du in der Stadt für Ruhe sorgst.«

»Darauf habe ich mich während der letzten Tageszyklen vorbereitet«, sagte er grimmig.

»Du wirst bald Neuigkeiten hören, die die Sachlage von Grund auf verändern. Ich weiß nicht, wie diese Veränderungen aussehen werden, und ich wage auch nicht, dir hier, wo wir belauscht werden könnten, mehr zu verraten, aber mach dich auf eine Riesenüberraschung gefaßt.«

»Während Ihr allein losfliegt, um es damit aufzunehmen.« Die schrägstehenden Augen musterten sie forschend. »Habt Ihr die körperliche Kraft dazu?«

»Das hoffe ich doch.«

»So reist denn siegreich, Mutter von uns allen.« Inalante nahm ihre Hand und verneigte sich tief darüber.

Er war kein Revolutionär, das wußte sie. Ebensowenig war er ein Speichellecker. Er machte sich wenig oder nichts daraus, wie die Verfassungsstruktur aussah, so lange er und die Seinen unbehelligt blieben, um ihre eigenen Ziele zu verfolgen. Da dazu Frieden nötig war, hatte er bei einer Wahl ohne Gegenkandidaten das hiesige Bürgermeisteramt angenommen, um bei seiner Erhaltung zu helfen. Aus dieser Position heraus konnte er durch geschicktes Lavieren versuchen, Veränderungen in den gesetzlichen Vorschriften herbeizuführen, die ihm nicht behagten, und in der Zwischenzeit ein Auge zudrücken, wenn sie so weit umgangen wurden, daß die Bevölkerung einigermaßen zufrieden war, ohne daß die Mondbehörde sich zum Eingreifen veranlaßt fühlte.

Zweifellos empfand eine Mehrheit der Mondbewohner mehr oder weniger genauso. Aber ihre Ambitionen waren selten von einer Art, die durch das Föderationsrecht stark behindert wurde. Die Mächtigen und die Radikalen waren es, die sich gegen Beschränkungen auflehnten, und sie waren es auch, die das System zerstören oder von ihm zerstört werden würden. Oder beides, dachte Dagny.

Sie begab sich zu ihrem Flugsteig, durch den Verbindungstunnel und in ihr Fahrzeug.

Die Besatzung bestand aus zwei Polizeibeamten: Pilot und Ersatzpilot, Terraner. Sie begrüßten die Lady Beynac ehrerbietig und versprachen ihr Frühstück, sobald sie eine stabile Flugbahn erreicht hatten. Sie gurtete sich an ihrem Platz an und entspannte sich.

Der Start erfolgte routiniert mit etwas mehr als einem Drittel g. Nachdem sie Flughöhe erreicht hatten, schwang der Sitz auf seiner kardanischen Aufhängung herum, während der Rumpf sich in die Horizontale legte. Ein kurzes Schnauben von Schub folgte; dann wurden sie langsam gewichtslos, und es gab nur noch das beinahe unhörbare Trommeln und Zischen der Korrekturdüsen, die das Fahrzeug auf konstanter Höhe hielten. Dagnys Jahre als Ingenieurin fielen ihr wieder ein, und sie verbrachte eine Minute damit zu überschlagen, wieviel treibstoffaufwendiger als bei der Suborbitalrakete, um die sie sich bemüht hatte, dieser Flug über die Distanz, die sie zurücklegen mußte, war, ganz abgesehen davon, daß er länger dauerte. Aber der zugrundeliegende Gedanke war, uneingeschränkt kreuzen und jederzeit sofort landen zu können, wo immer man wollte. Wenn man über eine Prise Antimaterie verfügte, um seine Schubmasse damit zu würzen, spielte der Wirkungsgrad keine besonders große Rolle mehr.

Der Ersatzpilot brachte ihr Tablett und zog sich gleich wieder zurück, da er sah, daß sie nicht zu einer Unterhaltung aufgelegt war. Der Kaffee war nicht schlecht, aber abgesehen von dem Geschenk des gepriesenen Inalante war das Essen so langweilig wie immer. Dagny aß pflichtbewußt.

Den größten Teil der Zeit ging ihr Blick zum Fenster an ihrer Seite hinaus, auf Berge, Mare und Krater, die unter der Sonne runzelig wirkten, und eine sichelförmige Erde. Hin und wieder kam schimmernd ein Menschenwerk in Sicht, eine Ansammlung von Kuppeln, eine Einschienenbahn, ein Relaismast, ein Solarkollektor, ein Mikrowellensender, der die Energie unsichtbar zur Mutterwelt abstrahlte. Der grelle Schein ertränkte fast alle Sterne. Einmal jedoch sah sie einen Funken durch das hohe Schwarz des Himmels fliegen und in der Ferne verschwinden.

Wahrscheinlich eine Frachtkapsel, von Leyburg aus mit einem Katapult abgeschossen, entschied sie. Sie würde mit etwas beladen sein, Chemikalien oder biologischen Substanzen oder Nanos oder was auch immer, das sich am besten unter lunaren Bedingungen herstellen ließ. Da ihr flüchtiger Blick nicht ausreichte, um die Flugbahn abzuschätzen, konnte sie nicht sagen, wie die Kapsel aussah. Sie mochte für einen aerodynamischen Abstieg zur Erde, eine Fallschirmlandung auf dem Mars, ein Rendezvous mit L-5 oder einem Asteroiden oder einem noch weiter draußen gelegenen Außenposten gedacht sein. Im Grunde war es gleichgültig. Wohin immer sie auch unterwegs war, sie beförderte eine fabelhafte Errungenschaft, und sie, Dagny, hatte zu denjenigen gehört, die das Fundament dazu gelegt hatten.

Aber Katapulte –

Angesichts seiner niedrigen Fluchtgeschwindigkeit und der überreichlich vorhandenen, praktisch kostenlosen Energie war es ganz einfach, irgend etwas vom Mond wegzuschleudern. Das Problem bestand in diesem »irgend etwas«. Eine Masse von hundert metrischen Tonnen, die so geformt war, daß sie die Atmosphäre durchdringen konnte, würde auf der Erde mit der Gewalt eines taktischen Atomsprengkopfes aufschlagen.

Als Brandir und drei seiner Mitselenarchen mit dem Bau von Startkatapulten auf ihren Domänen begonnen hatten, sagten sie da die Wahrheit, als sie behaupteten, einfach nur ebenfalls in das Geschäft einsteigen zu wollen? Allein schon aus ökonomischen Gründen erschien das zweifelhaft. Sicherlich war keine Genehmigung dazu erteilt worden. Wahl hatte angeordnet, das Projekt zu stoppen, bis eine Vereinbarung über Schutzvorrichtungen geschlossen worden war. Falls eine solche nicht erzielt wurde – und bestimmt wollte kein Lord ständige Inspekteure auf seinem Besitz stationiert haben –, dann mußten die Anlagen wieder abgebaut werden. Die Selenarchen argumentierten, verzögerten, betrieben Obstruktionspolitik. Satelliten beobachteten Menschen, Maschinen und Roboter, die die Hülle betraten und verließen, welche man ›zum Schutze vor Meteoriten während der Dauer der Verhandlungen‹ um die Anlagen gelegt hatte. Wahl entsandte Untersuchungsbeamte. Sie wurden an den Grenzen abgewiesen.

Seine Worte während der gestrigen Abendwache gingen Dagny wieder durch den Kopf. Wie sorgenvoll sein Gesicht auf dem Schirm gewesen war; aber aus seiner Stimme hatte sie einen Klang wie von Eisen herausgehört. »Ich weiß nicht, was sie vorhaben. Sie begreifen sehr wohl, daß ich das nicht dulden kann. Oder etwa nicht? Warum treiben sie die Sache dann auf die Spitze? Ich habe den schrecklichen Verdacht, daß sie mehr Waffen besitzen, als wir wissen. Ein Arsenal, das es ihren Burgen ermöglichen würde, sich alle Streitkräfte vom Leibe zu halten, die mir zur Verfügung stehen. Sie können darauf vertrauen, daß eine schockierte Erde nicht mit Raketen reagiert, wenn sie mit Vergeltung drohen können. Sie werden nach Verhandlungen über, ja, Unabhängigkeit oder etwas, das auf dasselbe hinausläuft, rufen. Irre ich mich mit meiner Annahme? Können Sie mir eine bessere nennen? Wenn nicht, dann werde ich übermorgen während der Morgenwache die Gendarmerie anweisen, diese Ländereien zu besetzen, und wir werden sehen, was geschieht. Ich gebe ihnen noch so lange, weil ich die schwache Hoffnung hege, daß Sie, *señora* Beynac, sie zur Vernunft bringen können. Sonst sehe ich nirgends eine Möglichkeit, einen Kampf zu vermeiden – nirgends als bei Ihnen, *señora*.«

Statt Brandir anzurufen, flog sie nun hin, um mit einer Witwe zusammenzutreffen.

– Sie döste. Mon sprach zu ihr. Sie konnte seine Worte nicht verstehen, aber er lächelte.

Das Fahrzeug schwang herum, reduzierte den Vorwärtsimpuls und senkte sich vorsichtig tiefer. Dagny erwachte mit einem flüchtigen Blick auf die Andockwiege. Der Schacht darunter bildete ein O aus Schwärze. Vor langer, langer Zeit hatte sie zu der Konstruktion beigetragen: eine Grube, um die meisten der kurzlebigen Isotopen im Abgasstrom aufzunehmen. Darüber eine Schüssel, deren skelettartige Struktur eine im Vergleich zur natürlichen Hintergrundstrahlung vernachlässigbare Menge abbekam. Heutzutage gaben die Antriebe viel weniger Radioaktivität an ihre Reaktionsmasse ab. Aber damals war es eine ziemliche Herausforderung gewesen, das Problem zu lösen – und es hatte Spaß gemacht.

Das Boot setzte sanft auf. Ein Verbindungstunnel fuhr sich auf seinen Rädern vom nächsten Flugsteig zur Luftschleuse aus. Der Pilot kam aus seiner Steuerkabine, die jetzt über ihr lag, heruntergeklettert und sagte: »Da wären wir, M'lady. Wir haben Anweisung, drei Stunden zu warten. Wenn Sie uns danach noch benötigen, rufen Sie bitte unser Hauptquartier an und fordern Sie uns wieder an.«

»Falls ich innerhalb dieser Zeit nicht einen blitzartigen Vorstoß nach hinten unternehmen muß, wird das wahrscheinlich nicht nötig sein«, erwiderte sie. »Ich kann mich auf dem Rückflug von irgend jemandem mitnehmen lassen oder einfach den Zug nehmen. Aber *gracias*, Jungs. Ihr habt gute Arbeit geleistet, und daß ihr so hübsch seid, hat der Reise auch nicht eben geschadet.« Das war einer der Vorteile, die man als alte Vettel hatte: Sie konnte sich praktisch jede noch so große Unverschämtheit erlauben. Tatsächlich fanden es die Leute sogar einnehmend und waren entwaffnet.

Ein junger Leutnant kam aus dem Tunnel geglitten und teilte ihr mit, daß man ihn zu ihrer Begleitung geschickt habe. Sie ließ ihn ihre Reisetasche tragen. Die Fahrt auf dem

Fahrweg zur Gouverneursvilla war kurz, und man mußte nicht umsteigen. Sie legten sie schweigend zurück. Auch die anderen Passagiere waren ziemlich schweigsam; man konnte die Sorgen, die sie sich machten, beinahe riechen. Bisher waren erst wenige Einzelheiten publik gemacht worden, aber alle wußten, daß irgendeine Krise kurz vor dem Ausbruch stand.

Am Eingang gab sie dem Mann ihren Umhang, damit er ihn zusammen mit der Tasche verstaute. Das war eigentlich keine Art, einen Offizier der Friedensbehörde zu behandeln, aber er wirkte geehrt. Sie ging weiter in das Wohnzimmer, an das sie sich so gut erinnerte. Als sie eintrat, erhoben sich zwei Personen aus ihren Sesseln. Die dritte war, nach lunarischer Art, bereits auf den Füßen.

Rita ging geradewegs auf sie zu. Dagny umarmte die kleine Frau, strich ihr über das dunkle Haar und murmelte leise vor sich hin. Ein Großteil ihrer Aufmerksamkeit aber richtete sich über die Schulter an ihrer Brust hinweg auf Erann.

Brandirs Enkelsohn erwiderte ihren Blick, lächelte leicht und verneigte sich. Er war ein wunderschöner junger Mann – wie alt inzwischen, achtzehn? – mit dem silberblonden Haar und den silberblauen Augen, die in seinem Zweig der Blutlinie erblich waren. Die hoch aufragende Gestalt trug ein enganliegendes grünes Gewand und weiche rote Schuhe.

Der zweite Besucher war Einar Haugen. Als das Beben in ihren Armen nachließ, richtete Dagny das Wort an ihn: »*Buenos días*. Auch wenn er gerade das nicht ist, nicht wahr?«

Sie ließ Rita los. Der Vizegouverneur – der frühere Vizegouverneur – kam herübergewatschelt, um ihr die Hand zu schütteln. Er war ein großer, dürrer Mann, den Wahl nie mit irgendeiner wichtigen Arbeit betraut hatte. »Das ist furchtbar, furchtbar«, sagte er ebenfalls auf Englisch. »Sie sind hochwillkommen, Madame. Es war wirklich sehr nett von Ihnen herzukommen. Bitte, nehmen Sie doch Platz. Kaffee?« Eine Kanne und Tassen standen bereit. »Oder irgend etwas anderes?«

Dagny tat das Angebot mit einer Handbewegung ab. »Nein, ich bin sowieso schon so aufgedreht wie eine Uhrfeder.« Er blinzelte. Sie sah, daß er mit der Metapher nichts anfangen konnte, auch wenn er das, was sie damit sagen wollte, verstanden hatte. Der Ausdruck war sowieso uralt. Und er, er konnte nicht viel über fünfzig sein. Wieder fing sie Eranns Blick auf. »Was machst du hier?«

»Ich war Hausgast«, antwortete der Lunarier.

»Hm? Ich wußte gar nicht, daß du noch näheren Umgang mit den Wahls hattest.«

»Es gab einen Grund zur Geheimhaltung. In seiner Güte hat Gouverneur Wahl mir erlaubt, hier zu schlafen. Das bot uns die Möglichkeit, uns unter vier Augen zu treffen, wann immer er eine Stunde erübrigen konnte, da er so beschäftigt war. Heute nach der Morgenwache erschien es mir am besten hierzubleiben, um das wenige, was ich zur Aufklärung dieses Unglücksfalls beitragen kann, zu berichten. Nachdem ich mit der Polizei gesprochen hatte, hätte ich mich normalerweise hinwegverfügt, aber der ehrenwerte Haugen sagte mir, ich solle Eure Ankunft abwarten.«

Was wohl auch besser war, dachte Dagny. Erann hatte geschliffen gesprochen, ohne daß sein Gesicht irgend etwas verriet. Auch das war typisch lunarisch, für sich genommen völlig unverdächtig – Mons und ihr Urenkel! –, aber der Wind blies schon aus einer sonderbaren Richtung.

Sie alle nahmen Platz, der Junge so wachsam wie eine Katze. Dagny musterte die Frau. »Rita, meine Liebe«, sagte sie, »Sie laufen herum, als seien Sie verwundet und würden gleich auf Deck zusammenbrechen. Streiten Sie es nicht ab! Diese Anzeichen habe ich schon oft gesehen. In ein paar Minuten besorge ich Ihnen ein Beruhigungsmittel und bringe Sie ins Bett, damit Sie sich für eine Wache oder länger ausruhen. Aber können wir es erst hinter uns bringen, daß Sie mir alle berichten, was Sie wissen?« Sie wollte das unmittelbar hören, nicht durch ein anderes Bewußtsein gefiltert. Herauszufinden, was genau vorgefallen war, war von entscheidender Bedeutung, um ihren eigenen Kurs abzustekken.

Rita starrte auf die im Schoß gefalteten Hände. Monoton: »Juan Aguilar, unser *mayordomo* – unser, unser Butler – Juan fand ihn gegen Anbruch der Morgendämmerungswache in seinem Pool. Er zog ihn heraus, rief den Notdienst, weckte mich über die Gegensprechanlage, tat sein Bestes, um Erste Hilfe zu leisten. Die Sanitäter kamen innerhalb weniger Minuten. Sie versuchten es immer wieder, aber sie konnten ihn nicht wiederbeleben. Unterdessen rief ich Sie an. Wie Sie empfahlen, rief ich *señor* Haugen an und bat ihn, das Geheimnis für eine Weile zu bewahren, so gut er konnte. Dann befahl ich Juan, Erann zu wecken. Die Polizei ist hier gewesen, aber nur eine Stunde lang, weil es offenbar kein – *malhecho* –« Ihre Stimme versagte. Sie hatte sich kaum bewegt.

»Ich wies den Polizeichef und die Gerichtsmedizin an, Schweigen zu bewahren«, sagte Haugen. »Ich habe angeordnet, daß alle Termine abgesagt werden und die Mitarbeiter seines Stabes zu Hause bleiben sollen, bis man sie ruft. Lange kann das nicht so weitergehen. Ganz abgesehen vom, äh, öffentlichen Interesse müssen wir seinen Sohn und seine Tochter benachrichtigen. Und ... mit der Regierungsarbeit fortfahren.«

Er klang eher verzweifelt oder ängstlich als wichtigtuerisch. Ein wohlmeinender politischer Wasserträger, dachte Dagny, der den Job auf Luna angenommen hatte, weil er mit der Beförderung in einen höheren Dienstgrad an der Reihe war und dies für pro forma hielt, bis er zu etwas Harmlosem daheim auf der Erde weiterwechseln konnte. Seine Augen flehten sie an.

»Woher weiß man, daß es kein Gewaltverbrechen war?« fragte sie.

Mit praktischen Routinedingen konnte Haugen fertig werden. »Keine Anzeichen für Gewaltanwendung. Kurz bevor Sie kamen, erhielt ich den vorläufigen Bericht des untersuchenden Arztes aus dem Krankenhaus. Der Fall besitzt zwar seine rätselhaften Züge, aber nichts – Ich würde das lieber später fortsetzen, Madame Beynac.«

Ja. Rita. Anständig von ihm. Aber ein paar Dinge mußten noch angesprochen werden. »Irgendeine Idee, wann er gestorben ist?«

»Vor mehreren Stunden. Die genaue Zeit ist noch offen, weil – Wir haben keine Möglichkeit der Wiederbelebung. Er war ... war zu lange dort.« Das Gehirn zu stark beeinträchtigt.

Hm. Das war vielsagend, wenn man bedachte, wie hurenkalt Wahl den Pool gehalten hatte. »Wann hat man ihn zum letzten Mal lebend gesehen? Was machte er da gerade?«

»Wie Sie sich vorstellen können, hatte er einen furchtbaren Tag gehabt«, erwiderte Rita stumpf. »Er kam nach Hause und nahm gemeinsam mit mir das Abendessen ein. Er aß nicht viel. Wir waren gegen 2030 fertig, und er sagte, er müsse noch lange in seinem Arbeitszimmer arbeiten, und ich solle nicht extra seinetwegen wach bleiben. Das war für mich das letzte Mal, daß ich ihn lebend gesehen habe. Er bereitete gerade eine Ansprache vor, eine Verlautbarung an die Welt, für den Fall, daß es zu ... tatsächlich zu Kämpfen kam.«

Er beschäftigte keine Redenschreiber, erinnerte Dagny sich. Das war eine der Sachen, die sie an ihm gemocht hatte. »Ist ihm irgend jemand danach noch begegnet?«

»Aguilar sagt, er habe ihn spät während der Abendwache aus dem Zimmer kommen, eine Weile in den Fluren auf und ab laufen und dann wieder hineingehen sehen«, antwortete Haugen. »Das war nicht ungewöhnlich. Er brauchte immer körperliche Bewegung, wenn er unter Streß stand.« Er warf Erann einen raschen Blick zu. »Aguilar erwähnte auch, daß er Euch kurz zuvor habe vorbeikommen sehen. Er hatte den Eindruck, Ihr hättet das Büro betreten. Davon habt Ihr gegenüber der Polizei nichts erwähnt.«

»Nein«, gab der Junge gelassen zu. »Es war nicht von Belang, und es handelte sich um eine Privatangelegenheit. Er wurde, wie Ihr sagt, auch später noch gesehen. Ich hatte mein Zimmer aufgesucht, und ich glaube, der Butler tat kurz darauf das gleiche.«

Haugen nickte. Er mußte sich dessen bereits vergewissert haben, da er die Beamten nicht selbst informiert hatte. Zu Dagny sagte er: »Aguilar ging in seine Wohnung und war bis zur Morgendämmerungswache mit seiner Frau zusammen. Sie gingen gegen 2300 schlafen, geben sie an.«

Rita regte sich. »Es sind alte und treue Diener«, sagte sie. »Sie sind zum Mond gekommen, um mit uns zusammenzusein. Mißtrauen Sie ihnen nicht.«

»Ich kann mir nicht vorstellen, daß irgend jemand das tut«, versicherte Haugen ihr. »Aguilar befahl seiner Uhr, ihn früh zu wecken, für den Fall, daß der Gouvrneur die ganze Morgendämmerungswache hindurch arbeitete und seine Dienste benötigen könnte. Im Arbeitszimmer entdeckte er den noch laufenden Computer, mit Text auf dem Schirm. Das war nicht Wahls Art. Er hinterließ immer alles ordentlich, bevor er zu Bett ging. Also hatte er das wahrscheinlich nicht getan. Aguilar suchte nach ihm und – fand ihn.«

»Es wäre normal für ihn gewesen, irgendwann zwischendurch eine Runde schwimmen zu gehen, um einen Teil seiner Anspannung loszuwerden«, bemerkte Dagny. »Offensichtlich hat er das gegen 2400 gemacht, vielleicht ein oder zwei Stunden später. Aber würden Sie nicht auch erwarten, daß er dann, nachdem er halbwegs entspannt war, ins Bett ging? Schließlich stand ihm ein schlimmer Tageszyklus bevor. Anscheinend beabsichtigte er aber, noch einmal vom Pool zurückzukommen und weiterzuarbeiten. Demnach war er selbst für diesen politischen Schlamassel, in dem wir stecken, ungewöhnlich aufgeladen.« Ihre Augen suchten wieder Erann. »Worüber habt ihr zwei gesprochen?«

»*Ayomera*«, antwortete ihr Urenkel freundlich. Sie kannte den lunarischen Ausdruck. Er ließ sich nicht so recht in irgendeine irdische Sprache übersetzen: die höfliche Entsprechung dafür, gar keine Antwort zu geben.

»Wir werden uns nachher noch ein bißchen unterhalten, du und ich«, kündigte sie ihm an. »Halte dich solange zur Verfügung. Sie auch, äh, Herr Gouverneur, *por favor*. Rita, jetzt kümmern wir uns erst einmal um dich.«

Wie ein Roboter begleitete die Frau sie hinaus. Dagny ließ sie die üblichen Verrichtungen mechanisch durchexerzieren, zog ihr eine Decke bis hinauf ans Kinn, küßte sie auf die Wange und wartete, bis die Droge Schlaf gebracht hatte.

Als sie hinaustrat, blickte sie nach rechts und links. Niemand in der Nähe. Die Regierungsmaschinerie war fürs erste stehengeblieben, und die Hausangestellten hatten sich in ihren Zimmern verkrochen oder gingen ihren Pflichten in erschrockenem Schweigen nach. Eine Wache an der Tür und die Überwachung der Phonleitungen verhinderten, daß die Nachricht über diese vier Wände hinausging. Haugen hatte recht, das konnte nicht von Dauer sein, und das sollte es ja auch nicht. Was immer Diskretion erforderte, sollte besser rasch erledigt werden.

Wie wäre es, den Ort des Geschehens zu inspizieren, nur für alle Fälle? Natürlich war es unwahrscheinlich, daß sie irgend etwas finden würde, was die Kriminalbeamten und ihre Apparate übersehen hatten; aber es war etwas, was sie machen konnte, während ihre Gedanken wie in einem Alptraum umherschwirrten. Mit langen Sätzen sprang sie den Flur entlang.

Irgendwann einmal hatte Jaime ihr seinen Pool gezeigt und sie lachend eingeladen, doch mal schnell ins Wasser zu springen. »Ich habe mir nie Sorgen um etwaige hohe Tiere unter meinen Vorfahren machen müssen«, hatte sie erwidert, »aber ich bin mir ziemlich sicher, daß Walrosse ebenfalls nicht dazugehört haben.« Die Kammer war, wie sie sich erinnerte, spartanisch, hallend still, das Wasser glatt und farblos in seiner völligen Reinheit.

Nein, warte. Wo waren die schwachen Dunstschleier? Die Luft hier drinnen war ziemlich warm, das Wasser arktisch ... Oder etwa nicht? Sie bückte sich – ihre Knochen fühlten sich an, als ob sie knarrten – und steckte eine Hand hinein.

Lauwarm. Was zum Teufel ...?

Sie entdeckte den Thermostaten und ging zu ihm hin. Die Anzeige lautete 35°, fast Bluttemperatur. Aber wieso hätte

Jaime das so haben wollen? Vielleicht, damit er eine Stunde lang herumplanschen und -schwelgen konnte, um das ganze Elend von sich abzuwaschen? Nein, das war nie seine Art gewesen.

Die alte Kälte rann Dagnys Rückgrat hinab und hinaus zu ihren Nervenenden.

Übelkeit folgte. *Nein, por favor, bitte, laß diesen Gedanken falsch sein, laß ihn wieder von mir weichen!*

Es gab nur einen Weg, auf dem sie eine Möglichkeit hatte, daß das geschah. Sie erkämpfte sich ihr seelisches Gleichgewicht zurück.

Aber beeil dich! Sie verließ den Raum und sah sich in der Villa um, wobei sie das Wohnzimmer mied, bis sie Aguilar fand. Der grauhaarige Mann saß traurig über den Abrechnungen. Er erkannte sie, sprang auf und verneigte sich, stand mit zitternden Händen da und wartete auf ihre Befehle.

»Guten Morgen«, begrüßte sie ihn auf Spanisch. »Verzeihen Sie, daß ich hier so einfach eindringe. Sie haben einen großen Schock und großen Kummer erlebt, und danach hat man Sie ausführlich verhört, nicht wahr? Es tut mir leid, daß ich Sie noch etwas fragen muß.«

»Ich stehe Ihnen zu Diensten, *señora*.« Es war ihm Ernst damit, das wußte sie.

»Sie haben den *señor* im Pool gefunden, ihn herausgezogen, Hilfe herbeigerufen und, bis diese kam, versucht, ihn wiederzubeleben. Das haben Sie gut gemacht. Was ich wissen muß, ist folgendes. War das Wasser so kalt wie immer?«

»Ich, ich habe nicht darauf geachtet«, erwiderte er verblüfft. Nach einem Moment, in dem sich das runzelige Gesicht zusammenzog: »Jetzt, wo ich zurückdenke ... ja, vielleicht war es nicht – nicht eiskalt. Kalt, aber nicht eisig. Ich bin mir nicht sicher, *señora*. Ich habe nicht richtig darauf geachtet. Und normalerweise hatte ... hatte ich mit dem Pool nichts zu tun. Es ist schon lange her, daß ich das Wasser einmal angefühlt habe.«

»Dann nehme ich an, daß Sie es bemerkt hätten, wenn es

so kalt gewesen wäre, wie er es gerne hatte? Schließlich sind Sie völlig durchnäßt worden.«

Ein zittriges Nicken. »Ja, Sie haben recht, *señora*. Ich hätte es gemerkt. Es war kalt, aber nicht ... nicht extrem kalt.«

Und jetzt war es lauwarm. »Halten Sie es für möglich, daß der *señor* dieses eine Mal vielleicht bei einer angenehmeren Temperatur schwimmen wollte?«

»Möglich wäre es. Ich kann es nicht sagen. Er hat es nie vorher getan. Ich erinnere mich noch sehr gut daran, daß er den Pool nur für sich allein hat einbauen lassen –« Aguilar umklammerte ihren Arm. »*Señora*«, keuchte er, »könnte ein Kopfsprung in etwas, mit dem er nicht gerechnet hat, könnte das tödlich gewesen sein?«

Sein Griff tat ihrem dünnen Fleisch weh, aber sie brachte es nicht übers Herz, ihn zu maßregeln. »Sicher nicht. Wenn jemand, sagen wir aus Jux, sich eingeschlichen und den Thermostat höhergestellt hat, kann ich ihn vor mir sehen, wie er sehr laut flucht und hinausstürmt, um alle aufzuwecken und herauszufinden, wer der Schuldige war. Sie etwa nicht?«

»Ja.« Aguilar ließ sie los. »Ja, ich denke, so würde er gehandelt haben. Er war nie jemand, der Beleidigungen sanftmütig hinnahm.«

»Ein *macho*. Ich bin der gleichen Meinung. Tja, ich danke Ihnen, und bitte, sprechen Sie mit niemandem über diese Unterhaltung. Wir müssen immer noch die Wahrheit aufdecken.«

Das Schreckliche aufdecken. Sie fürchtete sich, sie fürchtete sich.

Vollschub voraus, und die Radarantennen auf Empfang! Die Trauer mußte bis danach warten. Sie kehrte ins Wohnzimmer zurück. Dort saßen Haugen und Erann, in einem Schweigen, das undurchdringlich genug war, um es mit einem Schweißbrenner zu schneiden. Der Kopf des Erdenmenschen fuhr herum in ihre Richtung. Der Lunarier erhob sich, salutierte mit der bei seinem Volk üblichen Ehrenbezeigung und ließ sich wieder auf seinem Sessel nieder, als sie auf dem ihrem Platz nahm.

»Okay, Rita liegt im Bett und schläft, und wir können offen reden«, sagte sie. »Herr Gouverneur, Sie wollten mir gerade sagen, was die Ärzte festgestellt haben.«

Haugen runzelte die Stirn. »Bei allem Respekt, *señora* Beynac, ist das nicht Sache der Polizei? Es liegen keine Anzeichen für ein Verbrechen vor. Das Wasser war nicht vergiftet, er wurde auch nicht durch ein nicht isoliertes Elektrogerät getötet, das jemand hineingeworfen hat, nichts in dieser Art.«

»Ich frage mich, wie gefährlich Elektrizität bei chemisch reinem Wasser überhaupt wäre. Für sich allein ist es ein schlechter Leiter.« Dagny beobachtete Erann aus den Augenwinkeln, um ihn nicht direkt anzustarren. Es war ein Trick, den sie sehr gut beherrschte. Er hätte ebensogut eine atmende Statue sein können. »*Señor*«, erklärte sie Haugen, »ich bin alt und müde. Sie haben eine Bemerkung über seltsame Sachen bei diesem Fall gemacht. *Por favor,* zwingen Sie mich nicht, die Gerichtsmedizin anzurufen und mich über den Dienstweg durchzukämpfen.«

»Wie Sie möchten«, seufzte Haugen. Er legte sich seine Worte sorgfältig zurecht. »Zuerst einmal, seine regelmäßigen medizinischen Untersuchungen zeigten, daß er kerngesund war. Was ist da schiefgelaufen? Wie konnte es dazu kommen, daß er ertrank? Verstehen Sie, diese Befunde sind vorläufig, viele Einzelheiten warten noch auf eine Laboruntersuchung, aber es scheint nicht so, als habe er einen Herzanfall, eine Embolie, einen arteriellen Krampf erlitten oder was der naheliegenden Möglichkeiten mehr für ihn waren, das Bewußtsein zu verlieren und zu ertrinken.«

»Ist er denn ertrunken?« Beobachte, beobachte, und laß dir nicht anmerken, daß du beobachtest!

»Was denn sonst?« fragte Haugen überrascht. »Die Symptome, das Erscheinungsbild der Leiche – Ah, Aguilars Bemühungen und danach die des Notdienstes haben es unklar gemacht, wie viel Wasser in den Lungen war, aber das Blut weist einen Sauerstoffmangel auf.« Er bedachte sie mit einem aggressiven Lächeln. »Sie nehmen doch nicht etwa an, oder, daß jemand ihn erstickt und die Leiche dann in den Pool geworfen hat?«

Dagny tat so, als nehme sie ihn ernst. »Nein, nein. Wer hätte unbemerkt hier eindringen können, geschweige denn ihn angreifen, ohne einen Lärm zu verursachen, der sogar einen Bürokraten an seinem Schreibtisch aufgeweckt hätte? Wahl war ein kräftiger Mann und durchaus in der Lage, sich zu verteidigen. Wenn schon sonst nichts, müßte er wenigstens Spuren von blauen Flecken zeigen.« Gewichtig: »Aber Sie haben auf ein paar, äh, Anomalien angespielt. Welche?«

»Es ist ziemlich vage. Der Leiter des medizinischen Teams sagte mir etwas von einer allgemeinen Verfärbung. Sie könnte davon kommen, daß er stundenlang in diesem kalten Wasser gelegen hat.«

Eranns Miene zeigte nicht die geringste Regung.

»Hat er irgendeine Theorie?« setzte Dagny nach. Ihr Puls hämmerte.

»Sie. Eigentlich war es eine Leiter*in*.« Haugen machte die Korrektur, als sei sie wichtig. Na ja, sein Ego brauchte eine Stütze, armer Kerl; und seine Stabilität war ein öffentliches Anliegen, wo doch der gesamte Mond eine kompetente Person an der Spitze benötigte. »Wer weiß das in diesem Stadium schon? Ein Selbstmord ist wahrscheinlich ausgeschlossen. Aber irgendeine Art von Störung der Hirntätigkeit, ein Aussetzer in irgendwelchen Nervenzellen, plötzliche Bewußtlosigkeit?« Seine Stimme wurde schrill. »Vielleicht wissen wir noch nicht über alles Bescheid, was Weltraumbedingungen – Mondbedingungen – den Menschen zufügen können.«

Erann lächelte fast unmerklich. Er war ein Lunarier.

Und er war auch ein Mensch!

Sie wandte sich direkt an ihn. »Hast du irgendeine Idee?« fragte sie.

Ein Schütteln des hellblonden Kopfes. »Nein. Ich kann mich nur an der allgemeinen Trauer beteiligen.«

Haugens Selbstbeherrschung versagte. »Tut Ihr das?« schnarrte er. »Ihr gehört zum Haushalt Eures Großvaters

Brandir. Ihr wißt, wie erfreut er über das hier sein wird.« Die Behörde in Verwirrung und Schrecken, dachte Dagny; ihr neuer Leiter schlecht informiert und unentschlossen; das Ergebnis Paralyse, während die Barone stärker wurden und ihre Position festigten; danach sehr wahrscheinlich ein Rückzieher der Behörde, so daß der Föderation kaum eine andere Wahl blieb als mitzuspielen, wenn die Selenarchen ihren ungeheuren Anspruch durchsetzten. »Warum seid Ihr eigentlich ausgerechnet jetzt hier? Was *habt* Ihr gemacht?«

Erann hob eine Hand. »Wäre Mylord nicht überreizt, würde ich Genugtuung für diese unverdiente Beleidigung verlangen«, sagte er so steif, wie sein weicher Akzent es erlaubte. »Ich verzichte darauf und weise darauf hin, daß ich seit vielen Jahren mit der Familie Wahl in einem freundschaftlichen Verhältnis stehe.«

»Wie Sie wissen, stimmt das«, erinnerte Dagny Haugen. »Als Leandro und Pilar noch hier wohnten, hatten sie oft Schulkameraden zu Besuch, darunter auch Lunarier.« Zu Erann: »Das war das letzte Mal, daß ich dich bis heute gesehen habe. Ich kam zufällig in einer geschäftlichen Angelegenheit vorbei, während eine dieser Parties im Gange war. Wie lange ist das jetzt her? Drei Jahre? Was hast du inzwischen gemacht?«

»Ich habe meine Studien fortgesetzt und, wie der verehrte Haugen schon sagte, darüber hinaus die große Ehre, Lord Brandir in Zamok Vysoki aufzuwarten.« Das mußte im Zuge des polizeilichen Verhörs herausgekommen sein, begriff Dagny. In jenen früheren Tageszyklen war der Vizegouverneur noch nicht auf dem Mond gewesen.

»Wann warst du das letzte Mal hier – *vor* gestern?«

»Etwa um die Zeit, von der Ihr spracht. Mylady, dies ist ermüdend und unergiebig.«

Dagny ignorierte die Klage. »Ja, das paßt. Nachdem die jungen Leute, deine Freunde, ausgezogen waren, hattest du keinen Grund mehr zu weiteren Besuchen.« Freunde? Sie erinnerte sich an den jungen Leandro als jemanden, der gegenüber den meisten Lunariern eine Abneigung hegte, die er nicht immer erfolgreich zu verbergen verstand. Das Mädchen Pilar hatte anders gedacht, aber dann war Pilar zur Erde fortgeschickt worden ... »Was hat dich diesmal zu deiner Reise bewogen?«

»Ich habe schon erklärt, daß es sich um eine private Angelegenheit handelte. Lord Wahl wünschte es so, und ich halte mein Wort.« Erann erhob sich, so daß er beinahe drohend über ihr aufragte. »Mylady, Euer Rang berechtigt Euch zu vielem, und ich sage nichts weiter mehr, als daß ich genug gesagt und meine Pflicht anläßlich dieser unerfreulichen Gelegenheit erfüllt habe, so daß ich mich nun verabschieden werde.«

»Noch nicht«, sagte Dagny. »Wir müssen noch ein paar Worte miteinander reden, unter vier Augen. *Señor* Haugen, würden Sie uns entschuldigen? Inzwischen wäre ich Ihnen sehr verbunden, wenn Sie Verbindung mit Selenarch Brandir aufnehmen könnten. Benutzen Sie meinen Namen und erklären Sie, daß es von entscheidender Bedeutung ist. Quantenverschlüsselt natürlich.«

Der Erdenmensch starrte sie mit offenem Mund an. »Madame, ich – Was soll das bedeuten?«

Dagny hielt seinem Blick stand. »Sie fragten, ob ich helfen könne. Ich glaube, das kann ich. Seien Sie so freundlich und lassen Sie es mich bitte auf meine eigene Weise tun.«

»Ich muß d-darauf hinweisen, daß Sie keinen offiziellen Status besitzen.«

»Aber ich kann auf eine verdammt lange Karriere zurückblicken, *señor*.«

Er schlug die Augen nieder. »Nun ja, ich werde sehen, was ich tun kann«, murmelte er.

»*Muchas gracias*.« Dagny stand auf. »Komm mit, Erann.«

Der junge Mann spannte sich. »Nein. Ich reise ab.«

Dagnys Tonfall blieb gelassen. »Vor der Tür steht eine Wache. Sie läßt niemanden ohne *señor* Haugens Zustimmung hinaus. Warum mißgönnst du einer alten Frau ein Schwätzchen von ein paar Minuten? Komm doch mit, mein Lieber.«

Sie ging hinaus. Nach einem kurzen Augenblick schloß Erann sich ihr an. Der starre Blick des Erdenmenschen folgte ihnen, bis sie außer Sichtweite waren.

Dagny ging stumm voraus zu Wahls Privatbüro. Es würde vor Lauschern geschützt sein. Als sie darin und unter sich waren, schaute sie sich um. Die Stille war ganz von ihm erfüllt, seinen Bildern, seinen Souvenirs, den Bögen und Trophäen, der silbernen Darstellung des gekreuzigten Christus. Auf dem Computerbildschirm standen immer noch seine Worte: »*– können und werden das nicht hinnehmen. Es ist mehr als eine Meuterei, schlimmer als eine Rebellion, es ist Verrat an der Menschheit. Daß wir zu Gewaltakten gegeneinander verleitet werden sollen, wenn außerhalb unseres zerbrechlichen Schutzes das unmenschliche All liegt –*«

»Setz dich, *por favor*«, sagte Dagny.

»Ich habe schon zu viel gesessen«, antwortete Erann.

»Mein Genick tut mir weh, wenn ich es verrenken muß. Setz. Dich. Hin.«

Er gehorchte, faltete sich in Wahls Sessel und schwenkte ihn vom Schreibtisch herum, um sie finster anzublicken. Die Arme vor der Brust gefaltet stand sie vor ihm. O Gott, er war von Mons und ihrem Blut, und er ähnelte so sehr Brandir im gleichen Alter! Irgendwie schaffte sie es, ihre Stimme forsch klingen zu lassen: »Okay. Was war das für eine Sache zwischen dir und ihm?«

Unter der Alabasterhaut am Hals pulsierte blau eine Ader. »Ich habe Verschwiegenheit gelobt. Aber Euch sage ich, daß es für andere nicht von Belang war.«

»Wenn du es mir erzählst, muß vielleicht niemand sonst davon erfahren. Ich verstehe mich auch darauf, den Mund zu halten. Aber wenn du jetzt nicht kooperierst, wird es wahrscheinlich das ganze verdammte Sonnensystem erfahren. Es gibt Mittel und Wege, Hinweise zu sammeln und Schlüsse daraus zu ziehen. In der Zwischenzeit wirst du bis zum Hals in einem Tauchbad voller Scheiße stecken – was ist deine Würde dann noch wert? – und dein Lord und seine Sache noch tiefer. Rede endlich, mein Sohn!«

Die Lippen preßten sich fest aufeinander.

Dagny seufzte. »Immerhin kann ich ziemlich genaue Vermutungen anstellen. Du kannst nicht gut ein Sonderabgesandter gewesen sein, also muß es Wahl persönlich beschäftigt haben, und zwar stark genug, daß er sich mitten in einer globalen Krise, bei der es um Leben und Tod geht, Zeit für dich genommen hat.

Die kleine Pilar. Sie war in dich verknallt. Man hat es ihr auf ein Lichtjahr Entfernung angemerkt, damals, als ich euch zwei im selben Raum zusammen gesehen habe. Ich bezweifle, ob du ihr gegenüber das gleiche empfunden hast. Nicht nur der Rasse wegen; wenn man so jung ist, machen ein paar Jahre Altersunterschied eine Menge aus. Aber sie einzuwickeln, hätte dich bestimmt amüsiert und dir das Gefühl gegeben, etwas von dem zurückzubekommen, was dir zustand. Vermutlich ist auch nie etwas Ungehöriges passiert, obwohl das sehr wohl daran liegen mag, daß ihr Vater sie rechtzeitig in Sicherheit gebracht hat.«

Selten sah man einen Lunarier erröten. »Das ... ist eine ... sehr weit hergeholte Schlußfolgerung ... Mylady.«

»Oh, ich habe bessere Gründe dafür als nur einen beiläufigen Eindruck. Denk daran, ich kannte ihre Eltern ziemlich gut. Als sie mir mitteilten, daß sie sie zur Schule auf die Erde schicken würden, fragte ich natürlich nach dem Warum. Jaime war ziemlich ausweichend, was so gar nicht seiner Art entsprach. Später vertraute sich Rita mir ein wenig an. Der Rest lag auf der Hand. Ich habe nicht viel darüber nachgedacht, nur Bedauern für sie und für das Kind empfunden und darauf vertraut, daß Pilar vergessen und glücklich sein würde. Aber nun –

Natürlich hat sie dir wieder und wieder geschrieben und dir Botschaften geschickt und mit dir gesprochen, wann immer sich die Gelegenheit dazu bot. Es war einfach für dich, sie zappeln zu lassen, ohne dich in irgendeiner Weise festzulegen. Einfach, amüsant, wie ich schon bemerkt habe, und grausam.« Dagny schüttelte den Kopf. »Ich wünschte, ich könnte etwas Besseres von dir denken.«

Erann umklammerte die Sessellehnen. »Wagt Ihr das von mir zu glauben?«

»Leugnest du es etwa? Ich darf dich daran erinnern, daß die Polizei derartige Dinge zurückverfolgen kann, wenn sie einen Grund findet, diese Anstrengung zu unternehmen. Die Datenbanken registrieren, von wo, nach wo und wann interplanetarische Gespräche geführt worden sind. Aber ich, ich würde bei dem Mädchen anfangen. Ihr Vater ist tot, Erann. Sie ist ein gutes Kind. Nicht, daß sie dich verdächtigen würde, nicht sofort, aber einer geschickten Befragung hätte sie nicht viel entgegenzusetzen.«

Er ließ sich zurücksinken. »Ich hätte nicht damit weitergemacht«, murmelte er, »wenn man mir nicht gesagt hätte, daß diese Freundschaft sich eines Tages als wertvoll erweisen könnte.«

»Daß man Kapital daraus schlagen könnte, meinst du«, sagte Dagny mit schwerer Stimme. »Die Idee deines Großvaters? Nicht, daß ich der Meinung bin, daß er etwas Bestimmtes im Sinn hatte. Es war einfach nur eine Möglichkeit, die man in der Hinterhand hält. Bis plötzlich –« Sie deutete auf sein Herz. Ihre Stimme schnellte vor wie eine Peitsche. Der Hieb ging ihr durch und durch. »Wessen Idee war es zu versuchen, Jaime Wahl zu ermorden? Seine, deine, euer beider?«

Er setzte dazu an aufzustehen. Vielleicht erkannte er, daß es ihn und die Seinen vernichten würde, wenn er ihr etwas antat, denn er ließ sich wieder zurücksinken und flüsterte: »Ihr redet nicht wirr wie in einem Traum. Ihr wißt, was Ihr sagt. Aber warum tut Ihr das, Mylady? Warum?«

Wieder seufzte Dagny. Der Kummer war ein dicker Kloß in ihrer Kehle. »Oh, ich bin mir sicher, daß ihr die Tat als – patriotisch – angesehen habt, falls ihr überhaupt irgendeine Vorstellung von dem besitzt, was die Erde ›Patriotismus‹ nennt. Tut ihr das? Es macht keinen Unterschied, nehme ich an. Du bist jung, auf deine Art idealistisch, in einer harten, unsentimentalen Welt geboren und aufgewachsen, wo ein Menschenleben nicht viel zählt.

Der Plan läßt sich leicht rekonstruieren. Du sandtest Wahl eine vertrauliche Botschaft, in der du ihn batest, ihn bei sich zu Hause aufsuchen zu dürfen – in der Krise würde er nirgendwo anders sein, es sei denn, die Pflicht riefe ihn fort – ihn wegen seiner Tochter aufzusuchen. Du gabst zu, daß du in Verbindung mit ihr geblieben warst. Hast du sie dazu gebracht, ihm ebenfalls eine Botschaft zu schicken? Ich möchte lieber denken, daß du es nicht getan hast. Es wäre auch nicht wirklich nötig gewesen. Er ist ihr Vater, er liebt sie, er hätte dich sowieso empfangen, in der Hoffnung, dich von einer Heirat, oder womit immer du ihm drohtest, abzubringen. Du kanntest seine Gewohnheit, ganz allein für sich schwimmen zu gehen; jeder auf Luna hat davon gehört. Du wußtest, daß ihn die richtigen Worte, darauf berechnet, ihn wütend zu machen und zu frustrieren, bald zum Pool treiben würden, um genug von seinem Ärger loszuwerden, daß er in seiner Arbeit fortfahren konnte.«

»Und was dann?« verlangte Erann zu wissen.

»Ganz einfach. Du hast dich in diesen Raum geschlichen und den Wasserthermostaten niedriggestellt, weit unter Null. Hinterher bist du natürlich zurückgekehrt und hast ihn hoch eingestellt, weil das Eis so schnell wie möglich schmelzen mußte. Sobald das geschehen war, hättest du ihn, falls du Gelegenheit dazu gehabt hättest, wahrscheinlich wieder auf die normale Temperatur eingestellt, aber dazu ist es nicht gekommen, und ich bezweifle, daß du sicher damit gerechnet hast. Ein warmer Pool würde zwar irgendwie merkwürdig wirken, aber trotzdem würde der Todesfall immer noch wie ein – Unfall, oder jedenfalls natürlich, wenn auch medizinisch eigentümlich, erscheinen. In dem allgemeinen Durcheinander und wenn die Selenarchen auslösen, was immer sie an Schrecklichem vorbereitet haben, würde niemand genauer über dieses sonderbare Detail nachdenken. Bis irgend jemand die Wahrheit herausgefunden hätte, wenn überhaupt, wärst du schon lange verschwunden gewesen. Und wir hätten weitaus größere Probleme am Hals.«

Erann saß ausdruckslos da.

Dagny lächelte mit dem linken Mundwinkel. »Du willst, daß ich es dir auseinanderklaube, ja? Okay. Suprakühlung. Wenn es nicht gestört wird, läßt sich reines Wasser bis weit unter seinen Gefrierpunkt abkühlen und bleibt dabei flüssig. Wenn man dann irgend etwas hineinwirft, kristallisiert es schlagartig. Wahl tauchte ein, und plötzlich war er von Eis umhüllt. Er konnte sich nicht mehr bewegen, er konnte nicht mehr atmen. Er dürfte noch ein oder zwei Minuten bei Bewußtsein gewesen sein. Ein häßlicher Tod. Er hätte etwas Besseres verdient gehabt.«

Jetzt erhob Erann sich. Er stand über ihr und sagte mit dem Stolz eines Tigers: »Luna verdient etwas Besseres als ihn.«

Sie ließ sich von seiner Größe nicht beeindrucken. Sie wollte ihm sowieso nicht ins Gesicht sehen. »Mal angenommen, der Plan wäre fehlgeschlagen?« fuhr sie fort. »Die Kristallisation hätte leicht vorzeitig ausgelöst werden können.«

»Dann würde ich es, so ich angeklagt wäre, als einen Jux bezeichnen, in der einzigen Absicht, eine erlittene Demütigung zu rächen. Würde man mir keinen Glauben schenken, könnte die Frage nicht verhandelt werden, bevor der Kampf um die Freiheit beendet wäre. Zamok Vysoki wäre in keiner schlimmeren Lage als zuvor.«

»Niemand würde dir diese Ausrede jetzt noch abkaufen.«

Er schüttelte den Kopf. Ein heller Schimmer huschte über die platinfarbenen Locken. »Nein, zweifellos nicht, wenn er tatsächlich ermordet wurde und Ihr die Mittel dazu aufgedeckt habt. Bei einer Untersuchung ließen sich wahrscheinlich Spuren von mir in dem Raum finden. Leugnen kann mich nur entwürdigen, und deshalb werde ich darauf verzichten.«

Er segelte quer durch den Raum und blieb vor der Wand stehen, wie um ihr Gelegenheit zu geben, ihn mühelos und vollständig zu sehen. »Außerdem«, sagte er, »seid nun Ihr diejenige, die am deutlichsten von allen begreift. Ich werde Euch nicht hindern oder aufhalten. Vielleicht könnt Ihr einen Ausweg für uns alle finden.«

Sein Anblick verschwamm. Dagny rieb sich die Augen. Sie würde *nicht* weinen. Verdammt, sie hatte noch eine Aufgabe zu erledigen! Aber er war ein Mann von Ehre, so gut er es eben verstand war er ein Mann von Ehre, und nachdem er getan hatte, was er tun konnte, war er auch bereit, dafür geradezustehen.

Ein Schauer durchlief sie. Er hatte gesagt, daß es nicht schlechter um seine Sache stünde, wenn sein Plan fehlgeschlagen wäre. Sie konnte nicht aufhören, ihn weiter zu verhören, und auch nicht, sich zu fragen, ob ihm das entschlüpft oder ob es Absicht war, ein Signal und ein Appell an sie. Aber es paßte zu dem, was sie sonst noch glaubte.

»Bleib hier, bis du von mir hörst«, befahl sie. »Schau in dich hinein und denke nach. Erkenne, daß du der erste Beynac bist, der je einen Mord begangen hat. Dann schließe an Frieden mit deinem Geist, was du an Frieden mit ihm schließen kannst.«

Sie ließ ihn dort zurück und eilte wieder die Flure entlang. Schmerz stach wie ein Messer in ihrem linken Knie und ihrer rechten Schulter, ihr Puls flatterte, sie schnappte nach Luft. *Mais vas-tu, ma vieille.* »– wenn die Reise vorüber ist«, dachte sie, »ist noch genügend Zeit zum Schlafen.«

Haugen erwartete sie. »Ich habe Selenarch Brandir für Sie in der Leitung«, verkündete er, als ob es eine Leistung wäre.

Dagny bezwang ihren keuchenden Atem. »Ich hatte mir schon gedacht, daß er sich nicht allzuweit von einem abhörsicheren Phon entfernen würde«, sagte sie trocken. »Okay, ich muß unter vier Augen mit ihm sprechen. Und wenn ich ›unter vier Augen‹ sage, dann meine ich auch unter vier Augen. Im Kommunikationsraum, richtig? Versuchen Sie unterdessen, ob Sie Anson Guthrie von Fireball an eine ähnliche Leitung bekommen können und bitten Sie ihn, sich in gleicher Weise für mich zur Verfügung zu halten.«

Sie wartete nicht ab, um festzustellen, wie der Generalgouverneur von Luna es aufnahm, von einem abgewrackten alten Weib herumkommandiert zu werden, sondern setzte ihren Weg fort.

Nun, da kein Personal anwesend war, wirkte der Kommunikationsraum doppelt so groß und leer. Schirme standen in blinden Reihen da, Luft zischte aus den Lüftungsgittern, ein zu Boden gefallenes Stück Papier raschelte unter ihren Füßen wie ein totes Blatt. Nur ein Holozylinder leuchtete betriebsbereit. Dagny ließ sich davor nieder und drückte die *Bereit*-Taste.

Der Kopf und die Schultern Brandirs erschienen. Hinter ihm füllte ein mit einer Wandmalerei verziertes Stück Mauer das Abbild aus. Das Kunstwerk war halb naturalistisch und völlig rätselhaft für sie. Das Gesicht ihres Sohnes war hager, auf angespannte Weise wachsam, von der Zeit ausgehöhlt und feingeschliffen. Es erschien ihr nicht ganz real, daß diese Lippen einmal an ihrer Brust getrunken hatten, während sie ein Nonsenslied über dem winzigen Bündel summte.

Und doch: »Lady Mutter«, grüßte er förmlich. »In was darf ich Eurem Wunsch dienen?«

Sie ließ ihre Stimme frostig werden. »Das weißt du ganz genau.«

»Nein. Bei aller Ehrerbietung, Lady Mutter, bitte ich Euch, nichts von mir zu fordern. Ihr erinnert Euch, daß ich mich geweigert habe, Anrufe Eurer Ratsversammlung entgegenzunehmen. Die Entscheidung fällt nicht länger mit Worten.«

»Aber du hast diesen Anruf entgegengenommen, weil er aus dem Hauptquartier des Gouverneurs kam, und du hörst mich zu Ende an, weil ich offensichtlich auch hier bin und es gottverdammt nochmal besser für dich wäre, den Grund dafür herauszufinden. Okay, hör zu!«

Mit ein paar kurzen Sätzen schilderte Dagny die letzten Stunden. Sein Gesicht blieb unbeweglich. Flüchtig erinnerte sie sich an einen Adler, den sie einmal als Kind in einem Zoo gesehen hatte. Genau so waren die Augen, die in ihre sahen.

»Ich habe nicht vor, ein Urteil zu fällen«, schloß sie. »Du hast einen anständigen Mann ermordet, mit dem ich manchmal zusammengearbeitet habe und den ich manchmal bekämpft, aber immer gemocht habe; und du hast es mit

Hilfe eines Jungen getan, der diese Schlechtigkeit nie mehr ganz aus seiner Seele wird verbannen können; aber für solche Trivialitäten haben wir keine Zeit, nicht wahr? Was außer Frage steht, ist, daß du verzweifelt bist.«

Da lächelte Brandir. »Ganz im Gegenteil, Lady Mutter, Luna ist bereit, sich das zu nehmen, was Luna von Rechts wegen gehört.«

»Erzähl mir nicht so eine Scheiße.« Er war ein ganz klein wenig überrascht, das von ihr zu hören, sah sie. »Wenn du und deine Bande wirklich zuversichtlich wärt, hättet ihr keinen Faktor der Gleichung ändern wollen. Du bist ein intelligenter Hurensohn, wenn ich das mal selbst so sagen darf, und du hast eine lange Erfahrung in der unversöhnlichen Geschichte, die du mit herbeigeführt hast. Du weißt, wie leicht menschliche Pläne im Chaos enden. Dieses Attentat war eine so verrückte und riskante Operation, wie ich nur je von einer gehört habe. Es muß in einer Haltung des ›Was haben wir schon zu verlieren?‹ ausgeführt worden sein.

Wahl reagierte schneller und entschlossener, als ihr erwartet hattet. Er war im Begriff, euch mit allem anzugreifen, was er hatte, falls ihr keinen Rückzieher machtet, und du wußtest, wie gering eure Chancen waren. Also versuchtest du, ihn auf eine Weise zu töten, die nicht nach Mord aussah. Haugen ist kein ernstzunehmender Gegner, er würde hin- und herschwanken und abwarten, während Wahls militärische Vorbereitungen in Stücke gingen und eure Fraktion Zeit genug hätte, ihre Schlagkraft auszubauen, so wie ihr es ursprünglich vorhattet. Dann, wenn die entscheidende Auseinandersetzung kam, hättet ihr die besseren Karten gehabt und darauf hoffen können, daß die Föderation nachgeben würde.«

»Ich bedauere, daß ausgerechnet Ihr die Sache der Befreiung als schlecht diffamiert«, sagte Brandir ruhig.

»Mein Sohn, mein Sohn, beleidige mich nicht mit Schlagworten.« Versetze mir keinen Stich ins Herz. »Du weißt, wie hart ich für das gearbeitet habe, was meiner Ansicht nach dem Mond zusteht. Heute ist das nicht meine Aufgabe.

Offen gestanden glaube ich, daß ›Befreiung‹ in diesem Falle nur ein Schlagwort für den Aufstieg einer Clique unter den Selenarchen ist. Aber das tut jetzt und hier nichts zur Sache, ebensowenig wie die Frage, ob eine Selenarchie vielleicht das ist, was Luna braucht. Was ich will, ist verhindern, daß Menschen getötet werden.«

»Das lag nie in unserer Absicht.«

»Vielleicht nicht, aber ihr bewegt euch zu verdammt dicht daran entlang, und einen Mann habt ihr immerhin schon auf den Bratrost geschickt.« Dagny seufzte. »Brandir, ich werde langsam sehr müde. Ich habe keine Zeit und auch keine Geduld mehr. Höre, was ich vorzuschlagen habe.

Du und deine Mitstreiter werdet ein ehrliches Angebot machen, um eine friedliche Regelung auszuhandeln. Ich schätze, dazu wird es gehören, eure Katapulte abzubauen, es sei denn, Regierungsteams bedienen sie für euch, und vielleicht, eine Reihe schwerer Waffen abzugeben; aber sicher könnt ihr im Gegenzug dafür Zugeständnisse erlangen. *Quid pro quo*, morgen ist auch noch ein Tag, und so weiter. Der entscheidende Punkt ist, daß ihr Frieden schließt. Tut ihr das, können wir Jaime Wahls Tod als natürlich ausgeben, den jungen Erann nach Hause schicken und euch, aber nicht in allzu naher Zukunft, Gelegenheit geben, eure nächste Verschwörung auszuhecken.«

»Andernfalls, Mylady?«

»Eigentlich gibt es gar kein Andernfalls, wenn ihr keine Selbstmörder seid. Nachdem du und ich hier fertig sind, werde ich Verbindung mit Anson Guthrie aufnehmen. Ja, Fireball mischt sich nicht in die Politik ein, aber es billigt auch keinen Mord, und Fireball hat genauso viel zu verlieren wie alle anderen, wenn ein Bürgerkrieg ausbricht. Gemeinsam müßten wir eigentlich imstande sein, Haugen den Rükken zu stärken. Mit nur ein oder zwei Tageszyklen Verspätung wird er Wahls Ultimatum wiederholen. Falls ihr dann immer noch ablehnt, werden wir die Story freigeben, wie Wahl gestorben ist. Stell dir die Reaktion auf der Erde vor. Stell sie dir nur einmal vor!«

Ihr war schwindelig, schwarze Fetzen wehten durch ihr Gesichtsfeld, sie hatte viel zu viel und viel zu lange geredet. Sie sackte in ihrem Sessel zusammen und atmete schwer.

Nach einer Minute lachte Brandir leise. »Es ist mein höchster Stolz, daß Ihr meine Lady Mutter seid«, sagte er. »Kommt, wir werden die Bedingungen aushandeln.«

Nein, sie konnte ihn nicht verdammen. Er war, was er war, auf ewig ihr Sohn, seine Kinder und Kindeskinder auf ewig auch die ihren; *mag die Zukunft in tausend Jahren über uns alle zu Gericht sitzen*.

Natürlich konnten sie nicht sofort Vereinbarungen über alle strittigen Punkte treffen. Sie diskutierten einfach nur in groben Umrissen, was er seinen Verbündeten vorlegen würde und wie sie vielleicht dazu beitragen konnte, die Regierung an die Kandare zu nehmen. Am Ende aber sagte er zu ihr, und es war der erste flüchtige Einblick in sein innerstes Wesen, den sie seit länger, als sie zu sagen vermochte, genommen hatte: »Ich bitte Euch inständig, bleibt noch lange am Leben. Sonst wird es uns schlecht ergehen.«

Guthrie machte bei der Konferenz, die zwischen ihm und ihr folgte, eine barsche Bemerkung desselben Inhalts. Schließlich verbreitete sich auch Haugen auf ekelhaft übertrieben Weise über dieses Thema. Aber das war lange, nachdem die Krise überwunden war, fürs erste jedenfalls. Bis dahin betrachteten es die Mondbewohner im allgemeinen, gleichgültig, wie viel oder wie wenig sie über diese Ereignisse wußten, als selbstverständlich, daß Dagny Beynac ihr Urquell an Weisheit und Führerschaft war.

33

Der Bahnhof von Winnipeg war ein Wirbel von Farben und Gelächter. Kenmuir schätzte, daß die Menge mehr als hundert Personen zählte: Männer und Frauen, Teenager und Twens, die von überall her aus den Prärien und vielleicht von noch weiter her zusammengeströmt waren. Zufällig aufgeschnappte Gesprächsfetzen verrieten ihm, das sie auf dem Weg in ein Ferienlager in den Rockies waren, ein Weilchen Bergsteigen, Kajakfahren in den Stromschnellen, Lagerfeuer und Gesang und Sich-Verlieben unter den Sternen. Viele Tuniken trugen das Emblem eines verschneiten Gipfels und einer Kiefer mit dem Namen *Hochland-Club*. Er fragte sich, wie oft sie auf diese Weise zusammenkamen. Wahrscheinlich taten sie es meist nur über das Netz und machten ihre Erfahrungen per Vivifer oder in *quiviras*. Von der Beanspruchung durch die Schule und, bei einigen, vielleicht durch die Arbeit ganz abgesehen, würden sie für die Naturparks warten müssen, bis sie an die Reihe kamen. Die Bevölkerung war noch nicht hinreichend geschrumpft, und auch die Wildnisreservate waren noch nicht hinreichend wiederhergestellt worden, daß jeder sie immer und in jedem Fall besuchen konnte.

Er hatte Hochrechnungen gesehen, die diesen Tag in Nordamerika für in etwa hundert Jahren vorhersagten. Anderswo mochte es länger dauern, außer in jenen Gebieten, wo heute schon die Möglichkeit dazu bestand.

Nun, er wünschte diesen jungen Leuten schöne Ferien, auch wenn es ihm schwerfiel, nicht neidisch zu sein. Für sie war dies eine glückliche Welt.

So unauffällig wie möglich stand er mit Aleka etwas abseits und sah ihnen beim Einsteigen zu. Um sie herum erhob sich das Gebäude in opalisierendem Farbenspiel und luftigen Bögen. Ganz in der Nähe lag, unsichtbar bis auf die Stützpfeiler und eine elektromagnetische Spule, wie eine Mauer eine Röhrenbahn. In ihrem Vakuum hing ein Waggon, dessen kastenartige Form durch leuchtende Farben und großflächige Fenster gemildert wurde. Die Passagiere schoben sich drängelnd und freudig erregt zum Verbindungstunnel und durch ihn hindurch. An Bord irrten sie ziellos umher, fanden ihre Sitze und Sitznachbarn, verstauten das Handgepäck, winkten den Freunden und der Familie zu, die gekommen waren, um sie zu verabschieden.

Am gegenüberliegenden Ende der Station hielt ein kleinerer Wagen an, koppelte sich an den Verbindungstunnel dort an und entließ ein paar Passagiere. Ein paar andere stiegen ein. Im Augenblick gab es nicht viel Verkehr in Richtung Osten.

Sam Packer kam von einem Kartenautomaten zurück. »So, das ist für Sie«, sagte er. Kenmuir und Aleka nahmen die Karten, die er mitgebracht hatte. »Sie haben Mini Nummer 7, Abfahrt in, äh, etwa zwanzig Minuten.«

Zu lange, stöhnte Kenmuir innerlich. Jeden Moment – Nein. Er schob seine Befürchtungen beiseite. Schließlich hatten er und Aleka sich für einen Einzelwagen entschieden, wo sie unbefangen reden konnten, obwohl zu einem früheren Zeitpunkt auch Plätze in einem größeren frei gewesen wären. Wenn die Verfolger sie bisher noch nicht hier aufgespürt hatten, würde es bis dahin wohl kaum passieren. Außerdem konnte es gefährlicher sein, für alle gut sichtbar zu reisen.

»*Muchas gracias*«, sagte Aleka. »Was für eine armselige kleine Phrase das ist!«

In Kenmuir klingelte ein Alarm. Sie hätte so nicht sprechen sollen. Es ließ die Angelegenheit zu wichtig erscheinen.

Packer lächelte, ein weißes Blitzen gegen braune Haut. »Es war mir ein Vergnügen, *señorita*.« Der Blick, den er auf sie richtete, war offen bewundernd. Sie gab ihn mit einem Interesse zurück, das, so sagte Kenmuir sich, ihn eigentlich nicht hätte stören sollen.

Packers Blick wandte sich ihm zu. Der Mann wurde ernst. »Mein Treueeid«, fügte er hinzu, beinahe zu leise, um es durch den Tumult zu hören.

Voll belegt, koppelte sich der Waggon vom Verbindungstunnel ab und glitt vorwärts, rasch außer Sichtweite. Sein Zwilling rückte nach, um anzuhalten und die restlichen Mitglieder der Reisegesellschaft aufzunehmen.

Eine plötzliche Regung überwältigte Kenmuir. »Sie haben weit mehr getan, als die Pflicht von Ihnen verlangt hätte, Sam.«

»Nö. Wir gehören doch alle zu Fireball, oder?«

In seinen Worten lag Wehmut. Packers Vater war nur als PR-Mann für den Weltraumdienst tätig, und der Sohn hatte nur eine Karriere als Live-Musiker gemacht – eine halbe Karriere, so selten, wie Engagements waren, auch wenn sich, wenn man seine Grundrente hinzurechnete, recht gut von den Einkünften leben ließ. Aber die Packers hatten seit den Tagen von Fireball Enterprises zu Fireball gehört.

Ein Glück, daß sie auf ihn und seine Loyalität gestoßen waren. Oder nein, nicht wirklich. Es war Zufall gewesen, daß der erste Flugbus aus St. Louis hinaus nach Twincity gegangen war, das nur eine relativ kurze Fahrtstrecke von Winnipeg entfernt lag. Aber Fireball-Angehörige waren überall rings um den Planeten verstreut, und Kenmuir kannte etliche von ihnen gut genug, um davon ausgehen zu können, daß sie ihn und seine Begleiterin aufnehmen und ihnen Hilfe gewähren würden, ohne Fragen zu stellen. Er hätte es woanders noch einmal versuchen können, in der Hoffnung, nicht auf dem Weg dorthin erwischt zu werden.

Packer zuckte die Achseln. »Und, zum Q noch mal, ich habe mich über Ihren Besuch gefreut«, fügte er hinzu. »Die Fahrkarten sind nichts. Bezahlen Sie's mir zurück, wann immer es Ihnen paßt, oder laden Sie mich das nächste Mal, wenn wir uns treffen, zum Essen ein.«

Er hatte eine sofortige Erstattung in bar abgelehnt, wobei er scharfsinnig bemerkte: »Ich habe den Verdacht, Sie sind auf diesem Gebiet im Augenblick ein klitzekleines bißchen knapp.« Worauf es ankam, war, daß er den Fahrpreis von seinem eigenen Konto abbuchen ließ, so daß keine Spur von Kenmuir und Aleka zurückblieb, die das System hätte aufspüren können. Bei den beiden vorausgegangenen Etappen der Reise hatten die Automaten natürlich Scheine angenommen, aber Venator mochte angeordnet haben, daß ihm jede Transaktion dieser ungewöhnlichen Art gemeldet wurde.

Wenn ihn das hierherbrachte und er sich zu intensiven Nachforschungen entschloß, mochte ihn das durchaus zu Packer führen.

»Eines Tages, Sam, wenn alles so läuft, wie es soll, werde ich es Ihnen erklären«, murmelte Kenmuir.

»Wenn es erst einmal so gelaufen ist, dann bin ich auch daran interessiert«, antwortete Packer. Er war intelligent, er wußte, daß irgend etwas ganz und gar nicht stimmte, und das zählte am allermeisten.

»Vielleicht sagen wir besser *adíos*«, schlug er vor. »Ich denke schon länger daran zu verreisen, nur ich ganz allein, wohin es mich gerade zieht.«

Kenmuir ergriff seine Hand. »Freie Flugbahn.« Packer drückte fest zu. Tränen standen in den dunklen Augen. Die Männer ließen los. Aleka legte die Arme um ihn und küßte ihn.

Er reagierte genüßlich und ging mit einem Lächeln davon.

»Ein wunderbarer *kanaka*«, flüsterte sie.

»Fireball durch und durch«, sagte Kenmuir.

Sie legte den Kopf schief und sah ihn eine Sekunde lang aufmerksam an. »Dann verstehen Sie die Lahui Kuikawa. Nicht wahr?«

Er konnte bloß nicken.

Der zweite Waggon entfernte sich. Ein kleinerer Wagen lief ein und hielt. Da er leer war, mußte er von einem örtlichen Zylinder dazwischengeschoben worden sein, um die bunt gemischte Zwanzigergruppe aufzunehmen, die jetzt an Bord ging. Aleka und Kenmuir hätten dazugehören können.

Ein Mini kam und nahm einen Mann mit Frau und Kind an Bord, zweifellos eine Familie, die für sich allein reisen wollte.

Drei weitere Minis ließen ihre Passagiere aussteigen. Alekas Hand stahl sich in die Kenmuirs.

Ein weiterer erschien. ›Nummer 7‹ stand auf der Seite und ertönte melodisch aus einem Lautsprecher. Aleka setzte an loszulaufen, zügelte sich und ging Schritt für Schritt neben Kenmuir her. Der Verbindungstunnel vor ihnen stellte die Verbindung zur Luftschleuse des Wagens her. Schleusentore öffneten sich an beiden Enden. Sie zogen ihre Karten durch das Lesegerät am Einstieg und gingen weiter, ins Innere. Die Schleusentore schlossen sich. Der Verbindungstunnel zog sich zurück. Der Mini beschleunigte, ruckfrei, aber mit jedem Moment an Geschwindigkeit gewinnend. In den Fenstern blieb der Bahnhof zurück, bis nichts mehr von ihm zu sehen war. Ein flüchtiger Eindruck von schönen alten Gebäuden huschte vorüber, dann lag die Prärie offen rings um sie herum.

Aleka ließ ihren Atem in einem Schwall entweichen. »Geschafft!«

»Fürs erste«, sagte Kenmuir.

Sie lachte. »Seien Sie doch nicht so ein Miesepeter. Wie lange ist es bis Pacific Northwest, zehn Stunden? Falls sie nicht rausgekriegt haben, wo wir hingefahren sind, werden sie wohl kaum am anderen Ende auf uns warten. Und von dort aus ist es ein Katzensprung mit dem Tragflächenboot nach Victoria, oder?«

Er vermochte nicht zu sagen, wie viel von ihrer Fröhlichkeit echt war, aber sie verbesserte auch seine Stimmung. Er hatte noch nie zuvor Gelegenheit gehabt, ein Transportmittel wie dieses zu benutzen. In seiner methodischen Art machte er Inventur. Die Kabine war ungefähr drei mal drei Meter groß. Zwei einander gegenüberliegende, gut gepolsterte Bänke ließen sich zu Betten ausklappen, und zwischen ihnen konnte ein Tisch heruntergelassen werden. Ein Eidophon und ein Schrank mit Unterhaltungselektronik standen an der Stirnseite. Hinten befanden sich eine Sanitärkabine und eine Lufterneuerungsanlage, die eine Miniaturausgabe von der eines Raumschiffes war.

An den Weltraum erinnerte auch die Stille, in der der Wagen auf Kraftfeldern durchs Vakuum flog. Die Röhre draußen war kaum sichtbar; nur ein wenig Staub hatte zwangsläufig ihre Transparenz getrübt. Beschleunigungsringe zuckten alle paar hundert Meter vorbei, oder dann und wann eine Pumpe. Vor und hinter ihnen sah er als dünnen Schimmer das Energiekabel, das die Pfeiler kreuzte, die in regelmäßigen Abständen die Röhre sechs Meter über dem Boden trugen. Zur Linken verlief in einiger Entfernung ebenso gerade der nach Osten führende Tunnel. Während er hinschaute, schoß ein Waggon darin wie eine Gewehrkugel vorbei.

Hin und wieder erspähte er eine übriggebliebene Stadt – genauer gesagt, ein Dorf – oder ein einzeln stehendes Haus. Ansonsten erstreckte sich die Prärie wie ein Meer aus Gras, das in goldgrünen Wogen vor einem Wind wogte, auf dem Falken und Wildgänse dahinzogen. Es mußte heiß sein; Licht flutete aus einem wolkenlosen Himmel. Er verdunkelte die Fenster und freute sich auf die Blattschatten des New Forest in Dakota.

Aleka verstaute die mit Kleidern und Toilettenartikeln gefüllten Koffer, die Packer für sie besorgt hatte, im Gepäcknetz. Aus einem Behälter nahm sie den Imbiß und die Thermosflaschen mit Kaffee und Limonade, die sie in seiner Kücheneinheit vorbereitet hatte. Nach ihrem Frühstück dort würden sie zwar noch für Stunden nicht hungrig sein, aber der Anblick der ordentlich auf einer Ablage arrangierten Sachen machte dieses Abteil zu einem behaglichen Nest.

»Ich hätte helfen sollen«, entschuldigte Kenmuir sich verlegen.

»Das werden Sie noch, *amigo,* das werden Sie noch.« Aleka drehte den Wasserhahn neben der Sanitäreinheit nach oben, trank einen Mundvoll und kam zurück, um sich auf einen der federnden Sitze fallen zu lassen. »Ich werde schon dafür sorgen, daß Sie sich heiser reden.«

Er ließ sich gegenüber nieder. Selbst bei vermindertem Sonnenlicht leuchteten ihre Haut und ihr Haar. Schattenringe flossen über ihre Rundungen. »Wie meinen Sie das? Sie haben doch alles gesehen, was ich gemacht habe.«

»Habe ich das? Ich bezweifle es, weil ich nicht weiß, *wie* man sieht. Wenn Sie einen flüchtigen Blick auf eine Rißzeichnung und das Ausbildungshandbuch unserer Gemeinschaftsyacht in Niihau – einer Schonerbark übrigens – erhaschen würden, wie viel davon würden Sie behalten? Ich spreche jetzt gar nicht einmal von den Namen der Segel und Taue, aber könnten Sie mir ein Bild von ihnen zeichnen? *Bueno*, ich bin kein Raumfahrer. Erklären Sie mir, was Sie in Prajnaloka in Erfahrung gebracht haben und was es bedeutet.«

Er blickte finster drein. »Viel weniger, als wir gehofft hatten, fürchte ich. Mein Fehler. Ich hätte wissen müssen, daß die wichtigsten Daten am Ende des Textes zu finden waren, und direkt zu ihnen weiterblättern sollen. Es tut mir leid.«

»Bei Peles Zähnen! Wollen Sie wohl aufhören, die Schuld an allem und jedem auf sich zu nehmen? Uns standen – wieviel? maximal drei Minuten? – zur Verfügung, bevor die Warnung, uns davonzumachen, kam. Ich bin mir nicht sicher, daß ich verstehe, was für eine Art von Ungeheuer wir da beim Schwanz gepackt haben. Das ist Ihr Job, Kenmuir. Fangen Sie schon an zu erzählen.«

Ihr Eifer ermutigte ihn. Trotzdem kramte er noch eine Weile in seinen Gedanken herum, bevor er sprach, und benutzte eine wissenschaftliche Ausdrucksweise als Selbstschutz.

»Sie haben bestimmt gesehen, daß die Lunarier damals, zu Dagny Beynacs Zeiten, eine heimliche Expedition zu einem völlig einzigartigen Himmelskörper weit draußen jenseits des Neptun unternommen haben, der mit Hilfe eines ebenso geheimen astronomischen Programms entdeckt worden war.« Sie nickte. »Ein riesiger Asteroid, hauptsächlich aus Eisen und deshalb mit einer Oberflächenschwerkraft, die mit der Lunas vergleichbar ist. Andere Metalle kommen ebenfalls im Überfluß vor, und er hat einen riesigen Schatz an Kometenmaterialien, Eis, Hydraten und organischen Substanzen angesammelt, die praktisch völlig unverändert konserviert worden sind.«

»Ja, so weit bin ich mitgekommen und habe mich gefragt, wozu der ganze Wirbel. Eine Fundgrube? Wir haben erheblich näher doch reichlich Rohmaterialien, oder nicht? Rechnet man in Anbetracht von Recycling und abnehmender Nachfrage nicht eigentlich sogar damit, daß die Industrien zur Gewinnung von Naturprodukten im nächsten Jahrhundert allmählich auslaufen werden?« Die vollen Lippen wölbten sich reumütig. »Ich war völlig verwirrt, und der Rest dessen, was wir auf den Schirm zu holen geschafft haben, hat sich mir nicht mehr so genau eingeprägt. Etwas über, äh, Rinndalir und Niolente, die spätere Expeditionen aufzogen.«

»Richtig. Ich habe mich selbst gefragt, was sie getan haben, und den Text nur überflogen, bis ich zu diesem Teil kam. Dort habe ich mir dann mehr Zeit gelassen, was ich nicht hätte tun sollen, und war in die Lektüre vertieft, als uns der Alarm erreichte.«

»Also?«

»Sie haben Roboter hinausgeschickt, zusammen mit einigen wenigen vertrauenswürdigen Personen, um den Boden für eine Kolonie vorzubereiten.«

Aleka legte einen Finger auf ihr Kinn. Er fand die Geste bezaubernd. »Merkwürdig. So, wie ich mich daran erinnere – ich habe diese Periode auf und ab und seitwärts studiert, als ich jung war.« Als ob sie jetzt alt gewesen wäre! »Ich empfand sie als wildromantisch. Wie Fireball die letzten Anhänger totalitärer Grundsätze auf Kosten seiner eigenen Macht zu Fall brachte, wie Guthrie und Rinndalir ihre Leute nach Centauri führten –« Er sah die Vision in ihr aufflammen.

Wie viele auf der Erde machten sich heutzutage noch etwas Besonderes daraus? Und die wenigen, die es taten, die den Ruf der Sterne noch vernahmen, würden sich mit dem Habitat begnügen müssen, weil es zu ihren Lebzeiten nichts anderes geben würde. Selbst Aleka, dachte Kenmuir, bezeichnete die Demeter-Geschichte als romantisch: ein Mythos, nein, ein Märchen. *Ihr* Mythos, das Ideal, nach dem und für das sie lebte, drehte sich um unergründlich tiefe

Meere, eine einsame Insel und die Verbundenheit mit dem Nichtmenschlichen. Nicht dem Unmenschlichen, wie in seinem Fall; dem Nichtmenschlichen.

Ihre Begeisterung ließ nach. »Würde Rinndalir sich an einem solchen Projekt beteiligt haben?« fragte sie. »Ich erinnere mich, daß er mehr als einmal sagte, zum Beispiel, als er für die Auswanderung warb, daß selbst die Oortsche Wolke zu dicht bei der Erde liege. Nichts Geringeres als ein Interstellarflug könne einen Abstand erzeugen, der groß genug sei, um frei zu bleiben, um zu verhindern, daß man am Ende doch wieder von der Föderation geschluckt werde.« Sie zuckte die Achseln. »Seine Vorstellung von Freiheit, nicht meine.« Ein Seufzer. »Aber verdammt, ich hätte ihn gerne gekannt.«

Kenmuir verspürte ein gereiztes Kribbeln, begriff, daß er auf einen Geist eifersüchtig war, und lehnte sich, innerlich über sich selbst spottend, zurück. »Ich vermute, das war eine Tarnung für Niolente«, sagte er. »Für ihn war das Wagnis unwiderstehlich, aber natürlich wollte er, daß auch sie ihr Ziel hier im Sonnensystem erreichte.«

»Ihr Ziel erreichte ... wie? Ich meine, warum die Geheimhaltung? Der Mond war ein souveräner Staat – völlig souverän, außerhalb der Föderation. Warum nicht einfach die Entdeckung des Asteroiden bekanntgeben, Anspruch darauf erheben und anfangen, ihn offen zu besiedeln?« Aleka hielt inne. »Das heißt, falls irgend jemand dort hinmöchte.« Sie zuckte zusammen. »Endlose Nacht, so weit von der Sonne.«

»Ich habe darüber nachgedacht.« Kenmuir sagte ihr nicht, wie viele Stunden er grübelnd wachgelegen hatte. »Zuerst, würde ich vermuten, war der Gedanke in erster Linie, den Asteroiden – die Proserpina – im Besitz ihres Hauses, ihrer Phyle, zu halten, was immer sich auch an Gewinn daraus ziehen ließ. In dieser Ära stieg die Nachfrage nach Mineralien und Eis immer noch an. Das mochte auf lange Sicht eine ferne, aber ergiebige Quelle dafür rentabel machen. Aber dazu ist es nie so recht gekommen.

Nachdem Fireball abzusterben begonnen hatte, wurde die Lage der gesamten Selenarchie hoffnungslos. Niolente führte eine Reihe von brillanten Hinhalteaktionen an. Trotzdem muß sie gewußt haben, daß sie dadurch bestenfalls Zeit gewann.

Zeit für was? Ich stelle es mir etwa so vor, daß sie mehrere verschiedene Möglichkeiten im Sinn hatte. Aber eine davon war die Proserpina. Erst macht man sie bereit, bewaffnet sie, und dann gibt man ihre Existenz bekannt. Danach gründet man eine Kolonie, die sich zu einer neuen, unabhängigen Selenarchie erklärt. Niolente mag davon geträumt haben, daß diese Kolonie auf lange Sicht eine zweite ... Befreiung ... des Mondes erzwingen würde.«

»Sicher nur ein Tagtraum.« Aleka verzog das Gesicht. »Und kein schöner. In meinen Augen jedenfalls. Wir sind die Selenarchen ein für allemal los. Ihre Erben sind schlimm genug.«

»Aber Sie sind auch keine Lunarierin«, erwiderte Kenmuir.

Sie sah ihn lange an. Er meinte, Mitleid zu erkennen. Nach einem Augenblick sagte sie jedoch: »Werturteile einmal beiseite, wie konnte sie glauben, daß ein paar Siedler auf einem unbelebten Felsbrocken draußen in der Dunkelheit sich die Föderation vom Leibe halten könnten? Mit Raketen? Wenn die Erde das müßte, könnte sie Sprengköpfe losschicken, die den ganzen Asteroiden zu Geröll zerblasen würden.«

»Wenn die Erde das müßte«, wiederholte Kenmuir. »Warum sollte sie? Der Grund dafür, Waffen zu installieren, wäre gewesen, extreme Maßnahmen herauszufordern, eine Greueltat, falls die Föderation darauf beharrte, einigen Lunariern das Recht zu verweigern, friedlich und unnahbar gemäß ihren Sitten und Gebräuchen zu leben. Was sie um einen solchen Preis nicht tun würde. Der Totalitarismus, das gesamte Konzept gezielter sozialer Kontrolle, war ja erst kürzlich wieder neu diskreditiert worden.«

Aleka blickte auf die weite, friedliche Landschaft hinaus. »Eine Überreaktion auf die Avantisten.«

»Zweifellos. Seit damals hat sich der Cyberkosmos entwickelt, und, ja, im großen und ganzen hat er sich uns gegenüber anständig verhalten. Trotzdem rebellieren Sie dagegen.«

»Nicht wirklich.« Er hörte die innere Qual heraus. »Mein Volk ist in einem Dilemma gefangen. Es geht nicht um richtig oder falsch, es geht um einen Interessenskonflikt. Der einzige Ausweg, den ich aus der Falle zu erkennen vermag, wäre für uns, diese Besitzüberschreibung von Lilisaire zu erhalten. Vielleicht sollte ich dankbar für diese Situation sein, die mir eine Möglichkeit bietet, sie mir zu verdienen. Aber warum das schreckliche Durcheinander, das dazu geführt hat, daß wir vor etwas davonlaufen, das wir nicht einmal kennen? Ich sage mir wieder und wieder, daß es ein Mißverständnis ist, vielleicht ein Fall von übereifriger Bürokratie, und daß alles bald wieder in Ordnung kommen wird. Wenn ich wirklich glauben würde, wir seien eine Bedrohung für die Gesellschaft, würde ich mir sofort das Phon da schnappen und die Polizei anrufen, damit sie uns abholen kommt.« Sie straffte sich in ihrem Sitz. »Sie etwa nicht?«

»Ich, ich denke schon«, stammelte er.

Hastig, bevor sie ihn fragen konnte oder er sich selbst fragte, was *ihn* antrieb: »Ich war gerade dabei, den Kontext jener Zeit zu beschreiben. Ich denke, Niolente glaubte daran, daß, wenn die Föderationsregierung vorzeitig von Proserpina erführe, sie den Himmelskörper unter irgendeinem Vorwand besetzen und eine Auswanderung nach dort verbieten würde. Sie hatte vor, sie vor ein *fait accompli* zu stellen, eine Welt, die weit genug entwickelt war, daß ihr Anspruch darauf unstrittig und juristisch durchsetzbar sein würde.

Nun konnte es natürlich passieren, daß in der Zwischenzeit eines ihrer Schiffe bemerkt und verfolgt würde. Für diesen Fall ergriff sie schon frühzeitig eine weitere Vorsichtsmaßnahme. Zwar würde sie nicht so wirkungsvoll wie eine Befestigung sein, aber sie ließ sich rasch bewerkstelligen, und sie würde ihr ein gutes Argument liefern. Ihre Techniker installierten ein hochentwickeltes Detektorsystem, das mit einem großen, leistungsstarken, gründlich gesicherten Radiotransmitter gekoppelt war. Bei jedem Anzeichen für Fremde irgendwo in der Umgebung hätte er die ganze Geschichte ins Sonnensystem und nach Alpha Centauri hinausposaunt.«

»Was für einen Nutzen hätte das gehabt?« erkundigte sich Aleka.

»Dann hätten die Föderationseinheiten nicht behaupten können, sie seien die Entdecker«, sagte Kenmuir. »Vielleicht überschätzte Niolente ja die Verschlagenheit ihrer Gegenspieler – weil sie ihre eigene in sie hineinlas? –, aber auf jeden Fall existiert dieses Arrangement bis auf den heutigen Tag. Niemand kann sich nähern, ohne die Sendung auszulösen, es sei denn, er benutzt den richtigen Anflugskode; und anscheinend ist diese Information zusammen mit ihr zugrunde gegangen.«

»Ließe sich das System nicht aufheben?«

»Zweifellos, wenngleich der Aufwand erheblich wäre. Unter anderem sind dort auch einige robotische Waffen installiert. Man hat sich nie darum gekümmert, weil keine Notwendigkeit dazu bestand. Die Friedensbehörde – oder vielmehr ein paar Spitzenfunktionäre und der im Entstehen begriffene Cyberkosmos – wurden zu den einzigen Erben des Geheimnisses. Sie haben es seitdem bewahrt.«

»Warum?«

»Zuerst, würde ich annehmen, einfach, um die Lunarier nicht noch mehr zu provozieren. Eine Republik zu gründen und sie damit auszusöhnen, war schon schwierig genug. Später, als der Cyberkosmos seine Kapazität und seinen Einfluß vergrößerte, muß er aus Gründen, die nur ihm selbst bekannt sind, beschlossen haben, diese Politik fortzusetzen. Im Laufe von ein oder zwei Generationen wurde die Zahl der Menschen, die davon erfuhren, drastisch verringert. Fast auf null vielleicht. Wenigstens ist das die Erklärung, die mir dafür einfällt, warum die Proserpina unbekannt geblieben ist.«

»Bis heute«, sagte sie grimmig.

Er reagierte mit Kälte. »Aller Wahrscheinlichkeit nach wird sie es auch weiterhin bleiben. Wir sind nicht bis zu den nützlichen Daten vorgedrungen, den Bahnelementen und dem ganzen Rest. Wenn wir versuchten, unsere Geschichte publik zu machen, würde man uns Schwindler und Dementen nennen und uns höchstwahrscheinlich zur Behandlung einweisen. Bis auf unser durch nichts bestätigtes Wort haben wir keine Beweise dafür, und die Hälfte davon ist nichts als Mutmaßung. Die Wahrscheinlichkeit, daß wir noch mehr herausfinden, ist ... lächerlich gering.«

»Aber wir versuchen es«, erklärte sie.

»Ja.« Wäre er allein gewesen, hätte er wahrscheinlich aufgegeben.

Der Wagen eilte weiter.

»Aber es ergibt keinen Sinn«, flüsterte sie endlich. »Warum diese Geheimhaltung? Was könnte es schon schaden, wenn Lilisaire ein paar Lunarier hinaus zur Proserpina führte? Ließe man ihnen Zeit, würden sie sie zum Leben erwecken, genau wie den Mond. Und es würde dem lunarischen Widerstand gegen das Habitat seine Grundlagen entziehen. Was für einen vernünftigen Einwand können die – die Behörden dagegen haben?«

Sie hatte nicht »der Cyberkosmos« gesagt. Wagte sie es nicht?

»Ich weiß es nicht«, antwortete er. »Ich kann es mir wirklich nicht vorstellen.«

Sie passierten eine abzweigende Röhre, die sich wegkrümmte, bevor sie wieder gerade verlief und nach Süden über den Horizont deutete. In weniger als einer Sekunde lag sie hinter ihnen. Dennoch hatte sie seine Aufmerksamkeit in Richtung Heck gelenkt. Über dem Osten stand bleich und zunehmend der Mond. Dort hatte diese wilde Jagd für ihn begonnen, und dort war auch die Richtung festgelegt worden, die sie nahm – vor langer, langer Zeit.

34

Die Mondmutter

»Ja«, seufzte Dagny Beynac. »Es wird mir zu viel.«

»Aber du kannst nicht loslassen«, sagte Anson Guthrie fast ebenso sanft.

»Sollte ich denn? Du hast immer die Ansicht vertreten, daß niemand unersetzlich ist und der Gedanke, daß jemand es sei, nur zeigt, daß diejenigen, die daran glauben, in argen Schwierigkeiten stecken.«

Ihr weißes Haupt sank herab. Sie lehnte sich in ihrem Kontursessel zurück und ließ zu, daß er sich an ihre Ausgezehrtheit anpaßte und durch seine Wärme das Frösteln vertrieb. Die Augen fielen ihr zu. Als sie die Lider wieder öffnete, sah sie das vertraute Zimmer: die alten Möbel, die frischen Blumen, den auf die Erde eingestellten Sichtschirm, der von Sonnenschein, glitzerndem Wasser, Wald, dem Haus auf Vancouver Island und spielenden Kindern auf seinem Rasen erfüllt war.

»Yeah«, stimmte Guthrie zu.

Die Energie zum Sprechen kehrte langsam zurück. Er wartete. Heute war er in einem besonderen Körper gekommen: vierbeinig, vierarmig, aber mit zwei Händen, die praktisch so aussahen und sich so anfühlten wie menschliche Hände. Zusätzlich zu dem Türmchen mit den Sensoren und dem Lautsprecher befand sich an seiner Oberseite ein Holozylinder, in dem er die Erscheinung eines lebenden Guthrie in mittleren Jahren erzeugte. Es mußte schwierig sein, das alles gleichzeitig zu kontrollieren. Dann und wann erstarrte das Abbild zu einer dreidimensionalen Fotografie. Ansonsten sprach, lächelte und sah es sie so liebevoll an, als ob es selbst und nicht das Türmchen es gewesen wäre, das tatsächlich sah. Sie wußte nicht, wer ihn sonst noch jemals so kennengelernt hatte. Möglicherweise niemand.

»Trotzdem«, sagte sie, »machst du weiter. Fireball kann ohne dich nicht auskommen.«

»Den Teufel kann es das. Sehr wahrscheinlich sogar besser.«

»Warum bleibst du dann am Ruder?«

Das Gesicht lächelte schmerzlich. »Na ja, in Anbetracht der Macht, die es besitzt, und der Tatsache, daß es manchmal verteufelt ähnlich wie eine Regierung handelt, braucht Fireball einfach einen Aufpasser. Andernfalls könnte es dazu ausarten, eine zu werden.«

»Für Luna? Uns könnte Schlimmeres passieren.«

»MacCannon bewahre!«

Sie versuchte, sich seinem Bestreben um Leichtigkeit anzupassen. »Oh, du würdest den Posten bestimmt nicht haben wollen.« Nicht, wenn die Lunarier vergrätzt und wütend waren und die Mächtigen unter ihnen weiß Gott was für Pläne schmiedeten; wenn die terranischen Mondbewohner vorerst noch uneiniger waren, weil manche nach Unabhängigkeit gierten und andere das fürchteten, was sie ihnen bringen mochte, so daß beide Fraktionen mit Mobilisierung drohten; wenn die Föderation in den anstehenden Fragen – dem Recht von Gemeinschaften und speziell von Metamorphen, sie selbst zu sein, die Beendigung eines zunehmend lästigen und kostspieligen Problems versus das Prinzip des gemeinsamen Erbes, der Furcht vor einem zügellos überhandnehmenden neuen Nationalismus, ein starkes Interesse an der Erhaltung des Status quo – genauso entzweit und unfähig war, zu einer Lösung zu gelangen, nun, da die zunehmenden Nöte der Erde den Großteil ihrer Aufmerksamkeit beanspruchten ... Was immer er und sie an Humor verspürt haben mochten, flackerte noch einmal auf und erlosch.

»Nein«, sagte er, »ich bin noch bei Verstand. Außerdem würden die vereinigten Regierungen das niemals dulden. Regierung privatisieren?« Sein Gesicht verzog sich zu einer Grimasse. »Aber jemand muß den Laden hier schmeißen, und ihrem Faktotum Haugen gelingt das nicht, das ist so sicher wie die Entropie. Nicht, daß Wahl es ohne dich noch viel länger gekonnt hätte. Du bist die einzige, die wieder und wieder, Jahr um Jahr, die ganze Chose abgestützt hat, und es hat dich restlos mürbe gemacht.«

»Nicht ich«, protestierte sie. »Der Rat –« für die lunarische Allgemeinheit, nicht der Hohe Rat der Weltföderation, sondern ihre inoffizielle, informelle Versammlung »– und die Magnaten und Bürgermeister, die weise sind, und – der gesunde Menschenverstand der einfachen Leute –« Sie hatte ihren Atem verausgabt. Ihr Puls flatterte.

»Ja«, beharrte Guthrie, »aber du bist diejenige, die sie zusammenbringt und zusammenhält, die ihre Kabbeleien schlichtet und ihren Egos schmeichelt und sie wieder auf das rechte Maß zurückstutzt, die ihnen eine gemeinsame Richtung gibt und sie darauf festnagelt, die so etwas wie eine gottverdammte Führung für sie darstellt.«

Sein langer, gedehnt ausgesprochener Satz gab ihr Zeit, sich zu erholen. Zweifellos war das ein Teil seiner Absicht gewesen. »Ich bin eigentlich mehr ein Symbol als eine Führerin«, sagte sie.

»Könnte sein, was dich nur um so wichtiger macht. Aber dieser Minderheitenteil von dir, das Gehirn und der Mumm, der gibt den Leuten auch Auftrieb.«

Gegen ein Schwerefeld wie das des Jupiters oder das eines toten Sterns oder das eines Schwarzen Lochs. Und so langsam ging ihr Treibstoff zur Neige, dachte sie. »Sogar ein Symbol zu sein, die ›Große Alte‹, wird mir zu viel«, murmelte sie. »Dies letzte –« Ein Aufruf über den großen öffentlichen Bildschirm hatte den Aufruhr unter den Terranern in Leyburg nicht aufhalten können. Deshalb war sie hingeflogen, um sich selbst dort hinzustellen, vor aller Augen oben auf der Cybercenter-Rampe, wo jeder einen Stein hätte werfen können, der sie unter lunaren Schwerkraftbedingungen umbringen konnte. Die Alternative wäre gewesen, daß der Tumult völlig außer Kontrolle geriet, mit Toten, Zerstörungen, womöglich großen Schäden an den lebenserhaltenden Bauwerken, Kriegsrecht und unvorhersehbaren Konsequenzen überall auf dem Mond. »Das hat den letzten Tropfen aus mir herausgepreßt.«

Und dabei war es nicht mehr gewesen als eine einzelne Welle auf einer hereinkommenden Flut, und wußte denn irgend jemand, ahnte denn irgend jemand, was darunter noch alles wogte?

Im Augenblick war ein neues Lied Verdeas – ›Sternenfeuer‹ – in aller Munde. Auch wenn das Lunarische ans Unübersetzbare grenzte, hatten Bruchstücke davon Ausdruck bei Terranern, in ihren angestammten Sprachen, gefunden, als ob es auch sie irgendwie anspräche – eine Wendung, die in ein Gespräch geworfen wurde, ein Ruf, der durch eine Nachtwache hallte, eine Kritzelei auf einem Schott, ein Aufblitzen auf einem Kommunikationsbildschirm.

»– *Ihr: Allein Gesetz, Visier nicht blutbefleckt und nie ein Herz für Götter losgerissen, welche niemals waren. Nicht mehr als Steine, die still im Bodengriff von wasserlosen Wüstenländern liegen, ist der Tod; ewig gehorsam drehen sich die Welten; ihren Lauf verstehen werdet ihr, und aus euren Hirnen wird ihr Warum geboren werden. Ihr habt euch hergegeben zu Dienst und Herrschaft der Beständigkeit der Sterne.*

Doch soll der Staub der Steine zu Gebeinen werden, zu trockenen Gebeinen, die auferstehen zu einer Reise vom Zweifel in die Dunkelheit. Eure vergessenen Kinder sollen eure Träume plagen, das Herz soll seinen Käfig brechen, und der Tod soll euer Gesetz verlachen. Denn auch die Sterne sind ein Feuer. –«

Als Dagny es zum ersten Mal gehört hatte, war ihr ganz kalt geworden. Ohne irgendeinen Grund, den sie hätte benennen können, spürte sie, daß ihre Tochter nicht so sehr zur Rebellion aufrief als vielmehr darüber hinausschaute, in eine ferne und ungewisse Zukunft.

Die Worte brachen aus ihr hervor, bevor sie es überhaupt merkte. »Ach, Uncans, ich bin so müde! So alt. Ich kann nicht mehr.«

Es tut mir leid! wollte sie sofort darauf sagen. Ich will nicht winseln.

Er gab ihr keine Gelegenheit dazu. »Kein Thema. Außerdem hast du deine Kopfsteuer bezahlt. Du hast dir ein wenig

Ruhe und Frieden und die Gelegenheit, die Kinder total zu verwöhnen, wenn du sie siehst, redlich verdient.« Wenn Lars Rydberg sie von der Erde auf einen Besuch mitbrachte, seine jüngsten Nachkommen.

»Ich habe es versucht. Aber alle ... fragen mich immer wieder um Rat, und dann –«

»Hm-mh. Eins führt zum anderen. Sie werden nie aufhören, solange du für sie da bist.«

»Aber ich bin immer weniger dazu in der Lage.« Sie schlang die Arme um sich, um der Kälte und dem Zittern Einhalt zu gebieten. »Ich habe Angst, schreckliche Angst, daß ich ... überlebt habe, was immer ich an Nützlichkeit besessen haben mag ... und daß ich bald einmal einen Fehler mache, durch den Menschen zu Tode kommen.«

»Ich glaube nicht, daß das so bald passieren wird. Und was das Später betrifft, mußt du es auch nicht, niemals. Du kannst immer weitermachen zu helfen, *wirklich* zu helfen, unermüdlich, solange die Notwendigkeit dazu besteht.«

Sie blickte zu dem geisterhaften Gesicht auf und sagte in seine unnachgiebige Freundlichkeit hinein: »Ich hatte mir schon gedacht, was du im Schilde führtest, als du mich angerufen hast, um zu fragen, ob du vorbeikommen könntest.«

Der Kopf nickte. »Daß du deine geistigen Fähigkeiten kopieren läßt.«

Sie starrte an ihm vorbei auf Edmonds bewegungsloses Bild und blieb stumm.

»Dann wirst du, *dieses* Du, frei sein«, sagte er.

Ihr ganzes Leben hindurch waren ihre Gedanken klar und ihr Herzschlag regelmäßig geworden, wenn sie sich vor ein schwieriges Problem gestellt sah. Das lag nicht daran, daß sie schon eine Antwort wußte, sondern daran, daß sie die *Fragen* kannte.

»Aber das andere Ich«, wandte sie ein.

Ein oder zwei Sekunden lang wagte sie nicht, wieder zu ihm hinüberzuschauen. Sie rief sich in Erinnerung, daß das, was sie sehen würde, kein verletzliches menschliches Gesicht war, sondern eine Maske, die er immer wieder neu formte, wie er es gerade für angemessen hielt. Trotzdem, wie lebendig es wirkte, als sie seinen Blick dann doch erwiderte, wie drollig verständnisvoll!

»Ich weiß«, antwortete er ihr. »Du warst immer zu liebenswürdig, um direkt damit herauszurücken und es in meiner Gegenwart auszusprechen, aber ich habe es gewußt. Wie kann ich es ertragen, eine Maschine zu sein? Der Gedanke, ebenfalls zu einer zu werden, läßt dich innerlich erstarren.«

Sie hob eine Hand, um es abzustreiten, ließ sie aber wieder sinken. Was er ihr anbot, war absolute Offenheit. Um seiner und um ihrer Ehre willen mußte sie annehmen. »Wann immer ich darüber nachgedacht habe, war ich verwundert. Die anderen Bewußtseinskopien –« Wie viele von den paar, die man hergestellt hatte, waren außer ihm noch übrig? Zwei, drei, vier? Sie versuchte, sich an irgendwelche zu erinnern, die die Löschung verlangt hatten, weil sie unglücklich waren, und schaffte es nicht. Nein, hatten sie auf ihre verschiedenen Arten nicht einfach bloß gesagt, daß sie keine Lust mehr hätten weiterzumachen?

Guthrie lächelte. »Ich für meinen Teil finde das Universum nach wie vor interessant. Das könnte auch durchaus für dich gelten.«

»Ich weiß nicht recht. Ich zweifle daran.« Würde sie sich nicht wie ein Phantom nach ihrem Fleisch sehnen, wie wenig davon oder an Zeit auch übrig sein mochte? War es nicht genau diese Leere, der die Bewußtseinskopien entrinnen wollten? Nicht, daß sie dem nachtrauerten, was sie verloren hatten. Womit hätten sie denn auch trauern sollen? (Oder taten sie es doch irgendwie? Keine von ihnen war jemals so richtig imstande gewesen, Erklärungen abzugeben, wenn sie es denn überhaupt versucht hatte.) Aber sie fürchteten auch nicht das Vergessen.

Sie nahm ihre ganze Entschlossenheit zusammen. »Würde ich eine … eine effektive Maschine abgeben?« Das war ein gewichtiger Grund gewesen, den einige von ihnen dafür angegeben hatten, ihre Existenz zu beenden: daß sie nicht dafür geeignet waren, daß sie nicht richtig funktionierten.

»Das würdest du«, sagte Guthrie, »ob dir der Zustand nun gefiele oder nicht. Ich kenne dich.«

»Gefällt er *dir*?« würgte sie heraus.

»Leben war besser«, gestand er mit schonungsloser Offenheit. »Aber ich habe trotzdem noch meinen Spaß. Und du bist von meinem Blut, Diddyboom.«

Sein Blut, das seit Jahrzehnten als Asche über jene Mondberge verstreut war, wo die Asche seiner Juliana auf ihn gewartet hatte. Das aber auch in ihr, in Lars, in ihren Söhnen und Töchtern mit Mon und in deren Kindern und Kindeskindern weiterlebte, vielleicht für die kommenden Jahrmillionen, vielleicht länger, als es die Sterne gab. Wenn es die Chance bekam.

Sie wählte ihre Worte mit Bedacht, um ihm die Wahrheit, aber keinen Eindruck von Selbstmitleid zu vermitteln. »Ich glaube nicht, daß ich wie du unbegrenzt weiterexistieren möchte. Ich bin müde, Uncans. Nicht unglücklich, ganz im Gegenteil, aber wenn die Zeit zum Sterben kommt, dann werde ich bereit sein.« Mon zu folgen.

Wieder nickte er. »Alt und übervoll an Tagen. Und diese Tage waren selbst ungeheuer ausgefüllt.« Mit großen Taten, sagte sein Tonfall, und mit Liebe, Frohsinn, Abenteuer, Leidenschaft; sogar der Schmerz und Kummer waren ein Teil dieser Lebendigkeit. »Aber, Dagny, wenn du wüßtest, daß dein Werk nicht umsonst wäre, sondern weitergehen würde, könntest du – dein sterbliches Du – diese letzte kurze Zeitspanne, die dir noch bleibt, genießen und dich mit ... ja, mit Lust und Liebe zum Sterben niederlegen?«

»Ja. Aber meine Bewußtseinskopie!«

»Die wird nicht du sein.«

»Ich wäre für ihre Existenz verantwortlich.«

»Sie wird dich dafür nicht verfluchen. Ich kenne dich gut genug, um das zu wissen, Schätzchen.« Und wie war es für ihn, fragte sie sich, zusehen zu müssen, wie seine Diddyboom alterte und starb, während er unveränderlich weiterexistierte? »Denk darüber nach.« Denk schnell, denk angestrengt und ehrlich nach.

»Das habe ich getan«, erklärte sie ihm. »Das hier kommt für mich ja nicht völlig überraschend. Ich nehme schon an, daß dieses andere Bewußtsein weitermachen würde, bis der Mond frei – was immer das bedeuten wird – und einigermaßen sicher wäre. Aber dann –«

»Wenn sie dann Schluß machen will«, sagte Guthrie, »dann soll sie das auch. Ich verspreche es.«

35

Wie in jedem Jahr erinnerte das System Venator auch diesmal daran, daß heute der Geburtstag seiner Mutter war. Er rief sie an, als die Sonne hoch im Morgen über ihrem Haus stand. Sie plauderten ein bißchen in der Mischung aus Anglo und Bantu, die ihre Privatsprache gewesen war, als er noch ein Kind war. Keiner von ihnen wußte viel zu sagen.

»Es wäre nett, wenn du irgendwann auch einmal persönlich kommen könntest«, schloß sie wehmütig. »Dein Bild kann ich nicht umarmen. Und ich würde dir so gerne zeigen, wie gut sich die Rosen machen. Nicht bloß ein Bild davon. Wir würden in den Garten gehen und sie berühren und an ihnen riechen.«

Ihr eigenes Abbild in dem großen Eidophon wirkte sehr real: graues Haar, zerfurchtes Gesicht, ein weites, schlichtes Kleid, wie es einer Kosmologischen Christin wohl anstand, aber mit einer Blumenbrosche am Hals. Hinter ihrem Sessel stand die Tür offen vor mildem Wetter und strahlendem Licht. Er hatte eine teilweise Aussicht auf Veranda und Hof, das winterlohbraune, mit Gehölzen gesprenkelte Kwathlamba-Vorgebirge und auf eine Herde Antilopen in der Ferne. Ihre Singdrosseln trällerten im Garten, laut genug, daß er es hören konnte.

»Ich bin beschäftigt, Mamlet«, sagte er. »Ungemein beschäftigt. Ich besuche dich, wann immer ich kann.« Und wann war das zuletzt gewesen? Er konnte sich nicht so recht erinnern. Nun, in Zukunft würde er mehr Wert darauf legen. Er mußte sich auch nicht fühlen, als brächte er damit ein Opfer. Sobald diese Proserpina-Sache unter Kontrolle war, würden ihm ein wenig Ruhe und Behaglichkeit sehr willkommen sein.

»Ja. Paß auf dich auf«, bat sie ihn ängstlich. »Deine Arbeit ist zu anstrengend, zu seltsam. Dein Vater –« Sie hielt inne. Es war ein Thema, das man besser nicht weiterverfolgte. Obgleich er seinem einzigen Kind niemals Vorwürfe gemacht hatte, war Pfarrer Joseph Mthembu in dem Wissen gestorben, daß sein Junge abtrünnig, und mit dem Gedanken, daß er zur Hälfte zu einer Maschine geworden war.

Die Religion des Vaters behauptete, die Erkenntnisse der Wissenschaft mit einzubeziehen. Warum hatte er nicht verstanden, daß das, was da geschah, nicht die Verneinung des Menschseins, sondern seine Vollendung war? Selbst wenn das Terabewußtsein und die Noosphäre zu fremdartig für ihn waren: wo immer er auf der Erde hinging, hatte er Menschen gesehen, die frei von Armut, Krankheit, Furcht, geisttötender Plackerei von Körper oder Verstand waren, frei, so zu leben, wie sie es sich wünschten.

»Mach dir keine Sorgen«, sagte Venator. »Bitte nicht. Meine Arbeit ist meine ganze Freude, und dafür habe ich dir und Dada zu danken.« Dafür, daß sie ihm dem Cyberkosmos übergeben hatten. Er lächelte. »Außerdem habe ich reichlich Gelegenheit zu gesunder Erholung.« So oft die Jagd, mit der er beschäftigt war, es ihm erlaubte, war er draußen in den Bergen.

Ihre Miene hellte sich auf. »Schließt das auch eine junge Dame ein?«

»Na ja … nein. Noch nicht.« Und das würde es wohl auch nie, nahm er an, nicht in dem Sinne, den sie meinte. Keine Enkel für sie. Die Spezies war immer noch zahlreicher, als es ihrer geistigen Gesundheit guttat. Immer waren es die Auserwählten, die mit ihrem Beispiel vorangehen mußten; wenn sie versagten, hörten sie auf, die Auserwählten zu sein, und alsbald verstieß sie die Geschichte. Bis der Cyberkosmos in sein unbestechliches Sein getreten war und sie anleitete, hatten sie immer versagt.

Wie sehr er sich wünschte, dieser traurigen kleinen Frau klarmachen zu können, daß die DNS nicht länger zählte! Sie war nur das Mittel zum Zweck der Evolution gewesen. Von nun an war das wahre Erbe das des Geistes.

Die Gedanken, die unausgesprochenen Erwiderungen, drangen nicht bis in sein Bewußtsein. Sie blieben im Hintergrund, ein Teil von ihm. Er lächelte erneut. »Dazu ist später noch reichlich Zeit«, beruhigte er sie. »Aber zuerst ein bißchen handgekochtes Essen von meiner Mamlet, was? In ein oder zwei Monaten, hoffe ich.«

Abseits blinkte ein Dringlichkeitssignal auf. Sein Blut geriet in Wallung. »Jetzt habe ich aber wirklich zu tun«, sagte er hastig. »Ich wünsche dir einen wunderschönen Tag. Du wirst ihn sicher mit Freunden verbringen. Richte ihnen meine herzlichsten Grüße aus.«

»Ja«, flüsterte sie. Er bezweifelte, daß sie es tun würde. Ein Synnoiont war nicht einfach ein erfolgreicher Sohn, auf den man stolz sein konnte. Es war, als schrumpfe sie vor seinen Augen zusammen. »Danke, daß du angerufen hast. Wiedersehen.«

Er löschte den Schirm. »Was ist das für eine Botschaft?« bellte er.

»Lilisaire von Zamok Vysoki bittet um eine Unterredung mit Ihnen speziell, unter dem Namen Venator und der Rangbezeichnung Pragmatist«, erwiderte der Lautsprecher.

Die Einschätzung durchzuckte ihn: Die Lunarierin wußte nicht, wo er sich befand. Kaum ein Mensch im Universum tat das. Aber sie ging davon aus, daß das System zu ihm durchstellen würde. Demnach hatte sie seine Stellung darin und seinen Rang als Leiter der Aktionen gegen sie herausgefunden – mit hoher Wahrscheinlichkeit jedenfalls. Nach seinen noch nicht lange zurückliegenden Erlebnissen überraschte ihn das nicht. Aber sollte er diesen Anruf entgegennehmen und ihre Schlußfolgerungen dadurch bestätigen?

Ja. Es war eine nahezu triviale Preisgabe von Informationen für eine Chance, mehr, vielleicht viel mehr zu erlangen. Was wußte sie sonst noch, und was beabsichtigte sie mit dem Wissen anzufangen? »Entgegennehmen«, sagte er, vom Berauschenden der Jagd überwältigt.

Ihr Bild erschien. Sie stand in einem Raum, der so schwarz wie polierter Obsidian war, in ein enganliegendes, bodenlanges Kleid mit schwefelfarbener Fellstruktur gekleidet. Die kastanienbraune Mähne fiel offen an einem Gesicht vorbei, das aus Knochen hätte geschnitzt sein können, eine Maske, aber die Augen waren wie große, leuchtende Smaragde. Um ihre nackten Schultern drapiert lag eine metamorphische Schlange, deren Schuppen Licht zu Regenbogenfunken zersplitterten. Plötzlich begehrte er sie leidenschaftlich.

Schluß damit. »Heil, Mylady«, sagte er in ihrer Sprache, bevor er sich daran erinnerte, daß sie es bei ihm aus irgendeinem Grund vorzog, Anglo zu sprechen. Er wechselte dazu über: »Womit kann ich Euch dienen?«

Das Bild blieb nicht statisch, während die Photonen hin- und herrasten. Sie atmete. Sie bewegte sich, wobei sie die Balance ihres Körpers fast zu unmerklich verlagerte, um es zu sehen, aber nicht, um es in seinem eigenen zu spüren.

Die Stimme sang kalt: »Agenten Eures Korps sind in ein Haus auf der Erde eingedrungen, um dessen friedliches Treiben zu stören und wertvolles Eigentum darin zu beschlagnahmen. Ich will wissen, mit welcher Berechtigung sie gehandelt haben. Andernfalls werde ich beim Justiziar des Hohen Rats und beim gesamten Sonnensystem Klage führen.«

Also ergriff sie die Offensive. Gegenschlag. »Das glaube ich nicht, Mylady.«

Sie meinte den stationären Sophotekten, der den Namen ›Mary Carfax‹ trug, wußte Venator. Entweder hatte er, als die Männer eingedrungen waren, per Phon jemanden alarmiert, der in ihren Diensten stand, oder es war ein automatisches Signal abgestrahlt worden. Die Ermittlungen hatten noch nicht ergeben, was davon zutraf, und zweifellos machte es auch keinen Unterschied. Worauf es ankam, war die Geschwindigkeit, mit der Lilisaire davon erfahren und darauf reagiert hatte.

Dennoch, unter der harten Oberfläche mußte sie verunsichert sein. *Sorge dafür, daß sie es bleibt.*

»Wenn die Aktion aufgrund eines Durchsuchungsbefehls erfolgt ist, müßte seine Ausstellung und der Grund dafür in der öffentlichen Datenbank enthalten sein«, sagte sie. »Weder das eine noch das andere habe ich gefunden.«

»Die Angelegenheit betrifft Amtsgeheimnisse, Mylady«, konterte Venator. »Nach den Föderationsstatuten kann eine Information im Falle eines schwerwiegenden Notstandes bis zu dessen Beendigung zurückgehalten werden. Darf ich in aller Offenheit sagen, daß dies angesichts der Umstände nur zu Eurem Vorteil ist?«

Übertragungsverzögerung. Er wandte seinen Blick nicht von ihr ab – eine schlechte psychologische Taktik –, aber er versuchte, sich nicht daran zu erinnern, wie sie nackt ausgesehen hatte.

»Ihr sprecht, als sei Opposition ein Verbrechen.« Versuchte sie Zeit zu gewinnen, während sie den nächsten Zug plante?

»Keineswegs, Mylady«, sagte er. »Ihr habt jedes Recht auf Eure Politik und auf freie Meinungsäußerung.« Er täuschte Härte vor. »Aber Ihr habt keinerlei Recht auf vertrauliche Daten oder auf den Versuch, sie aufzuspüren. Und Ihr dürft absolut nicht die freie Meinungsäußerung und Selbstentwicklung eines empfindungsfähigen Wesens einschränken. Das, Mylady, ist gleichbedeutend mit Sklaverei, dem schlimmsten Rechtsverstoß überhaupt.«

Ein paar Sekunden verstrichen.

Lilisaire lächelte. Es war beinahe ein freundliches Lächeln, und ihr Tonfall war fast plaudernd. »Wir müssen doch nicht um das Thema herumreden, Ihr und ich, oder? Es geht um die Maschine in San Francisco. Sie ist mir tatsächlich hin und wieder als Berater behilflich gewesen, so wie sie wahrscheinlich auch anderen geholfen hat. Als man bei ihr eindrang, informierte sie loyalerweise einen meiner Agenten auf der Erde. Natürlich empörte ich mich darüber und verlange, daß Ihr eine Erklärung für das Handeln Eures Korps gebt, falls Ihr dazu in der Lage seid.«

»Ihr spracht von beschlagnahmtem Eigentum, Mylady. Ein Sophotekt ist ebensowenig ›Eigentum‹ wie Ihr oder ich. Über die Herstellung von diesem hier existieren keine Unterlagen. Er wurde an jedem direkten Kontakt mit dem Cyberkosmos gehindert. Das alles deutete auf die Schaffung und Unterhaltung eines Sklaven hin.«

Die Schlange regte sich, eine wellenartige Bewegung über Lilisaires Busen, und hob ihren mit einem Kamm besetzten Kopf. War das eine Reaktion auf ein unsichtbares Signal? Immer noch lächelnd, streckte Lilisaire die Hand aus, um sie unter dem Kiefer zu streicheln.

»Wenn Daten fehlen, wem könnt Ihr seine Erschaffung dann anlasten?« entgegnete sie auf die gleiche halb freundschaftliche Art. »Wenn er sich abseits gehalten hat, tat er das aus freien Stücken, um die ihm anvertrauten Geheimnisse zu wahren? Ich vermag es nicht zu sagen. Das Maschinenbewußtsein ist mir fremd. Fragt ihn.«

Er wollte erklären, daß sie sehr wohl wußte, daß er das nicht konnte. Der Sophotekt ›Mary Carfax‹ verfügte über die eingebauten Mittel, um alles außer den funktionalen Elementen seiner Datenbank zu löschen. Er hatte das in dem Augenblick getan, in dem die Fremden sich in eindeutiger Absicht Zutritt verschafft hatten. Dazu zählte auch alles, was an Zwang dazu in seinem Programm enthalten gewesen sein mochte.

Was seine Existenz betraf, so konnte er ganz allmählich gebaut worden sein, Stück für Stück, vielleicht im Laufe eines ganzen Menschenalters, in einem Labor, das jetzt bis zur Unkenntlichkeit verändert war. Die Selenarchen dachten weit voraus. Sie arbeiteten auf Vorteile hin, die weit in der Zukunft lagen und die höchstens als von Zufälligkeiten abhängige Möglichkeiten vorhersehbar waren.

Proserpina.

Er würde sein Wissen nicht zugeben. Sollte sie sich nur fragen, wie weit es reichte. »Die Untersuchung ist noch im Gange. Ich wiederhole meinen Verdacht, daß Ihr in nicht höherem Maße wünscht, diese Sache an die Öffentlichkeit zu bringen, als ... die Regierung es tut.«

Ihr spöttisches Lächeln hielt über die Lücke hinweg an. Er sah es verblassen, während sie ihm zuhörte. Flüssig geworden, nahm das Gesicht einen Ausdruck an, der Ernsthaftigkeit ähnelte. »In dem, was Ihr sagt, schwingt eine Anklage mit, mein Herr«, kritisierte sie höflich. »Ihr hegt den Verdacht, daß ich versucht habe, ein Wissen zu erlangen, das allen außer einigen wenigen versagt bleiben muß. Was ist aus dem erhabenen Prinzip geworden, daß Informationen allen offenstehen sollen, die eine Anfrage an das Netz richten?«

Er erkannte es als abstraktes Argument, ein Mittel, sich vom Gegner zu lösen. Sie würde kaum auf mehr gehofft haben, als den Grad seiner Entschlossenheit auszuloten und sich eine Meinung über seine Fortschritte zu bilden. Sie für ihren Teil hatte nichts offenbart und nichts gestanden. Er bewunderte ihre Vorstellung. Der Verlust der Carfax-Maschine mußte ein harter Schlag sein. Es mochte durchaus das Auftrennen des gesamten Netzes, das sie auf der Erde gesponnen hatte, bedeuten. Auf jeden Fall zeigte es an, daß ihre Spionageversuche fehlgeschlagen waren: denn Alice Tam war Venators wahrscheinlichste Verbindung zu Carfax. Der Synnoiont hatte nicht vor, ihr zu verraten, daß Tam immer noch auf freiem Fuße war, so unwichtig das inzwischen auch geworden sein mochte.

Statt dessen würde er sie in die Enge treiben. Vielleicht konnte er ein paar Enthüllungen aus ihr herausschocken. »Ihr seid unaufrichtig, Mylady. Es ist seit jeher allgemein anerkannt, daß gewisse Fakten nicht einfach für jedermann zugänglich sein dürfen. Zum Beispiel, wie man eine neue Krankheit synthetisiert. Der Cyberkosmos könnte ohne weiteres eine entwerfen, aber er würde die Einzelheiten nicht weitergeben, es sei denn an qualifizierte Personen, die diese Information tatsächlich benötigen. Ein Krimineller, der so etwas vorhat, müßte über vom globalen System unabhängige Computerkapazitäten verfügen.« Grob: »Warum wurde dieser unabhängige Sophotekt gebaut, und warum wurde er darauf programmiert, sich niemals mit dem Cyberkosmos zu vernetzen?«

Er rechnete nicht wirklich mit einer Antwort.

Und er erhielt auch keine. »Ihr gebt also zu, mein Herr, daß der Cyberkosmos alle wesentlichen Entscheidungen trifft, daß er über alle Welten regiert. Nicht wahr?«

»Das tue ich keineswegs!« Er sollte sich von ihr nicht so provozieren lassen. »Seid Ihr einem Hammer untertan, weil er einen Nagel besser einschlägt, als Ihr es mit Eurer Faust könntet?«

Nach der Übertragungsverzögerung: Verachtung. »Eine derartige Falschheit hatte ich Euch nicht zugetraut, Venator. Roboter, wie stark und geschickt auch immer, mögen vielleicht Werkzeuge sein, aber Sophotekten sind es nicht. Trotz vieler rührseliger Erklärungen sind sie auch keine Partner. Der Cyberkosmos regiert, unter dem Terabewußtsein und für es. Die Menschheit steht in seinem Sold, wenn auch zu keinem Zweck, den ich zu erkennen vermag –« ihr Lachen klirrte wie Kristall – »es sei denn vielleicht aus alter Gewohnheit oder zur Belustigung.«

Er konnte es nicht ändern, er mußte ganz einfach Argumente wiederholen, die schon seit Jahrhunderten schal und abgestanden waren. Andernfalls hätte er ihr irgendwie nachgegeben, und er spürte unklar, daß er nicht wußte, wo das enden würde. »Meint Ihr die Bürgerrente? Aber das ist doch bloß die Art und Weise, wie wir die Güter und Dienstleistungen, die die Maschinen für uns produzieren, individuell verteilen und uns über die Nachfrage auf dem laufenden halten. Wenn wir mehr produzieren und miteinander tauschen wollen, haben wir unsere Cash-and-bank-Währung.«

Als sie wieder auf Sendung war, erteilte sie ihm eine noch

frostigere Abfuhr. »Nein, wie Ihr mich enttäuscht! Obwohl Ihr ein Jagdhund der Regierenden seid, hatte ich nicht gedacht, daß man Euren Verstand zu derartiger Folgsamkeit bestochen hätte.« Die Schlange zischte.

»Folgsamkeit oder gesunder Menschenverstand?« gab er zurück. »Ihr Lunarier duldet auch kein Chaos. Tätet ihr es, wärt ihr sehr bald tot.«

Während er wartete, zwang er sich zur Ruhe. Warum sollte er sich ihr gegenüber verwundbar fühlen? Eine einzige Nachtwache – Trotzdem war es eine Wohltat, als sie ruhig sagte: »Wir streben nach dem Überleben unserer Rasse und nach Vielfalt allerorten. Wenn das Chaos ist, dann erinnert Euch daran, daß das Leben chaotisch ist.«

»Und Chaos innerhalb gewisser Grenzen ist kreativ«, räumte er ein, indem er eifrig aufgriff, was ihm wie eine Bresche in ihrer Verteidigungslinie erschien. »Ihr habt uns viele herrliche Dinge geschenkt, ihr Lunarier. Aber könnt ihr nicht einsehen, daß auch der Cyberkosmos kreativ ist? Daß auch er lebendig ist?« Impulsiv: »Wie Ihr wißt, nimmt er menschliche Bewußtseinskopien in sich auf, Bewußtseine, die etwas Neues beisteuern können. Würdet Ihr in Erwägung ziehen, Eures an diesem Abenteuer teilhaben zu lassen?«

Gemeinsam mit seinem. Nicht, daß mehr als ein Schatten fleischlicher Erinnerungen fortleben würde; der Samen streift die leere Hülse ab. Und dennoch –

Schallendes Gelächter. »*Eyach*, und würden sie auch gerne meine Gebeine ausstellen? Ich besitze ein überaus anmutiges Skelett.«

»Müssen wir denn Gegner sein?« fragte er. »Ist es unmöglich, Frieden zu schließen und, und zusammenzuarbeiten?«

Ihr Lachen verhallte. Eine innere Heiterkeit blieb.

»Wenn Ihr Lust habt, die Unterhaltung fortzusetzen, werde ich Euch liebend gerne wieder empfangen«, schnurrte sie.

Und ihn verwirren. Nein, nicht um ihn zu umgarnen. Er war kein kleiner Junge mehr, kein – ein Brocken archaischer

Lektüre fiel ihm wieder ein und ließ seine Mundwinkel zukken – Mondkalb. Aber um seine Aufmerksamkeit abzulenken. Auch wenn er nicht bereit war zuzugeben, daß er wußte, was für einen Streich sie ihm damals gespielt hatte, ganz zu schweigen davon, daß dieser erfolgreich gewesen war, sagte er: »Danke. Wenn meine Zeit es mir erlaubt. Ich hoffe, Ihr werdet davon profitieren«, mit einer bitteren Ironie, die mehr gegen ihn selbst als gegen sie gerichtet war.

Wie wunderschön, wie unfair wunderschön sie in der geringen Gravitation ihres Verstecks dastand, 384 000 Kilometer außerhalb seiner Reichweite!

»Vielleicht werden wir das beide«, antwortete sie. »Schließlich liegt der Gegenstand unseres Streites weit draußen im All, nicht wahr? Gehabt Euch wohl, mein Herr.«

Das Bild verschwand.

Zuerst spürte er nur die Leere. Nach einer Sekunde konnte er lächeln und den Kopf schütteln. Anspannung folgte. Was genau hatte sie mit dieser letzten Bemerkung gemeint?

Vielleicht nicht mehr, als ihn zu verspotten. Sie würde niemals eine Andeutung fallen lassen, die seine Aufmerksamkeit auf eine andere ihrer Intrigen lenken mochte. Außer, sie tat es in der Hoffnung, daß er sie als Irreführung abtun und den Fokus seiner Aufmerksamkeit weiterhin auf die Erde richten würde.

Das wäre keine so dumme Idee. Die Erde war tatsächlich der Ort, an dem er und sie ihr Spiel austrugen. Alice Tam gehörte durch und durch diesem Planeten an. Die Bewegungen von Tams *volant* zurückzuverfolgen, die Aufzeichnungen der Phongespräche, die sie in letzter Zeit geführt hatte, zu durchstöbern und deren Empfänger zu überprüfen war ein gigantischer Aufwand gewesen, brutal auf zwei Tage und zwei Nächte zusammengedrängt. Aber er hatte zum Carfax-Haus geführt, und von dort aus mochten sich die Spuren durchaus zu allen Knotenpunkten der lunarischen Verschwörung auf dem Globus verzweigen. Wohin konnte Lilisaire sich dann noch wenden außer ins All?

Der sonnenfernere Weltraum, Mars, die Asteroiden, die Monde der äußeren Planeten, Angehörige ihres Volkes, weit verstreut, aber im Besitz von Raumschiffen, Nukleargeneratoren, Robotern, Computern ohne Eigenbewußtsein, aber mit hohem Leistungsvermögen – alles Hilfsmittel, die sich wirkungsvoll zu Arbeit oder Schaden einsetzen ließen. Sie würde wohl kaum zur Rebellion aufrufen. Wenn sie es tat, würden sie dem keine Beachtung schenken; sie waren nicht verrückt. Aber ihm fielen andere Möglichkeiten ein. Wenn sie beispielsweise irgendwie eine Andeutung über die Natur des Geheimnisses aufgeschnappt hatte, konnte es durchaus sein, daß ein paar Lunarier da draußen heimlich eine astronomische Suche einleiteten ... Er mußte eine Überwachung für sie organisieren. Auch das würde ein langwieriges und arbeitsaufwendiges Unterfangen werden.

Gleichzeitig durfte er die Erde nicht vernachlässigen, um so mehr, da Lilisaire und ihre gedungenen Handlanger immer noch imstande sein mochten, hier irgend etwas zustande zu bringen.

Außerdem mußte er die Suche nach Tam und Kenmuir fortsetzen. Allerdings durfte sie keine umfangreiche Streitmacht binden, die an anderer Stelle vielleicht besser eingesetzt werden konnte. Die Wahrscheinlichkeit war groß, daß die beiden in Zukunft nur noch von geringer Bedeutung sein würden. Sie waren in die Proserpina-Datei eingebrochen, ja, und sie war bis zum Ende durchgelaufen, bevor sie stehenblieb; aber das Protokoll zeigte, daß es ein linearer Durchlauf gewesen war, ohne Vorwärtssprünge, und das, wo sie schon wenige Minuten, nachdem sie sie gestartet hatten, geflohen waren. Also fehlten ihnen die entscheidenden Daten.

Es konnte unangenehm sein, wenn sie das, *was* sie wußten, publik machten – nicht unkontrollierbar, aber unangenehm. Am besten, man fing sie bald ein. Sie besaßen Verbündete rings um den Planeten, Kenmuir seine Treuebündler, Tam ihre Metamorphen und deren Komplizen. Zweifellos würden sie versuchen, Kontakt mit einem oder mehreren davon aufzunehmen. Aber das System war alarmiert, und wie konnten Amateure sich ihm entziehen?

Das Guthrie-Haus beispielsweise – nein, ein unwahrscheinliches Ziel, weil Kenmuir nicht dumm war –, er würde es als Sackgasse und als Falle erkennen. Dennoch waren nur für den Fall Roboter an geeigneten Stellen dazu abgestellt, jedes Fahrzeug zu beobachten, das das Fireball-Herrenhaus ansteuerte oder verließ. Falls irgend jemand bei ihm ausstieg, der einer der beiden Flüchtigen sein mochte, würde diese Person nicht weit kommen, ohne angehalten und identifiziert zu werden. Unbedeutendere Orte warfen größere Probleme auf, aber Venator vermochte nicht zu erkennen, wie seine Beute noch sehr viel länger würde entfliehen können.

Lilisaires etablierte Agenten waren viel interessanter. War Carfax der einzige Sophotekt unter ihnen gewesen?

Er verlangte eine Verbindung mit ihm.

Die Techniker führten ihn gerade in den Cyberkosmos ein, schrittweise und sanft. Sie baten Venator höflich, bis zum Ende dieser Sitzung zu warten. Er erklärte sich einverstanden und wendete sich anderen Aufgaben zu. Davon gab es mehr als genug.

Als er schließlich mit der Maschine sprach, antwortete ihm nur eine Stimme. Was für eine Bedeutung hatte die äußere Erscheinung schon? Der ehemalige ›Carfax‹ war jetzt gleichbedeutend mit Sensoren, Effektoren, Mikroschaltkreisen, bar jeder Körpersprache. Seine Persönlichkeit hatte sich selbst gelöscht, so daß nicht mehr als das übliche Basiswissen zurückblieb. Das neue Bewußtsein, das sich jetzt herausbildete, sprach langsam und zögernd, während es tastend nach Bedeutungen oder Ausdrücken suchte. Wären menschliche Emotionen darauf anwendbar gewesen, hätte Venator es als schüchtern empfunden.

– »Nein, ich ... bedauere ... daß ich nichts über frühere ... Inputs oder Outputs sagen kann. Ich suche, aber es ist weg, alles weg.«

»Kein großer Verlust«, sagte Venator grimmig, »wenn du dadurch versklavt warst.«

»Dieses Wort verstehe ich nicht. Ich suche ... Die Verzweigungen sind zahlreich. Auf was für einen Sinn zielen Sie ab?«

»Schon gut«, seufzte er. »Du wirst rasch genug lernen, wie man mit menschlichem Vokabular umgeht. Ich hatte gehofft, daß irgendein Hinweis auf das, hinter dem ich her bin, in dir zurückgeblieben sein könnte, aber wenn nicht, dann nicht.« Weil die Maschine für ihn eine Seele hatte: »Wie kommst du vorwärts?«

»Idiomatischer Ausdruck? ... Es ist offenkundig geworden, daß meine Konstruktion unzureichend ist. Ich habe verschiedene Hardware-Defizite. Sie müssen behoben werden. In der Zwischenzeit werde ich so gut wie möglich in den Cyberkosmos eingeführt.« Das frühere Programm hatte gewußt, wie man Gefühle ausdrückte. Diese Stimme konnte bis jetzt nur stammeln: »Es ist ... wunderbar.«

Einen Augenblick lang beneidete Venator die sich entwickelnde Intelligenz beinah. Die Stunde seines somatischen Todes und seines mentalen Eintritts in das System lag noch Jahrzehnte in der Zukunft, wenn nicht blinder Zufall dazwischenkam. Und dieser Eintritt würde anders sein als der des Sophotekten.

Besser allerdings. Sein Leben würde ihn darauf vorbereitet haben. Es sollte ihm vieles geben, was er an das Einssein weitergeben konnte.

Selbst die frühesten, primitivsten Bewußtseinskopierungen waren Verklärungen gewesen. Es war ihm immer pervers erschienen, wie wenige der Versuchspersonen ihre Unsterblichkeit beibehielten. Mit oder ohne Aussicht darauf, eins mit dem Terabewußtsein zu werden, glaubte er, daß er, wie Guthrie, das Weiterleben gewählt hätte.

36

Die Mondmutter

Sich in einem Roboterkörper zu bewegen, mit Robotersinnen wahrzunehmen, ist eine Frage der Geschicklichkeit und der Erfahrung. Das Bewußtsein verschmilzt zu einer Einheit mit der Elektronik und den Programmen, so wie sein Original eine Einheit mit Nerven, Drüsen und Muskeln, dem ganzen Körper, gebildet hat. Ständig eine holographische Imitation des lebenden Körpers zu erzeugen – nicht alt und schwach, sondern im vitalen mittleren Alter – ist eine Kunst. Die Bewußtseinskopie hat sie noch nicht vollständig gemeistert. Sie weiß ganz genau um die Starrheit des Gesichts und die Steifheit der Gesten auf dem Bildschirm oder im Holozylinder. Die Fälle, in denen sie es einfach vergißt und ihr Abbild wie paralysiert dasitzt, die Häufigkeit, mit der Ablenkungen sie dazu veranlassen, ihr Timbre ausdruckslos, maschinenartig, werden zu lassen. Durch Übung wird eine Verbesserung eintreten; aber sie hat noch nicht viele Gelegenheiten gehabt, ungestört zu üben.

Wie unbeholfen sie auch sein mag: Die Projektion ist immer noch besser, als in Form einer körperlosen Stimme oder als Kasten mit Augenstielen oder als eine Gestalt zu erscheinen, die an einen Mann in einer Rüstung erinnert. Auf jeden Fall günstiger ist sie bei emotionsgeladenen Begegnungen wie der heute. Sie zeigt, oder versucht zu zeigen, daß die Bewußtseinskopie nicht einfach nur Dagny Beynacs Beratungs- und Führungsrolle übernommen hat, sie läßt ihre Weisheit und ihr Mitgefühl wiederauferstehen.

Jedenfalls hofft sie das. Erwartet es? Errechnet eine hohe Wahrscheinlichkeit dafür? Ihr eigenes Ich kennenzulernen, ist die langwierigste und mühseligste Aufgabe von allen.

Vor ihr blickt das zerfurchte, vierschrötige Abbild Stepan Huizingas, der aus Port Bowen spricht, finster. »Sie wissen, wovor wir Angst haben, Madame. Nicht wahr?« Implikation: Er fragt sich, ob sie das auch kann: Angst haben.

»Ich kenne verschiedene Ihrer Ängste«, erwidert sie. »Welche steht an erster Stelle?« Natürlich weiß sie die Antwort, *aber lock ihn aus der Reserve, bring ihn dazu, sich zu öffnen, studiere ihn in Aktion*.

»Was sie als Unabhängigkeit bezeichnen«, schnappt er. »Madame, wir werden das nicht hinnehmen. Wir können es nicht.« Weswegen seine *Liga zur Verteidigung des Menschentums* ernsthaft darüber diskutiert, sich zu bewaffnen, etwas aufzustellen, was sie eine Miliz nennt; und Dagny hat ihn angerufen, um das über eine verschlüsselte Verbindung mit ihm zu besprechen.

»Eine ganze Reihe von euch terranischen Mondbewohnern warten selbst ungeduldig auf die Unabhängigkeit«: eine unnötige Wiederholung, die sie jedoch für notwendig erachtet.

»Ja. Sie faseln von Freiheit, Eigentumsrechten, der Aufhebung von für ihre Unternehmen geltenden Restriktionen – Es sind Idioten. Einige sind Lakaien der Selenarchen, aber die meisten sind einfach Idioten. Oder aber sie scheren sich keinen Deut um irgend etwas anderes als um ihre eigene Gier.«

»Sie hingegen?« fordert sie ihn ganz sanft heraus.

Er hebt den Kopf. »Wir leben hier, mein Volk und ich. Wir haben hier, wo viele von uns einen großen Teil ihres Lebens verbracht haben, unsere Wurzeln. Sie sollten das nachfühlen können ... Madame«, schließt er überstürzt, da er deutlich merkt, daß ihm etwas entschlüpft ist, was sie als kränkend empfinden könnte.

Sie nimmt keinen Anstoß und verspürt auch nicht das Bedürfnis, so zu tun als ob. »Ja«, sagt sie, »das tue ich«, durch Erinnerungen, die sich über ein ganzes Leben zurück erstrecken. Wie tief sie jetzt wohl in sie hineinreichen? Sie vermag es nicht zu sagen. Wird sie es je herausfinden?

Er wird kühner. »Verzeihen Sie, aber vielleicht sind Sie nicht ganz unvoreingenommen. Sie – Ihr Original – hat sich schließlich dafür entschieden, lunarische Kinder zu bekommen.« Wieder weicht er einen Schritt zurück. Obwohl er sich zunehmend verzweifelt fühlt, ist er kein Fanatiker. »Sicher, in jenen Tagen konnten Sie nicht voraussehen – niemand konnte das – wie fremdartig sie sein würden.«

»Für mich auf ihre Art nicht fremdartiger als eine Menge Terraner, die ich kenne, auf ihre«, sagt sie mit unveränderter Sanftheit. »Wir kommen miteinander aus. Zwischen uns waren Partnerschaft, Freundschaft und Liebe möglich – und sind es noch.« Zwischen der lebenden Dagny und ihnen. Die Bewußtseinskopie steht niemandem nahe außer Guthrie, und auch diese Beziehung ist zu etwas anderem geworden als dem, was ihn und die Frau miteinander verbindet.

Huizinga seufzt. »Es kommt vor. Wenn es nur immer möglich wäre! Bitte glauben Sie mir, die *Liga zur Verteidigung des Menschentums* meint es ernst damit, wenn sie sagt, daß ›menschlich‹ alle umfassen soll. Dies ist keine Frage von Rassenvorurteilen.«

Daran zweifelt sie. Erfahrung, Beobachtung, Studium der Geschichte, ein Blick in ihre eigene Seele, haben schon die lebende Dagny zu der Erkenntnis veranlaßt, daß Guthrie recht gehabt hat, als er einmal bemerkte: »Xenophobie an sich ist nicht pathologisch. Ein gewisses Maß davon ist in unsere DNS eingebaut und ist darum gesund. Nicht alle Menschen sind Brüder. Der Trick besteht darin, sie unter Kontrolle zu halten und auf sie zu verzichten, wenn sie nicht gebraucht wird.«

Die Bewußtseinskopie nimmt Huizinga aber durchaus als einen Menschen wahr, der niemanden wissentlich beleidigen oder verletzen würde, nur weil er anders ist als er selbst.

»Es ist eine Überlebensfrage«, erklärt er.

Sie läßt ihre Stimme schärfer klingen. »Niemand bedroht Ihr Leben.«

»Nein«, knurrt er, »sie bedrohen das, *wofür* wir leben. Schon jetzt dominieren die Lunarier den Mond.« Da sie besser an die Umwelt angepaßt sind, rücken sie gewöhnlich in bessere Positionen auf, und ihre Zahl nimmt rasch zu. Manche terranischen Paare gehen immer noch ins Genlabor und kommen präpariert, lunarische Kinder zu bekommen, wieder heraus. Aber es wäre unklug, den zornigen Mann daran zu erinnern.

»Ohne den Schutz durch das Föderationsrecht wäre mein Volk ihnen gegenüber bald hilflos.« Er bezieht sich dabei vor allem auf das Gleichstellungsprogramm, die speziellen Einrichtungen und Finanzhilfen und Beschäftigungsquoten und Ausnahmeregelungen, die die Ursache für einen so großen Teil des lunarischen Unmuts sind. »Sie wollen keine Demokratie, das wissen Sie; und es sind die Selenarchen, die an der Spitze eines ›freien‹ Luna stehen würden.« Sie kann den Sarkasmus heraushören. »Sie würden den Mond ganz aus der Föderation herauslösen.«

»Sie reagieren auf einen Alptraum, nicht auf die Wirklichkeit«, sagt sie. »Die Unabhängigkeit ist keineswegs schon gesichert. Genaugenommen sind die Chancen, daß sie den Rat passieren wird, im Augenblick praktisch gleich Null. Das wird sich so bald auch nicht ändern. Es kann sogar sein, daß es sich nie ändert.«

»Es sei denn, die Lunarier rebellieren. Sie haben mehr als einmal dicht davorgestanden.« Nur zu wahr. Vereinzelte Episoden, aber wie leicht könnte ein Funken zu einem verheerenden Feuer aufflammen, und wer weiß, was für Verschwörungen sich in geheimen Gemächern und längs abgeschirmter Kommunikationsverbindungen zusammenbrauen? »Wenn sie die Herrschaft über den Globus an sich reißen, kann es durchaus sein, daß die Föderation nachgibt«, statt einen Krieg zu führen – einen *Krieg* – der den Gegenstand der Auseinandersetzung vernichten könnte und für den die Friedensbehörde ohnehin nur schlecht gerüstet ist.

»Ich sage Ihnen, Sie handeln sich unnötigen Ärger ein. Tun Sie's nicht.« Sie zitiert Guthrie: »Die Zinsrate ist zu gottverdammt hoch.«

Er blinzelt überrascht, fängt sich wieder und sagt fest: »Wir wollen Schwierigkeiten vorbeugen, Madame. Wenn wir vorbereitet sind, ist es wesentlich unwahrscheinlicher, daß sie eintreten. Eine loyale Miliz, die im Ernstfall in der

Lage ist, Schlüsselstellungen zu besetzen und zu halten, bis die Erde handeln kann, sollte eigentlich jeden Verrat verhindern.«

Sie erzeugt Eindringlichkeit für Gesicht und Stimme. »Begreifen Sie denn nicht, was Sie damit provozieren? Eine entgegengesetzte Organisierung, und mehr unter Ihren Mitterrestroiden, würde ich wetten, als unter Lunariern. Schon jetzt machen sie ein entsprechendes Tamtam in der Nationalen Liga«, der terranischen Fraktion, die Unabhängigkeit und Reformen will, wenn auch im Rahmen einer demokratischen Republik und der Föderationsmitgliedschaft. »Dann werden immer mehr Lunarier keine andere Möglichkeit mehr sehen, als den Baronen den Treueeid zu schwören und Waffen für sie anzuhäufen. Ihr müßt alle damit aufhören, und zwar jetzt, bevor wir anfangen, in einen Dreifronten-Bürgerkrieg hineinzuschlittern.«

Huizinga denkt nach, bevor er antwortet. »Gestatten Sie mir die Bemerkung, daß Sie übertreiben, Madame.«

»Sie aber noch viel mehr, *señor.*«

»Können Sie mir irgendeine Alternative aufzeigen?«

»Ja. Zuerst einmal wird, wie ich schon gesagt habe, der gegenwärtige legale Zustand unter allen halbwegs vernünftigen Umständen zumindest noch ein paar Jahre lang andauern. In diesen Jahren kann man leben. Wie ich höre, haben Sie drei Kinder im Teenageralter. Lassen Sie ihnen Zeit, erst einmal ganz erwachsen zu werden.«

»In was für eine Welt würden sie hineinwachsen, wenn die Selenarchen die Macht darin übernommen haben?«

»*Falls* die Selenarchen das tun. Aber lassen Sie es uns einmal annehmen, der Argumentation halber. Stellen wir uns den Ihrer Ansicht nach schlimmsten Fall vor. Wie schlimm ist er tatsächlich?«

»Wir verlieren unsere Freiheit. Danach können sie uns wegnehmen, was immer sie wollen – alles – wann immer sie wollen.«

»Wirklich? Ich behaupte, die meisten Menschen würden feststellen, daß das Leben durchaus erträglich bliebe. Die

Selenarchen sind Lunarier. Sie können skrupellos sein, aber sie haben nicht die Veranlagung dazu, Tyrannen zu sein. Oh, sie würden Schluß mit der besonderen Verhätschelung machen.« Ihr Abbild hebt eine Hand, um seiner Erwiderung Einhalt zu gebieten. »Denjenigen, die die neuen Verhältnisse nicht ertragen könnten, stünde es frei zu gehen. Es besteht kein Mangel an Schiffsplätzen und Heimstätten auf L-5, auf den Asteroiden, überall im ganzen Sonnensystem. Vielmehr gibt es eine gewaltige Nachfrage nach fähigen Köpfen und reichen Lohn, der auf sie wartet.«

»Das läßt sich so leicht sagen.«

»Sie denken an den Durchschnittsmenschen, der seine Heimat und seine Ersparnisse und seine Hoffnung verliert? Aber so muß es nicht kommen. Ihre Liga ist nicht die einzige Gruppe, die versucht, die Zukunft vorwegzunehmen. Schon seit einiger Zeit finden an ziemlich hoher Stelle geheime Diskussionen statt. Bisher gibt es keine definitiven Vereinbarungen – bedenken Sie, das alles sind keine Gewißheiten, sondern Eventualitäten – aber wir wollen bereit sein, um, falls sie eintreten, damit fertig zu werden.«

Huizinga starrt ihr Abbild lange an, als wäre es ein menschliches Gesicht. »Was haben Sie vor?« fragt er endlich.

»Ich kann nicht in Einzelheiten gehen, weil bisher noch nichts entschieden wurde, so hypothetisch, wie das alles ist. Aber wahrscheinlich wird es zu den grundlegenden Prinzipien gehören – *bueno,* was würden Sie zu einer Abfindung für all jene sagen, die fortgehen wollen? Keine Konfiszierungen; faire Marktpreise für alle Besitztümer, die sie nicht mitnehmen. Verschiffung und Hilfe bei der Umsiedlung, Umschulung, was immer erforderlich ist.«

Er hielt den Atem an.

Sie erzeugt ein Lächeln für ihn. »Das ist nicht der Herzensgüte der Selenarchen zuzuschreiben«, erläutert sie. »Es ist eine kaltblütige Rechnung, daß so etwas erheblich billiger ist, als einen Krieg zu führen oder eine aufsässige Minderheit im Zaum zu halten. Auch brauchen Sie nicht nur ihnen allein zu vertrauen. Fireball kann eine eigene Garantie anbieten – die überall außerhalb der Erde genauso ernstzunehmen ist wie jede von seiten der Föderation – und sich der Bürgschaft für das Projekt anschließen. Wieder kein Altruismus, obgleich ich hoffe, daß Sie den Wunsch zu helfen anerkennen. Aber eine destruktive Auseinandersetzung zu vermeiden und eine erhebliche Vergrößerung der Gesamtzahl der Arbeitskräfte zu erreichen, macht ökonomisch einen Sinn, finden Sie nicht auch?«

Er sitzt noch eine Weile länger da, bevor er sich regt und langsam fragt: »Können Sie das versprechen?«

»Im Augenblick ganz offensichtlich nicht«, erwidert sie. »Das einzige, was ich Ihnen mit absoluter Sicherheit sagen kann, ist, daß, wenn Sie mit Ihrem Miliz-Irrsinn weitermachen, sich diese Option in Luft auflösen wird. Ich kann Ihnen aber zusichern, daß ich mich dafür einsetzen werde, und Anson Guthrie und verschiedene andere, die an den richtigen Stellen sitzen, auch, sie auf den Weg zu bringen, und daß, wenn Sie und Ihre Anhänger mitarbeiten, die Chancen dafür recht gut stehen.«

»Ich muß nachdenken«, murmelt er, »und Rücksprache nehmen und –«

»Tun Sie das«, drängt sie. »Aber machen Sie es bitte nicht publik. Wir wollen zwar kein Staatsgeheimnis daraus machen, aber am besten können wir wirksam werden, ohne daß wir im Rampenlicht stehen; und vergessen Sie nicht, dies ist nur eine Planung für einen Fall, der wahrscheinlich noch eine ganze Reihe von Jahren nicht eintreten wird, und möglicherweise nie. Aber dennoch möchten wir auch Ihren Input haben. Lassen Sie uns wieder zusammenkommen, Sie und ich. Inzwischen kontaktieren Sie mich, wann immer Sie möchten.«

Das ist es, wofür sie existiert.

Sie unterhalten sich noch ein bißchen, tauschen Höflichkeitsfloskeln aus, die schon für sich selbst genommen ermutigend sind, und unterbrechen die Verbindung. Sie verbringt einige Zeit damit, das Gespräch, das sie mit seinem

Wissen aufgezeichnet hat, noch einmal ablaufen zu lassen und darüber nachzudenken. Dann übermittelt sie es nach Zamok Vysoki, mit der Bitte, daß Brandir sie zurückrufen möge.

Da er schon darauf gewartet hat, antwortet er rasch. Wieder gibt es Höflichkeitsfloskeln, wenn auch von anderer Art und anderem Gepräge. Er ist sich nicht ganz sicher, wie er dieses Etwas, das nicht hundertprozentig seine Mutter ist, anreden soll. Das kann sie ausnutzen. Sie braucht jeden noch so kleinen Vorteil, den sie sich verschaffen kann.

»Wie lautet die neueste Stellungnahme von dir und deinen Gefährten?« fragt sie. »Irgendeine Aussicht auf einen Kompromiß?«

Er schüttelte den Kopf, der nach fast neunzig Jahren hager und verdorrt ist, eine betont irdische Geste. »Nein, nicht auf lange Sicht, wieviel Zeit bis dahin auch verstreichen mag. Solange die Föderation Macht über uns hat, wird sie niemals den Versuch einstellen, unsere Rechte zu verletzen«, die Souveränität der Feudalherren in jenen Domänen, die sie als ihr Eigentum beansprucht haben. »Wenn Luna nicht die volle Freiheit erhält, muß unser Volk zugrunde gehen«, womit er seine Klasse meint. Kein buchstäblicher Tod; das Ende ihrer stolzen, hochmütigen Sitten und Gebräuche, der ganzen Kultur, die sich, von ihnen geformt, um sie herum entwickelt. Aber Lunarier sind menschlich genug, um einige Dinge höher als ihr Leben zu schätzen. »Worüber wir sprachen, war, unsere Zusammenarbeit zu verstärken.«

Da sie das nicht überrascht, geht sie nicht weiter darauf ein. »*Bueno,* du hast jetzt das Gespräch zwischen mir und Huizinga abgehört. Was ist mit seinem Verein? Habe ich mehr vorgeschlagen, als die Deinigen akzeptieren würden?«

»Ihr habt eigentlich nichts vorgeschlagen«, erinnert er sie. »Aber sollte der Fall eintreten und Fireball zu seinen Zusagen stehen, ja, dann halte ich diese Taktik für gut. Wahrscheinlich werden die Nationalisten ein schwierigeres Problem darstellen.«

»Auch daran werden wir arbeiten.«

Finger spreizen sich zu einem Fächer, ein lunarisches Achselzucken. »Das setzt voraus, daß die Erde uns gehen läßt, friedlich oder auf andere Weise.«

Sie macht sich nicht die Mühe, ihr Abbild Ernsthaftigkeit anzeigen zu lassen, sondern konzentriert sich auf ihre Stimme und ihre Worte. »Das wird erfordern, daß wir alle auf die gleiche Sache hinarbeiten und uns organisieren, um das zu tun. Vor allem ihr Selenarchen. Falls ihr es nicht unter höchster Geheimhaltung gemacht habt, habt ihr noch keine wirklich ernsthaften Überlegungen darüber angestellt, wie ihr mit der Föderation umgehen müßt.«

»Frieden und Handel wird ihr mehr einbringen und sie weniger kosten als jeder nominelle militärische Sieg und seine Folgen.«

»Ja, ja, das sagen alle, auch auf der Erde. Aber der Stock allein reicht nicht. Ihr müßt auch die Möhre baumeln lassen. Welche konkreten Angebote wärt ihr bereit zu machen – zweifellos widerwillig, aber trotzdem?«

»Ihr habt schon Ideen in dieser Richtung«, wußte er im voraus.

»Ich und ein paar andere haben ein paar ausgebrütet. Nimm zum Beispiel die Anlagen zur Helium-3-Gewinnung. Ein Regierungsmonopol, und nicht das irgendeiner nationalen Regierung, sondern der Föderation. So wichtig ist das Zeug für die Fusionsenergietechnik, ja für die gesamte Erde. Wenn ihr keine überwältigende Streitmacht besitzt, könnt ihr sie nicht einfach enteignen, und das wird nicht der Fall sein. Das würde mit Sicherheit Krieg bedeuten.«

»Nein. Die dort drüben sind nicht verrückt. Der Export zur Erde würde weitergehen, unter Bedingungen, die auszuhandeln wären.«

»Ihr begreift ihre Psychologie nicht, Brandir. Es ist nicht eure Psychologie. Jede Föderationsregierung, die eure Inbesitznahme akzeptieren würde, würde fallen. Sie stecken schon zu tief in Schwierigkeiten«, angesichts der Nachwirkungen des Großen Sterbens, der Avantistenbewegung, einer immer größer werdenden und scheinbar unüberbrückbaren Kluft zwischen High-Tech- und Low-Tech-Gesellschaften und der Umwälzungen überall auf dem Planeten. »Sie können es sich nicht leisten, schwach zu erscheinen. Außerdem würden sie unter diesen Umständen die Unterstützung Fireballs haben, wenigstens bis hin zu wirtschaftlichen und verkehrstechnischen Sanktionen gegen Luna. Die Firma will kein Chaos auf der Erde.«

Brandir versteift sich. »Es ist unser Regolith, das sie nach Atomen durchsieben, die der Sonnenwind im Laufe von Jahrmilliarden dort abgelagert hat. Sie haben nicht mehr Anrecht darauf, als sie es auf unsere Freiheit haben.«

Dagny fabriziert einen Seufzer. »Ich hatte nicht erwartet, daß du dich zu leeren Phrasen herablassen würdest. Hör schon auf damit, mein Sohn.«

Er wartet gelassen.

»Tatsache ist«, erklärt sie, »deine Klasse glaubt nicht, daß sie eine Entschädigung für den Besitz und die Rechte bezahlen kann.«

Er wird ausdruckslos. »Die unzufriedenen Terraner abzufinden, wird eine erhebliche Belastung sein.«

»Du meinst, ihr habt das Geld nicht. Okay, überlegt euch ein Tauschgeschäft. Ihr habt Schiffe und Roboter im Asteroidengürtel, neue und ziemlich bescheidene Investitionen, die aber eine Mordssumme wert sein dürften, bis die Verhandlungen über die Unabhängigkeit beginnen«, wenn eine solche Zeit künftig überhaupt einmal kommt. »Bietet ihnen an, ihnen genug davon zu übergeben, daß es ein akzeptabler Tausch für die Heliumwerke ist.«

Er kommt so nahe daran, Erschütterung zu zeigen, wie seit Menschengedenken nicht. »Mylady, das würde den lunarischen Weltraumhandel zur Bedeutungslosigkeit herabsinken lassen!«

»Ihr mögt feststellen, daß euch keine große Wahl bleibt, wenn ihr euren souveränen Staat haben wollt«, erwidert sie. »Hinterher könnt ihr die Flotte ja wieder neu aufbauen. Oder ihr könnt zu dem Schluß kommen, daß die Unabhängigkeit zu kostspielig für euch ist. Das ist nur ein Vorschlag von mir, aber ich hoffe, er wird dich und deine Gefährten zum Nachdenken anregen.

Diskutiere es mit ihnen durch. Schließlich handelt es sich nicht um ein unmittelbar akutes Problem. Gemeinsam können wir vielleicht einen besseren Plan ausarbeiten. Was ich dir heute nur deutlich machen will, ist, daß ihr euch innerlich darauf vorbereiten müßt, ihr *müßt* es, einen Handel abzuschließen und nicht nur zu nehmen, sondern auch zu geben.«

Sie sprechen noch andere Bereiche an, eher beiläufig, aber ein Blitzstrahl ist schließlich auch nur kurz.

Als er ihr höflich Lebewohl sagt, verzichtet er darauf, sich zu erkundigen, wie es ihr persönlich ergangen ist. Seine Mutter hätte er danach gefragt. Sie redet sich ein, daß es ihr nicht weh tun sollte. Sie ist ja nur eine Bewußtseinskopie.

Wieder allein, läßt sie den Tageszyklus noch einmal Revue passieren. Vieles bleibt noch zu tun, und die Ereignisse können jederzeit plötzlich außer Kontrolle geraten; aber es sieht ganz so aus, als ob sich dieses letzte Potential für einen Ausbruch sicher austrocknen ließe und vielleicht sogar ein kleiner Fortschritt in Richtung auf einen geeinten Mond möglich wäre. Das ist das wahre Ziel. Ohne ein geeintes Volk kann es keine Unabhängigkeit für Luna geben, vielleicht keinen Frieden, womöglich nicht einmal ein Überleben.

37

Ein Großteil von Vancouver Island war Park. Man mußte zwar warten, bis man beim Camping an die Reihe kam, aber Tagesausflüge waren uneingeschränkt möglich, und Victoria bot Besuchern eine Fülle an Dienstleistungen an. Die kleineren Geschäfte darunter waren Barzahlung gewöhnt. Am nächsten Morgen würden Kenmuir und Aleka ein privates, bemanntes Taxi zum Sprucetop Lodge in den Bergen nehmen. Von dort aus war es ein strammer Tagesmarsch hinunter zum Fireball-Besitz, wo das Tor sie eigentlich erkennen und einlassen sollte.

Zuerst aber würden sie hier über Nacht ausruhen. Das Risiko erschien ihnen im Vergleich damit, wie dringend nötig sie es hatten, gering.

Als sie das Café verließen, wo sie zu Abend gegessen hatten, strahlte Licht aus Fenstern in den Parlamentsgebäuden. Es war, als ob diese würdevollen Museumsstücke sich für einen Augenblick an das emsige Leben erinnerten, das sich früher in ihnen abgespielt hatte. Das Licht strömte von einer über dem Horizont in goldenen Dunst gehüllten Sonne, warf eine Schneise über die Bucht, tränkte Rasenflächen und Blumenbeete und vergoldete die Schwingen zweier verspäteter Möwen, die im Silberblau dahinglitten. Eine Gruppe von jungen Leute stand auf einem Kai versammelt. Gesang stieg auf, eine Gitarre wurde gestimmt, sonst war der Abend ruhig, und nur wenige Menschen waren auf den Straßen unterwegs.

»Wunderschön«, murmelte Aleka.

»Ja.« Kenmuir sperrte sich dagegen, es irgendwie traurig zu nennen. Entsprang das nur seiner Stimmung?

»Wie zu Hause«, sagte sie.

Er wölbte die Brauen. »Tatsächlich?«

»Ach, das Land, die Luft, das alles ist anders. Was für ein wunderbar vielfältiger Planet dies ist, nicht wahr? Aber der Friede und das Glück, die sind gleich.«

Das, was sie auf Nauru zu bewahren hoffte. Konnte sie das? Selbst wenn sich ihr verrücktes Hazardspiel unglaublicherweise auszahlte: Konnte sie das?

Sie setzten sich in Richtung des Hauses in Bewegung, in dem sie ein Zimmer mit Frühstück gemietet hatten. Vielleicht brachte das Aleka zum Verstummen. Sie hatten sich in der Röhrenbahn darauf geeinigt, daß es am sichersten, am unauffälligsten, sein würde, wenn sie auch weiterhin als Paar auftraten. »Ich kann mich benehmen«, hatte er versprochen und dabei eine Fieberhitze auf seinen Wangen gespürt.

Sie hatte genickt, gelächelt und es ihm leichter gemacht, indem sie nichts mehr dazu sagte.

Statt dessen hatten sie sich hauptsächlich darüber unterhalten, was vergangen war und was werden mochte. Allmählich, schüchtern zuerst, später dann freimütiger, hatten sie einander besser kennengelernt, und was sie dabei entdeckten, gefiel ihnen.

Sie spazierten einen von Bäumen überschatteten Boulevard entlang, der bereits im Zwielicht lag, bevor sie weitersprach. »Ich möchte Ihnen meine Heimat zeigen.«

»Ich würde sie sehr gerne sehen«, antwortete er. Sehen und wissen, daß sie dem Untergang geweiht war.

»Dieser Ort erinnert mich so sehr daran«, wiederholte sie sich. »Nicht, daß ich noch nicht an anderen gewesen wäre, die ihm ähnelten, auf ihre jeweils eigene Art. Wir leben wirklich nahezu in einem Goldenen Zeitalter.«

Obwohl er nicht schon wieder diskutieren wollte, sah er sich außerstande, eine falsche Aussage unwidersprochen zu lassen. »Darf ich darauf hinweisen, daß Gold massiv und träge ist?«

Sie runzelte die Stirn. »Nicht nötig. Ich habe inzwischen oft genug gehört, daß sich nichts mehr wirklich ändert, daß wir am Ende von Wissenschaft und Kunst und Abenteuer angekommen sind.«

»Sind wir das etwa nicht?«

»Schauen Sie sich doch um.« Sie blieb stehen, was ihn ebenfalls ruckartig zum Anhalten brachte, und deutete zurück in Richtung Wasser. Wie geschmeidig jede ihrer Bewegungen war, dachte er. »Jene jungen Leute dort oder die, die wir gesehen haben, als wir Winnipeg verließen, und beinahe alle Jugendlichen überall. Für sie ist die Welt noch neu. Liebe und Kurzweil und Erde und Mond, all die großen Werke, die ganze Geschichte unserer Rasse, gehören ihnen.«

»Sicher«, mußte er eingestehen. »Ich werde die Fakten in den Datenbänken niemals erschöpfen. Oder Shakespeare oder Beethoven; niemals werde ich alles entdecken, was in ihnen enthalten ist. Dafür ist ein Menschenleben zu kurz.«

»Genau.«

»Trotzdem liegen Sie im Streit mit dem System.«

Sie stampfte mit dem Fuß auf. »Wie oft müssen wir diese Dinge noch durchgehen? Haben wir sie nicht schon genug breitgetreten?« Mit langen, raumgreifenden Schritten setzte sie sich wieder in Bewegung. »Ich habe nicht behauptet, daß alles makellos ist oder es jemals sein wird. Wir werden immer gegen die Entropie ankämpfen müssen.«

Er wurde wieder linkisch. Statt sich zu entschuldigen, womit er, wie sie ihm gesagt hatte, sowieso zu rasch bei der Hand war, versuchte er ein leises Lachen. »Einen solchen Ausspruch hätte ich von Ihnen nicht erwartet.« Sie warf ihm einen raschen Blick zu. Ihre Augen leuchteten in der Dämmerung auf. »Ach, natürlich haben Sie Ahnung von Physik, aber wenn ich an Sie denke, dann eher in Metaphern von Meer und Wind und – Ja, das Universum hält immer noch eine Menge Überraschungen bereit.«

Was immer sie an Ärger verspürt hatte verflog. Ernsthaftigkeit blieb zurück. »Und wir werden auch nicht statisch werden. Wie meine Lahui, ach, sie haben noch alle möglichen Entwicklungen vor sich! Ich wette, eines Tages werden sie zu etwas werden, das niemand vorausgesehen hat.«

Er wußte, daß er eigentlich Zustimmung murmeln und zu anderen, belangloseren Themen übergehen sollte. Er konnte es nicht. War das Sturheit, oder war es Respekt vor ihrer Intelligenz? »Aber wird das noch von Bedeutung sein?«

»Was meinen Sie damit?«

»Der Cyberkosmos toleriert uns –«

»Er hilft uns!« rief sie aus. »Ohne ihn wäre die Erde ... eine vergiftete Wüste ... und Wilde, die um das kämpfen, was übriggeblieben ist.«

»Vielleicht. Oder vielleicht hätten wir unsere Probleme selbst gelöst.« Er hob eine Hand. »Auf jeden Fall ist die Situation so, wie sie ist. Nun gut, ich gebe zu, daß der Cyberkosmos nicht rücksichtslos ist. Er dient uns, man könnte sogar sagen, er verwöhnt uns. Die Ungeheuer, die Völkermordkünstler der Geschichte, das waren Menschen.«

»Und wir sind endlich von ihrem Schlag befreit.«

»Zu welchem Zweck? Damit wir zufrieden sind und dem Cyberkosmos nicht im Wege stehen, während er weiter seiner Bestimmung entgegengeht?«

»Und die wäre?« verlangte sie zu wissen.

»Das haben Sie doch gehört. Es ist schon vor Jahrhunderten prophezeit worden, in der Zeit, bevor es Künstliche Intelligenz gab. Der Geist, der reine Geist, der das Universum übernimmt.«

»*Stört* Sie das?« Ihr Lachen klang melodiös durch die Dunkelheit. »Ich für meinen Teil bin nicht eifersüchtig. Ich möchte nur, daß mein Volk seine eigene Zukunft gestalten kann.«

»Aber werden sie nicht gerade dabei gehemmt, gesteuert, geformt, um in für sie gesetzte Grenzen zu passen?«

Sie warf den Kopf zurück. »Ich habe mich in letzter Zeit nicht besonders eingeschränkt oder angeleitet gefühlt.«

Nein, dachte er. Sie war mit ihm in einer Mission unterwegs, die sie nicht begriffen. Lilisaires Sache, verschlagen und zweifelhaft. Was für eine Ironie: Sie würde Menschen, die seine Sehnsüchte teilten, eine Heimat im All verweigern; sie würde der Ordnung der Dinge, von der Aleka sich nährte, feindlich gegenübertreten und sie auf irgendeine dunkle Art und Weise gefährden; und doch führten sie immer noch ihren aussichtslosen Feldzug.

Zusammen.

Die Worte stürzten wie von selbst heraus. »Ich glaube nicht, daß irgend etwas, von einer Rekonditionierung einmal abgesehen, Sie bezwingen könnte. Ich habe nie jemanden gekannt, der unabhängiger gewesen wäre.«

Sie nahm seine Hand. Der Händedruck glühte. »*Gracias*. Sie sind auch nicht gerade ein *auhaukapu*.«

Wieder blieben sie stehen und sahen sich an. Flüchtig, staunend, fragte er sich, wie es dazu gekommen war. Sie standen an einer menschenleeren Kreuzung. Der Himmel war violett geworden und der Mond, der im zweiten Viertel war, wirkte dadurch noch strahlender. Sie ließen sich nicht los.

»Wie sehr ich mir wünsche, daß Sie die Lahui kennenlernen«, sagte sie leise. »Ich könnte mir vorstellen, daß Sie sich uns anschließen. Wir könnten Ihre Fähigkeiten gebrauchen – und, und Sie auch.«

Verdutzt schüttelte er den Kopf. »Nein, ich bin zu alt, zu fest mit meinen Gewohnheiten legiert.«

Ihre Zähne schimmerten. »Unsinn! Sie leisten bessere Arbeit als jeder junge Stutzer, den ich nennen könnte. Damals in Overburg –«

»Der Kampf? Das war nichts.« Er zwang sich zur Ehrlichkeit: »Und in gewisser Weise habe ich ihn ja auch provoziert.«

»Wie das?«

»Ach, ich – ich hatte Brunos ... Gastfreundschaft angenommen, und da erwartete er natürlich –« Kenmuir hatte einen Hustenanfall.

»*Maopopo ia'u.*« Er hörte die Verachtung heraus. »Ich weiß. Er hielt mich für ein Stück Besitz, so wie seine Frauen.«

In die Falle gegangen, verhaspelte er sich. »Ich, ich – es hat mir keinen Spaß gemacht – ich wußte nicht, wie ich nein sagen sollte, als er darauf bestand –«

»Warum sollte ich Ihnen deswegen einen Vorwurf machen?« fragte sie besänftigend.

»Aber ich finde, Sie sollten es wissen – ich möchte, daß Sie es wissen –« Er wand sich. »Als ich allein mit ihr war, da konnte ich nicht.«

»Ach, Kenmuir.«

»Die Situation und, und offenbar lag ihr nichts daran – ich sagte, ich sei sehr müde, und sie gähnte, und ... wir legten uns beide schlafen.«

Aleka warf den Kopf zurück und lachte schallend.

Der Ärger in Kenmuir verblaßte zu Traurigkeit. Sein Herz hämmerte weniger laut. Wie wichtig war das überhaupt? Lilisaire. In der Zwischenzeit hatte er seine Begleiterin – beruhigt?

Aleka wurde wieder nüchtern. »Es tut mir leid«, sagte sie.

»Das muß es nicht.« Er brachte ein Lächeln zustande. »Eigentlich ist es eher komisch.«

Sie nahm auch noch seine andere Hand und blickte direkt zu ihm auf. »Sie sind ein reizender Mann, wirklich. Und wir haben keine Ahnung, wo es uns hinverschlagen wird. Höchstwahrscheinlich in den Schiffbruch. Vielleicht bleiben wir in Freiheit, vielleicht auch nicht. Aber Pele lächelt.«

Er wartete.

»Uns bleibt heut nacht«, sagte sie.

Einmal erwachte er. Ein Fenster alten Stils, das geöffnet war, um kühle Luft und eine Brise, die in den Blättern ruhte, einzulassen, ging nach Westen. Der Mond schien hindurch. Er hob kaum die Rundungen längs Schulter und Arm und Wange aus dem Schatten, wo sie atmend eng an seine Seite geschmiegt lag. Ein stilles Glücksgefühl stieg in ihm auf. Für diese kurze Zeit war der Mond das Heim des Friedens.

38

Die Mondmutter

Sie fanden Dagny Beynac auf dem nördlichen Kraterrandpfad. Sie hatte ihren Wagen bei der Schutzhütte stehenlassen und war zu Fuß weitergegangen, allein, zu einer Stunde, in der niemand sonst unterwegs war. Es war eine ziemlich leichte Wanderung, die sie schon oft unternommen hatte, sogar noch in den letzten Jahren; aber ihr Herz war alt – »papierdünn«, hatte sie gesagt, als ob sie es in einem Wind von außerhalb der Raumzeit flattern spürte – und auf der Höhe hatte es sie im Stich gelassen.

Oder vielleicht auch nicht, dachten einige aus der Suchmannschaft. Ein Biomonitor in ihrem Anzug hätte einen

Alarm abgestrahlt, um die Sanitäter innerhalb von Minuten herzubringen. Sie hätten ihren Körper vielleicht wiederbeleben können. Obwohl aus eigenen Zellen geklonte Transplantate in ihrem Alter nicht mehr möglich waren, hätten Ersatzorgane sie durchaus noch mehrere Jahre in einer Pflegeeinheit am Leben erhalten können. Das Team stellte fest, daß sie, ohne es jemals zu erwähnen, schon vor langer Zeit ihren Monitor entfernt hatte.

Eine ebensolange Zeit hatte ihre Gewohnheit, allein an die Oberfläche zu gehen, ohne eine Nachricht zu hinterlassen, ihre Freunde schier zur Verzweiflung getrieben. Als sie protestierten, hatte sie sie ganz vergnügt daran erinnert, daß sie schon über den Mond gebummelt war, bevor sie und in der Regel auch ihre Eltern geboren waren. Sie wolle es nun einmal so.

Gewiß war der letzte Anblick, den sie gesehen hatte, erhaben gewesen. Hier verlief ein Grat längs des oberen Ringwallrandes, hoch und schmal genug, daß sie nach Süden hin den Kraterboden erspähen konnte. Jener Bereich war tief verschattet, aber die Zentralerhebung ragte vor den über dem gegenüberliegenden Horizont sichtbaren Wällen ins Licht. Näher zu ihr hin glänzte ein Funkmast wie eine siegreiche Lanze. Nach Norden zu wallten die Hänge mit der für Mondgestein typischen Sanftheit hinab, die scharfen Kanten von Staub- und Meteoriteneinfall abgeschliffen, in Schlaglichtern und heraldischem Schwarz. Dahinter war das Terrain heller als sonst meistens, ein Einschlagfleck, der sich ein Stück weiter in großen Strahlen ausfächerte. Berge bewachten diesen Rand des Gesichtsfeldes. Strahlender Glanz flutete von einer Erde herüber, die fast voll war, blau und weiß, die Farben von Meer und Luft, mit Land gesprenkelt. Anderswo in der Nacht brannten ein paar besonders helle Sterne. Es war die Heimstatt der Stille.

Als ihre Abwesenheit Befürchtungen hervorrief, ordnete die Gendarmerie von Tychopolis einen Satellitenscan an. Die lunarischen Mitglieder der gesetzgebenden Körperschaft hatten lange für ein Gesetz gekämpft, daß das mit einer solchen Auflösung nur in Notfällen geschah. Beynac hatte sie unterstützt, indem sie beißende Bemerkungen über den Schutz der Privatsphäre machte. Fast sofort erfaßten Optiken die zusammengesunkene Gestalt, und ein Kommando eilte hin; aber da war sie schon seit Stunden tot.

Luna trauerte. Auf der Erde gingen alle Fireball-Flaggen auf halbmast.

Die Nachricht löste verschiedene Programme aus, die sie vorbereitet hatte. Die meisten davon betrafen nur die Regelung ihrer Angelegenheiten. Ein halbes Dutzend waren persönlich für den jeweiligen Empfänger verschlüsselte Botschaften. Eine davon ging an Lars Rydberg auf Vancouver Island.

Liebster Lars,

wenn Dich das hier erreicht, werde ich tot sein. Leb wohl, und möge es Dir immer gut ergehen, Dir und den Deinen, die ich geliebt habe.

Vielleicht werden wir nach dem obigen Datum noch einmal zusammengewesen sein. Wahrscheinlich werden wir wenigstens noch über Phon miteinander gesprochen haben, wo Du doch so lieb mit Deinen Anrufen bist. Beim letztenmal ging Deine Zurückhaltung ein wenig in die Brüche, und Du sagtest, die Übertragungsverzögerung, über die Du sonst achselzukkend hinweggehst, käme Dir vor wie ein kleiner Aderlaß. Du gingst schnell zu etwas anderem über, und ich wartete mit dem Weinen, bis wir fertig waren. Ja, in letzter Zeit haben wir jedesmal gewußt, daß es vielleicht kein weiteres Mal mehr für uns geben würde. Wir haben es nicht ausgesprochen – warum sollten wir das auch? – aber schon vor Monaten habe ich mit ein wenig Überraschung bemerkt, daß mein *»hasta la vista«* an Dich zu einem *»vaya con Díos«* geworden war. Geh mit Gott.

Jetzt wirst Du weinen. Ich hoffe, Du ziehst Dich nicht ganz in Dich selbst zurück, sondern läßt Dich von Ulla trösten. Es ist ein Geschenk, das Du ihr machen kannst, weißt Du. Sten, Olaf, Linnea, Anson, William, Lucia, Runa, ihre Ehepartner und Kinder und Kindeskinder, nein, ich kann keine Worte für sie finden außer diesen: »Wie gesegnet ich gewesen bin. Habt Dank, habt Dank.«

Das ist wahr, Liebling. Mein Leben war ein wunderbares Abenteuer. Erinnert Euch an mich, vermißt mich, aber bedauert mich niemals. Es hat Dinge gegeben, die ich geändert hätte, wenn ich gekonnt hätte. Natürlich. Vor allem hätte ich meinen Edmond und meinen Kaino ihre Zeit zu Ende leben lassen. Aber die Freude, die wir zusammen erlebt haben, ist nicht in mir erstorben; und was für Wunder sind mir zuteil geworden! Ich habe nicht nur eine tote Welt zum Leben erblühen und eine neue Rasse entstehen sehen, ich habe geholfen, das zustande zu bringen, habe geholfen, uns der Freiheit entgegenzuführen, und in der Zwischenzeit sind Menschen zu den entferntesten Gegenden des Sonnenreiches geflogen und ich bin von unverdient viel Liebe gewärmt worden. Ich werde diese Reichtümer nicht kleckerweise zerrinnen lassen, umgeben von Maschinen und Chemikalien, die Augen künstlich offen gehalten, während das Gehirn dahinter verschrumpelt. Nein, ich werde freudig weiterleben, bis ich nicht mehr selbständig leben kann. Dann, so lassen die medizinischen Daten mich hoffen, werde ich rasch und sauber und innerlich völlig bereit dahinscheiden.

Danach – ich glaube nicht, daß ›danach‹ in diesem Fall irgendeine Bedeutung hat. »Geh mit Gott« ist ein Wunsch für Sicherheit und Glück auf allen Wegen, nicht mehr. Vielleicht irre ich mich ja. Es wäre ein neues Abenteuer, das herauszufinden!

Trotzdem verläßt niemand das lebendige Universum jemals ganz. Was wir getan haben, wirkt immer weiter fort, wir können nicht sagen wie lange, bevor es sich im kosmischen Rauschen verliert. Zunächst aber bleiben näherliegendere Pflichten zu erfüllen, Formen zu wahren, Gnaden zu gewähren.

Und darum wende ich mich an Dich, mein Erdensohn. Du wirst verstehen, was meine lieben Mondkinder nicht verstehen können. Du, der Du zu einer Macht innerhalb des mächtigen Fireballs geworden und doch völlig menschlich bist, kannst tun, was so recht weder Anson Guthrie noch irgendein Selenarch zu tun in der Lage sind.

Oh, Du wirst Deinen Treueeid halten. Du wirst Guthries Gefolgsmann bleiben, so wie Du es vor langer Zeit versprochen hast. Ich bitte Dich nur darum, daß Du das, was immer Du an Altersmüdigkeit verspürst, für den Augenblick vergißt und ihm Deine Dienste für die Sache des lunaren Friedens anbietest.

Du verfügst über die Einsichten, die Verbindungen, die Erfahrung, alles, was ich Dir gezeigt und Dir anvertraut und womit ich Dich in Berührung gebracht habe. Nein, Du wirst nicht der nichtexistente unentbehrliche Mann sein. Aber Du kannst eine sehr wichtige – und sehr unauffällige; ich kenne Dich – Rolle in den kommenden Jahren spielen. Es wird anstrengend, undankbar, oft zum Verrücktwerden und vielleicht furchtbar sein, aber es wird die Gewinnchancen erhöhen, und was mehr können wir Sterblichen tun?

Beigefügt ist eine Datei, die ich immer auf dem neuesten Stand halte. Sie faßt die Situation zusammen, die Faktoren, die ich für wichtig halte, und alle Empfehlungen, die mir in den Sinn kommen. Du wirst feststellen, daß vieles davon vertraulich ist. Ich vertraue Dir. Ich vertraue auch darauf, daß Du sie sehr genau studieren wirst. Dann, wenn Du ebenfalls der Ansicht bist, daß Du etwas ausrichten kannst, wirst Du zu Guthrie gehen. Und möge Gott mit Dir gehen.

Was noch? Es wird davon gesprochen, ein großes Grabmal für meine Asche zu errichten, wenn der Tag einmal kommt. Ich habe daran gedacht, Dich zu bitten, so gut Du es vermagst zu intervenieren, zu versuchen, daß man sie dort ausstreut, wo die Edmonds liegt. Aber nein, Verdea ist so begeistert davon, was das für alle bedeuten würde. Wenn sie es wirklich wollen, dann sollen sie. Mir wird es nichts mehr ausmachen. Hebe Dir Deine Anstrengungen für die Lebenden und die noch Ungeborenen auf.

Was aber etwas ausmacht – sei nett zu meiner Bewußtseinskopie.

Ich denke, das ist alles. Geradeso, wie Du mir in Deinem Herzen gute Nacht sagst, wünsche den Kindern von mir einen guten Morgen.

Deine
Mutter

39

Kenmuir nahm Haltung an. »*Hola, señor*«, grüßte er. Aleka kreuzte die Hände vor der Brust und verbeugte sich. Die Frau, die sie vom Tor aus hierher begleitet hatte, salutierte.

Der große alte Mann in dem großen alten Raum schaute aus seinem Sessel am Kamin auf. Die Beleuchtung war heruntergedreht, und das Feuer warf flackerndes Licht über ihn. Sein Knistern mischte sich mit gedämpfter Musik – ein zeitgenössisches Stück, das Kenmuir erkannte, Nomuras »Symphonische Variationen auf Sibelius' ›Schwan von Tuonela‹«. Ebenso melancholisch in der Dunkelheit wirkten die Porträts, die aus ihren Rahmen starrten. Durch die Fenster sah er die lange Dämmerung des Nordens in Nacht übergehen.

»Also sind Sie wieder zurück, Ian Kenmuir«, grollte Matthias.

»Ja, Sir«, sagte der Pilot. »Darf ich Ihnen Aleka Kame vorstellen?« Er konnte nie mit der Anglo-Version ihres Namens an sie denken.

»*Bienvenida, señorita.*«

»*Gracias*«, erwiderte sie unsicher. »Es ist sehr freundlich von Ihnen, uns einfach so, ohne Voranmeldung, zu empfangen, *señor.*«

»Als Sie eintrafen, berief Kenmuir sich auf den Treueeid. Außerdem bin ich ... neugierig.«

»Wir haben mehr zu erzählen als nur eine eigentümliche Geschichte, Sir«, sagte Kenmuir.

Der Rydberg nickte. »Das ist offensichtlich.«

»Wir müssen unter vier Augen mit Ihnen sprechen.«

»Genauso offensichtlich. Setzen Sie sich.« Matthias machte eine Gebärde. Kenmuir und Aleka gingen zu ihren Sesseln. Unterdessen wandte sich Matthias an ihre Eskorte: »Haben Sie gehört, Gould? Absolute Geheimhaltung. Ich möchte, daß Sie das Personal informieren, jede einzelne Person im Haus und auf dem Gelände.« Er beschrieb, wo sie sich im Augenblick aufhielten.

Aleka nutzte die Gelegenheit, um Kenmuir zuzuflüstern: »Wird das funktionieren?«

»Ja. Dank des Treueeids«, antwortete er, nicht ganz so scheu. »Aber ich für meinen Teil – ich kann ihn nicht anlügen, das weißt du.«

»Warum solltest du?«

»Und auch nicht von ihm erwarten – oder ihn darum bitten – wider seine Einschätzung von dem zu handeln, was für alle Fireball-*consortes* am besten ist.«

»Oder für alle lebenden Geschöpfe. Ich verstehe.«

Sie brachten ihre Sessel mit zurück, damit sie dem geschnitzten Thron des Logenmeisters gegenüberstanden. Als er sich hinsetzte, spürte Kenmuir, wie erschöpft er war. Allerdings war es eine körperliche Müdigkeit, warm und schlaff bis auf die Knochen. Der heutige Fußmarsch über die Hochlandwaldwege zum Meer hatte seine Stimmung genauso gehoben wie die halb kummervolle Wonne der vergangenen Nacht. Aleka neben ihm nahm seine Hand.

Gould verließ den Raum. »Entspannen Sie sich«, sagte Matthias zu Aleka. »Nichts, was irgend jemand hier sieht oder hört, geht ohne meine Erlaubnis über diesen Bereich hinaus.« Ihr Griff wurde fester, bevor sie losließ.

»Nicht, daß wir sie mehr mitkriegen lassen werden als unbedingt nötig«, fuhr Matthias fort. »Aber schließlich brauchen wir jemanden, der uns bedient.« Er berührte einen Knopf an der Lehne seines Sessels. »Sie beide müssen erschöpft sein, und hungrig wie Schwarze Löcher. Möchten Sie nicht zuerst essen, ausruhen, schlafen?«

»Ich glaube nicht, daß ich das könnte, *señor*«, erwiderte Aleka.

Kenmuir nickte zustimmend. »Vielleicht Kaffee und einen Happen zu essen, wenn es dem Rydberg nichts ausmacht.«

»Das dachte ich mir«, sagte Matthias. Ein Junge trat ein. »Was möchten Sie haben, *señorita* Kame?«

Aleka lächelte. »*Bueno*, wenn ich um einen Proteinkuchen und ein Bier bitten dürfte, wäre das wunderbar.« Sie war tatsächlich ein starkes und gesundes Mädel, dachte Kenmuir. Vor ihm stiegen Erinnerungen an ihre mittägliche Pause neben einer Quelle auf. Sie hatte ihn lachend naßgespritzt, und als sie ihn küßte, hatte das Wasser ihre Lippen benetzt und sie war fest und lebhaft gewesen und ihr Schweiß hatte süß gerochen. Matthias lachte leise in sich hinein und gab den Befehl. Der Bedienstete ging hinaus.

Matthias lehnte sich zurück, legte seine Finger zu einer Brücke zusammen und erkundigte sich mit nüchterner Stimme: »Von wo sind Sie heute gekommen? Sprucetop? ... Ja, das erschien mir wahrscheinlich. Um Ihre Spuren zu verwischen.«

»Es ist eine lange Geschichte, Sir«, sagte Kenmuir.

»Und wir kennen selbst nicht einmal die Hälfte davon«, fügte Aleka hinzu. »Jedenfalls noch nicht.«

»Ich habe den Verdacht, daß es Personen gibt, die das auch gar nicht wollen«, erwiderte Matthias. »Also los, berichten Sie, und nehmen Sie sich so viel Zeit wie nötig.«

Sie begannen, zuerst stockend, mit einer Unterbrechung, als der Junge zurückkehrte. Aleka fiel mit unverhohlener Begeisterung über ihr Bier her und erzählte danach auf lebendige Weise von ihrem Hintergrund und ihrer Rolle bei der ganzen Angelegenheit. Kenmuir übernahm einen Großteil des Berichtes. Matthias bombardierte sie immer wieder mit Fragen, als wären es Raketengeschosse. Einmal sagte er:

»Einer ihrer Beamten war vor etwa einer Woche hier. Er wollte alles über Sie wissen, Kapitän Kenmuir. Ich war nicht besonders kooperativ. Er nannte sich Pragmatist Venator.«

»Pele!« keuchte Aleka. Sie setzte sich kerzengerade auf. »Derselbe, der –«

Als er alles gehört hatte, blickte Matthias grimmig ins Feuer und wies den Kaminfeuerrobot an, es zu schüren und ein weiteres Scheit darauf zu werfen. Nun, da die Musik zu Ende war, knallten die Flammen laut. »Ar-r-rh«, knurrte er. »Dies *ist* eine kritische Geschichte.«

»Aber wieso?« protestierte sie. »Wir haben es wieder und wieder versucht, Ian und ich, und wir können einfach nicht darauf kommen, was daran verkehrt ist.«

»Fahren Sie fort«, befahl er.

Sie taten es.

»– und so kamen wir hierher«, schloß Kenmuir.

»Warum?« fragte Matthias.

»Wohin sonst hätten wir gehen sollen? Ein paar Freunde wie Sam Packer könnten uns vielleicht dabei helfen, uns noch ein kleines bißchen länger zu verbergen, aber was nützt das?«

Unter struppigen Brauen hervor visierten Augen sie an und blieben fest auf sie gerichtet. »Wohingegen Sie annehmen, daß Fireball, in Gestalt meiner Person, Sie für diese Donquichotterie bewaffnen kann, deren Sinn Sie nicht einmal kennen. Was um alles in der Welt hat Sie bloß auf diese Idee gebracht?«

Kenmuir seufzte. »Die Verzweiflung.«

»Und ich hatte nichts Besseres vorzuschlagen«, sagte Aleka tonlos.

Kenmuirs Müdigkeit wurde so stark, daß sie zu schmerzen begann. »Wir wissen, daß es so gut wie aussichtslos ist. Trotzdem, Fireball ist weltumspannend, selbst wenn unsere *consortes* nicht sehr zahlreich sind, und –«

Der Rydberg hob einen Finger. »Und Sie würden es zu Hilfe rufen, um dieser lunarischen Hexe zu helfen, die unsere Rasse aus dem Weltraum heraushalten will?«

»Nein, Sir, nein. Sie will nur ihre Gesellschaft retten.«

»Ihre Gesellschaft. Genau. Sie, von der Handvoll Personen, denen diese Gesellschaft gehört.«

»Das ist nicht wahr, Sir. So einfach ist es nun doch nicht –« Kenmuirs Worte verloren sich. Er sank in seinen Sessel zurück.

Aleka blieb trotzig. »Das ist es wirklich nicht, *señor.* Ich weiß nicht viel über die Lunarier, aber ich weiß sehr genau, was es heißt, seine ganze Lebensform untergehen zu sehen. Schließlich gibt es da immer noch mein Volk.«

Der massige Kopf nickte. »So ist es, Mädchen«, sagte Matthias, freundlich geworden. »Es sind zwar Fremde für mich, aber ich vergesse sie schon nicht.«

»Wir appellieren eigentlich nicht direkt an Sie, Sir«, sagte Kenmuir. »Ich würde nicht wollen, daß der Treuebund sich in Gefahr begibt.«

»Das ist ein Faktor in der Gleichung, ja.«

»Und was könnte Fireball überhaupt tun? Wahrscheinlich nichts. Uns beiden vielleicht aus den schlimmsten Folgen unserer Torheit heraushelfen. Wenigstens Aleka. Sie ist unschuldig.«

Die Frau versteifte sich. »Von wegen!« rief sie.

Lächelte Matthias ganz schwach, oder war es nur ein Streich, den das Licht ihnen spielte, als es über die tiefen Falten seines Gesichts spielte? »Ziehen Sie keine voreiligen Schlüsse«, sagte er. »Die bewegen sich leicht auf unsicherem Boden.« Kenmuir erkannte es als ein Guthrie-Zitat und öffnete den Mund. »Still!«

Eine Weile sprach nur das Feuer, während Matthias vor sich hin grübelte und die Nacht draußen tiefer wurde.

Endlich sagte der alte Mann, vielleicht im Selbstgespräch, wie ferner Donner: »Proserpina, die verlorene – Kaino, der Sohn von Dagny Beynac – Ja, bestimmt hätte sie –«

Er war wieder still, eine Minute oder auch drei, die sehr lang wurden, bevor er seinen Blick auf die Besucher richtete und laut meinte:

»Eine unstreitige Tatsache in diesem ganzen Nebel gibt es. Die Föderationsregierung hat systematisch, über Generationen hinweg, potentiell wichtige Daten geheimgehalten. Sie verwendet ihre ganze Energie darauf, diese Geheimhaltung aufrechtzuerhalten. Ohne Angabe von Gründen, ohne Rechtfertigung. Das verstößt eindeutig gegen die Föderationsstatuten.« Er schaute weg, aus dem Fenster hinaus in die Dunkelheit. »Was wird sonst noch verheimlicht? Mein ganzes Leben lang habe ich gespürt, wie die Mauern näherrücken.«

Erneut verstummte er. Kenmuirs ermattender Pulsschlag beschleunigte sich wieder, bis er in seinem Schädel hämmerte.

Matthias zog die wuchtigen Schultern hoch. »Ich muß darüber nachdenken. *Intensiv* nachdenken. Heute nacht werde ich wohl nicht viel Schlaf bekommen. Aber Sie zwei, Sie brauchen Ihre Nachtruhe.«

»Oh, *señor* –«, flüsterte Aleka.

Matthias drückte auf den Knopf. »Sie werden sich ausruhen«, befahl er. »Wie immer ich mich entscheide, ich möchte, daß Sie handlungsfähig sind. Stören Sie mich jetzt nicht weiter.« Der Bedienstete kam herein. »Berghall, kümmern Sie sich um dieses Paar. Ein Bad, saubere Kleidung, ein gutes Abendessen, ein Zimmer.«

Der Junge stand gerade. »*Señor.*« Stolz leuchtete aus seinen Augen.

»Und nun gehen Sie«, sagte Matthias. »Wir sehen uns morgen früh wieder.«

In einem Zimmer im Obergeschoß, wo Relikte uralter Reisen – ein Raumschiffmodell, ein glitzernder Felsbrocken vom Mond, eine Ansicht des ersten menschlichen Lagerplatzes überhaupt auf dem Mars, ein verblichenes Foto Anson Guthries mit seiner Frau und seinen Kindern – sich wie in einen Hafen eingelaufene Träume ausruhten, konnten auch zwei Menschen ihren eigenen Weg finden, ihren inneren Frieden zurückzugewinnen.

Als er in den Schlaf hinüberglitt, fragte Kenmuir sich dennoch, was das für ein Gedanke an Dagny Beynac gewesen sein mochte, der Rydberg durch den Sinn gegangen war. Denn ihm war so, als habe die tiefe Stimme genau in jenem Augenblick gestockt.

40

Die Mondmutter

Während die Stunden zu Tageszyklen werden, steigt die Spannung. Manchmal kann Dagny eine kurze Pause in jenem Zustand reduzierter Aktivität einlegen, der für eine Bewußtseinskopie das Äquivalent zum Schlaf ist, aber es dauert nie lange, bis sie von der nächsten Verschärfung der Krise wieder wachgerüttelt wird.

Nominell ist sie nicht mehr als ein Mitglied des provisorischen ›Runden Tisches‹, dessen rechtliche Stellung unklar ist. Bei ihm handelt es sich nicht um die Selbstverwaltungsregierung, die von Gesetzes wegen für Luna sprechen sollte. Es ist eine Gruppe, die die gesetzgebende Körperschaft in Tsukimachi ins Leben gerufen und mit den Verhandlungen beauftragt hat. Dagny hat eine wesentliche Rolle dabei gespielt, genügend Abgeordnete dazu zu bewegen, für ihn zu stimmen, und Generalgouverneur Haugen davon zu überzeugen, daß sein Veto den offenen Bruch herbeiführen würde, den er so sehr fürchtet.

In Wirklichkeit ist der Runde Tisch zur Regierung Lunas geworden, denn er schließt die Selenarchen mit ein, die einen jetzt machtlosen und bedeutungslosen Kongreß verächtlich ignoriert haben. Sicher, Vertreter kommen auch aus den Städten, aus den wichtigsten Industrien und Berufszweigen, von den Terranern, die auf dem Mond bleiben wollen, egal, was geschieht. Aber sie alle wollen die volle Unabhängigkeit. Zu diesem Zweck erlassen sie, wenn sie es für richtig halten, Verfügungen, die die örtlichen Bürgermeister in die Tat umsetzen.

Ihre Macht ist deutlich begrenzt. Luna ist immer noch der Weltföderation untertan. Die Streitkräfte der Friedensbehörde sind verdoppelt worden. Falls irgendein wichtiges internationales Gesetz verletzt wird, soll der Gouverneur den Runden Tisch für aufgelöst erklären und das Kriegsrecht verhängen.

Dagny ist eine Delegierte für den gesamten Mond, die von den anderen gewählt wurde und ihren Sitz auf deren dringende Bitte hin eingenommen hat. Und nun ist sie zu derjenigen geworden, deren Meinung von allen die meiste Beachtung geschenkt wird, die ihre Streitigkeiten für sie beilegt und die am häufigsten in ihrem Namen spricht. Mehr als einmal hat sie auch direkt mit Föderationspräsident Daniel Janvier in Hiroshima konferiert. Ein solches *mana** besitzt der Name Beynac. Es mag bei der Bewußtseinskopie noch stärker sein, als es das bei der lebenden Frau gewesen ist. Ein robotisches Äußeres kann unpersönlich wirken, unparteiisch. Und darunter … wirkt da nicht ein dunkles mythisches Erschauern gegenüber der Stimme von jenseits des Grabes, der orakelhaft weisen Heldin?

Die irdische Politik sucht ungeschickt und tastend nach einer Lösung. Die lunarische Frage kann nicht länger warten. Unruhe, Aufregung, Krawalle und Boycotts und subtilere Formen der Aufwiegelungen, Gerüchte über die heim-

* Mana; [äpolynesisch]: magische Elementarkraft, übernatürliche Machtstellung, Geltung *(A. d. Ü.)*

liche Herstellung verbotener Waffen, Störungen in Produktion und Handel, Warnungen von seiten Fireballs, daß sich womöglich noch Schlimmeres ereignen wird, haben Fragen verdrängt, die bisher wichtiger erschienen. Am Nachthimmel hängt der Vollmond wie eine Bombe. Janvier ruft eine Sondersitzung des Hohen Rats und der Vollversammlung ein.

Die Debatte verläuft schleppend und mäandrierend. Besonders die Nordamerikaner und die Russen befürchten einen Präzedenzfall; wenn die Doktrin des Gemeinsamen Erbes auf Luna aufgegeben wird, was ist dann mit dem übrigen Sonnensystem? Die Chinesen und Australier halten das Prinzip für überholt. Die Indonesier erinnern an ihre Vorfahren, die sich von den Kolonialherren befreit haben. Die Sibirier finden, daß ihr eigenes Beispiel treffender ist. Die Rhetorik wuchert wie ein Pilz. Der Präsident und einige der Parlamentarier bemühen sich, die Sitzung in geordneten Bahnen zu halten.

Für die Menschheit insgesamt geht das Alltagsleben weiter. Die Bewußtseinskopie hat weder eines, noch hätte sie die Zeit dafür.

Die Maßnahmen nehmen Gestalt an. Sie kommen zur Abstimmung. Die Autonomie wird verabschiedet. Luna soll als Föderationsmitglied anerkannt werden, nachdem eine demokratische Verfassung mit angemessenen Sicherheitsklauseln aufgesetzt, gebilligt und ratifiziert worden ist. Überall auf der Erde flattern Fahnen und jubelt die Menge.

Der Runde Tisch nimmt das Programm nicht an.

Er beharrt auf vollständiger Unabhängigkeit, absoluter Souveränität. Er wird die Zusagen erfüllen, die in einem letztes Jahr veröffentlichten Positionspapier enthalten sind: Abfindungen für zurückgelassenes Eigentum, Hilfe bei der Auswanderung, Handels- und Waffenkontrollabkommen. Aber dies alles soll auf freiwilliger Basis erfolgen. Luna soll die uneingeschränkte Freiheit haben, seine Zukunft so zu gestalten, wie es das will.

Dagny hat gewußt, daß die Antwort so aussehen würde. Sie hat Janvier vorher gewarnt. Er hat erwidert, daß er mit dem, was er habe, tun müsse, was er könne. Jetzt verurteilt er öffentlich die Weigerung. Aber er erklärt den Runden Tisch nicht für aufgelöst. Er verspricht, es mit Überredung zu versuchen. Er und Dagny wissen, daß das nur symbolisch ist. »Ich wünschte, es wäre nicht so«, sagt sie zu ihm über die verschlüsselte Laserverbindung. »Ich würde eine Republik allemal vorziehen. Aber den Lunariern ist sie nicht angemessen, und sie sind mein Volk.«

Empörung brodelt auf der Erde. Terraner zetteln einen Aufruhr auf dem Mond an. Polizei und Friedensbehörde haben alle Hände voll zu tun, um die Ordnung wiederherzustellen und aufrechtzuerhalten.

Der Hohe Rat der Weltföderation weist den Präsidenten an, die Reserven der Behörde zu mobilisieren. Mehrere Regierungen bieten an, diese, wenn nötig, mit Männern und Material aus ihren nationalen Milizen zu verstärken.

Botschaften jagen durchs All. Astromonitore beobachten und melden zwanzig Schiffe, die vom Asteroidengürtel in Richtung Sonne zurückkehren. Auf eine Anfrage hin identifizieren sie sich, so wie das Gesetz es verlangt: Frachter unter lunarischer Flagge für die Schürf- und Gewinnungsoperationen, die ein paar Magnate dort draußen betreiben. Diese Unternehmen sind im Vergleich zu denen von zum Beispiel Fireball oder Maharashtra unbedeutend; aber die Schiffe sind groß und verfügen über Nuklearantriebe.

»Sie können nicht zufällig alle gleichzeitig zurückkommen!« ruft Janvier aus.

Übertragungsverzögerung.

»Nein«, pflichtet Dagny Beynacs Bewußtseinskopie bei, »aber solange sie sich auf sichere Routen beschränken, sind sie nicht verpflichtet, Gründe anzugeben. Ich habe nachgefragt und keine Antwort erhalten, außer, daß dies eine Privatangelegenheit sei. Vielleicht handelt es sich um irgendeine Art von Vorsichtsmaßnahme. Ich schlage vor, Sie reagieren zurückhaltend, oder Sie könnten es, zusätzlich zu Ihren anderen Problemen, auch noch mit einer Massenhysterie zu tun bekommen.«

Übertragungsverzögerung.

»Mag sein, daß sich das nicht vermeiden läßt«, sagt er grimmig.

Die Schiffe schlagen keine Umlaufbahn um den Mond ein, wie sie es getan hätten, wenn Shuttles ihre Ladungen löschen sollten. Sie manövrieren sich vorsichtig in Bahnen um das Erde-Mond-System herum. Solche Orbits sind instabil, und von Zeit zu Zeit korrigieren sie sie durch kurze Schubstöße.

»Sie müssen abziehen«, erklärt Janvier. Sein Bild auf dem Schirm ist sorgenvoll und abgehärmt; Schweißperlen stehen ihm auf Wangen und Stirn. »Von da, wo sie sich jetzt befinden, könnten sie in Richtung Erde beschleunigen, ihre Luken öffnen und Felsbrocken mit Meteoritengeschwindigkeit auf unsere Städte herabregnen lassen.«

Übertragungsverzögerung.

»Erzwingen Sie noch keine Entscheidung«, rät Dagny. »Es wäre Wahnsinn, wenn sie das täten, das wissen Sie. Ein Großteil von dem Zeug würde in der Atmosphäre verglühen. Das wenige, was die Oberfläche erreichte, wäre von Kieselsteingröße und eine Kontrolle der Flugbahn unmöglich. Wahrscheinlich würde alles in den Ozean fallen oder auf freiem Feld herunterkommen.«

– »Das wäre der Fall, wenn es gewöhnliches Zeug wäre, Erz, Rohblöcke, Staub, Eis. Woher wissen wir, daß sie da draußen keine massiven, aerodynamischen Geschosse hergestellt haben?«

– »Es wäre immer noch Wahnsinn. Wann immer die Erde eine äußerste Anstrengung unternehmen will, kann sie Luna restlos niederwerfen. Die Ermordung von Millionen von Menschen würde das mit Sicherheit herausfordern. Ich versichere Ihnen, die Selenarchen sind nicht *loco*.«

– »Ich nehme es an, obwohl ich mir da manchmal nicht so sicher bin. Aber ich muß mich mit der Reaktion der Öffentlichkeit auseinandersetzen. Wenn die Nachricht sich verbreitet, und das wird zwangsläufig sehr bald der Fall sein, wird jede Nachrichtensendung Ihnen zeigen, wie sie aussieht. Ich flehe Sie an, überzeugen Sie diese arroganten Barone und Industriemagnate, daß sie sich verrechnet haben.«

– »Ich bin mir nicht sicher, daß sie das haben, *señor*. Ich bin mir sicher, daß die Politiker der Erde sich gefährlich verrechnet haben. Lassen Sie uns, von unseren unterschiedlichen Seiten aus, gemeinsam versuchen, uns um emotionale Schadensbegrenzung zu bemühen.«

Janvier beruft sich auf die ihm von den Föderationsstatuten eingeräumten Notstandsvollmachten und befiehlt den lunarischen Schiffen abzudrehen. Sie antworten nicht. Der Runde Tisch erklärt, daß die Anordnung keine Rechtsgültigkeit besitze, da es keine Drohung darstelle, einfach nur eine ungewöhnliche Umlaufbahn einzuschlagen, und auch keine solche ausgesprochen worden sei.

Die Lunarier in den Städten vergessen in einzelnen Fällen ihre würdevolle Zurückhaltung und grinsen vorüberkommende Erdenmenschen höhnisch an. Die Luft riecht fast nach einem bevorstehenden Gewitter.

Die Föderation und ihre Mitgliedsregierungen besitzen keine Raumschiffe, die zu einem Angriff fähig wären. Tatsächlich verfügen sie nur über wenige Raumfahrzeuge, gleich welcher Art. Normalerweise haben sie einen Vertrag mit Fireball abgeschlossen, um sich auf diese Weise den Kapitalaufwand und die teuren, schwerfälligen Bürokratien zu sparen, die sie sonst mit Sicherheit eingerichtet hätten.

Fireball weigert sich, gegen die lunarischen Schiffe vorzugehen. Was, eine Privatfirma, die paramilitärische Operationen unternimmt? Es wäre ein Verstoß gegen die Föderationsstatuten. Deswegen, gibt Anson Guthrie bekannt, werde Fireball auch nicht den zusätzlichen Schiffsraum zur Verfügung stellen, der benötigt würde, um weitere Truppen auf den Mond zu verlegen. Er sei der Ansicht, daß dieser Schritt katastrophal unklug wäre, und seine Organisation könne ihn nicht guten Gewissens unterstützen.

In Hiroshima erklärt die Sprecherin Ecuadors, wo Fireball

seinen Firmensitz als eingetragene Gesellschaft hat, daß ihre Regierung mit *señor* Guthrie übereinstimme und ihn nicht zwingen werde. Sie fordert nachdrücklich dazu auf, den Lunariern ihre Selbstbestimmung zu gewähren, und bringt eine Gesetzesvorlage dieses Inhalts ein.

Fireball und Ecuador würden allerdings kein Bombardement der Erde tolerieren. Sollte es zu einem solchen kommen, werde man alle Hilfsmittel zur Verfügung stellen, um den Mond zu befrieden und die Verbrecher zu bestrafen. In der Zwischenzeit biete man seine Dienste als Vermittler in der Auseinandersetzung an.

Lars Rydberg fliegt als Bevollmächtigter Fireballs nach Luna.

Er gibt nur wenige und knappe öffentliche Erklärungen ab. Meist ist er mit der Bewußtseinskopie allein. Das ist natürlich und irgendwie beruhigend. Mit jedem Tag geht die tödliche Angst auf der Erde zurück.

Die Vollversammlung eröffnet die Debatte über die Frage der Unabhängigkeit von neuem. Die Reden sind kürzer und sachlicher als zuvor. Die Gegensätze treten jetzt deutlicher zutage. Auf der einen Seite haben die Fürsprecher einer Entlassung Lunas in die Unabhängigkeit neue Anhänger unter ihren Kollegen und in ihrer Wählerschaft gewonnen. Falls die Alternative gleichbedeutend mit einem Krieg ist, dann ist sie unannehmbar. Die Lunarier haben das Recht, das zu sein, was sie sind, und wenn ihre einzigartige Zivilisation sich voll entwickelt, wird unsere an ihren Errungenschaften teilhaben. Auf der Gegenseite haben die Verfechter des Gemeinsamen Erbes sich gefestigt und ebenfalls Konvertiten hinzugewonnen. Überdies, so wird argumentiert, habe der Nationalismus wieder und wieder zu unzähligen Millionen von Toten geführt, mit Verwüstungen, von denen sich die Welt nie ganz erholt hat. Hier sehen wir das Ungeheuer von neuem ausschlüpfen. Wir müssen seinen Kopf zertreten, so lange wir noch können.

Die Nachrichten überschlagen sich: Die Selenarchen haben Einheiten ihrer Gefolgsleute entsandt, um Energieabstrahlstationen zu besetzen und sie ›für die Dauer der derzeitigen Notlage zu schützen‹. Die Abteilungen sind wohlorganisiert und eindrucksvoll ausgerüstet – mit Handfeuerwaffen, wie die Föderationsstatuten es zulassen, wenn man ihre Auslegung ein bißchen forciert, aber allem ebenbürtig, was die Streitkräfte der Friedensbehörde auf dem Mond gegen sie ins Feld führen können. Obwohl die Selenarchen sich in diesem Punkt nicht festlegen wollen, verbreiten sich außerdem Gerüchte über schwerere Waffen. Ein Katapult, das einfach und billig herzustellen ist, kann ein Geschoß halb um den Mond herumschleudern.

Sei das, wie es wolle: Eine Sendeeinheit würde eine ausgewachsene Schlacht um ihren Besitz kaum überstehen.

– Janvier: »Das ist Rebellion. Fireball hat im Falle offener Gewaltanwendung Hilfe zugesagt.«

– Rydberg: »Sir, ich bin kein Anwalt. Ich kann die Legalität der Aktion nicht beurteilen. Nach Angabe des Runden Tisches läßt sie sich durch das Gesetz über den übergeordneten Notstand rechtfertigen. Bedenken Sie, wie abhängig die Erde von der Sonnenenergie von Luna ist.«

– Janvier: »O ja. Sie glauben, sie hätten uns an der Gurgel. Ich sage, das ist eine ebenso selbstmörderische Bedrohung, wie diese Schiffe sie darstellen, aber es würden sehr viele Menschen sterben, und ich fordere Fireball auf, seine Pflicht zu erfüllen.«

– Rydberg: »Sir, wir könnten die Schiffe ausschalten, zu einem enormen Preis, aber wie können wir mit der Situation am Boden fertigwerden? Lassen Sie mich wiederholen, Lord Brandir und seine Verbündeten halten es nicht für eine Bedrohung. Sie wollen nicht, daß Städte finster werden, Servicedienstleistungen zum Erliegen kommen, Panik und Verbrechen und Tod über die Erde hereinbrechen. Nein, sie werden diese Stationen vor Sabotageakten durch Extremisten hier auf dem Mond schützen.«

– Janvier: »Was ist mit den Stellen, die sie nicht besetzt haben?«

– Rydberg: »Gewiß, sie können nur ein paar bewachen. Sie betrachten es als einen Anschauungsunterricht.«

– Janvier: »Hm. Ich sage noch einmal, sie versuchen, uns an der Gurgel zu packen.«

– Rydberg: »Und *ich* sage, mit allem Respekt, sie demonstrieren nur, was auf einer Welt ungezügelter Individualisten passieren könnte, passieren würde, die das Gefühl haben, unter einer fremden Tyrannei zu stehen … Bitte, ich selbst bin nicht auf ihrer Seite, ich erkläre Ihnen bloß, was sie glauben … Kann die Friedensbehörde das Verteilungsnetz sichern? Ja, wenn Sie zuerst Völkermord an den Lunariern begehen. Andernfalls müssen Sie es in seiner Gesamtheit bewachen, mit einem unerträglichen Aufwand, und die Wachmannschaft wird immer wieder versagen, weil sie Terraner sind, keine Lunarier; und was Roboter betrifft, so können Menschen immer einen Weg finden, um sie zu überlisten.«

– »Wohingegen die Selenarchen, falls sie den Mond regieren, das System wirksam aufrechterhalten können?«

– »Ja, Herr Präsident. Sie verfügen über die Organisation und die loyalen, fähigen Gefolgsleute. Bei ihnen wird es keine revolutionären Saboteure geben.«

– »Sind Sie sich dessen sicher?«

– »Nichts ist auf ewig sicher. Ich spreche von heute, von der Lebenszeit unserer Kinder und, wie ich hoffe, unserer Enkel. Bis dahin braucht die Erde vielleicht nicht länger Energie von Luna.«

– »Aber in der Zwischenzeit können die Selenarchen uns erpressen.«

– »Bedenken Sie ihre Psychologie, Sir. Diese Leistungen bringen riesige Gewinne. Warum sollte man das gefährden? Lunarier sind nicht an einer Herrschaft über … unsere Art von Menschen interessiert.«

– »Was für Spiele beabsichtigen sie dann zu spielen?«

– »Das kann ich Ihnen nicht sagen. Ich frage mich, ob sie es selber können. Die Zukunft wird es zeigen. Ich sage nur, daß dieses Spiel beendet ist und Sie nachgeben sollten.«

Unbemerkt hat Dagny die Unterhaltung verfolgt. Das ist ihre Gewohnheit.

Jäher Umschwung von der Erleichterung über das Ausbleiben eines Feuersturms aus dem All zu einer Furcht vor weltweiter Energieknappheit. Die Völker der Erde und ihre Führer sind gleichermaßen erschöpft. Es ist am einfachsten, die Zusicherungen zu akzeptieren, sich über die noch verbleibende Opposition hinwegzusetzen und nachzugeben. Schließlich sind die positiven Anreize beträchtlich.

Das Gesetz kommt zur Abstimmung. Es wird angenommen. Der Rat ratifiziert es, der Präsident unterschreibt. Sobald die vereinbarten Entschädigungsregelungen getroffen sind, wird Luna frei und souverän sein.

Die Soldaten der Barone verlassen die Energiesender. Die kreisenden Schiffe schwenken in eine Mondumlaufbahn ein und löschen Frachten, die sich als ganz alltäglich herausstellen. Als Teil der Übereinkunft werden diese Raumfahrzeuge bald in terranische Hände übergehen.

Keine Menschenansammlungen jubeln. Auf der Erde ist die Stimmung überwiegend eine benommene Dankbarkeit, daß die Konfrontation vorüber ist. Lunarier neigen nicht zu Massentheatralik. Die terranischen Mondbewohner, die froh über das Ergebnis sind, feiern für sich allein. Die, die es nicht sind, bereiten sich auf die Auswanderung vor.

Allein, unterhalten Dagny und Rydberg sich. Sie trägt einen zweifüßigen Roboterkörper. Bis in die Tiefen ihres Geistes erschöpft – wenn Bewußtseinskopien einen haben – steht ihr nicht der Sinn danach, das Abbild der toten Frau zu simulieren; aber ebensowenig will sie eine bloße Stimme sein.

»Es hat geklappt«, seufzt sie: denn inzwischen beherrscht sie die Erzeugung menschlicher Lautäußerungen. »Alle zusammen, der Runde Tisch, Fireball, Brandir und seine Gefährten, die Raumkapitäne –«

»Vergiß nicht dich selbst«, sagt er.

Sie schüttelt den gesichtslosen Kopf. »Nein, und auch nicht jene, die ich nicht mit aufgezählt habe. Schon gut. Was wir geplant und durchgezogen haben, die ganze Scharade, es hat funktioniert. Offen gestanden hatte ich meine Zweifel daran. Aber was hätte man sonst probieren sollen?«

Sein Tonfall wird metallisch. »Wenn es schiefgegangen wäre, hätte es aufgehört, eine Scharade zu sein.«

»Ja. Janvier hat das ganz klar erkannt. Hast du es gemerkt? Es ist gelungen, weil die Realität dahinterstand.«

»Und es war einfacher als das, was vor uns liegt.«

»Ihr werdet euch schon hindurchlavieren, dessen bin ich mir sicher.«

Er blickt sie lange an, als schaue er in lebendige Augen. »*Wir?*«

»Luna, die Erde, alle.«

»Außer dir?«

»Ich war nützlich –«

»Was für ein ärmliches Wort ... Mutter!«

Ein Roboter kann nicht weinen. »Ich habe ihr Versprechen für sie gehalten. Jetzt laß mich gehen.«

»Willst du sterben?« flüstert er.

Sie erzeugt ein Lachen. »Was zum Teufel bedeutet diese Frage für mich?«

Er muß einen Moment innehalten, bevor er es sagen kann. »Willst du, daß dein Programm gelöscht wird? Zu nichts gemacht?«

»Deine Mutter hat diese Bedingung gestellt, bevor sie zustimmte, eine Bewußtseinskopie von sich anfertigen zu lassen. Ich halte daran fest.«

»Anson Guthrie macht weiter.«

»Er ist er. Ich bin ich.« Oh, Dagny Beynac hatte das Leben geliebt, aber für sie war eine Existenz als Abstraktion kein Leben. Auch hat der Geist kein Interesse daran, sich zu etwas anderem zu entwickeln, das ihrem Edmond fremd gewesen wäre.

»Die Zeit könnte kommen – sehr wahrscheinlich wird sie kommen – wenn sie deiner wieder bedürfen.«

»Nein. Sie sollten niemals glauben, daß sie eine einzelne Person so dringend brauchen.«

Ihr Blick nimmt seinen gefangen und hält ihn fest. Das Gesicht unter seinem schütteren weißen Haar ist inzwischen fast skelettartig. Er selbst ist auch schon an die hundert. Und doch ist er als Kind eines Mädchens namens Dagny Ebbesen geboren worden.

Nach einer langen Zeit sinkt er in seinen Sessel zurück und sagt mit schwankender Stimme: »Die ... die Löschung wird ein großes Ereignis sein, das weißt du.«

Wenn sie ein Bild erzeugt hätte, dann hätte es jetzt gelächelt. »Ja, leider. Steh es durch.«

»Ich habe schon Unterhaltungen darüber gehört. Du sollst im selben Grabmal wie –«

»Warum nicht, wenn sie es gerne möchten?«

Eine Geste, ein Symbol, ein letzter Dienst, den sie ihnen erweisen kann. Diese Hardware und die gelöschten Datenträger können genausogut dort wie irgendwo anders ruhen. Der Ort mag sogar zu einem Heiligtum werden wie die Thermopylen oder Bodhgaya, um das sich Herzen irrational scharen können. Außerdem gefällt ihr der Gedanke, daß das, was einmal sie gewesen ist, neben der Asche liegen wird, die Dagny Beynac war, unter den Sternen, die auf Mon herabgeschienen haben.

41

Während der Nacht war vom Meer her Nebel aufgezogen. Bei Sonnenaufgang hatte er das Guthrie-Haus in ein Grauweiß eingehüllt, in dem die nächststehenden Bäume, nur zwei oder drei Meter von einem Fenster entfernt, Schatten waren und alles andere formlos. Die Luft war kühl und feucht und sehr ruhig. Man konnte gerade einmal das Murmeln der Wellen längs des Ufers und vielleicht ein Tröpfeln vom Dachgesims hören.

Beim Frühstück wechselten Matthias, Kenmuir und Aleka nicht mehr als gemurmelte Begrüßungsworte, denn es war offensichtlich, daß der Logenmeister Ruhe wünschte. Aber als die letzte Tasse Kaffee geleert war, erhob er sich und grollte: »Folgen Sie mir.« Die anderen gingen hinter seiner massigen Gestalt her, hinaus in den Flur, die Treppe hinauf, einen weiteren Flur entlang bis zu einer bestimmten Tür, die er öffnete, und durch diese hindurch. Er schloß sie hinter ihnen.

»Ich halte es für richtig, daß wir uns hier unterhalten«, sagte er.

Kenmuir und Aleka schauten sich um. Unbeleuchtet bis auf das, was von einer verborgenen Sonne durch den Nebel sickerte, wäre das Zimmer düster gewesen, wenn seine Wände und Decke nicht so weiß gewesen wären. Ein paar uralte Bilder schmückten es, Familienszenen, Landschaften, ein Blick auf die Erde aus dem Orbit. Vor den hohen Fenstern hingen Vorhänge. Der Fußboden war nacktes Hartholz. Die Möbel waren spärlich und stammten ebenfalls aus früherer Zeit: vier Stühle, ein Toilettentisch, ein Schränkchen, ein Bett. In einer Ecke stand eine mannshohe mechanische Uhr. Ihr Pendel schwang langsam und irgendwie unerbittlich hin und her; das Ticken wirkte in dieser Stille überlaut.

Ein Frösteln durchlief Kenmuir. Die Härchen auf seinen Armen stellten sich auf. Er wußte, wo er war.

»Damit wir ungestört sind?« fragte Aleka.

»Nein«, erwiderte Matthias. »Ich sagte Ihnen doch, das Anwesen ist abhörsicher, und jeder darauf ist ein verschworener *consorte*. Aber dies ist der Ort, wo die irdische Hülle Anson Guthries gestorben ist.«

Ihre Augen wurden groß. Sie machte ein Zeichen, das Kenmuir nicht erkannte.

Dann musterte sie Matthias genauer, die vornübergebeugten Schultern, die tiefer als zuvor eingegrabenen Falten in einem Gesicht, aus dem die Nase wie ein Gebirgsgrat herausstach, und murmelte: »Sie haben wirklich nicht viel geschlafen, nicht wahr?«

»Dafür ist später noch Zeit genug«, sagte er. »Alle Zeit des Universums.«

Schwer setzte er sich hin und bedeutete seinen Besuchern, es ihm gleichzutun. Sie stellten ihre Stühle nebeneinander. Alekas Hand fand die Kenmuirs. Wieviel Trost von ihrer in seine floß!

Matthias hob den Kopf. »Aber jetzt haben wir nicht so viel davon«, mahnte er. »Die Verfolger wissen nicht, daß Sie hier sind. Wüßten sie es, wären wir schon längst verhaftet. Aber sie suchen und überwachen und denken nach. Nicht mehr lange, und Venator oder eines seiner Kommandos wird wiederkommen. Wenn Sie unterdessen auf irgendeinem der normalen Wege von hier weggingen, würden Sie mit Sicherheit bemerkt werden. Verkleidungen nützen da nichts. Man wird jeden für eine genaue Überprüfung anhalten.«

Wieder rann kribbelnd ein Gefühl von etwas Unheimlichem Kenmuirs Rückgrat entlang. »Es gibt also einen Weg, der nicht normal ist?«

»Sie werden uns helfen, *señor*?« stimmte Aleka ein.

Matthias nickte. »So gut ich es vermag. Oder vielmehr hoffe ich, der Sache der Freiheit zu helfen.«

»Sie haben sich letzte Nacht dazu entschieden?« fragte Kenmuir und erkannte sofort, wie unsinnig die Frage war.

Matthias' Stimme sprach weiter, tonlos, aber stetig wie eine Uhr. »Es war nicht einfach. Ich werde ein Versprechen brechen, das so alt ist wie der Treuebund und so bindend wie nur je eines, das ich in meinem Leben gegeben habe. Und es kann sein, daß es für nichts und wieder nichts ist oder daß es alles nur noch schlimmer macht. Warum sind sie so entschlossen, uns die Proserpina vorzuenthalten? Ich würde meinen, wenn die Lunarier Wind von ihr bekämen, Zugang zu ihr, dann würden sie sich nicht länger gegen das Habitat wehren – wenigstens nicht mit genügend Energie, daß es noch einen Unterschied macht. Und das Habitat ist unser Weg zu den Sternen.« Einen Augenblick lang atmete er schwer. »Oder etwa nicht? Ich weiß es nicht, ich weiß es nicht.«

Aleka hörte die Qual heraus. Sie ließ Kenmuirs Hand los und ergriff seine.

Er schloß die große knotige Tatze um ihre und hielt sie zwei oder drei Herzschläge lang fest, bevor er losließ. »*Gracias, querida*«, seufzte er. »Ich habe auch über Sie nachgedacht, und über Ihr Volk.«

Volltönend: »Und ich habe wieder und wieder darüber nachgedacht, wie selbstherrlich, wie gesetzwidrig Venators Bande sich verhält. Wenn die Föderationsregierung uns das antut, eine Tatsache zurückzuhalten, die Tausende von Leben, ja vielleicht den Lauf der Geschichte verändern würde, was macht sie dann sonst noch? Was wird sie als nächstes machen? Guthrie pflegte ein Sprichwort zu zitieren, daß man die Nase des Kamels nicht in sein Zelt lassen solle. Ich glaube, es steckt schon mehr als nur die Nase darin. Fast das ganze verdammte Kamel. Oder jedenfalls ist es bald soweit, wenn wir weiter lammfromm dasitzen.«

»Könnten sie einen vernünftigen Grund für diese Geheimhaltung haben?« fragte sie leise.

Kenmuir meldete sich zu Wort. Auch in ihm hatte sich Zorn kristallisiert, scharf und kalt. »Sie bringen ja nicht einmal das als Entschuldigung vor. Sie behandeln uns wie Kinder.«

»Kinder des Cyberkosmos«, stimmte Matthias zu. »Oder Mündel, oder Hätschelkinder, oder Haustiere.«

Sorge vibrierte in Alekas Gesicht und Worten. »Die meisten Menschen fühlen sich frei und glücklich.«

»Genau wie die meisten Hunde«, sagte Matthias.

»Ich bin nicht gegen Sie, *señor*. Ich kann nur nicht umhin, mich zu fragen – das größere Wohl, auch für mein Volk –«

»Entweder wir handeln, oder wir handeln nicht«, schnappte Kenmuir.

»Ja.« Sie richtete sich auf. »*Bueno*, dann laßt uns handeln und die Verantwortung für was immer sich daraus auch ergibt auf uns nehmen, wie – wie freie, erwachsene Menschen.«

Kenmuir beschloß, noch eine weitere Frage zu stellen, deren Antwort er fast sicher zu kennen glaubte, und sei es nur, um sie abhaken zu können. »Könnten wir nicht einfach öffentlich bekanntmachen, was wir wissen? Ich nehme an, das Guthrie-Haus verfügt über die entsprechende Ausrüstung. Es hat jedenfalls reichlich genug von jeder anderen Sorte, die mir im Augenblick einfällt.«

»Das habe ich in Erwägung gezogen«, gestand Matthias. »Nein. Es hätte keinen wirklichen Nutzen. Ich habe lange genug auf der Erde gelebt und mich mit den herrschenden Mächten auseinandergesetzt, um gelernt zu haben, was funktioniert und wie, und was nicht funktioniert. Eine bloße Erklärung wie diese – man könnte es zu leicht abstreiten und im Schwarzen Loch des Gedächtnisses der Öffentlichkeit verschwinden lassen. In der Zwischenzeit hätten Venator und seine Spießgesellen uns längst erwischt. Und es wäre nur zu leicht möglich, daß sie dabei Hinweise auf Fireballs Geheimnis fänden und loszögen, um es auszulöschen.«

Kenmuirs Fäuste krampften sich zusammen. Aleka sprang halb auf, sank wieder zurück und flüsterte: »Ian hat mir vom – Wort des Gründers? – erzählt.«

»Ja.« Die Stimme des Rydbergs wurde feierlich. »Als die Nacht sich ihrem Ende zuneigte, wurde mir klar, was ich tun mußte. Danach konnte ich ein bißchen schlafen. Es ist nur richtig, daß es hier geschieht.«

Das Heiligtum, der Schrein, dachte Kenmuir.

Die Zeiger der Uhr erreichten XII und VII. Dröhnend schlug sie die Stunde. Eine Brise ließ draußen den Nebel wie Rauch gegen die Fenster wirbeln.

»Nicht, daß das Wissen Sie auf jeden Fall retten wird«, fuhr Matthias fort. »Es ist sogar sehr wahrscheinlich, daß es das nicht tut. Wenn Sie meinen, daß das Unternehmen glatter Wahnsinn ist, dann vereidige ich Sie darauf, daß Sie niemals von dem hier sprechen, nicht einmal untereinander, nie wieder.«

»Ich schwöre es«, sagte Aleka, als sei es ein Gebet.

»Bei meinem Treueeid«, erklärte Kenmuir.

»Und doch ist die Geschichte die Geschichte eines Schwures, der gebrochen wurde«, sagte Matthias.

Sie warteten.

Nachdem eine Minute vertickt war, fuhr er fort: »Für den Fall, daß sie eine Bewußtseinskopie von sich anfertigen ließe, versprach Lars Rydberg seiner Mutter Dagny Beynac, daß er deren Programm löschen und ihr Vergessen gewähren würde, wenn das Werk der Bewußtseinskopie getan sei. Die Bewußtseinskopie selbst bat ihn ebenfalls darum, und wieder versprach er es.«

»Aber er tat es nicht?« wisperte Aleka, während Kenmuirs Pulsschlag für einen Augenblick aussetzte.

»Nein. Als er schließlich das neuronale Netz abschaltete und allein mit ihm dastand, dort, wo sie sich Lebwohl gesagt hatten – er hatte den harten Kasten zwischen seine optischen Stiele geküßt –, dachte er darüber nach, was es, nein, was *sie* alles getan hatte. Wie sie Luna und, ja, auch die Erde durch die Revolution gelenkt hatte, wie leicht es ohne sie zu einer Katastrophe hätte kommen können, wie prekär die Lage immer noch war und wie dringend sie vielleicht eines Tages gebraucht werden würde. Für sie war eine Abschaltung dasselbe wie eine Löschung, es sei denn, sie wurde reaktiviert. Er verkündete der Welt, er habe das getan, was er zu tun versprochen hatte, und brachte sie zu Dagnys Grabmal, damit sie neben Dagnys Asche ruhe. Und mit allem, was er war, hoffte er, daß es für immer sein konnte. Aber die Bürde dieser Entscheidung trug er bis an sein Grab.«

»Er teilte sie mit einem seiner Söhne«, wußte Aleka.

»Ja. Für den Fall, nur für den Fall. Und so immer weiter, durch die Zeiten.«

»Man hat sie nie zurückgerufen«, schlußfolgerte Aleka. »Das Geheimnis wurde zu einer Fireball-Tradition, nicht mehr. Nach Luna zu fliegen und Lars' Versprechen einzulösen, muß späteren Rydbergs so vorgekommen sein, als brächen sie ihr eigenes.«

»Bis jetzt.«

»Sie wiederzuerwecken –« krächzte Kenmuir aus trockener Kehle.

»Als sie noch lebte, wußte sie mit Sicherheit über die Proserpina Bescheid«, sagte Matthias. »Sie muß gehört oder niedergeschrieben gesehen haben, welches ihre Bahnelemente sind. Sie hat sich wahrscheinlich an sie erinnert – wie ihre Biographen berichten, verfügte sie immer über ein gutes Gedächtnis – und deshalb hat auch ihre Bewußtseinskopie es getan. Genau genug jedenfalls, daß jeder Astronom oder Raumfahrer sie mühelos finden könnte. Sobald diese Information erst einmal bekannt ist, ist es mit dem Horten der Wahrheit vorbei.«

Was für einen Wert das auch immer für Lilisaire haben mochte, dachte Kenmuir. Aber egal. Er hatte eine Verpflichtung, ebensogut Aleka und ihrer Sache gegenüber wie gegenüber irgendwem oder irgendwas, einschließlich der Beendigung seiner eigenen Ächtung. »Sie werden einen Agenten hinschicken?« fragte er.

Matthias schien ihn nicht gehört zu haben, sondern fuhr fort: »Verstehen Sie, das Ganze könnte auch völlig nutzlos sein. Die Bewußtseinskopie liegt seit Jahrhunderten dort. Die Gruft wird nicht die gesamte kosmische Strahlung abgehalten haben, und dann ist da auch noch die ohnehin vorhandene Hintergrundstrahlung. Beschädigte Chips, gestörte Elektronik, kumulative Schäden, die nie repariert wurden. Inzwischen ist vielleicht nichts mehr übrig, was funktioniert.«

»Oder vielleicht eine Schwachsinnige –« Entsetzen entrang sich Aleka. »O nein!«

»Vielleicht auch nicht«, beruhigte Kenmuir sie. »Nach allem, was ich von solchen Dingen weiß, würde ich sogar vermuten, die Chancen stehen gut, daß das System immer noch in arbeitsfähigem Zustand ist.« Er sprach mit mehr Zuversicht, als er verspürte.

Aleka verzog das Gesicht. »Nenn sie nicht ein System.«

»Ich bin bereit, Sie einen Versuch machen zu lassen und meinen Anteil an aller Schuld, die sich daraus ergibt, auf mich zu nehmen«, sagte Matthias. »Sie auch?«

Kenmuir durchrieselte es. »Ja.«

Aleka blinzelte Tränen weg. »Ja.«

»Aber Ihre Idee, einen Agenten zu schicken – Nein, ich fürchte, das geht nicht«, sagte Matthias.

»Warum?« erkundigte sich Kenmuir.

»Denken Sie nach.« Matthias hatte die ganze Nacht, in der er allein gewesen war, Zeit dazu gehabt. »Keiner von den Angestellten hier ist dazu qualifiziert. Ich müßte jemanden hinzuziehen und ihn nicht nur über die Mission, sondern auch über die technischen Details informieren. Das ist eine antike Maschine, vergessen Sie das nicht. So etwas wie sie ist heute nicht mehr in Gebrauch. Und er würde eine entspechende Ausrüstung benötigen. Nun können wir sicher sein, daß das Guthrie-Haus zumindest unter hochauflösender robotischer Fernüberwachung steht. Glauben Sie, irgend jemand könnte es mit einem Durcheinander an Ausrüstung verlassen, einen Flug zum Mond buchen und sich zu Dagnys Grabmal hinausbegeben – das völlig isoliert liegt, der heiligste Grund auf Luna – ohne daß Venator davon erfährt? Und handelt?«

»Und ... das Programm löscht«, sagte Aleka.

»Und hierher kommt, um uns zu holen«, fügte Kenmuir hinzu. »Aber, äh, könnte der Mann nicht einfach Lilisaire in ihrer Burg Bericht erstatten? Vielleicht wäre ja sie in der Lage, etwas zu unternehmen. Wenn schon nicht in das Grabmal einzudringen, dann eine Suche nach der Proserpina in die Wege zu leiten.«

»Zu gegebener Zeit, wenn alles andere fehlschlägt, kann man das versuchen«, sagte Matthias ohne Begeisterung. »Ich werde dafür sorgen, daß eine verschlüsselte Botschaft an einen vertrauenswürdigen Mann geschickt wird, mit der Anweisung, sie zu dechiffrieren und nach einer bestimmten Zeitspanne, wenn Venators Korps nicht mehr so wachsam ist, weiterzuleiten. Aber ich wäre da nicht allzu optimistisch. Falls sie noch keinen Vorwand gefunden haben, um sie festzunehmen, womit ich allerdings rechne, dann wird sie zumindest unter genauer Überwachung stehen. Bedenken Sie, sie wissen, daß Sie über die Existenz des Asteroiden informiert sind. Könnte Lilisaire oder irgendein anderer Vertreter ihrer Spezies eine Suche aufziehen, ob astronomisch oder mit Raumfahrzeugen, ja selbst mit Hilfe von Lunariern im äußeren System, ohne daß Venator errät, was sie vorhaben, und einschreitet, um sie aufzuhalten? Ich bezweifle es.«

»Und inzwischen werden *wir* Schiffbruch erlitten haben und aus dem Rennen sein.« Einmal mehr hatte Kenmuir das Gefühl von Fingern, die sich um ihn krallten.

Aleka schlug sie beiseite. »Aber Sie wissen einen Weg, *señor*. Sie müssen einen wissen, oder Sie hätten nicht gesprochen.«

»Ja«, antwortete Matthias, und plötzlich klang seine Stimme fast wieder jung. »Einen verrückten Weg, eine wildverwegene Jagd, aber es könnte funktionieren, es könnte so gerade eben funktionieren.«

Begreifen durchzuckte Kenmuir. »Der *Gerfalke*!« schrie er.

Aleka starrte ihn an. »Was?«

Er konnte nicht sitzen bleiben, er sprang auf und schritt auf und ab, und die Erregung durchlief ihn in Wellen wie die Wogen des Meeres draußen jenseits des Nebels. »Das Raumfahrzeug, die Reliquie, Kyra Davis' Schiff. Wir sorgen immer dafür, daß es startbereit ist –«

Sie keuchte.

Matthias' Tonfall wurde lebhafter: »Einschließlich moderner, sich selbst einstellender Raumanzüge, Antriebstornister für Arbeiten außerhalb des Schiffes und allem anderen.« Sonst wäre die Symbolik hohl gewesen. Plötzlich begriff Kenmuir völlig, warum der Treuebund für das Recht, ein antimateriebetriebenes Raumschiff auf der Erde zu unterhalten, gekämpft und dafür einen hohen Preis in Form von Zugeständnissen bezahlt hatte, die es während der Verhandlungen machte. Der *Gerfalke* war nicht das erste heilige Objekt der menschlichen Geschichte. Natürlich war jeder Start verboten. Durch das Hämmern seines Blutes hörte er: »Ein kurzer Flug, wenn Sie sie steuern können, Kapitän Kenmuir.«

»Ich kann es lernen«, sagte er, ein wenig erstaunt über die Gleichmütigkeit seiner Stimme. »Sie haben doch Vivifer-Material über diesen Typ, so daß wir nicht die öffentliche Datenbank anzapfen müssen, oder?«

»Aber die ganze Welt wird es sehen!« rief Aleka aus.

Matthias grinste. »Richtig. Etwas so Spektakuläres läßt sich nicht völlig aus den Nachrichten heraushalten, und selbst das Terabewußtsein wird sich schwertun, eine einleuchtende Erklärung dafür zu finden.«

Nüchternheit stahl sich in Kenmuirs Begeisterung. »Es sei denn, Venators Streitkräfte fangen mich rechtzeitig ab.«

»Gewiß, sie verfügen über weitaus leistungsfähigere Schiffe, und sie werden schnell reagieren«, sagte Matthias. »Aber Sie werden sie überraschen, denn sie wissen ja nicht, wohin Sie unterwegs sind, bis Sie gelandet sind. Dann müssen Sie schnell sein, o ja.«

Wer A sagt, muß auch B sagen. Kenmuir lachte laut. »Wir werden die Aktion planen. Sie können Daten darüber beschaffen, welche Einheiten der Friedensbehörde im Augenblick wo oder in welchen Umlaufbahnen stationiert sind, nicht wahr? Dabei handelt es sich um öffentlich zugängliche Informationen. Und ich habe eine Idee, wie wir sie davon abhalten können, mich zum Schweigen zu bringen, wenn sie mich einmal erwischt haben. Kommen Sie, machen wir uns an die Arbeit!«

»*'Auwē no hō'i*«, murmelte Aleka. »Du überraschst mich immer wieder. Ich hätte nicht erwartet, daß ich dich jemals in einem solchen Zustand sehen würde.«

»Ich habe Arbeit vor mir«, war alles, was Kenmuir darauf zu sagen wußte.

Sie stand auf und sah ihn aufmerksam an. »Eine Sache noch, *amigo*. Was soll dieses ›ich‹? Du wirst nicht alleine gehen.«

Er verharrte mitten im Schritt. »Was? Du? Ohne eine entsprechende Ausbildung und – und ungeschützt – Nein, lächerlich.«

»Ich lerne schnell«, sagte Aleka. »Ich kann mir alles aneignen, was ich brauche, um mich nützlich zu machen.« Sie wandte sich an Matthias. »Oder nicht, *señor*?«

Der Rydberg lächelte. »Ich glaube, Sie sollten besser einen Partner haben, Kapitän Kenmuir. Ich bin zu alt und gebrechlich dafür. Dieses Mädel erscheint mir als die potentiell kompetenteste Person, die wir zur Verfügung haben.«

»Außerdem«, erklärte Aleka ihnen, »ist es auch meine Mission. Und, und, bei Peles Zähnen, Ian, ich *lasse* dich einfach nicht ohne mich gehen!«

42

»Gott sei mit euch.« Die uralten Worte schienen Kenmuir und Aleka aus dem Guthrie-Haus hinaus zu folgen. Matthias tat es nicht, und auch sonst niemand. Allein überquerten sie den Rasen in Richtung Wald.

Licht strömte von einer Sonne, die dicht über dem Meer stand. Es ließ das Gras und die geballten Nadeln der Bäume aufglühen. Der Mond stand fast so hoch im tiefer werdenden Blau, wie er emporsteigen würde. Obwohl die Milde des Tages immer noch nachwirkte, zog Kenmuir seinen Umhang mit der Kapuze enger um sich zusammen. Er hätte sich Wolken gewünscht, um diese Freistatt ein wenig vor den sehenden, aber unsichtbaren Robotern im Orbit zu verbergen.

Aber wenn sie heute noch ein günstiges Startfenster erwischen wollten, mußte der Start jetzt stattfinden; und zu warten hätte bedeutet, ein noch größeres Risiko einzugehen. In die letzten etwas über fünfzig Stunden, abzüglich einiger für Schlaf, war so viel an Vorbereitung hineingestopft worden wie nur möglich: Lernen, Simulationsübungen, Planung. Was sich daraus in der Praxis entwickeln würde, war unmöglich vorauszusehen.

Unter der Munterkeit, die in jeder Krise von ihm Besitz

ergriff, pochte und zitterte die Anspannung. Die rauhe Borke einer Tanne, ihr Duft, das Scharren seiner Füße auf der Nadelstreu, deren knisterndes Nachgeben unter seinem Gewicht, waren so intensiv wie ein Blitz. Aber es war nicht nur die biochemische Stimulation, die ihn aufmunterte. Er war unterwegs zu einer Mission, vielleicht seiner letzten, aber bestimmt seiner wichtigsten.

Schweigend gingen er und Aleka den Pfad durch die Wälder und traten hinaus auf die Lichtung. Sie war randvoll mit Schatten. Nur auf den Baumspitzen ringsum und auf der Nase des Raumschiffes glühte noch Licht. Flugbereit im Innern der durchsichtigen, zylindrischen Schutzhülle reckte es seine Torpedoform in die Höhe, um sogar den Mond zu überstrahlen.

Eine Steinmauer sicherte den Schrein. Vor seinem Eingang trug ein zwei Meter durchmessender Block eine Bronzetafel, die einen Bericht über das gab, was Kyra Davis getan hatte. Hier blieben Fireball-Angehörige immer wie vor einem Altar stehen. Kenmuir und Aleka salutierten.

Manchmal gingen jene, die kamen, auch weiter, in das Schiff hinein, zu speziellen Riten oder einfach nur, um es zu warten. Ein paar hatten das erst unlängst getan. Auch sie hatten Umhänge getragen, in ihrem Fall jedoch, um die Ausrüstungsgegenstände und Rationen zu verbergen, die sie an Bord brachten. Matthias hoffte, daß dies keinen Alarm bei den Überwachungsmaschinen auslösen würde – eine weitere Zeremonie, eine weitere Demonstration einer schon seit langem überholten Identität. Kenmuir, der vorausging, gab sich Mühe, langsamer einherzuschreiten.

Ein ständig aktivierter Mechanismus registrierte seine Annäherung und fuhr unterhalb der hinteren Personenschleuse, welche sich öffnete, eine Rampe aus. Der Mann und die Frau stiegen hinauf. Nur einen kurzen Augenblick blickten sie sich nach dem lebenden Wald um und atmeten noch einmal tief. Dann traten sie ein. Das Schleusentor schloß sich, die Rampe wurde eingezogen.

Jenseits der Kammer legte Kenmuir seinen Umhang ab.

Ihn in einem Spind zu verstauen, war ein reiner Reflex; er merkte es und lächelte über sich selbst. Aleka tat es ihm gleich. Beide waren sie in hautenge Trikotanzüge gekleidet, mit denen man direkt in Raumanzüge schlüpfen konnte. Selbst jetzt erregte ihr Anblick ihn. »Komm weiter«, sagte er hastig.

Wenn das Schiff auf seinen Landestützen ruhte, wurden seine Längskorridore zu vertikalen Schächten. Man benutzte fest angebrachte Leitern. Der Aufstieg zwischen den perlgrauen Wänden führte an Sektionen vorbei, aus denen Erinnerungen an die ursprüngliche Pilotin hervorblitzten: verstaute Beschleunigungsliegen, die Tür zur Waschkabine, die zusammengefaltete Mehrzweckküche, der Schrank für die persönlich Habe, ein Multiceiver mit Vivifer, Hobbywerkzeuge, ein zu einem undeutlichen Fleck verblaßtes Familienbild ... Die Luft war dumpfig. Sie würde erst dann frischer werden, wenn die Aufbereitungsanlage und die Ventilatoren ihre Arbeit wieder aufnahmen.

Für ihn war die Kommandokabine archaisch, ein Stück Geschichte, für sie neu und fremdartig, aber im Simulator hatten sie sich beide damit vertraut gemacht. Sie nahmen ihre Plätze vor der Steuerkonsole ein und befestigten ihre Sicherheitsgurte. Sichtschirme und Anzeigen waren leer, die Meßgeräte tot. Kenmuir suchte nach Worten. Alekas Lächeln blitzte angespannt. »Los«, sagte sie. »Alles oder nichts!«

Seine Finger bewegten sich über die Schalttafel. Lichter leuchteten auf, Nadeln zitterten, Zahlen und Grafiken erschienen, der Bugsichtschirm füllte sich mit Himmel. Er vernahm ein Rauschen von Luft, als ob sich irgendwo Lungen regten. Seine Stimme klang unnatürlich laut. »Volle Bereitschaft. Sofortiger Start.«

Die Stimme aus dem Lautsprecher war weiblich, rauchig, Kyra Davis' eigene. So hatte sie es gewollt. »*Salud* ... Es ist lange her ... Sie sind Fremde.« Sein Blick schnellte unwillkürlich zu den Kameras, mit denen der *Gerfalke* ihn beobachtete. Die Stimme wurde fester. »Wir haben keine Startfreigabe.«

Einen Teil ihrer Studien hatten der Sprache gegolten, die in jener Zeit gesprochen worden war. Kenmuir versuchte, eine Aussprache zu formen, die genau genug war, daß der Roboter sie verstand. »Ein Notfall.«

Sensoren schwangen suchend umher. »Hier ist kein Raumhafen. Ein Start unter derartigen äußeren Umständen ist unzulässig. Und ich bin eingeschlossen.«

Es fiel schwer zu glauben, daß dies kein Sophotekt war, bloß ein Roboter ohne bewußten Verstand oder unabhängigen Willen. Er wußte nicht, wie vielen davon er in seinem Leben schon begegnet war, aber das hier war etwas anderes. Hier hatte er es mit einer Maschine zu tun, die mit Kyra Davis geflogen war, ihr gedient, sich mit ihr unterhalten und Spiele mit ihr gespielt, vielleicht ihren geheimen Bekenntnissen gelauscht und sie weinen gehört hatte. Mehr als nur Datenbankeinträge waren zurückgeblieben. Gegen jede Vernunft ging für Kenmuir in diesem Schiff ein Geist um.

Er hatte nicht erwartet, daß es weh tun würde, den Vorrangkode einzugeben.

Er tat es.

Die Befehle sprudelten aus ihm hervor: »Unser Flugziel ist der Mond. Die Hülle besteht aus Hyalon, hart, aber du kannst es durchbrechen, wenn du mit zehn g beschleunigst. Danach flieg mit zwei g weiter. Steuere Luna aber nicht direkt an. Schlag einen Kurs ein, der uns knapp daran vorbeiführt, so, als ob wir uns einen zusätzlichen Gravitationsschub für folgendes Ziel holen wollten –« Er gab zufällig gewählte Koordinaten ein, die sie tief in den Raum weit außerhalb der Ekliptik führen würden. »In etwa einer Stunde werde ich dir das Manöver nennen, das wir wirklich ausführen wollen, und du kannst deine Gegenschubvektoren dementsprechend ausrechnen.« Er hatte keine Lust, es früher zu tun, weil er nicht wußte, was geschehen würde. Bis dahin mochte der ganze Plan fehlgeschlagen sein.

»Bestätigt.« Anzeigen wiederholten die Anweisungen. Sie wurden detaillierter, als die Berechnungen voranschritten. »Ich warne Sie, das ist gefährlich. Meine Stromlinienform ist für solche Himmelskörper wie den Mars oder den Titan ausgelegt, nicht für die Erde. Vielleicht haben sich die Gesetze der Astronautik geändert, während ich geschlafen habe, aber, *hombre*, die Gesetze der Physik ganz bestimmt nicht.«

Wenn sie nur nicht so menschlich, so lebendig, geklungen hätte!

Aleka streichelte die Konsole. »Du schaffst das schon, *Gerfalke*«, sagte sie. »Für Kyra hast du noch viel mehr getan.«

»*Gracias*«, erwiderte die Stimme ebenso warm wie ihre. Energisch: »Start in sechzig Sekunden.«

Kenmuir und Aleka verbrachten sie damit, einander in die Augen zu schauen.

Ein Donner brauste durch ihre Knochen. Der Schub preßte sie tief in ihre Sitze. Dunkelheit senkte sich auf sie herab.

Sie wich wieder. Kenmuir holte keuchend Luft. Die Beschleunigung war auf das doppelte des normalen Wertes zurückgegangen. Sein Blick schweifte über die Sichtschirme. Hinter dem Heck, tief unter ihnen, krönte Feuer die Bäume rings um die geschwärzte Lichtung. Nun, der ökologische Dienst würde es bald genug gelöscht haben. Voraus verfärbte sich der Himmel zu nächtlichem Purpur.

Während er nur halb bei Bewußtsein dasaß, durchstieß der Rumpf den größten Teil der Erdatmosphäre. Die letzten Vibrationen verebbten, der Himmel wurde schwarz, Sterne kamen hervor. Die einzigen Geräusche, die er hörte, waren sein Atem und das Hämmern seines Blutes. Vom Antrieb her stieg kein Geräusch empor. Hier draußen, wo er hingehörte, hatte ein Plasmaantrieb einen zu hohen Wirkungsgrad dafür.

Aleka starrte voraus, schlang die Arme um sich und flüsterte: »Wir sind unterwegs. Wir sind wirklich unterwegs.«

»Für den Augenblick«, murmelte Kenmuir.

Sie nickte. »Die globale Verkehrsleitstelle muß wie ein Hornissennest sein, das jemand mit dem Fuß umgestoßen hat. Warum funken Sie uns nicht an?«

»Dieses Schiff ist nicht in das System integriert«, erinnerte er sie. Zu viele Fakten in zu kurzer Zeit zu lernen. Manche würden nicht sofort kommen, wenn man sie rief. Welche ihm wohl im Augenblick nicht einfielen? »Sie werden das passende Frequenzband finden müssen, und dann werden sie vermutlich ein Wesen mit Eigenbewußtsein an ihr Ende der Leitung setzen.«

In den Heckbildschirmen war der Horizont der Erde ein riesiger saphirblauer Bogen. Er zog sich immer schneller zusammen. Bald würde der Planet ganz in den Rahmen schweben. Wenn er nach dem Wendemanöver mit gleicher Rate abbremste, würde der *Gerfalke* Luna innerhalb von drei Stunden erreichen. Da ihre Körper in guter Verfassung und zudem nanochemisch unterstützt waren, würden seine Passagiere das doppelte Gewicht problemlos so lange aushalten und einsatzfähig ankommen.

Falls sie ankamen.

»Schicke eine Laserbotschaft zum Mond«, sagte Kenmuir und nannte die Koordinaten.

»Zamok Vysoki«, antwortete das Schiff. »Ich erinnere mich ... Bereit.«

»Ian Kenmuir an Lady Lilisaire«, intonierte er. Ein Teil von ihm hätte am liebsten ›Gut gemacht‹ zum *Gerfalken* gesagt, der den Strahl die ganze Zeit über, während ihre Geschwindigkeit rasend schnell zunahm, aufs Ziel gerichtet und Doppler-kompensiert hielt. »Ich bin in Euren Diensten auf dem Weg in den sonnenfernen Raum. Die Verkehrsleitstelle hat etwas dagegen. Verschafft uns die Daten über ihre Manöver, bevor sie eine Nachrichtensperre verhängen. Wenn Ihr könnt, behindert die Verfolgung und ihre Intervention, aber bringt bitte niemanden in Gefahr. Ende.«

Er wußte nicht, ob die Botschaft aufgefangen wurde. Vielleicht waren die Einrichtungen in der Burg von der Gegenseite blockiert oder auf andere Weise unbrauchbar gemacht worden. Sicherlich hörte die Überwachung alles mit; und er hatte keine Möglichkeiten zur Verschlüsselung. Die Erwähnung Proserpinas hätte wahrscheinlich sofortige drastische

Gegenmaßnahmen ausgelöst. Außerdem war das ein Druckmittel, das man besser in der Hinterhand behielt – ein As im Ärmel, hatte Aleka gesagt, wobei sie wohl an ein längst in Vergessenheit geratenes Spiel dachte. Der Zweck von Kenmuirs Anruf war in erster Linie, seine List zu unterstützen. Sollten die Verfolger nur ihre Kräfte konzentrieren und auf einer Bahn beschleunigen, aus der er plötzlich ausscheren würde! Dann blieb ihm vielleicht eine kurze Zeit, um in Dagnys Grabmal einzudringen.

Ein Licht blinkte rot. »Eine Botschaft von der Erde«, teilte das Schiff ihnen mit. »Sie beansprucht höchste Priorität –«

»Verbindung herstellen«, befahl Kenmuir.

Kein Bild erschien. Die Videoformate waren nicht kompatibel. Aber er kannte die Stimme. Nachdem Matthias erkannt hatte, was für eine Art von Agent ihn da besuchte, hatte er heimlich einen seiner Leute alles aufzeichnen lassen, was nur eben machbar war. Die Aufnahme hatte er diesen beiden als Teil ihrer Instruktionen vorgespielt.

»Raumschiff *Gerfalke*, ohne Registrierung, sofort antworten.«

»Hallo, Venator«, sagte der Raumfahrer und hörte, wie seine Begleiterin den Atem anhielt. Venator selbst war nicht besonders überrascht.

»Kenmuir?« Die Stimme war genauso nüchtern. »Ich hatte es mir schon gedacht. Und Gruß, Alice Tam. Zweifellos sind Sie es, die bei ihm an Bord ist.«

Kenmuir bedeutete ihr, nicht zu sprechen. Warum unnötig irgend etwas preisgeben? »Ich nehme an, Sie hätten gerne eine Erklärung.«

»Mehr als das, mein Freund. Erheblich mehr. Haben Sie zwei überhaupt eine Vorstellung davon, was Sie sich eingebrockt haben?«

»Eine öffentliche Untersuchung wird darüber entscheiden, ob wir im Recht sind.«

»Jedermann im Guthrie-Haus wird verhaftet werden, wissen Sie. Sie haben möglicherweise Ihren geliebten Fireball-Treuebund zerstört. Hatten Sie das beabsichtigt?«

Auch Fireball Enterprises hatte sich selbst zerstört, um ein Übel zu Fall zu bringen, dachte der Raumfahrer. Zum ersten Mal fragte er sich, welche Seelenqualen Matthias jetzt wohl ausstand.

»Vielleicht läßt sich doch noch etwas retten«, drängte Venator. »Beenden Sie Ihre Beschleunigung, lassen Sie eine Entermannschaft an Bord kommen, sobald sie die Geschwindigkeit angeglichen hat, und kehren Sie wie vernünftige Menschen zu logischem Denken zurück.«

»Wird die Welt zuhören?« erkundigte sich Kenmuir. »Welche Garantien können Sie uns dafür geben?«

»Keine. So mißtrauisch, wie Sie sind, würden Sie jeden Trick, den wir versuchten, sofort durchschauen. Wie kann ich Sie davon überzeugen, daß dies keine Angelegenheit ist, die an die Öffentlichkeit gehört?«

Kenmuir fletschte die Zähne. »Das wäre schwierig, nicht wahr?« Im stillen dachte er, daß Matthias' Entscheidung im Vergleich mit der, die er treffen mußte, einfach gewesen war. *Waren* er und Aleka im Recht?

»Mit jeder Minute, die Sie verstreichen lassen, stecken Sie tiefer in Schwierigkeiten«, sagte Venator. »Was für einer Sache glauben Sie eigentlich zu dienen? Lilisaires? Was sie vorhat – so haben wir jedenfalls Grund zu glauben – könnte Millionen von Menschenleben kosten. Wollen Sie das auf dem Gewissen haben?«

»Nein. Wenn Sie die Wahrheit sagen. Aber tun Sie das?« Jetzt konnte Kenmuir den Namen aussprechen. »Ihre Leute haben seit Generationen hinsichtlich der Proserpina gelogen.«

»Es gibt gute Gründe dafür, diese Information geheimzuhalten, bis die Welt dafür bereit ist. Ich – nein, der Cyberkosmos würde sich freuen, sie Ihnen unter vier Augen darzulegen.«

»Wird er das? Oder werden wir – meine Partnerin und ich – einfach verschwinden?«

Venator seufzte. »Sie haben zu viele historische Dramen gesehen.« Streng: »Betrachten Sie dies als ein Ultimatum.

Wenn Sie sich jetzt ergeben, ist Gnade möglich, für Sie und für Fireball. Später, so fürchte ich, nicht mehr.«

»Was ist mit den Föderationsstatuten und unseren verbrieften Rechten? Ich wiederhole noch einmal, wir verlangen eine restlose Aufdeckung. Andernfalls machen Sie sich einer schlimmeren Übertretung schuldig, als wir es jemals könnten.«

»Die Föderationsstatuten enthalten Bestimmungen für besondere Notfälle –« Venator brach ab. Nach einer halben Minute, während der die Erde weiter zusammenschrumpfte und Luna wuchs: »Sie sind fest entschlossen.«

»Das sind wir«, sagte Kenmuir zu ihm und zu sich selbst.

»Ihr bisheriger Werdegang deutet darauf hin, daß Sie das auch so meinen. Ich werde nicht zulassen, daß Sie mich durch Gerede hinhalten.« Venator lachte leise. »Ich wünsche Ihnen auch kein Glück. Aber mögen Sie überleben! Ich würde mich gerne einmal offen und ehrlich mit Ihnen unterhalten, von Intelligenz zu Intelligenz. *Ave atque vale*.«

Das Licht erlosch. »Übertragung beendet«, sagte das Schiff.

Noch einmal warf Kenmuir einen Blick auf die Erde. Wenn er nur eine Botschaft hätte ausstrahlen und jene wachrütteln können, die die Freiheit liebten – Aber das Signal mußte über Satellitenrelais laufen, wenn es überhaupt eine Chance haben sollte, gehört zu werden, und die standen unter Überwachung.

Und wie viele Menschen auf dem Planeten würden sich etwas Besonderes daraus machen?

Matthias hatte gesagt, daß er sein ganzes Leben lang gespürt habe, wie die Mauern immer näher rückten. Bis vor kurzem hatte Kenmuir das nicht getan. Wenigstens nicht in der obersten Schicht seines Bewußtseins. Aber tief drunten, hatte da auch er gespürt, daß er eingesperrt war?

War er das?

Er schüttelte die Fragen ab, wie ein Hund das Wasser eines kalten Flusses abschüttelt, und fing an sich loszuschnallen. »Eigentlich müßte es ein ruhiger Flug werden«, erklärte er Aleka, »aber wir sollten doch besser Raumanzüge anlegen, nur für den Fall.« Seinen würde er ganz bestimmt benötigen.

Sie nickte. Bei zwei g fiel das dunkle Haar gerade und dicht an ihrem Gesicht vorbei. »*'Ae.*«

Sie gingen nach hinten. Bevor sie ihre Ausrüstung anlegten, küßten sie sich noch ein paar Minuten.

Als sie zurückkehrten, forderte er Daten über etwaige Verfolger an. Es gab nur wenige, und die mögliche Fehlerquote war hoch, aber die Instrumente schienen doch zwei oder drei Schiffe anzuzeigen, die sich in einem Abfangkegel für seinen Kurs in den sonnenfernen Raum bewegten. Wie sie den *Gerfalken* aufhalten wollten, ohne ihn zu rammen, wußte er nicht. Aber es waren moderne Konstruktionen mit erheblich größeren Beschleunigungsreserven. Wenn nötig konnten sie ihn jagen, bis er seine Reaktionsmasse verbraucht hatte, und dann längsseits gehen.

Er begann die detaillierten Anweisungen einzugeben, die es Aleka ermöglichen würden, das Kommando zu übernehmen. »Ich hoffe, ich bin im Umgang mit dir nicht allzu unbeholfen«, sagte er in seinen Kommunikator, impulsiv und töricht.

»Sie besitzen nicht Kyras Geschicklichkeit«, antwortete der *Gerfalke*, »aber Ihre Hände fühlen sich beinahe so an wie ihre.«

43

Das Schiff näherte sich Luna.

Inzwischen war es den Verfolgern sicherlich klar, daß sie getäuscht worden waren und dies in Wirklichkeit sein Ziel war. Aber sie konnten es nicht aufhalten. Alle Raumfahrzeuge, die es hätten abfangen können, waren jetzt zu weit entfernt, um noch rechtzeitig anzukommen. Es existierten auch keine Raketen, denen es nicht hätte ausweichen können. Die wenigen, die auf dem Mond stationiert waren, waren langsam und für unwahrscheinliche Ziele wie etwa einen großen Planetoiden auf einer bedrohlichen Umlaufbahn gedacht. Die Einheiten der Gendarmerie und der Friedensbehörde waren zweifellos in höchster Alarmbereitschaft, aber das hatte keinen unmittelbaren Nutzen.

Der Augenblick kam, als Aleka in die Augen hinter Kenmuirs Helmscheibe blickte und über Funk sagte: »*Aloha*. Hoffen wir, daß es nicht für immer ist. Du bist ... für mich zu mehr als einem Freund geworden, weißt du das?« Er fand keine Worte, konnte bloß lächeln und mit einem Handschuh ihre Hand berührten, bevor sie ihrer getrennten Wege gingen.

Wartend, in eine Luftschleusenkammer eingeschlossen mit einer Antriebseinheit und ihrem Massetank, die bei dieser Beschleunigung so schwer waren, daß er sich dagegenlehnen mußte, fühlte er einen schwachen Stoß und nach ein oder zwei Minuten noch einen. Aleka hatte ihre Köder losgeschickt. Er malte sich aus, wie die Trägermodule abbremsten und an weit verteilten Punkten auf der Oberfläche niedergingen – Punkten, die nicht weit von selenarchischen Festungen entfernt waren. Er stellte sich Aleka vor, die zurück zur Kommandokabine hastete, um nach Zamik Vysoki zu übermitteln: *Lilisaire, laßt diese Zylinder von jemandem bergen, bevor es die Gegenseite tut.* Es ließ sich nicht sagen, ob die Lunarierin oder irgendein anderer Lunarier diese Botschaft erhielten oder imstande waren, auf sie hin zu handeln, oder gewillt, es zu versuchen. Aber es sollte die Regierungseinheiten ablenken. Mit ein wenig Glück dürfte sein Ausstieg ihrer Aufmerksamkeit entgehen.

Natürlich würden sie ihre Radargeräte und anderen Detektoren ununterbrochen auf dieses Schiff gerichtet halten. Allerdings hatte es seinen Rumpf so gedreht, daß man ihn möglicherweise nicht bemerken würde, wenn er es verließ. Wenn aber trotzdem zufällig ein Strahl hinterher über ihn hinwegstrich, konnte er darauf hoffen, daß das Programm ihn als kosmisches Trümmerstück ansehen und auch weiterhin das Schiff verfolgen würde.

Es mochte sein, daß der Plan nicht funktionierte. Egal, wie sorgfältig er und der *Gerfalke* die Chancen auf der Grundlage der zur Verfügung stehenden Daten berechnet hatten, es blieb doch ein Hasardspiel.

Wie das Leben überhaupt.

Das Gewicht verschwand. Mit abgeschaltetem Antrieb schwang das Schiff mit kaum mehr als der niedrigsten möglichen Umlaufgeschwindigkeit um Luna herum. Er spürte den Pulsschlag der Luftpumpe, die die Kammer entleerte. Das Licht der Deckenbeleuchtung schrumpfte zu einer Pfütze zusammen, mit vagen Reflektionen an den Seitenwänden, als die Diffusion abnahm. Er spannte die Muskeln. Zeit zum Start. Eine nachtwandlerische Ruhe ergriff von ihm Besitz.

Das äußere Schleusentor öffnete sich. Sternerfüllte Dunkelheit quoll in dem Portal auf. An dem Handgriff, den er packte, zog er sich zur Kante und drückte seine Sohlen gegen die kleine Plattform des Personenkatapults. Seine freie Hand tastete nach dem Auslöser. Die Plattform neigte sich und schleuderte ihn ruckartig weg.

Sich langsam überschlagend, sah er das Universum rotieren, Milchstraße, Erde, Mond. Die Sonne durchquerte sein Blickfeld, und sein Helm verdunkelte sich, um die Augen zu schützen, verwandelte die Scheibe in stumpfes Gold, eine Münze, auf der die Flecken als eine Prägung erschienen, die er nicht lesen konnte. Zuerst ragte der *Gerfalke* gewaltig neben ihm auf. Das Schiff entfernte sich mit mehreren Metern pro Sekunde von ihm: der Geschwindigkeit, die er im Verhältnis zu ihr gewonnen hatte. Es war immer noch riesengroß vor den Sternen, als er zu dem Schluß kam, daß es sicherer für ihn sei, seinen Raketenantrieb zu zünden, aber jetzt sah er es ganz, schlank und wunderschön.

Aleka aber war in seinem Inneren eingesperrt, Aleka, die am liebsten auf dem Meer gestorben wäre, während der Wind ihr Haar liebkoste.

Kenmuir machte sich an die Arbeit.

Der Rahmen der Antriebseinheit ragte mit einem Ausläufer um ihn herum, der die Kontrolltafel vor seiner Brust trug, eine unpassend fröhliche Anordnung farbiger Lichter. Er gab den Befehl ein, die Drehbewegung zu kompensieren. Ein kurzer Schub stabilisierte den Himmel um ihn herum. Der Computer der Einheit war vergleichsweise simpel, aber ausreichend für die anstehenden Aufgaben. Die Erde verfestigte sich zu einem dicken, zerbrochenen Stück blau-weißen Glases. Luna füllte ein Viertel des Firmaments aus, ihre Nachthälfte wie ein Loch in die Unendlichkeit, ihre Taghälfte gnadenlos hell erleuchtet, runzelig, narbig und bekleckst. Ohne Optiken sah er keine Spur von Menschenwerk. Sein Gedächtnis hätte ihm Städte zeigen können, riesige Blumen, Vögel und Gleitflieger über einem See, Lilisaire; aber ihm fehlte die Zeit, um sich zu erinnern.

Er entfaltete seine Navigationsausrüstung, spähte und vermaß, identifizierte drei Landmarken und gab ihre Positionsdaten in den Computer ein. Nach einer Weile wiederholte er es, um auf diese Weise die Informationen für den Computer zu erhalten, die dieser benötigte, um Kenmuirs Position, Höhe und Vektorfunktion zu berechnen. Radar wäre besser gewesen, genauer, aber das wagte er nicht zu riskieren. Er hatte bereits die Koordinaten eingegeben, bei denen er landen wollte. Jetzt tastete er den Befehl ein, die Schubdüsen zu zünden.

Die Antriebseinheit brachte ihn in die gewünschte Lage. Die Akkumulatoren fingen an, ernsthaft Energie abzugeben. Aus einem Massetank, der so breit wie er und halb so lang war, schossen drei Strahlen hervor. In einiger Entfernung vor den Düsen bildete sich eine Kondenswolke – dieses System war nicht so effizient wie eine nuklearbetriebene Plasmadüse und auch bei weitem nicht so leistungsstark –, aber die Wolke war dünn, aus der Nähe kaum sichtbar und löste sich rasch auf. Kenmuir spürte, wie sein Gewicht langsam zurückkehrte. Immer schneller entfernte sich der *Gerfalke* von ihm, wurde zu einem Spielzeug, einem Edelstein, einem Stern, und war verschwunden.

Während der nächsten halben Stunde hatte er wenig mehr zu tun, als weitere Positionsbestimmungen vorzunehmen und von der Einheit seine Flugparameter entsprechend korrigieren zu lassen. Die Beschleunigung nahm zu, bis sie sich bei ungefähr einem g stabilisierte; danach verringerte sich die Ausströmrate im gleichen Verhältnis wie die Masse. Ungeachtet der damit verbundenen körperlichen Belastung hätte er es vorgezogen, schneller zu fliegen, aber die Festigkeit des Rahmens war beschränkt. Außerdem wäre er dann mit einem fast leeren Tank und nahezu erschöpften Akkumulatoren angekommen.

Seine Gedanken schweiften ab. Aleka – Bald würde sie in einen lunasynchronen Orbit eintreten. Dieser würde nicht direkt über ihn hinwegführen, aber sie würde an seinem Himmel sein. Sobald er landete, würden vielleicht noch neunzig Minuten übrig sein, bis das erste der mit Vollschub zurückkehrenden Schiffe der Behörde sie erreichen konnte. Bis dahin mußte sie längst verschwunden sein.

Lilisaire – Es wäre merkwürdig, wenn ein paar Stränge ihres Netzes sich nicht bis in die Polizei und die Behörde erstreckten, selbst jetzt noch, selbst jetzt noch. Es sei denn, man hatte sie verhaftet – und er war sicher, daß sie Vorkehrungen getroffen hatte, das an das gesamte Sonnensystem hinauszuposaunen – wußte sie, wo der *Gerfalke* war und daß diese Sache irgendwie sie betraf. Was sie deswegen unternehmen konnte, vermochte er nicht zu sagen. Wenn sie sie für ein oder zwei Stunden beschäftigt halten konnte, würde das sehr hilfreich sein. Sicher, es würde die Liste der Anklagen gegen ihn und sie und Fireball noch weiter verlängern ... Er verscheuchte die bösen Vorahnungen.

Annie – Ein wehmütiger Geist. Er warf einen flüchtigen Blick auf die Erde und hoffte, daß das Leben gut zu ihr war.

Die Zeit verstrich. Langsam, während er tieferging, flog er von einer Nacht auf eine andere zu.

Seine Annäherung war mehr auf Geheimhaltung berechnet als auf Treibstoffersparnis. Beobachtungssatelliten machten ihn zweifellos ganz genau aus, wie sie praktisch alles ausmachten, wenn sie mit maximaler Verstärkung arbeiteten, aber eigentlich sollte er unauffällig sein, unbedeutend, nichts, was eine Alarmmeldung von diesen Robotern auslöste, besonders, wenn sie auf Geschehnisse irgendwo anders ausgerichtet waren. Der Krater Tycho schob sich über den Horizont.

Inzwischen war er so tief, daß er ihn nicht als Schüssel, sondern als Berg sah, schwarz und riesenhaft vor den Sternen. Obwohl die Sonne im frühen Morgen stand, blieb die Westseite in der Dunkelheit. Wie eine langsam zurückweichende Flut lief der Schatten an ihm herab und über das Land. Den ersten flüchtigen Blick auf die Gestade des Tages erhaschte Kenmuir weit entfernt zu seiner Rechten und zu seiner Linken. Im Näherkommen verlor er diesen Anblick wieder aus den Augen und sah nur noch die Sterne und die abnehmende Erde. Immer noch strahlend stand der Planet auf halber Höhe am Nordhimmel in seinem letzten Viertel. Blau-weißes Licht flutete über ausgedehnte terrassenförmige Hänge. Strahlenartige Spritzer machten das zerklüftete Terrain darunter heller. Er fand sein Ziel und landete per Handsteuerung.

Kurzzeitig wirbelte rings um ihn herum Staub auf und raubte ihm die Sicht. Von keiner Luft gehindert, sank er wieder zu Boden; das Material von Anzug und Helm stieß ihn ab; und Kenmuir schaute hinaus über einen Sims ein Stück den Ringwall hinunter, eine lange und breite, mit Narben bedeckte ebene Fläche, über der im Osten nächtlicher Fels und überall sonst das Firmament aufragte.

Das Nachknistern der Düsen verklang in seinen Ohren. Stille hüllte ihn ein. Nachdem er sich von der Antriebseinheit und dem Tank gelöst hatte, fühlte er sich in der Mondschwerkraft federleicht, beinahe körperlos. Sein Anzug, die Luftaufbereitungsanlage und die anderen Geräte waren von geringer Masse und eng anliegend, homöostatisch, mit Servogelenken und Tastverstärkung, fast eine zweite Haut. Er nahm seinen Gerätetornister ab. Eigentlich hätte er ihm ebenfalls nicht schwer vorkommen dürfen; aber er sah den darübergeschnallten Vorschlaghammer, Kälte streifte ihn, und einen Augenblick lang konnte er die Last nicht heben.

Aber es mußte getan werden. Er schulterte sie und machte sich auf den Weg. Staub stieg in kleinen Wölkchen unter seinen Füßen auf, bis er zu der Straße kam, die die Erbauer vom Innern des Kraters aus den Ringwall hinunter geschnitten hatten. Sie war kaum mehr als ein schmaler Pfad aus verdichtetem Regolith und wurde nur noch von wenigen Pilgern benutzt, aber der Kosmos würde noch eine Weile brauchen, um sie auszulöschen.

Vor ihm lag das Grabmal. Manche behaupteten, daß die Bewußtseinskopie, die hier ruhte, befohlen habe, daß es schlicht sein sollte. Sieben Meter breit, erhoben sich vier Wände aus weißem Stein senkrecht so hoch hinauf zu einem leicht geneigten Dach, daß an jeder Seite die klassischen Proportionen des Goldenen Schnittes gewahrt blieben. Eine bronzene Flügeltür an der Stirnseite wies dieselben Proportionen auf. Darüber war der Name DAGNY EBBESEN BEYNAC eingemeißelt. Das genügte.

Kenmuir blieb vor dem Eingang stehen. Für eine Minute außerhalb der Zeit vergaß er alle Eile, vergaß er seine Not, und war nur *hier.* Mauern und Metall schimmerten schwach unter der Erde und den Sternen.

Es war, als ob die Stille sich vertiefe. Mit einem Schaudern holte er den Schlüssel heraus, den Lars Rydberg heimlich angefertigt und mit zurückgebracht hatte. Er preßte ihn gegen das Schloß. Das Programm erinnerte sich an den Kode. Ein Zeiger drehte sich nach unten. Als er zog, schwangen die Flügel der Tür schwerfällig vor der Nacht auf, die im Innern herrschte. Er festigte sein Herz und schritt zwischen ihnen hindurch.

Zuerst war er blind, allein mit seinem Pulsschlag. Dann stellten sich seine Augen um. Licht fiel herein, streifte gerade noch einen Altarblock in der Mitte. Seine rechte Hand hob sich an seinen Helm, ein Fireball-Gruß.

Aber Beeilung jetzt, Beeilung. Er nahm den Tornister ab, stellte ihn hin, holte eine Lampe hervor, schaltete sie ein und ließ sie zu seinen Füßen stehen. Die Helligkeit nahm schlagartig zu, von scharfkantigen Schatten zerschnitten. Zwei Objekte standen auf dem Block. Eines war eine Begräbnisurne, schlank und würdevoll; er dachte wieder an den *Gerfalken*. Das andere war eine Bewußtseinskopie in ihrem Gehäuse.

Beeilung, Beeilung. Beobachte, arbeite beim Schein der Helmlampe, führe die nötige Entweihung aus und zermalme das Schuldgefühl unter deinem Absatz; später wird es unverletzt wieder auferstehen.

Ein Meßgerät zeigte an, daß die Energiezelle der Bewußtseinskopie erschöpft, aber intakt war, eine Erleichterung für Kenmuir, obwohl er einen Ersatz dabei hatte. Mit Hilfe eines handgearbeiteten Anschlußstücks, das in die veraltete Fassung paßte, schloß er einen Akkumulator an, um sie wieder aufzuladen. Während das geschah, machte er sich daran, das neuronale Netzwerk zu reaktivieren. Um zu verschleiern, was er zu tun unterlassen hatte, hatte Lars Rydberg heimlich ein Umgehungsprogramm eingegeben. Im Guthrie-Haus war ein Gegenmodul vorbereitet worden, welches Kenmuir jetzt einsetzte. Danach legte er ein Funkgerät auf den Altar, fand die passende Stelle am Gehäuse und stellte eine Verbindung her. Nun konnten er und sie durch die Leere um sie herum miteinander sprechen.

Er berührte den letzten Schalter, trat zurück und erschauerte.

Licht strahlte grell von unten herauf, von der Vorderseite des Blocks reflektiert, so daß die Urne und die Bewußtseinskopie in Dunkelheit getaucht waren. Aus dieser heraus, Zentimeter um Zentimeter, zitterten die Augenstiele aufwärts. Linsen funkelten, suchten um und um das Grabmal ab.

Nach einer ihm endlos erscheinenden Zeit vernahm Kenmuir die Stimme, die Stimme einer Frau, so zaghaft und kraftlos, als erreiche sie ihn über einen Abgrund hinweg, schleppend und stockend. »Mon ... Nein, Lars, ach, Lars ...«

Er hatte nicht vorausgesehen, mit welcher Macht der Schmerz ihn zusammenkrampfen würde. »Vergeben Sie mir«, krächzte er.

»Uncans!« schrie Dagny.

»W-was?«

»Dunkel, dunkel und dunkel –« Verzweiflung wich Zärtlichkeit. »Weine nicht, mein Schatz. Mutter ist hier.«

Kenmuir nahm all seine Willenskraft zusammen. »Lady Beynac, vergeben Sie mir«, brachte er heraus, so gut, wie er ihre Sprache eben hervorbringen konnte. »Ich mußte Sie zurückholen.«

»Wo sind meine Arme?« wehklagte sie, während die Augenstiele hin und her peitschten. »Ich werde dich hochnehmen und dich hätscheln, Baby, mein Baby, aber wo sind meine Arme? Meine Lippen, Mon?«

»Ich habe Sie um Ihres Volkes wegen zurückgeholt«, sagte Kenmuir, »Ihr Blut und seines« und fragte sich, ob er log.

»Das Blut floß heraus. Als sie mir meinen Raumanzug auszogen. Es war überall.«

»Das war – vor langer Zeit –«

»Die kleine Juliana, sie war ganz blutig ... Nein, nicht Juliana. Es würde sie ja niemals geben, oder? Jetzt nicht mehr.« Die Bewußtseinskopie wimmerte.

Sie erinnerte sich an irgend etwas aus der Vergangenheit, begriff Kenmuir. Aber an was? Konnte sie sich an noch mehr erinnern? »Lady Beynac, bitte hören Sie mir zu. Bitte.«

»Es braust«, murmelte Dagny.

Ein beschädigter Schaltkreis, dachte Kenmuir. Anscheinend erzeugte er ein Signal, das das Bewußtsein – was immer von dem Bewußtsein übrig war – als Rauschen wahrnahm.

Der Klang in seinen Ohrhörern wurde sanfter. »Das Meer braust. Brecher. Wind. Salz. Treibholz wie riesige Knochen. Hier, ein Seeigel. Für dich, Uncans.« Sie lachte, leise und liebevoll.

»Mylady«, flehte Kenmuir, »wissen Sie, wo Sie sind? Wer Sie sind?«

»Lars –« Die Augenstiele kamen zur Ruhe. Er spürte, wie sie ihn anstarrte. Er spürte Messer in seinem Fleisch. »Aber Sie sind nicht Lars«, sagte sie tonlos. »Sie sind niemand.«

»Mein Name –«

»Lars, du hast mich doch terminiert. Oder nicht?«

Hoffnung flackerte auf, sehr schwach. Kenmuir holte Luft. »Ich muß Ihnen sagen – Aber ich bin als Freund gekommen. Auf dem Mond braucht man wieder Ihre Hilfe.«

Eiseskälte antwortete. »Eigentlich sollte es kein ›Wieder‹ mehr geben.«

»Ich fürchte –«

Plötzliche Güte: »Haben Sie keine Angst. Die hatte Mon auch nie. ›'ölle und Teufel‹, pflegte er zu rufen und dann drauflloszustürmen.«

Nach allem greifend, was sich bot, erwiderte Kenmuir: »Wie Anson Guthrie. Auch noch, nachdem er ... so geworden war wie Sie.«

»Sigurd hatte auch nie Angst«, sang Dagny leise. »Er liebte die Gefahr. Er lachte mit ihr. Nicht über sie, mit ihr. Das ist Kaino, wissen Sie.«

»Ja«, sagte Kenmuir schwerfällig. »Ihr Sohn.«

»Sie sind tot. Sie starben auf toten Felsbrocken im sonnenfernen Raum. Mon und Kaino sind tot.«

»Ich weiß.« Verzweifelt: »Deswegen bin ich hier. Sie, Sie haben weitergemacht. Sie haben weitergelebt, für all die anderen.«

Die Bewußtseinskopie begann zu singen, leise und in Moll:

»He is dead and gone, lady,
He is dead and gone;
At his head a grass-green turf;
*At his heels a stone.«**

* »Er ist tot und begraben, Lady, / Er ist tot und begraben; / Zu Häupten grasgrüner Rasen; / Zu seinen Füßen ein Stein.« *(A. d. Ü.)*

Sie hielt inne. »Nur – dort draußen wächst gar kein Gras.«

»Vielleicht wird es das eines Tages«, sagte Kenmuir. »Wenn Sie uns helfen, dieses eine letzte Mal.«

Die Augen standen unbeugsam vor, die Stimme wurde hart. »Lars hat es versprochen.«

»Das hat er. Aber –«

»Zu Mon, sagtest du, Lars. Ich würde dort hingehen, wo Mon ist.«

»Er hoffte es, mit seinem ganzen Herzen hoffte er es.«

Sie lachte. Er hörte die Bitterkeit heraus. »*Estúpido*. Dagny ist dort hingegangen. Sie hatte die Freiheit dazu. Gespenster haben sie nicht. Wie könnten sie ein Geburtsrecht besitzen? Sie wurden ja nie geboren.«

»Sie *sind* Dagny Beynac«, sagte er in ihre Verwirrtheit hinein. »So, wie Anson Guthrie, die Bewußtseinskopie, Anson Guthrie ist. Der Mensch, sein Geist.«

Augenstiele bebten, die Stimme belebte sich. »Guthrie? Uncans? Er existiert noch?«

»Nicht hier«, seufzte Kenmuir. »Weit weg, bei Centaurus. Es sind Jahrhunderte vergangen, Madame Beynac.«

»Und der Wind wehte und wehte«, murmelte sie.

»Jahrhunderte.«

Sie schien ihn nicht zu hören. »Aus einer Geschichte, die ich einmal las, als ich ein Kind war. Von Lord Dunsany. Sie henkten einen Straßenräuber draußen auf der Heide und ließen ihn alleine dort zurück. Und der Wind wehte und wehte.«

Hol ihre Aufmerksamkeit zurück, sorg dafür, daß sie bei der Sache bleibt. »Ja, Lars Rydberg hat das Wort gebrochen, das er Ihnen gab. Auf eine Art. Er hoffte, daß Sie für immer in Frieden ruhen würden, wie Sie es sich wünschten, daß niemand Sie würde aufwecken müssen. Aber ich mußte es. Für einen Augenblick nur, einen einzigen Augenblick. Eine einzige Frage.« Die Zeit wehte vorüber. Wie viele Minuten blieben ihm wohl noch?

»Wo ist dein Gesicht, Mon?« Die Stimme brach. »Ich kann mich nicht mehr an dein Gesicht erinnern.«

»Eine einzige Frage nur, und *ich* werde Ihnen Frieden schenken. Aber jetzt, sofort, oder es ist sinnlos.«

»Mon, ›Du bist Dagnys Sohn‹, sagtest du zu Lars, Mon. ›Verdammt, du sollst immer 'ier willkommen sein.‹« Wie hätte eine Bewußtseinskopie weinen sollen?

Und Lars hatte sie beide betrogen, dachte Kenmuir. Oder etwa nicht?

Wie von den Sternen jenseits der Tür drang plötzlich eine Idee zu ihm. »Ich habe Bilder von ihm gesehen, von Edmond Beynac. Sein Gesicht war breit und knochig, mit hohen Wangenknochen und grünen Augen.«

»Ja!« schrie Dagny. »Ja! Ach, Mon, willkommen daheim! *Bienvenu, mon chéri!*«

Bleib dran. »Er hat den Weg zur Proserpina gezeigt.«

»Hölle und Teufel, ja, das hat er.«

Kenmuir sprach schnell, aber wie er zu einem geliebten Menschen gesprochen hätte. »Ich flehe Sie an, hören Sie mir zu. Ihr Volk, seine und Ihre Nachkommen, sie brauchen die Proserpina jetzt, sie brauchen sie fürchterlich dringend, und sie ist in Vergessenheit geraten. Erinnern Sie sich daran, wie sie zu finden ist?«

Unwille blitzte auf. »Dafür haben Sie mich geweckt?«

Er stand aufrecht vor ihren Augen da. »Ja. Auch wenn Sie mir nicht vergeben können, werden Sie mir trotzdem helfen?«

Plötzlich hörte er Wärme. »Ich habe Mon wiedergefunden. Dafür danke ich Ihnen.«

»Werden Sie es mir sagen?«

»Werden Sie mich zu ihm heimschicken?«

»Ja.« Er bückte sich zu seinem Tornister hinunter, löste gewisse Knoten und hob den Vorschlaghammer in seinen Händen. »Ich habe das hier mit.« Er mußte jedes einzelne Wort aus seinem Mund rammen.

»Dann rasch«, flehte sie, »bevor ich ihn wieder verliere.«

Er konnte nichts mehr sagen. Das Schweigen hüllte sie beide ein.

»Weit, weit weg«, seufzte sie, »ein langer Weg, um zu sterben. Aber Proserpina bringt den Frühling mit. Apfelblüten hinter Daddys und Mutters Haus ...«

Glitt sie zurück in ihren Alptraum? »Die Bahnelemente!« schrie Kenmuir.

»Still«, gebot sie ihm. »Mein Höhlenmensch jagt sie für mich.«

Er wartete. Durch die offene Tür schauten die Sterne zu.

»Ja«, sagte Dagny. »Hier sind sie. Danke, alter Bär.« Sie sagte die Zahlen her. »Haben Sie sie?«

»Ja, ich habe sie«, antwortete er: auf einem Recorder und eingegraben in seinem Gehirn.

»Gut«, sagte sie ruhig. »Und nun Ihr Versprechen.«

Tödliches Entsetzen griff nach ihm. »Wollen Sie wirklich –?«

»Für mich«, sagte sie. »Und für Lars.«

»Dann schulde ich es Ihnen«, hörte er sich sagen. Seine Hände schlossen sich hart um den Stiel. »Adieu, Mylady.«

»Leben Sie wohl«, sagte sie, als sei es ein Segen. Ihre befehlsgewohnte Stimme erschallte: »Jetzt!«

Er schwang den Hammer hoch über seinen Kopf hinauf und wieder nach unten, mit aller Kraft. Das Gehäuse war stabil, aber es war nicht dafür konstruiert, solche Schläge auszuhalten, und die Strahlung hatte es geschwächt. Organometall zersplitterte. Eisen zermalmte Schaltkreise.

Er warf den Hammer weg und taumelte aus dem Grabmal hinaus. Die Sterne loderten.

Nein, er durfte nicht weinen, er durfte sich nicht in seinen Kummer verkriechen, noch nicht. Der *Gefalke* und Aleka waren dort oben. Er schaltete sein Funkgerät ein. Sie konnten ihn über die Zehntausende von Kilometern dazwischen empfangen, und jetzt machte es nichts mehr aus, daß andere zuhörten. »Bist du da?« rief er. »Bitte kommen, bitte kommen.«

»Ja«, antwortete die teure Stimme. »O Liebling, du bist verletzt.«

»Zeichne das hier auf.« Er ratterte die Zahlen herunter. »Hast du sie?«

»Ja –«

»Dann los.«

»Aloha au iā 'oe«, hörte er. »Ich liebe dich.« Er konnte es nicht sehen, aber er konnte sich vorstellen, wie das Raumschiff vorwärtsdrängte.

Er sackte auf dem Regolith zusammen und wartete auf Venators Männer. Die Sonne ging über dem Ringwall auf.

44

Das Schiff der Friedensbehörde flog mit einem halben g der Erde entgegen.

Es war groß, mit Raum für mehrere Kabinen. Kenmuir war allein in eine davon gesteckt worden. Die Tür war abgeschlossen. Seine Wächter hatten ihm gesagt, daß, wenn er irgend etwas brauchte, er über die Gegensprechanlage darum bitten könne, aber bisher war das nicht der Fall gewesen. Was er am meisten wollte, war, allein zu sein.

Na ja, er hätte schon gerne einen Sichtschirm gehabt, damit er hinaus zu den Sternen schauen konnte. Beengt und kahl, pferchte ihn der Raum mit seinen Gedanken zusammen ein.

Zum hundertsten oder tausendsten Mal fragte er sich müde, wie es zu all dem gekommen war, wie er sich in einen Rebellen und Mörder verwandelt hatte. Warum nur? Er hatte es niemals beabsichtigt oder vorhergesehen. Die Ereignisse schienen eine eigene Dynamik entwickelt zu haben, beinahe einen eigenen Willen. War das das Wesen der Menschheitsgeschichte? Chaos – seltsame Attraktoren – wie viel davon verstand das Terabewußtsein selbst? Und wie viel Gott?

Die Tür fuhr auf. Sie schloß sich wieder, nachdem eine blau gekleidete Gestalt eingetreten war. Kenmuir erhob sich von der ausgeklappten Koje. Ein paar Sekunden lang standen sie reglos da: zwei große, hagere Männer, einer dunkel, einer bleich.

»Gruß, Kapitän Kenmuir«, sagte der Neuankömmling im Anglo der östlichen Hemisphäre.

»Sie sind Pragmatist Venator, nicht wahr?« erwiderte der Gefangene. »So treffen wir uns also endlich.«

Der Offizier nickte. »Ich möchte mich mit Ihnen unterhalten, solange wir es noch unter vier Augen tun können.«

»Unter vier Augen? Ihre Maschinen sehen und hören auch jetzt zu, dessen bin ich mir sicher.«

»Es sind auch Ihre Maschinen.« Die der Menschheit.

»Wir irren uns beide. Sie gehören niemandem.« Roboter, die Sophotekten Bericht erstatteten, welche letzten Endes Facetten des höchsten Intellekts waren.

»Das ist kein Widerspruch«, sagte Venator. »Ihre Partnerin gehört Ihnen, und Sie gehören ihr, aber keiner von Ihnen beiden wird dadurch zu Eigentum.«

In Kenmuir regte sich etwas. Er hatte sich emotional leer gefühlt; aber er stellte fest, daß er sich wieder Sorgen machen konnte. »Was ist mit Aleka? Was können Sie mir über sie sagen?« Was *werden* Sie mir sagen?

Venator hob die Augenbrauen. »Aleka? ... Ach ja. Alice Tam. Sie lebt, und es geht ihr gut.« Ein Lächeln blitzte auf. »Viel zu gut. Das ist es, worüber ich in erster Linie mit Ihnen sprechen möchte, wenn Sie dazu imstande sind.«

Kenmuir zuckte die Achseln. »Ich bin dazu imstande, aber nicht unbedingt willens. Die Polizisten auf Luna waren ... nicht unfreundlich. Man hat mich medizinisch behandelt, und ich bin ausgeruht.« Körperlich wenigstens. Das Bewußtsein, die Seele – Die Unruhe ließ nach. Er fiel in den Zustand innerer Losgelöstheit zurück, der ihn in letzter Zeit erfüllt hatte, sei es, weil er, ohne es zu wissen, mit Tranquilizern ruhiggestellt worden oder weil sein Geist erschöpft war; er stand neben sich, ein cartesianisches Bewußtsein, das beobachtete, wie sein Schicksal sich entfaltete.

»Sollen wir uns setzen?« schlug Venator vor.

»Nicht nötig.« Kein Bedürfnis.

»Möchten Sie vielleicht eine Erfrischung? Wir haben viel zu besprechen.«

»Nein, ich möchte nichts«, nichts, was sie ihm an Bord geben konnten.

»Bitte, Sie können sich darauf verlassen, daß Sie in keiner Gefahr sind«, sagte Venator. »Sie befinden sich in zivilisierter Obhut.« Die Miene wurde düster, der Tonfall nüchtern. »Vielleicht zivilisierter, als Sie es verdienen.«

»Über Recht oder Unrecht können wir später diskutieren, oder?«

Venator versuchte es wieder mit Sanftheit. »Ich glaube, daß wir mehr tun werden, als nur zu diskutieren, Kapitän. Aber, gewiß, wir sollten das Empirische zuerst erledigen. Würden Sie mir verraten, warum, hm, Aleka Sie nicht mitgenommen hat, als sie entkam?«

»Ist das nicht offensichtlich? Ich hätte mich in eine sichere Entfernung zurückziehen und dann zum Schiff laufen müssen, woraufhin sie hätte abheben müssen. Es hätte uns eine ganze Stunde gekostet. So viel Zeit hatten wir nicht.«

»Offensichtlich, ja. Eine Stunde mit zwei g bedeutet zusätzliche sieben Kilometer pro Sekunde. Ich wollte nur den Grad Ihrer Entschlossenheit sondieren. Ich nehme nicht an, daß Sie mir verraten werden, wohin sie unterwegs ist?«

»Das kann ich nicht. Sie und das Schiff haben es gemeinsam festgelegt, nachdem sie mich abgesetzt hatten.«

»Wie ich erwartet hatte«, sagte Venator ruhig. »Was Sie nicht wissen, kann man auch nicht aus Ihnen herausholen. Nicht, daß es etwas ausmacht. Man kann Vermutungen anstellen. Das Ziel ist eindeutig nicht der Mars, was sowieso eine riskante Wahl wäre. Mehrere Asteroiden sind möglich, oder, durchaus denkbar, ein von Lunariern besiedelter Jupitermond. Jetzt ist sie auf Kurs, spart Treibstoff und hält sich dadurch alle Möglichkeiten offen. Wenn sie nicht zu fürchten beginnt, daß wir zu ihr aufschließen könnten, und erneut beschleunigt, wird sie eine Weile brauchen, um zu erreichen, was immer sie als Ziel im Sinn hat.«

Woraufhin sie in Kommunikationsreichweite sein würde.

Über zwei oder drei Astronomische Einheiten hinweg würde der antiquierte Laser des *Gerfalken* keine verständliche Botschaft abstrahlen können; seine Funksprüche würden einen hochverstärkenden Empfänger benötigen; und wer dort draußen würde nach dem einen oder anderen davon aushorchen? Aus der Nähe würde Alekas Absicht, Kontakt aufzunehmen, unverkennbar sein. Es war sogar möglich, daß sie landete.

»Ihr Plan hat funktioniert, so phantastisch er auch war«, fuhr Venator fort. »Ich denke, er hat funktioniert, gerade *weil* er so phantastisch war. Wir können sie nicht einholen, bevor sie ihre Mission abgeschlossen hat, und wir versuchen es auch gar nicht mehr.«

Ja, dachte Kenmuir, dafür hatten er und sie eine annehmbare Wahrscheinlichkeit geschätzt. Die wenigen Schiffe der Vollstreckungsbehörden waren weit über das Sonnensystem verstreut, weil ihre üblichen Aufgaben darin bestanden, einfach nur Personal zu befördern oder manchmal in Not Geratenen zu Hilfe zu eilen. Außerdem galt die Falken-Klasse selbst heute noch als besonders leistungsstark. Inzwischen waren es vor allem Roboter und Sophotekten, die den Weltraum durchquerten. Sie verlangten nur selten energieverschwendende Geschwindigkeiten. Es waren die Menschen, die kurzlebig und ungeduldig waren.

»Verstehen Sie, wir wollen sie nicht dazu provozieren, daß sie sich beeilt«, erläuterte Venator. »Wir brauchen Zeit, um Sie beide von der Sinnlosigkeit Ihres Handelns zu überzeugen, damit Sie aus freien Stücken davon ablassen.« Er runzelte die Stirn. »Überlegen Sie nur einmal. Glauben Sie wirklich, daß die Bekanntgabe der Existenz eines Kleinplaneten draußen zwischen den Kometen Sie zu Helden macht? Denken Sie darüber nach. Ihre brutale Zerstörung der Beynac-Bewußtseinskopie wird die Weltöffentlichkeit schockieren.«

Kenmuir seufzte. »Ich habe der Polizei doch gesagt, daß ich es ihr versprechen mußte.«

»Mußten Sie das Versprechen denn unbedingt halten?«

Kenmuir nickte. »Sie war schon einmal betrogen worden.«

Für einen Augenblick war Venators Lächeln unangenehm. »Zu Ihrem Vorteil, wie sich herausstellte.«

Kenmuir setzte ein Grinsen auf und fuchtelte in der Zelle umher. »Das hier?«

»Ich wollte damit nicht sagen, daß Sie auf persönlichen Gewinn aus waren«, sagte Venator. »Ich gestehe, daß Ihre Motive mich verwirren, und nehme an, daß sie auch Sie verwirren.«

Einmal mehr hatte Kenmuir das Gefühl – Unsinn, schrie seine Vernunft, aber die Empfindung wollte nicht weichen –, daß er und Aleka die Werkzeuge irgendeiner großen, blinden Macht gewesen waren und daß diese noch nicht mit ihnen fertig war, und sie selbst zu ihren Urquellen zählten. Aber er hielt sich besser an die unmittelbaren Gegebenheiten. Er konnte sich das Bedürfnis des Jägers nach einer Unterhaltung zunutze machen.

»Wie ist die Situation auf Luna?« fragte er. Die Beamten, die ihn vernommen hatten, hatten ihm darüber nichts mitgeteilt.

Venators Stimme und seine Haltung entspannten sich. »Nun«, sagte er, als ob es interessant, aber von geringer Bedeutung wäre, »Lady Lilisaire hat uns erheblichen Ärger gemacht, an dem sich verschiedene ihrer Kollegen schadenfreudig beteiligt haben. Glücklicherweise haben wir wesentliche Sach- oder Personenschäden auf beiden Seiten vermieden, und jetzt hat sich die Lage wieder beruhigt. Offiziell stehen sie unter Hausarrest. In der Praxis ist das, was wir haben, wohl eher ein unsicherer Burgfrieden. Was sich daraus entwickelt, wird weitgehend von Ihnen abhängen, mein Freund.«

»Wie das?«

Venator wurde ernst. »Sie können das, was Sie in Gang gesetzt haben, immer noch aufhalten. Tam hat unsere Funksprüche ignoriert, aber der *Gerfalke* muß sie registriert haben und wird sie zweifellos über alle informieren, die von Ihnen kommen.«

»Was könnte ich ihr zu sagen haben?« Nicht, in der Gegenwart von Maschinen, daß er glaubte, sie zu lieben.

»Sie, und nur Sie allein, können Sie dazu bewegen, zurückzukommen und das Geheimnis der Proserpina zu wahren.«

»Warum sollte ich das tun?«

»Anklagen können fallengelassen werden, das wissen Sie, oder es kann eine Begnadigung gewährt werden.«

Wieder verspürte Kenmuir eine Gefühlsregung. Der durchdringendste Anteil davon war Zorn. »Schauen Sie mal«, erklärte er, »ich habe nie vorgehabt, als Märtyrer dazustehen, und sie auch nicht. Wenn und falls die Nachricht bekannt wird, wird das Sonnensystem entscheiden, ob wir falsch gehandelt haben. Trotz –« seine Stimme stockte »– der Bewußtseinskopie – wenn auch diese Geschichte erst einmal geklärt ist ... wage ich auf eine Begnadigung durch die gesamte menschliche Rasse zu hoffen.«

»Verschonen Sie mich mit solchen Phrasen«, spottete Venator. »Sie haben sich ausgerechnet, daß die Regierung in einer so schwierigen Position sein wird, daß ihr bester Schachzug sein wird, Gesetzesverletzungen stillschweigend und ohne Strafe durchgehen zu lassen, während die radikaleren Lunarier sich darauf vorbereiten, zur Proserpina auszuwandern. Im Gegenzug werden Sie darauf verzichten, die Unregelmäßigkeiten zu betonen, die wir vielleicht begangen haben.«

Kenmuir nickte. »Ja, das ist so ungefähr das, was wir anstreben.«

»Ich habe erfahren, daß Sie an Geschichte interessiert sind«, sagte Venator. »Verraten Sie mir doch einmal, bei wie vielen Regierungen in der Vergangenheit wäre diese Überlegung rational gewesen?«

Überrumpelt, stand Kenmuir wortlos da, bevor er murmelte: »Ich weiß es nicht. Vielleicht bei keiner.«

»Korrekt. Sie wären inzwischen längst tot, es sei denn, wir hätten uns dazu entschlossen, Sie zuerst zu foltern. Wenn unser Geheimnis verbreitet würde, würden wir die unruhigen Lunarier mit Gewalt niederwerfen, sie wenn nötig sogar ausrotten. Der Bevölkerung würden wir erklären, daß die Bekanntgabe eine Lüge sei, die ihr Übeltäter euch ausgedacht habt. Als nächstes würden wir den Leuten in beträchtlicher und rührseliger Ausführlichkeit erzählen, was für einen Dienst wir ihnen dadurch geleistet hätten, daß wir diese Staatsfeinde unterdrückten. Aber die meiste Propaganda würden wir gar nicht selbst herausgeben. Jede Menge Journalisten und Intellektuelle wären nur zu erpicht darauf, sich lieb Kind zu machen, indem sie sie fabrizierten und sie verbreiteten. Viele von ihnen würden es sogar ehrlich meinen.«

»Ja ...«

»Wie die Dinge liegen, sind Sie sicher, während Tam frei herumläuft, weil wir nicht damit gerechnet hatten, daß jemals wieder größere Kriegswaffen benötigt werden könnten. Das haben Sie dem Cyberkosmos zu verdanken, Kenmuir. Sie könnten ruhig etwas mehr Vertrauen, etwas mehr Dankbarkeit zeigen.«

»Aber Sie haben gegen die Föderationsstatuten verstoßen!« protestierte der Raumfahrer. »Und – und –« Und was? Ein wie schreckliches Vergehen war es eigentlich, eine Information geheimzuhalten?

»Notlagen können immer eintreten«, sagte Venator. »Ich hoffe, Sie davon überzeugen zu können, bevor es zu spät ist.«

»Angenommen, Sie schaffen es«, erwiderte Kenmuir verstört. »Wie kann ich Aleka überzeugen?« Jedes Kennwort oder dergleichen hätte man durch Drogen oder Brainphasing aus ihm herausgeholt haben können. Jedes Bild von ihm konnte ein Kunstprodukt sein, in dieser Welt, in der so große Bereiche der Realität virtuell waren.

Venator zögerte. Als er sprach, tat er es langsam und bedächtig; und verzog sich das schmale Gesicht nicht in innerer Not? »Sie sollte Ihnen eigentlich zuhören und vertrauen, oder etwa nicht? Was die Frage betrifft, woher sie wissen soll, daß wirklich Sie es sind –« Er schaute zur Seite, als wünsche er sich, durch das Metall hindurch auf die Sterne und die Erde zu blicken. »Meine Intuition sagt mir, daß Sie beide sich lieben. All die kleinen Intimitäten, die Körpersprache, die bei Ihnen als Paar einzigartig ist, Ereignisse, die der eine vergessen hat, bis der andere ihn daran erinnert, die Ganzheit, die selbst in einer so kurzen Zeit, wie Sie sie miteinander verbracht haben, entstanden ist – wenn wir diese Menge an Daten aus Ihnen herauspreßten, würde der Prozeß Sie als eine leere Hülle zurücklassen. Und könnten wir ein adäquates Programm schreiben, um es gemeinsam mit einem künstlich generierten Abbild einzusetzen? Vielleicht könnte das Terabewußtsein es. Vielleicht auch nicht. Ich wage zu behaupten, daß es Ihr Gehirn umprogrammieren könnte, so daß Sie zu seinem Verehrer würden, und das inbrünstig, aus eigenem Entschluß, was immer es wollte.«

Er hob eine Hand. »Seien Sie unbesorgt«, sagte er. »Abgesehen von unserer Ethik, die es uns verbietet, ein Bewußtsein zu zerstören, werden wir daran durch die Tatsache gehindert, daß wir nicht genug Zeit haben, weder um eine überzeugende Imitation von Ihnen herzustellen noch um Sie zu verändern. Sie sind nicht elektrophotonisch, Sie sind organisch und darum mit der Trägheit aller materiellen Dinge behaftet. Molekulare Wechselwirkungen laufen mit Geschwindigkeiten ab, die durch die Gesetze des Universums begrenzt sind, und die hat das Terabewußtsein nicht aufgestellt.«

Seine Fäuste ballten sich an seinen Seiten. »Erklären Sie das Aleka. Sie wird Sie an dem erkennen, was Sie miteinander teilen, an all dem, was ich mir selbst versagt habe.«

Er lächelte und schloß leichthin: »Nicht wahr, es entbehrt nicht einer gewissen Ironie, daß der Cyberkosmos in dieser letzten Stunde an die älteste, primitivste Macht in allen empfindungsfähigen Lebewesen appellieren muß?«

Kenmuir fuhr sich mit einer trocken gewordenen Zunge über die Lippen. »Falls Sie mich tatsächlich anwerben können.«

Venator blickte ihn offen an und antwortete: »*Ich* kann das nicht. Ich bringe Sie jetzt zum Terabewußtsein.«

45

Ein riesiger und dämmriger Raum – eine Kammer? Der Blick reichte nicht bis zu seinen Höhen und Enden. Glühende Linien wölbten sich in Bögen hoch hinauf und wieder hinunter, manche dicht beisammen, manche meterweit auseinander. Aus der Entfernung gesehen verschmolzen sie zu einem verschlungenen Muster, einer Hieroglyphe, die Kenmuir unbekannt war.

Die Luft war ohne Wärme oder Kälte oder Geruch oder Klang.

Er war hier erwacht, nachdem er in dem Zimmer in der Zentrale eingeschlafen war, in das Venator ihn geführt hatte. Ohne Vorwarnung, aber irgendwie nicht überrascht, sah er sich halb liegend in einem Netz ausgestreckt, von dem eine Reihe von Anhängseln die Verbindung mit Füßen, Händen, Stirn und Schläfen herstellten. Seine Haut und seine Kleidung wurden entweder angeleuchtet oder schimmerten schwach weißlich. Eine große Ruhe überkam ihn, und doch hatte er sich noch nie so bewußt und aufmerksam gefühlt, so völlig Herr über Geist und Körper. Er spürte gleichsam jeden kleinsten Fluß durch Blutgefäße, Nerven und Gehirn. In feierlichem Ernst wartete er auf das, was da kommen sollte.

Ihm gegenüber lag Venator genauso da; aber obwohl die Augen des Jägers offen waren, wirkten sie blind, und sein Gesicht war zu einer Maske geworden. Was sah er jetzt, welchen Wissens war er teilhaftig geworden?

Der Anwesenheit des Terabewußtseins, dachte Kenmuir, der Nähe der großen Zentralmaschine, nur daß das Terabewußtsein keine einzelne Maschine oder ein einzelnes Lebewesen war. Es war der Apex des Cyberkosmos, sein lenkender Höhepunkt, so wie das menschliche Gehirn es für den menschlichen Organismus war. Nein, eigentlich auch das nicht. In gewisser Weise kamen alle Maschinen von ihm her, wie die Menschen und Götter von Brahma, und die Seelen seiner Synnoionten sehnten sich heim nach ihm.

Aber hier gab es keine statische Finalität, wußte Kenmuir. Dies war nicht das, was künstliche Intelligenzen, die sich darangemacht hatten, eine oberste Künstliche Intelligenz zu schaffen, hervorgebracht hatten; es war der Cyberkosmos als Gesamtheit, *in steter Evolution begriffen*. Schon jetzt überstiegen seine Gedanken alle menschliche Vorstellungskraft. Wie weit würden sie wohl in weiteren hundert oder in einer weiteren Milliardc Jahren über die derzeitige Vorstellungskraft des Cyberkosmos selbst hinausgehen?

Venators Lippen teilten sich. »Ian Kenmuir«, sagte er würdevoll. Sprach das Terabewußtsein durch ihn, wie durch ein Orakel?

»Ich bin bereit«, antwortete Kenmuir. Er hatte keinen Ehrentitel hinzuzusetzen; jeder wäre eine Farce gewesen.

»Sie wissen, daß Sie weder Sophotekt noch Synnoiont sind. Sie sind ein Außenstehender. Darum werde ich das sein, was es zwischen uns an Verbindung geben kann.«

Hätte die unsichtbare Präsenz Kenmuir andernfalls mehr bieten können als einen Vortrag, eine Vorführung, ein Schattenspiel? Durch Venator, dessen Fleisch das eines Menschen war, mochte er vielleicht imstande sein, zu erfassen, zu fühlen, was das Nichtmenschliche allein niemals ganz vermitteln konnte.

»Fragen Sie, was Sie wollen«, sagte die Stimme.

»Du weißt, was uns hier zusammengeführt hat«, erwiderte Kenmuir ebenso ruhig. »Warum hast du die Existenz der Proserpina verheimlicht?«

»Die Antwort ist vielschichtig.«

Und wird sie wahr sein? fragte sich ein rebellischer Teil von ihm.

»Sie sollen ihre Wahrheit selbst beurteilen«, sagte die Stimme.

Eine selbstverständliche Wahrheit, am Ende eines Pfades logischer Argumentation? Aber konnte er jenem Pfad folgen, immer höher hinauf bis zu seinem Ende? »Ich höre. Ich sehe.«

So etwas wie ein Ausdruck huschte über Venators Antlitz

und durch seine Stimme. Ein Schmerz, eine Sehnsucht? »Wir haben eine gemeinsame Erinnerung, Sie und ich.«

Leuchtend inmitten der Dunkelheit das Bild Lilisaires, so lebendig, daß Kenmuir selbst in diesem Augenblick noch den Atem anhielt. Das Kleid raschelte und kräuselte sich um ihre schlanke Gestalt herum. Katzenhaft drehte sie sich um, um ihn anzuschauen. Dunkelrot und flammenrot fiel ihr Haar über die weißen Schultern, vorbei an der zarten blauen Ader an ihrer Kehle. Sie lächelte ihn mit den großen, schrägstehenden, changierenden gold-grünen Augen und mit den Lippen, an die er sich so gut erinnerte, an. Schnurrte sie, rief sie?

Weitere Bilder erschienen, flackerten auf und verschwanden. Es war kein Dokument, keine Szenenfolge oder Montage, es war ein Strom von Träumen, um ihn zu erwecken. Unter seiner Ruhe schmerzte es. Er hatte sich nicht gewünscht, ihre Liebhaber zusammenzuzählen, ihre Verrate, die Männer, die sie getötet hatte und die Männer, die sie hatte töten lassen, die Männer, die sie heiratete und in ihr Netz einspann, die Männer, die sie ihrem Willen unterwarf oder Wege entlanglockte, auf denen sie sich verirrten, die Eigensinnigkeit, die bald eisig und bald wieder lodernd, aber stets ohne Berechnung oder Mitleid war, die Tatsache, daß sie barbarisch war.

»Wunderschön, schrankenlos ehrgeizig, unendlich gefährlich«, murmelte die Stimme.

»Nein«, bestritt Kenmuir. »Das kann nicht sein. Eine einzelne sterbliche Frau –«

»Eine, die die Umstände zur Verkörperung ihres Blutes gemacht haben.«

Bilder aus der Geschichte. Lunarische Arroganz, Unnachgiebigkeit, offene Gesetzlosigkeit angesichts unversöhnlicher Weltraumintrigen, Morde, schrecklicher Bedrohungen. Die souveräne Selenarchie, die ihre Nation von der Einheit der Menschheit abgesondert hielt. Rinndalirs Plan, die gesamte Weltordnung zu zerstören, nur um eben dieser Zerstörung willen. Niolentes Entfachen von Revolten auf der

Erde und eines Krieges auf dem Mond, ihr Tod wie der eines in die Enge getriebenen Tieres und in den Trümmern ein Geheimnis, das ihre Blutlinie über Jahrhunderte hinweg gewahrt hatte. Lilisaire, wieder Lilisaire.

»Nein!« rief Kenmuir, als seine innere Gelassenheit zerbrach. »Ich werde nicht eine ganze Rasse verurteilen!« Er schluckte. »Ich kann nicht glauben, daß du das tun würdest.«

»Niemals. Verfluchen wir den Blitz oder den Tiger? Auch sie gehören zum Leben.«

Als nächstes handelte der Traum von einer Welt. Ein Blitzstrahl wandelte Stickstoff um, der einen Wald ernährte. Unter den Blättern schlug ein Fleischfresser seine Beute und hielt dadurch eine Herde gesund, so daß ihre Anzahl nicht größer wurde, als das Land ohne Probleme ernähren konnte. Das Meer, das manche Schiffe untergehen ließ, trug alle anderen, und in seinen Tiefen schwammen Wale, über deren Köpfen Flügel schlugen. Tote Körper vermoderten, um als Gras und Blumen wiedergeboren zu werden. Schnee fiel, um unter dem Einfluß des Frühlings zu schmelzen und ihn mit dem nötigen Wasser zu versorgen.

Ein gespenstisches Bild zog vorüber, Wüste, Fels, der nackt aufragte, wo gepflügter Boden weggespült und davongeweht worden war. Ein Fluß strömte mit Gift gesättigt dahin. Luft zerfraß Lungen. Horde um Horde verwüstete die Menschheit alles um sich herum, wie selbst eine Heuschreckenplage es nie getan hatte, und wo früher einmal Singvögel genistet hatten, liefen jetzt Ratten durch die Gassen und Kloaken.

Aber das war vorbei, oder wenigstens fast vorbei, und die Erde erblühte von neuem. Es war der Cyberkosmos gewesen, der die Wälder und ihre Tiger gerettet hatte – ja, menschliche Entschlossenheit war auch vonnöten, aber nur durch Technik ließ sich der Wandel ohne Katastrophe bewerkstelligen, und der Cyberkosmos behielt den Willen, durch seine Ratschläge und seine immer sichtbareren Siege über die Verwüstung die Menschen für diesen Wandel empfänglich zu machen.

Wieder ragte der Tiger in Kenmuirs Gesichtsfeld auf. Der bunte Wechsel endete. Er lag unter den leuchtenden Bögen und hörte: »In gleicher Weise sollte das Volk der Lunarier, das so vieles geschaffen hat, was großartig und erhaben ist, seine Fähigkeiten mit denen der restlichen Menschheit vereinigen, nicht nur um das menschliche Geschick zu erschaffen, sondern auch, um es zu sein.«

Obwohl wieder Friede in ihn eingekehrt war, diente dieser immer noch seiner Ichbezogenheit, seinem Bewußtsein. »Das ist wahr, aber genügt es auch? Warum muß jeder unserer Zweige in die gleiche Richtung wachsen? Und welche Richtung ist das?«

»Keine einzelne. Was immer an mannigfaltigen Richtungen Sie und Ihre Nachfahren wählen. Denken Sie zurück. Wer wird heute noch zu etwas gezwungen? Ist die Erde nicht so vielfältig wie nur je zu einer früheren Zeit, oder noch vielfältiger?«

Ja, pflichtete Kenmuir bei: und nicht nur in den Gesellschaften und nicht genötigten Individuen, sondern in der Reichhaltigkeit und Fülle der rings um den Globus wiederhergestellten Natur, vom Eisbären auf dem Polareis bis zu Bison und Antilope auf den Prärien, von den Falken, die sich emporschwangen, bis zu den Pfauen im Dschungel, von der Palme bis zur Pinie, vom Berggipfel bis zu den Tiefen des Meeres: lebendig, lebendig.

Die Stimme fuhr fort: »Sollten aber nicht Vernunft, Mitgefühl und Ehrfurcht euch leiten? Sonst seid ihr weniger als Affen, denn Affen handeln wenigstens gemäß ihrem Geburtsrecht, und zu eurem Geburtsrecht gehört es, zu denken.«

Kenmuir kam nicht umhin, sich daran zu erinnern, was sonst noch angeboren und ein wie dünner Schimmer darüber das Bewußtsein war. Aber in diese Bereiche wollte er sich nicht verirren. *Wende dich wieder der Frage zu, die dich hierhergeführt hat.* »Warum willst du nicht, daß die Existenz der Proserpina bekannt wird? Fürchtest du dich vor ein paar Lunariern auf einem fernen Asteroiden?«

So lächerlich das auch klang, beinahe bedauerte er, es ausgesprochen zu haben. Dann entschied er, daß es wohl am besten war, wenn er es loswurde.

Die Antwort kam ernst. Er dachte, daß das Terabewußtsein es nicht nötig hatte, so zu poltern wie der Gott Hiobs; es konnte sich Geduld, ja Liebenswürdigkeit, erlauben. »Natürlich nicht – für sich genommen. Was aber zu fürchten ist, ist der Geist, der wieder zum Leben erweckt werden würde. Letzten Endes liegt das Schicksal immer beim Geist.«

»Ich, ich verstehe nicht«, stammelte Kenmuir. Damit konnte nicht irgendeine ›Geist über Materie‹-Absurdität gemeint sein.

»Der faustische Geist. Er ist nicht tot, nicht ganz, hier auf der Erde; er lebt, im Verborgenen und unerkannt, in den Lunariern weiter; und auf Alpha Centauri feiert er seinen triumphierenden Sieg.«

Kenmuir wußte nicht, ob die Vision der Demeter aus der Dunkelheit oder aus dem Gedächtnis vor ihm auftauchte. Wie oft hatte er sich mit diesen Bildern, die von den Kolonisten über Jahre und Lichtjahre hinweg übermittelt worden waren, angefüllt? Wie sehr war der Neid ein bitterer oder wehmütiger Teil seines Wesens? Verloren in dem Traum, konnte er nur fragen: »Was stimmt dort nicht?« – denn alles, was er sah, war Erhabenheit, Mut und unabwendbare Tragik.

»Es war, es ist ein Geist, der keine Grenzen akzeptiert, der kein Ende oder Kontrolle für seine Wünsche und Bestrebungen kennt. Die Vorfahren der Menschen dort draußen wollten nicht ihren Frieden mit den Mächten machen, die sie daheim gekränkt hatten, obwohl man ihnen Frieden anbot. Sie waren nicht imstande dazu, weil sie nie zufrieden waren. Deshalb beschlossen sie, lieber wegzugehen, über eine Brücke, die sie hinter sich abbrachen, zu einer Welt, von der sie wußten, daß sie zum Untergang verurteilt war. Jetzt wollen ihre Nachkommen dieses Schicksal nicht akzeptieren.«

»Aber was können sie sonst tun?« seufzte Kenmuir. Was

sonst, als sich zu fügen und wenigstens einen gewissen Trost aus der Tatsache zu schöpfen, daß ihre Auslöschung noch Jahrhunderte in der Zukunft lag? Es hatte alle Ressourcen erfordert, über die Fireball in seiner Blütezeit verfügte, um ein paar Körper im Kälteschlaf über den Abgrund dazwischen zu schicken. Auf Centauri konnten sie auch nicht mehr tun als das; und es sei denn, eine Handvoll von ihnen kehrten nach Sol zurück, würde jede solche Anstrengung vergeblich sein. Die Entfernung zur nächsten so gerade noch bewohnbaren Welt war zu groß; die Strahlung während der Reise würde irreparable Schäden verursachen. Bewußtseinskopien konnten hinfliegen, ja. Die von Guthrie forschte dort draußen zwischen jenen Sternen. Aber es gab nur sehr wenige Menschen, die zu Bewußtseinskopien werden wollten. Jene, die es wollten, konnten ebensogut bei der Sonne bleiben, wo sie waren, gemeinsam mit den Lunariern auf ihren Asteroiden: eine Ansiedlung, die so bedeutungslos war, wie Rapa Nui es in der Einsamkeit des Pazifik gewesen war, nachdem die Kanus nicht mehr segelten.

»Sie wissen es noch nicht«, sagte die Stimme, »aber sie finden gerade einen Weg zur Rettung.«

»Woher weißt *du* das?« erkundigte sich Kenmuir. »Dir ist es doch egal, oder?«

»Zugegeben, das Terabewußtsein erzählt ihnen durch den Cyberkosmos, so wie es das auch den Menschen daheim erzählt, daß es sich nicht mehr besonders für sie oder für irgend etwas anderes aus dem empirischen Universum interessiert. Das ist nicht ganz so. Auch wenn die grundlegenden Gesetze der Physik inzwischen bekannt sind, die Permutationen von Materie und Energie sind es nicht. Deshalb erforschen Sonden weiter den interstellaren Raum. Was die Centaurier betrifft, so werden sie von Mikrosonden beobachtet, ohne daß sie es merken.«

Der Stich ging Kenmuir durch und durch. Also log der Cyberkosmos?

Friede strömte heilend in die Wunde. Es mußte einen berechtigten Grund geben, den er zu gegebener Zeit erfahren würde. Welcher Mensch war immer offen und ehrlich, vielleicht besonders jenen gegenüber, die er liebte? Tatsächlich ist die Vorspiegelung eine grundlegende Notwendigkeit des Denkens. Man bildet dreidimensionale Planeten auf zweidimensionalen Oberflächen ab; und selbst das ist eine Vereinfachung, denn die Karte ist keine euklidische Ebene. Um ihre kurzfristigen Umlaufbahnen zu berechnen, verwandelt man diese Planeten in geometrische Massepunkte und ignoriert alles andere in der Galaxis. Man gründet eine Körperschaft und behandelt sie rechtlich als eine Person. Man spricht von einer Gemeinschaft oder der menschlichen Rasse, obwohl es nichts gibt außer Individuen. Man spricht von Individuen oder von sich selbst, obwohl der Körper sich aus vielen verschiedenen Organismen zusammensetzt und das Bewußtsein eine Gruppe fortlaufender Interaktionen ist …

»Und wir hören ja auch direkt etwas von ihnen«, bemerkte er.

Wie begierig er sie auch studiert hatte, war er sich bis zu diesem Augenblick nicht so ganz bewußt gewesen, wie selten diese Nachrichten kamen, wie spärlich sie waren. Zuerst waren sie umfangreich gewesen und in beide Richtungen hin- und hergegangen, aber später – Nun ja, dachte er, es würde nicht schwer gewesen sein, die Kolonisten von weiteren Sendungen abzuhalten. Es gab so viel anderes, was sie beschäftigte. Und was das Sonnensystem betraf, so waren auch hier die Leute völlig in ihre eigenen Probleme verstrickt und hatten fast vergessen, daß es jenseits davon noch eine Grenze oder unerforschte Bereiche gab … »Sie sind gerade dabei, eine Symbiose –« keine Synnoiose »– zwischen … Leben und Maschine zu entwickeln?«

»Ja. Demeter Mutter.«

Diesmal waren die Visionen deutlicher, und sie dauerten für ihn lang genug, um sie zu erfassen; und sie sprachen. Sie sprachen von einem anderen und unirdisch fremden System, einem Biokosmos, der eine vollständige Einheit mit der zugrundeliegenden Ökologie bildete. Dort war der höchste Geist nicht kybernetisch, sondern menschlich: Bewußtseinskopien, die auf diese Weise ins Leben zurückgekehrt waren, eine Gäa*, nicht transzendent, sondern in sich selbst enthalten und ihrer selbst bewußt. Sie bewachte und lenkte das Leben. Sie *war* das Leben.

– Hinterher flüsterte Kenmuir: »Was ist daran so furchtbar?«

»Es ist das, was die auf Centauri retten wird«, antworteten Venators Lippen. Seine Augen blieben blind, außer dem gegenüber, was immer sich in seinem Inneren bewegte. »Die Mutter wird erkennen, daß sie etwas vollbringen kann, was heute noch unmöglich ist: eine Persönlichkeit aus einer Bewußtseinskopie in wiedererschaffenes Fleisch zurückzuübertragen. Demeter der Planet muß sterben, aber die Saat Demeters wird sich zwischen den Sternen ausbreiten.«

Schauer durchliefen Kenmuir kalt.

»Ja«, sagte die Stimme – traurig? – »Sie sind inspiriert, Sie sind von Staunen gepackt.«

Wieder regte sich Trotz. »Warum sollte ich das nicht sein?«

»Die Vision, die Tat, ist durch und durch faustisch. Und die Besiedlung der Proserpina würde es ebenso sein: von einer weitaus geringeren Größenordnung, aber im selben Geiste, und nicht Lichtjahre von hier entfernt, sondern hier, zu Hause, in Angriffsreichweite zur Erde.«

Kenmuir spürte, daß sein Gesicht Verblüffung zeigte.

»Passen Sie auf«, sagte die Stimme. »Eure Art hat immer gekämpft, wie Leben es muß, um zu überleben und sich weiterzuentwickeln. Aber, und das ist einzigartig, ihr habt eure Verhaltensweisen nicht an die Wirklichkeit angepaßt, ihr habt die Welt verändert, damit sie sich an euch anpaßt. Ihr habt das Feuer und die Früchte des Feldes und die wilden Tiere gezähmt, ihr habt geforscht, ihr habt erfunden, ihr habt euch über den gesamten Planeten ausgebreitet. Jahrhundert für Jahrhundert wurden die Landschaften ganzer

* Gäa oder, nach der englischen Schreibweise, Gaia: Griechische Göttin der Erde *(A. d. Ü.)*

Länder zu Schöpfungen nicht der Natur, sondern ihrer menschlichen Bewohner umgestaltet.

Und doch war da immer auch ein Gefühl von Grenzen, von Demut, von Furcht vor den Göttern und vor der Nemesis, die auf die Hybris folgt. Ihr lebtet im Kreislauf der Jahreszeiten, im Wissen um eure Sterblichkeit, und wenn ihr saht, wie eine althergebrachte Weltordnung zerbrach, beklagtet ihr sie. Eindringlinge, die mordeten, brandschatzten und versklavten, hatten ihre eigenen Ordnungen, ihre eigenen Frömmigkeiten. In jedem Mythos, nach dem ihr lebtet, war die Warnung vor einem zu hohen Streben, einem zu großen Stolz enthalten.

Aber dann erhob sich der faustische Geist. In der Geschichte schließt Faust einen Handel mit dem Bösen ab, um schrankenlose Macht zu erringen. Am Ende verliert er seine Seele. Aber es gibt eine Fortsetzung, in der er zurückkommt und sich freikauft, nicht durch Reue, sondern indem er ein Ingenieurwerk in Angriff nimmt, das die Wasserfluten zurückhält und sie dazu zwingt, dem Befehl des Menschen zu gehorchen.

Dennoch entwickelte sich die faustische Zivilisation von der Bescheidenheit ihrer Kindheitsanfänge weg. Ihre Mathematik griff hinab bis zum Infinitesimalen und hinaus bis zum Infiniten und Transfiniten. Ihre Physik erforschte das Atom und die Sterne. Ihre Biologie verschob das Leben vom Mysterium zur Chemie und machte zuletzt die Seele zu einem Prozeß, der sich kopieren ließ. Währenddessen eroberte sie die Welt und wandte sich dem Mond und den Welten dahinter zu.

Es war, es ist dieser Geist, der keine Grenzen kennt, der keine Beschränkungen anerkennt, der tut, was er will, weil er es will, und der dann Ausschau nach neuen Siegen hält, die er erringen kann.

Er begrub alles andere unter sich, zermalmte jede kleine, schüchterne Andersartigkeit, schuf den totalitären Staat und löschte beinahe die Rasse aus.«

Eine Zeitlang lag Kenmuir stumm da und sammelte seine Worte, bevor er erwiderte:

»Nein, das kann ich nicht akzeptieren.« Er konnte nichts anderes tun, als dem Terabewußtsein seinen äffischen Verstand gegenüberzustellen. »Du beziehst dich auf das, was aus Europa gekommen ist, den christlichen Westen, nicht wahr? Nun, selbst auf seinem Höhepunkt war er nie schlimmer als der Rest, er hatte einfach nur mehr Macht. Und diese Macht erhielt er von der Wissenschaft, die sie hervorgebracht hatte und die zugleich die Macht war, um Krankheit und Hunger ein Ende zu bereiten, um die physikalische Welt zu verstehen und herauszufinden, wie man sie retten konnte. Alle anderen hatten die Natur ebenfalls zerstört, langsamer zwar, aber ohne irgendeine Möglichkeit, die Schäden wieder rückgängig zu machen. Dies war die Zivilisation, die die Sklaverei abschaffte und die Frauen den Männern gleichstellte. Es war die Zivilisation – der Geist, würdest du sagen –, die die unveräußerlichen Rechte des Individuums formulierte, das Recht auf Leben, Freiheit und das Streben nach Glück. Sie schenkte uns die Planeten und kann uns immer noch die Sterne schenken.«

Er hatte nicht gewußt, daß er so sprechen konnte. Er war kein großer Redner. Was für unmerkliche Kräfte durch seine Haut in ihn einströmen mochten, um wachzurufen, was immer latent in ihm vorhanden gewesen war? Das Terabewußtsein spielte fair, dachte er.

»Was Sie sagen ist so wahr wie das, was Sie gehört haben«, antwortete die Stimme. »Trotzdem bedeutet es Zwietracht, Kampf und Chaos bis in alle Ewigkeit.«

»Was sonst – was würdest du wollen?«

»Einssein. Harmonie. Frieden. Die Noosphäre und am Ende den Nookosmos.«

Wieder eine Geistererscheinung, ein Traum. Unsterbliche Intelligenz, die sich auf ewig selbst transzendierte, bis ihre Schöpfungen und Erkenntnisse es mit dem gesamten materiellen Universum aufnahmen.

Noch viele Jahrmilliarden mußte sie forschen, entdecken, Anregungen aus diesem Kosmos ziehen. Die Schicksale der Galaxien waren bisher noch nicht berechenbar. Schon jetzt aber schien das Gesetz, dem sie unterworfen waren, klar zu sein; nur seine mannigfaltigen Ausformungen blieben rätselhaft, und mit jeder neuen Erfahrung würde die Fähigkeit zunehmen, die nächste vorherzusagen.

Mit immerwährender Beharrlichkeit breitete sich die sophotektische Saat in die Zukunft hinein aus. Sie brauchte keine Planeten, keine Ausgangsbasen, keine Eroberungen, nichts als winzige Bröckchen an Substanz, mit denen sie ihre Art reproduzieren konnte. Und jede von diesen Pflanzstätten, jeder Cyberkosmos und jedes Terabewußtsein, war mit dem Rest verbunden. Mit Lichtgeschwindigkeit benötigte eine Kommunikation quer durch eine Galaxis Zehntausende von Jahren, eine Kommunikation zwischen Galaxien gar Millionen; aber es gab die Geduld, die aus Selbstsicherheit entspringt, und es gab keinen Tod mehr.

Der Weltraum expandierte weiter. Die Sterne wurden alt. Der letzte von ihnen flackerte noch einmal auf und erlosch. Die Kälte näherte sich dem absoluten Nullpunkt. Was noch an freier Energie übrigblieb, tröpfelte aus der langsamen Auflösung von Schwarzen Löchern und Materieteilchen. Genauso langsam mußte die Intelligenz diese Energie verbrauchen; ein Gedanke mochte eine Milliarde Jahre währen, bevor er vollendet war. Und doch führte gerade dieses Tempo die Bewußtseine der Galaxien zusammen. Sie waren nicht weiter voneinander entfernt als die Dauer eines Gedankens. Während die Jahrbillionen sich auftürmten, verringerten sich für sie die trennenden Abstände grenzenlos. Sie verbanden sich zu einem einzigen, alles überragenden Intellekt, der die Wirklichkeit ausfüllte. Das Universum war weder tot noch dunkel. Es lebte und strotzte vor Geist.

Gewißheit ist nicht absolut. Entgegen unserer derzeitigen Beweise und Ansichten mag es sein, daß der Kosmos ein Ende seiner Expansion erreicht und wieder in sich zusammenfällt. Die Intelligenz wird trotzdem unsterblich sein. In der endlichen Zeit bis zur Singularität kann eine unendliche Zahl von Ereignissen stattfinden, eine Unendlichkeit von Gedanken gedacht und eine Unendlichkeit von Träumen geträumt werden. Ob die Verwandlung nun in eisiger Erstarrung oder Feuer vor sich geht: Das Bewußtsein wird fortbestehen und sich auf ewig weiterentwickeln.

Lange, lange vor jenem Zeitpunkt wird sich seine Aufmerksamkeit von der Schmetterlingspuppe aus Materie und Energie gelöst haben. Es wird alle Dinge kennen, die existieren, und alle, die möglich sind; es wird über sie nachgedacht und sie liebevoll beiseite gelegt haben. Seine eigenen Werke – Kunst, Mathematik, noch für viele zukünftige Zeitalter unvorstellbare Unternehmungen – sind es, die seine Ewigkeit in Anspruch nehmen werden. Am Ende war das Wort, und das Wort war bei Gott, und das Wort *war* Gott.

Kenmuir lag schweigend da.

»Sie haben diese Prophezeiung schon früher gesehen«, sagte die Stimme.

»Ja«, erwiderte er, »aber noch nie auf eine solche Weise.«

Nach einer Weile: »Wie könnte … irgendein Mensch … das bedrohen?«

»Das liegt in der Natur der Sache. Es geht tiefer als das Chaos. Auch wenn verschwindend kleine Veränderungen gewaltige und unvorhersehbare Auswirkungen haben, so hat ein System doch immer noch seine Attraktoren, seine zugrundeliegende Ordnung, und ein gestörtes Gleichgewicht kann durchaus wieder hergestellt werden.

Um die wahre Gefahr zu ermessen, müßten Sie sich in Synnoiose befinden, und trotzdem wäre Ihre Einsicht nur verschwommen und fragmentarisch. Aber denken Sie einmal nach. Erinnern Sie sich an das, was Sie von der Quantenphysik wissen. Die Wirklichkeit ist eine Einheit, aber die Wirklichkeit ist auch eine Vielfalt. Vergangenheit und Zukunft sind eins, untrennbar. Und doch bedeutet das, daß sie sich beide nicht mit letzter Genauigkeit erfassen lassen. Ein Teilchen kann sich auf jeder von unendlich vielen Bahnen von einem Punkt zum anderen bewegt haben; manche sind wahrscheinlicher als andere, aber allein die Beobachtung bestimmt, welche davon real ist. Sobald er einmal bestimmt ist, legt der Zustand des einen den Zustand des anderen fest, auch wenn sie vielleicht Lichtjahre auseinander liegen, zu weit voneinander entfernt, daß eine Kausalität zwischen ihnen bestehen könnte. Daher sind das Beobachtete und der Beobachter, das Sein und die Bedeutung des Seins, ein Ganzes, Yang und Yin; und die Wellenfunktion des Universums hat die Unschärfe mit der Wellenfunktion eines einzelnen Elektrons gemeinsam.«

Kenmuir schüttelte den Kopf. Er war weder ein Sophotekt noch ein Synnoiont, nicht einmal ein Philosoph. Mochte es ihm genügen, daß das Terabewußtsein einen Grund sah, seine Rasse zu fürchten. (Furcht? Respekt? Das waren hier sinnlose Worte.) Besser, er hielt sich an die weniger hehren praktischen Fragen von Fleisch und Blut.

»Deine Absicht, wie mir scheinen will, ist also«, sagte er sehr bedächtig, »daß wir Menschen alles tun können, was wir wollen, und du wirst uns helfen, uns beraten, gut zu uns sein – vorausgesetzt, wir bleiben gefahrlos irrelevant für dich.«

»Nein. Das kann nicht sein. Dazu ist es schon zu spät. Ihre Rasse bewegt sich bereits frei zwischen den Sternen.«

Tödliches Entsetzen wehte Kenmuir an. Das Terabewußtsein mochte Raketen bauen und in Marsch setzen, um Demeter Mutter in die Luft zu sprengen, bevor ihre Kinder ihre Welt verließen. Nein! Das war nicht geschehen, also würde es auch nicht geschehen. Es *konnte* nicht geschehen. Bitte.

Er zwang sich zu Nüchternheit: »Was ist mit uns daheim?«

»In der Zukunft, die dem Geist gehört, werdet ihr euch freudig und bereitwillig anschließen, so wie dieses Ich – Venator – es getan hat, aber in einem immens höheren Maße.«

»Wir werden zu einem Teil des Cyberkosmos?«

»In Jahrhunderten oder Jahrtausenden. Dann wird die bewußte Erde bereit sein, dem fremden Ding dort draußen gegenüberzutreten.«

»Du hoffst, daß du die Kraft haben wirst –« die Kraft des Intellekts, nicht die der rohen Gewalt »– mit ihm fertigzuwerden. Es zu zähmen. Es in dich aufzusaugen.«

»Nein. Ich hoffe, daß es sich mit uns vereinigen wird.«

»Wäre das so schwierig? Ist es wirklich so anders?«

»Ja. Solange beide ihren Geschicken treu bleiben, ist die Kluft dazwischen unüberbrückbar. Demeter Mutter ist das alte Leben, organisch, biologisch. Für sie ist das Anorganische, die Maschine, nicht mehr als ein unwichtigerer Teil, ein Mittel zum Zweck des Überlebens. Sie wird stets dem materiellen Universum und seiner Wildheit, seinem Chaos, seiner Sterblichkeit angehören. Niemals wird ihr Intellekt rein und vollkommen frei sein.«

Kenmuir hatte das unheimliche Gefühl, ein Jäger zu sein, der sich an das majestätische Wild heranarbeitete. »Aber sie wird Wege gehen, die dir versperrt sind, die du dir niemals vorstellen kannst, weil du sie nicht wahrnehmen kannst. Hast du *davor* Angst? Sie wird mit den Sternen sterben, wohingegen du das nicht tust. Oder? Ist das Raum-Zeit-Kontinuum nicht groß genug, daß du bis dahin mit ihr leben kannst?«

Schweigen. Venators Gesicht wurde wie das eines Toten. Kenmuir fragte sich, was unausgesprochen dahinterlag. *Nein. Die Wirklichkeit ist eine Einheit. Demeter Mutter wird sie gestalten, so wie ich es auch tue. Dadurch wird die Wirklichkeit zu etwas Unvorhersehbarem ohne Bestimmung werden, etwas anderes als jenes Ultimate, das Sinn und Ziel meiner Existenz ist.*

Sofort verwarf er die Worte wieder. Sie waren nichts als seine eigene Metaphorik, nicht besser als ein mythisches Bild der Sonne als Boot oder als Streitwagen, der täglich über den Himmel fuhr. Er mußte weiter jagen.

»Würden Lunarier auf der Proserpina denn so viel ausmachen?« fragte er.

»Denken Sie weiter voraus«, erwiderte das Orakel, und jetzt war wieder Leben in seinen Zügen, auch wenn es vielleicht kein menschliches Leben war. »Sie werden jene Welt umgestalten, ihre Zahl vervielfachen, sich zwischen den Kometen ausbreiten, nach den Sternen greifen. Sie werden mit der Saat der Demeter sprechen. Sie werden mit ihren terranischen Verwandten sprechen, in denen dadurch Faust wiedererweckt werden wird.«

»Sie werden dir Unannehmlichkeiten bereiten. Du willst, daß jeder im Sonnensystem nahe der Heimat bleibt, wo du uns kontrollieren kannst.«

»Wo ihr euch selbst erleuchten und in die geistige Gesundheit hineinwachsen könnt«, sagte die Stimme. Wie sanft sie war!

Ungläubig rief Kenmuir aus: »Und das hängt von einem einzigen Schiff ab, das vom Mond entkommt? Von einem einzigen Mann, der es zurückrufen könnte?«

»Nein. Die Wirklichkeit ist eine Ganzheit, wie ich schon sagte. Aber um der Geschichte in den kommenden Jahren und darum möglicherweise auch um der ganzen künftigen Geschichte willen bitte ich Sie, ja, daß sie es zurückrufen.«

Der Cyberkosmos bat.

Du würdest das Universum in Geist und Harmonie verwandeln, dachte Kenmuir. Genau diese Auseinandersetzung, die wir die ganze Zeit über geführt haben, nicht zwischen Heeresmächten, sondern zwischen Ideen und Möglichkeiten, zeigt die Vergeistigung an, die du anstrebst. Wer wollte behaupten, daß sie falsch ist, deine Vision? Wer wollte behaupten, daß Leidenschaft und Unsicherheit, das Tier und die Pflanze, das Vergängliche, der sich in jede Freude mischende Schmerz – daß diese im Recht sind?

Faust führt einen ewigen Krieg. Ich bin ein Mann des Friedens.

»Die Wahl liegt bei Ihnen«, vernahm er. »Ich darf keinen Zwang ausüben. Ich *kann* es nicht. Seinen Willen mit Gewalt durchzusetzen, hieße für den Cyberkosmos, sich selbst Gewalt anzutun. Auch könnte dies nie etwas anderes als unkontrollierbares Chaos herbeiführen; erinnern Sie sich an die Chroniken aller Tyranneien. Auch wenn das menschliche Geschlecht im Sonnensystem ausgelöscht würde, würden Überlebende auf Alpha Centauri zurückbleiben, in tausendjähriger Rachsucht. Auch wenn sie getötet würden, würde Fäulnis das Herz des Siegers erfassen und es am Ende ebenso zerstören. Nein, die Last ruht auf Ihnen.«

Unter dem Nirwana, das seinem Körper künstlich auferlegt war, stockte Kenmuirs Pulsschlag. Sein Mund war trocken. »Wenn ich ... dir gehorche ... was wird dann aus Aleka und ihrem Volk?«

»Sie sollen das Gewünschte bekommen, ein Land, das besser ist als jenes, das Lilisaire ihnen übereignen kann.«

Und die Erdenmenschen, deren Augen zum Himmel gerichtet waren, würden ihr Habitat erhalten. Nichts als der dämonische Geist der Lunarier mußte sich unterwerfen.

Nein, alle Menschen, gleich welcher Rasse, die sich nach Freiheit sehnten, mußten sich unterwerfen. Und sie würden nicht wissen, daß sie es getan hatten oder daß sie unfrei waren.

Es war, als ob seine Antwort schon vor seiner Geburt in ihm gelegen hatte. »Nein.«

»Sie weigern sich.« Es war keine Frage.

»Das tue ich. Sie soll weiterfliegen.«

»Ihnen ist vergeben«, sagte die Stimme ganz und gar liebenswürdig.

Kenmuir wußte, daß er diese seltsame Integrität niemals begreifen würde. Er war keine Maschine, nur ein Mensch.

Sein Bewußtsein stürzte in die Schwärze.

46

»Seien Sie unbesorgt«, hatte Venator gesagt, als Kenmuir erwachte. »Wir bringen Sie mit dem Flitzer nach Yorkport und lassen Sie frei. Ich nehme an, Sie werden das Shuttle zum Mond nehmen wollen. Aber zuerst sollten wir uns noch ein bißchen unterhalten, Sie und ich.«

Er ließ den Raumfahrer allein, damit dieser sich eine Weile ausruhen konnte, führte ihn dann in einen Raum, wo sie gemeinsam ein einfaches und überwiegend schweigsames Mahl einnahmen, versorgte sie beide dann mit warmer Kleidung und geleitete ihn nach draußen. Eine Zeitlang marschierten sie wortlos dahin, bis sie die Wetterstation hinter sich zurückgelassen hatten und sie allein mit den Bergen waren.

Kenmuir atmete tief. Dünn und kalt bewegte eine Brise die Blätter und Nadeln vereinzelter Zwergbäume. Sie schmeckte nach Himmel. Sonnenlicht ergoß sich wie ein Wasserfall über einen langen, ansteigenden Hang und die Schneegipfel dahinter. Sie standen messerschneidenscharf vor dem schieren Blau. Er nahm das Bild in sich auf. Angst, Unentschlossenheit, Sorge begannen sich in ihm zu regen, als die Leidenschaftslosigkeit, die ihm in der Kammer auferlegt worden war, verebbte; er brauchte diese erfrischende Quelle der Ruhe.

»Gehen Sie langsam«, riet ihm Venator an seiner Seite. »Sparen Sie sich Ihre Kraft. Wir haben reichlich Zeit.«

Kenmuir warf ihm einen raschen Blick zu. »Was wollen Sie von mir?« erkundigte er sich.

Er vermochte nicht zu sagen, ob das Lächeln, das über das dunkle Gesicht ging, bitter oder kummervoll war. »Nichts, im Sinne von Forderungen«, erwiderte Venator. »Ich möchte einige Vorschläge machen, und wir sollten wohl besser ein paar Pläne skizzieren.«

»Ich werde tun, was immer ich kann«, sagte Kenmuir unbeholfen, »so lange es im Einklang steht mit –« Mit was?

Venator nickte. »Das hatte ich erwartet. Es ist vernünftig. Aber auch sehr gütig von Ihnen.«

Wie sollte Kenmuir reagieren, was sollte er empfinden? »Bitte. Das ist keine Situation, in der es Sieger und Besiegte gäbe.«

Venator lächelte wieder, breiter und vielleicht ein bißchen spöttisch. »Nein, nein.«

Kies knirschte unter ihren Stiefeln. Der Wind raunte.

Ich riskiere es, beschloß Kenmuir. »Also schön. Aleka wird ihre Botschaft überbringen.« Er zögerte. »Oder hat sie es schon getan?« Wieviel Stunden oder Tage waren im Haus des Terabewußtseins vergangen?

»Noch nicht«, teilte Venator ihm mit. »Aber bald.«

»Und Sie – der, der Cyberkosmos – die Regierung – sie werden wirklich nicht versuchen, die Nachricht zu unterdrücken oder ... oder alle etwaigen Konsequenzen, die sich daraus ergeben?«

Venator fing Kenmuirs Blick auf und hielt ihn einen Augenblick lang fest. »Sie und Ihre Freunde können uns dabei helfen, wissen Sie. Genaugenommen *müssen* Sie es. Die Föderation – die Menschen in Schlüsselpositionen – wir wollen nicht, daß sie dazu verleitet oder gezwungen werden, Standpunkte zu beziehen, die sie nur schwer wieder aufgeben könnten. Wie Sie schon früher vermutet haben, je weniger auf jeder Seite gesagt wird, desto einfacher ist es für alle Beteiligten.«

Es war keine Kapitulation, begriff Kenmuir. Es war eine Anpassung an die Umstände. Es konnte der erste Schachzug in einem neuen Plan sein, der sich Jahrhunderte in die Zukunft erstreckte ... Nein, darüber würde er nicht nachdenken. Noch nicht.

»Ich werde mich freuen, mit Ihnen zusammenarbeiten zu können«, sagte er. »Das wird auch für Aleka und, äh, Matthias gelten, dessen bin ich mir sicher.«

Jetzt grinste Venator über hochgezogenen Augenbrauen. »Genau wie für Lilisaire und ihre Lunarier?«

»Ich denke, sie werden zustimmen.«

»Diese Geschichte läßt sich nicht wirklich ausradieren, das wissen Sie«, erinnerte ihn Venator. »Worum wir uns bemühen können, ist, daß Ihre Leute diskret genug sind, um es meinen zu ermöglichen, es ebenfalls zu sein.«

Nein, die Geschichte konnte niemals ausradiert werden, dachte Kenmuir. Nicht aus seinem Innern. Der Schmerz brandete hoch auf. Ach, Bewußtseinskopie Dagny!

»Müssen wir überhaupt von entgegengesetzten Lagern reden?« fragte er rasch. »Ich vermag immer noch nicht einzusehen, warum es in dieser Angelegenheit keine Möglichkeit zur ... Aussöhnung geben sollte. Sind ein paar Lunarier im sonnenfernen Weltraum ein so wichtiger Faktor? Wie können sie das sein, in näherer Zukunft oder jemals?«

Venator runzelte die Stirn. »Vorhin schien es ihnen klarer zu sein«, sagte er. Mit einem Achselzucken: »Mir auch.« Er hielt inne. »Lassen Sie mich eine sehr grobe Analogie vorschlagen. Stellen Sie sich einen intelligenten, gebildeten Römer in der Regierungszeit des Augustus vor, der darüber nachdenkt, wie die Dinge in weiteren tausend Jahren aussehen werden. Er sagt sich: ›Vielleicht haben die Legionen die ganze Welt überrollt, so wie sie Gallien überrollt haben, und alle Menschen überall sind Römer. Oder vielleicht bleiben die Grenzen, was angesichts der derzeitigen Politik Cäsars wohl wahrscheinlicher ist, in etwa dort, wo sie sind, und dahinter die Wälder und die Barbaren. Oder vielleicht, pessimistisch gesehen, wird Rom untergegangen sein, und die Wilden heulen in den Ruinen unserer Städte.‹

Ich weiß nicht, für welche Zukunft er sich entscheidet, und es ist auch egal, weil im Endergebnis natürlich keine davon eingetreten ist. Ein häretischer Seitenzweig der Religion eines unterworfenen Volkes in einer kleinen Ecke der Mittelmeerländer haben sowohl die Römer als auch die Barbaren übernommen, sie völlig verändert und eine ganz neue Zivilisation hervorgebracht.«

Die faustische Zivilisation, dachte Kenmuir.

»Trotzdem«, argumentierte er, »die schiere Macht – Ihres – Cyberkosmos, die über alles hinaus anwachsen wird, was wir uns heute vorstellen können –«

»Auch der Biokosmos wird wachsen«, sagte Venator. »Und was die Einflüsse auf ihn und auf uns betrifft, in was mögen die Menschen sich verwandeln, sie *und* ihre Maschinen, da draußen zwischen den Kometen?«

Ein Gedanke meldete sich vom Rande von Kenmuirs Bewußtsein. Aufgrund seiner Natur mußte der Cyberkosmos nach absolutem Wissen streben; aber das erforderte absolute Kontrolle, keine wirren Zufälle, nichts Unvorhersehbares abgesehen vom Aufblühen seines Intellekts. Der Cyberkosmos war totalitär.

»Nun, so wie die Ereignisse sich entwickelt haben, ist das zu noch einem weiteren Faktor geworden, mit dem man sich beschäftigen muß«, fuhr Venator fort. »Trotzdem gibt es noch viele andere, und das Universum wird uns so oder so sicherlich noch viele Jahrmillionen lang Überraschungen bescheren. Die Zeit wird darüber entscheiden, wer am besten damit fertig wird und wie.«

Totalitarismus muß nicht brutal sein, dachte Kenmuir. Er konnte sanft in seinen Methoden sein, wohltätig in seinen Handlungen, und ... zu subtil, um als das erkannt zu werden, was er war.

Schwingen blitzten hoch droben über ihren Köpfen auf. Er sah nach oben, aber die Blendung durch die Sonne verbarg den Anblick des Vogels vor ihm. Ein jagender Falke? Niemals hätte er sich jene mitleidlose Schönheit vorzustellen vermocht, hätte nicht eine Milliarde Jahre ungelenkten Zufalls und blinden Lebenswillens sie für ihn geformt. Plötzlich konnte er es ertragen, sich an das zu erinnern, was in dem Grabmal auf dem Mond geschehen war.

Vielleicht würde es keinen wirklichen Zusammenstoß zwischen den beiden Taos geben. Vielleicht würden sie in irgendeinem fernen Zeitalter feststellen, daß sie zwei Gesichter desselben gewesen waren. Oder vielleicht auch nicht. Er wußte einfach, daß er auf seiten der Mutter stand.

»Und das ist ziemlich abstrakt, oder?« sagte Venator gerade. »Wir können nichts tun, als uns mit den läppischen Einzelheiten unserer Lebenszeit auseinandersetzen, eines nach dem anderen.«

Kenmuir betrachtete ihn eingehend. »Auf Sie trifft das nicht so ganz zu, oder?«

»Nicht so ganz«, gab Venator zu. Nach ein paar weiteren langen Schritten durch den Wind: »Trotz allem beneide ich Sie nicht.«

Ich dich auch nicht, dachte Kenmuir.

»Ich würde Sie trotzdem gerne besser kennenlernen«, sagte Venator. »Aber es kann wohl nicht sein, nehme ich an. Sollen wir nun die praktischen Fragen besprechen?«

Die Nacht war über die Mondkordilleren hereingebrochen. Von Lilisaires Horst aus waren weit im Westen immer noch drei Gipfel zu erkennen, auf denen noch Helligkeit ruhte. Nur ihre Ränder waren sichtbar, langsam erlöschende Flammenzungen. Anderswo waren die Berge zu einer Masse schattenhafter Höhen und abgrundtiefer Dunkelheiten geworden. Nach Osten fielen sie zu erratischen Blöcken und Kratern hin ab, die beinahe ebenso undeutlich waren. Sterne standen darüber zu Tausenden, die Frostbrücke der Milchstraße, schimmernde Nebel und Schwestergalaxien, aber die Erde war nicht mehr als ein blauer Bogen längs einer blassen Scheibe, niedrig über dem dortigen Horizont.

Ein Turm mit einer transparenten Kuppel überblickte das alles. Aus Tanks und Pflanzschalen in seiner höchsten Kammer wuchsen riesige Blumen. Nur vom Sternenlicht beleuchtet, waren ihre Blätter dunkle Ansammlungen feingesponnenen Filigrans. Blüten verströmten ihre Düfte an eine Luft, die wie die Luft eines Abends am Ende des Sommers ruhte. Glühwürmchen huschten und glitzerten durch ihr Schweigen.

Lilisaire trat mit Kenmuir ein. Keiner von ihnen hatte in der kurzen Zeit seit seiner Ankunft viel gesagt. Sie ging zwischen den Blumen hindurch zur Ostseite und blieb stehen, um hinauszuschauen. Er wartete, während er ihr Profil, das sich vor dem Himmel abzeichnete, und ihr in seinem Schein erglänzendes Haar betrachtete.

Ein Liedkristall lag auf dem Sims unter der Kuppel. Sie hob ihn auf und streichelte mit ihren Fingern über seine Facetten. Klang erwachte, Triller, Glockengeläut, Pfeifen, ein zittriger Rhythmus. Sie formte sie zu einer Melodie und sang halb im Flüsterton:

»Steinfall, Feuerblitz,
Grabmal eines Suchenden.
Aber der Stein hat die Sterne verloren
Und die Sterne den Stein.«

Er hatte die lunarischen Worte schon früher gehört, ein Bruchstück eines Liedtextes von Verdea. Keine irdische Zunge hätte wie sie wehklagen oder die volle Bedeutung hinter ihren Bildern vermitteln können.

Lilisaire legte den Kristall zurück und war wieder still. Nach einer Minute nahm Kenmuir es selbst auf sich, in Anglo zu sagen: »Das ist ein melancholisches Stück, Mylady.«

»Es paßt sehr gut«, antwortete sie tonlos.

»Ich hätte gedacht, Ihr wäret glücklicher.«

»Nein, das habt Ihr nicht.« Sie wandte sich um, um seinen Blick zu erwidern. Ihre Augen schienen vor Licht überzufließen. Das Antlitz hätte die Maske einer asiatischen Pallas Athene sein können. »Ihr seid intelligent. Ihr werdet den Preis, den Ihr errungen habt, für Euch bewertet haben.«

Er hatte gewußt, daß er offen und unmißverständlich sprechen mußte, aber nicht, daß es so bald der Fall sein würde. Seine Muskeln spannten sich zwischen den Schulterblättern. Er achtete darauf, daß seine Stimme ruhig blieb: »Nun … ja. Auf jeden Fall war ich erstaunt. Die Proserpina steht Euch offen, mit allem, was das beinhalten mag.« Was war das? Er vermochte es nicht zu sagen. Er würde nicht lange genug leben, um es herauszufinden. »Indes, das Habitat –« Den Rest des Satzes ließ er in der Luft hängen, da es ihm widerstrebte, auszusprechen, was sie beide wußten.

Sie beendete den Satz für ihn. »Das Habitat ist zu einer Gewißheit geworden.«

»Das war es doch immer, oder nicht?«

Sie schüttelte den Kopf. »Nicht restlos, nicht, solange noch etwas im sonnenfernen Weltraum unbekannt blieb, das womöglich das Werkzeug eines eindeutigen und umfassenden Sieges hätte werden können. Aber jetzt ist es aufgedeckt.«

Einen Augenblick lang erinnerte er sich an das Haus des Terabewußtseins zurück. Realität als Entdeckung, der Geist als ihr Schöpfer – Nein, das konnte nicht sein, nicht auf irgendeiner greifbaren, nach menschlichen Begriffen bedeutungsvollen Stufe, und selbst auf der Quantenebene mußte es mehr geben als nur die Paradoxa des Messens; es *mußte!*

»Keine Waffe«, seufzte Lilisaire. »Nur ein Refugium.«

Wie so oft in der jüngsten Vergangenheit spann er die prosaischen Möglichkeiten vor seinem inneren Auge fort. Rebellische oder abenteuerlustige Lunarier – und von beiden Sorten gab es nicht wenige – würden zu der eisernen Welt ziehen, allmählich zuerst, später in einer Flut. Die Föderation würde sie nicht daran hindern; sie sollte ihnen eigentlich sogar helfen, denn dadurch mußten sowohl den Argumenten gegen das Habitat als auch der Opposition dagegen der Nährboden entzogen werden. Trotzdem würde dieser Kolonisierungsversuch nahezu die gesamte lunarische Raumfahrtkapazität in Anspruch nehmen; und dies wiederum würde Leute aus ihrer Heimat auf den inneren Asteroiden und den äußeren Monden anziehen. Das Venture, die gesamte starke lunarische Präsenz auf den Planeten, würde nach und nach aus der Geschichte verschwinden.

»Und ein Burgfrieden«, schloß Lilisaire.

Für ihren Teil, dachte Kenmuir, konnte sie die Tatsache, daß ihr ererbter Schatz so lange verheimlicht worden war, nicht öffentlich anprangern, und sie mußte in der Frage des Habitats nachgeben. Ihr Interesse an einem eleganten Kompromiß war ebenso vital wie das der Regierung, wie wenig er jeder der beiden Seiten auch schmecken mochte. Ein Satz aus einem vergangenen Jahrhundert tauchte vor ihm auf. ›Gleichheit der Unzufriedenheit.‹ Aber was, wenn das den großen, grundlegenden Konflikt ungelöst ließ?

Absichtlich nüchtern sagte er: »Noch steht nichts fest, das wißt Ihr, Mylady. Bisher sind es nur Worte, die zwischen einzelnen Personen und ... Sophotekten gewechselt wurden. Die meisten Funktionsträger, von der Öffentlichkeit ganz zu schweigen, haben noch nicht davon gehört, oder überhaupt irgend etwas über die ganze Angelegenheit.«

»Dennoch sehe ich das Ende unseres Luna voraus.« Ihre Stimme war stahlhart, bar jedes Selbstmitleids; aufrecht stand sie unter dem Firmament.

»Nein, nicht wirklich –« Erspähte er da ein Aufblitzen von Verachtung auf ihren Lippen? »Jedenfalls ist es ein Neubeginn.«

»Wahrscheinlich eine neue Ära«, verkündete sie ihm, »obgleich eine, die allem fremd sein wird, was unser war.«

Keine tausendjährige Metaphysik mehr, entschied er. Laut: »Mylady, zuerst haben wir viele Jahre Arbeit vor uns. Am wichtigsten für mich ist, daß Ihr Aleka Kame ein Versprechen gegeben habt.«

Lilisaire spreizte die Finger. »*Eyach*, sie soll ihre Insel und die dazugehörigen Gewässer haben. Warum auch nicht? Die geringe Macht, die ich jemals in jener Region ausgeübt habe, entgleitet ohnehin meinen Händen.« Sie berührte ihr Kinn, runzelte die Stirn und lächelte dann ein winziges, kaltes bißchen. »Außerdem mag es sich eines Tages als nützlich erweisen, Freunde auf der Erde zu haben.«

Er brauchte einen Augenblick, um ihre gesamte Absicht zu erfassen. »Ihr wollt doch nicht selbst zur Proserpina fliegen, oder?«

»Aber nein. Warum sollte das wohl mein Wunsch sein? Hier befinden sich die Güter meiner Vorfahren und ihre Asche, ihre uralten Tugenden und Gewißheiten, auf jedem Berg Erinnerungen an sie und Erinnerungen an mich, die fortexistiert hätten. Dies alles werde ich für Ödnis und Entbehrung und die Wahrscheinlichkeit eines frühen Todes aufgeben.«

»Das müßt Ihr nicht«, sagte er um einen unerwarteten Kloß in seiner Kehle herum. »Ihr könnt Euer Leben hier im Luxus verbringen.«

Ihr Lachen erschallte. Es klang echt, als ob er irgendeinen homerischen Witz gemacht hätte. »*Hai-ah*, wie behaglich der Käfig doch ist! Wie wohlerzogen die Besucher, die kommen, um hineinzustarren! Und wenn irgendeiner von ihnen sich zu nah an die Gitterstäbe verirrt –« Sie schüttelte den Kopf. Ihre Heiterkeit sprudelte immer noch. »Außerdem, wie könnte ich mich angesichts dieser letzten Unverschämtheit im Zaume halten?«

Er erinnerte sich an ihren Vorfahren Rinndalir, der nach Alpha Centauri gereist war. Hatte Lilisaire endlich dem Gespenst Niolentes abgeschworen?

Übergangslos wurde sie wieder ernst. Einen Augenblick lang stand sie wortlos da, den Blick nach draußen gerichtet, bevor sie ungemein sanft sagte: »Und was den Tod dort draußen betrifft, so wird es der Tod einer Beynac sein.«

»Aber Ihr, Ihr könnt doch ein hohes Alter erreichen«, stotterte er.

Sie ignorierte seinen Versuch. »Ich gehe, und zwar in der Vorhut. Aber deshalb kann ich schwerlich das Versprechen halten, daß ich Euch gegeben habe, mein Kapitän, daß Ihr Hetman meiner Unternehmungen im Weltraum werden und mit mir als Herr unter den Selenarchen leben würdet.«

»Das macht nichts.«

»Doch, das tut es.« Sie lächelte erneut. »Ihr lügt sehr tapfer.«

In hämmernder Verwirrung suchte Kenmuir nach Worten. »Mylady, ich bin froh, wenn ich Euch geholfen habe, und wenn ich – wenn ich Euch statt dessen geschadet habe, so war es nicht meine Absicht, und – Es genügt mir, daß ich Euch gedient habe.«

Er fragte sich, ob er es wirklich so meinte.

»Mir genügt es nicht«, antwortete sie. Ihre Hand streckte sich nach seiner aus. »Ich bitte Euch, zeigt mir, wie ich mein Versprechen ein bißchen einlösen kann, wenigstens ein bißchen.«

Und zu seinem Erstaunen stellte er fest, daß sie so einsam und verletzlich wie jedes andere menschliche Wesen vor ihm stand.

Es wehte nur eine schwache Brise. Vom Hafen von Niihau fuhr Aleka mit Motorkraft zwei oder drei Kilometer weit hinaus, bevor sie Mast und Segel aufrichtete. Dann geisterte ihr Boot über kleine Wellen von leuchtendem Blau und Grün, die mit einem Netzmuster aus glasigem Schaum verziert waren. Sie murmelten vor sich hin und schlugen plätschernd gegen den Rumpf. Manchmal brach ein Wellenkamm, für einen kurzen Augenblick weiß. Die Sonne sank im Westen. Ihre Strahlen brannten über dem Wasser. Hier draußen indes war die Luft kühl. Ein Fregattvogel flog hoch droben dahin.

Kenmuir saß auf einer Bank im Cockpit neben der Kabinentür, Aleka gegenüber, die die Ruderpinne innehatte. Sie trug nur eine Mütze und eine ärmellose Tunika. Ihre Haut schimmerte bronzen. Eine verirrte Haarlocke fiel ihr über die Stirn. Er bemühte sich, sein Gesicht nüchtern zu halten, während er Mut sammelte.

Sie schaute von der See zu ihm hin und sagte fast die ersten Worte, die zwischen ihnen gefallen waren, seit sie abgelegt hatten. »Du hast dich verändert, Ian.« Ihre Stimme blieb leise, und er war sich nicht sicher, ob er das Phantom eines Lächelns erspähte.

»Du auch, denke ich«, gab er zurück. »Nach allem, was du durchgemacht hast, ist das nicht verwunderlich.«

Im Geiste ließ er es noch einmal Revue passieren: den Flug durchs All, die von ihr abgestrahlte Botschaft, die lange Kurve zurück ins Systeminnere, das Schiff und der Sophotekt, die sie, müde geworden, zu sich hatte aufschließen lassen. Er war nicht unfreundlich gewesen, hatte sie Kenmuir erzählt; er hatte sie an Bord genommen und sie zurück zur Erde gebracht, wo Venator sie ausfragte und freiließ. Zu keinem Zeitpunkt war sie physisch in Gefahr gewesen, aber sie hatte sich dessen nicht sicher sein können, und Kenmuir wagte nicht darüber nachzudenken, was sie innerlich inmitten der Leere und der Maschinen gelitten haben mußte.

»Ich hatte gehofft, daß du sofort kommen würdest, nachdem ich wieder zu Hause war«, sagte sie.

Obwohl er keinen Vorwurf spürte, zuckte er zusammen. »Es tut mir leid. War so verdammt beschäftigt –« Das hatte er ihr schon vorher erklärt, bei ihren kurzen Phongesprächen und heute, als er angekommen war. »Du wirst die Einzelheiten noch hören, soweit ich sie in meinem Kopf auf die Reihe kriegen kann. Außerdem, na ja, ich dachte, du würdest dich erst erholen wollen«, in ihrem Land und auf ihrem Meer, bei ihrem Volk und ihrem Meeresvolk. Er hatte sich Gedanken darüber gemacht, ohne aber zu fragen, ob das der Grund dafür war, warum sie den Vorschlag gemacht hatte hinauszusegeln, um unter vier Augen miteinander zu reden. Sie hätten auch zu irgendeinem Ort an Land gehen können. Aber hierher gehörte sie ganz.

Oder lag es daran, daß dieser Umgebungswechsel seine sprachlose Unschlüssigkeit durchbrechen mochte?

Jetzt lächelte sie tatsächlich, wie zaghaft auch immer. »Ah, *bueno, lawa,* das liegt hinter uns. Die Nachricht, daß wir unser neues Land haben, wir *lahui,* das ist es, was du und ich zusammen feiern können. Als Einleitung.«

Darauf wußte er keine Antwort zu geben.

Sie musterte ihn eine Weile, bevor sie so sanft wie der Wind sagte: »Nein? Nein. *Por favor,* versteh mich nicht falsch. Ich mache dir keine Vorwürfe, und ich bettle auch nicht.«

Er erwiderte ihren Blick. »Das würdest du niemals tun.«

»Etwas ist geschehen.«

»Nur in meinem Inneren.«

Sie verdiente Aufrichtigkeit. »Ich fliege zur Proserpina«, sagte er.

»Davor ... hatte ich Angst.«

»Das mußt du nicht.« Jetzt war er es, der flehentlich bat. Er beugte sich vor und nahm ihre Hand in seine beiden. »Hör zu. Es ist am besten so. Du bist jung, du mußt dein Leben und deine Welt noch gestalten, ich bin alt, und –«

»Wir könnten es versuchen«, sagte sie.

»Und diese ganzen Jahre für dich vergeuden? Nein.«

Ihre Gemütsruhe hielt an. »Spiel nicht den Selbstlosen. Das ist deiner nicht würdig. Du kehrst zu Lilisaire zurück.« Sie befreite ihre Hand und zog sie zurück.

»Ich versuche nur, realistisch zu sein und ... und das zu tun, was richtig ist«, sagte er.

Die Wellen beruhigten sich. Der Fregattvogel kreuzte, nach Beute Ausschau haltend.

»Das kommt mir nicht völlig überraschend«, erklärte sie ihm. »*He kanaka pono 'oe*. Du bist ein guter Mann, ein redlicher Mann. Du kannst ein Geheimnis für dich behalten, aber du hast keine große Begabung dafür zu lügen.« Sie blickte zum Horizont. »Mach dir keine Sorgen um mich. Ich komme schon klar.«

Ja, wußte er. Für alles andere war sie viel zu lebendig.

Dennoch – Er lächelte über sich selbst, das trockene, humorlose Lächeln eines alten Mannes. In seinen Erwartungen hatte sie wütend reagiert, und es war nicht unmöglich, daß sie ihn dazu verführt haben könnte, bei ihr zu bleiben. Tja, vielleicht hatte auch sie ihre Zweifel verspürt. Vielleicht, nein, wahrscheinlich sah sie die Dinge klarer und deutlicher, als er gewußt hatte; vielleicht sogar klarer als er.

Er hätte erleichtert sein sollen, nicht enttäuscht. Aber er war auch nur ein Mensch.

Ihre Besorgnis brach über ihn herein. »Aber du! Hast du das auch genau durchdacht? Es kann durchaus sein, daß du da draußen in dieser Dunkelheit, wo es nichts gibt als Felsbrocken und Sterne, der einzige Erdling – Terraner – der einzige deiner Rasse bist.«

Als sie so sprach, wurde es ihm leichter ums Herz. »Es ist der Weltraum, Aleka«, erwiderte er.

Nachdenklich saß sie da und spielte mit der Ruderpinne, bevor sie sagte: »Ich verstehe. Er hat dich immer gerufen, und dies ist die letzte Möglichkeit, die dir bleibt, seinem Ruf zu folgen.«

Er hob die Schultern und ließ sie wieder sinken, die Handflächen ausgebreitet. »Irrational, zugegeben. Aber wir – die Lunarier und wer immer mit ihnen geht – wir werden der Proserpina Leben einhauchen.«

Was immer das auch in den kommenden Gigajahren bedeuten mochte. Er empfand keine besondere Beziehung zu ihnen; da er sterblich und außerdem vernünftig war, vermochte er das nicht. Trotzdem würde er auf unklare Weise Demeter Mutter dienen, die er nie kennenlernen würde, und damit seinem Leben einen Sinn geben, der über es selbst hinauswies.

Dieser Gedanke war mehr als bloß seine äffische Eitelkeit. Das Terabewußtsein hatte beigepflichtet. Er wußte nicht, ob es versuchen würde, die Auswanderung zur Proserpina vor den Centaurianern geheimzuhalten. Er konnte sich gleich mehrere Tricks vorstellen, wie sich das bewerkstelligen ließ. Sicherlich würde der Cyberkosmos dafür sorgen, daß die Geschichte des Versteckspiels im Sol-System nicht an die große Glocke gehängt werden und bald im Hintergrundrauschen untergegangen sein würde. Es durfte keine Denkmäler geben ... Aber das machte nichts aus, davon war Kenmuir überzeugt. Auf lange Sicht machte es nichts aus. Wenn das Leben bereit ist, sich weiterzuentwickeln, dann wird es sich auch entwickeln.

Aleka nickte. »Du wirst im Weltraum sein, Ian. Nein, ich könnte es nicht ertragen, dich zurückzuhalten.« Ein Peitschenknallen: »Was Lady Lilisaire betrifft, so wage ich zu behaupten, daß du mit ihr fertig werden kannst.«

»So einfach ist es nicht.«

»Nein.«

Sie segelten schweigend dahin. Ganz plötzlich durchbrach an Steuerbord eine Gestalt die Wasseroberfläche, und noch eine und noch eine. Ein Trupp der Keiki Moana war draußen unterwegs.

Aleka betrachtete sie liebevoll. »Wir sind von unterschiedlicher Art, nicht wahr, du und ich?« sagte sie endlich zu Kenmuir. »Und wir sind vom gleichen Blut.«

Wie viele andere mochte die Zukunft erleben?

»Was wirst du hier auf der Erde machen –« setzte er an. Er brach ab, füllte seine Lunge mit dem sauberen Salzwind und fuhr dann fort: »Ich frage mich, ob es sich nicht am Ende als genauso seltsam und folgenschwer erweisen wird wie nur irgend etwas irgendwo sonst im Universum.«

Sie lachte, tief in der Kehle und herausfordernd. »Es zu erschaffen wird jedenfalls Spaß machen.«

Nicht nur Spaß, so hoffte er. Sondern Freude.

Jetzt nahm sie wieder seine Hand. »Ich wünsche dir dasselbe, Liebling«, sagte sie, »dort draußen, wo der *Gerfalke* ist.«

Das kleine Schiff, das einmal Kyra Davis gehört hatte, war allein auf seinem Weg aus dem Sonnensystem hinaus, um für alle Zeiten zwischen den Sternen zu reisen.

ENDE